Robert Jacques
Mai 2015

L'ALLÉE DU SYCOMORE

Auteur de renommée internationale né en 1955, John Grisham a été avocat pendant dix ans avant de connaître son premier succès littéraire avec *La Firme*, publié en 1991. Aujourd'hui auteur à temps plein, il est le véritable phénomène éditorial aux États-Unis où chacun de ses livres se vend en plusieurs millions d'exemplaires et fait l'objet d'adaptations cinématographiques très remarquées. Marié, père de deux enfants, John Grisham est l'un des auteurs les plus lus dans le monde. *L'Allée du sycomore* est le deuxième volet des aventures de Jake Brigance, après *Le Droit de tuer*, son premier roman.

JOHN GRISHAM

L'Allée du sycomore

ROMAN TRADUIT DE L'ANGLAIS (ÉTATS-UNIS) PAR DOMINIQUE DEFERT

JC LATTÈS

Titre original :

SYCAMORE ROW

publié par Doubleday, une division de Random House LLC,
New York, et au Canada par Random House of Canada Limited, Toronto,
compagnies de Penguin Random House.

À Renée

1.

Seth Hubbard se trouvait bien à l'endroit qu'il avait indiqué – du moins tout près –, mais pas du tout dans l'état attendu ; car il oscillait au bout d'une corde, à deux mètres du sol, et tournait lentement sur lui-même sous l'action du vent. Une dépression traversait la région et son corps était trempé quand les autorités arrivèrent sur place. Mais cela ne changeait pas grand-chose. Quelqu'un remarquerait qu'il n'y avait pas de boue sous ses chaussures et aucune trace de pas sous lui. Selon toute vraisemblance, il s'était pendu avant le début de l'averse. Ce détail aurait-il une importance ? Finalement non, aucune.

Se pendre tout seul n'est jamais une opération simple. À l'évidence, Seth Hubbard avait bien préparé son affaire. La corde de deux centimètres d'épaisseur, faite en chanvre de Manille, quoique d'un certain âge, était tout à fait capable de supporter soixante-treize kilos, le poids de Seth lors de sa dernière visite chez le médecin le mois précédent. Plus tard, l'un de ses ouvriers rapporterait qu'il avait vu son patron en pré-lever une longueur de quinze mètres sur une bobine de l'atelier, une semaine avant qu'il n'en fasse usage de cette manière funeste. Seth Hubbard en avait attaché un bout à une branche basse en un méli-mélo de nœuds et de torsades. Mais l'amarrage grossier avait tenu bon. Il avait lancé l'autre extrémité par-dessus une autre branche, haute celle-là, de cinquante centimètres de circonférence, qui culminait à exactement six mètres cinquante du sol. De ce point, la corde descendait sur trois mètres, et se terminait par un nœud de pendu de facture irréprochable. Seth Hubbard avait révisé ses classiques : la boucle était réalisée dans les règles de l'art, maintenue par treize spires et destinée à s'effacer sous la contrainte. Un nœud de pendu digne de ce nom casse le cou pour rendre la mort plus rapide et plus douce, et apparemment Seth avait été un élève appliqué. Hormis quelques stigmates inévitables, il n'y avait pas trace de lutte ou de souffrance.

Un escabeau d'un mètre quatre-vingts gisait renversé à terre. Seth avait choisi son arbre, lancé sa corde, était monté jusqu'au dernier échelon, avait passé le nœud autour de son cou, et quand tout avait été bien en place, il avait donné un coup de pied à son perchoir et était tombé. Ses mains n'étaient pas attachées et pendaient le long de ses flancs.

Seth avait-il été pris de doute ou de remords ? Quand ses pieds avaient quitté la sécurité de l'escabeau, avait-il tenté d'attraper la corde de ses mains libres, et avait-il lutté contre la gravité jusqu'à ce que les forces lui manquent ? Peut-être… mais personne ne le saurait jamais. Cela ne paraissait toutefois guère probable. Car, ainsi qu'on le découvrirait plus tard, Seth Hubbard avait un plan et était déterminé à l'accomplir sans faillir.

Pour l'occasion, il avait choisi son plus beau costume, en grosse laine anthracite, celui qu'il mettait d'ordinaire pour les enterrements en hiver. Seth Hubbard n'avait que trois costumes. Une pendaison étirait le corps, si bien que le bas du pantalon lui arrivait au-dessus des chevilles et que sa veste s'arrêtait à sa taille. Ses souliers noirs étaient immaculés. Le nœud de sa cravate bleue impeccable. Mais sa chemise blanche était tachée par le sang qui avait coulé sous la corde. Dans quelques heures, il serait établi que Seth Hubbard avait assisté à la messe de 11 heures, qu'il avait parlé à quelques connaissances, plaisanté avec celui qui faisait la quête, laissé son obole, et qu'il paraissait, de l'avis général, plutôt de bonne humeur. On savait que Seth luttait contre un cancer du poumon, mais tous ignoraient que les médecins ne lui donnaient que quelques semaines à vivre. Seth était connu au sein de la paroisse et on priait pour sa guérison, mais, parce qu'il avait divorcé deux fois, on ne le considérait pas tout à fait comme un bon chrétien.

Son suicide n'allait rien arranger.

L'arbre était un vieux sycomore que Seth et sa famille possédaient depuis des années. La terre autour était boisée, un domaine forestier que Seth avait hypothéqué à plusieurs reprises et fait fructifier. Son père avait acquis cette parcelle par des moyens douteux dans les années 1930. Les deux ex-femmes de Seth avaient tenté, tour à tour, de lui ravir ce domaine au moment de leur divorce. Certes, il était parvenu à le garder, mais elles l'avaient dépouillé de quasiment tout le reste.

Le premier arrivé sur les lieux fut Calvin Boggs, ouvrier agricole et homme à tout faire. Il travaillait pour Seth depuis plusieurs années. Tôt le dimanche matin, Calvin avait reçu un appel de son patron : « Retrouvez-moi au pont à 14 heures », sans plus d'explications. Calvin n'était pas homme à poser de questions. Si M. Hubbard demandait à le rencontrer à un certain endroit et à une certaine heure, Calvin y serait. À la dernière minute, le fils de Calvin, âgé de dix ans, voulut accompagner son père. Tout en se disant que c'était une mauvaise idée, il accepta. Ils suivirent une route de gravillons sinuant sur quelques kilomètres à travers le domaine des Hubbard. Calvin, au volant, était curieux de savoir ce que lui voulait le patron. Jamais M. Hubbard ne lui avait donné rendez-vous un dimanche après-midi. Calvin savait qu'il était malade. On disait qu'il se mourait. Mais, comme pour tout, Seth Hubbard était discret.

Le pont n'était en fait qu'une plateforme de bois jetée entre les deux rives d'une petite rivière, envahie de kouzou et grouillante de vipères. Depuis des mois, M. Hubbard comptait remplacer la construction par un pont en ciment digne de ce nom mais, à cause de ses problèmes de santé, il avait dû ajourner ce projet. Non loin de là, on apercevait une clairière flanquée de deux cahutes pourrissant dans le sous-bois, ultime relique d'un ancien village.

Juste après le pont, Calvin reconnut la Cadillac du patron, le dernier modèle, la portière côté conducteur béante, comme le capot du coffre. Il s'arrêta derrière la voiture. Ce n'était pas normal. Il pleuvait à verse à présent et les bourrasques se succédaient. Pourquoi M. Hubbard avait-il laissé ainsi sa voiture ouverte aux quatre vents ? Calvin demanda à son garçon de rester dans le pickup puis, lentement, il fit le tour du véhicule, sans toucher à rien. Aucune trace du patron. Calvin prit une profonde inspiration, s'essuya le visage du revers de la main, et scruta les alentours. Au-delà de la clairière, à une centaine de mètres, il vit un corps qui se balançait dans le vide, suspendu à une branche. Il revint vers la camionnette, ordonna à son fils de ne pas quitter la cabine et de verrouiller les portes, mais il était trop tard. Le garçon regardait fixement le syco-more au loin.

— Reste ici, répéta Calvin. Ne descends pas du camion.

— D'accord.

Calvin marcha vers l'arbre. Il avança lentement, car ses pieds glissaient dans la boue. Garder son calme. Pourquoi se presser ? Plus il approchait, plus la scène se précisait. L'homme en costume sombre au bout de la corde était tout à fait mort. Calvin le reconnut enfin. Quand il remarqua l'escabeau renversé, toutes les pièces du puzzle se mirent en place. Il repartit aussitôt vers son pickup.

On était en octobre 1988 et les téléphones de voi-ture venaient d'apparaître dans le Mississippi rural. À la demande de M. Hubbard, Calvin en avait un dans son véhicule. Il appela le shérif du comté, expliqua rapidement la situation, puis attendit l'arrivée des autorités. Dans la tiédeur de l'habitacle, bercé par les chansons country de Merle Haggard, Calvin regardait droit devant lui, loin à travers le pare-brise, oubliant son garçon, et tapant des doigts en cadence avec les essuie-glaces. Il s'aperçut qu'il pleurait. Son fils était trop choqué pour parler.

Deux adjoints surgirent une demi-heure plus tard. Le temps qu'ils enfilent leurs cirés, l'ambulance faisait son entrée en scène, avec trois infirmiers. Planté au bord de la route, tout ce petit monde plissa les yeux pour observer le vieux sycomore. Après quelques secondes d'observation, il leur parut irréfutable qu'il y avait bel et bien un pendu à cet arbre. Calvin leur dit tout ce qu'il savait. Les policiers optèrent néanmoins pour la prudence. Il pouvait s'agir d'un crime et il valait mieux suivre le protocole. Ils interdirent donc aux infirmiers de s'approcher. Un autre policier arriva sur place, puis un autre encore. Ils fouillèrent la Cadillac, sans rien trouver de particulier. Ils prirent des photos et des vidéos de Seth Hubbard suspendu au bout de sa corde, avec ses yeux clos et sa tête curieusement inclinée sur l'épaule droite. Ils examinèrent les traces autour du sycomore. Il n'y avait que les empreintes de Seth. Un adjoint conduisit Calvin chez Hubbard qui habitait à quelques kilomètres de là. Le garçon voyagea sur la banquette arrière, toujours muet. La porte d'entrée n'était pas fermée à clé. Sur la table de la cuisine, ils découvrirent un mot sur un bloc-notes. Seth y avait écrit avec application : « Pour Calvin. Prévenez, s'il vous plaît, les autorités que j'ai mis fin à mes jours, sans l'aide de personne. Sur la feuille ci-jointe, j'ai laissé mes instructions pour les funérailles et l'enterrement. Je ne veux pas d'autopsie ! S.H. » La lettre était datée du jour, dimanche 2 octobre 1988.

Les policiers laissèrent enfin Calvin partir. Le père ramena son garçon à la maison, qui s'effondra dans les bras de sa mère et n'ouvrit pas la bouche de la journée.

* * *

Ozzie Walls était l'un des deux seuls shérifs noirs du Mississippi. L'autre venait d'être élu dans un comté du Delta où la population comptait soixante-dix pour cent de Noirs. Celle du comté de Ford était blanche à soixante-quatorze pour cent, et pourtant Ozzie était régulièrement réélu haut la main. Les Noirs l'aimaient parce qu'il était l'un des leurs. Les Blancs le respectaient parce qu'il était un vrai flic et un ancien champion de football qui avait fait ses débuts à Clanton. Dans le Sud, le football parvenait petit à petit à effacer le clivage des races.

Ozzie quittait l'église avec son épouse et ses quatre enfants quand on l'appela au téléphone. Il arriva au pont en costume du dimanche, sans arme ni plaque, mais il avait toujours une paire de bottes dans son coffre. Accompagné par deux adjoints, il prit le chemin boueux jusqu'au sycomore, avec un parapluie pour se protéger de l'averse. Le corps de Seth était trempé et l'eau dégoulinait de partout : des chaussures, du menton, des oreilles, du bout des doigts, des bas de son pantalon. Ozzie s'arrêta sous le cadavre, leva son parapluie et regarda le visage blême et pathétique de cet homme qu'il n'avait rencontré que deux fois dans sa vie.

Une histoire les liait. En 1983, quand Ozzie briguait le poste de shérif, il avait face à lui trois rivaux blancs et pas un sou devant lui. Il avait alors reçu un appel de Seth Hubbard – un parfait inconnu pour lui, qui, comme le découvrirait plus tard Ozzie, avait le culte de la discrétion. Seth vivait dans le coin nord-est du comté de Ford, à la lisière du comté de Tyler. Il travaillait dans le bois et l'exploitation forestière, il avait ses propres scieries en Alabama, une usine ici et là – un homme qui avait visiblement réussi. Il proposait d'aider financièrement Ozzie, à la condition expresse qu'il accepte du liquide. Vingt-cinq mille dollars. Dans son bureau, dont il avait fermé la porte à clé, Seth Hubbard ouvrit une boîte et montra à Ozzie l'argent. Ozzie expliqua que les contributions aux frais de campagne devaient être déclarées. Mais Seth tenait à ce que son aide reste confidentielle. C'était à prendre ou à laisser.

— Que demandez-vous en retour ?

— Je veux que vous soyez élu. Rien d'autre.

— Rien n'est gagné.

— À votre avis, vos rivaux acceptent-ils des dessous-de-table ?

— Sans doute.

— C'est une certitude. Ne soyez pas naïf.

Ozzie prit l'argent. Il fit campagne, passa le premier tour, et écrasa son dernier rival. Une fois élu, il se rendit à deux reprises chez Seth Hubbard pour le remercier mais il trouva porte close. Et Seth ne répondit pas à ses coups de fil. Discrètement, Ozzie chercha à se renseigner sur son généreux bienfaiteur, mais c'était un personnage très secret. On disait qu'il avait fait fortune avec ses fabriques de meubles, mais au fond personne n'en savait rien. Il possédait quatre-vingts hectares de terres à côté de chez lui. Il entretenait peu de contacts avec les entreprises locales – aucune banque, agent d'assurances ou cabinet d'avocats du comté ne l'avait comme client. On le voyait de temps en temps à l'église, mais pas toutes les semaines.

Quatre ans plus tard, Ozzie n'avait pas de rivaux dangereux pour sa réélection, mais Seth Hubbard voulut quand même le rencontrer à nouveau. Vingt-cinq mille dollars changèrent de main et, comme la fois précédente, le donateur disparut ensuite de la circulation. Et voilà qu'il était mort, pendu à sa propre corde, son cadavre trempé jusqu'aux os.

Finn Plunkett, le coroner du comté, arriva à son tour. Le décès pouvait être enfin officiel.

— Descendez-le, ordonna Ozzie.

On défit les nœuds. Au bout de sa corde, Seth fut déposé sur le plancher des vaches. On l'installa sur une civière avant de le couvrir d'une couverture thermique. Quatre hommes, les visages fermés, ramenèrent le corps jusqu'à l'ambulance. Ozzie suivit la petite procession, troublé comme tous les autres.

Cela faisait plus de cinq ans qu'il exerçait ce métier. Il avait vu son lot de cadavres. Accidents en tout genre, quelques meurtres, des suicides aussi. Il n'était ni insensible, ni blasé. C'est lui qui appelait parents ou épouses pour annoncer la mauvaise nouvelle. Et il redoutait toujours le prochain coup de fil qu'il devrait donner.

Ce vieux Seth. Qui devait-il appeler ? Hubbard était divorcé, d'accord. Mais s'était-il remarié ? Ozzie l'ignorait. Il ne savait rien de sa famille. Seth avait soixante-dix ans, ou un peu plus. Peut-être avait-il des enfants adultes ? Mais où étaient-ils ?

Ozzie le découvrirait bien assez tôt. Tout en roulant vers Clanton, l'ambulance dans son sillage, il appela ceux qui pouvaient avoir des informations sur son bienfaiteur défunt.

2.

Jake Brigance fixait des yeux les chiffres rouges de son radio-réveil. À 5 h 29, il se pencha pour appuyer sur le bouton, et sortit doucement du lit. Carla se tourna sur le côté et s'enfouit sous les couvertures. Jake lui tapota les fesses et lui dit bonjour. Pas de réponse. On était lundi, jour de travail, et elle pouvait dormir encore une heure avant de sauter du lit et de filer à l'école avec Hanna. Pendant les vacances scolaires, Carla dormait encore plus tard et passait ses journées à s'occuper de leur fille. Jake, de son côté, avait des horaires quasiment immuables. Debout à 5 h 30. Au Coffee Shop à 6 heures. Au bureau à 7 heures. Peu de gens attaquaient le travail d'aussi bon matin que Jake Brigance, même si, aujourd'hui, du haut de ses trente-cinq ans, il se demandait souvent pourquoi il se réveillait si tôt. Pourquoi tenait-il à ce point à arriver à son cabinet avant ses autres collègues de Clanton ? La réponse, autrefois lumineuse, devenait de moins en moins évidente. Certes, son rêve de devenir un grand avocat était toujours aussi vif. Depuis qu'il avait fini son droit à Ole Miss, cette ambition ne l'avait pas quitté. Mais la vie se refusait à lui sourire. Dix ans à batailler, et son cabinet s'occupait toujours de successions insignifiantes, de petits litiges commerciaux. Pas une affaire criminelle d'envergure, pas le moindre accident de voiture juteux à se mettre sous la dent.

Il avait eu son moment de gloire : l'acquittement de Carl Lee Hailey trois ans plus tôt. Et Jake, parfois, pensait qu'il n'y en aurait pas d'autres. Par habitude, il chassait ses doutes, se disait qu'il était jeune encore, qu'il était un gladiateur et que de beaux procès et autant de victoires l'attendaient.

Il n'avait pas à ouvrir la porte pour faire sortir le chien, parce qu'il n'y avait plus de chien. Max était mort dans l'incendie qui avait détruit leur maison rue Adams, une demeure victorienne qu'ils adoraient et pour laquelle ils s'étaient lourdement endettés. Le Ku Klux Klan avait mis le feu à leur nid d'amour au plus fort du procès Hailey, en juillet 1985. Ils avaient d'abord planté une croix en feu sur la pelouse, puis avaient tenté de faire sauter la maison. Jake avait alors préféré envoyer sa femme et sa fille se mettre à l'abri dans le bungalow du père de Carla. Grand bien lui en avait pris. Après avoir tenté pendant un mois de tuer Jake, le Klan avait incendié sa maison. Il avait fait sa plaidoirie avec un costume d'emprunt.

Prendre un nouveau chien était encore un sujet trop sensible. Ils avaient évoqué une ou deux fois l'idée, mais sans s'y arrêter vraiment. Hanna voulait un autre compagnon. Sans doute était-ce nécessaire pour elle, étant enfant unique. Souvent, elle disait qu'elle en avait assez de jouer toute seule. Mais Jake, et surtout Carla, savait qui aurait la charge de nettoyer derrière le chiot. En outre, ils habitaient une maison de location et leur existence était loin d'avoir repris un cours normal. Un animal apporterait-il une sorte de sérénité ? Jake se posait souvent cette question au réveil, mais ne parvenait pas à trancher. Une chose était sûre, la présence d'un chien lui manquait autant qu'à sa fille.

Après une douche express, il s'habilla dans la minuscule chambre voisine qui leur servait de dressing. Toutes les pièces étaient petites dans cette maison de carton. Tout ici était temporaire. Le mobilier, un agencement déprimant de reliques de vide-greniers, était destiné à la benne dès que les choses iraient mieux. Mais il fallait bien se rendre à l'évidence : le destin ne semblait guère pressé de donner à Jake un coup de pouce. Leur procès contre la compagnie d'assurances était enlisé dans des méandres juridiques. Cela semblait sans espoir. Jake avait lancé ce recours en justice six mois après l'affaire Hailey, quand il se croyait le roi du monde. Comment une assurance pouvait-elle oser l'arnaquer, lui, le grand Jake Brigance ? Qu'on le laisse plaider devant un jury et il se faisait fort d'obtenir un nouveau succès ! Mais son arrogance s'étiola à mesure qu'il découvrit à quel point il était mal couvert par son contrat. À quatre pâtés de maisons de là, leur ancien terrain, portant encore les stigmates de l'incendie, les attendait. Leur voisine, Mme Pickle, veillait sur leur domaine, mais ce n'était plus qu'un terrain vague, envahi de feuilles mortes. Tout le quartier espérait qu'une nouvelle maison allait renaître de ses cendres et que les Brigance allaient revenir.

Sur la pointe des pieds, Jake entra dans la chambre de Hanna, lui fit un bisou et remonta ses couvertures. Elle avait sept ans à présent. Leur seul enfant. Il n'y en aurait pas d'autres. Elle était en CE1 à l'école élémentaire de Clanton, juste à côté de l'école maternelle où enseignait sa mère.

Dans la cuisine exiguë, Jake lança la machine à café et attendit qu'elle fasse du bruit. Il ouvrit sa mallette pour y ranger quelques dossiers, effleura du doigt le 9 millimètres semi-automatique qui se trouvait à l'intérieur. Il s'était habitué à ce pistolet. C'était si triste. Comment dans ces conditions avoir une existence normale ? Mais il n'avait pas le choix. C'était une nécessité : ils avaient incendié sa maison après avoir tenté de la faire sauter. Ils avaient menacé sa femme au téléphone, planté une croix en feu devant ses fenêtres, tabassé le mari de sa secrétaire et le malheureux en était mort. Ils avaient embauché un tireur d'élite pour tuer Jake mais c'était un soldat qui avait pris la balle. Ces gens avaient semé la terreur pendant le procès et les menaces ne s'étaient pas arrêtées avec le verdict.

Quatre se trouvaient derrière les barreaux – trois dans une prison fédérale, l'autre à Parchman. Quatre seulement ! Alors qu'il aurait dû y avoir des dizaines de condamnations. Ozzie Walls était aussi de cet avis, ainsi que toutes les personnalités noires du comté. Par habitude, et pour atténuer la frustration, Jake appelait le FBI toutes les semaines pour s'informer de l'avancée de l'enquête. Après trois ans, les agents fédéraux ne se donnaient même plus la peine de répondre à ses messages. Jake envoyait également des courriers.

Les pièces de cette affaire occupaient, désormais, une armoire entière dans son bureau.

Quatre ! Il connaissait pourtant les noms de tous les autres, tous suspects, en tout cas dans son esprit. Certains avaient déménagé, d'autres étaient restés, mais tous étaient encore libres, vivant leur vie tranquillement, en toute impunité. Alors Jake avait, dans sa poche, un permis de port d'armes en bonne et due forme et un pistolet toujours à portée de main ; il y en avait un dans sa mallette. Un autre dans sa voiture. Deux au bureau et plusieurs encore cachés en divers endroits stratégiques. Ses fusils de chasse avaient disparu dans l'incendie, mais Jake, petit à petit, reconstituait sa collection.

Il sortit de la maison, sur le petit perron de brique, et respira l'air frais. Dans la rue, juste devant son portail, une voiture de patrouille. Au volant : Louis Tuck, un adjoint qui travaillait de minuit à 8 heures du matin et dont le travail consistait essentiellement à se montrer la nuit dans le quartier, et en particulier à 5 h 45 devant chez Jake tous les matins, du lundi au samedi, quand M. Brigance sortait sur le perron pour dire bonjour. Tuck répondit au salut. Les Brigance avaient survécu une nuit de plus.

Tant qu'Ozzie serait shérif du comté de Ford – c'est-à-dire pendant au moins trois ans encore – lui et ses hommes feraient leur possible pour protéger la famille de Jake. Jake avait défendu Carl Lee Hailey, travaillé comme un forçat pour une misère, bravé les balles, les menaces, et pratiquement tout perdu pour décrocher un acquittement qui causait encore bien de l'émoi dans le comté. Alors protéger cet avocat était la priorité numéro un d'Ozzie.

Tuck partit. Il allait faire le tour du pâté de maisons et revenir dans quelques minutes, après le départ de Jake. Il attendrait de voir les lumières s'allumer dans la cuisine. Il saurait alors que Carla était levée.

Jake avait l'une des deux seules Saab du comté, une rouge accusant trois cent mille kilomètres au compteur. Il était grand temps d'en changer, mais il n'en avait pas les moyens. Avoir une voiture exotique dans une petite ville du Sud paraissait une bonne idée autrefois, mais aujourd'hui le budget entretien était exorbitant. Le concessionnaire le plus proche se trouvait à Memphis, à une heure de route. Chaque voyage là-bas lui faisait perdre une demi-journée de travail et mille dollars. Jake était prêt à acheter un modèle américain, et cette pensée lui venait chaque matin, au moment de tourner la clé de contact, quand il faisait une petite prière pour que l'engin démarre. La voiture ne lui avait jamais fait faux bond, mais il fallait à présent un petit temps, quelques tours de plus du démarreur, avant d'entendre le moteur. C'était comme le signe annonciateur d'une catastrophe imminente. Dans sa paranoïa croissante, Jake avait repéré d'autres bruits et cliquetis étranges. Il inspectait régulièrement ses pneus qui s'usaient dangereusement. Il recula dans la rue Culbert qui, quoique à seulement cinq cents mètres de leur ancienne rue Adams, se trouvait dans un quartier bien moins chic de la ville. La maison voisine était aussi une location. Des demeures anciennes, cossues et pleines de charme bordaient la rue Adams. De mornes parallélépipèdes typiques de banlieue s'alignaient rue Culbert, jetés là avant que la municipalité ne se préoccupe réellement d'urbanisme.

Même si Carla ne se plaignait pas, Jake savait qu'elle brûlait de partir loin d'ici.

Ils avaient déjà abordé le sujet. Quitter Clanton pour de bon. Les trois années qui s'étaient écoulées depuis le procès Hailey avaient été moins glorieuses que prévu. Si Jake devait se tuer au travail pour réussir, pourquoi ne pas le faire ailleurs ? Carla pouvait enseigner n'importe où. Ils pourraient avoir une vie agréable loin d'ici, paisible, sans armes ni protection policière. Jake était peut-être le héros de la communauté noire du comté, mais il avait une majorité d'ennemis chez les Blancs. Et les fous étaient encore libres comme l'air. D'un autre côté, c'était rassurant de vivre avec tant d'amis autour de soi. Les voisins surveillaient la rue. Le moindre véhicule suspect était repéré. Tous les policiers du comté savaient que la sécurité des Brigance était de la plus haute importance.

Jake et Carla ne partiraient jamais, même s'il était amusant de se demander « où pourrions-nous vivre ? ». Ce n'était qu'un jeu. Jake n'avait pas le profil pour travailler dans un grand cabinet d'une métropole, telle était la vérité, et il n'existait nulle part dans le pays de petites bourgades qui ne soient déjà occupées par une meute d'avocats affamés. Jake savait où était sa place, et celle-ci lui convenait. Restait – point crucial – à gagner de l'argent.

Il ralentit en passant devant son terrain à l'abandon de la rue Adams, lâcha quelques jurons à l'intention de ces lâches qui avaient incendié son foyer, et quelques autres encore pour sa compagnie d'assurances, puis accéléra. Il tourna ensuite dans la rue Jefferson, puis Washington, qui bordait d'est en ouest la grande place de Clanton. Son bureau était situé dans cette rue, juste en face du palais de justice. Il se garait tous les jours au même emplacement à 6 heures du matin – à cette heure matinale, il avait l'embarras du choix. L'esplanade serait déserte encore deux heures, jusqu'à ce que le tribunal, les boutiques et les bureaux ouvrent leurs portes.

Le Coffee Shop, toutefois, était déjà bondé de cols bleus, de fermiers et d'adjoints quand Jake entra et salua tout le monde. Comme de coutume, il était le seul client en costume cravate. Les autres cols blancs se rassembleraient, dans une heure, au Tea Shoppe, de l'autre côté de la place, pour parler taux d'intérêt et politique internationale. Au Coffee Shop, les sujets récurrents étaient football, politique locale, et pêche à la carpe. Jake était l'un des rares avocats à y être toléré. Pour plusieurs raisons : tout le monde l'aimait bien. Il était sympathique, souriant, et toujours disponible pour donner un conseil juridique quand un mécano ou un livreur avait des soucis. Il accrocha sa veste à la patère et trouva une place à la table de Marshall Prather, un adjoint d'Ozzie. Deux jours plus tôt, l'équipe d'Ole Miss, l'université du Mississippi, avait perdu contre les Bulldogs de Georgie, par trois essais à rien, et c'était le sujet chaud du moment. Dell, la serveuse insolente, chewing-gum toujours à la bouche, lui servit un café en s'arrangeant pour le bousculer de son postérieur proéminent – leur petit rituel six matins par semaine. En quelques minutes, elle lui apporta son plat sans qu'il ait besoin de passer commande : toasts, polenta, et confiture de fraises – comme d'habitude.

— Au fait, commença Prather alors que Jake asper-
geait sa polenta de Tabasco, tu connaissais Seth Hubbard ?

— Je ne l'ai jamais rencontré, répondit-il en aper-
cevant quelques regards braqués sur lui. Il habitait
près de Palmyra, c'est ça ?

— Exact.

Prather finit de mastiquer son morceau de saucisse.
Jake en profita pour boire une gorgée de café.

Il patienta quelques instants encore, mais comme rien
ne venait, il se sentit obligé de relancer la conversation :

— Dois-je donc en conclure qu'il n'est plus de ce
monde, vu que tu as employé le passé ?

— J'ai employé quoi ?

Le policier avait la fâcheuse habitude de poser tout
haut des questions au petit déj', puis de se murer
dans le silence. Il était rusé. C'était sa façon de voir
si quelqu'un en savait plus long que lui.

— Le passé. Tu as demandé si je le « connaissais », pas si je le « connais ». Ce qui sous-entend
qu'il n'est plus en vie, non ?

— Possible.

— Alors, que lui est-il arrivé ?

Andy Furr, un mécanicien du garage Chevrolet,
répliqua :

— Il s'est suicidé hier. On l'a retrouvé pendu à
un arbre.

— Il a laissé une lettre et tout, ajouta Dell en
s'approchant avec son pichet de café à la main.

Le Coffee Shop étant ouvert depuis une heure, Dell
connaissait forcément tous les détails.

— Et que disait cette lettre ? questionna Jake avec
flegme.

26

— Ça, je peux pas te le dire, chéri. C'est entre moi et le vieux Seth.

— Tu ne le connaissais même pas ! lança Prather.

Dell n'avait pas froid aux yeux, ni la langue dans sa poche.

— Je me suis envoyée en l'air une fois avec lui. Ou peut-être deux. Je sais plus.

— Il y en a eu tant ! railla Prather.

— Tu l'as dit. Mais toi, tu ne m'auras jamais, pas même en rêve !

— En fait, c'est bien ça, tu ne t'en souviens même pas ! insista Prather en s'attirant quelques rires.

— Où elle était cette lettre ? s'enquit Jake, pour faire revenir la conversation sur ses rails.

Prather enfourna une belle fourchette de pancakes et mâchonna un moment.

— Sur la table de la cuisine, précisa-t-il finalement. Ozzie l'a récupérée. Il enquête, mais il n'y a pas grand-chose à découvrir. Apparemment Hubbard est allé à l'église. Il paraissait en forme, puis il est rentré chez lui, a pris un escabeau, une corde, et s'est fait son affaire. C'est l'un de ses ouvriers qui l'a retrouvé vers 14 heures, hier, pendu sous la pluie. Dans ses plus beaux habits du dimanche.

Curieux, intrigant et tragique. Mais Jake avait du mal à être touché par la mort de cet homme qu'il ne connaissait pas.

Andy Furr se mêla à la conversation :

— Il avait des problèmes ?

— Aucune idée, répliqua Prather. Je crois qu'Ozzie le connaissait un peu. Mais il n'est pas très loquace là-dessus.

Dell remplit leurs tasses et se planta devant leur table.

— Non, je ne l'ai jamais rencontré. Mais mon cousin connaît sa première femme. Il en a eu au moins deux et, selon son ex, Seth a des terres et de l'argent. D'après elle, c'est un sale con, mais elles disent toutes ça après un divorce, pas vrai ?

— Parce que les divorces, tu connais ? ricana Prather.

— En tout cas, mieux que toi. Sur tout, j'en sais plus long que toi, Marshall !

— Il a laissé un testament ? intervint Jake.

Les successions n'étaient pas sa tasse de thé, mais à grand héritage, grands honoraires. Ce n'était qu'un peu de paperasse, deux passages devant le juge, rien de bien compliqué ni de très fastidieux. À 9 heures les autres avocats seraient en ville et chercheraient à savoir qui détenait les dernières volontés de Hubbard.

— On l'ignore encore, répondit Marshall Prather.

— Les testaments sont des documents privés, pas vrai Jake ? s'enquit Bill West, électricien à l'usine de chaussures au nord de Clanton.

— Oui, tant qu'on est en vie. On peut changer son testament jusqu'à la dernière minute. Il est donc inutile de le déclarer de son vivant. Sans compter qu'on peut avoir de bonnes raisons de vouloir que personne ne sache ce qu'il y a dedans. Mais une fois qu'on est mort, le testament doit être enregistré au tribunal, il devient alors une pièce publique.

Tout en parlant, Jake jeta un regard circulaire. Il y avait dans la salle au moins trois hommes dont il avait préparé et rédigé les dernières volontés. Jake travaillait vite et bien, et pour pas cher. Et ça se savait en ville. Il fallait que les affaires tournent au cabinet Brigance.

— Quand doit-on déclarer un testament ? s'enquit Bill West.

— Il n'y a pas de date limite. D'ordinaire, les héritiers – épouse et enfants – apprennent les dernières volontés du défunt, se rendent chez un avocat, et un mois après les funérailles, ils passent devant le juge et lancent la procédure.

— Et s'il n'y a pas de testament ?

— Ça fait le bonheur des avocats ! s'exclama Jake en riant. C'est la foire d'empoigne. Si Hubbard n'a pas rédigé de testament, et laisse derrière lui deux ex-épouses, sans doute des enfants adultes, et peut-être même des petits-enfants, alors tout ce petit monde risque de consacrer les cinq prochaines années à se disputer la charogne, si tant est qu'il y ait encore quelque chose à manger.

— Oh, il y a de quoi manger, tu peux me croire ! lança Dell à l'autre bout de la salle, son radar toujours en alerte rouge.

Si quelqu'un toussait, elle lui infligeait un questionnaire de santé. Au premier reniflement, elle rappliquait avec un mouchoir en papier. Si on était trop silencieux, elle posait au malheureux des questions indiscrètes sur sa vie privée, son travail. Et si on tentait de parler à voix basse, elle arrivait aussitôt, sous prétexte de remplir les tasses, qu'elles soient vides ou non. Rien ne lui échappait ; elle avait une mémoire d'éléphant et ne ratait jamais l'occasion de pointer du doigt les contradictions de ses clients, même si leurs propos dataient de plusieurs années auparavant.

Prather roula des yeux, comme pour dire « qu'est-ce qu'elle en sait, cette idiote ? », mais, prudemment, ne fit aucune remarque. Il se contenta de finir ses pancakes et s'en alla.

Jake le suivit peu après. Il paya l'addition à 6 h 40, embrassa Dell malgré les vapeurs entêtantes de son parfum de supermarché et quitta le Coffee Shop. Le ciel était orange, là où l'aube grandissait. La pluie de la veille était loin, l'air frais et pur. Jake obliqua vers l'est, tournant le dos à son bureau, et marcha d'un pas rapide, comme s'il était en retard à un rendez-vous important. Bien sûr, il n'avait aucune affaire urgente à traiter – juste deux personnes à recevoir pour leur donner quelques conseils.

Jake faisait donc sa promenade du matin autour de la place ; il passait devant les banques, les cabinets d'assurances, les agences immobilières, les boutiques et les cafés, tous accolés les uns aux autres, tous fermés à cette heure. À quelques exceptions près, les bâtiments ne dépassaient pas un étage. Une enfilade de constructions en brique rouge, avec des balcons flanqués de rambardes en fer forgé, qui dessinait un carré parfait autour du tribunal et de sa pelouse. Clanton, sans être prospère, ne se mourait pas comme tant d'autres bourgades du Sud profond. Le recensement de 1980 indiquait un peu plus de huit mille habitants, soit un quart de la population totale du comté, et on s'attendait à ce que ces chiffres soient révisés à la hausse lors du prochain dénombrement. Il n'y avait pas de devantures vides, pas de vitrines bardées de planches, pas d'écriteaux « à vendre » suspendus aux fenêtres. Jake venait de Karaway, une petite ville de deux mille cinq cents habitants, à trente kilomètres de Clanton, et l'avenue principale, là-bas, était devenue une rue fantôme. Les commerçants prenaient leur retraite, les cafés fermaient et les avocats, un à un, remballaient leurs livres pour aller s'installer dans la capitale du comté. Ils étaient vingt-six aujourd'hui autour de la place de Clanton, et leur nombre grandissait. La compétition devenait féroce. Combien d'avocats Clanton pourrait-il encore accueillir avant que la profession n'implose ?

Jake aimait longer les cabinets des concurrents, voir leurs portes closes, leurs salles d'attente vides et obscures. C'était son tour de gloire. Il était prêt à attaquer la journée, lui, à prendre toutes les affaires pendant que la concurrence se prélassait encore dans les bras de Morphée ! Il dépassa le bureau de Harry Rex Vonner, peut-être son meilleur ami au barreau, un tueur qui arrivait rarement avant 9 heures, et dont la salle d'attente était envahie par des clientes sur les nerfs voulant demander le divorce. Harry Rex avait eu plusieurs épouses et connu une vie conjugale chaotique. C'était la raison pour laquelle il préférait travailler tard au bureau. Jake passa aussi devant le cabinet Sullivan, le plus gros du comté. Neuf avocats, neuf connards patentés – d'accord, c'était aussi un peu la jalousie qui parlait ! Sullivan avait pour clients les banques, les compagnies d'assurances, et ses associés gagnaient des fortunes. Plus loin, il y avait les locaux cadenassés de son vieux compère, Mack Stafford, qu'on n'avait plus vu depuis huit mois, après qu'il se fut fait la belle en pleine nuit avec l'argent de ses clients. Sa femme et ses deux filles le cherchaient toujours, comme la justice. En son for intérieur, Jake espérait que Mack se faisait dorer sur une plage quelque part au soleil, en sirotant un punch, et qu'il ne reviendrait jamais. Il n'avait pas fait un mariage heureux. « Cours, Mack, cours ! » répétait Jake chaque matin, en effleurant le cadenas sans ralentir le pas.

Plus loin encore, c'étaient les locaux du *Ford County Times*, le Tea Shoppe, qui commençait tout juste à sortir de sa léthargie, le magasin de prêt-à-porter où Jake achetait ses costumes, un autre café, tenu par un Noir, Chez Claude, où il mangeait tous les vendredis midi avec les autres Blancs progressistes de la ville, puis l'antiquaire – un escroc que Jake avait poursuivi en justice à deux reprises –, et la banque à qui il devait toujours rembourser son second emprunt pour la maison, et enfin un immeuble du comté où le nouveau procureur du district travaillait quand il était en ville. Son prédécesseur, Rufus Buckley, avait été banni l'an passé par les électeurs et exclu de la vie publique à jamais, du moins c'est ce que Jake et quelques autres espéraient. Entre lui et Buckley, cela avait été la guerre ouverte durant le procès Hailey, et la haine ne s'était toujours pas tarie. Aujourd'hui, reclus dans sa maison de Smithfield, dans le comté de Polk, Buckley pansait ses plaies et vivotait dans un bureau de la grand-rue où pullulaient déjà nombre de cabinets juridiques.

La boucle était bouclée et Jake poussa enfin la porte de son propre bureau qui, de l'avis général, était considéré comme le plus beau de la ville. Le bâtiment, comme d'autres sur la place, avait été construit par la famille Wilbanks un siècle plus tôt, et pendant presque autant de temps un Wilbanks avait officié ici. La dynastie s'était arrêtée quand Lucien, le dernier de la lignée, et sans doute le plus fou, avait été radié du barreau. Il venait d'engager Jake, tout juste sorti de l'école de droit, la tête encore pleine de rêves et d'idéaux. Il avait tenté de le corrompre, mais avant de parvenir à ses fins, le barreau lui avait retiré l'autorisation d'exercer. Une fois Lucien hors jeu, et sans plus d'autres Wilbanks sur le banc des remplaçants, Jake avait hérité des locaux somptueux. Il n'utilisait que cinq des dix pièces. Il y avait un grand hall de réception au rez-de-chaussée où la secrétaire actuelle accueillait les clients. À l'étage, dans une pièce magnifique de cent mètres carrés, Jake passait ses journées derrière un gros bureau en chêne qui avait appartenu à Wilbanks père et grand-père. Lorsque l'ennui était trop grand, ce qui arrivait souvent, il ouvrait les portes-fenêtres et allait sur le balcon, où il avait une belle vue sur le palais de justice et la place.

À 7 heures précises, il s'assit à sa table de travail et but un nouveau café. Puis il regarda son agenda : une fois encore, rien d'intéressant ou de rentable n'allait occuper sa journée.

3.

Sa secrétaire avait trente et un ans et était mère de quatre enfants. Jake l'avait embauchée faute de mieux. Quand elle avait commencé à travailler pour lui cinq mois plus tôt, Jake était au plus bas, et elle était la seule prétendante. Elle se prénommait Roxy. Elle arrivait au travail à 8 h 30, le plus souvent avec plusieurs minutes de retard, et accomplissait un travail passable qui consistait à répondre au téléphone, accueillir les clients, chasser les importuns, taper les lettres, classer les dossiers, et garder l'endroit à peu près organisé. Voilà pour les quelques points positifs. Quant aux points négatifs, ils étaient légion : Roxy n'avait aucun attrait pour sa fonction, considérait ce poste comme un emploi temporaire en attendant une meilleure opportunité, fumait sur le perron côté cour, empestait le tabac froid, se plaignait de n'être pas assez payée, faisait constamment des sous-entendus sur les fortunes que gagnaient les avocats, et était, d'une manière générale, une personne parfaitement désagréable. Originaire de l'Indiana, elle avait suivi son mari militaire dans le Sud ; et comme tous les gens du Nord, ce qui avait trait à la culture sudiste l'agaçait. Issue d'une bonne famille, elle habitait aujourd'hui dans un trou perdu. Jake sentait que leur mariage battait de l'aile. Son mari avait perdu son poste pour négligence professionnelle. Elle voulait que Jake le défende, mais il avait refusé. Et cela restait un sujet qui fâche. En plus, il manquait cinquante dollars dans la caisse, et Jake craignait le pire.

Il devrait la mettre à la porte un jour ou l'autre, c'était inévitable, et Jake détestait ça. Tous les matins, quand il était seul au bureau, il faisait une petite prière et demandait à Dieu de lui donner la patience de cohabiter encore un peu avec cette femme.

Des secrétaires, il en avait eu tant… Il avait embauché des jeunes parce qu'elles étaient nombreuses sur le marché et prêtes à travailler pour une bouchée de pain. Les meilleures se mariaient, tombaient enceintes et voulaient six mois de congés. Les mauvaises lui tournaient autour, portaient des mini-jupes moulantes et faisaient des allusions équivoques. L'une d'entre elles avait menacé de l'accuser de harcèlement sexuel quand il l'avait licenciée, mais elle avait été poursuivie pour chèque sans provision et avait disparu de la circulation.

Il avait alors engagé des femmes plus mûres pour éviter ces désagréments, mais ce n'était pas mieux. Elles étaient autoritaires, avaient des sautes d'humeur, se prenaient pour sa mère, passaient leur temps chez le médecin, avaient tout le temps mal quelque part ou toujours un enterrement où elles devaient absolument se rendre.

Pendant des décennies, le bureau avait été sous la houlette d'Ethel Twitty, une icône de la maison du temps des grandes heures du cabinet Wilbanks. Pendant plus de quarante ans, Ethel avait fait marcher droit les associés, terrorisé les autres secrétaires, et harcelé les petits nouveaux qui ne tenaient pas plus d'un an ou deux. Mais Ethel avait pris sa retraite, poussée vers la sortie par Jake pendant l'affaire Hailey. Son mari avait été tabassé, sans doute par des hommes du Ku Klux Klan, mais l'enquête n'avait rien donné. Jake était alors tout content quand elle était partie. Mais, aujourd'hui, il la regrettait amèrement.

À 8 h 30 tapantes, il était dans la cuisine au rez-de-chaussée. Il se servit un autre café, puis s'attarda dans la salle d'archives comme s'il cherchait un vieux dossier. Quand Roxy arriva par l'entrée du personnel à 8 h 39, Jake se tenait à côté de son bureau, feuilletant une liasse de documents, pour lui montrer, qu'une fois encore, elle était en retard. Certes, elle avait quatre enfants, un mari acariâtre au chômage, un travail qu'elle n'aimait pas, avec un salaire de misère, et toutes sortes de problèmes… mais cela n'était pas une excuse. S'il avait eu de la sympathie pour elle, il aurait pu être conciliant, se montrer compréhensif. Mais, chaque jour, elle l'agaçait un peu plus. Il montait un dossier contre elle, compilait les fautes, en prévision du jour où il la convoquerait pour la licencier. Jake détestait se voir dans cette position, à comploter contre une secrétaire indésirable.

— Bonjour, Roxy, dit-il en jetant un coup d'œil à sa montre.

— Bonjour. Désolée, j'ai dû emmener les enfants à l'école.

Ses mensonges… ça aussi, il en avait plus que son saoul ! C'était son mari sans emploi qui se chargeait d'accompagner les gosses à l'école. Carla avait vérifié.

— D'accord, marmonna Jake en ramassant le courrier qu'elle venait de déposer sur le bureau.

Il passa en revue les enveloppes. Peut-être y aurait-il quelque chose d'intéressant ? C'était la collection habituelle de paperasse juridique. Des lettres d'autres cabinets, une autre d'un juge, des copies de dossiers, de requêtes et de plaintes. Il ne se donna pas la peine de les ouvrir. C'était le travail de sa secrétaire.

— Vous attendez un pli ? demanda-t-elle en lâchant son sac à main sur le bureau.

— Non.

Comme à son habitude, elle était encore « dans son jus » – pas de maquillage, pas même un coup de brosse. Elle fila aux toilettes pour se refaire une beauté, une entreprise qui prenait souvent un quart d'heure. Ça figurera dans son dossier !

Jake continua à parcourir la pile. Sur la dernière enveloppe de format standard, Jake aperçut son nom, à l'encre bleue, écrit à la main dans une graphie toute en pleins et déliés. Les coordonnées de l'expéditeur, au dos, lui causèrent un choc. Il faillit lâcher l'enveloppe sous le coup de la surprise. Il abandonna le reste du courrier sur le bureau de Roxy et grimpa quatre à quatre l'escalier menant à son bureau. Il ferma sa porte à clé, s'assit à un secrétaire dans un coin de la pièce, sous le portrait de William Faulkner – une œuvre achetée par Wilbanks père – et examina l'enveloppe. Une enveloppe classique, bas de gamme, blanche, au format lettre, sans doute achetée par paquet de cent pour cinq dollars, décorée d'un timbre de vingt-cinq cents à l'effigie d'un astronaute, et qui, à en juger par l'épaisseur, devait contenir plusieurs feuillets. Le courrier lui était adressé personnellement : « Me Jake Brigance, Avocat, 146, rue Washington, Clanton, Mississippi. » Sans code postal.

L'adresse de retour était : « Seth Hubbard, B.P. 277, Palmyra, Mississippi, 38664. »

Le cachet de la poste de Clanton datait du 1er octobre 1988, le samedi, deux jours plus tôt. Jake prit une grande inspiration et tenta de remettre en place les pièces du puzzle. Si ce qu'on disait au Coffee Shop était vrai – et il n'avait aucune raison d'en douter, du moins pas pour ce sujet – Seth Hubbard s'était pendu la veille, le dimanche après-midi. Il était à présent 8 h 45, lundi matin. Si la lettre avait été tamponnée à Clanton le samedi, Seth Hubbard, ou quelqu'un agissant pour lui, avait mis la lettre à la boîte réservée au comté le vendredi en fin d'après-midi ou le samedi matin avant midi, heure de la fermeture. Seul le courrier local était traité par Clanton ; les autres plis étaient envoyés dans le centre de tri régional de Tupelo, où ils étaient estampillés et dispatchés suivant leurs destinations.

Avec une paire de ciseaux, Jake découpa une fine bandelette à une extrémité de l'enveloppe, à l'opposé de l'endroit où figurait l'adresse de retour, juste à côté du timbre, afin de garder toutes les informations intactes. Il en aurait peut-être besoin comme pièce officielle. Il photocopierait tout ça plus tard. Il retourna l'enveloppe et la secoua jusqu'à ce que les documents tombent sur le bureau. Son cœur se mit à battre plus vite quand il déplia les feuilles avec précaution. Trois au total. Du simple papier blanc, sans filigrane ni en-tête. Il écrasa les plis pour étaler les pages bien à plat, puis il prit la première du tas. À l'encre bleue encore, d'une écriture aussi élégante, son auteur avait écrit :

Cher Monsieur Brigance,

À ma connaissance, nous ne nous sommes jamais rencontrés. Et, par la force des choses, cela n'arrivera pas. Quand vous lirez cette lettre, je serai mort et les ragots iront bon train dans cette ville sinistre. J'ai mis fin à mes jours uniquement parce que mon cancer du poumon a gagné la partie. Les médecins ne me donnent plus que quelques semaines à vivre et j'en ai assez de souffrir. J'en ai assez de tant de choses. Si vous fumez, écoutez le conseil d'un mort : arrêtez tout de suite !

Je vous ai choisi parce qu'on vous dit honnête et parce que j'ai admiré votre courage pendant le procès de Carl Lee Hailey. Je suis certain que vous avez un grand sens de l'équité, ce qui est si rare de nos jours dans cette partie du monde.

D'une manière générale, je méprise les avocats, en particulier ceux de Clanton. Je ne donnerai pas de noms, mais je meurs en leur souhaitant tous les maux du monde, à ces vautours, ces sangsues.

Vous trouverez ci-joint mes dernières volontés et mon testament. J'en ai écrit chaque mot et ils sont signés et datés de ma main. J'ai consulté la réglementation au Mississippi et j'ai constaté avec satisfaction qu'un testament « olographe », pour reprendre le terme juridique, est parfaitement légal et applicable. Personne n'a assisté à la rédaction ou à la signature de ce document, car la loi n'impose aucun témoin pour un testament manuscrit. Il y a un an, j'ai signé une version plus longue au cabinet Rush de Tupelo, mais je dénonce aujourd'hui ce testament.

Ce cabinet va vraisemblablement poser des problèmes, c'est la raison pour laquelle je veux que vous soyez mon avocat pour gérer la succession de mes biens. Je veux que ce testament soit appliqué, que vous le défendiez jusqu'au bout, quel qu'en soit le prix, et je sais que vous êtes de taille pour mener à bien cette tâche. Je déshérite en particulier mes deux enfants adultes, comme leurs enfants, ainsi que mes deux ex-épouses. Ce ne sont pas de bonnes personnes. Ils vont se battre, ça ne fait aucun doute. Mes biens ne sont pas négligeables – ils n'ont aucune idée de leur ampleur – mais quand cela sera rendu public, ils vont passer à l'attaque. Combattez-les, monsieur Brigance, jusqu'à ce qu'ils soient vaincus. Notre cause doit l'emporter.

Avec ma lettre de suicide, j'ai laissé des instructions pour mes funérailles et mon enterrement. Ne dévoilez pas la teneur de mon testament tant que je ne suis pas en terre. Je veux que ma famille endure toutes les cérémonies, joue les éplorés, avant de découvrir qu'ils n'auront rien. Regardez-les bien jouer la comédie – ils sont très bons pour ça. Ils n'ont aucun amour pour moi.

Je vous remercie d'avance de défendre ainsi mes intérêts. La tâche sera ardue. Mais pour consola-

tion, au moins, je n'assisterai pas à cette immonde curée.

Sincèrement,

Seth Hubbard   *Le 1ᵉʳ octobre 1988*

Jake était trop tendu pour lire le testament. Il se leva, fit les cent pas dans le bureau, ouvrit les portes-fenêtres, contempla le tribunal et la place, et revint au secrétaire. Il relut la lettre. Elle servirait de preuve pour attester de la validité du testament. Pendant un moment, il demeura paralysé. Il essuya ses mains sur son pantalon. Devait-il ne toucher à rien et aller trouver Ozzie ? Appeler un juge ?

Non, ce courrier lui était adressé personnellement, sous le sceau de la confiance, et il avait tout à fait le droit d'examiner le contenu de ces pièces. Il avait néanmoins l'impression d'avoir une bombe à retardement posée devant lui. Lentement, il écarta la lettre pour examiner le document. Le cœur battant la chamade, les mains tremblantes, il contempla l'écriture à l'encre bleue, sachant que ces mots tracés sur cette feuille allaient accaparer sa vie pour l'année à venir, voire la suivante.

TESTAMENT ET DERNIÈRES VOLONTÉS DE HENRY SETH HUBBARD

Je soussigné Seth Hubbard, âgé de soixante et onze ans, sain d'esprit à défaut de corps, donne ici mon testament et mes dernières volontés.

1. Je réside dans l'État du Mississippi. Mon adresse est le 4498 Simpson Road, Palmyra, Comté de Ford, Mississippi.

41

2. J'annule tous les testaments antérieurs signés par moi, en particulier celui du 7 septembre 1987, préparé par Me Lewis McGwyre du cabinet Rush à Tupelo, Mississippi.

3. Il s'agit d'un testament olographe. Tous les mots sont écrits de ma main, sans l'aide de personne. Il est signé et daté par moi-même. Je l'ai préparé et rédigé tout seul, dans mon bureau, en ce jour du 1er octobre 1988.

4. J'ai l'esprit clair et suis en pleine possession de mes moyens pour décider de volontés testamentaires. Personne ne m'influence ou n'a cherché à peser dans mes décisions.

5. Je désigne Russel Amburgh comme exécuteur testamentaire, habitant au 762, Ember Street, à Temple, Mississippi. M. Amburgh est le vice-président de ma holding et connaît parfaitement tous les actifs et les passifs de ma société. Je demande à M. Amburgh de louer les services de Me Jake Brigance, avocat à Clanton, Mississippi, pour me représenter. Je veux qu'aucun avocat du comté de Ford, autre que Me Brigance, ne s'occupe de l'homologation de mon testament et ne touche un cent dans cette entreprise.

6. J'ai deux enfants – Herschel Hubbard et Ramona Hubbard Dafoe – qui ont eux-mêmes des enfants, mais je ne sais combien au juste, car cela fait bien longtemps que je ne les ai pas vus. Je raye de ma succession à la fois mes enfants et tous mes petits-enfants. Ils n'auront rien. Je ne sais pas précisément le terme juridique quand on veut « exclure » une personne d'un héritage, mais mon intention est bien de les bannir tous de la succession – mes enfants et mes petits-enfants –, je veux qu'ils n'aient pas la moindre miette de ce qui m'appartient. S'ils contestent mon testament et que leur recours est débouté, ils devront payer tous les frais de justice en compensation de leur avidité.

7. J'ai deux ex-femmes que je ne nommerai pas. Puisqu'elles m'ont déjà tout pris au divorce, elles n'auront pas un sou de plus. Je les exclus également. Qu'elles périssent dans la douleur, comme moi.

8. Je laisse, lègue, octroie (quel que soit le terme officiel) quatre-vingt-dix pour cent de mes biens à mon amie, Lettie Lang, en remerciement de son dévouement à mon égard et de son amitié durant ces dernières années. Son nom complet est : Letetia Delores Tayber Lang, et son adresse est 1488 Montrose Road, Box Hill, Mississippi.

9. Je laisse, lègue, etc., cinq pour cent de mes biens à mon frère, Ancil F. Hubbard, s'il est toujours de ce monde. Je n'ai pas de nouvelles de lui depuis de nombreuses années, même si je pense souvent à lui. Il a été un pauvre gamin qui méritait mieux. Lui et moi, quand nous étions enfants, avons été témoins d'une chose qu'aucun humain ne devrait jamais voir, et Ancil en est resté traumatisé à vie. S'il est mort aujourd'hui, alors ces cinq pour cent seront réintégrés dans la succession.

10. Je laisse, lègue, etc., cinq pour cent de mes biens à l'église d'Irish Road.

11. Je demande à mon exécuteur de vendre ma maison, mes terres, mes biens, ainsi que la futaie de Palmyra, à la valeur du marché, dès que pos-

sible, et d'inclure les fonds ainsi récoltés dans ma succession.

Seth Hubbard   *1er octobre 1988*

La signature était petite mais parfaitement identifiable. Jake s'essuya à nouveau les mains sur son pantalon et relut la lettre. Le testament manuscrit occupait deux pages, l'écriture était soignée et parfaitement régulière. Seth Hubbard avait dû utiliser une règle ou un quelconque support pour faire des lignes aussi droites.

Des dizaines de questions s'imposaient, dont la plus évidente était : qui donc était Lettie Lang ? L'autre qui venait juste derrière : qu'avait bien pu faire cette Lettie Lang pour mériter quatre-vingt-dix pour cent de l'héritage ? Puis : à combien s'élevait le pactole ? S'il était important, quelle part l'État allait-il ponctionner en droits de succession ? Et enfin cette question, immédiatement subséquente : Quel tarif demander pour ce genre de travail ?

Mais avant qu'il ne sombre totalement dans la cupidité, Jake fit à nouveau les cent pas dans son bureau, pris de vertige, l'adrénaline coulant à flots. Quelle magnifique joute en perspective ! S'il y avait de l'argent en jeu, la famille de Seth Hubbard allait faire front et attaquer avec fureur. Jake n'avait jamais défendu des cas où les enfants étaient exclus d'un testament, mais il savait que ce genre de conflits se réglait à la cour du comté, et souvent devant jurés. Il était rare qu'un mort ici lègue quelque chose de valeur à ses descendants mais, de temps en temps, quelqu'un ayant un peu d'argent de côté passait l'arme à gauche sans avoir songé à sa succession ou alors un testament suspect sortait de nulle part. Ces affaires étaient des aubaines pour les avocats du cru qui faisaient appels sur appels, jusqu'à ce que l'héritage soit entièrement mangé par leurs honoraires.

Jake glissa avec précaution l'enveloppe et les trois feuillets dans une chemise et descendit le tout chez Roxy. Elle avait meilleure allure à présent et elle était occupée à ouvrir le courrier.

— Lisez ceci, dit-il. Lentement.

Elle s'exécuta et quand elle eut terminé la lecture elle lâcha :

— Houah ! Voilà une bien bonne nouvelle pour commencer la semaine.

— Pas tant que ça pour Seth Hubbard. Veuillez noter que cette lettre est arrivée ce matin, le 3 octobre.

— Noter ça, d'accord. Pourquoi ?

— Le timing peut être crucial dans un procès. Samedi, dimanche, lundi, ça peut tout changer.

— Je vais être appelée comme témoin ?

— Je n'en sais rien. Mais je préfère prendre mes précautions.

— C'est vous l'avocat.

Jake fit des copies en quatre exemplaires de l'ensemble – enveloppe, lettre et testament. Il remit à Roxy un jeu pour qu'elle constitue un nouveau dossier. Jake attendit qu'il sonne 9 heures et quitta le bureau avec les originaux et une photocopie. Il annonça à Roxy qu'il se rendait au palais de justice. Il alla directement à la Security Bank qui se trouvait juste à côté pour mettre les originaux au coffre.

* * *

Ozzie avait son bureau à la prison du comté, à deux pâtés de maisons de la place – un bunker en béton datant d'une dizaine d'années. Une annexe, aux airs de verrue, avait été ajoutée pour accueillir le shérif et son équipe. L'endroit était encombré de bureaux bon marché, de chaises pliantes, et tapissé d'une moquette tachée qui s'effilochait aux plinthes. Les lundis matin étaient toujours mouvementés, après les frasques du week-end. Les épouses arrivaient en colère pour payer les cautions des maris en cellule de dégrisement. D'autres venaient au contraire porter plainte pour qu'on les jette en prison. Des parents inquiets attendaient les détails à la suite d'une descente de police où l'on avait trouvé leur fils en possession de drogue. Le téléphone n'arrêtait pas de sonner et personne ne répondait. Les adjoints allaient et venaient, en mâchonnant des beignets, tasse de café à la main. En plus de l'agitation coutumière, il y avait aujourd'hui le suicide de cet homme mystérieux. Bref, c'était l'hystérie chez le shérif ce lundi.

Au fond de cette annexe, au bout d'un couloir, une porte épaisse, avec un écriteau en lettres blanches peintes à la main : OZZIE WALLS, SHÉRIF DU COMTÉ DE FORD. La porte était fermée. Le policier était déjà à pied d'œuvre, et au téléphone. Son interlocutrice appelait de Memphis, une femme affolée dont le fils avait été arrêté à bord d'un pickup qui transportait, entre autres marchandises, une quantité non négligeable de marijuana. L'interpellation avait eu lieu samedi soir, à côté du lac Chatulla, dans un parc où trafics et comportements prohibés étaient légion. Son rejeton était innocent, bien sûr, et la mère voulait le sortir de cellule.

Pas si vite, lui disait Ozzie. On toqua à sa porte. Il couvrit l'écouteur :

— Oui ?

Le battant s'ouvrit de quelques centimètres et la tête de Jake apparut dans l'interstice. Ozzie eut aussitôt un grand sourire et lui fit signe d'entrer. Jake referma la porte et s'assit. Ozzie expliqua à la mère que, même si son fils avait dix-sept ans, il avait été pris quand même en possession d'un kilo et demi d'herbe, et que donc, il ne pouvait le relâcher sans l'accord préalable d'un juge. Pendant que la mère lançait un flot d'injures contre la justice de l'État, Ozzie écarta le combiné de son oreille en fronçant les sourcils. Il secoua la tête, sourit encore à son ami. Rien de nouveau sous le soleil. Jake aussi avait eu droit à ce genre de salves, de nombreuses fois.

Ozzie promit de faire son possible – qui se limiterait à pas grand-chose – et put enfin raccrocher. Il se pencha au-dessus de son bureau pour serrer la main de Jake.

— Bien le bonjour, maître ! lança-t-il.

— Bonjour, shérif.

Ils bavardèrent un peu puis finalement parlèrent football. Ozzie avait joué quelque temps chez les Rams de Saint Louis avant de se blesser un genou. Il suivait encore les résultats de cette équipe avec ferveur. Jake, quant à lui, était un supporter des Saints de La Nouvelle-Orléans, comme la majorité des habitants du Mississippi, donc il n'y avait pas grand-chose à dire sur le sujet. Le mur derrière Ozzie était couvert de souvenirs de football – photos, récompenses, plaques, trophées. Il avait été élu meilleur joueur des Braves de l'université Alcorn au milieu des années 1970 et, évidemment, il tenait à garder des reliques de cette époque révolue.

En d'autres circonstances, en particulier s'il y avait un public – au palais de justice, par exemple, pendant une suspension de séance, quand tout le barreau était là – Ozzie était tenté de raconter comment il avait cassé la jambe de Jake. Jake était un quarter-back rachitique de seconde année dans l'équipe de Karaway, une école beaucoup plus modeste qui, par une tradition obscure, tenait à se faire massacrer tous les ans par Clanton. Le match était annoncé comme le pugilat de l'année. Ozzie, le bloqueur star de l'équipe, terrorisait les attaquants de Karaway depuis trois quart-temps quand, à la fin du quatrième, il fit une longue relance et fonça vers la troisième ligne. Les arrières de Karaway, terrifiés et au bout du rouleau, laissèrent Ozzie passer et il écrasa Jake en perdition. Ozzie prétendait avoir entendu le péroné de Jake se briser. Quant à Jake, il disait n'avoir rien entendu du tout, sinon le grognement d'Ozzie lancé comme une bête furieuse. Quelle que soit la version, l'histoire était évoquée au moins une fois par an.

Mais on était lundi matin, le téléphone ne cessait de sonner et les deux hommes avaient du pain sur la planche. Il était évident que Jake n'était pas là pour faire un brin de causette.

— Je crois que j'ai été embauché par Seth Hubbard, annonça-t-il.

Ozzie plissa les yeux et observa son ami.

— Il n'est plus en l'état d'embaucher qui que ce soit. Il est chez Magargel, sur une table d'autopsie.

— Vous l'avez déjà ouvert ?

— Pour l'instant, on l'a juste redescendu au sol.

Ozzie chercha un dossier, l'ouvrit, et sortit trois photos en couleurs. Il les montra à Jake. De face, de dos, et de profil, la même image de Hubbard, mort et pathétique, suspendu sous la pluie. Jake eut un choc mais n'en montra rien. Il examina le visage, figé dans une position grotesque, fouillant ses souvenirs.

— Je ne l'ai jamais rencontré, marmonna-t-il. Qui l'a trouvé ?

— L'un de ses employés. Apparemment, il avait bien préparé son affaire.

— À l'évidence.

Jake plongea la main dans la poche de son manteau, en sortit le jeu de photocopies et les donna à Ozzie.

— C'est arrivé ce matin avec le courrier. Pas un mot à la presse. La première feuille, c'est une lettre qu'il m'a adressée. Les autres, c'est son testament.

Le policier lut lentement la lettre. Puis, imperturbable, il prit connaissance du testament. Une fois la lecture terminée, il lâcha les papiers sur le bureau et se frotta les yeux.

— Houlà… et c'est valide ça comme testament ?

— Absolument, mais je suis sûr que la famille va attaquer.

— Et comment ?

— Ils vont tirer à tout va. Affirmer que le vieux n'avait plus ses facultés mentales, que cette femme l'a manipulé et convaincu de changer son testament. Quand il y a de l'argent en jeu, on sort toutes les cartouches.

— Cette femme…

Ozzie eut un sourire indéfinissable et secoua la tête.

— Tu la connais ?

— Oui.

— Une Noire ou une Blanche ?

— Noire.

Jake s'en doutait. Il n'était donc ni surpris, ni déçu. Au contraire, il sentait l'excitation monter. Un Blanc fortuné qui, à la dernière minute, léguait tous ses biens à une femme noire. C'était un scénario de rêve. La bataille allait être féroce au tribunal et il allait se trouver au milieu.

— Tu la connais comment ? Bien ?

Le shérif connaissait toute la communauté noire du comté, ceux qui étaient inscrits sur les listes électorales et ceux qui traînaient encore la patte, ceux qui avaient une maison et ceux qui vivaient de l'assistance publique, les travailleurs et les paresseux, les économes et les cambrioleurs, les bons chrétiens et les piliers de bar.

— Je la connais, se contenta-t-il de répéter, prudent comme à son habitude. Elle vit à Box Hill, dans un quartier appelé Little Delta.

Jake hocha la tête.

— Je vois où c'est. J'y suis déjà passé.

— C'est carrément la zone là-bas. Rien que des Noirs. Elle est mariée à un dénommé Simeon Lang, un glandeur qui va et vient quand ça l'arrange.

— Je ne connais aucun Lang.

— Celui-là n'est pas fréquentable. Quand il est à jeun, il fait le chauffeur routier ou conduit des engins de chantier. Je sais qu'il a travaillé à l'étranger une ou deux fois. Un type instable. Ils ont quatre ou cinq gosses. Dont un en prison. Et une fille à l'armée, je crois. Lettie a dans les quarante-cinq ans. C'est une Tayber, et il n'y en a pas beaucoup dans le coin.

Lui, c'est un Lang, et malheureusement ils pullulent. J'ignorais qu'elle travaillait pour Seth Hubbard.

— Et Hubbard ? Tu sais des trucs sur lui ?

— Un peu. Il m'a donné vingt-cinq mille dollars de la main à la main, pour mes deux élections. Il ne m'a rien demandé en retour. Il m'a même évité pendant les quatre ans de mon premier mandat. Je ne l'ai revu que l'été dernier, pour ma réélection, parce qu'il voulait me remettre une nouvelle enveloppe.

— Tu as accepté du liquide ?

— Je n'aime pas ce petit ton, Jake, lança Ozzie dans un sourire. Oui, j'ai pris du liquide parce que je voulais gagner. Et puis mes adversaires faisaient pareil. Le monde de la politique est une jungle.

— Je ne t'ai fait aucun reproche. Ce brave homme avait donc de l'argent ?

— Il disait que oui. Combien ? Je n'en sais rien. Cela a toujours été un mystère. On dit qu'il a tout perdu dans un divorce. C'est Harry Rex qui l'a plumé. Depuis, il avait le culte du secret.

— Un homme avisé.

— Il avait des terres et était dans le commerce du bois. C'est à peu près tout ce que je sais.

— Et ses deux enfants ?

— J'ai parlé à Herschel Hubbard hier après-midi, vers 17 heures, pour lui annoncer la mauvaise nouvelle. Il vit à Memphis, mais je n'ai pas eu beaucoup d'infos. Il a dit qu'il allait appeler sa sœur, Ramona, et qu'ils allaient rappliquer. Seth Hubbard a laissé des instructions au sujet de sa dépouille. Les funérailles sont pour demain 16 heures, à l'église, et l'enterrement dans la foulée.

Ozzie s'interrompit et relut la lettre.

— C'est cruel quand même, tu ne trouves pas ? Hubbard veut que sa famille participe aux funérailles avant d'apprendre qu'ils ont été déshérités.

Jake lâcha un petit rire.

— Au contraire, c'est du grand art ! Tu seras à la cérémonie ?

— Uniquement si toi tu y vas.

— Alors rendez-vous là-bas.

Ils restèrent un moment silencieux, à écouter les voix de l'autre côté de la porte, les téléphones tinter. Ils avaient l'un comme l'autre une foule de choses à faire, mais il y avait tant de questions en suspens. Ils sentaient tous les deux qu'un drame allait se jouer.

— Je me demande ce que ces deux garçons ont vu, lâcha Jake. Seth et son frère.

Ozzie secoua la tête. Il n'en avait aucune idée. Il jeta encore un coup d'œil au testament.

— Ancil F. Hubbard. Je peux essayer de le retrouver, si tu veux. Je vais lancer son nom sur la base de données. Peut-être qu'on a un fichier sur lui quelque part.

— Je veux bien. Merci.

Il y eut un autre silence.

— Jake, articula finalement le shérif, j'ai du travail tu sais.

Jake se leva aussitôt.

— Moi aussi. Merci, Ozzie. Je te tiens au jus.

4.

Le trajet de Memphis au comté de Ford ne prenait qu'une heure, mais pour Herschel Hubbard, c'était un voyage sinistre qui lui gâchait la journée, un retour pénible dans le passé. Il avait quitté la maison à dix-huit ans, avec la ferme intention de ne jamais y revenir, en tout cas le moins souvent possible. Il avait été une victime collatérale de la guerre entre ses parents et quand ils s'étaient enfin séparés, il avait pris le parti de sa mère et avait fui et le comté, et son père. Vingt-huit ans plus tard, il avait du mal à croire que le vieux avait cassé sa pipe.

Il y avait eu des efforts de réconciliation, le plus souvent à l'initiative de Herschel ; Seth, à son crédit, avait joué le jeu un temps et s'était efforcé de tolérer son fils et ses petits-enfants. Mais un second mariage, tout aussi désastreux, avait rendu la situation inextricable. Durant les dix dernières années, Seth ne s'était plus soucié que de ses affaires. Il appelait parfois pour les anniversaires, envoyait une carte à Noël tous les cinq ans, mais là se limitaient ses efforts de père. Plus il travaillait, plus il méprisait la carrière de son fils, et c'était la raison majeure de leur différend.

Herschel possédait un bar à côté du campus de l'université de Memphis. Et comme tout bar d'étudiants, il était à la mode donc bondé. Il n'avait pas de dettes et passait le liquide sous le manteau. Tel père, tel fils ! Lui aussi avait subi les contrecoups d'un divorce, gagné par une épouse vénale et décidée, qui lui avait pris ses deux enfants et quasiment tous ses biens. Depuis quatre ans, Herschel était contraint de vivre chez sa mère dans une vieille bicoque du centre-ville, avec une bande de chats et, de temps en temps, un type qu'elle ramenait à la maison. Elle aussi portait les stigmates d'une vie douloureuse avec Seth et voulait, comme elle disait, « rattraper le temps perdu ».

Il passa la frontière du comté de Ford et son humeur se fit plus morose encore. Il pilotait une voiture de sport, une petite Datsun qu'il avait achetée d'occasion, principalement parce que son père détestait les voitures japonaises, mais il fallait dire qu'il détestait beaucoup de choses. Seth avait perdu un cousin durant la Seconde Guerre mondiale, mort alors qu'il était prisonnier des Japonais, et Seth, depuis, cultivait son militantisme antinippon avec l'ardeur du juste.

Herschel trouva une station locale de musique country et secoua la tête de dépit en entendant les commentaires potaches du DJ. Il entrait dans un autre monde, un monde qu'il avait quitté voilà des années et qu'il espérait oublier à jamais. Il plaignait ses anciens amis du comté qui n'étaient pas partis. Les deux tiers de sa promo du lycée de Clanton habitaient toujours dans le coin, ouvriers à l'usine, chauffeurs-livreurs, manœuvres dans une scierie. Leurs retrouvailles des dix ans lui avaient sapé le moral. Herschel avait volontairement sauté celles des vingt ans.

Après le premier divorce, la mère d'Herschel avait fui la région et s'était installée à Memphis. Après le second, la belle-mère d'Herschel avait fui elle aussi et s'était installée à Jackson. Mais Seth s'accrochait à la maison et à la terre autour. Et Herschel était donc contraint de revivre le cauchemar de son enfance quand il rendait visite à son père – une corvée qu'il s'imposait une fois l'an jusqu'à son cancer. La maison était de plain-pied, de style ranch en brique rouge, et plantée en retrait de la route, à l'ombre de grands chênes et d'ormes. Une vaste pelouse s'étendait devant, où Herschel jouait enfant, mais pas avec son père. Jamais ils ne s'étaient lancé une balle, jamais ils n'avaient tiré des penaltys, jamais ils n'avaient fait une partie d'attaque-défense. Au moment de tourner dans l'allée, il jeta un coup d'œil à l'étendue d'herbe et, une fois encore, il se laissa surprendre par sa petite taille. Il se gara derrière une voiture qu'il ne connaissait pas, avec des plaques du comté. Pendant un moment, il contempla la maison.

Depuis toujours, il savait que la mort de son père ne lui ferait pas grand-chose, même si ses amis lui avaient soutenu le contraire ; on devient adulte, on est habitué à maîtriser ses émotions ; on ne serre pas son père dans ses bras parce que ce n'est pas le genre du bonhomme, on n'envoie ni lettres ni cadeaux, et quand il passe à trépas, on sait qu'on va survivre sans problème. Un petit coup de blues aux funérailles, peut-être une petite larme, mais en quelques jours le deuil est fait et on reprend sa vie, comme si de rien n'était. Et pourtant tous ses amis avaient plein de choses gentilles à dire sur leur paternel. Ils avaient vu leur vieux vieillir et s'étaient préparés à sa mort sans nulle inquiétude pour la suite, et malgré tout ils avaient été dévastés de chagrin.

Mais Herschel ne ressentait rien – pas de sentiment de perte, aucune tristesse de voir un chapitre de sa vie se refermer, nulle pitié pour cet homme qui souffrait et avait préféré mettre fin à ses jours. Il resta assis, à regarder la maison, et admit qu'il n'avait bien aucune émotion face à la disparition de son père – hormis peut-être un vague soulagement, parce que Seth Hubbard n'était plus et que c'était là un poids de moins dans son existence.

Il marcha vers la porte d'entrée qui s'ouvrit lorsqu'il approcha. Lettie Lang se tenait sur le seuil, tamponnant ses yeux mouillés avec un mouchoir en papier.

— Bonjour, monsieur Hubbard, dit-elle d'une voix chevrotante de chagrin.

— Bonjour, Lettie, répondit-il en s'arrêtant sur le paillasson.

S'il l'avait mieux connue, il aurait pu faire un pas vers elle, la serrer dans ses bras ou montrer quelque geste de sympathie, mais il n'en trouva pas la force. Ils ne s'étaient rencontrés que deux ou trois fois, et jamais dans de bonnes conditions. Elle était femme de ménage, noire de surcroît, et elle était censée se tenir dans l'ombre quand la famille débarquait.

— Je suis si triste, articula-t-elle en reculant.

— Moi aussi.

Il la suivit à l'intérieur, jusqu'à la cuisine où elle désigna la cafetière.

— Je viens d'en faire.

— C'est votre voiture qui est là, dehors ?

— Oui, monsieur.

— Pourquoi ne vous êtes-vous pas garée sur le côté, le long du pickup de mon père ?

— Excusez-moi. Je n'ai pas réfléchi. Je vais la déplacer.

— Inutile. Servez-moi plutôt un café, avec deux sucres.

— Bien, monsieur.

— Où est la Cadillac ?

Lettie remplit une tasse avec application.

— Le shérif l'a emportée. Il doit la rapporter aujourd'hui.

— Pourquoi il l'a prise ?

— Faudra voir ça avec lui.

Herschel tira une chaise, s'assit et referma ses deux mains sur sa tasse. Il but une gorgée, fronça les sourcils.

— Comment vous avez appris pour mon père ?

Lettie s'adossa au comptoir et croisa les bras sur sa poitrine. Il regarda furtivement sa silhouette. Elle portait toujours sa robe de coton blanche qui s'arrêtait aux genoux, un peu juste à la taille où elle cachait quelques kilos de trop, et carrément serrée sur ses seins généreux.

Elle vit son regard. Elle n'en ratait aucun. À quarante-sept ans, et après avoir mis au monde cinq enfants, Lettie Lang parvenait encore à s'attirer des regards, mais rarement de la part de Blancs.

— Calvin m'a appelée hier, il m'a raconté ce qui s'est passé, et m'a demandé d'ouvrir la maison ce matin pour vous.

— Vous avez une clé ?

— Non, monsieur, je n'ai jamais eu de clé. Mais la maison n'est jamais fermée.

— Qui est Calvin ?

— Un Blanc qui travaille sur le domaine. Il m'a dit que M. Seth l'a appelé hier matin, pour qu'il le retrouve au pont à 14 heures. Et il y était, pour sûr.

Elle s'interrompit pour se sécher les yeux.

Herschel but une autre gorgée.

— Le shérif dit que papa a laissé un mot avec des instructions.

— Moi, je ne l'ai pas vu, mais Calvin, oui. Il dit que M. Seth a écrit qu'il allait se suicider.

Lettie recommença à pleurer.

Herschel patienta. Quand elle eut fini, il s'enquit :

— Depuis combien de temps travaillez-vous ici, Lettie ?

Elle prit une grande inspiration, s'essuya les joues.

— Je ne sais pas. Trois ans environ. J'ai commencé par deux jours de ménage par semaine, le lundi et le mercredi, quelques heures par jour. Ça suffisait, parce que M. Seth vivait seul, vous savez, et qu'il était très soigneux pour un homme. Après, il a voulu que je fasse la cuisine pour lui et ça m'allait très bien. Ça me faisait plus d'heures. Je préparais des tas de plats et je les laissais dans le réfrigérateur. Puis, quand il est tombé malade, il m'a demandé de venir tous les matins pour m'occuper de lui. La chimio le mettait à plat et il ne pouvait plus se lever.

— Je pensais qu'il avait une infirmière.

Lettie savait que M. Herschel et Mme Dafoe n'avaient quasiment plus vu leur père depuis sa mala-

58

die. Lettie savait tout. Et eux, presque rien. Mais elle se montrait respectueuse, comme à son habitude.

— Oui, monsieur. Il en a eu pendant un temps. Mais il en a eu assez. Ce n'étaient jamais les mêmes et on ignorait qui allait venir.

— Si bien que vous avez fini par travailler ici à plein temps. Depuis combien de temps ?

— À peu près un an.

— Combien mon père vous payait ?

— Cinq dollars de l'heure.

— Cinq ! C'est plutôt bien payé pour une aide ménagère, non ? Moi, par exemple, je vis à Memphis, une grande ville pourtant, et ma mère paye sa femme de ménage quatre dollars et demi.

Ne sachant que répondre, Lettie se contenta de hocher la tête. Elle aurait pu ajouter que M. Seth la payait en liquide et lui donnait un petit pourboire de temps en temps, et même qu'il lui avait avancé cinq mille dollars quand son fils avait eu des problèmes avec la justice et était allé en prison. Ce prêt avait été transformé en don quatre jours plus tôt. Et il n'y avait aucune trace de tout ça.

Herschel termina son café d'un air renfrogné. Lettie regarda le sol à ses pieds.

Dans l'allée, des portières de voitures claquèrent.

* * *

Ramona Hubbard Dafoe pleurait avant même de passer le seuil de la porte. Elle embrassa son frère aîné sur le perron. De son côté, Herschel composa un masque de souffrance tout à fait crédible : les yeux fermés, les lèvres saillantes, le front tout plissé. Un homme dans une douleur muette. Ramona, quant à elle, poussait des vagissements, comme submergée de chagrin, mais Herschel n'y croyait guère.

Ramona fit quelques pas pour prendre Lettie dans ses bras, comme si elles étaient les deux filles d'un père aimant disparu trop tôt. Herschel resta dehors pour accueillir le mari de Ramona, un type qu'il détestait – et l'aversion était réciproque. Ian Dafoe était le rejeton d'une famille de banquiers à Jackson, la capitale de l'État qui abritait la moitié de tous les connards du Mississippi. Les banques avaient fait faillite, mais Ian se donnait encore de grands airs, même s'il s'était marié avec une femme de condition inférieure et qu'aujourd'hui il se battait comme tout le monde pour gagner sa vie.

Tout en lui serrant la main, Herschel, discrète-ment, regarda leur voiture dans l'allée. Une Mercedes évidemment – blanche, flambant neuve, le dernier modèle ! Par Ramona, qui ne savait pas tenir sa langue quand elle avait un coup dans le nez, il avait appris que le cher Ian louait ses voitures pour trente-six mois et les rendait avant l'échéance. Ce petit jeu leur coûtait un bras, mais il était crucial qu'on voie M. et Mme Dafoe dans les quartiers chics de Jackson dans une belle voiture.

Tout le monde se rassembla dans le petit salon et trouva des sièges. Lettie servit du café et des rafraî-chissements, puis se retira. Elle se rendit dans la chambre au bout du couloir, et s'arrêta sur le seuil. C'était son poste d'écoute quand elle voulait entendre ce que disait M. Seth au téléphone. De là, elle ne perdait rien de ce qui se racontait. Ramona pleurait de temps en temps, et s'étonnait encore que l'incroyable

60

ait pu se produire. Les hommes écoutaient, lâchaient un grognement, une syllabe ou deux d'assentiment. Puis le tintement de la sonnette interrompit leur échange. Deux femmes de la paroisse se présentèrent avec un gâteau et un ragoût, avec la ferme intention d'entrer. Lettie emporta les plats dans la cuisine et les dames, sans y être invitées, gagnèrent le petit salon et se mirent en quête de ragots. Elles avaient vu leur frère Seth la veille encore à l'église ; il avait l'air d'aller si bien… Elles savaient pour son cancer, mais dieu du ciel, il semblait l'avoir surmonté !

Herschel et Ramona ne leur proposèrent rien à boire. Lettie écoutait dans l'ombre.

Les questions leur brûlaient les lèvres à ces braves bigotes. « Comment s'y était-il pris ? » « Avait-il laissé une lettre ? » « Qui allait avoir l'argent ? » « Cela pouvait-il être un meurtre ? » Mais elles sentaient que leur intérêt pour ce drame ne serait pas bien perçu. Après vingt minutes d'un silence quasi complet, elles se lassèrent et prirent congé.

Cinq minutes plus tard, la sonnette retentit à nouveau. Les trois voitures, garées dans l'allée, attiraient évidemment l'attention.

— Allez répondre, Lettie, lança Herschel depuis le petit salon. On va se cacher dans la cuisine.

C'était la voisine d'en face, avec un gâteau au citron. Lettie la remercia pour cette attention et expliqua que les enfants de M. Seth étaient effectivement ici mais qu'ils ne recevaient personne. La voisine s'attarda un peu, mourant d'envie d'entrer et de humer l'odeur de cette tragédie familiale, mais Lettie, poliment, lui barrait l'accès. Elle s'en alla enfin, Lettie emporta le cake dans la cuisine. Personne n'y toucha.

* * *

À la table de la cuisine, on parla vite argent.

— Tu as vu le testament ? demanda Ramona, les yeux soudain très clairs, et brillant cette fois de suspicion.

Herschel secoua la tête.

— Et toi ?

— Non. Je suis passée il y a deux mois et...

— C'était il y a quatre mois. En juillet, précisa Ian.

— D'accord, en juillet. Et j'ai voulu parler à papa de l'héritage. Il a dit que le testament était chez des avocats de Tupelo et qu'ils se chargeraient de l'homologation et de tout le reste. Tu n'en as jamais discuté avec lui ?

— Non, reconnut Herschel. Cela me paraissait déplacé. Le vieux se mourait du cancer, je n'allais pas lui parler de ce qu'il comptait faire de son argent. C'était au-dessus de mes forces.

Lettie s'attardait dans le couloir, ne ratant pas le moindre mot.

— On a une idée de l'ampleur de ses biens ? s'enquit Ian sans détour.

Il avait une bonne raison de s'y intéresser car la plupart des siens étaient hypothéqués. Sa société construisait des centres commerciaux miteux et croulait sous les dettes. Il jonglait chaque jour pour se tenir à flot, mais ses créanciers le harcelaient.

Herschel lança un regard noir à son beau-frère – la sangsue ! – mais garda son calme. Tous les trois pressentaient qu'il y aurait des problèmes avec la succession, nul besoin de monter au créneau tout de suite. La guerre fratricide serait déclarée bien assez tôt.

— Je ne sais pas, répondit Herschel dans un haussement d'épaules. Il était très secret, comme vous le savez. Cette maison, les quatre-vingts hectares autour, la futaie au bout de la route, mais il avait peut-être des emprunts, ce genre de choses. On n'a jamais parlé affaires.

— Vous n'avez jamais parlé de rien ! railla Ramona de l'autre côté de la table, avant de se rattraper aussitôt. Excuse-moi, Herschel. Je suis désolée.

Mais il ne pouvait laisser passer ce coup bas. Herschel eut un reniflement dédaigneux.

— C'est sûr que papa et toi étiez très proches !

Ian fit aussitôt diversion.

— Il a un bureau ici, une pièce où il rangeait ses papiers ? Pourquoi ne pas y jeter un coup d'œil ? On doit pouvoir y trouver des relevés de compte, des actes de propriété, des contrats. Je suis sûr qu'il y a même une copie de son testament dans cette maison, j'en mets ma main à couper !

— Demandons à Lettie. Elle doit être au courant, avança Ramona.

— Ne la mêlons pas à ça, répliqua Herschel. Vous saviez qu'il la payait cinq dollars de l'heure, à plein temps ?

— Cinq dollars ? répéta Ian. Combien paie-t-on Berenice ?

— Trois cinquante. Et pour vingt-quatre heures !

— Nous, on paie quatre dollars cinquante à Memphis, renchérit Herschel avec fierté, comme si c'était lui qui signait les chèques et non sa mère.

— Pourquoi ce vieux radin donnait-il autant à une femme de ménage ? questionna Ramona tout en sachant que personne dans la pièce n'avait la réponse.

— En tout cas, elle a mangé son pain blanc ! lâcha Herschel. Ses jours sont comptés.

— On va la virer ?

— Pas plus tard que maintenant. Nous n'avons pas le choix. C'est de l'argent jeté par les fenêtres. Voilà ce qu'on va faire, sœurette : On va aux funérailles, on dit à Lettie de tout ranger, puis on la renvoie et on ferme la maison. Dans une semaine, on la met en vente et on croise les doigts. Il n'y a pas de raison de garder une femme de ménage ici, à cinq biffetons de l'heure.

Dans l'ombre, Lettie baissa la tête.

— Il ne faut peut-être rien précipiter, intervint Ian. Dans quelque temps, bientôt, nous allons prendre connaissance du testament. Nous saurons alors qui est désigné comme exécuteur testamentaire – ce sera sans doute l'un d'entre nous. D'ordinaire, c'est l'épouse ou l'un des enfants. Cette personne dirigera alors les affaires de Seth conformément à ses dernières volontés.

— Évidemment, répliqua Herschel, feignant d'être au courant.

Tout ça parce que Ian avait des avocats sur le dos tous les jours, il se prenait pour l'expert en droit de la famille. C'était l'une des raisons – nombreuses – pour lesquelles Herschel détestait ce m'as-tu-vu.

— Je n'arrive pas à me faire à l'idée que papa est mort, répéta Ramona en séchant une larme imaginaire.

Herschel la regarda fixement de l'autre côté de la table, brûlant de lui retourner une claque. À sa connaissance, elle faisait le voyage ici une fois par an, le plus souvent seule parce que Ian ne supportait pas ce trou perdu, et que leur père détestait son gendre. Elle quittait Jackson à 9 heures du matin, insistait pour déjeuner avec son père au même restaurant d'autoroute à quinze kilomètres au nord de Clanton, le suivait jusqu'à la maison où à 14 heures elle s'ennuyait déjà à mourir, et mettait les voiles à 16 heures. Ses deux enfants, élèves dans un collège privé, n'avaient pas vu leur grand-père depuis des années. Certes, Herschel ne faisait pas mieux, mais il ne jouait pas l'éploré en versant des larmes de crocodile.

On toqua à la porte de la cuisine, des coups appuyés. C'étaient deux policiers en uniforme. Herschel les invita à entrer. Les présentations furent faites devant le réfrigérateur. Les adjoints retirèrent leurs chapeaux et serrèrent des mains.

— Nous sommes désolés de vous déranger, annonça Marshall Prather, mais l'adjoint Pirtle et moi-même sommes envoyés par le shérif Walls qui, d'ailleurs, vous présente ses plus sincères condoléances. Nous vous ramenons la voiture de M. Hubbard.

Il tendit les clés à Herschel.

Pirtle sortit une enveloppe de sa poche :

— C'est la lettre que M. Hubbard a laissée sur la table de la cuisine. Nous l'avons trouvée hier en revenant du lieu du suicide. Le shérif en a fait des copies mais il considère que les originaux doivent revenir à la famille.

Il remit l'enveloppe à Ramona qui pleurnichait à nouveau.

Tout le monde remercia tout le monde et après quelques hochements de tête gênés, quelques poignées de main, les policiers s'en allèrent. Ramona ouvrit l'enveloppe et trouva deux feuilles de papier. La première, c'était le mot pour Calvin où il confirmait qu'il avait lui-même mis fin à ses jours. L'autre note était adressée non pas à ses enfants, mais à « qui de droit ».

Instructions pour mes funérailles

Je veux une cérémonie simple à l'église d'Irish Road, le mardi 4 octobre, à 16 heures, avec le révérend Don McElwain. J'aimerais que Mme Nora Baines chante « The Old Rugged Cross ». Je ne veux aucun éloge funèbre, de qui que ce soit. D'ailleurs, je ne vois pas qui voudrait en faire. Hormis ça, le révérend McElwain peut dire ce qu'il veut. Mais l'oraison ne devra pas durer plus d'une demi-heure.

Si des Noirs veulent assister à mes funérailles, on devra les laisser entrer. Si quelqu'un s'y oppose, alors l'office sera purement et simplement annulé et qu'on me mette en terre aussitôt.

Les porteurs de mon cercueil seront : Harvey Moss, Duane Thomas, Steve Holland, Billy Bowles, Mike Lills, et Walter Robinson.

Instructions pour mon enterrement

Je viens d'acheter un emplacement au cimetière d'Irish Road, derrière l'église. J'ai vu M. Magargel aux pompes funèbres et mon cercueil a été payé. Je ne veux pas de caveau. Immédiatement après la cérémonie à l'église, je veux être inhumé. Dans les cinq minutes qui suivent.

Au revoir tout le monde. Rendez-vous de l'autre côté.

Seth Hubbard

Tout le monde resta silencieux après avoir lu les deux notes. Ils remplirent leurs tasses de café. Herschel se coupa une grosse tranche de gâteau au citron et déclara qu'il était délicieux. Les Dafoe n'en voulurent pas.

— Apparemment, votre père a plutôt bien préparé son coup, annonça Ian en lisant une nouvelle fois les instructions. Court et simple.

— Et si ce n'était pas un suicide ? lâcha Ramona. On n'a pas abordé le sujet. On est quand même en droit de se poser la question. Et si c'était un meurtre ? Peut-être quelqu'un l'a tué et a maquillé la scène du crime ? Tu crois vraiment que papa a pu mettre fin à ses jours ?

Herschel et Ian la regardèrent bouche bée comme s'il venait de lui pousser des cornes sur la tête. Ils furent tentés tous les deux de l'envoyer bouler, de se moquer d'elle, mais ils ne dirent rien. Herschel mordit dans son gâteau. Ian posa doucement les deux feuilles sur la table.

— Ma chérie, commença son mari, comment tout cela pourrait-il être une mise en scène ? Tu vois bien que c'est l'écriture de ton père. Elle est reconnaissable à dix mètres.

Elle pleura, sécha ses larmes.

— J'ai évoqué cette hypothèse avec le shérif, Mona, et il est certain qu'il s'agit bien d'un suicide.

— Bien sûr, bien sûr, marmonna-t-elle entre deux sanglots.

— Ton père avait un cancer. Il souffrait beaucoup et il a pris le problème à bras-le-corps. De toute évidence, il a fait ça bien.

— Je n'en reviens toujours pas, bredouilla-t-elle. Pourquoi ne nous a-t-il rien dit ?

Parce que vous ne vous parliez jamais ! répondit Lettie dans l'ombre.

Ian, le maître ès psychologie, poursuivit :

— C'est courant lors de suicides. Ils n'en parlent jamais à personne et prévoient tout dans le menu détail. Mon oncle s'est tué il y a deux ans et…

— Ton oncle était un pochtron ! répliqua Ramona, ses pleurs déjà taris.

— C'est vrai, et il était saoul quand il s'est tiré dessus. N'empêche qu'il avait tout prévu.

— On peut parler d'autre chose ? intervint Herschel. Non, Mona, c'est bien un suicide. Papa l'a fait tout seul et a laissé des lettres qui l'attestent. Il faut passer la maison au peigne fin, éplucher ses papiers, les relevés de comptes, tout. Peut-être trouvera-t-on le testament ou un document qui nous éclairera ? La famille, c'est nous. C'est à nous de prendre les choses en main. Il n'y a pas de mal à ça.

Ian et Ramona hochèrent du chef.

Lettie avait un sourire aux lèvres. M. Seth avait emporté tous ses papiers et les avait mis sous clé. Durant le dernier mois, il avait fait un ménage méticuleux de son bureau, placards, tiroirs compris, et avait récupéré tout ce qui avait de l'intérêt. Et il lui avait dit : « Lettie, s'il m'arrive quelque chose, tous les documents importants sont dans mon autre bureau à la Berring, en sûreté. Les avocats y auront accès. Mais pas mes enfants. »

Il avait dit aussi : « Et j'ai laissé un petit quelque chose pour vous. »

5.

À midi, le lundi, tout le barreau du comté de Ford avait appris la nouvelle du suicide et c'était l'effervescence générale. Tous voulaient savoir quel cabinet d'avocats devait homologuer le testament. Les morts violentes créaient toujours de l'émoi, en particulier quand il s'agissait d'un accident de voiture, pour des raisons pécuniaires évidentes. Mais pas les meurtres, du moins le tout-venant. Les tueurs étaient d'ordinaire originaires des classes défavorisées et donc incapables de payer des honoraires conséquents. En se levant ce matin, Jake n'avait rien à se mettre sous la dent – pas de crime, pas d'accident de la circulation, aucun testament un tant soit peu substantiel. Mais au déjeuner, il dépensait déjà de l'argent en pensée.

Pour s'occuper, il pouvait traverser la rue et aller flâner au palais de justice. Les enregistrements fonciers se trouvaient au premier étage, dans une salle tout en longueur, flanquée de rayonnages croulant sous les grands registres datant de plus de deux cents ans. Jeune avocat, quand il s'ennuyait à mourir ou qu'il en avait assez de Lucien, il passait des heures à compulser ces volumes, et leur litanie d'actes de vente et de cession, comme s'il se jouait dans ces pages un drame épique. Aujourd'hui, à trente-cinq ans, fort de dix ans d'expérience, il évitait cette salle. Il était avocat au tribunal, pas un rat de bibliothèque cherchant des titres de propriété, il était un virtuose du barreau, pas un rond-de-cuir timide vivotant dans des salles d'archives, et en aucun cas un éplucheur de paperasse ! Pourtant, malgré ses grands idéaux, il lui fallait encore de temps en temps, comme d'autres avocats en ville, aller s'enfermer une heure ou deux dans les archives du comté.

La salle était bondée. Les grands cabinets envoyaient des auxiliaires juridiques mener ces recherches fastidieuses, et il y en avait déjà plusieurs à pied d'œuvre. On les voyait trimbaler les grands livres plats jusqu'à leur table, froncer les sourcils d'un air pénétré en tournant chaque page. Jake bavarda avec deux avocats qui faisaient la même chose ; ils parlèrent surtout football ; pas question de dire qu'ils étaient tous à la pêche aux infos concernant Seth Hubbard. Pour tuer le temps, Jake feuilleta l'Index des testaments, au cas où quelque aïeul fortuné eût légué des terres ou des biens à Seth Hubbard, mais il ne découvrit rien de tel sur les vingt dernières années. Il se rendit ensuite au greffe du tribunal pour éplucher les registres de divorce, mais une meute d'avocats avaient déjà pris les places d'assaut.

Il quitta le palais de justice, bien décidé à trouver une meilleure source de renseignements.

* * *

Seth Hubbard détestait les avocats de Clanton, et cela n'avait rien d'étonnant. Les plaignants, pour des affaires de divorce et consorts, qui trouvaient sur leur route le rouleau compresseur Harry Rex Vonner, ressortaient de la confrontation brisés à vie et ruinés, avec une haine indéfectible pour tout ce qui avait trait de près ou de loin aux avocats. Seth Hubbard n'était pas le premier à s'être suicidé !

Harry Rex pompait le sang de ses adversaires, et leur argent, et leurs terres, et tout le reste ! Le divorce était sa spécialité, et plus il était sinistre et sordide, mieux c'était. Il aimait la boue, la fange, le combat de rue, le frisson quand on pirate une conversation téléphonique, le choc quand on montre au tribunal la photo grand format de la jolie maîtresse dans sa nouvelle décapotable. Ses procès, c'était une guerre à la baïonnette. Les pensions alimentaires qu'il obtenait battaient tous les records. Pour le plaisir, il envenimait un divorce, susceptible de se régler à l'amiable, pour le transformer en un duel à mort. Il adorait poursuivre l'ex-conjoint pour « aliénation de l'affection ». Si aucun de ses tours ne fonctionnait, il en inventait un nouveau. Ayant quasiment le monopole sur ce secteur, il était le maître du palais et terrorisait les employés. Les jeunes avocats le fuyaient comme la peste, les anciens, qui s'étaient déjà frottés à lui, passaient au large. Il n'avait pas beaucoup d'amis et lui rester fidèle exigeait parfois beaucoup d'abnégation.

Dans le microcosme du barreau, seul Jake avait droit à sa confiance, et celle-ci était mutuelle. Au pire du procès Hailey, quand Jake ne dormait plus, perdait du poids, se faisait tirer dessus, que les menaces pleuvaient et qu'il avait la certitude qu'il allait rater la plus grande affaire de sa carrière, Harry Rex avait débarqué sans bruit dans le bureau de Jake. En restant en coulisse, il avait passé des heures à travailler sur le dossier sans réclamer un centime. Il lui donnait des conseils à la pelle et avait aidé Jake à ne pas perdre pied.

Comme tous les lundis, Harry Rex déjeunait au bureau, d'un simple sandwich. Pour les spécialistes du divorce comme lui, le lundi était le pire jour de la semaine, car les conjoints, ayant rompu le week-end, réclamaient déjà leur livre de chair. Jake entra dans le bâtiment par la porte côté cour, pour éviter 1. ces teignes de secrétaires et 2. la salle d'attente enfumée et ses clientes au bord de la crise de nerfs. La porte du bureau d'Harry Rex était fermée. Jake tendit l'oreille. Pas un son. Il poussa le battant.

— Qu'est-ce que tu veux ? grogna Harry Rex, la bouche pleine.

Son sandwich trônait devant lui, dans son papier sulfurisé, avec un petit tas de chips saveur barbecue. Il faisait descendre le tout avec une Budweiser.

— Bonjour, Harry Rex. Désolé de gâcher ton repas.

Il s'essuya la bouche du revers de sa grosse main.

— Tu ne gâches rien du tout. Qu'est-ce qui t'amène ?

— Tu bois déjà ? lança Jake en se laissant tomber dans un gros fauteuil de cuir.

— Si tu avais mes clients, tu commencerais au petit déj' !

— Ce n'est pas ce que tu fais ?

— Pas dès le lundi ! Comment va Miss Carla ?

— Très bien. Merci. Et comment va Miss… heu, comment elle s'appelle déjà ?

— Jane, petit con ! Jane Ellen Vonner. Non seulement, elle parvient à supporter la vie avec moi, mais en plus ça a l'air de lui plaire. J'ai enfin trouvé la femme idéale !

Il ramassa un tas de chips rougeâtres et les enfourna dans sa bouche.

— Félicitations. Tu nous la présentes quand, ta perle rare ?

— On est mariés depuis deux ans !

— Je sais, mais attendons la cinquième année pour fêter ça. C'est plus prudent quand on connaît le taux de roulement de tes belles.

— Tu es venu m'insulter, c'est ça ?

— Pas du tout.

Et c'était la vérité. S'envoyer des piques n'était qu'une joute feinte. Harry Rex dépassait le quintal et demi et déambulait en ville tel un gros ours, mais sa langue demeurait vive et étonnamment acérée.

— Parle-moi de Seth Hubbard, dit Jake.

Harry Rex éclata de rire et aspergea de miettes son bureau.

— Un beau salopard. Pourquoi cette question ?

— Ozzie dit que tu t'es occupé d'un de ses divorces.

— C'est vrai. De son deuxième, il y a une dizaine d'années, à peu près à l'époque où tu as débarqué en ville pour jouer à l'avocat. Pourquoi cet intérêt soudain pour Seth Hubbard ?

— Avant qu'il ne se suicide, il m'a envoyé une lettre et aussi un testament de deux pages. Le tout est arrivé par le courrier ce matin.

Harry Rex avala une goulée de bière, plissa les yeux, perplexe.

— Tu l'as déjà rencontré ?

— Jamais.

— Tant mieux. Tu n'as pas raté grand-chose.

— Ne parle pas comme ça de mon client.

— Qu'est-ce qu'il y a dans le testament ?

— Je ne peux pas te le dire. Je n'ai pas le droit de le rendre public avant les funérailles.

— Qui empoche le pactole ?

— Peux pas te le dire non plus. Je te raconterai tout mercredi.

— Un testament manuscrit, rédigé sur un coin de table la veille d'un suicide ? C'est du boulot pour cinq ans, ça !

— C'est ce que j'espère.

— Une vraie aubaine.

— J'ai besoin de travailler. Combien il a, le vieux ?

Harry Rex secoua la tête tout en tendant la main vers son sandwich.

— Sais pas trop, dit-il en mordant dedans à pleines dents.

Tous les amis et connaissances de Jake évitaient de parler la bouche pleine, mais Harry Rex ne s'arrêtait pas à ces convenances.

— Autant que je me souvienne – je te rappelle que ça date de dix ans – il avait une maison sur Simpson Road, avec un peu de terre autour. Ses biens les plus importants étaient une scierie et une futaie sur la Nationale 21, près de Palmyra. Sa femme s'appelait… comment déjà… Ah oui, Sybil ! Sybil Hubbard, c'était sa deuxième, et je crois que de son côté à elle c'était son second ou troisième mariage.

Après vingt ans de métier et un nombre incalculable de procès, Harry Rex se souvenait encore de chaque nom. Et plus l'affaire était croustillante, plus il se rappelait les détails.

Il reprit une nouvelle gorgée de bière et poursuivit :

— C'était plutôt une gentille fille, jolie, et finaude comme pas deux. Elle travaillait à la futaie. Elle dirigeait toute l'exploitation, et ça rapportait un max quand Hubbard a décidé de développer ses activités. Il voulait acheter une parcelle en Alabama et il a commencé à passer pas mal de temps là-bas. Il se trouve qu'il y avait là-bas une secrétaire qui lui faisait les yeux doux. Et c'est comme ça que tout a pété. Hubbard s'est fait choper le pantalon sur les chevilles et Sybil m'a alors embauché pour lui faire payer cher. Et c'est ce que j'ai fait. J'ai convaincu le tribunal d'ordonner la vente de la scierie et de la plantation de Palmyra. L'autre terrain ne rapportait pas un sou. J'ai eu deux cent mille dollars pour la vente, une somme qui est revenue presque en totalité à ma cliente. Il y avait un appart' aussi dans le golfe, près de Destin. Sybil l'a eu aussi. Je t'épargne les détails, le dossier fait trente centimètres d'épaisseur. Tu peux le consulter si tu veux.

— Plus tard peut-être. Tu sais où en sont ses affaires aujourd'hui ?

— Non. Je me suis désintéressé de son cas depuis. Et puis, il s'est fait discret après le divorce. La dernière fois que j'ai parlé à Sybil, elle habitait sur une plage et prenait du bon temps avec un autre mec, un beaucoup plus jeune, elle a précisé. Seth Hubbard était de nouveau dans le bois paraît-il, mais elle n'en savait pas plus.

Il avala sa bouchée, la fit passer avec une gorgée de bière, puis rota bruyamment, sans la moindre gêne.

— Tu as parlé à ses enfants ?

— Pas encore. Tu les connais ?

— Je les ai rencontrés à l'époque. En les voyant, tu vas soudain trouver ta vie formidable. Herschel est un loser fini. Quant à sa sœur... comment elle s'appelle déjà ?

— Ramona.

— Ah oui, c'est ça. Elle a quelques années de moins que son frère et elle habite avec les rupins de Jackson nord. Aucun des deux ne s'entendait avec le vieux Hubbard. À mon avis, il n'avait pas la fibre paternelle. En revanche, ils aimaient beaucoup Sybil, leur belle-mère. Quand il est devenu évident qu'elle allait gagner le divorce et se faire du fric, ils ont rejoint son camp. Je parie que le vieux ne leur a rien laissé, pas vrai ?

Jake hocha la tête mais ne dit rien.

— Ils vont être fous et faire appel. Tu es tombé sur le filon, Jake. Dommage que je ne puisse m'en mêler et gagner quelques dollars.

— Dommage, oui.

Harry Rex termina son sandwich et ses chips. Il roula en boule le papier d'emballage, le sac et les serviettes, et balança le tout sous son bureau, là où devait se trouver une corbeille. La canette suivit le même chemin. Il ouvrit un tiroir, sortit un long cigare et le coinça entre ses lèvres sans l'allumer. Il ne fumait plus, mais en consommait quand même dix par jour, en les mâchonnant.

— Il paraît qu'il s'est pendu ?

— Oui. Et il a bien préparé son coup.

— On sait pourquoi ?

— Il avait un cancer en phase terminale. C'est la seule info qu'on a pour le moment. Qui était son avocat pour son divorce ?

— Il a embauché Stanley Wade. Grossière erreur.

— Stanley ? Depuis quand il s'occupe de divorces ?

— Je ne sais pas, mais il a arrêté depuis ! lança Harry Rex dans un grand rire, puis il redevint sérieux. Jake, ça m'embête de te dire ça, mais ce qui s'est passé il y a dix ans est sans rapport avec ton affaire. J'ai plumé le vieux Seth, j'ai pris ma com', bien sûr et j'ai donné le reste à ma cliente, puis j'ai rangé le dossier, point barre. Ce qu'a pu faire Hubbard après son second divorce ne me concerne plus. (Il désigna le fourbi qui encombrait son bureau.) Tu vois ça ? C'est comme ça que commencent tous mes lundis. Si tu veux qu'on boive un verre plus tard, parfait, mais pour l'instant, j'ai vraiment du boulot.

Un verre avec Harry Rex, cela voulait dire après 21 heures.

— OK. On se fait ça, répondit Jake.

Il se dirigea vers la porte, en enjambant les dossiers qui jonchaient le sol.

— Au fait Jake, cela signifie qu'Hubbard dénonce un testament précédent, n'est-ce pas ?

— Exact.

— Et ce testament précédent a été préparé par des avocats bien plus puissants que toi ?

— Exact.

— Alors si j'étais toi, je foncerais au palais pour être le premier à déposer une demande d'homologation.

— Mon client veut que cela se fasse après les funérailles.

— Et c'est prévu quand ?

— Demain, à 16 heures.

— Le palais ferme à 17 heures. À ta place, j'y serais. Il vaut toujours mieux être le premier.

— Merci du tuyau, Harry Rex.

— Je ne t'ai rien dit.

Il lâcha un nouveau rot et se plongea dans ses dossiers.

*   *   *

Ce fut le défilé chez Seth Hubbard tout l'après-midi. Voisins, fidèles de l'église et autres connaissances vinrent, les bras chargés de victuailles, présenter leur respect et vérifier la véracité des ragots qui agitaient ce coin nord-est du comté. La plupart se laissaient éconduire par Lettie qui gardait la porte d'entrée, prenait les plats et les tartes, acceptait les condoléances et annonçait que « la famille appréciait leur visite mais ne recevait personne ». Certains, toutefois, sous prétexte de vouloir emporter une dernière image du lieu où avait vécu leur cher disparu, forçaient le seuil et se retrouvaient dans le petit salon, bouche bée, en découvrant le mobilier. Tous ces gens n'étaient jamais venus ici et Lettie ne les connaissait ni d'Ève ni d'Adam. Et pourtant, ils pleuraient sa mort. « Quelle fin terrible ! » « Il s'est réellement pendu ? »

Les enfants Hubbard avaient trouvé refuge dans le patio derrière la maison, autour d'une table de pique-nique. La fouille du bureau et des placards de leur père n'avait rien donné. Quand on l'interrogea sur ce sujet, Lettie prétendit ne rien savoir, mais les autres eurent du mal à la croire. Elle répondit aux questions avec une voix douce, lentement et d'une manière réfléchie, ce qui les rendit plus suspicieux encore. Elle leur servit le déjeuner à 14 heures, quand il y eut une pause dans le ballet des visiteurs. Ils exigèrent une nappe, de vraies serviettes et l'argenterie, bien que cette vaisselle n'ait pas servi depuis des années. À cinq dollars de l'heure, pensaient-ils tous, Lettie pouvait au moins se comporter comme une vraie domestique.

Pendant qu'elle dressait la table et apportait les plats, elle surprit des bribes de conversation. Ils se demandaient qui allait assister ou non aux funérailles. Ian, par exemple, tentait de sauver un énorme contrat qui pouvait affecter l'avenir de sa société. Il avait des rendez-vous importants demain et les manquer était risqué.

Herschel et Ramona, à contrecœur, admirent qu'ils se devaient d'être présents à la messe, mais Lettie vit bien qu'ils cherchaient encore des moyens d'y échapper. La santé de Ramona s'étiola dans l'heure qui suivit, et elle fit savoir qu'elle n'était pas sûre de pouvoir en supporter davantage. L'ex-femme de Herschel ne viendrait pas, ça c'était certain. Il ne voulait pas d'elle. Elle n'aimait pas Seth et l'inimitié était réciproque. Herschel avait deux filles, une à l'université au Texas, l'autre au lycée à Memphis. La grande ne pouvait rater les cours. En outre, reconnut Herschel, elle n'était pas très proche de son grand-père. C'était rien de le dire ! songea Lettie, tout en débarrassant. La cadette non plus ne voyait jamais son grand-père.

Leur père avait un frère, l'oncle Ancil. Ils ne l'avaient jamais vu et ne savaient pas grand-chose de lui. Il avait menti sur son âge pour s'engager dans l'US Navy à seize ou dix-sept ans. Blessé pendant la guerre du Pacifique, il avait survécu, et bourlingué aux quatre coins du monde en vivant de petits boulots dans la marine marchande. Seth avait perdu le contact avec son petit frère des dizaines d'années auparavant et il ne parlait jamais de lui. Il n'y avait pas moyen de le joindre et aucune raison valable d'ailleurs d'essayer de le faire. Il était sans doute mort comme Seth.

Ils parlèrent des proches de la famille. Ils ne les avaient pas vus depuis des années non plus, et ne tenaient pas à les revoir. Comme c'était triste ! se dit Lettie alors qu'elle leur apportait un assortiment de gâteaux. Cela allait être une cérémonie en comité restreint, vite fait, mal fait.

— Débarrassons-nous d'elle, lança Herschel quand Lettie fut repartie en cuisine. Elle nous coûte cinq dollars de l'heure !

— Nous ? Depuis quand la paie-t-on ? rétorqua Ramona.

— Elle tombe dans notre escarcelle maintenant. Comme tous les biens de papa.

— Je ne vais pas nettoyer la maison quand même ! Et toi ? Tu te sens de le faire, Herschel ?

— Bien sûr que non.

Ian intervint :

— Jouons-la finement. Allons à l'enterrement, demandons à Lettie de briquer la maison, puis on ferme tout en partant mercredi.

— Qui va lui dire qu'elle n'a plus de boulot ? s'enquit Ramona.

— Je le ferai, répondit Herschel. Ce n'est pas un problème. Ce n'est que la femme de ménage.

— Il y a un truc bizarre chez elle, annonça Ian. Mais je n'arrive pas à mettre le doigt dessus. C'est comme si elle savait quelque chose que nous ignorons. Quelque chose d'important. Vous n'avez pas cette impression ?

— Il y a un truc pas clair, c'est sûr, renchérit Herschel, heureux d'être pour une fois d'accord avec son beau-frère.

Mais Ramona n'était pas de cet avis :

— C'est juste le choc, et la tristesse. Elle était l'une des rares personnes que papa supportait, ou qui pouvait le supporter. Elle est émue qu'il soit mort, et en plus, elle va perdre son boulot.

— Tu penses qu'elle sait qu'elle va être virée ? s'enquit Herschel.

— Je suis sûre qu'elle s'inquiète.

— Mais c'est juste une bonne.

* * *

Lettie rentra chez elle avec un gâteau, celui que Ramona lui avait gracieusement donné. C'était un gâteau plat à une seule couche, avec un glaçage à la vanille de supermarché, garni de tranches d'ananas – le moins appétissant de la douzaine qui trônait sur le comptoir de la cuisine. Il avait été apporté par quelqu'un de la paroisse qui avait demandé à Lettie, entre autres choses, si la famille comptait vendre le pickup Chevrolet de Seth. Lettie n'en savait rien mais promit de transmettre sa demande. Ce qu'elle ne fit pas.

Elle avait songé à balancer ce gâteau indigne dans un fossé sur le chemin du retour. En outre, sa mère avait du diabète et n'avait nul besoin d'un apport de sucres. Mais c'était quand même de la nourriture et c'eût été du gâchis.

Lettie se gara dans l'allée de gravillons. Le vieux pickup de Simeon n'était pas là. Cela faisait plusieurs semaines qu'il était parti et c'était mieux ainsi. Mais il pouvait revenir d'un jour à l'autre. Même quand tout allait bien, la maison ne respirait pas le bonheur. Et la présence de son mari n'arrangeait pas les choses, du moins très rarement.

Les gosses étaient encore dans le bus scolaire, sur le chemin du retour. Lettie déposa le gâteau sur la table de la cuisine. Comme tous les jours, elle trouva Cypress dans le salon, scotchée devant la télé.

Elle lui sourit et tendit les bras vers Lettie.

— Mon bébé ! Comment a été ta journée ?

Lettie se pencha et l'enlaça poliment.

— Agitée. Et la tienne ?

— Juste moi et la télé. Les enfants de M. Hubbard tiennent le coup ? Viens, assieds-toi et raconte-moi.

Lettie éteignit le téléviseur, s'assit sur le tabouret à côté du fauteuil de sa mère. Elle n'avait pas eu un moment de répit depuis que Herschel et les Dafoe étaient arrivés. C'était la première fois qu'ils se trouvaient seuls dans la maison de leur enfance, sans la présence de leur père. Puis cela avait été le défilé : les voisins, les gâteaux, les condoléances, cela n'avait pas arrêté ! Mais finalement, ce fut moins pénible que prévu. Lettie veillait à enjoliver les choses, pour ne pas inquiéter sa mère. On ne parvenait à limiter sa pression artérielle qu'au prix d'une batterie de médicaments et sa tension montait en flèche à la moindre contrariété. Ce n'était pas le moment de lui annoncer qu'elle allait perdre son travail.

— Et les funérailles ? demanda la mère en caressant le bras de sa fille.

Lettie lui donna les détails, annonça qu'elle comptait y assister, et était bien soulagée que M. Hubbard ait pensé à préciser que les Noirs devaient être admis à l'église.

— Tu devras sans doute t'asseoir au dernier rang, lui précisa Cypress avec un sourire.

— Peut-être. Mais j'y serai.

— Je regrette de ne pouvoir t'accompagner.

— Moi aussi.

À cause de son surpoids et de ses difficultés à marcher, Cypress sortait rarement de la maison. Elle vivait là depuis cinq ans, et de mois en mois devenait plus obèse et plus impotente. Simeon découchait pour de multiples raisons, dont une, et non des moindres, était la présence de sa belle-mère à la maison.

— Mme Dafoe nous a donné un gâteau, annonça Lettie. Tu veux un petit morceau ?

— Quel genre de gâteau ?

Cypress pesait une tonne mais était délicate en matière de nourriture.

— C'est un truc à l'ananas. Ça ne ressemble à rien, mais on peut toujours goûter. Tu voudras un peu de café avec ?

— Oui. Et juste une toute petite part.

— Allons nous asseoir dehors, maman, et prendre l'air.

— Bonne idée.

Le fauteuil roulant passait tout juste entre le canapé et la télévision. Il n'y avait guère plus de place dans le couloir. Dans la cuisine, le fauteuil frotta contre la table. Lettie, avec une précision millimétrique, lui fit franchir la porte côté jardin pour rejoindre la terrasse en bois que Simeon avait installée à la va-vite quelques années plus tôt et qui s'était effondrée.

Quand il faisait beau, Lettie aimait savourer un café ou un thé glacé en fin d'après-midi, à l'écart des bruits et de ce lieu étouffant. Il y avait trop de personnes dans cette maison, avec ses trois chambres minuscules. Sa mère en occupait une, Lettie et Simeon une autre – du moins quand il était là –, le plus souvent avec un ou deux petits-enfants. Leurs filles se débrouillaient pour dormir dans la troisième, épaule contre épaule. Clarice avait seize ans. Elle était au lycée et n'avait pas d'enfants. Phedra, l'aînée de vingt et un ans, avait un petit en maternelle, et un autre au CP, et pas de mari. Et leur benjamin, Kirk, âgé de quatorze ans, dormait sur le canapé du salon. Et, parfois, des neveux ou des nièces passaient un mois ou deux à la maison le temps que leurs parents règlent leurs problèmes.

Cypress but une gorgée de café instantané et piqua un morceau de gâteau avec sa fourchette. Lentement, elle mâchonna la pâte, puis fronça les sourcils. Lettie aussi ne le trouvait pas bon. Elles burent donc leur café et parlèrent des Hubbard. C'était si bizarre. Elles se moquèrent des Blancs et de leurs funérailles ; ils étaient si pressés d'enterrer leurs morts ! Parfois il ne se passait pas deux jours que le défunt était en terre. Les Noirs, eux, prenaient leur temps.

— Tu sembles ailleurs, ma chérie. Tu as des soucis ? demanda Cypress.

Les gosses allaient arriver de l'école, puis Phedra de son travail. C'était les dernières minutes de tranquillité jusqu'à ce que tout ce petit monde soit couché.

Lettie prit une grande inspiration.

— Je les ai entendus parler, m'man. Ils vont se séparer de moi. Sans doute cette semaine. Après les funérailles.

Cypress secoua sa grosse tête, semblant sur le point de pleurer.

— Mais pourquoi ?

— Ils n'ont plus besoin de femme de ménage, je suppose. Ils vont vendre la maison parce qu'aucun des deux n'en veut.

— Mon Dieu.

— Ils sont pressés de faire main basse sur l'argent. Ils n'avaient jamais le temps de lui rendre visite, mais maintenant ils tournent autour de son cadavre comme des mouches.

— Les Blancs… C'est tout le temps comme ça avec eux.

— Ils trouvent que M. Seth me payait de trop, alors ils ont hâte de me renvoyer.

— Combien il te donnait ?

— Maman, s'il te plaît…

Lettie n'avait jamais dit à personne que Seth Hubbard la payait cinq dollars de l'heure, et en liquide. C'était effectivement au-dessus des pratiques dans le Mississippi rural, et Lettie préférait rester discrète pour s'éviter des problèmes. Sa famille risquait de lui demander une petite rallonge. Ses amis pouvaient parler. « Ne dites rien à personne, Lettie, lui avait dit

M. Hubbard. Ne parlez pas de cet argent. » Simeon, déjà un poids, perdrait toute motivation pour ramener un peu de sous à la maison. Ses revenus étaient aussi erratiques que sa présence, et le moindre prétexte serait bon pour ne plus rien faire du tout.

— Ils m'appellent la bonne.

— La bonne ? Ça fait bien longtemps que je n'ai pas entendu ce mot-là.

— Ce ne sont pas de belles personnes, maman. Je ne suis pas sûre que M. Hubbard ait été un bon père, mais ses enfants sont pires encore.

— Et ils vont récupérer tous ses biens.

— Je suppose. En tout cas, ils le croient dur comme fer.

— À combien s'élève sa fortune ?

Lettie secoua la tête et but une gorgée de café froid.

— Aucune idée. Je crois que personne ne le sait, en fait.

6.

15 h 55, mardi après-midi. Le parking de l'église d'Irish Road était loin d'être plein à l'arrivée d'Ozzie dans sa voiture « semi-banalisée ». Il n'y avait ni logo, ni numéro peints sur la carrosserie – Ozzie préférait la discrétion – mais au premier coup d'œil, on savait que c'était la voiture du shérif du comté : une collection d'antennes, un gyrophare bleu posé sur le tableau de bord, à peine caché, une grosse Ford marron, avec des roues noires – le modèle type qu'utilisaient pratiquement tous les chefs de police du Mississippi.

Il se gara à côté de la Saab rouge, stationnée à l'écart. Ozzie et Jake sortirent au même moment de leur véhicule et traversèrent ensemble le parking.

— Du nouveau ? s'enquit Jake.

— Non.

Ozzie portait un costume sombre et des santiags noires, Jake aussi s'était habillé en noir, mais sans les bottes de cow-boy.

— Et toi ?

— Rien, non plus. Mais demain, ça va se déchaîner.

— J'ai hâte de voir ça ! répondit Ozzie en riant.

L'église, à l'origine, était une chapelle de brique, avec un petit clocher carré surmontant une double porte. La paroisse avait ensuite adjoint des annexes, des constructions de métal comme c'était l'usage à l'époque : une imposante, flanquant la chapelle, totalement disproportionnée, et une autre derrière, plus petite, contre laquelle les jeunes jouaient au basket. Sur un petit tertre, non loin de là, le cimetière s'offrait au regard, à l'ombre des arbres. Un endroit paisible et bucolique où enterrer les défunts.

Quelques fumeurs tiraient leurs dernières bouffées, des ruraux qui avaient sorti leurs vieux costumes du dimanche. Ils parlèrent aussitôt au shérif et saluèrent Jake d'un signe de tête. À l'intérieur, se trouvait une assemblée honorable, éparpillée sur les bancs de chêne noircis par le temps. Les lumières étaient tamisées. Une organiste jouait en sourdine un chant funèbre, pour préparer l'assistance au recueillement. Le cercueil fermé d'Hubbard était couvert de fleurs et installé devant le pupitre. Ses porteurs se tenaient épaule contre épaule, sombres et solennels à côté de l'orgue.

Jake et Ozzie prirent place au dernier rang et scrutèrent l'assistance. Pas très loin d'eux, il y avait un groupe de Noirs. Cinq au total.

Ozzie les salua et murmura à l'oreille de Jake :

— Celle en robe verte, c'est Lettie Lang.

— Qui sont les autres ?

Ozzie secoua la tête.

— Je ne vois pas bien leur visage.

Jake regarda la nuque de Lettie Lang, tentant d'imaginer les aventures et les épreuves qu'ils allaient bientôt vivre ensemble. Il ne lui avait pas encore parlé, il ne connaissait pas même son nom l'avant-veille, mais ils allaient devenir très proches dans les jours à venir.

Lettie, ignorant ce que Seth Hubbard lui avait laissé, était assise les mains croisées sur ses cuisses. Ce matin, elle avait travaillé trois heures avant qu'Herschel lui demande de partir. Au moment de quitter la maison, il lui avait annoncé que son contrat cesserait demain mercredi, à 15 heures. La maison alors serait fermée à clé et resterait inhabitée en attendant la validation du testament. Lettie avait quatre cents dollars sur son compte en banque (un compte inconnu de Simeon), plus trois cents en liquide, cachés dans un pot dans la buanderie. Et ça s'arrêtait là. Avec aucune perspective de travail. Elle n'avait pas vu son mari depuis près de trois semaines. Il finirait par rentrer à la maison avec un chèque ou une petite liasse ; mais, le plus souvent, il revenait les mains vides et saoul, juste pour cuver son vin.

Bientôt sans emploi, avec des factures à payer, une famille à nourrir, Lettie, assise dans cette église, avec ces notes funèbres tout autour, aurait pu s'inquiéter de son sort, et pourtant elle était sereine. M. Hubbard lui avait dit plusieurs fois qu'à sa mort, il lui laisserait un petit quelque chose. Petit comment ? Lettie ne pouvait que faire des conjectures. Quatre rangs derrière elle, Jake se disait, quant à lui : si elle savait... Pour l'heure, elle ignorait sa présence, et pourquoi il était ici. Plus tard, elle dirait aux autres qu'elle connaissait son nom à cause de l'affaire Hailey, mais elle ne l'avait jamais vu de sa vie.

Au premier rang, juste devant le cercueil : Ramona Dafoe, avec Ian à sa gauche, et Herschel à sa droite.

Sans leurs enfants. Les petits-enfants de Hubbard n'avaient pu faire le déplacement. Ils avaient trop de choses à faire. Et les parents n'avaient pas beaucoup insisté. Derrière eux, se tenait une rangée de « proches » si éloignés qu'ils avaient été obligés de se présenter à la famille – et leurs noms avaient été aussitôt oubliés. Les grands-parents étaient morts depuis longtemps. Le dernier membre de sa famille, l'oncle Ancil, n'avait plus donné signe de vie depuis des lustres. Les Hubbard n'avaient jamais été très soudés et les années avaient décimé leurs rangs.

Derrière ce noyau d'intimes, dans la pénombre de la nef, il y avait une vingtaine de personnes – des employés, des amis, des membres de la paroisse. Quand le révérend Don McElwain monta en chaire à 16 heures précises, tout le monde, lui y compris, sut que l'office serait court. Le pasteur fit prier l'assistance et récita une brève nécrologie : Seth était né le 10 mai 1917, dans le comté de Ford, et y était mort le 2 octobre 1988. Suivant dans le trépas ses parents, etc., laissant deux enfants, et des petits-enfants.

Jake repéra un profil connu quelques bancs plus loin, sur sa gauche : un type dans un beau costume. Même âge que lui. Même fac de droit. Stillman Rush, un connard troisième du nom, pur sang bleu, rejeton d'une grande lignée d'avocats, d'illustres ténors du barreau, du moins dans le Sud profond. Rush & Westerfield, le plus gros cabinet d'avocats du nord du Mississippi, siège social à Tupelo avec des bureaux partout dans l'État. Seth Hubbard citait le cabinet Rush dans sa lettre, et aussi dans son testament manuscrit ; il était donc prévisible que Stillman et les deux autres gars bien habillés, qui l'accompagnaient, soient venus veiller sur leur investissement. Par tradition, les avocats d'affaires travaillaient en binôme. Il leur fallait être deux pour réaliser les tâches les plus ordinaires : deux pour déposer des papiers au tribunal, deux pour assister à une réunion préparatoire, deux pour présenter leur rapport à une audience devant le juge, deux pour se rendre ici et là et, bien sûr, deux pour saler la note et gonfler les dossiers. Les gros cabinets juridiques avaient le culte de l'inefficacité : plus d'heures, plus d'honoraires !

Mais trois ? Pour assister à des funérailles dans un trou perdu ? C'était curieux, et prometteur. Cela signifiait qu'il y avait de l'argent en jeu. Et ces trois-là avaient allumé leur compteur dès leur départ de Tupelo et feignaient de partager l'émotion de l'assistance à deux cents dollars de l'heure par personne. À en croire les derniers mots de Seth Hubbard, un certain Lewis McGwyre avait rédigé un testament en septembre 1987. Il devait se trouver dans le trio. Jake ne le connaissait pas, mais il y avait tellement d'avocats dans ce cabinet. Puisqu'ils avaient préparé le testament, ils pensaient naturellement pouvoir le faire valider sous peu.

Demain, ils feraient à nouveau le trajet de Tupelo, à deux bien sûr, peut-être même à trois, et apporteraient leur paperasse au greffe, au premier étage du palais de justice. Ils se présenteraient devant Eva ou Sara, fats et suffisants, et demanderaient à faire enregistrer le testament du sieur Seth Hubbard en vue de son homologation. Alors Eva, ou Sara, réprimerait un sourire, feindrait l'embarras. Elle remuerait des papiers, poserait des questions, et soudain, coup de théâtre :

« Vous arrivez trop tard, messieurs ! Un testament a déjà été enregistré. »

Eva ou Sara leur montrerait le dossier, et le trio découvrirait, bouche bée, le document olographe : un nouveau testament qui révoquait officiellement le gros bébé qu'ils avaient rédigé et qu'ils chérissaient tant. Et les hostilités seraient ouvertes ! Ils allaient tout d'abord maudire avec ardeur Jake Brigance, puis, après réflexion, s'apercevoir que la guerre pouvait se révéler juteuse pour tous les avocats en lice.

Lettie essuya une larme et s'aperçut qu'elle était la seule à pleurer le mort.

Devant les trois avocats, il y avait quelques cols blancs ; l'un d'eux se retourna et leur murmura quelque chose. Ce devait être un cadre qui travaillait pour Hubbard. Jake avait hâte de rencontrer Russel Amburgh, le vice-président de la holding du défunt – l'homme, à en croire le testament, qui savait tout des affaires de Seth Hubbard, les actifs comme les passifs.

Nora Baines chanta trois strophes de « The Old Rugged Cross », le tire-larme garanti à toutes les funérailles, mais l'assistance fut à peine ébranlée. Le pasteur McElwain lut quelques psaumes, s'attarda sur la sagesse de Salomon, puis deux ados boutonneux, avec une guitare, se mirent à chantonner un morceau actuel – Seth n'aurait sans doute pas apprécié. Ramona finit par éclater en sanglots et Ian la prit dans ses bras pour la réconforter. Herschel se contentait de regarder le sol, au pied du cercueil, sans battre des paupières, sans bouger. Une autre femme se mit à pleurer, en soutien à Ramona. Dans la lettre qu'il avait adressée à Jake, ses mots exacts étaient : « Ne dévoilez pas la teneur de mon testament tant que je ne suis pas en terre. Je veux que ma famille endure toutes les cérémonies, joue les éplorés, avant de découvrir qu'ils n'auront rien. Regardez-les bien jouer la comédie – ils sont très bons pour ça. Ils n'ont aucun amour pour moi. » En réalité, ses enfants ne se donnaient pas même la peine de faire semblant. Rapidement, mimer la scène des regrets leur demanda trop d'efforts. Quelle triste fin.

Conformément aux instructions du défunt, il n'y eut pas d'éloge funèbre. Personne ne vint au micro rendre hommage à Seth, et de toute évidence, au vu de l'indifférence générale, il n'y aurait peut-être eu aucun volontaire pour le faire. Le révérend McElwain termina le service par une très longue prière – un subterfuge pour jouer la montre. Vingt-cinq minutes plus tard – une éternité –, il invita tout le monde à se rendre au cimetière pour l'inhumation. Dehors, Jake évita Stillman Rush et ses sbires, et fonça vers le groupe de cols blancs.

— Excusez-moi, messieurs, mais je cherche Russel Amburgh.

L'homme en costume cravate pointa le doigt sur sa droite.

— Il est là.

Amburgh se tenait à trois mètres de là. Il allumait une cigarette et avait entendu Jake. Les deux hommes se serrèrent la main et se présentèrent.

— Je peux vous parler en privé, une minute ?

Amburgh haussa les épaules.

— Bien sûr. C'est pour quoi ?

La foule s'éloignait lentement vers le cimetière. Jake ne comptait pas assister à l'enterrement. Il avait un autre rendez-vous.

— Je suis avocat à Clanton, annonça-t-il quand les deux hommes furent hors de portée d'oreilles. Je n'ai jamais rencontré M. Hubbard, mais il m'a envoyé une lettre. Je l'ai reçue hier. Il m'a fait parvenir aussi son dernier testament, dans lequel il vous nomme exécuteur testamentaire. Il faut que nous nous parlions au plus vite.

Amburgh s'arrêta net et coinça sa cigarette au coin de sa bouche. Il observa Jake, puis jeta un regard circulaire pour être certain qu'on ne pouvait les entendre.

— Quel testament ? demanda-t-il, en soufflant sa fumée.

— Un testament manuscrit, rédigé samedi dernier. Visiblement, il avait prémédité son suicide.

— Il devait, alors, ne plus avoir toute sa tête, rétorqua Amburgh dans un ricanement, le premier tintement de sabre, prémices de la guerre à venir.

Jake ne s'attendait pas à ça.

— Ce n'est pas si sûr. C'est un point qui devra être établi.

— J'ai été avocat, dans une autre vie, monsieur Brigance, il y a longtemps, avant que je ne mène une vie honnête. Je connais les règles du jeu.

Jake donna un coup de pied dans un caillou et regarda au loin. La procession atteignait les portes du cimetière.

— On peut se voir quand même pour en discuter ?

— Qu'est-ce qu'il y a dans ce nouveau testament ?

— Je ne peux pas vous le dire maintenant, mais demain je le pourrai.

Amburgh releva la tête et toisa Jake d'un air suspicieux.

— Que savez-vous des affaires de Seth ?

— À peu près rien. Dans ses dernières volontés, il dit que vous êtes au courant de tous ses actifs et ses passifs.

Une autre bouffée de cigarette, un autre ricanement.

— Il n'y a aucun passif, monsieur Brigance. Que des actifs, et beaucoup.

— S'il vous plaît, acceptez un rendez-vous pour que nous puissions parler de tout ça. Tous les secrets vont être levés, monsieur Amburgh. J'ai besoin de savoir où je mets les pieds. Encore une fois, selon les termes de son testament, vous êtes son exécuteur testamentaire et moi son avocat.

— Cela sonne faux. Seth détestait les avocats de Clanton.

— Oui. C'est même très exactement ce qu'il dit. Si nous pouvons nous rencontrer demain matin, je serais ravi de vous montrer une copie de son testament et de tout vous révéler.

Amburgh recommença à marcher. Jake lui emboîta le pas. Ozzie les attendait devant les portes du cimetière. Amburgh s'immobilisa à nouveau.

— Je vis à Temple. Il y a un café sur la nationale 52, à l'ouest de la ville. Retrouvez-moi là-bas à 7 h 30.

— Entendu. Comment s'appelle le café ?

— Le Café.

— D'accord.

Amburgh disparut sans ajouter un mot. Jake regarda Ozzie, secoua la tête ne sachant que penser, puis désigna le parking. Les deux hommes s'éloignèrent du cimetière. Ils avaient eu leur compte de Seth Hubbard pour la journée. Les adieux avaient été faits.

Vingt minutes plus tard, à 16 h 55 exactement, Jake entra en courant au greffe du tribunal et lança un grand sourire à Sara.

— C'est maintenant que vous vous réveillez ? aboya-t-elle.

— Il n'est pas 17 heures, répliqua-t-il en ouvrant sa mallette.

— Certes, mais le travail s'arrête pour nous à 16 heures, du moins le mardi. Le lundi, c'est 17 heures. Et 15 heures le mercredi et le jeudi. Quant aux vendredis, il faudrait un miracle pour que nous soyons encore là à cette heure !

Sara avait la langue bien pendue. Après vingt ans à côtoyer les avocats, elle avait affûté ses répliques.

Jake étala les papiers sur le comptoir devant elle.

— Je viens demander l'ouverture de la succession de M. Seth Hubbard.

— Avec un testament ou non ?

— Avec. Il y en a même plus d'un ! C'est là où ça va être drôle.

— C'est pas celui qui vient de se suicider ?

— Ne faites pas l'innocente. Vous êtes parfaitement au courant puisque vous travaillez à l'endroit même d'où partent toutes les rumeurs, là où rien n'est secret.

— Vous êtes insultant, lâcha-t-elle en tamponnant la demande. (Elle feuilleta les papiers et sourit.) Magnifique, un testament olographe. Un filon pour votre profession !

— Je ne vous le fais pas dire.

— Alors, qui emporte le gros lot ?

— Je serai une tombe, prévint-il en sortant d'autres papiers de sa mallette.

— Vous êtes peut-être une tombe, maître Brigance, mais cette demande d'homologation ne l'est pas. (Elle tamponna un autre document d'un geste théâtral.) Voilà, c'est désormais un dossier public, selon les lois de notre grand pays, à moins que vous n'ayez déposé une demande de scellés par écrit. Vous avez fait ça ?

— Non.

— Donc nous pouvons parler de tous les détails, jusqu'aux moins ragoûtants. Et je suis sûre qu'il doit y en avoir plein !

— Je ne sais pas. Je creuse encore la question. Sara, j'ai un service à vous demander…

— Tout ce que vous voulez, mon petit Jake.

— Déposer ce testament, c'était une course contre la montre, et je viens de la gagner. Mais bientôt, sans doute demain, deux ou trois avocats qui se la pètent, avec costumes noirs et tout le tralala, vont se présenter pour, à leur tour, ouvrir la succession de Seth Hubbard. Et il y a fort à parier qu'ils viendront de Tupelo. Car il existe un autre testament…

— J'adore ça.

— Moi aussi. Rien ne vous oblige à leur dire qu'ils sont arrivés en second, mais cela pourrait être amusant de voir leur tête quand ils vont l'apprendre. Vous ne trouvez pas ?

— J'en ai l'eau à la bouche !

— Magnifique. Montrez-leur le dossier, amusez-vous, faites durer le supplice tant que vous voulez, et puis après passez-moi un coup de fil pour me raconter. Mais je vous en prie, ne dites rien jusqu'à demain.

— C'est d'accord, Jake. Ça risque d'être rigolo.

— Si tout se déroule comme je l'imagine, cette affaire va nous divertir toute l'année.

Dès qu'il quitta le palais de justice, Sara lut le document manuscrit qui était agrafé à la demande de Jake. Elle appela ses collègues et tout ce petit monde parcourut le testament. L'employée noire qui habitait Clanton ne connaissait pas cette Lettie Lang. Quant à Seth Hubbard, personne n'avait jamais entendu parler de lui. Elles bavardèrent un petit moment et 17 heures sonnèrent comme un rien. Chacune se prépara à rentrer dans ses pénates. Le dossier fut rangé, on éteignit les lumières et ces dames oublièrent aussitôt tout ce qui avait trait au travail. Elles reprendraient leurs spéculations demain.

Si la demande avait été déposée le matin, tout le palais aurait été au courant à midi ; et on n'aurait parlé que de ça en ville avant la fin de l'après-midi. Mais, parce que c'était l'heure de la fermeture, les ragots attendraient – du moins pour ce soir.

* * *

Simeon Lang ce soir buvait, mais ne se saoulait pas, une distinction certes floue, mais très claire pour sa famille. Boire, c'était avoir un comportement ayant une certaine retenue, exempt d'agressivité. Autrement dit, il tétait lentement ses canettes dans son coin, l'œil vitreux, la langue épaisse. Se saouler, c'était l'assurance de scènes pénibles où tout le monde fuyait la maison pour se cacher dans le jardin. Et puis souvent il était sobre, non ? – et ça, c'était l'état de grâce pour les siens, comme pour lui.

Après trois semaines passées sur les routes, à transporter des cargaisons de ferraille dans le Sud profond, il était revenu avec une paye intacte, fatigué mais l'œil clair. Il n'avait donné aucune explication pour justifier son absence. Comme à son habitude. Il s'était efforcé de paraître content d'être là, même apaisé, mais après quelques heures passées dans cette maison minuscule, à supporter les soliloques de Cypress et les reproches de son épouse, il avait avalé un sandwich et était allé s'installer dehors avec sa glacière de bière, à l'ombre d'un arbre, à un endroit stratégique où il pouvait voir passer les voitures dans la rue.

Rentrer à la maison était toujours une lutte. Dehors, à battre le pays, il rêvait de refaire sa vie autre part, une vie meilleure, seul et sans complication. Mille fois, il avait été tenté de continuer à rouler, de livrer son chargement à destination et de ne plus s'arrêter, plus jamais. Son père les avait abandonnés quand il était gosse, laissant sa mère enceinte avec quatre enfants, et il n'avait plus jamais donné signe de vie. Pendant des jours, Simeon et son grand frère étaient restés assis sur le perron, retenant leurs larmes, à attendre son retour. Avec le temps, ils avaient haï leur père parce qu'il s'était enfui. La haine était toujours aussi vive, et pourtant, aujourd'hui, la même envie de fuir prenait corps en lui. Ses enfants étaient grands, ils survivraient.

Sur la route, Simeon se demandait ce qui le poussait à revenir chez lui. Il détestait vivre dans cette bicoque de location, avec sa belle-mère, ses deux petits-enfants capricieux qu'il n'avait jamais voulus, et une femme qui passait son temps à le houspiller pour qu'il rapporte plus d'argent. Lettie l'avait menacé de divorcer des centaines de fois durant ces vingt ans, et c'était un miracle s'ils étaient encore ensemble. Tu veux partir, eh bien pars ! maugréa-t-il entre deux goulées de bière. Mais il avait dit ça des centaines de fois aussi.

Il faisait presque nuit quand Lettie sortit de la maison et traversa le jardin pour rejoindre son arbre. Il s'était installé sur l'une des deux chaises longues, les pieds sur une vieille caisse en plastique, sa glacière à portée de main. Il lui proposa de s'asseoir sur la chaise vide, mais elle préféra rester debout.

— Combien de temps tu restes à la maison ? demanda-t-elle, en regardant la rue.

— Je viens de rentrer et tu veux déjà que je parte ?

— J'ai pas dit ça, Simeon. C'est juste pour savoir.

Comme il ne comptait pas lui répondre, il but une gorgée de bière. Ils étaient rarement seuls tous les deux, et quand cela se produisait, ils n'arrivaient plus à se parler. Une voiture passa dans la rue. Ils la regardèrent s'éloigner, comme fascinés.

— Je vais sans doute perdre mon boulot, annonça-t-elle finalement. Je t'ai dit que M. Hubbard s'est tué. Dès demain, sa famille ne voudra plus me voir dans la maison.

Simeon avait des sentiments mitigés à ce sujet. Cela lui donnerait un nouveau statut, un statut de mâle alpha puisque c'est lui qui allait rapporter de quoi faire vivre toute la smala. Il serait donc le chef de famille. Il n'aimait pas les grands airs que prenait Lettie quand elle gagnait plus d'argent que lui. Ni ses moqueries, quand il était sans travail. Même si elle n'était que femme de ménage, elle était toute fière d'elle parce qu'un Blanc lui faisait entièrement confiance. Mais ils avaient besoin de cet argent, et sans l'apport de Lettie, ils allaient au-devant des ennuis.

— Je suis désolé, se força-t-il à répondre.

Il y eut un long silence à nouveau. Des voix et des bruits filtraient de la maison.

— Tu as eu des nouvelles de Marvis ? demanda-t-il.

Elle baissa la tête.

— Non. Cela fait deux semaines et pas une lettre.

— Tu lui as écrit ?

— Comme toutes les semaines, Simeon, tu le sais bien. Et toi, quand lui as-tu écrit pour la dernière fois ?

Simeon soupira d'agacement mais contint sa colère. Il était rentré à la maison à jeun, il n'allait pas tout gâcher en piquant une crise. Marvis Lang, vingt-huit ans, deux ans déjà de prison et encore dix à tirer, pour trafic de drogue, et agression à main armée.

Une voiture arriva lentement devant la maison et ralentit, comme si le chauffeur n'était pas sûr de son chemin. Le véhicule avança encore de quelques mètres puis s'engagea dans l'allée. Dans la lumière tombante, ils virent qu'il s'agissait d'une voiture atypique, une voiture étrangère, pour sûr, toute rouge. Le conducteur coupa le moteur et sortit de l'habitacle. Seul. Il portait une chemise blanche avec une cravate desserrée. Il n'avait rien dans les mains, ni sac sur l'épaule. Il fit quelques pas, et s'arrêta, hésitant.

— Par ici ! lança Simeon.

L'homme sursauta. Il ne les avait pas vus sous l'arbre. Il s'approcha avec précaution.

— Bonjour, je m'appelle Jake Brigance. Je suis avocat à Clanton et je voudrais parler à Lettie Lang.

— Je vous ai vu aux funérailles, répliqua-t-elle.

— Oui, j'y étais.

102

À contrecœur, Simeon se leva et tout le monde se serra la main. Il proposa une bière au visiteur, puis retourna sur son siège. Jake déclina l'offre, même s'il en aurait bien pris une. Mais il était là pour affaire.

— Je suis sûre que ce n'est pas par hasard que vous passez dans notre coin perdu, lança Lettie avec bonhomie.

— C'est vrai.

— Brigance…, répéta Simeon en buvant une lampée. C'est pas vous qui avez défendu Carl Lee Hailey ?

Hailey, ce bon vieux sésame, du moins dans la communauté noire.

— Oui, c'est moi, répondit Jake d'un ton le plus neutre possible.

— C'est bien ce que je me disais. Beau boulot.

— Merci. Je suis là, en fait, pour le travail et je dois parler à votre femme en privé. Ne le prenez pas contre vous, mais j'ai des choses confidentielles à lui dire.

— Quelles choses ? s'enquit Lettie.

— Pourquoi c'est confidentiel ? renchérit Simeon.

— C'est la loi, mentit Jake.

La loi n'avait rien à voir là-dedans. Et il était évident que Lettie allait s'empresser de tout raconter à son mari dès qu'il serait parti. La discrétion était un vain espoir. Le testament de Seth Hubbard était désormais un document public et dans les vingt-quatre heures tous les avocats en ville allaient l'éplucher. Où serait alors la confidentialité ? Le respect de la vie privée ?

Pas content, Simeon jeta sa bière contre l'arbre, maculant le tronc d'une traînée de mousse. Il se leva d'un bond.

— C'est bon, c'est bon, je me tire ! grogna-t-il en faisant valser d'un coup de pied la caisse de plastique.

Il piocha, au passage, une nouvelle bière dans la glacière et s'en alla en maugréant. Il disparut dans l'obscurité. Sans nul doute pour trouver une planque où les épier.

— Je suis désolée, monsieur Brigance, pour ce ramdam, murmura Lettie.

— Aucune importance. Madame Lang, je dois m'entretenir avec vous d'une affaire de la plus haute importance. L'idéal serait de vous en parler demain, à mon bureau. Il s'agit de M. Hubbard et de ses dernières volontés.

Lettie se mordit la lèvre et regarda Jake avec de grands yeux.

Jake poursuivit :

— La veille de sa mort, il a rédigé un nouveau testament qu'il a ensuite posté pour que je le reçoive après son suicide. Le document semble authentique, mais la famille va le contester.

— Je suis dans le testament ?

— Oh oui. En fait, vous héritez d'une portion non négligeable de ses biens.

— Oh, mon Dieu.

— Seth Hubbard veut que je fasse homologuer ce testament, or je suis sûr qu'il va être attaqué de toutes parts. C'est pour cette raison que nous devons nous parler.

Elle porta la main à sa bouche pour cacher sa surprise.

Jake regarda la maison. Les fenêtres éclairées perçaient l'obscurité. Une ombre se détachait. Sans doute Simeon tournant comme un lion en cage. Jake brûlait de remonter dans sa vieille Saab et de regagner la civilisation.

— Je dois lui en parler ? demanda-t-elle.

— À vous de voir. Pour ma part, je l'aurais mis dans la confidence si je n'avais pas appris son problème avec l'alcool. Je ne sais pas dans quel état il est en ce moment. Mais pour être honnête, madame Lang, c'est votre mari et il devrait venir demain avec vous à mon cabinet. À condition qu'il soit à jeun.

— Il le sera. Promis.

Jake lui tendit sa carte.

— Quand vous voulez, demain après-midi. À n'importe quelle heure. Je ne quitterai pas mon bureau.

— Nous viendrons, monsieur Brigance. Je vous remercie d'être venu.

— C'est très important, madame Lang. Il fallait que je fasse votre connaissance. On risque de se retrouver en première ligne tous les deux, et la bataille s'annonce brutale.

— Je ne vous suis pas très bien.

— C'est normal. Je vous expliquerai tout demain.

— Entendu, monsieur Brigance. Merci encore.

— Bonne nuit.

7.

Après un dîner frugal, composé d'une soupe de tomate et de sandwich au fromage fondu, Jake et Carla débarrassèrent la table et nettoyèrent les assiettes (il n'y avait pas de lave-vaisselle), et purent enfin s'installer au salon, un espace exigu entre la cuisine et le coin repas. Plus de trois années de vie dans une maison minuscule exigeaient des aménagements constants et un nouvel ordonnancement des priorités, ainsi qu'une vigilance de tous les instants pour ne pas se laisser aller à la mauvaise humeur. Heureusement qu'il y avait Hanna. Les enfants ont cette capacité miraculeuse de ne pas se soucier des choses maté- rielles qui préoccupent tellement les adultes ; tant que les deux parents étaient là et aimants, rien d'autre ne comptait, ou si peu. Carla lui faisait faire ses devoirs, Jake lui racontait des histoires et, grâce à ce travail d'équipe, ils parvenaient à lire un peu le journal et à regarder les infos sur la chaîne locale. À 20 heures, Carla lui donnait son bain et, trente minutes plus tard, Hanna était mise au lit entourée de son père et sa mère.

Dès qu'ils furent enfin seuls, emmitouflés sous un plaid sur le canapé bringuebalant, Carla lui lança :

— Alors, qu'est-ce qui se passe ?

Jake continua à feuilleter un magazine de sports.

— Comment ça ?

— Ne commence pas. Il y a quelque chose. Une nouvelle affaire peut-être ? Un client qui a de quoi payer un peu cette fois ? Ou même beaucoup ? Ce qui nous sortirait enfin de la mouise. Je t'écoute.

Jake repoussa le plaid et bondit de son siège comme un ressort.

— Pour tout te dire, ma chérie, si tout va bien, on va pouvoir faire un bras d'honneur à la mouise !

— Je le savais ! Je le sens quand tu signes un bon accident de la circulation. Tu ne tiens plus en place.

— Il ne s'agit pas d'un accident de la route, répliqua-t-il en fouillant dans sa mallette pour sortir quelques papiers. C'est un suicide.

— Oh, ça…

— Oui, ça ! Hier je t'ai parlé de la triste fin de Seth Hubbard, mais ce que je ne t'ai pas dit, c'est qu'avant de mourir, il a rédigé un testament vite fait, l'a envoyé à mon bureau et m'a chargé d'organiser la succession. J'ai fait enregistrer le document cet après-midi. C'est aujourd'hui une pièce publique, alors je peux t'en parler.

— Un type que tu ne connais ni d'Ève ni d'Adam ?

— Exact.

— Tu ne l'as jamais rencontré, mais tu es allé à ses funérailles cet après-midi ?

— Absolument.

— Pourquoi t'a-t-il choisi ? Pourquoi toi ?

— À cause de ma superbe réputation ! Lis donc, tu vas comprendre.

Elle jeta un coup d'œil sur les feuilles et releva aussitôt la tête.

— Mais c'est écrit à la main ?

— Parfaitement.

Jake se glissa de nouveau sous le plaid à côté de sa femme et la regarda lire les deux pages du testament. Sa bouche s'ouvrit lentement, ses yeux s'agrandirent, puis elle se tourna vers Jake, interdite.

— « Qu'elles périssent dans la douleur » ? Quel sinistre personnage !

— Possible. Je ne connais pas l'homme, mais Harry Rex s'est occupé de son deuxième divorce, et il n'a pas l'air d'apprécier Hubbard.

— En même temps, pas grand monde n'apprécie Harry Rex.

— Certes.

— Qui est cette Lettie Lang ?

— Sa femme de ménage noire.

— Houlà ! ça va faire du bruit, Jake.

— J'espère bien !

— Et il a de l'argent, ton Hubbard ?

— Tu as lu le passage où il dit : « Mes biens ne sont pas négligeables » ? Ozzie le connaît et il confirme. Je vais à Temple demain matin rencontrer Russel Amburgh, l'exécuteur testamentaire. J'en saurai donc beaucoup plus à midi.

Elle pinça les deux feuilles entre ses doigts et les agita comme un mouchoir.

— Et c'est valide, ça ? On peut rédiger un testament comme ça, sur un coin de table ?

— Bien sûr. Suffit de se référer au cours « Legs et successions » donné depuis cinquante ans par le Pr Robert Weems à Ole Miss. Il m'a donné un A sur ce sujet. Tant que tous les mots sont écrits par le défunt, et que le document est signé et daté, la pièce est valide. Je suis certain que son authenticité va être contestée par ses deux rejetons, mais c'est justement là que ça va devenir amusant.

— Pourquoi laisse-t-il quasiment tout à sa femme de ménage ?

— Peut-être trouvait-il qu'elle s'occupait bien de la maison ? Je ne sais pas. Peut-être faisait-elle plus que du ménage ?

— C'est-à-dire ?

— Il était malade, Carla, il était mourant, un cancer en phase terminale. Je suppose que Lettie Lang s'occupait bien de lui. À l'évidence, il l'appréciait beaucoup. Les deux enfants vont nous attaquer en justice et crier à la manipulation. Ils vont dire qu'elle était trop proche de lui, qu'elle lui a susurré dans l'oreille ce qu'il devait écrire, ou qu'elle a fait pis encore. Et on va tout droit au procès avec jury.

— Un jury, tu crois ?

Jake était tout sourires. Il en salivait déjà.

— Oh oui…

— Ouah ! Qui est au courant de l'existence de ce testament ?

— Je l'ai fait enregistrer à 17 heures. Les ragots n'ont pas eu le temps de se répandre. Mais je parie que demain, dès 9 heures, ça va s'agiter au palais.

— C'est rien de le dire, Jake. Un Blanc qui déshérite sa famille, lègue toute sa fortune à sa femme de ménage noire, puis se pend. C'est de la folie.

109

Mais, visiblement, Jake prenait la chose au sérieux. Elle relut les documents tandis que son mari, les yeux fermés, songeait déjà au procès. Quand elle eut fini, elle posa les deux feuilles par terre, et jeta un regard circulaire dans la pièce.

— Juste par curiosité, tu as une idée du montant des honoraires qu'on peut demander dans des cas comme celui-là ? Sans vouloir être indiscrète.

Elle désigna du bras la petite pièce, les meubles d'occasion, les bibliothèques qui croulaient sous les livres, le faux tapis persan, les rideaux élimés jusqu'à la trame, les piles de magazines par terre – le capharnaüm de locataires qui ne pouvaient agencer leur foyer comme ils l'auraient voulu, entravés par ces murs trop étroits.

— Quoi ? Tu voudrais quelque chose de mieux ? Un duplex ? Ou deux mobile homes jumelés ?

— Ne te moque pas de moi.

— Les honoraires peuvent être conséquents, quoique je n'y aie pas encore réfléchi.

— Conséquents ?

— Bien sûr. Les honoraires dépendent de la quantité de travail fourni, du nombre d'heures effectuées – un concept de rétribution qui nous est quasiment inconnu. Les avocats s'occupant de successions font marcher la pointeuse dès le matin et facturent la moindre minute passée sur l'affaire. C'est un tout autre monde. Toutes les factures doivent être visées par le juge, qui en l'occurrence est notre bon ami l'honorable Reuben Atlee, et comme il sait que nous sommes sur la paille, il ne va sûrement pas jouer les radins. Une grande succession, un tas d'argent en jeu, un recours en justice pour invalider un testament... à mon avis, fini les vaches maigres pour nous.

— Un tas d'argent ?

— C'est juste une façon de parler. Il est trop tôt pour penser aux gains, ma chérie. Ce serait déplacé.

— Ne prends pas ce ton supérieur, s'il te plaît.

Mais Carla ne pouvait s'empêcher de faire les cartons en pensée et de préparer le déménagement. Elle avait commis la même erreur, un an plus tôt, quand un jeune couple était venu trouver Jake : leur bébé était mort à l'hôpital de Memphis. Une affaire prometteuse, sur fond d'erreur médicale, qui avait été démontée par les rapports d'experts. Jake n'avait pu alors que demander un dédommagement symbolique.

— Et tu es allé rendre visite à cette Lettie Lang ?

— Oui. Elle vit à l'autre bout de la ville, à Box Hill, dans le quartier de Little Delta. Il n'y a pas beaucoup de Blancs là-bas. Son mari est un ivrogne qui revient au domicile conjugal quand ça lui chante. Je ne suis pas entré chez eux, mais j'ai l'impression que c'est surpeuplé. J'ai consulté le cadastre ; ils louent. C'est une petite maison, comme...

— Comme ce taudis, tu allais dire ?

— Comme la nôtre. Sans doute construite par le même promoteur véreux. Mais ici, nous ne sommes que trois, et chez Lettie, ils doivent être une douzaine.

— Elle est sympathique ?

— Oui, plutôt. On ne s'est pas parlé longtemps. C'est la femme noire classique, avec une tripotée de gosses à nourrir, un mari qui joue les touristes, un salaire de misère, et une vie difficile.

— C'est assez sinistre.

— Et réaliste.

— Elle est jolie ?

Sous la couverture, Jake caressait la cheville de Carla. Il réfléchit un moment.

— Je ne sais pas. Il faisait sombre, j'étais pressé. Elle a dans les quarante-cinq ans, elle n'est ni obèse, ni rien. Une jolie silhouette. Il y a de fortes chances qu'elle soit pas mal. Pourquoi tu me poses cette question ? Tu penses qu'il pourrait y avoir une histoire de sexe derrière tout ça ?

— De sexe ? Je n'ai jamais dit ça.

— Mais j'ai entendu tes pensées ! Est-ce qu'elle a baisé avec le patron pour avoir ses faveurs ?

— D'accord, c'est ce que je me demande. Et c'est ce que va penser toute la ville demain matin. Ce legs, ça sent l'histoire de cul à plein nez ! Un moribond et son aide à domicile. Va savoir ce qu'ils faisaient.

— Tu as l'esprit mal tourné. Et j'aime ça.

Il remonta sa main sur la cuisse de Carla, mais son geste fut arrêté par la sonnerie du téléphone, qui les fit sursauter tous les deux. Jake se leva et alla répondre dans la cuisine.

— C'est Nesbit. Il arrive, annonça-t-il à Carla, en raccrochant.

Il prit un cigare, une boîte d'allumettes et sortit de la maison. Au bout de la courte allée, à côté de la boîte aux lettres, il alluma le cigare et souffla un nuage de fumée dans l'air frais du soir. Une minute plus tard, une voiture de patrouille tournait au coin de la rue. Elle s'arrêta devant Jake. L'adjoint Mike Nesbit extirpa son corps obèse de l'habitacle.

— 'soir, Jake.

Il alluma une cigarette.

— Bonsoir, Mike.

Ils fumèrent tous les deux, adossés au capot de la voiture.

— Ozzie n'a rien trouvé sur Hubbard, annonça Nesbit. Il a fouiné aussi à Jackson, mais il est revenu bredouille. J'ai dans l'idée que notre bonhomme range ses jouets ailleurs. Il n'y a rien sur lui dans tout l'État du Mississippi, hormis les actes de propriété pour sa maison, ses voitures, ses terrains, et la futaie à Palmyra. À part ça, rien. Nada. Pas de compte en banque. Pas de société. Il n'est même pas membre d'une association. Il y a deux polices d'assurance, les incontournables, mais c'est tout. On dit qu'il fait ses affaires dans d'autres États, mais on n'a pas poussé les recherches aussi loin.

Jake hocha la tête. Ce n'était pas vraiment une surprise.

— Et Amburgh ?

— Russel Amburgh est originaire de Foley en Alabama, au cœur du Sud, à côté de Mobile. Il était avocat jusqu'à sa radiation, il y a quinze ans, pour détournement de fonds mais il n'a pas été condamné. Pas de casier judiciaire. Une fois quitté le domaine juridique, il s'est lancé dans le secteur du bois. On peut raisonnablement penser que c'est là qu'il a fait la connaissance de Seth Hubbard. Selon nos infos, ses affaires sont prospères. Je ne vois pas pourquoi il est allé s'enterrer dans un trou perdu comme Temple.

— J'y vais justement demain matin. Je lui poserai la question.

— Parfait.

Un couple de gens âgés passa, promenant un vieux caniche. Ils échangèrent quelques plaisanteries sans ralentir le pas. Quand ils furent loin, Jake souffla sa fumée et demanda :

— Et pour Ancil, le frère de Seth, on a une petite piste ?

— Pas la moindre.

— Cela ne m'étonne pas.

— C'est drôle, j'ai toujours vécu ici et je n'ai jamais entendu parler de ce Seth Hubbard. Mon père a quatre-vingts ans, il vit encore ici et pour lui aussi, Seth Hubbard est inconnu au bataillon.

— Il y a trente-deux mille habitants dans ce comté, Mike. On ne peut pas connaître tout le monde.

— Ozzie y arrive bien !

Ils eurent un petit rire. Nesbit jeta son mégot dans la rue et s'étira.

— Il va falloir que je rentre chez moi, Jake.

— Merci d'être venu. Je parlerai à Ozzie demain.

— D'accord. À plus.

* * *

Jake trouva Carla dans la chambre vide, assise devant la fenêtre qui donnait sur la rue. La pièce était plongée dans la pénombre. Il entra sans bruit, et s'arrêta. Quand elle fut certaine d'avoir toute son attention, elle lui dit :

— J'en ai assez de voir des voitures de police devant chez moi, Jake.

Il prit une profonde inspiration et fit un pas vers elle. Ils avaient eu cette conversation tant de fois. Un mot de travers et une dispute pouvait éclater.

— Moi aussi, rétorqua-t-il doucement.

— Qu'est-ce qu'il voulait ?

— Rien de spécial. Juste me donner des infos sur Seth Hubbard. Ozzie a fait des recherches, mais n'a pas trouvé grand-chose.

— Il ne pouvait pas t'appeler demain ? Pourquoi faut-il qu'il se gare devant chez nous ? Comme ça, tous nos voisins se disent qu'on ne peut pas passer une seule nuit sans que les flics pointent leur nez !

Question insoluble.

Jake ne répondit rien et sortit de la pièce.

8.

Russel Amburgh se tenait caché derrière un journal, dans un box au fond du Café. Il n'était pas un habitué, ni même très connu en ville. Il avait emménagé à Temple pour une femme, sa troisième épouse, et ils vivaient repliés sur eux-mêmes. Son patron avait le culte du secret. Et cette discrétion lui convenait à merveille.

Il s'était installé un peu avant 7 heures, avait commandé un café et s'était mis à lire. Il ne savait rien des dernières volontés de Seth Hubbard. Il travaillait avec lui depuis plus de dix ans mais il ignorait tout de sa vie privée. Quant à ses biens, il était certain de ne pas tout connaître, étant donné l'inclination du patron pour les cachotteries. Et Seth aimait tromper son monde, quitte à ce qu'on lui en garde rancune ; il aimait laisser les gens dans le doute et se perdre en vaines conjectures. Les deux hommes avaient sillonné ensemble tout le Sud, à mesure que Seth développait ses activités, mais ils n'avaient jamais été proches. Personne n'était proche de Seth Hubbard.

Jake arriva à 7 h 30 et repéra Amburgh dans son coin. Le Café était à moitié plein et Jake, l'étranger, s'attira quelques regards quand il traversa la salle. Les deux hommes se serrèrent la main et échangèrent les politesses d'usage. Après leur premier entretien de la veille, Jake ne s'attendait ni à un accueil chaleureux ni à ce que l'homme se montre coopératif, mais cela ne l'inquiétait pas outre mesure. Seth Hubbard avait confié un travail à Jake ; même si quelqu'un contestait sa légitimité, le tribunal le soutiendrait dans cette fonction. Toutefois, contre toute attente, Amburgh paraissait détendu et relativement ouvert. Après avoir parlé football et de la pluie et du beau temps, ils en vinrent aux choses sérieuses.

— Le testament a été enregistré ? demanda-t-il.

— Oui, à 17 heures hier. J'ai quitté les funérailles pour filer au palais de justice de Clanton.

— Vous m'en avez apporté une copie ?

— Bien sûr, répondit Jake sans ébaucher le geste de le sortir de sa poche. Il vous a désigné comme exécuteur testamentaire. C'est à présent dans le domaine public, alors vous pouvez en avoir un exemplaire.

Amburgh ouvrit les mains, paumes en l'air.

— Je suis un des bénéficiaires ?

— Non.

Il hocha la tête, le visage fermé. Était-il déçu ?

— Rien ne me revient ?

— Rien. Vous êtes surpris ?

Amburgh déglutit et jeta un regard circulaire dans la salle.

— Non, répliqua-t-il sans grande conviction. Pas vraiment. Avec Seth, il y a rarement de surprise.

— Son suicide n'en était pas une ?

— Non, monsieur Brigance. Ces douze derniers mois ont été un vrai cauchemar. Seth n'en pouvait plus de souffrir. Il savait qu'il allait mourir. Tout le monde le savait aussi. Alors non, cela n'a pas été une surprise.

— Vous en aurez peut-être une quand vous lirez son testament.

Une serveuse passa à côté de leur table, remplit leurs tasses sans même ralentir le pas. Amburgh but une gorgée.

— Racontez-moi votre histoire, monsieur Brigance. Comment avez-vous connu Seth ?

— Je ne l'ai jamais vu.

Jake lui résuma les événements qui l'avaient conduit à s'asseoir à cette table ce matin. Amburgh l'écouta attentivement. Il avait une petite tête ronde, dégarnie au-dessus et le tic de passer sa main sur sa tempe comme pour plaquer une mèche de cheveux récalcitrante. Il portait une chemisette de golf, un pantalon de toile informe, un coupe-vent. Il ressemblait plus à un retraité qu'à l'homme d'affaires qui avait assisté la veille aux funérailles.

— Vous êtes apparemment son homme de confiance.

— C'est vite dit. En fait, je me demande pourquoi Seth m'implique là-dedans. Il y a plein d'autres personnes qui sont plus proches. (Il but une longue gorgée de café.) Seth et moi, on a eu des différends. J'ai songé plusieurs fois à rendre mon tablier. Plus il gagnait d'argent, plus il prenait des risques. Je me suis souvent dit que Seth cherchait la ruine, une sorte d'immolation flamboyante, non sans avoir, bien sûr, mis des sous de côté à l'étranger. Il devenait si téméraire, pour ne pas dire suicidaire. C'était terrifiant.

— Puisque nous abordons le sujet. Parlons de l'argent.

118

— Pas de problème. Je vous dirai ce que je sais, mais je ne sais pas tout.

— Bien sûr, répondit Jake d'un ton détaché, comme s'ils parlaient de nouveau de la pluie et du beau temps.

Depuis quarante-huit heures cette question le taraudait : à combien s'élevait la fortune de Hubbard ? Il allait enfin le savoir. Il n'avait pas de carnet, pas de stylo pour écrire, juste une tasse de café devant lui.

Amburgh regarda encore une fois autour de lui, mais il ne repéra aucune oreille indiscrète.

— Ce que je vais vous raconter, peu de gens le savent. Ce n'est pas confidentiel, mais Seth était passé maître dans l'art de la dissimulation.

— Tout ça va devenir public, monsieur Amburgh.

— J'en ai conscience.

Il reprit une lampée de café, comme s'il avait besoin d'un surplus d'énergie, puis se pencha vers Jake :

— Seth a beaucoup d'argent, et il l'a amassé en moins de dix ans. Après son second divorce, il était sur la paille et plein de colère ; il en voulait au monde entier et était bien décidé à se refaire. Il aimait vraiment sa seconde femme, mais après qu'elle l'a plumé, il voulait sa revanche. Et la vengeance pour Seth, c'était de gagner plus d'argent qu'elle ne lui en avait extirpé.

— Je connais bien l'avocat de son ex-femme.

— Oui, ce gros type. C'est quoi son nom, déjà ?

— Harry Rex Vonner.

— C'est ça, Vonner. J'ai entendu Seth le maudire plusieurs fois.

— Il n'est pas le seul.

— C'est ce que j'ai cru comprendre. Bref, Seth a pu garder sa maison et la terre. Il s'est alors endetté pour acheter une grosse scierie aux environs de Dothan en Alabama. Je travaillais là-bas, je faisais du négoce de bois. C'est comme ça que j'ai fait sa connaissance. Il a eu l'entreprise pour pas cher, au bon moment. On était fin 1979, et le prix du contre-plaqué a soudain monté en flèche et on a bien joué le coup. On avait eu une bonne saison de tempêtes, avec pas mal de dégâts, et une forte demande en bois. Seth a alors hypothéqué la scierie pour acheter une usine de meubles à Albany, en Georgie. Ils fabriquent ces grands rocking-chairs qu'on voit devant tous les restaurants Griddle du pays. C'est Seth qui a décroché le contrat avec la chaîne. Il y avait tellement de commandes qu'on ne pouvait plus fournir ! Il a mis son stock en gage, a obtenu de nouveaux emprunts, et a acheté une autre fabrique en Alabama, près de Troy. C'est à cette époque qu'il a fait la connaissance d'un banquier à Birmingham qui voulait développer sa petite banque. Un type plein d'ambition, un requin aux dents longues. Lui et Seth étaient sur la même longueur d'onde, et ils ont enchaîné les partenariats. D'autres usines, d'autres scieries, d'autres futaies. Seth avait le don pour flairer les affaires qui étaient sous-évaluées ou dans une mauvaise passe, et son banquier lui disait rarement non. Je le mettais en garde, il était bien trop endetté à mon goût, mais il ne voulait rien entendre. Seth avait quelque chose à prouver. Il s'est acheté un avion. Il le laissait à Tupelo pour que personne du coin ne le sache.

— Ça finit bien ou pas ?

— Oui, très bien. En dix ans, Seth a racheté une trentaine de sociétés, principalement des fabriques de meubles – il en a délocalisé quelques-unes au Mexique – mais aussi des scieries,des usines de transformation de bois, ainsi que des milliers d'hectares de futaies. Tout ça à crédit. Il n'y avait pas que le banquier de Birmingham pour financer. Il y en avait d'autres. Plus Seth s'enrichissait, plus il lui était facile d'emprunter. À l'époque, c'était vertigineux, mais Seth ne s'est jamais brûlé les ailes. Il n'a jamais eu à vendre le moindre bien. Il a tenu bon, en ne songeant qu'à son prochain investissement. Investir, emprunter, investir encore, c'était devenu sa drogue. Certaines personnes jouent, d'autres boivent, d'autres courent les jupons. Lui, il aimait l'odeur de l'argent quand il y avait une bonne affaire à saisir. Il aimait les femmes aussi.

» Et puis, il est tombé malade. Il y a un an, les médecins lui ont annoncé son cancer du poumon. Seth déplaçait des montagnes jusqu'à ce qu'il aille voir son médecin. Il lui a dit qu'il avait un an à vivre, maximum. Inutile de préciser que cela lui a fichu un coup. Sans consulter qui que ce soit, il a décidé de tout vendre. Il y a quelques années, on avait travaillé avec le cabinet Rush à Tupelo, et Seth avait là-bas quelques gars en qui il avait confiance. D'ordinaire, il détestait les avocats et les fichait à la porte à tour de bras. Mais les gars de chez Rush étaient parvenus à le convaincre de fonder une holding pour regrouper tous ses actifs. En novembre dernier, il l'a vendue à un groupe d'Atlanta, pour cinquante-cinq millions de dollars. Et il a remboursé ses dettes qui s'élevaient à trente-cinq millions.

— Il a fait une marge de vingt millions ?

— Oui, vingt millions. En gros. Il a eu encore quelques frais. Moi, par exemple. Je possédais quelques parts dans sa holding et donc j'en suis sorti avec un petit pactole. J'ai pris ma retraite l'année dernière. Je ne sais pas ce que Seth a fait de son argent depuis. Il l'a sans doute enterré au fond de son jardin ! Il avait d'autres biens aussi, qui n'étaient pas dans la holding. Par exemple, un chalet de montagne en Caroline du Nord, et quelques autres trucs de ce genre. Et sans doute un compte ou deux dans un paradis fiscal.

— Sans doute ?

— Je n'en sais rien, monsieur Brigance. C'est juste des bribes d'infos que j'ai glanées au fil des ans. Comme je vous l'ai dit, Seth aimait les secrets.

— Vous, comme exécuteur testamentaire, et moi, comme avocat de la succession, nous allons avoir du pain sur la planche ! Nous devons inventorier tous ses biens.

— Cela ne devrait pas être trop compliqué. Il suffit d'aller à son bureau.

— Et où se trouve-t-il ?

— À la scierie Berring, à Palmyra. C'était là son vrai bureau. Il y a une secrétaire là-bas, Arlene, qui est la gardienne du temple. Je lui ai parlé dimanche soir. Je lui ai conseillé de garder tout sous clé jusqu'à l'arrivée des avocats.

Jake prit une autre gorgée de café pour tenter de faire passer la nouvelle.

— Vingt millions de dollars ? Je pense que personne dans tout le comté de Ford n'a autant d'argent.

— Sur ce point, je ne risque pas de vous éclairer. Je n'y ai jamais mis les pieds. En revanche, je confirme qu'il n'y a personne d'aussi riche dans le comté de Milburn.

— On est dans le Sud rural.

— Oui, en plein dedans. Et c'est là l'exploit de Seth ! Il s'est réveillé un jour à l'âge de soixante ans et s'est dit : j'en ai marre d'être fauché, et je vais changer ça. Il a eu de la chance pour les deux premières affaires, puis il a découvert le plaisir d'utiliser l'argent d'autrui. Il a hypothéqué sa maison et ses terres des dizaines de fois. Il faut avoir des couilles pour ça.

La serveuse apporta un gruau d'avoine pour Amburgh et des œufs brouillés pour Jake.

— Il a exclu ses enfants ? demanda Amburgh en saupoudrant de sel et de sucre son porridge.

— Oui.

Il sourit. Hocha la tête. Pas de surprise.

— Vous vous y attendiez ?

— Je ne m'attends à rien, monsieur Brigance, et donc rien ne me surprend.

— Ce n'est pas tout... Il a exclu aussi ses petits-enfants et ses deux ex-femmes. Il a déshérité toute sa famille, à l'exception de son frère Ancil – qui est sans doute mort à l'heure qu'il est. Mais s'il est encore en vie, il aura cinq pour cent. Avec les cinq pour cent pour l'église, ça laisse intacts quatre-vingt-dix pour cent de sa fortune. Et, c'est là peut-être que ça va vous surprendre : ces quatre-vingt-dix pour cent, il les lègue à sa femme de ménage noire, une certaine Lettie Lang.

Amburgh cessa de mâchonner sa bouillie. Il fronça les sourcils. Tout son front se plissa.

— Alors ? Surpris ? lança Jake, en posant sa fourchette.

Amburgh prit une profonde inspiration et tendit la main au-dessus de la table. Jake sortit de sa poche la copie du testament et la lui donna. Ses rides se creusèrent encore à mesure qu'il lisait les deux pages. Il secoua la tête. Parcourut le document une seconde fois dans son intégralité. Puis il replia les feuillets et les déposa sur la table.

— Vous connaissez cette Lettie Lang, par hasard ? s'enquit Jake.

— Pas du tout. Je ne suis jamais venu chez Seth, monsieur Brigance. Jamais entendu parler d'elle. Je ne savais même pas qu'il avait une femme de ménage. Seth était le roi du cloisonnement. Chacun dans sa case, coupé des autres. Et vous, vous la connaissez ?

— Je l'ai rencontrée hier pour la première fois. Je la reçois dans mon bureau cet après-midi.

Amburgh repoussa son bol. Tout cela lui avait coupé l'appétit.

— Pourquoi a-t-il fait ça ?

— C'est précisément la question que je me pose.

— À l'évidence, ça n'a aucun sens. C'est pour cela que ce testament va être contesté. Seth n'avait plus les idées claires. On ne peut faire un testament valide si on n'a plus toute sa tête.

— Certes, mais tout est très confus encore. D'un côté, il a préparé sa mort avec beaucoup de minutie, ce qui tend à prouver qu'il savait très bien ce qu'il faisait. Et de l'autre côté, laisser toute sa fortune à sa femme de ménage paraît totalement insensé.

124

— Sauf si elle l'a influencé.

— Je suis sûr que cette hypothèse sera avancée.

Amburgh plongea la main dans sa poche.

— Ça vous dérange si je fume ?

— Non.

Il alluma une menthol et la grilla, en lâchant sa cendre dans son assiette. Il avait l'air perplexe.

— Je ne suis pas certain d'avoir très envie d'être mêlé à ça, déclara-t-il en écrasant son mégot. D'accord, Seth me désigne comme son exécuteur testamentaire, mais je peux toujours refuser.

— On voit que vous étiez avocat autrefois. Vous avez de beaux restes.

— Je l'étais dans une toute petite ville d'Alabama, comme il y en a des milliers. Mais les lois en matière de succession sont quasiment les mêmes partout dans le pays.

— Vous avez raison. Rien ne vous y oblige.

— Qui voudrait mettre le doigt dans cet imbroglio ?

Moi, par exemple, songea Jake. Mais il se retint de le dire. La serveuse débarrassa la table et remplit à nouveau leurs tasses. Amburgh lut encore une fois le testament, alluma une autre cigarette.

— Très bien, monsieur Brigance, lança-t-il en vidant ses poumons. Je vais résumer la situation, telle que je la vois. Seth évoque un testament antérieur, rédigé l'année dernière au cabinet Rush de Tupelo. Je connais ces gars et il va sans dire que ce testament-là doit être bien plus épais, beaucoup plus finaud, monté de manière à profiter au maximum des exonérations d'impôts. Le grand jeu : donations, fonds d'investissement, legs aux petits-enfants, toutes les manipes possibles pour réduire les frais de succession à leur portion congrue. Vous êtes d'accord avec moi ?

— Absolument.

— Et, à la dernière minute, Seth écrit ce bout de papier qui annule son testament précédent, tout ça pour donner quasiment toute sa fortune à sa femme de ménage, avec la certitude qu'une bonne part de cet héritage va être mangée par l'État. Vous me suivez toujours ?

— Oui. En gros cinquante pour cent vont partir aux impôts.

— La moitié, pfft ! envolée en fumée. Vous trouvez que c'est là un choix sensé, le geste de quelqu'un qui agit avec toute sa tête, monsieur Brigance ?

L'analyse d'Amburgh était juste, mais Jake était bien décidé à camper sur ses positions.

— Je suis certain que cet argument sera avancé au tribunal. Mon travail est de faire homologuer ce testament et d'accomplir les volontés de mon client.

— Vous aussi vous parlez comme un avocat.

— Merci du compliment. Acceptez-vous, oui ou non, d'être son exécuteur testamentaire ?

— Je serai payé pour ça ?

— Oui. Il y aura des honoraires, qui doivent être approuvés par le juge.

— Combien de temps cela va-t-il me prendre ?

— Sans doute beaucoup. S'il y a contestation, ce qui semble probable, nous allons passer des heures au tribunal, des jours même. En qualité d'exécuteur testamentaire, il faudra que vous soyez présent aux audiences, que vous entendiez tous les témoins.

— Le problème, monsieur Brigance, c'est que je n'aime pas ce testament. Je n'approuve pas le choix

126

de Seth. Je n'ai pas vu l'autre version, la version poids lourd, mais je suis certain de la préférer. Pourquoi irais-je défendre ce document, ce bout de papier fait à la va-vite, qui donne tout à une domestique noire qui a sans doute manipulé ce pauvre diable. Vous voyez mon problème ?

Jake acquiesça et fronça les sourcils. Lui aussi avait un problème : après une demi-heure en compagnie de ce type, il n'avait plus aucune envie de passer une année entière à travailler avec lui. Changer d'exécuteur n'était pas la mer à boire. Il pourrait convaincre le juge de dégager Amburgh de ses obligations.

— Cela n'a aucun sens, chuchota Amburgh en regardant autour de lui. Seth a travaillé comme un forçat ces dix dernières années pour amasser cette fortune. Il a pris des risques dantesques. Il a eu beaucoup de chance. Et il laisserait tout ça à une femme qui n'est pour rien dans sa réussite ? Cela me rend furieux, monsieur Brigance. Furieux et très suspicieux.

— Alors, refusez le job, monsieur Amburgh. Je suis certain que la cour trouvera quelqu'un d'autre.

Jake ramassa le testament et le rangea dans sa poche.

— Réfléchissez. La nuit porte conseil. Il n'y a pas d'urgence.

— Quand vont démarrer les hostilités ?

— Sous peu. Dès que les autres avocats se présenteront avec l'autre testament.

— Ça va être rock-and-roll !

— Je vous remercie du temps que vous m'avez accordé, monsieur Amburgh. Voici ma carte.

Jake laissa également un billet de cinq dollars sur la table et sortit du bar. Assis derrière le volant, il réfléchit, tentant de se faire à l'idée qu'il allait se charger d'une succession pesant vingt millions de dollars.

Un an plus tôt, Clanton s'était enflammé pour une affaire d'escroquerie à l'assurance, après qu'une usine d'engrais eut mystérieusement brûlé. Le propriétaire, Bobby Carl Leach, était un homme d'affaires véreux qui avait à son actif nombre de bâtiments détruits par les flammes et presque autant de poursuites en justice. Heureusement, Jake n'avait été impliqué dans aucun de ces litiges ; il avait évité Leach comme la peste. Mais, durant le procès, on découvrit que les biens de Leach s'élevaient à quatre millions de dollars. Après remboursement des dettes, il lui resta encore une coquette somme. Alors tout le monde s'était demandé qui, au juste, était le plus riche habitant du comté. Les débats faisaient rage le matin dans les cafés ouvriers ou le soir dans les bars où se retrouvaient les banquiers, ou encore dans les couloirs du palais où chaque avocat y allait de son pronostic. Toute la ville en parlait, du plus aisé au plus démuni.

Bobby Carl, avec ses quatre millions, était certes en haut de la liste. Le clan des Wilbanks aurait pu y figurer en bonne place si Lucien, le fils prodigue, n'avait pas dilapidé la fortune de la famille dix ans plus tôt. Les noms de quelques propriétaires terriens furent avancés, mais plus par tradition que par réalisme. Ils étaient certes issus des « grandes familles ». Mais, dans les années 1980, posséder beaucoup de terres, c'était tirer le diable par la queue pour boucler les fins de mois. Un dénommé Willie Traynor avait vendu le *Ford County Times* huit ans plus tôt pour un million et demi de dollars. On disait qu'il avait ensuite doublé la mise en Bourse. Mais peu de gens accordaient foi à ces rumeurs sur Traynor. Il y avait aussi cette femme de quatre-vingt-dix-huit ans qui avait pour six millions de dollars de parts dans une banque. Au plus fort de ces débats, une liste anonyme arriva au greffe du palais de justice, document qui fut rapidement faxé aux quatre coins de la ville. Il était intitulé « Le classement Forbes des dix plus riches citoyens du comté de Ford ». Tout le monde eut son exemplaire et les commérages repartirent de plus belle. La liste fut remaniée, enrichie, modifiée, et même truffée d'inventions. Mais nulle part, jamais, le nom de Seth Hubbard ne fut cité.

Ce petit jeu des spéculations perdura plusieurs semaines avant de s'épuiser. Évidemment, jamais non plus le nom de Jake n'avait figuré sur la liste.

Il lâcha un petit rire en songeant à Lettie Lang et à son entrée prochaine et fracassante dans ce Top Ten !

9.

Pour son dernier jour de travail, Lettie arriva une demi-heure en avance dans le secret espoir qu'une telle ponctualité impressionnerait M. Herschel et Mme Dafoe. Peut-être décideraient-ils alors de ne pas se séparer d'elle ? À 7 h 30, elle gara sa vieille Pontiac à côté du pickup de M. Seth. Elle avait cessé de l'appeler « monsieur Seth » depuis des mois, du moins quand ils étaient seuls. Devant témoin, elle continuait à utiliser le « monsieur », mais juste pour la forme. Elle prit une grande inspiration, bloqua le volant. Elle n'avait aucune envie de revoir ces gens. Ils allaient s'en aller, le plus vite possible. Elle les avait entendus maugréer car ils devaient encore passer deux nuits ici. Tout partait à vau-l'eau chez eux depuis qu'ils étaient là et ils avaient hâte de rentrer. Enterrer leur père était une telle corvée ! Le comté de Ford leur sortait par les yeux.

Lettie n'avait pas beaucoup dormi. « Une portion non négligeable », avait affirmé l'avocat. Ces mots avaient tourné en boucle dans sa tête toute la nuit. Elle n'avait rien soufflé à Simeon. Plus tard, peut-être.

Ou bien elle laisserait à M. Brigance le soin de lui annoncer la nouvelle. Simeon l'avait harcelée toute la nuit ; il voulait savoir ce que lui avait dit l'avocat, mais Lettie était trop émerveillée et effrayée pour lui raconter quoi que ce soit. Comment pourrait-elle expliquer ce qu'elle ne comprenait pas elle-même ? C'était trop beau pour être vrai. Quand elle aurait l'argent dans les mains, alors oui, elle y croirait. Mais pas avant.

La porte dans le garage, donnant accès à la cuisine, n'était pas fermée à clé. Lettie entra avec précaution et se figea pour écouter les bruits dans la maison. Quelqu'un avait allumé la télévision dans le salon. La cafetière crachotait sur le comptoir. Elle toussa afin d'annoncer sa présence. Une voix lui répondit.

— C'est vous, Lettie ?

— Oui.

Elle longea le couloir et entra dans la pièce, avec un sourire de circonstance. Elle trouva Ian Dafoe sur le canapé, encore en pyjama, au milieu d'une montagne de paperasse, abîmé apparemment dans quelque affaire de la plus haute importance.

— Bonjour, monsieur Dafoe.

— Bonjour, Lettie, répliqua-t-il tout miel. Comment allez-vous ?

— Bien. Merci. Et vous-même ?

— On fait aller. J'ai pratiquement passé une nuit blanche avec tout ça, annonça-t-il en montrant les tas de papiers, comme si elle pouvait savoir de quoi il s'agissait. Apportez-moi un peu de café, vous voulez bien ? Noir sans sucre.

— Oui, monsieur.

Lettie lui apporta une tasse qu'il prit sans un hochement de tête ni un merci, le nez de nouveau plongé dans ses dossiers. Elle repartit en cuisine, se versa à son tour une tasse et, quand elle ouvrit le réfrigérateur pour prendre de la crème, elle vit la bouteille de vodka, presque vide. Elle n'avait jamais vu de l'alcool dans la maison. Seth ne buvait pas. Il achetait de temps en temps quelques bières, les fourrait dans le frigidaire, et les oubliait.

L'évier était plein d'assiettes sales – personne n'allait les mettre au lave-vaisselle puisque « la bonne » était encore là. Lettie s'en chargea et commença son ménage quand Ian Dafoe s'arrêta sur le seuil.

— Je vais prendre ma douche. Ramona ne se sent pas bien. Elle a sans doute pris froid.

Ou trop de vodka ! rétorqua Lettie en pensée.

— Je peux faire quelque chose pour elle ?

— Non. Mais préparez le petit déjeuner. Ce serait une bonne idée. Avec des œufs et du bacon. Brouillés pour moi. Pour Herschel, je n'en sais rien.

— Je lui demanderai.

Puisque tout le monde s'en allait – y compris elle – et que la maison allait être fermée et vendue, Lettie décida de nettoyer le réfrigérateur et l'office. Elle fit cuire le bacon et les saucisses, prépara de la pâte à pancakes, des œufs brouillés, des omelettes, de la polenta au fromage et réchauffa au four des biscuits, ceux que Seth aimait tant. La table était couverte de bols et d'assiettes fumants quand les trois hôtes s'assirent pour déjeuner, en se plaignant tout le long du repas de cette débauche de nourriture. Mais ils vidèrent tous les plats. Ramona, les yeux gonflés, le teint cramoisi, qui visiblement n'avait aucune envie de parler, parut apprécier particulièrement ce qui était gras. Lettie resta dans la pièce quelques minutes pour les servir. L'atmosphère était tendue. Ils avaient passé la nuit à discuter, essayant de survivre encore vingt-quatre heures dans cette maison qu'ils détestaient. Lettie les laissa pour aller faire les chambres. Leurs valises étaient prêtes. C'était une consolation.

De son poste d'écoute dans le couloir, elle entendit Herschel et Ian parler des avocats. Ian disait qu'il était plus simple que les avocats viennent ici, dans la maison, plutôt que de partir tous jusqu'à Tupelo.

— Bien sûr qu'ils peuvent se déplacer ! insistait Ian. Je vais leur donner rendez-vous à 10 heures.

— D'accord, d'accord, lâcha Herschel.

Puis ils poursuivirent à voix basse. Et Lettie n'entendit plus rien.

Après le petit déjeuner, pendant que Lettie débarrassait et empilait les assiettes, le trio se rendit sur le patio pour s'installer à la table de pique-nique sous le soleil du matin. Ramona semblait revigorée. Lettie, qui vivait avec un alcoolique, savait que Mme Dafoe avait des réveils difficiles. Il y eut quelques rires, pour tenter d'effacer momentanément les paroles enfiellées de la veille.

On sonna à la porte. C'était le serrurier de Clanton. Herschel lui fit faire le tour de la maison, en précisant à voix haute – à l'intention subliminale de Lettie – ce qu'il attendait de lui, à savoir changer les serrures des quatre portes extérieures. Quand l'ouvrier se mit à travailler dans l'entrée, Herschel s'immobilisa sur le seuil de la cuisine et annonça à Lettie :

— Nous faisons poser de nouvelles serrures, pour qu'on ne puisse plus se servir des anciennes clés.

— Je n'ai jamais eu de clés, expliqua-t-elle avec une pointe d'agacement parce qu'elle le leur avait déjà dit.

— Très bien, répliqua Herschel sans en croire un mot. Nous laisserons une clé à Calvin et nous garderons les autres. Je reviendrai de temps en temps m'assurer que tout va bien.

Ben voyons…, songea Lettie, mais elle se contenta de dire :

— Je pourrai venir faire le ménage quand vous voudrez, ça ne me dérange pas. Calvin viendra m'ouvrir.

— Ce ne sera pas nécessaire, mais merci quand même. Les avocats vont arriver ici à 10 heures, alors préparez un peu de café. Après, nous quitterons la maison. Nous n'aurons plus besoin de vos services, Lettie. Je regrette que la mort de papa bouscule tout pour vous.

Elle serra les dents.

— Je comprends.

— Il vous payait tous les combien ?

— Tous les vendredis, pour quarante heures.

— Et il vous a payée vendredi dernier ?

— Oui.

— Nous vous devons donc lundi, mardi et la demi-journée d'aujourd'hui, c'est bien ça ?

— Oui, ce doit être ça.

— À cinq dollars de l'heure.

— Oui. Cinq dollars.

— Je n'en reviens toujours pas qu'il vous payait autant ! lâcha Herschel avant de rejoindre les autres dans le patio.

134

* * *

Lettie défaisait les draps quand les avocats firent enfin leur entrée en scène. Malgré leurs tenues noires et leurs visages fermés, ils étaient, pour les deux enfants Hubbard, des pères Noël surgissant avec dans leurs hottes plein de cadeaux ! Dix fois déjà, Ramona, tout apprêtée et bien plus élégante qu'à l'enterrement, était venue à la fenêtre pour surveiller l'allée, bouillant d'impatience. Ian aussi, en costume cravate, faisait les cent pas dans le salon, en regardant sa montre. Quant à Herschel, rasé de près pour la première fois depuis son arrivée, il trépignait depuis une demi-heure dans la cuisine.

Grâce aux conversations qu'elle avait surprises durant ces trois jours, Lettie savait que les rejetons fondaient tous leurs espoirs sur cette rencontre. Ils ignoraient combien le vieux avait sur son compte en banque, mais ils se doutaient que leur père n'était pas sans le sou. Et c'était une manne tombée du ciel ! Rien que la maison et le terrain valaient un demi-million, au dire de Ian. Combien de fois dans une vie avait-on la chance de se partager cinq cent mille dollars ? Et il y avait aussi la futaie, et allez savoir quoi d'autre encore…

Tout le monde se rassembla dans le salon. Trois avocats, pour trois bénéficiaires potentiels, tous les six sur leur trente et un, souriants et affables. Lettie, dans sa robe blanche impeccable, leur servit le café et des gâteaux, puis se retira dans le couloir pour écouter.

Les avocats présentèrent d'un ton solennel leurs condoléances. Ils connaissaient Seth depuis de nombreuses années, et ils avaient un grand respect pour l'homme qu'il était, disaient-ils. Dans la pièce, c'étaient eux, sans doute, qui appréciaient le plus Seth Hubbard, mais ils l'ignoraient. Herschel et Ramona jouèrent bien la comédie, de vrais pros, et l'illusion tint bon un certain temps. Ian s'ennuyait ferme durant ces préliminaires et était impatient d'entrer dans le vif du sujet.

— Il pourrait y avoir des oreilles indiscrètes, annonça finalement Herschel. Il fait beau. Je vous propose de nous installer dans le patio pour poursuivre cette réunion. Par mesure de précaution.

— Herschel, allons ! C'est ridicule…, commença Ramona.

Mais Ian avait déjà bondi de son siège. Le groupe traversa la cuisine pour se rendre sur la terrasse. Tout le monde prit place autour de la table de pique-nique. Une heure auparavant, Lettie, prévoyant cette position de repli, avait entrouvert la fenêtre de la salle de bains. Elle s'assit sur le rebord de la baignoire pour ne pas perdre une miette de la conversation.

Lewis McGwyre ouvrit sa mallette et en sortit un dossier. Il leur distribua à chacun un dossier contenant plusieurs feuillets et commença son laïus :

— Notre cabinet a préparé ce testament pour votre père, il y a un an. Il y a beaucoup de blabla dedans, pardon d'avance, mais ce sont des mentions obligatoires.

Ramona, les yeux encore rouges, perdit patience.

— Nous lirons tout ça plus tard. Dites-nous simplement, s'il vous plaît, ce qu'il y a dedans.

— Très bien. En un mot, chacun de vous, Herschel et Ramona, a quarante pour cent de la succession.

Pour partie en liquidités, pour partie dans des fonds, mais en définitive, vous héritez de quatre-vingts pour cent de la fortune de M. Hubbard.

— Et les vingt pour cent restants ? s'enquit Ian.

— Quinze vont dans des fonds pour les petits-enfants et cinq en dons pour l'église d'Irish Road.

— Et cet héritage, il est important ? demanda Herschel.

C'est Stillman Rush qui répondit :

— Oui, il est important.

*   *   *

Quand Lettie arriva une demi-heure plus tard avec du café tout juste passé, l'ambiance avait changé du tout au tout. Dissipées la nervosité, l'impatience, la comédie du chagrin et du deuil. Il n'y avait plus que cette joie que seuls procurent les dons du ciel. Ils venaient de gagner le gros lot ; leur unique souci désormais, c'était de savoir quand ils allaient récupérer l'argent. Tout le monde se tut à son arrivée. Elle remplit les tasses dans un silence de plomb. Quand, enfin, elle rentra dans la maison et referma derrière elle la porte de la cuisine, la conversation reprit.

Lettie écouta la suite, de plus en plus troublée.

Le testament désignait Lewis McGwyre comme exécuteur testamentaire ; non seulement il s'était chargé de la rédaction de ce testament, mais il avait la charge de son homologation et de son application. Le troisième avocat, un certain Sam Larkin, avait été le conseiller de Seth Hubbard, et se vantait d'être le véritable artisan de sa réussite. Larkin énumérait les contrats juteux avec force détails, régalant son auditoire en décrivant les exploits de Seth quand il empruntait des sommes pharaoniques. Mais, à l'évidence, Seth Hubbard avait un flair hors du commun. Seul Ian montra des signes de lassitude pendant ce panégyrique.

Comme ils étaient en ville, expliqua McGwyre, ils allaient se rendre au palais de justice et remplir les formulaires afin de lancer le processus de validation sans tarder. Un communiqué serait publié dans le journal du comté pendant quatre-vingt-dix jours, invitant d'éventuels créanciers à se faire connaître. Aucun risque, assurait McGwyre. Seth se savait mourant et avait mis ses affaires en ordre. Ils s'étaient parlé à peine un mois auparavant.

— Ce sera une pure formalité, ajouta Stillman Rush, mais cela prend toujours du temps.

Et ça rapporte des honoraires ! railla Ian pour lui-même.

— Dans un mois ou deux, nous soumettrons à la cour un bilan financier et un inventaire de la succession. Pour ce faire, nous allons devoir faire appel à un cabinet comptable agréé. Nous en connaissons plusieurs. Il leur faudra rechercher tous les biens et capitaux. Il nous faut lister de façon exhaustive tous les avoirs de votre père. Recenser tous ses biens personnels. C'est un long processus.

— Long comment ? s'exclama Ramona.

Les trois avocats remuèrent sur leur siège, mal à l'aise. Réflexe typique des juristes quand on leur demandait de s'engager sur une date. Lewis McGwyre, l'aîné du trio, dans un haussement d'épaules, joua la prudence :

— Entre douze et dix-huit mois.

Ian grimaça, en songeant à tous les emprunts qu'il avait à rembourser dans les six prochains mois. Herschel fronça le front malgré lui. Dieu sait pourtant qu'il voulait faire croire que son compte en banque était plein et que rien ne pressait pour lui ! Ramona secoua la tête, agacée.

— Pourquoi est-ce si long ?

— C'est une question légitime, se dévoua McGwyre.

— Ravie de vous l'entendre dire.

— Douze mois, c'est plutôt rapide en fait pour ce genre d'affaire. C'est un travail de fourmi. Par chance, votre père a des avoirs conséquents. Ce n'est pas le cas de toutes les successions. Loin s'en faut. S'il était mort ruiné, alors l'homologation pourrait être achevée en quatre-vingt-dix jours.

— En Floride, le délai moyen est de trente mois, ajouta Larkin.

— On n'est pas en Floride ! lança Ian.

Stillman Rush enchaîna :

— Toutefois, la loi prévoit une distribution partielle anticipée. Autrement dit, vous aurez à votre disposition une portion de votre héritage avant la finalisation officielle de la succession.

— Ça aussi, ça fait plaisir à entendre.

— Et les impôts ? s'inquiéta Ian. Ça va chercher dans les combien ?

McGwyre se laissa aller en arrière et croisa les jambes d'un air satisfait.

— Pour une succession de cette ampleur, sans épouse, le fisc n'y va pas de main morte, répondit-il avec un petit sourire. C'est un peu plus de cinquante pour cent. Mais, grâce à la prévoyance de votre père et à notre savoir-faire en la matière, nous sommes parvenus à limiter les dégâts. (Il souleva son exemplaire du testament.) Grâce à des fonds de placement et autres montages financiers, nous avons réduit ce pourcentage à trente pour cent.

Ian, le monsieur chiffre, n'avait nul besoin d'une calculette. Vingt millions et des poussières, moins trente pour cent. Il en restait quatorze. Quarante pour cent de cette somme pour sa chère femme. Leur part s'élèverait donc à cinq millions six cent mille dollars, grosso modo. Et net d'impôts cette fois, puisque ces charognards au niveau fédéral comme local se seraient déjà servis. À ce jour, Ian et ses associés devaient quatre millions de dollars aux banques, dont la moitié aurait déjà dû être remboursée.

Herschel, aussi, calculait en silence. Quelques secondes après Ian, il parvint sensiblement au même résultat : cinq millions et demi. Il n'en pouvait plus de vivre avec sa mère. Quant à l'avenir des filles, il n'y avait plus d'inquiétude à avoir : il pourrait payer leurs études.

Ramona se tourna vers son mari et lui lança un sourire torve.

— Vingt millions, Ian. Pas mal, non ? Pour un… comment l'appelais-tu, déjà – un bouseux inculte ?

Herschel ferma les yeux et lâcha un soupir.

— Allons, Ramona…

Les avocats fixèrent soudain leurs chaussures.

Mais elle n'en avait pas terminé :

— C'est plus que ce que tu ne gagneras jamais dans toute ta vie et papa l'a fait en dix ans. Même ta famille, avec toutes les banques qu'elle possédait autrefois, n'en a jamais eu autant. Tu ne trouves pas ça incroyable ?

Ian était bouche bée. Il la regardait fixement. Seul, il lui aurait sûrement sauté à la gorge. Du calme, du calme, psalmodiait-il en pensée. Joue-la finement, parce que cette connasse va hériter de plusieurs millions. Même si cet argent va faire exploser notre mariage, il me restera quelque chose.

— Nous allons prendre congé, annonça Stillman Rush en refermant son porte-documents. Nous devons filer au tribunal et engager les démarches. Nous nous reverrons sous peu, si cela ne vous dérange pas.

Il se levait déjà, pressé de partir. McGwyre et Larkin lui emboîtèrent le pas, bouclant leur mallette à l'unisson, et saluèrent tout le monde. Non, non, inutile de les raccompagner. Ils connaissaient le chemin. Les trois avocats couraient presque au moment de tourner au coin de la maison.

Après leur départ, il y eut un silence de mort dans le patio, chacun s'évitant du regard. Qui allait parler le premier ? Le moindre mot maladroit pouvait déclencher une nouvelle dispute, ou pis encore.

Finalement, Ian, le plus en colère, se lança :

— Pourquoi tu as lâché ça devant les avocats ?

Herschel s'y mit aussi :

— Non. Pourquoi tu as lâché ça, tout court ?

Elle ignora son frère et attaqua son mari bille en tête :

— Parce que j'ai ça sur le cœur depuis trop longtemps. Tu nous as toujours pris de haut, en particulier mon père. Et maintenant, tu cours après son fric.

— Comme nous tous, non ? intervint Herschel.

— Toi, ferme-la !

Elle ne quittait pas des yeux son mari.

— Je vais demander le divorce, Ian, tu le sais.

— Tu ne perds pas de temps.

— J'en ai déjà trop perdu.

— Allez, calmez-vous, intervint Herschel. (C'était un sujet récurrent entre Ian et Ramona.) Rentrons, finissons de faire nos valises, et tirons-nous d'ici.

Les deux hommes se levèrent lentement et s'en allèrent. Ramona contempla les arbres au loin, par-delà le jardin, la forêt où elle jouait enfant. Cela faisait des années qu'elle ne s'était pas sentie aussi libre.

* * *

Un autre gâteau arriva à midi. Lettie ne put le refuser et elle alla le déposer sur le comptoir de la cuisine. Elle fit la vaisselle pour la dernière fois. Les Dafoe lui dirent au revoir, mais uniquement parce qu'ils ne pouvaient pas faire autrement. Ramona promit de donner des nouvelles… Lettie les regarda monter dans la voiture. Ils n'échangèrent pas un mot. La route serait longue pour Jackson.

À midi, Calvin apparut comme prévu. Herschel, dans la cuisine, lui remit un jeu des nouvelles clés. Il devait passer de temps en temps, s'assurer que tout allait bien, couper l'herbe, ramasser les feuilles mortes. L'entretien classique.

Après le départ de Calvin, Herschel s'adressa à Lettie :

— Nous vous devons donc dix-huit heures, à cinq dollars.

— Si vous le dites.

Il remplit le chèque sur le comptoir.

— Ça fait quatre-vingt-dix dollars, marmonna-t-il, ne parvenant toujours pas à se faire au tarif.

Il signa le chèque, l'arracha de la souche et le lui tendit.

— Tenez, dit-il comme si c'était un cadeau de sa part.

— Merci.

— Merci à vous, Lettie, d'avoir pris soin de papa, de la maison et de tout le reste. Je sais que c'est dur pour vous.

— C'est la vie, dit-elle sèchement.

— *A priori*, nous ne nous reverrons pas, mais je veux vous dire que nous apprécions tout ce que vous avez fait pour notre père.

Que du blabla ! songea-t-elle.

— Merci, se contenta-t-elle de répondre.

Ses yeux se mirent à briller quand elle replia le chèque.

Il y eut un silence gêné.

— Bon, Lettie, il va falloir que vous partiez à présent pour que je puisse fermer la maison.

— Oui, monsieur.

10.

Les trois avocats, dans leurs costumes élégants, traversèrent à pas vifs le palais de justice. Ils attiraient l'attention par ce morne mercredi matin, et ils semblaient aimer ça. Il était parfaitement inutile d'être trois pour accomplir cette formalité administrative. Une seule personne aurait suffi. Mais envoyer ce détachement sur place, c'était tripler les honoraires. Ils ignorèrent avec superbe les avocats locaux et le personnel du palais, pour se diriger vers le greffe. C'est Sara qui les accueillit ; elle avait été prévenue de leur arrivée par Jake Brigance, qui lui-même avait été averti par Lettie Lang, quand les avocats avaient quitté la maison de Seth Hubbard pour prendre la direction de Clanton.

Stillman Rush lança un sourire « émail diamant » à Sara, qui mâchouillait son chewing-gum en observant les trois hommes avec des yeux ronds comme s'ils n'avaient rien à faire ici.

— Nous sommes du cabinet Rush & Westerfield de Tupelo, annonça-t-il fièrement, mais aucune autre employée derrière le comptoir ne releva les yeux.

Personne ne daigna même éteindre le poste de radio.

— Félicitations, répondit Sara. Bienvenue à Clanton.

Lewis McGwyre avait ouvert sa jolie mallette et en sortait des papiers.

— Nous venons faire enregistrer un testament, reprit Stillman Rush.

Avec un effet de manches du meilleur aloi, McGwyre déposa les documents devant Sara.

— Qui est mort ?

— Un dénommé Seth Hubbard, déclara Rush, une octave plus haut, sans pour autant parvenir à attirer l'attention des autres secrétaires.

— Inconnu au bataillon, répliqua Sara. Il habitait le comté ?

— Absolument. À côté de Palmyra.

Elle ramassa les documents et fronça aussitôt les sourcils.

— Quand est-il mort ?

— Dimanche dernier.

— Ils ne l'ont pas encore enterré ?

Rush faillit s'étouffer.

— Je ne vois pas en quoi cela vous regarde ? lâcha-t-il en regrettant aussitôt ses paroles.

Il était en terre étrangère. Et c'était une très mauvaise idée de se mettre à dos les sous-fifres locaux. Il déglutit, s'efforça de sourire.

— Hier. Il a été enterré hier.

Sara leva les yeux lentement au plafond, comme si un souvenir lui revenait.

— Seth Hubbard, vous dites ? Seth Hubbard ? (Elle se tourna vers sa collègue au fond de la pièce :)

Hé, Eva, on n'a pas eu quelque chose hier sur un Hubbard, un Seth Hubbard ?

À dix mètres de là, Eva répondit :

— Oui, hier. Au moment de la fermeture. Il est sur la pile, là.

Sara se dirigea vers le rack, et tira un dossier qu'elle se mit à feuilleter pendant que les trois avocats la dévisageaient. Au bout d'un long moment, elle se tourna vers eux.

— Effectivement, on a enregistré un testament pour un certain Henry Seth Hubbard, à 16 h 55 hier après-midi.

Les trois avocats ouvrirent la bouche de concert, mais ils ne purent sortir un mot.

— C'est une plaisanterie ? réussit finalement à articuler Stillman Rush.

— Je n'y suis pour rien. Je ne suis qu'une humble secrétaire.

— Le dossier est public ? s'enquit McGwyre.

— Bien sûr.

Elle fit glisser les papiers dans leur direction. Ils se penchèrent, tempe contre tempe, au-dessus des feuilles. Sara se tourna vers ses collègues et leur lança un clin d'œil, puis repartit s'asseoir à son bureau.

* * *

Cinq minutes plus tard, Roxy appela Jake par l'interphone.

— Maître Brigance, des messieurs demandent à vous voir.

Jake, du balcon, les avait vus sortir furieux du tribunal et marcher droit vers son bureau.

146

— Ils ont rendez-vous ?

— Non, maître, mais ils disent que c'est urgent.

— Je suis en entretien. J'en ai encore pour une demi-heure, annonça Jake dans son bureau vide. Ils peuvent patienter ici s'ils le veulent.

Roxy, que Jake avait briefée, raccrocha et transmit le message. Les avocats se renfrognèrent, soupirèrent, se triturèrent les mains, puis décidèrent d'aller boire un café en attendant.

— S'il vous plaît, lança Stillman Rush, sur le seuil, insistez auprès de Me Brigance, c'est réellement urgent.

— C'est déjà fait.

— Oui, bien sûr. Merci.

Jake entendit la porte claquer et esquissa un sourire. Ils reviendraient. Il était impatient de les affronter. Il reporta son attention sur le dernier numéro du *Ford County Times* qui sortait tous les mercredis matin – une source intarissable de nouvelles locales. En première page, il y avait un petit article sur la mort de Seth Hubbard, « apparemment un suicide ». Le journaliste avait fait quelques recherches. On disait que Hubbard avait une grande holding dans le bois, les meubles et l'exploitation forestière. Il avait vendu tous ses biens voilà moins d'un an. Aucun membre de sa famille n'avait voulu répondre aux questions du journal. Il y avait une photo de Seth Hubbard, plus jeune. Il était bien plus fringant que le pauvre vieillard suspendu au bout de sa corde qu'on voyait sur les clichés d'Ozzie !

Vingt minutes plus tard, les avocats étaient de retour. Roxy les installa dans la salle de réunion au rez-de-chaussée. Pour tromper le temps, ils se tinrent aux fenêtres et regardèrent le ballet languissant des voitures autour de la place. Parfois, ils échangeaient quelques mots à voix basse, comme s'il pouvait y avoir des micros dans la pièce. Enfin, Jake Brigance entra et les salua. Il y eut des sourires forcés, des poignées de main raides mais polies. Quand ils furent tous assis autour de la table, Roxy leur proposa du café ou de l'eau fraîche. Personne n'avait soif. Elle sortit de la pièce et referma la porte derrière elle.

Jake et Stillman Rush étaient sortis de la fac de droit d'Ole Miss, dix ans plus tôt. Ils se connaissaient de vue, avaient suivi des cours en commun, mais ne fréquentaient pas les mêmes cercles. En tant que rejeton d'une famille d'avocats ayant pignon sur rue depuis cent ans, l'avenir de Rush était tout tracé, avant même sa première affaire. Jake, comme quasiment tous ses camarades, dut se battre pour gagner sa vie. À sa décharge, Stillman Rush avait travaillé dur pour sortir dans les dix premiers de sa promo. Jake n'était pas loin derrière. Devenus avocats, leurs chemins s'étaient croisés une fois, lorsque Lucien avait demandé à Jake de s'occuper d'un cas de discrimination sexuelle contre un employé, défendu par le cabinet Rush. L'affaire s'était soldée par un non-lieu, mais Jake avait eu le temps de détester le personnage. Rush était encore relativement sympathique à l'école de droit, mais en quelques années, il était devenu un ponte dans un gros cabinet, avec la démesure *ad hoc* de l'ego. Il avait des cheveux blonds qu'il portait un peu plus longs que la moyenne et qu'il coinçait derrière ses oreilles, ce qui contrastait avec son costume noir ultraclassique.

Jake n'avait jamais rencontré McGwyre ou Larkin, mais il les connaissait de réputation. C'était un petit monde.

— Que me vaut l'honneur de votre visite, messieurs ?

— Allons Jake, vous devez bien avoir une petite idée, répliqua Stillman Rush d'un ton suffisant. Je vous ai vu à l'enterrement de Seth Hubbard. Nous avons découvert son testament olographe et cela explique tout.

— Un testament qui présente de nombreux défauts, précisa McGwyre.

— Ce n'est pas moi qui l'ai rédigé, lança Jake du bout de la table.

— Mais vous vous proposez de le faire homologuer, rétorqua Rush. C'est donc que vous le jugez valide.

— Je n'ai nulle raison de mettre en doute son authenticité. Je l'ai reçu par la poste. Avec pour mission de le faire appliquer. Nous en sommes là.

— Comment pouvez-vous défendre un truc bricolé comme ça ? demanda Larkin, l'air dégoûté, en soulevant entre deux doigts une copie du testament manuscrit.

Jake lui retourna un regard méprisant. Le parfait connard d'une grosse boîte. Le type qui se croyait supérieur parce qu'il facturait son travail à l'heure. Et dans son monde doré, ce qui était beau était juste et bien. Et il s'attendait à ce que les autres aient cette même vision du monde.

— Débattre ici de la validité de cette pièce olographe est une perte de temps pour tous, annonça Jake en veillant à rester calme. Gardons ça pour le tribunal.

Première salve. Un coup de semonce. C'était au tribunal que Jake avait acquis sa réputation, c'était là qu'il la défendrait encore. McGwyre s'occupait de la rédaction des testaments, Larkin préparait des contrats, et Jake croyait savoir que la spécialité de Stillman Rush était de défendre des cas d'incendies criminels, même s'il se prenait pour un cador du barreau.

Le tribunal, c'était le terrain de jeu de Jake, son arène ; il se trouvait de l'autre côté de la rue, c'était là où le grand procès Hailey avait fait rage trois ans plus tôt. Même si aucun des trois hommes ne l'aurait avoué, ils avaient suivi les débats de près. Et comme tout avocat de l'État, ils auraient bien aimé être à la place de Jake, avoir cette couverture médiatique.

— Puis-je vous demander quelle est la nature de votre relation avec Seth Hubbard ? susurra Stillman Rush.

— Je ne l'ai jamais rencontré. Il est mort dimanche et sa lettre m'est parvenue lundi.

Ils n'en revenaient pas. Il leur fallut un petit temps pour reprendre contenance. Jake décida d'en profiter :

— J'admets ne jamais avoir eu une affaire comme celle-là, c'est la première fois que j'ai à homologuer un testament olographe. Je suppose que vous avez plein d'exemplaires de l'ancien, celui que votre cabinet a préparé l'année dernière. Cela ne vous pose pas de problème, j'imagine, si j'en ai une copie ?

Ils remuèrent sur place, échangèrent des regards embêtés.

— Écoutez, Jake, répondit Rush, si j'avais pu le faire enregistrer, alors il serait du domaine public et je vous en aurais donné une copie avec plaisir. Mais cela nous a été impossible puisqu'il y avait déjà un autre testament en lice. Par conséquent, le nôtre est toujours une pièce confidentielle.

— C'est de bonne guerre.

Le trio échangea encore des regards inquiets. Visiblement, aucun des trois ne savait que faire. Jake resta silencieux, savourant leur malaise.

— Écoutez, Jake, articula finalement Stillman Rush, nous vous demandons de retirer ce testament manuscrit pour nous permettre de faire valider le nôtre qui est authentique.

— La réponse est non.

— Je m'y attendais. Comment allons-nous procéder dans ce cas ?

— C'est très simple, Stillman. Déposons une requête commune auprès du tribunal pour obtenir une audience avec le juge et on lui soumettra le problème. Le juge Atlee examinera les deux documents, et faisons-lui confiance, il trouvera le moyen de sortir de cette impasse. Je fréquente son tribunal tous les mois et je peux vous assurer qu'il tranchera.

— C'est ce que j'allais proposer, annonça Lewis McGwyre. Je connais Reuben depuis de nombreuses années et je pense qu'il est sage de s'en remettre à lui.

— Je peux organiser ça pour vous, si vous voulez, répondit Jake.

— Vous ne lui avez donc pas encore parlé ? s'étonna Stillman Rush.

— Bien sûr que non. Il n'est au courant de rien. Les funérailles ne datent que d'hier, je vous le rappelle.

L'entrevue se termina de façon cordiale et ils se quittèrent sans sortir les armes. Mais la guerre était déclarée.

* * *

Lucien était assis sous l'auvent de sa maison, buvant apparemment une limonade, ce qui lui arrivait quelquefois quand son corps et son existence finissaient par être en overdose d'alcool. Il s'imposait alors une semaine d'abstinence, quitte à endurer les affres du manque. La vénérable bâtisse, construite sur une colline au-dessus de Clanton, offrait une vue imprenable sur la ville et la coupole du palais de justice. Cette demeure, comme tous les biens et les fardeaux de Lucien, lui venait de ses ancêtres – des aïeux qu'il honnissait, mais qui lui assuraient néanmoins une vie confortable. Lucien n'avait que soixante-trois ans mais paraissait un vieillard, avec son teint de cendre, sa moustache grise et ses longs cheveux en bataille. Le bourbon et les cigarettes avaient fripé son visage. Et trop d'heures passées sur le perron lui avaient donné de l'embonpoint et une sorte de maussaderie constante, qui se surajoutait à une personnalité déjà complexe.

Il avait été suspendu du barreau neuf ans plus tôt et, selon les termes de la condamnation, il pouvait à présent être réintégré s'il en faisait la demande. Il avait lâché cette bombe en présence de Jake deux fois déjà, pour voir sa réaction, mais en avait été pour ses frais. Jake n'avait rien laissé paraître. Mais en son for intérieur, Jake était terrorisé à l'idée d'avoir de nouveau un supérieur, propriétaire du cabinet, avec lequel il était impossible de travailler. Si Lucien reprenait ses fonctions et revenait au bureau, à savoir celui qu'occupait actuellement Jake, et se mettait de nouveau à poursuivre tous ceux qui l'agaçaient et à défendre les pédophiles, les violeurs, et les assassins, Jake ne tiendrait pas six mois.

— Comment va ? s'enquit Jake en montant les marches.

Sobre, l'œil clair, le teint frais, Lucien répondit :

— Je vais bien, Jake. C'est un plaisir de te voir.

— Tu m'as proposé de venir. Est-ce que j'ai déjà refusé une seule fois de manger avec toi ?

Quand le temps le permettait, ils déjeunaient deux ou trois fois par mois sur la terrasse.

— Pas que je me souvienne, lança Lucien en se levant, pieds nus.

Ils se serrèrent la main chaleureusement, se tapèrent sur l'épaule, comme font les hommes quand ils n'osent se prendre dans les bras, puis s'installèrent dans les fauteuils d'osier blancs qui n'avaient pas bougé de place depuis dix ans.

Sallie apparut sur le seuil et demanda à Jake ce qu'il voulait boire. Du thé glacé serait parfait. Et elle regagna la cuisine, comme de coutume sans se presser. Elle avait été embauchée comme femme de ménage, puis avait été promue infirmière quand Lucien avait pris une cuite qui l'avait laissé deux semaines dans le coma. Finalement, elle avait emménagé dans la maison, et pendant un moment les ragots allèrent bon train à Clanton. Mais le flot se tarit de lui-même : rien de ce que faisait Lucien Wilbanks ne surprenait réellement quiconque.

Sallie revint avec le thé glacé et remplit de limo-nade le verre de Lucien. Quand elle fut repartie, Jake s'informa :

— Tu arrêtes l'alcool ?

— Tu plaisantes ? Non, c'est juste un temps mort. J'aimerais vivre encore vingt ans mais mon foie fait des siennes. Je ne veux ni mourir, ni me passer de Jack Daniel's, alors je vis un dilemme constant. Je m'inquiète encore et encore, et quand l'angoisse est trop forte il n'y a que ce bon vieux Jack qui parvient à m'apaiser.

— D'accord. Question idiote.

— Et toi ? Tu bois ?

— Pas vraiment. Une bière de temps en temps, mais il n'y en a jamais à la maison. Carla n'aime pas ça.

— Ma seconde femme non plus n'aimait pas qu'il y ait de l'alcool à la maison, alors je l'ai virée au bout d'un an. Mais bon, c'est vrai qu'elle ne ressemblait pas à Carla.

— J'imagine que c'est un compliment.

— Pas un mot là-dessus à Sallie. Aujourd'hui, c'est légumes, si ça te va.

— Parfait. J'adore.

Il y avait une liste tacite des sujets qu'ils devaient aborder, et l'ordre en était quasiment immuable – parfois, Jake se demandait si Lucien n'avait pas une antisèche cachée quelque part : la famille (Carla et Hanna), le cabinet, les vicissitudes avec sa secrétaire du moment, les bonnes affaires en perspective, le combat juridique de Jake contre sa compagnie d'as-surances, l'enquête sur ses agresseurs du Ku Klux Klan, les potins sur Mack Stafford, l'avocat qui était parti avec la caisse, puis ils passaient aux confrères, aux juges, aux résultats de l'équipe de football d'Ole Miss, et terminaient par le temps qu'il faisait et qu'il allait faire.

Ils se dirigèrent vers une petite table dressée à l'autre bout de la terrasse où Sallie avait servi le déjeuner : haricots blancs, courges, tomates au four et pain de maïs. Ils remplirent leurs assiettes et Sallie disparut à nouveau.

Après les premières bouchées dans un silence total, Jake déclara :

— Tu connaissais Seth Hubbard ?

— J'ai appris sa mort dans le journal ce matin. C'est moche. Je l'ai rencontré une fois ou deux, il y a quinze ans, pour des broutilles juridiques. Je ne l'ai jamais poursuivi en justice. Mais c'est mon grand regret. Il paraît qu'il avait une petite fortune. Et par principe, j'essaie d'intenter un procès à tous ceux qui ont de l'argent – et, comme tu le sais, ça ne court pas les rues par chez nous. Pourquoi cette question ?

— J'aimerais connaître ton opinion sur un problème épineux.

— Ça ne peut pas attendre ? Je suis en train de manger.

— Non. Écoute. Tu as de l'argent, et pas d'épouse, pas de gosses, pas de famille proche, et tu as une femme de ménage noire qui semble être un peu plus qu'une employée de maison.

— Ça pue les commérages ton truc. Où veux-tu en venir ?

— Si tu devais rédiger ton testament aujourd'hui, à qui léguerais-tu ta fortune ?

— En tout cas pas à toi !

155

— Je m'en doutais. Et si ça peut te rassurer, tu n'es pas dans le mien non plus.

— Pour ce qu'il y a à gratter ! À ce propos, tu ne m'as pas payé le loyer ce mois-ci.

— J'ai posté le chèque. Tu veux bien répondre à ma question ?

— Non. Je ne l'aime pas, ta question !

— Allez. Joue le jeu. Pour me faire plaisir. Si tu devais écrire un testament maintenant, tout de suite, qui toucherait le gros lot ?

Lucien enfourna un morceau de pain de maïs. Et mâcha lentement. Il regarda autour de lui pour s'assurer que Sallie n'était pas dans les parages.

— En quoi ça te regarde ? souffla-t-il. Pourquoi cette question ?

Jake plongea la main dans la poche de sa veste et sortit quelques feuilles.

— Jette un œil là-dessus. C'est le dernier testament de Seth Hubbard, écrit samedi, alors qu'il savait ce qu'il allait faire le lendemain matin. Il est arrivé par la poste lundi au bureau.

Lucien ajusta ses lunettes, avala une gorgée de limonade, et commença sa lecture. Après avoir tourné la première page, son visage se détendit et un sourire naquit sur ses lèvres. Il dodelina de la tête avec satisfaction comme l'avait peut-être fait le vieux Seth en écrivant ces mots.

— J'adore…, murmura-t-il, hilare. Et je suppose que cette Lettie, c'est la femme de ménage noire.

— Exact. Je l'ai rencontrée hier pour la première fois. Son nom te dit quelque chose ?

Lucien sonda sa mémoire, tenant toujours les papiers entre ses mains. Il avait définitivement oublié le repas.

— Je ne connais aucun Tayber, peut-être un Lang ou deux. Box Hill est un drôle d'endroit. Ce n'est pas un quartier où on aime traîner.

Il lut une seconde fois le document, tandis que Jake mangeait.

— Combien il a en banque, notre bonhomme ? demanda Lucien en rendant le tout à Jake.

— Vingt millions, grosso modo, répondit Jake avec nonchalance, comme si c'était des sommes communes dans le comté. Il a bien réussi dans le bois.

— À l'évidence !

— Aujourd'hui, tout est en liquidités, ou presque tout.

Lucien éclata de rire.

— La ville va adorer ça ! Une millionnaire noire, qui aura plus de fric que tout le monde.

— L'argent n'est pas encore dans sa poche, rétorqua Jake en se laissant gagner par l'amusement de Lucien. Je viens de rencontrer les huiles du cabinet Rush. En gros, la guerre est ouverte.

— Le contraire m'eût étonné. Quand il y a autant de fric en jeu, il n'y a plus beaucoup de pacifistes.

— C'est sûr. Je prendrais les armes pour moins que ça.

— Moi aussi.

— Tu t'es déjà occupé d'une affaire comme celle-là ? Défendre un testament contre tout le monde ? Avec des coups bas qui vont fuser de partout ?

— C'est donc ça que tu as en tête ? Avoir des conseils gratis d'un avocat radié du barreau.

— Ce genre de cas est plutôt rare.

Lucien avala une bouchée et se gratta la barbe, pensif. Finalement, il secoua la tête.

— Non. Les Wilbanks se sont battus pour leurs terres, pour leurs biens et leur argent pendant cent ans ; tout, la moindre livre de chair, a été disputé, avec férocité. Il y a eu des bagarres, des divorces, des suicides, des duels, des menaces de mort. Chaque Wilbanks a connu l'un ou l'autre. Mais on s'est toujours débrouillés pour laisser les tribunaux hors de tout ça.

Sallie revint remplir leurs verres. Ils mangèrent en silence durant quelques minutes. Lucien contemplait la pelouse, le regard acéré, tandis que les idées se bousculaient dans sa tête.

— C'est un cas passionnant, tu sais ?

— Oui, Lucien.

— Et les parties peuvent demander un procès avec un jury, n'est-ce pas ?

— Oui. La loi n'a pas changé. Cette requête doit être faite avant la moindre audience. On doit donc se décider très vite. C'est la raison pour laquelle je te prie de prendre le temps de réfléchir. C'est la grande question : dois-je aller devant un jury, ou dois-je laisser le juge Atlee décider ?

— Et si Atlee se déclare incompétent pour juger cette affaire ?

— Il y a peu de risques. Les débats promettent d'être gratinés. Jamais il n'a eu à traiter une succession aussi importante. Il y aura salle comble, du scandale, du mélodrame, et s'il y a un jury, alors Atlee pourra présider ce pandémonium sans avoir à assumer la responsabilité du verdict.

— Tu as peut-être raison.

— Reste une question de taille : Puis-je avoir confiance en un jury du comté ? J'aurai trois jurés noirs, quatre au maximum, sur les bancs.

— Le jury pour Hailey était entièrement blanc, je te rappelle.

— Mais ce n'est pas l'affaire Carl Lee Hailey. Ça n'a rien à voir. C'était une question de race. Ici, c'est une question d'argent.

— Tout est toujours une question de race dans le Mississippi, Jake, n'oublie jamais ça. Une Noire de basse condition est sur le point d'hériter de la plus grande fortune que ce comté ait jamais vue et ne verra peut-être jamais plus, et la décision va dépendre d'un jury à majorité blanc. C'est une question de race et d'argent, Jake, une combinaison assez rare dans le coin.

— À ton avis, je devrais éviter le jury ?

— Je n'ai pas dit ça. Laisse-moi un petit moment pour y réfléchir. Mon conseil, pour toi toujours à titre gracieux, mérite quelques cogitations préalables.

— Ça me paraît plus sage.

— Je passerai au bureau cet après-midi. Il se trouve que j'ai besoin d'un vieux livre qui est peut-être au grenier.

— Tu es chez toi, répondit Jake en repoussant son assiette.

— Et toi, tu es en retard pour le loyer.

— Vas-y, fais-moi un procès !

— J'aimerais bien, mais tu es fauché. Tu vis dans une maison de location et ta voiture a presque autant de kilomètres que la mienne.

— J'aurais dû me lancer dans le commerce du bois.

— Tout sauf le droit ! J'aime bien cette affaire, Jake. Ça me dirait bien de plancher dessus.

— Bien sûr, articula Jake sans laisser paraître d'hésitation. Passe au bureau cet après-midi et on en parlera.

Il se leva et posa sa serviette sur la table.

— Pas de café ?

— Non, sans façon. Il faut que je file. Merci pour le déjeuner et dis au revoir de ma part à Sallie.

11.

Un auxiliaire juridique, chargé d'étudier de vieux registres au palais de justice, entendit les cancans des secrétaires qui allaient bon train autour de la fontaine à eau. Il abandonna son ouvrage et alla faire aussitôt des photocopies du dernier testament déposé au greffe du tribunal du comté de Ford. De retour au bureau, il montra les documents à son chef, fit d'autres copies, et se mit à les faxer à tout va. Son chef faxa aussi son lot d'exemplaires et à midi, les dernières volontés de Seth Hubbard sortaient des télécopieurs aux quatre coins du comté. « Qu'elles périssent dans la douleur », plaisait beaucoup. Mais le grand sujet était de savoir à combien s'élevait la fortune du vieux.

Dès que Herschel quitta la maison de son père, il appela son avocat de Memphis pour lui annoncer l'heureuse nouvelle : il allait bientôt hériter de « plusieurs » millions de dollars. Son souci premier, c'était son ex-femme – qui l'avait laissé exsangue après le divorce. Pouvait-elle prétendre à quelque chose ? Non, impossible, lui assura-t-on. Sitôt raccroché, l'avocat appela un confrère à Tupelo pour répandre la rumeur, en laissant filtrer que la fortune de Seth Hubbard s'élevait « à plus de vingt millions de dollars ». L'avocat de Tupelo appela à son tour d'autres collègues. Et la fortune de Seth Hubbard grossit, et grossit encore.

Au moment où Ian Dafoe s'engagea sur la magnifique Natchez Trace Parkway, il ajusta sa vitesse à quatre-vingts kilomètres à l'heure, enclencha le régulateur et se cala dans le fauteuil pour profiter du paysage. Il n'y avait pas beaucoup de circulation. Le soleil était haut dans le ciel. Les feuilles commençaient à roussir et certaines voletaient au vent. Même si sa femme lui compliquait l'existence, comme de coutume, il avait de bonnes raisons d'avoir le cœur léger. Il était parvenu à désamorcer cette idée de divorce, du moins pour le moment. Elle avait la gueule de bois, venait d'enterrer son père et avait les nerfs en pelote ; même quand tout allait bien, Ramona était incapable de gérer le moindre problème. Il pouvait l'apaiser, jouer les chauffeurs, lui lécher le cul pour lui faire oublier ses angoisses, et gérer leur nouvelle fortune. Elle et lui, ensemble. Le relationnel… ça, c'était dans ses cordes.

Elle était couchée sur la banquette arrière, sur le dos, l'avant-bras sur les yeux, tentant de tout oublier dans le sommeil. Elle avait cessé de parler et son souffle était lourd et régulier. Ian se retourna à plusieurs reprises pour s'assurer qu'elle était bien endormie, puis décrocha avec précaution son nouveau téléphone de voiture. Il appela le bureau. En parlant le plus doucement possible, il donna à Rodney, son associé, le minimum d'infos. « Le vieux a passé l'arme à gauche… sa fortune s'élève à plus de vingt patates… dans le meuble et le bois… sidérant… j'en reviens pas… je viens de voir le testament… quarante pour cent, après impôts… pas mal… dans un an à peu près… oui, c'est long… je t'en dirai davantage plus tard. »

Ian continua à conduire, sourire aux lèvres, les yeux levés vers les frondaisons, rêvassant d'une autre vie. Même s'ils divorçaient, il aurait droit à sa part du gâteau, non ? Il songea à appeler son avocat pour lui poser la question, mais il était plus prudent d'attendre.

Le téléphone sonna. Le tintement le fit sursauter et réveilla Ramona.

— Allô ?

À l'autre bout du fil, une voix d'homme, guindée :

— Allô, Ian ? C'est Stillman Rush. Nous sommes sur la route. On rentre à Tupelo. J'espère que je ne vous dérange pas ?

— Pas du tout. Je suis sur la Natchez Trace. J'ai encore deux heures de route. J'ai tout le temps de bavarder.

— Oui. Bon, il y a une petite complication. Je vais vous dire ça en deux mots.

Au ton de la voix, Ian sut aussitôt que c'était grave. Ramona se redressa et se frotta les yeux.

— Nous n'avons pas pu ouvrir la succession de M. Hubbard après notre rendez-vous avec vous ce matin, parce qu'un autre testament a déjà été déposé. Apparemment, un avocat de Clanton a foncé au tribunal hier après-midi avant la fermeture pour faire enregistrer un testament manuscrit que Seth Hubbard a rédigé samedi dernier, la veille du jour où il s'est donné la mort. Les testaments olographes sont valables, s'ils respectent certains critères. Ce testament est une abomination. Il exclut toute la famille – Ramona et Herschel sont déshérités, et quatre-vingt-dix pour cent de la succession vont à Lettie Lang, la femme de ménage.

— À Lettie ?

Sous le choc de la surprise, il donna un coup de volant qui lui fit mordre la ligne blanche. Il ramena aussitôt la voiture sur sa voie.

— Que se passe-t-il ? demanda Ramona.

— Oui, Lettie Lang, répéta Stillman Rush. Il faut croire qu'il l'aimait beaucoup.

— C'est ridicule ! s'écria Ian, sa voix montant dans les aigus.

Ramona vit ses yeux écarquillés dans le rétroviseur.

— Quatre-vingt-dix pour cent ? bredouillait-il. Vous êtes sûr ?

— Oui, j'en suis sûr ! J'ai là une copie du testament et c'est ce qu'il y a d'écrit, noir sur blanc !

— C'est manuscrit, vous dites ? C'est un faux ou quoi ?

— Pour l'instant, on n'en sait rien. On n'en est qu'au début.

— Cela ne peut pas être valable, n'est-ce pas, Stillman ? C'est impossible.

— Bien sûr. On a vu l'avocat qui a déposé ce document et il ne veut pas le retirer. Nous avons donc décidé de nous retrouver devant le juge pour régler le litige.

— Régler le litige ? Comment ça ?

— Nous allons demander au juge de rejeter ce testament manuscrit et de valider le nôtre, le légitime, celui que nous vous avons montré ce matin. Si, pour x raisons, il refuse, on ira au procès et nous nous battrons.

— Et vous le lancerez quand, ce procès ? répliqua Ian, agacé.

Mais il y avait aussi du désespoir dans sa voix. Comme s'il voyait la fortune lui échapper – du sable filant entre ses doigts.

— Il est encore trop tôt pour le dire. Mais dans quelques jours, on en saura plus. Nous allons régler ça, Ian, ne vous inquiétez pas.

— J'espère bien que vous allez régler ça, sinon je vais voir le cabinet Lanier à Jackson, les super-héros, ceux qui s'occupent de mes affaires depuis toujours. Ces gars sont des pointures. Ils sauront y faire. Tout bien réfléchi, je vais appeler Wade Lanier tout de suite.

— C'est inutile, Ian. Du moins pour l'instant. Ce serait une très mauvaise idée de multiplier le nombre d'avocats. Il ne faut pas disperser nos forces. Je vous appelle dans deux jours.

— C'est ça. Appelez-moi dans deux jours !

Ian raccrocha avec fureur et se tourna vers sa femme.

— Que se passe-t-il, Ian ?

Il prit une longue inspiration.

— Tu ne vas pas le croire…

* * *

Herschel était assis dans sa petite Datsun, écoutant la fin d'un morceau de Bruce Springsteen quand le téléphone sonna. La Datsun était garée près de l'entrée d'un concessionnaire BMW à Memphis – des dizaines de BMW, dans un alignement parfait, rutilantes au soleil. Il avait tenté de résister. Cet arrêt était ridicule. Mais il avait trouvé un compromis en se disant qu'il ne ferait que parler au vendeur, juste un premier contact, sans demander à faire un essai. La prochaine fois peut-être... Au moment où il allait éteindre l'autoradio, le téléphone sonna.

C'était Stillman Rush :

— Herschel, il y a un problème...

* * *

Lettie arriva seule. Jake la reçut dans son bureau à l'étage. Il referma la porte derrière elle et désigna le coin salon qui comprenait un canapé et quelques fauteuils. Il retira sa cravate, lui servit du café pour tenter de la mettre à l'aise. Elle expliqua que Simeon avait encore quitté la maison. Elle n'avait pas voulu lui parler du testament de M. Hubbard, et ça l'avait rendu furieux. Ils s'étaient disputés. Ses insultes avaient réveillé tout le monde dans la petite maison surpeuplée, puis il avait claqué la porte.

Jake lui tendit un exemplaire des dernières volontés de M. Hubbard. Elle le lut et se mit à pleurer. Il déposa une boîte de Kleenex à côté de son siège. Elle le relut une seconde fois, puis posa les feuilles sur la table basse et resta un long moment immobile, le visage dans ses mains. Quand les larmes cessèrent, elle s'essuya les joues et se redressa, comme si le choc était passé et qu'elle était prête à parler affaires.

— Pourquoi a-t-il fait ça, Lettie ? demanda Jake avec une certaine sécheresse.

— Je ne sais pas, je le jure. Je n'en sais rien.

166

Sa voix était faible et éraillée.

— Vous a-t-il déjà parlé de ce testament ?

— Non.

— Avez-vous vu ce document auparavant ?

Elle secoua la tête.

— Non ! Non !

— Vous a-t-il fait part de ses projets concernant sa succession ?

Elle ne répondit pas tout de suite, fouillant ses pensées.

— Une ou deux fois, peut-être, ces derniers mois, il m'a dit qu'il laisserait un petit quelque chose pour moi, mais il n'a rien précisé. Bien sûr, j'espérais qu'il tiendrait parole, mais je ne lui ai pas posé la question. Je n'ai jamais fait de testament de ma vie. Ma mère non plus. C'est pas le genre de choses auquel on pense par chez nous, monsieur Brigance.

— Appelez-moi Jake.

— Je vais essayer.

— Comment l'appeliez-vous ? Monsieur Hubbard ? Monsieur Seth, ou juste Seth ?

Elle redressa le menton avec fierté.

— Quand on était que tous les deux, je l'appelais Seth parce que c'est ce qu'il voulait. Sinon, c'était monsieur Hubbard, ou monsieur Seth.

— Et lui, comment vous appelait-il ?

— Lettie. Toujours.

Il l'interrogea sur les derniers jours de Seth Hubbard, sur sa maladie, les traitements, les médecins, les infirmières, les repas, les rituels quotidiens. Elle ne savait presque rien des activités de son patron. Il gardait tous ses papiers sous clé à la maison ; puis, sur la fin, il avait tout emmené dans son bureau à

167

l'extérieur. Il ne parlait jamais de ses affaires avec elle, et jamais non plus en sa présence. Avant sa maladie, et parfois après, quand il se sentait mieux, il voyageait beaucoup et préférait éviter Clanton. Sa maison était un lieu silencieux, où ne régnait pas le bonheur. Souvent, elle arrivait à 8 heures du matin et n'avait rien à faire de la journée, en particulier quand M. Hubbard était en déplacement. Lorsqu'il était là, elle faisait la cuisine, le ménage. Quand il allait trop mal, elle restait à côté de lui. Elle le nourrissait, et oui, elle le baignait, le nettoyait si nécessaire. Il y avait eu des moments difficiles, en particulier pendant la chimio, la radiothérapie, quand il était cloué au lit et trop faible pour s'alimenter.

Jake lui expliqua la nullité *de facto* d'un testament rédigé sous l'influence d'un tiers. Pour attaquer ce testament, ils allaient l'attaquer elle, en l'accusant d'avoir été trop proche du défunt, de l'avoir manipulé pour qu'il le rédige en sa faveur. Il lui faudrait alors prouver que ce n'était pas le cas. Tandis qu'ils parlaient et que Lettie se détendait, Jake l'imagina pendant sa déposition, quand elle se retrouverait devant un bataillon d'avocats hargneux, brûlant de lui faire avouer ce qu'elle et Seth Hubbard faisaient ou ne faisaient pas. Il avait déjà de la peine pour elle.

— Je suis l'avocat de la succession de votre ancien employeur, précisa-t-il. En cette qualité, ma mission est de faire appliquer son testament et de suivre ses dernières volontés. Je dois travailler en collaboration avec l'exécuteur testamentaire qui sera, sans doute, M. Amburgh, pour accomplir certaines démarches exigées par la loi, telles qu'avertir de potentiels créanciers, protéger les actifs du défunt, lister tous ses biens, ce genre de choses. Si le testament est contesté, et je suis certain qu'il le sera, je devrai alors aller au tribunal pour le défendre et obtenir son homologation. Je ne suis pas votre avocat, même si vous figurez parmi les bénéficiaires de cette succession, pas plus que je ne suis l'avocat de son frère Ancil, ou de l'église. Toutefois, nous sommes dans le même camp, puisque vous comme moi désirons que ce testament soit validé. Vous comprenez ?

— Oui. Je crois. Il faut que je prenne un avocat de mon côté ?

— Pas nécessairement. Du moins pas pour le moment.

Les vautours allaient bientôt arriver et la salle de tribunal allait être bondée. Vingt millions de dollars tombant du ciel, ça attirait tous les charognards.

— Vous me direz quand j'en aurai besoin d'un ? interrogea-t-elle avec innocence.

— Comptez sur moi, répondit Jake même s'il ne voyait pas en quelle circonstance il pourrait donner un tel conseil.

Il voulut remplir les tasses et s'aperçut qu'elle n'avait pas touché à son café. Il consulta sa montre. Ils étaient ensemble depuis une demi-heure et elle n'avait pas encore demandé à combien s'élevait le legs. Un Blanc n'aurait pas tenu plus de cinq minutes sans poser la question ! Parfois, elle l'écoutait avec beaucoup d'attention, parfois, elle semblait se refermer et ne plus l'entendre, comme si c'était trop pour elle.

D'autres larmes coulèrent. Puis elle sécha ses joues.

— Vous ne voulez pas savoir combien vous allez toucher ? s'enquit Jake.

— Tôt ou tard, vous alliez bien finir par me le dire.

— Je n'ai vu aucune pièce comptable. Je ne suis pas allé fouiller son bureau, bien que cela ne saurait tarder. Mais, au dire de M. Amburgh, Seth Hubbard a vendu sa société et a dégagé vingt millions de bénéfices. Amburgh pense que l'argent se trouve dans une banque quelque part. Disponible sur un compte. Et il y a d'autres biens, peut-être quelques propriétés çà et là. Mon travail, entre autres, est de répertorier tous ses avoirs, et d'en faire l'inventaire précis pour le tribunal et pour les bénéficiaires.

— Et je suis l'une des bénéficiaires, c'est bien cela ?

— Oui, vous êtes une bénéficiaire. À quatre-vingt-dix pour cent.

— Quatre-vingt-dix pour cent de vingt millions de dollars ?

— En gros oui.

— Oh Seigneur, Jake...

Et elle fondit à nouveau en larmes.

* * *

Durant l'heure suivante, la séance de travail se poursuivit. Entre deux crises de larmes, Jake raconta à Lettie comment cela se passait d'ordinaire – la durée, les gens impliqués, les audiences, les frais de succession, et enfin, le transfert des fonds. Plus il lui donnait de détails, toutefois, plus elle semblait perdue. Il sut qu'il devrait lui répéter une bonne partie de ce qu'il venait de lui dire. Il simplifia donc à l'extrême ses explications quant à la procédure en cas de contestation de testament, et se contenta d'avancer quelques supputations raisonnables : connaissant le juge Atlee et son impatience, le procès, s'il y en avait un, aurait lieu dans un an, peut-être plus tôt. Au vu des enjeux, la partie qui perdrait ferait sans doute appel. Ce qui repousserait le jugement final à deux ans. Quand Lettie prit la mesure de l'ampleur et de la durée du combat qui l'attendait, elle contint son émotion et se montra résolue.

À deux reprises, elle demanda s'il y avait un moyen de garder toute cette affaire secrète. Impossible, lui répéta Jake patiemment. Elle craignait la réaction de Simeon et de sa famille de voyous, et se demandait s'il ne serait pas plus sage de déménager. Jake n'avait pas d'avis sur la question, mais il savait que la vie de Lettie allait devenir un chaos quand la nouvelle se répandrait et qu'elle serait assaillie par une ribambelle de nouveaux amis.

Au bout de deux heures, elle partit à contrecœur. Jake l'accompagna à la porte. Elle s'arrêta sur le seuil et regarda la place à travers la vitre, comme si elle voulait rester là, à l'abri. Elle avait été surprise par ce testament, puis submergée par l'émotion et, à présent, Jake était la seule personne en qui elle avait confiance. Alors que ses yeux s'embuaient à nouveau, elle s'en alla enfin.

— Elle pleure de joie ou parce qu'elle est terrorisée ? lança Roxy quand Jake eut refermé la porte.

— Les deux, mon colonel.

Elle désigna un post-it rose :

— Doofus Lee a appelé. Il est chaud bouillant.

— Oh non…

— Il dit qu'il va passer cet aprème et fouiller dans le linge sale de Seth Hubbard.

— Quel linge sale ? répliqua Jake en prenant le bout de papier rose.

— Avec Doofus, tout est toujours sale.

Dumas Lee, surnommé Doofus – le crétin –, écrivait pour le *Ford County Times*. Il était célèbre pour déformer les faits et éviter de justesse des procès pour diffamation. Ses erreurs et négligences, quoique aisément évitables, demeuraient d'ordinaire mineures et sans grandes conséquences ; il n'avait donc jamais été condamné. Il changeait les dates, les noms, les lieux, mais n'avait jamais réellement porté préjudice à qui que ce soit. Il n'avait pas son pareil sur le terrain. Des oreilles partout – et toujours au bon endroit –, et le nez pour flairer les bons scoops juste après qu'ils s'étaient produits, parfois même en temps réel. Et même s'il était trop paresseux pour creuser vraiment son sujet, il savait faire monter la mayonnaise comme nul autre. Son terrain de prédilection était le palais de justice, d'abord parce que c'était juste en face des bureaux du journal, et parce que les dossiers étaient publics.

Il débarqua au cabinet de Jake Brigance en fin d'après-midi, s'installa sur une chaise à côté du bureau de Roxy, et exigea de voir le patron.

— Je sais qu'il est là, dit-il avec un sourire cajoleur que Roxy ignora avec superbe.

Doofus aimait bien la gent féminine et il était persuadé d'avoir sur elle un charme irrésistible.

— Il est occupé, fit-elle.

— Moi aussi.

Il ouvrit un magazine et se mit à le feuilleter en sifflotant. Dix minutes plus tard, Roxy annonça :

— Il peut vous recevoir maintenant.

Jake et Dumas se connaissaient depuis longtemps et ils n'avaient jamais eu de différends. Jake était l'un des rares avocats en ville à ne l'avoir jamais menacé de le traîner en justice, et Dumas appréciait cette mansuétude.

— Parlez-moi de Seth Hubbard, commença-t-il en sortant son calepin.

— J'en déduis que vous avez vu le testament.

— J'ai eu une copie. Il y en a partout en ville. Combien il pèse ?

— Plus rien. Il est mort.

— Ah, ah, ah ! Et sa fortune ?

— Je ne peux rien dire encore, Dumas. Je ne sais pas combien exactement, et c'est confidentiel pour l'instant.

— D'accord. Disons en off.

Avec Dumas, il n'y avait jamais de « Off », tous les avocats, juges et greffiers le savaient.

— Je ne vous révélerai rien. C'est aussi simple que ça. Plus tard peut-être.

— Quand allez-vous au tribunal ?

— Les funérailles ont eu lieu hier. Il n'y a pas le feu au lac.

— Ah oui ? Pourtant, vous êtes allé faire enregistrer le testament juste après l'enterrement.

Jake marqua un silence. Bien joué, 1-0.

— D'accord. Il se trouve que j'avais de bonnes raisons de ne pas lambiner.

— C'était le premier arrivé, c'est ça ? railla Dumas Lee en gribouillant quelque chose dans son calepin.

— Pas de commentaires.

— Je ne parviens pas à dénicher cette Lettie Lang. Vous savez où elle habite ?

— Pas de commentaires. Elle ne voudra pas vous parler de toute façon, ni à vous, ni à un quelconque journaliste.

— On verra ça. J'ai trouvé un type à Atlanta, il écrit pour un magazine économique, il dit qu'un groupe s'est offert la holding d'un certain Seth Hubbard pour la modique somme de cinquante-cinq millions de dollars. Cela s'est passé l'année dernière. Une coïncidence ?

— Pas de commentaires, Dumas, répéta Jake, surpris de voir que ce fainéant notoire avait tout de même passé quelques coups de fil.

— Je ne suis pas calé en affaires, mais il est probable que le vieux avait quelques emprunts sur le dos, n'est-ce pas ? Pas de commentaires, je sais. (Jake acquiesça.) Mais je n'arrive pas à savoir quelles banques lui ont prêté de l'argent. Plus je creuse, moins j'y vois clair.

— Je n'ai jamais rencontré mon client, expliqua Jake, en le regrettant aussitôt.

Dumas consigna l'info dans son carnet.

— Vous ne savez donc pas s'il avait des crédits sur le dos ? Amburgh n'a rien voulu lâcher et m'a raccroché au nez.

— Pas de commentaires.

— Si je dis que Hubbard a vendu sa société cinquante-cinq millions et que je ne parle d'aucun passif, parce que je n'ai pas la confirmation de leur existence, alors mes lecteurs vont avoir l'impression que sa fortune est bien plus importante que ce qu'elle n'est en réalité, pas vrai ?

174

Jake acquiesça. Dumas l'observa, attendit un moment, griffonna une nouvelle note. Puis changea d'angle d'attaque :

— En tout cas, la grande question est : pourquoi un millionnaire changerait son testament la veille de son suicide, pour déshériter sa famille et tout léguer à sa femme de ménage ?

Pile poil, Dumas ! C'est La question. Jake continuait de hocher la tête, mais ne disait rien.

— Et la numéro deux, c'est : de quoi Seth et son petit frère ont-ils été témoins ? Au point que des années plus tard, Seth y fasse encore allusion ? Curieux, non ?

— C'est effectivement une très bonne question, répondit Jake, mais je ne suis pas sûr qu'elle vienne en seconde position.

— Je vous le concède. Vous savez où se trouve Ancil Hubbard aujourd'hui ?

— Pas la moindre idée.

— J'ai trouvé un cousin des Hubbard à Tupelo. Il dit que toute la famille le croit mort depuis des années.

— Je n'ai pas eu le temps de faire des recherches.

— Mais vous allez en faire ?

— Bien sûr. C'est l'un des bénéficiaires du testament. Mon boulot est de le retrouver le plus vite possible ou de découvrir ce qu'il est advenu de lui.

— Et comment allez-vous vous y prendre ?

— Aucune idée. Je n'ai pas eu le temps de me pencher sur le sujet.

— La première audience est pour quand ?

— Rien n'est calé encore.

— Vous voudrez bien dire à votre harpie en bas de me prévenir quand la date sera fixée ?

— C'est d'accord, à moins qu'il ne s'agisse d'une audience à huis clos.

— Cela va sans dire.

* * *

Le dernier visiteur du jour fut son propriétaire. Lucien était dans la salle de réunion au rez-de-chaussée où l'on conservait tous les manuels de droit. La table en était jonchée. Il était visiblement à la recherche d'une loi. Quand Jake entra et vit les dizaines d'ouvrages ouverts, un nœud d'angoisse lui serra les entrailles. Cela faisait longtemps que Lucien n'avait pas mis le nez dans des bréviaires juridiques. Sa radiation avait eu lieu peu après l'embauche de Jake. Lucien avait, depuis, gardé ses distances avec le bureau comme avec le droit. Mais aujourd'hui, il était de retour.

— Un soudain besoin de se cultiver ? demanda Jake en se laissant tomber dans un fauteuil.

— Je jette un coup d'œil au code successoral. Je ne me suis jamais beaucoup penché sur la question. C'est plutôt rasoir, sauf quand on tombe sur une affaire comme celle-là. Je ne sais toujours pas s'il vaut mieux passer ou non par un jury.

— Je suis tenté par un jury, mais tout cela est encore prématuré.

— Certes. (Il referma un livre.) Tu devais voir Lettie Lang cet après-midi… comment ça s'est passé ?

— Bien. Mais tu sais que je ne peux rien te raconter. Cet entretien était confidentiel.

— Bien entendu. Elle est sympa ?

Jake se força à se montrer patient.

— Oui, c'est quelqu'un de gentil qui se laisse facilement submerger par l'émotion. Et en matière de choc émotionnel, cette affaire se pose là, il faut le reconnaître.

— Mais un jury la trouvera-t-il sympathique ?

— Tu veux dire un jury blanc ?

— Je ne sais pas. Je comprends mieux les Noirs que les Blancs dans leur grande majorité. Je ne suis pas raciste, Jake. Je suis l'un des rares Blancs de ce comté (et on peut nous compter sur les doigts d'une main) à ne pas être aveuglé par le racisme. Et j'ai été le premier Blanc ici à être membre de la NAACP[1] et je suis encore le seul. À une époque, presque tous mes clients étaient noirs. Je les connais bien, Jake, et avoir des Noirs dans le jury pourrait poser des soucis.

— Lucien, les funérailles datent d'hier. On a le temps de parler de ça.

— Peut-être, mais il faudra bien aborder le sujet un jour ou l'autre. Tu as de la chance d'avoir quelqu'un comme moi à tes côtés. Fais-moi plaisir. Parlons tous les deux. Plein de Noirs vont jalouser Lettie Lang. Pour l'instant, elle est l'une des leurs, mais si elle obtient l'argent, elle sera la personne la plus riche du comté de Ford. Or il n'y a aucun Noir fortuné par ici. Ça ne s'est jamais vu. Elle ne fera soudain plus partie de leur communauté. Elle sera arrogante et elle regardera tout le monde de haut, en particulier ses propres frères. Tu me suis, Jake ?

---

1. National Association for the Advancement of Colored People *(N.d.T.)*.

— Plus ou moins. Mais je préférerais quand même avoir des Noirs dans le jury. Ils auront plus d'empathie qu'une bande de culs-terreux croulant sous les dettes.

— Il ne nous faut pas non plus de culs-terreux.

Jake lâcha un rire.

— Si on élimine les Noirs et les bouseux, qui fera, selon toi, un jury parfait ?

— J'y réfléchis encore. J'aime vraiment cette affaire, Jake. Je ne pense qu'à ça depuis le déjeuner. Cela me rappelle pourquoi j'ai tant aimé ce métier. (Il se pencha, les yeux lumineux, comme s'il était sur le point de pleurer.) Je veux être dans la salle, Jake.

— Tu mets la charrue avant les bœufs, Lucien. Le procès, s'il y a procès, aura lieu dans plusieurs mois.

— Je le sais. Mais tu vas avoir besoin d'un coup de main, et pas d'un seul ! Je m'ennuie, Jake, j'en ai marre de passer mon temps sur le perron à picoler. Je dois arrêter l'alcool. Cela commence à me fiche les jetons, pour tout te dire.

Il était temps.

— J'aimerais en être, insista-t-il. Je resterai dans l'ombre. Je sais que tout le monde préfère m'éviter, et je les comprends. Je me tournerais le dos à moi-même si je me croisais dans la rue ! Cette affaire va me donner quelque chose à faire, me tenir loin des bouteilles, du moins la journée et j'en sais bien plus long que toi question droit. Je veux être dans ce tribunal quand ça se passera.

C'était la deuxième fois qu'il disait ça. Ce n'était plus des paroles en l'air. Le tribunal était une grande salle imposante, avec plusieurs espaces et beaucoup de sièges. Que voulait Lucien au juste ? Être dans le public et assister au spectacle ? Ou avoir une place à la table des avocats ? Parce que si c'était la seconde option, l'existence de Jake allait devenir très compliquée – un véritable enfer. Pour redevenir avocat, Lucien devrait passer à nouveau le diplôme. Et s'il décrochait ce sésame, il reviendrait au cabinet, c'était inévitable, et mettrait sens dessus dessous la vie professionnelle de Jake.

Imaginer Lucien assis à la table des avocats, à trois mètres des jurés, faisait froid dans le dos. Pour la plupart des Blancs, Lucien avait une réputation sulfureuse, celle d'un ivrogne illuminé qui avait jeté l'opprobre sur une famille jadis respectable et qui s'envoyait à présent sa femme de ménage.

— On en reparlera, répondit Jake, prudent.

12.

L'honorable Reuben V. Atlee sortait d'une troisième crise cardiaque. Les médecins annonçaient que le rétablissement serait complet, si tant est qu'on pût se remettre totalement d'un infarctus. Le juge retrouvait force et endurance de jour en jour. Cela se voyait à son agenda. Il enchaînait procès sur procès, retrouvant son rythme de croisière. Les avocats étaient remis à leur place. Les dates et calendriers étaient respectés. Les témoins trop bavards, interrompus. Les parjures frôlaient la prison. Ceux qui intentaient des actions en justice pour des peccadilles étaient chassés manu militari de son tribunal. Dans les couloirs du palais, avocats, greffiers, et même les gardiens, tous répétaient la même chose : « Le vieux est de retour ! »

Atlee occupait son fauteuil depuis trente ans, et se faisait réélire haut la main tous les quatre ans. Il n'était ni démocrate ni républicain, ni libéral ni conservateur, ni baptiste ni catholique. Il n'avait pas de préférence entre l'université d'État du Mississippi et Ole Miss. Il n'avait ni favoris, ni allégeances, aucune idée préconçue sur qui ou quoi que ce soit.

Il était aussi tolérant, ouvert et bienveillant qu'il était possible de l'être, au vu de son éducation et de son patrimoine génétique. Il dirigeait son tribunal d'une main de fer, toujours prêt à pourfendre l'avocat ne maîtrisant pas son dossier, mais disposé également à aider le méritant. Il pouvait se montrer, au besoin, d'une compassion inconcevable, mais avoir le maillet impitoyable et être d'une virulence qui tétanisait tous les avocats du comté – à l'exception de Harry Rex Vonner.

Neuf jours après que Seth Hubbard se fut pendu, le juge Atlee s'installa sur son siège dans la grande salle du palais de justice et salua l'assistance. Jake lui trouva, à première vue, bon pied bon œil ; il n'était peut-être pas *stricto sensu* en pleine forme, mais dans une forme optimale au vu des épreuves qu'il venait de traverser. C'était un grand gaillard – plus d'un mètre quatre-vingts – avec une bonne bedaine qu'il cachait sous sa robe noire.

— Voilà une belle assemblée ! lança-t-il avec amusement en parcourant la salle des yeux.

Il y avait tant d'avocats que les places étaient comptées. Jake était arrivé tôt et, par stratégie, s'était installé à la table des plaignants, en compagnie de Russel Amburgh qui venait de lui annoncer qu'il quittait le terrain. Juste derrière lui, dans leur camp mais pas exactement dans leur équipe, il y avait Lettie Lang. Elle était flanquée de deux avocats, deux Noirs débarquant de Memphis.

Jake avait appris la veille que Lettie avait engagé Booker Sistrunk, un m'as-tu-vu fort en gueule dont l'arrivée allait grandement lui compliquer la tâche. Il avait tenté de joindre Lettie en vain. Il n'en revenait toujours pas. C'était vraiment un très mauvais choix de sa part.

À la table de la défense se pressait une brochette d'avocats dans de beaux costumes. Derrière, sur les vieux bancs, une foule conséquente. Tout le comté était curieux d'en savoir davantage.

— Avant de commencer, annonça le juge, il me paraît utile de préciser le but exact de cette audience. Nous ne sommes pas ici parce qu'une partie a demandé un recours en justice. Ce sera pour plus tard. Aujourd'hui, notre travail est de caler un calendrier. D'après ce que je crois savoir, M. Seth Hubbard a rédigé deux testaments. L'un a été déposé par vous, maître Brigance, un document olographe daté du 1er octobre de cette année.

Jake hocha la tête sans se lever de son siège. Quand on s'adressait au juge Atlee, il était fortement conseillé de se mettre debout. Acquiescer de sa chaise était admis, mais il ne fallait pas en abuser.

— Et un second, daté du 7 septembre de l'année dernière, mais expressément annulé par celui manuscrit. Cela étant dit, quelqu'un défendrait-il ici un autre testament ? M. Hubbard nous aurait-il réservé une dernière surprise ?

Le juge marqua un silence, sondant la salle de ses gros yeux, derrière ses lunettes de lecture perchées au bout de son nez.

— Parfait. C'est bien ce qu'il me semblait.

Il feuilleta quelques papiers et consigna une note.

— Dans ce cas, nous allons pouvoir débuter. Levez-vous, s'il vous plaît, et que chacun se présente à la cour.

Il désigna Jake qui se mit au garde-à-vous et donna ses nom et qualité. Russel Amburgh, à son côté, fit de même.

— Vous êtes l'exécuteur testamentaire du testament olographe ? demanda le juge par pure formalité.

— Oui, Votre Honneur, mais je préférerais me retirer.

— Nous aurons tout le temps de régler ça plus tard. Et vous, en costume gris ?

Le plus grand des avocats noirs se leva, l'air décidé, et boutonna sa veste.

— Votre Honneur, je m'appelle Booker Sistrunk, et voici mon associé, Me Kendrick Bost. Nous représentons ici les intérêts de Mme Lettie Lang.

Sistrunk posa la main sur l'épaule de Lettie. Bost se leva à son tour ; les deux avocats ressemblaient à deux gardes géants de part et d'autre de leur cliente. Elle n'aurait pas dû être là, pas à cette étape. Elle aurait dû se trouver de l'autre côté des barrières, avec le public, mais Sistrunk et Bost l'avaient placée en ligne de mire, défiant quiconque de s'interposer. Lors d'une véritable audience, Atlee l'aurait remise à sa place sans vergogne, mais il préféra fermer les yeux pour cette fois.

— Je ne crois pas, messieurs, vous avoir déjà vus dans mon tribunal ? lâcha le juge d'un ton suspicieux. D'où êtes-vous ?

— Notre cabinet se situe à Memphis, répondit Sistrunk, même si tout le monde le savait.

Ces derniers temps, la presse du Tennessee ne parlait que d'eux. Ils guerroyaient contre la police de Memphis et semblaient gagner tous les mois des procès pour brutalités policières. Sistrunk surfait sur la vague de cette notoriété. Il parlait fort, semait la discorde et exacerbait les tensions raciales dans une ville qui demeurait à cet égard une poudrière.

Simeon avait de la famille à Memphis. Le reste s'était fait tout seul. Et finalement Jake avait reçu cet appel glaçant de Sistrunk. Ils « entraient en lice », ce qui signifiait pour Jake avoir des comptes à rendre, et pour eux, une part du gâteau. Il y avait déjà beaucoup trop de voitures garées devant chez Lettie, et bien trop de vautours paressant sur son perron.

— Je suppose, poursuivit le juge Atlee, que vous êtes dûment inscrits au barreau du Mississippi.

— Non, Votre Honneur, pas encore. Mais nous allons nous associer avec un cabinet local.

— Ce serait judicieux. La prochaine fois que vous vous présenterez dans mon tribunal, vous me direz avec quel avocat vous faites équipe.

— Évidemment, Votre Honneur, rétorqua Sistrunk presque avec dédain.

Les deux avocats se rassirent et se plaquèrent contre leur protégée. Avant le début de la séance, Jake avait tenté de dire bonjour à Lettie, mais les deux gorilles en costume avaient fait rempart. Leurs regards ne s'étaient pas même croisés.

— Et vous là-bas ? s'enquit Atlee en se tournant vers la table de la défense.

Stillman Rush fut le premier à bondir de son siège.

— Bonjour, Votre Honneur. Je suis Stillman Rush du cabinet Rush de Tupelo, et je suis ici avec Sam Larkin et Lewis McGwyre.

Les deux compères, comme un seul homme, se mirent debout et saluèrent de la tête la cour. Ils connaissaient le juge Atlee. Inutile de faire durer les présentations.

— Et c'est votre cabinet qui a préparé le testament de 1987, n'est-ce pas ?

— C'est exact, répondit Rush tout sourires.

— Parfait. Suivant ?

Un gros bonhomme avec une tête ronde et chauve se leva et répliqua d'une voix ronchonne :

— Moi, c'est Wade Lanier, Votre Honneur, du cabinet Lanier de Jackson. Je suis ici avec mon associé, Lester Chilcott, et nous défendons les intérêts de Mme Ramona Dafoe, fille du défunt. Son mari, Ian Dafoe, est un client de longue date de notre cabinet et…

— Ça suffira pour l'instant, maître Lanier, le coupa Atlee. Bienvenue dans le comté de Ford. Peu m'importe qui sont tous vos autres clients.

La présence de Wade Lanier aussi était inquiétante. Jake le connaissait seulement de réputation, mais cela suffisait à lui donner froid dans le dos. Gros cabinet, tactiques ultra-agressives, et suffisamment de succès au compteur pour satisfaire l'ego du patron tout en lui laissant l'appétit ouvert.

Le doigt du juge Atlee pivota à nouveau.

— Et vous ?

Un homme dans une veste aux motifs criards se leva à son tour.

— Oui, Votre Honneur, heu… mon nom est D. Jack O'Malley et je représente M. Herschel Hubbard, fils du défunt. Mon client vit à Memphis. C'est de là que je viens, mais n'ayez crainte, je serai associé à un confrère local lors de notre prochaine entrevue.

— Sage décision. Suivant ?

185

Derrière O'Malley, il y avait un jeune homme au visage pointu comme un rat, avec des cheveux bouclés et revêches. Il se mit debout timidement, comme si c'était la première fois qu'il s'adressait à un juge. Il avait une voix aiguë.

— Votre Honneur, je m'appelle Zack Zeitler. Je suis également de Memphis. J'ai été engagé pour défendre les intérêts des deux filles de Herschel Hubbard.

Le juge Atlee dodelina du chef.

— Les petits-enfants ont donc aussi des avocats ?

— Oui, Votre Honneur. Ils figurent comme bénéficiaires dans le premier testament.

— Je vois. Et je suppose qu'ils sont présents dans cette salle ?

— Oui, ils sont ici.

— Merci, maître Zeitler. Au cas où vous n'auriez pas déjà saisi, j'attends que vous vous présentiez la prochaine fois accompagné par un avocat du comté – même si vous êtes, à mon goût, déjà bien trop nombreux.

— Ce sera fait, Votre Honneur.

— Très bien. Suivant ?

Un avocat, adossé à la rambarde dans un coin, déjà debout parce qu'il n'y avait plus de chaises libres, regarda autour de lui, puis annonça :

— Oui, Votre Honneur. Par ici. Je suis Joe Bradley Hunt du cabinet Skole de Jackson et...

— Quel cabinet ?

— Skole, Votre Honneur. Le cabinet Skole, Rumky Ratliff, Bodini & Zacharias.

— D'accord. Je n'aurais pas dû poser la question. Poursuivez.

186

— Et nous représentons les deux enfants de Ramona et Ian Dafoe, petits-enfants du défunt.

— C'est noté. Y a-t-il quelqu'un d'autre ?

Les têtes se tournèrent, les regards sondant l'assistance. Atlee fit un rapide calcul :

— Vous êtes onze avocats pour le moment. Et selon toute vraisemblance, nous allons atteindre les vingt.

Il tourna quelques feuilles, puis observa le public. Les Noirs étaient à sa gauche, derrière Jake et Lettie, avec Simeon, leurs enfants et petits-enfants, cousins et tantes. Il y avait aussi Cypress, un pasteur, et des amis, beaucoup d'amis, des anciens comme des tout nouveaux, venus soutenir moralement Lettie pour ses premiers pas dans l'arène. À la droite du juge, derrière le mur d'avocats, s'étaient rassemblés les opposants au nouveau testament, un parterre blanc, dont Ian, Ramona et leurs deux enfants, Herschel et les deux siens, ainsi que son ex-femme – installée au fond de la salle, au plus loin. Il y avait Dumas Lee et d'autres journalistes ainsi que la collection d'habitués ratant rarement un procès. L'adjoint Prather se tenait devant les portes principales, mandaté par Ozzie. Lucien Wilbanks avait pris place également au dernier rang, mais du côté « noir », caché par un jeune rondouillard assis devant lui. Atlee et lui se connaissaient depuis des années, et Lucien ne voulait pas se montrer.

Quelques minutes avant l'audience, Jake avait voulu se présenter à Herschel et Ramona, mais ils lui avaient ostensiblement tourné le dos. C'était lui l'ennemi à leurs yeux, pas leur père. Ian, en particulier, semblait prêt à lui mettre son poing dans la figure. Leurs enfants étaient vêtus comme de dignes rejetons de la bourgeoisie et avaient déjà l'arrogance de ceux qui naissent dans un berceau doré. Les filles d'Herschel, au contraire, étaient mal habillées, un style grunge moins choisi que subi. Ces quatre têtes blondes n'avaient pas trouvé le temps d'assister à l'enterrement de leur cher grand-père. Mais aujourd'hui, visiblement, l'ordre de leurs priorités avait changé.

Les avocats avaient dû convaincre les parents d'amener leur progéniture, leur dire que les enfants devaient être présents pour que la cour voie qui allait subir les conséquences de ses décisions. Tactique parfaitement illusoire, aux yeux de Jake, mais les enjeux étaient si grands qu'il fallait faire feu de tout bois…

Dans cette salle bondée, Jake se sentait très seul. À côté de lui, Russel Amburgh était refermé sur lui-même, à peine poli, ne songeant qu'à s'en aller au plus vite. Derrière, à quelques centimètres, il y avait Lettie, quelqu'un à qui il pouvait peut-être encore parler. Mais elle était défendue par deux pitbulls décidés à le tailler en pièces pour avoir leur part du gâteau. Et c'était ça, ses alliés ! Et en face, la meute de hyènes était prête pour la curée.

— J'ai lu les deux testaments, déclara Atlee. Nous allons commencer par le dernier, celui manuscrit datant du 1er octobre. Une demande d'homologation a été déposée le 4 du même mois. Maître Brigance, vous allez gérer la succession comme l'exige la loi – avertir les créanciers, faire un premier inventaire des biens, etc. Je ne veux pas que cela traîne. Monsieur Amburgh, j'ai cru comprendre que vous désirez vous retirer.

Amburgh se leva lentement.

— C'est exact, monsieur le juge. Je ne m'en sens pas la force. En qualité d'exécuteur testamentaire, je devrais prêter serment et jurer qu'il s'agit bien des dernières volontés de Seth Hubbard, et ça je m'y refuse. Je n'approuve pas ce testament et je ne veux pas y être mêlé.

— Maître Brigance ?

Jake se dressa à côté de son éminent ex-partenaire.

— Votre Honneur, M. Amburgh a jadis été avocat et il sait ce qu'implique une procédure d'homologation. Je vais donc remplir une demande lui permettant de se retirer et, dans le même temps, je proposerai à la cour d'autres personnes pour le remplacer.

— Que ce soit votre priorité. Je veux que l'inventaire des biens soit lancé sans délai. Quel que soit le sort réservé à ce testament olographe, comme au testament précédent, il faut d'ores et déjà que quelqu'un s'occupe de la gestion du patrimoine de M. Hubbard. J'imagine que plusieurs parties ici présentes ont l'intention de contester ce testament manuscrit, n'est-ce pas ?

L'escadron d'avocats se leva comme un seul homme. Le juge calma leur ardeur d'un geste de la main.

— Merci. Asseyez-vous, je vous prie. Monsieur Amburgh, vous pouvez disposer.

Amburgh lâcha un vague « merci », bondit de son siège et quitta rapidement la salle.

Atlee ajusta ses lunettes.

— Nous allons procéder comme suit : maître Brigance, vous avez dix jours pour trouver un remplaçant à M. Amburgh, et, selon les souhaits du défunt, vous devrez veiller à ce qu'il ne s'agisse pas d'un avocat du comté. Une fois le nouvel exécuteur testamentaire nommé, vous commencerez avec lui le recensement des actifs et des passifs. J'aimerais avoir un inventaire préliminaire le plus vite possible. Pendant ce temps, les autres parties déposeront par écrit les raisons pour lesquelles elles contestent ce testament. Quand tous les plaignants se seront fait connaître, nous nous rencontrerons pour organiser la tenue du procès. Comme vous le savez, chaque partie peut demander un jugement par jury. Si tel est votre souhait, veuillez en faire la demande en bonne et due forme, en même temps que vous déposerez vos plaintes contre ce testament olographe. Une contestation successorale est un procès civil comme un autre pour l'État du Mississippi. Les règles de procédure y sont donc identiques.

Atlee retira ses lunettes et mâchonna l'une des branches en scrutant les avocats.

— Puisque nous nous dirigeons tout droit vers un procès, je vous annonce d'ores et déjà qu'il n'est pas question que je préside des audiences avec une dizaine d'avocats. Ce serait un cauchemar pour moi, comme pour les jurés, si nous devons en constituer un. Nous simplifierons donc les débats au maximum, rationaliserons la procédure, afin de juger cette affaire de la façon la plus efficace possible. Des questions ?

Oui, des milliers ! Mais il y aura tout le temps de les poser plus tard. Brusquement, Booker Sistrunk se leva et sa voix de baryton tonna :

— Votre Honneur, j'ignore si c'est le bon moment pour en parler, mais j'aimerais que ma cliente, Lettie Lang, soit nommée exécutrice testamentaire en remplacement de M. Amburgh. J'ai consulté les lois de cet État et il n'est nulle part mentionné qu'il faille

190

être avocat ou comptable pour tenir ce rôle. En effet, la loi n'exige aucune compétence particulière pour être l'administrateur d'une succession.

Sistrunk parlait lentement, d'une diction parfaite et ses mots résonnaient dans la grande salle d'audience. Le juge Atlee et les autres avocats l'écoutaient, les yeux rivés sur lui. Il disait vrai. Techniquement, n'importe qui pouvait remplacer Russel Amburgh, n'importe quelle personne majeure et saine d'esprit. Même ceux ayant un casier judiciaire n'étaient pas exclus. Toutefois, au vu de l'ampleur du patrimoine et de la complexité du dossier, il valait mieux choisir une personne d'expérience et extérieure à l'affaire. L'idée de confier à Lettie la gestion d'une succession de vingt millions de dollars, avec Sistrunk lui soufflant ses instructions à l'oreille, avait quelque chose de révoltant, en particulier pour les Blancs présents dans la salle. Même le juge Atlee sembla se pétrifier l'espace de quelques secondes.

Sistrunk n'en avait pas terminé. Il marqua une pause, juste le temps que chacun dans l'assistance assimile ses paroles, et poursuivit :

— En outre, Votre Honneur, je sais que quasiment tout le travail de succession est accompli par l'avocat qui est en charge de la validation du testament, sous la supervision de la cour, bien entendu et, pour cette raison, je suggère que mon cabinet s'occupe de l'homologation dudit testament. Nous travaillerons étroitement avec notre cliente, Mme Lettie Lang, afin de suivre scrupuleusement les volontés de feu M. Hubbard. Le cas échéant, nous consulterons Me Brigance, qui est un jeune avocat tout à fait brillant, je n'en doute pas, mais le gros de la procédure devra être accompli par mes soins avec mon équipe.

Grâce à cette dernière salve, Booker Sistrunk avait atteint son objectif. La guerre était déclarée, et ce serait un combat ethnique – Blancs contre Noirs.

Herschel et Ramona, ainsi que leurs familles, lancèrent des regards haineux au groupe de Noirs, qui leur retournèrent des coups d'œil guère plus avenants. Leur sœur Lettie avait été choisie pour recevoir l'argent, et ils étaient prêts à se battre pour elle. Mais l'argent appartenait aux Hubbard. Et pour l'autre clan, Seth avait perdu l'esprit.

Jake, sous le choc, se retourna l'air mauvais et fixa Sistrunk, qui s'en désintéressa totalement. Quel imbécile ! se dit d'abord Jake. À comté blanc, jury blanc. Memphis était loin d'ici. Là-bas, Sistrunk n'avait pas son pareil pour composer un jury avec des membres de sa communauté, et obtenir des verdicts retentissants. Mais Memphis se trouvait sur une autre planète.

Si neuf ou dix Blancs se trouvaient sur les bancs des jurés, à écouter pendant une semaine la morgue de Booker Sistrunk, la pauvre Lettie Lang repartirait les mains vides.

La meute d'avocats blancs était outrée, mais Wade Lanier, finaud, fit la même analyse que Jake et saisit la balle au bond.

— Nous n'avons aucune objection, Votre Honneur ! lança-t-il en se levant précipitamment.

— Vous n'êtes pas en position d'approuver ou d'objecter quoi que ce soit ! aboya le juge Atlee.

Puis Jake prit de la distance. Très bien, mettez-moi hors jeu. De toute façon, avec ces vautours, il ne restera rien. La vie est trop courte pour perdre un an à se retrouver sous le tir croisé d'une guerre interraciale.

— Vous en avez terminé, maître Sistrunk ?

— Pour l'heure, oui, Votre Honneur, répondit-il en jetant un regard entendu à Simeon et à sa famille.

Il venait de sortir les armes. Il était sans peur, ne connaissait pas l'intimidation, et était prêt à tous les coups bas. Le clan Lang avait engagé un guerrier. Avant de se rasseoir, Sistrunk défia du regard Herschel Hubbard, comme pour dire : « À vous de jouer, les gars ! »

— À l'évidence, quelques subtilités de notre code successoral vous ont échappé, maître Sistrunk. Les lois du Mississippi donnent la priorité absolue aux souhaits du défunt. Et Seth Hubbard a, très clairement, désigné l'avocat devant s'occuper de sa succession. Il n'y aura donc aucun changement en ce domaine. En outre, toute autre requête que vous voudriez soumettre à l'avenir devra être présentée en bonne et due forme, autrement dit quand vous serez associé à un avocat reconnu par cette cour.

Jake recommença à respirer normalement, mais il était ébranlé par l'arrogance de Sistrunk. Par sa témérité. Par son avidité. Sans nul doute, il avait dû signer un accord avec Lettie qui lui octroyait une portion de son héritage. Les avocats pouvaient demander jusqu'à un tiers en cas d'arrangement à l'amiable, quarante pour cent en cas de procès, et la moitié quand il y avait appel. Connaissant l'ego de Sistrunk, et son palmarès de victoires, les pourcentages devaient se situer dans la fourchette haute. Et il voulait en plus se faire un joli extra en facturant ses heures en tant qu'avocat chargé de la succession.

Le juge Atlee en avait terminé.

— Nous nous retrouverons dans un mois. La séance est levée !

Et il abattit son maillet.

Lettie fut aussitôt entourée par ses avocats, qui l'entraînèrent vers la sortie. Dès qu'elle s'engagea dans l'allée centrale, sa famille et autres curieux s'agglutinèrent contre elle. Comme si sa vie était en danger, ils l'encerclèrent, la cajolèrent, la réconfortèrent, formant un véritable rempart humain. Sistrunk était la vedette. On louait sa bravoure, son intransigeance. Et Kendrick Bost ne lâchait pas Lettie. Il garda son bras autour de ses épaules tout le temps où elle parla à voix basse aux siens. Cypress, sa mère, dans son fauteuil roulant, séchait ses larmes. Quel spectacle désolant, songea Jake. Il plaignait cette pauvre famille.

Jake n'était guère d'humeur à bavarder ; de toute façon personne ne lui adressa la parole. De petits groupes se formèrent autour des avocats, pendant qu'ils rangeaient leurs papiers. Les héritiers de sang se tenaient serrés, tentant d'ignorer les regards de ces Noirs qui en voulaient à leur argent. Jake s'éclipsa par une porte latérale. Il se dirigeait vers l'escalier de secours quand M. Pate, le vieux substitut du tribunal, l'appela :

— Jake, le juge voudrait vous parler.

Il rejoignit Atlee dans la petite pièce où les avocats se retrouvaient pour prendre un café et où les juges organisaient leurs rendez-vous officieux.

— Fermez la porte, dit-il en ôtant sa robe.

Atlee n'était ni un cancanier, ni un plaisantin. Il parlait rarement pour ne rien dire, et jamais avec humour, même si, parce qu'il était juge, son public aurait été prêt à rire au moindre de ses calembours.

— Asseyez-vous, Jake.

Les deux hommes s'installèrent de part et d'autre d'un petit bureau.

— Quel connard ! lâcha le juge. Ça marche peut-être à Memphis, mais pas ici.

— J'en suis encore soufflé.

— Vous connaissez Quince Lundy ? Il est avocat à Smithfield.

— De nom.

— Il n'est pas tout jeune. Il doit être plus ou moins à la retraite. Ça fait cent ans qu'il ne s'occupe que de successions. Il connaît vraiment son affaire, et c'est un type droit comme un « i ». Un vieil ami à moi. Déposez une requête et proposez Quince et deux autres types – ceux que vous voulez – pour officier comme exécuteur testamentaire. Et je nommerai Quince. Vous vous entendrez bien avec lui. Quant à vous, vous resterez avec nous jusqu'au bout. Quel est votre tarif horaire ?

— Je n'en ai pas, monsieur le juge. Mes clients travaillent pour dix dollars de l'heure, quand ils ont de la chance d'avoir un emploi. Ils ne peuvent se payer un avocat à cent dollars.

— Je pense que cent cinquante est un tarif honnête au vu de l'affaire d'aujourd'hui. Ça vous convient ?

— Ça me paraît bien.

— Parfait. Alors marché conclu. Vous avez un peu de temps devant vous, j'espère ?

— Oh oui.

— Tant mieux. Parce que cette affaire va être très chronophage. Vous n'aurez plus de vie. Tous les deux mois, donnez au greffe vos heures pour toucher vos honoraires. Je veillerai à ce que vous soyez payé.

— C'est très aimable à vous, monsieur le juge.

— On dit beaucoup de choses sur l'ampleur du legs. Vous avez des infos là-dessus ?

— Russel Amburgh affirme que cela dépasse les vingt millions, dont la majeure partie en liquidités. Caché hors de l'État. Sinon, n'importe quel péquin de Clanton saurait la somme exacte.

— Il va nous falloir agir vite pour protéger le magot. Je vous signerai un mandat vous donnant toute autorité pour récupérer les livres comptables de M. Hubbard. Une fois Quince à bord, vous pourrez commencer à creuser.

— Entendu, monsieur le juge.

Atlee prit une longue gorgée de café dans son gobelet en papier. Il tourna la tête vers la vitre sale, semblant contempler la pelouse du palais de justice en contrebas.

— Je plains presque cette pauvre femme. Elle est totalement dépassée. Et cernée de gens qui ont flairé l'argent. Il ne lui restera plus rien quand Sistrunk en aura fini avec elle.

— Si tant est que les jurés se prononcent en sa faveur.

— Vous allez demander un jury, Jake ?

— Je n'en sais trop rien. Je devrais ?

La question était parfaitement déplacée, mais elle lui avait échappé. Jake se raidit, s'attendant à se faire tancer, mais le juge se contenta d'esquisser un sourire et continua à regarder le paysage, comme perdu dans ses pensées.

— À votre place, Jake, je tenterais le jury. Comme vous le savez, cela ne me gêne pas de prendre des décisions importantes. Cela fait partie du métier. Mais dans une affaire comme celle-là, ce serait bien d'avoir douze de nos bons citoyens sur la sellette. Cela me changerait.

Et son sourire s'élargit.

— Je comprends. Je demanderai un jury.

— Faites ça. Vous savez, Jake, il y a beaucoup d'avocats en ville, mais très peu en qui j'ai confiance. N'hésitez pas à passer me voir, pour dire bonjour, boire un café ; s'il y a des points qui vous tracassent, je serai ravi de vous aider à les éclaircir. Je sais que vous mesurez toute l'ampleur de ce dossier. L'argent ne coule pas à flots par ici. Cela n'a jamais été le cas. Et voilà qu'un chaudron de pièces d'or nous tombe du ciel, et plein de gens en veulent une part. Vous, ce n'est pas le cas. Et moi non plus. Mais nous ne sommes que deux, et ils sont nombreux dehors. Alors il est essentiel que vous et moi restions à la barre.

Jake se détendit enfin, pour la première fois depuis plusieurs heures, et poussa un long soupir.

— Je suis d'accord avec vous, monsieur le juge. Je vous remercie de votre confiance.

— À bientôt, Jake.

13.

L'article de Dumas Lee faisait la une du *Ford County Times* ce mercredi 12 octobre. Évidemment, on ne parlait que de l'audition de la veille au tribunal. En gros caractères, le titre était explicite : LA FORTUNE DE SETH HUBBARD : LA GUERRE COMMENCE ! Et Dumas entamait son article dans la pure tradition des tabloïds : « Une salle d'audience pleine d'héritiers fébriles et d'avocats affamés qui se sont présentés hier devant le juge Reuben Atlee et les premières salves ont été tirées, augure de la bataille épique qui va avoir lieu pour remporter le butin de feu Seth Hubbard, qui s'est pendu le 2 octobre ! »

Le photographe du journal n'avait pas chômé. Au milieu de la page, il y avait la photo grand format de Lettie Lang, entrant dans le tribunal, soutenue par Booker Sistrunk et Kendrick Bost, comme si elle était infirme. Sous le cliché, on pouvait lire : « Lettie Lang, quarante-sept ans, habitant Box Hill, ancienne femme de ménage de Seth Hubbard, bénéficiaire désignée par son employeur dans un testament manuscrit suspect, accompagnée de ses deux avocats de Memphis. » À côté, deux photos plus petites, plus anodines, montrant Herschel et Ramona, marchant aux abords du palais de justice.

Jake lut l'article à son bureau tôt le mercredi matin. Il but un café, le décortiqua une seconde fois, soupesant chaque mot à la recherche d'erreurs. À sa surprise, Dumas n'avait pas changé les faits. Mais il le maudit d'avoir écrit « un testament manuscrit suspect ». Tous les citoyens recensés du comté pouvaient être appelés comme jurés. La majorité aura soit lu cet article soit en aura entendu parler, et comme ça, sans le moindre élément de preuves, Dumas écrivait que le legs était « suspect » ! Et les mines hautaines des deux avocats noirs, dans leurs beaux costumes, parachevaient le tableau ! En regardant ce cliché, Jake tentait de se mettre à la place du jury, qui serait sans doute composé de neuf Blancs et de trois Noirs. Auraient-ils de la sympathie pour cette Lettie Lang alors qu'il y avait vingt millions de dollars en jeu ? C'était peu probable. Après une semaine en salle d'audience, les jurés sauraient que Sistrunk se souciait plus d'argent que de justice et annuleraient le testament. Un jury pourrait ne pas apprécier Herschel et Ramona, mais au moins ces deux-là étaient blancs, et pas sous la coupe d'un avocat avide ayant autant de capital sympathie qu'un prédicateur TV.

Or Sistrunk et Jake étaient dans le même camp, dans la même équipe, du moins dans la même aile de la salle de tribunal. Jake avait envie de jeter l'éponge. Si le juge Atlee gardait Sistrunk en lice, Jake préférait repartir à la chasse aux accidents de la circulation quitte à gagner une misère. N'importe quoi plutôt que d'être mêlé à ce procès perdu d'avance.

La porte d'entrée claqua au rez-de-chaussée, puis il y eut des bruits de pas, reconnaissables entre tous, lents et lourds. C'était Harry Rex qui montait l'escalier, faisant grincer toutes les marches. Roxy grogna, pesta, espérant le dissuader d'aller plus loin. Bien trop gros, et dans un état de santé pitoyable, Harry Rex était à bout de souffle quand il ouvrit brutalement la porte.

— Ta secrétaire me pète les noix ! lança-t-il comme entrée en matière.

Il jeta un exemplaire du journal sur le bureau de Jake.

— Bonjour, Harry Rex, répondit-il d'un ton patelin tandis que son ami se laissait tomber dans un fauteuil pour reprendre son souffle.

Peu à peu sa respiration revint à la normale ; la crise cardiaque serait pour une autre fois.

— Elle énerve tout le monde comme ça ? reprit-il.

— C'est l'idée, faut croire. Du café ?

— Tu as une Bud ?

— Il est 9 heures du mat'.

— Et alors ? Je ne vais pas au tribunal aujourd'hui. Et quand c'est un jour off, je peux commencer plus tôt.

— Tu reconnais donc que tu bois trop ?

— Hein ? Pas du tout. Vu les hystériques que j'ai comme clients, je ne bois pas assez ! Et tu devrais faire pareil.

— Je n'ai pas de bière au bureau. Je n'en ai même pas à la maison.

— Quelle misère !

Harry Rex se pencha brusquement vers Jake, attrapa le journal, et montra la photo de Lettie.

— Tu sais ce que vont penser les Blancs du coin en voyant cette image ? Voilà une femme de ménage noire, pas trop mal fichue, qui a réussi à avoir son nom dans le testament du vieux, et qui est partie se chercher des avocats afros dans une grande ville pour mettre la main sur le magot. Ça la fout mal. Tu imagines la réaction au Coffee Shop ?

— Tu viens de m'en donner un aperçu.

— Elle est stupide ou quoi ?

— Non, mais ils l'ont embobinée. Simeon a de la famille à Memphis et apparemment le bouche à oreille a fonctionné. Elle ne se rend pas compte de ce qu'elle fait et on l'a très mal conseillée.

— Tu es de son côté, Jake. Pourquoi tu ne lui parles pas ?

Il posa, dépité, le journal sur le bureau.

— Impossible. Plus maintenant qu'elle a embauché Sistrunk. J'ai essayé de lui dire deux mots hier au tribunal, mais ils sont comme deux chiens de garde. Pas moyen d'approcher. J'ai voulu aussi parler aux enfants de Seth Hubbard, mais ils n'étaient pas très amicaux.

— Allez, tout le monde t'aime bien, Jake.

— Ce n'est pas l'impression que j'avais hier. Mais Atlee m'a à la bonne, c'est vrai.

— J'ai appris que Sistrunk l'a plutôt agacé.

— Oui. Et ce sera pareil avec les jurés.

— Tu vas donc demander un jury ?

— Oui. Son Honneur en veut un. Mais je ne t'ai rien dit.

— Et moi, je n'ai rien entendu. Il faut que tu trouves le moyen de la sortir de ce guêpier. Sistrunk va se mettre tout le monde à dos et elle n'aura pas un dollar.

— Tu penses qu'elle devrait l'avoir cet argent ?

— Bien sûr. C'est le fric du vieux. Et s'il veut le léguer au parti communiste, c'est son affaire. Il l'a gagné tout seul. Il peut en disposer à sa guise. Tu n'as pas encore eu affaire aux deux Hubbard juniors. De vrais connards, tu vas voir. On comprend pourquoi Seth les a virés du testament.

— Je croyais que tu détestais Seth Hubbard ?

— C'était vrai il y a dix ans. Et je hais toujours ceux qui se trouvent dans l'autre camp. C'est pour ça que je suis si méchant et redoutable. Mais l'eau a coulé sous les ponts. Peu importe que j'apprécie ou non ce type. Il a fait un testament avant de mourir, et la loi doit garantir ses dernières volontés, à condition, bien sûr, que le document soit valide.

— Tu crois qu'il l'est ?

— C'est aux jurés d'en décider. Et il va être attaqué sur toutes les coutures.

— Comment tu l'attaquerais, toi ?

Harry Rex se rencogna dans son siège et croisa les jambes.

— J'y ai un peu réfléchi. D'abord, j'embaucherais quelques experts, des médecins qui viendraient certifier que Seth n'avait plus toute sa tête à cause des antalgiques, que son corps était ravagé par le cancer et qu'à cause de la chimio, des rayons et de tous les médocs qu'il s'est tapés pendant l'année, il n'avait plus les idées claires. Il souffrait atrocement. Et j'irais chercher un spécialiste du cerveau pour montrer comment cette douleur peut affecter les capacités de jugement. Je ne sais pas où sont ces experts, mais on peut leur faire dire ce qu'on veut à ces types-là. Et je te rappelle que le juré moyen dans ce comté a à peine fini le lycée. Ce ne sont pas des intellos. Un seul bon expert, ou une flopée de moins bons, ce sera du pareil au même ; ils insinueront le doute. Rien n'est plus simple que de faire passer le vieux pour un sénile complet ; il s'est passé la corde au cou ! Il faut être toqué pour se pendre, non ?

— Je ne sais pas.

— En outre, Seth avait des problèmes de braguette. Il avait toujours le pantalon au bas des chevilles. Je ne sais pas s'il a franchi la ligne rouge avec Lettie. Mais c'est possible. Si un jury blanc a le moindre soupçon en la matière, si l'espace d'un instant il se demande si le vieux Seth a eu plus que des plats chauds et des chemises repassées de la part de sa femme de ménage, alors ils voteront tous contre elle.

— Les morts ne parlent pas. Ils ne sauront rien de sa vie sexuelle.

— Certes, mais ils peuvent fouiner du côté de Lettie. Ils peuvent faire des allusions, des sous-entendus, exagérer, déformer les propos, il y a un tas de façons de dire sans formuler. Si elle se retrouve sur le banc des témoins, ce qui est fort probable, elle va être une proie facile.

— Elle doit pourtant témoigner.

— Bien sûr. Et c'est là que tout va se jouer, Jake. Peu importe ce qui va se dire à l'audience, ou qui va le dire. Si Booker Sistrunk est dans la salle, pérore et montre ses fesses noires aux jurés blancs, nous avons perdu d'avance.

— Je me demande si ça m'intéresse encore.

— Tu ne peux pas lâcher. C'est ton boulot. C'est une grosse affaire. Et des gros sous. Tu travailles à l'heure désormais, et tu vas être payé, ce qui est rare de nos jours, Jake. Si nous allons au procès, et qu'il y a appel et tout le tintouin, tu vas te faire un demi-million de dollars dans les trois prochaines années. Combien d'accidents de la circulation il te faudra pour gagner autant ?

— Je n'ai pas pensé aux honoraires.

— Tous les autres avocats à la petite semaine ont déjà sorti leur calculette. C'est une vraie manne pour toi. Mais il faut que tu gagnes. Et pour gagner, il nous faut mettre Sistrunk hors jeu.

— Et comment ?

— J'y réfléchis. Donne-moi juste un peu de temps. Nous avons déjà pris du plomb dans l'aile avec cette satanée photo dans le journal, et tu peux être sûr que Doofus va recommencer à la prochaine audience. Il nous faut nous débarrasser de Sistrunk au plus vite.

Jake nota que Harry Rex employait le « nous » bien souvent. Il n'y avait personne de plus loyal que Harry Rex en amitié, personne de plus affûté en matière juridique, de plus rusé et de plus pervers à la barre. Harry Rex était le compagnon idéal si les bombes pleuvaient.

— Donne-moi un jour ou deux, ajouta le géant en se levant. Sur ce, je vais me descendre une bière.

* * *

Une heure plus tard, Jake était toujours à son bureau quand le problème « Sistrunk » s'aggrava encore :

204

— Il y a un dénommé Rufus Buckley au téléphone, annonça Roxy dans l'interphone.

Jake prit une profonde inspiration pour se donner du courage.

— Passez-le-moi.

Il regarda fixement la touche d'appel qui clignotait. Que lui voulait Buckley ? Ils ne s'étaient plus parlé depuis le procès Carl Lee Hailey, et ni l'un ni l'autre ne tenaient à ce que leurs chemins se croisent à nouveau. Un an plus tôt, au moment de la réélection de Buckley, Jake avait soutenu discrètement son opposant, comme la plupart des avocats de Clanton, et sans doute de tout le vingt-deuxième district. En douze ans de carrière, Buckley était parvenu à se mettre à dos quasiment tous les avocats des cinq comtés de la circonscription. Le retour de bâton avait été brutal. Aujourd'hui l'arrogant ex-procureur du district, qui briguait une carrière au niveau national, était coincé chez lui à Smithfield, à une heure de route de Clanton. On disait qu'il avait un petit cabinet où il s'occupait de successions et de divorces à l'amiable.

— Bonjour, gouverneur ! lança Jake, bien décidé à poursuivre les hostilités.

Trois ans avaient passé, mais son mépris était resté aussi vif.

— Oui, c'est ça… bonjour, Jake, répondit Buckley, se voulant magnanime. Je me disais que l'on pouvait éviter les coups bas aujourd'hui.

— Désolé, Rufus, c'est juste l'habitude.

Mais bien sûr, il l'avait fait sciemment. À une époque guère lointaine, tout le monde l'appelait gouverneur.

— Qu'est-ce que vous faites aujourd'hui ?

— Toujours du juridique, mais sans pression. Je m'occupe surtout de pétrole et de gaz.

Ben voyons. Rufus Buckley avait passé sa vie à tenter de convaincre tout le monde que la famille de sa femme avait des concessions de pétrole qui leur rapportaient une fortune. C'était faux. Les Buckley étaient beaucoup moins riches qu'ils ne le prétendaient.

— C'est bien. Que me vaut l'honneur de cet appel ?

— Je viens d'avoir un avocat de Memphis au téléphone. Un certain Booker Sistrunk. Je crois que vous l'avez rencontré. Un type très sympathique. Bref, il m'a proposé d'être son associé pour l'affaire Hubbard, puisqu'il lui faut un avocat inscrit au barreau du Mississippi.

— Pourquoi vous, Rufus ? s'enquit Jake par réflexe, en s'affaissant sur son siège.

— Ma réputation, j'imagine.

Non. Sistrunk avait fouiné et trouvé le seul avocat de tout l'État qui détestait viscéralement Jake. Jake n'osait imaginer les horreurs que Buckley avait dû dire sur son compte.

— Je ne vois pas en quoi vous pouvez l'aider, Rufus.

— On y travaille. Booker veut vous sortir du terrain, pour avoir les mains libres. Il songe à demander un changement de lieu pour la tenue du procès. Il pense que le juge Atlee a visiblement un a priori contre lui, il va donc l'exclure, lui aussi, de la partie. Ce ne sont que les préliminaires, Jake. Comme vous le savez, Sistrunk est un avocat hors pair, il a beaucoup de ressources. C'est sans doute pour cette raison qu'il me veut dans son équipe.

— Eh bien, bienvenue, Rufus. Visiblement, Sistrunk ne vous a pas tout raconté ; il a déjà tenté de me faire sortir, mais cela n'a pas marché parce que le juge Atlee n'est pas né de la dernière pluie. Le testament me nomme sans ambiguïté comme l'avocat successoral. Atlee ne va pas se récuser lui-même, ni déplacer le procès dans une autre juridiction. Ce sont des coups d'épée dans l'eau, et du mépris manifeste pour tous les jurés potentiels du comté. Une manœuvre stupide de la part de Sistrunk, à mon humble avis, et sa bêtise va ruiner toutes nos chances de succès.

— Nous verrons bien. Vous manquez d'expérience, Jake, et il faut vous retirer. Bien sûr, vous avez à votre actif quelques jolis verdicts dans des affaires criminelles, mais nous sommes au civil. C'est une affaire compliquée, avec une somme faramineuse en jeu, et vous n'êtes pas de taille.

Jake se mordit la langue, se rappelant comme il détestait ce type à l'autre bout du fil. Il pesa ses mots :

— Rufus, vous étiez procureur. Depuis quand seriez-vous un expert en litiges financiers ?

— Je suis avocat de formation. J'ai passé ma vie dans les tribunaux. Et l'année dernière, je me suis occupé exclusivement d'affaires civiles. En outre, Sistrunk sera avec moi. Je vous rappelle qu'il a coincé la police de Memphis trois fois cette année et qu'il leur réclame plus d'un million de dollars de dommages et intérêts.

— Et ils sont en appel. Il n'a pas encore récolté un dollar.

— Mais cela ne saurait tarder. Comme nous allons casser la baraque avec l'affaire Hubbard.

— C'est quoi votre part du pactole, les gars ? Cinquante pour cent ?

— C'est confidentiel, Jake. Vous le savez bien.

— Cela devrait être public.

— Ne soyez pas jaloux.

— Au revoir, Rufus, lança Jake avant de raccrocher.

Il poussa un long soupir d'exaspération, se leva d'un bond et descendit l'escalier.

— Je reviens dans une minute ! annonça-t-il à Roxy en passant en trombe devant son bureau.

Il était 10 h 30 et le Coffee Shop était désert. Dell essuyait les couverts derrière le comptoir quand Jake entra et se jucha sur un tabouret.

— Une petite pause ? demanda-t-elle.

— Oui. Un déca, s'il te plaît.

Il venait souvent durant les heures creuses. Une façon pour lui de fuir le bureau et le téléphone. Elle lui servit une tasse et s'accouda au zinc, toujours en essuyant ses couverts.

— Quelles sont les nouvelles ? demanda-t-il en remuant son sucre.

Avec Dell, la ligne était ténue entre ce qu'elle savait et les on-dit. La plupart des clients pensaient qu'elle répétait tout et n'importe quoi, mais c'était faux. Après vingt-cinq années derrière le comptoir du Coffee Shop, elle avait entendu tant de ragots et de mensonges qu'elle savait le mal que pouvaient causer les mots. Alors malgré sa réputation de pipelette, elle faisait toujours attention à ce qu'elle disait.

208

— Eh bien, commença-t-elle, je ne crois pas que ça va aider Lettie d'avoir amené ces deux avocats noirs de Memphis.

Jake but une gorgée. Elle poursuivit :

— Pourquoi a-t-elle fait ça, Jake ? Je pensais que c'était toi son avocat.

Elle parlait de Lettie Lang comme si elle la connaissait depuis toujours, alors qu'elle ne l'avait jamais vue de sa vie. Mais Lettie était devenue une célébrité à Clanton.

— Non, je ne suis pas son avocat. Je m'occupe de la succession, je veille au respect des dernières volontés de Seth Hubbard. Lettie et moi on est dans le même camp, mais elle ne pourrait pas m'engager.

— Elle avait vraiment besoin d'un avocat ?

— Non. Mon travail est de faire homologuer le testament, cela va donc dans le sens de ses intérêts.

— Tu ne pouvais pas lui expliquer ça ?

— C'est ce que j'ai fait, et j'ai cru qu'elle avait compris.

— Que s'est-il passé ? Comment ils se sont retrouvés là, ces deux clowns ?

Jake but une autre gorgée de déca et se souvint qu'il lui fallait rester prudent. Dell et lui échangeaient souvent des informations, mais le devoir de réserve s'imposait pour l'heure.

— Je ne sais pas, mais je suppose que quelqu'un à Memphis a entendu parler du testament. Et la nouvelle est parvenue aux oreilles de Sistrunk. Il a flairé l'argent. Alors il a fait le déplacement avec sa Rolls-Royce noire, s'est garé devant la maison de Lettie et l'a embobinée. Il a dû lui promettre la lune et, en retour, s'en réserver un morceau.

— Combien il lui prend au juste ?

— Eux seuls le savent. Ces affaires-là sont confidentielles.

— Une Rolls-Royce noire, tu dis ?

— Absolument. On l'a repérée hier quand il est arrivé pour l'audience. Elle était garée devant la Security Bank. C'était lui qui conduisait, et son associé était à l'avant sur le siège passager. Lettie était à l'arrière, avec un gars en costume noir, sans doute un garde du corps. Ils ont sorti le grand jeu et Lettie est tombée dans le panneau.

— Je n'en reviens pas.

— Moi non plus.

— Marshall disait ce matin qu'ils voulaient que l'affaire soit jugée ailleurs. Dans un autre comté où ils auraient plus de jurés noirs. C'est vrai ça ?

— Juste une rumeur. Tu connais Marshall. À mon avis, il doit être à l'origine de la moitié des racontars de Clanton. Ça cause beaucoup ?

— Oh oui. Ça n'arrête pas. Les gars se taisent quand tu arrives, mais dès que tu es parti, ils remettent ça de plus belle.

La porte s'ouvrit. Deux employés du bureau du fisc entrèrent et s'installèrent à une table. Jake les connaissait et les salua poliment. Ils étaient suffisamment près pour entendre ce que Dell et Jake se disaient au comptoir. Et ils ne comptaient pas en perdre une miette.

Jake se pencha vers la serveuse et chuchota :

— Garde tes antennes ouvertes, d'accord ?

— Jake, mon chéri, tu sais bien que rien ne m'échappe.

— Je le sais.

210

Il laissa un dollar sur le zinc et s'en alla.

Il ne voulait toujours pas retourner au bureau. Il fit le tour de la place et s'arrêta devant les locaux de Nick Norton – un collègue qui travaillait en solo, comme lui. Il était sorti de la fac l'année où Jake y était entré. Nick avait hérité du cabinet de son oncle et, en toute logique, avait plus d'affaires que Jake. Ils se répartissaient harmonieusement les clients et, en dix ans, ils avaient évité de se retrouver face à face au tribunal.

Deux ans plus tôt, Nick avait défendu Marvis Lang quand il avait plaidé coupable dans une affaire de trafic de drogue et d'agression à main armée. La famille lui avait versé cinq mille dollars en liquide, moins qu'espérait Nick, mais plus qu'il n'était payé d'ordinaire par ses clients. Marvis était définitivement coupable et la marge de manœuvre était mince. En outre, il avait refusé de livrer son complice. Nick avait réussi quand même à réduire la peine à douze ans d'emprisonnement. Quatre jours plus tôt, autour d'un déjeuner, Nick avait dit à Jake tout ce qu'il savait sur la famille Lang et sur Marvis.

Nick était en rendez-vous avec un client, mais sa secrétaire avait déjà préparé le dossier pour lui. Jake promit de faire au plus vite une photocopie des pièces qui l'intéressaient et de le rendre aussitôt. Rien ne pressait, lui assura la secrétaire. L'affaire était close depuis longtemps.

* * *

Wade Lanier prenait son déjeuner au Hal & Mal, son snack favori dans le vieux Jackson, à quelques pâtés de maisons du capitole de l'État et à dix minutes à pied de son bureau. Il s'installa à sa table, commanda un verre de thé glacé et attendit cinq minutes qu'arrive Ian Dafoe – cinq minutes de trop à son goût. Ils commandèrent des sandwichs, parlèrent un peu football, de la pluie et du beau temps, puis passèrent aux affaires sérieuses.

— Nous allons porter l'affaire devant la justice, annonça Lanier avec solennité, dans un murmure, comme s'il révélait là un grand secret.

Ian hocha la tête avec application.

— C'est une bonne nouvelle.

Évidemment qu'ils allaient attaquer ! Les coffres au trésor étaient rares dans la région et une nuée d'avocats avait celui-ci dans le collimateur.

— Mais nous n'avons pas besoin d'aide, ajouta Lanier. Je parle de cet hurluberlu qu'a amené Herschel de Memphis et qui n'a même pas le droit de plaider au Mississippi ! Ce gars ne peut rien nous apporter, pas la moindre chose, sinon des problèmes. Ce serait bien que vous parliez à Herschel pour lui faire comprendre que vous et lui, vous êtes dans la même équipe et que je peux me débrouiller seul.

— Ce n'est pas gagné. Herschel est du genre buté et il y a pas mal de frictions avec Ramona.

— Trouvez un moyen. Il y a trop de monde dans cette affaire et le juge va tailler dans le gras. Ça ne va pas traîner, je vous le dis !

— Mais si Herschel refuse ? S'il veut garder son avocat ?

— Eh bien on fera avec. Mais d'abord essayez de le convaincre que son avocat ne sert à rien. C'est juste une main de plus sur le gâteau.

— Puisqu'on aborde le sujet. Quels sont vos honoraires ?

— Je ne serai payé que si on gagne le procès. Un tiers de la somme obtenue. D'un point de vue juridique, l'affaire est assez simple. Le procès ne devrait pas durer plus d'une semaine. Et nous prenons vingt-cinq pour cent en cas d'accord à l'amiable, mais cette option me semble très improbable.

— Pourquoi ?

— C'est tout ou rien. C'est un testament ou l'autre. Ça ne laisse guère de place pour un compromis.

Ian n'était pas entièrement convaincu. Les sandwichs arrivèrent. Un ange passa. Ils mirent un certain temps à disposer la nourriture dans leurs assiettes.

— De notre côté, reprit Lanier, nous ne sommes prêts à nous engager que si Herschel signe avec nous. Nous pensons que…

— Autrement dit, vous préférez un tiers de quatorze millions plutôt qu'un tiers de sept millions ! l'interrompit Ian d'un ton qui se voulait humoristique.

Mais cela tomba à plat. Lanier ignora la remarque et mordit dans son sandwich. De toute façon, il souriait rarement. Il avala sa bouchée.

— Vous avez tout compris. Je peux gagner cette affaire, mais je ne veux pas avoir ces boulets de Memphis, à ramener leur fraise et à se mettre à dos le jury. De plus, Ian, il faut que vous sachiez que moi et mes associés sommes débordés. Nous avions décidé de ne pas prendre de nouveaux dossiers. Mes associés ne sont pas très chauds à l'idée de consacrer du temps sur une affaire de testament. On a trois procès contre la Shell prévus pour le mois prochain ! Des accidents sur des plateformes.

Ian enfourna une poignée de frites dans la bouche pour s'empêcher de dire quoi que ce soit. Il retint également son souffle, en priant pour que l'avocat ne lui fasse pas à nouveau l'énumération de ses hauts faits. C'était une habitude chez les avocats, et Ian avait déjà enduré ce supplice.

Mais Lanier résista à la tentation et poursuivit :

— Et vous avez raison, pour accepter votre affaire, nous devons avoir les deux héritiers, Ian. Que ce soit pour un ou pour deux, c'est la même quantité de travail – pour deux, ce serait même moins. Puisqu'on ne perdra pas de temps à négocier avec l'autre fantoche de Memphis.

— Je vais voir ce que je peux faire.

— Chaque mois, nous vous facturerons nos frais. Et il y en aura, en particulier pour payer les experts.

— À combien ça va monter ?

— On a évalué le budget. Cinquante mille devraient couvrir les dépenses.

Lanier jeta un regard circulaire dans la salle d'un air de conspirateur, même si personne ne pouvait entendre ce qu'ils disaient.

— En outre, il va nous falloir trouver un enquêteur, et un bon, pas un simple privé. Un gars capable d'infiltrer le petit monde de Lettie Lang, qui dénichera des trucs qui puent. Et ça, ça se paye.

— Combien ?

— À vue de nez, je dirais encore vingt-cinq mille.

— Je ne pense pas avoir les moyens de faire ce procès.

Enfin, un sourire naquit sur les lèvres de Lanier, mais un sourire forcé.

— Vous allez devenir riche, Ian, faites-moi confiance.

— Pourquoi en êtes-vous si sûr ? Quand on s'est vus la semaine dernière vous étiez plus réservé, pour ne pas dire plein de doutes.

Il fit un autre sourire torve.

— C'était notre première conversation, Ian. Le chirurgien se montre toujours prudent quand l'opération paraît compliquée. À présent, la situation est plus claire. Nous étions au tribunal hier matin. J'ai vu le champ de bataille. J'ai entendu l'ennemi. Et, le plus important, j'ai observé les avocats de Lettie Lang, ces connards de Memphis. C'est la clé de notre victoire. Avec eux devant un jury de Clanton, le testament manuscrit est aux oubliettes !

— J'ai vu ça. Mais revenons-en aux soixante-quinze mille dollars. Je pensais que les grands cabinets avançaient l'argent et se remboursaient après le verdict.

— Oui, ça nous est arrivé.

— Allez, Wade. Vous le faites tout le temps quand vos clients sont ruinés. Quand il s'agit de handicapés cassés de partout après un accident du travail, ou des trucs comme ça.

— Certes, mais ce n'est pas le cas pour vous. Vous pouvez payer, pas eux. L'éthique veut que le client paie s'il est solvable.

— L'éthique ? répéta Ian avec un ricanement.

C'était presque une insulte, mais Lanier n'en prit pas ombrage. Il était très scrupuleux sur l'éthique quand elle pouvait lui rapporter de l'argent, sinon, c'était le cadet de ses soucis.

— Allez, Ian. Ce n'est que soixante-quinze billets, et ce sera étalé sur un an.

— Je peux payer vingt-cinq mille. Au-delà, il faudra que vous avanciez et on fera les comptes à la fin.

— Entendu. On réglera ça plus tard. Nous avons des problèmes plus urgents. En premier, Herschel. S'il ne jette pas son avocat et ne signe pas avec moi, j'irai voir ailleurs. C'est clair ?

— Oui. Je vais essayer, c'est tout ce que je peux promettre.

14.

La scierie Berring était un complexe hétéroclite de bâtiments de métal, protégé d'un grillage haut de deux mètres, défendu par de lourdes portes, comme si les visiteurs n'étaient pas les bienvenus. L'ensemble était invisible de la route, blotti au bout d'une longue allée, à moins d'un kilomètre de la frontière avec le comté de Tyler. Une fois passé les portes, les bâtiments administratifs se trouvaient à gauche, face à des empilements de grumes. Devant, une enfilade de constructions, où les troncs étaient nettoyés, calibrés, et débités avant d'être stockés sous des hangars. Un parking à proximité accueillait une collection de pickups rutilants, signe que la société se portait bien ; les gens avaient du travail, ce qui était rare aux confins du comté.

Seth Hubbard avait perdu la scierie lors de son second divorce, mais l'avait récupérée quelques années plus tard. Harry Rex l'avait contraint à la vendre, pour deux cent mille dollars, et avait récupéré l'argent, pour sa cliente évidemment. Seth, fidèle à son habitude, avait attendu à couvert, augurant un revers de fortune, et avait pressé le nouveau propriétaire aux abois. Personne ne savait d'où venait ce nom – Berring. Comme Jake l'apprendrait par la suite, Seth choisissait des appellations au hasard pour ses sociétés. Quand il en était propriétaire la première fois, l'entreprise s'appelait la Palmyra. Pour brouiller les pistes et tromper d'éventuels curieux, il avait échangé pour la Berring.

La Berring était son QG, même s'il avait ailleurs d'autres annexes de commandement. Après avoir découvert qu'il était malade, il avait vendu ses actifs. Pour mettre de l'ordre dans ses affaires, il passait quasiment tout son temps à la Berring. Le lendemain de sa mort, le shérif Ozzie Walls était venu prévenir les employés. Il leur avait demandé de ne toucher à rien dans le bureau du défunt. Des avocats viendraient et alors tout serait beaucoup plus compliqué.

Jake avait eu deux fois Arlene Trotter au téléphone, la secrétaire de Seth. Elle s'était montrée plutôt affable, sans être coopérative à l'excès. Le vendredi, près de deux semaines après le suicide de Seth, Jake franchit les portes et se dirigea vers le comptoir qui trônait dans le hall d'entrée. Une jeune femme trop maquillée le reçut – une brune, les cheveux en bataille, avec un pull trop moulant. Il y avait des phéromones dans l'air. Une plaque en cuivre indiquait : Kamila. Jake jugea que ce prénom exotique allait bien avec le personnage. Elle lui offrit un joli sourire. Jake se souvint du commentaire d'Harry Rex à propos du penchant de Seth pour la gent féminine.

Il se présenta. Elle ne se leva pas, mais tendit le bras pour lui serrer la main.

— Arlene vous attend, roucoula-t-elle en appuyant sur un bouton relié au bureau de quelqu'un.

— Toutes mes condoléances pour votre patron, dit Jake.

Il ne se souvenait pas d'avoir vu Kamila aux funérailles. Et elle ne passait pas inaperçue !

— Oui, c'est bien triste.

— Depuis combien de temps travaillez-vous ici ?

— Deux ans. Seth était un homme très gentil et un bon patron.

— Je n'ai jamais eu le plaisir de le rencontrer.

Arlene Trotter apparut, débouchant d'un couloir. Elle avait la cinquantaine, et les cheveux déjà gris. Un peu ronde, mais visiblement, elle faisait attention à sa ligne. Son tailleur-pantalon était démodé. Ils bavardèrent tout en s'enfonçant dans le dédale de bureaux.

— Ici, c'était le sien, annonça-t-elle en désignant une porte fermée.

Celui d'Arlene était juste à côté, comme une redoute protégeant le donjon.

— Ses dossiers sont là, précisa-t-elle, en montrant une autre porte. On n'a touché à rien. Russel Amburgh a appelé le jour de sa mort et nous a demandé d'enfermer tout à clé. Puis le shérif est passé le lendemain et nous a dit la même chose. C'est devenu d'un coup tout calme ici.

Sa voix se brisa.

— Je compatis à votre peine.

— Vous trouverez ses livres de comptes à jour et parfaitement en ordre, je suppose. Seth gardait des traces de tout, et plus la maladie le gagnait, plus il consacrait du temps à ranger.

— Quand l'avez-vous vu pour la dernière fois ?

— Le vendredi avant sa mort. Il ne se sentait pas bien et il est parti vers 15 heures. Il a dit qu'il rentrait chez lui se reposer. Il aurait rédigé son dernier testament ici. C'est vrai ?

— Cela semble être le cas, oui. Vous savez ce qu'il y a dedans ?

Elle marqua un silence, comme si elle ne voulait pas répondre.

— Monsieur Brigance, je peux vous poser une question ?

— Bien sûr.

— De quel côté êtes-vous ? Pouvons-nous vous faire confiance, ou devons-nous prendre nos propres avocats ?

— Il y a déjà bien trop d'avocats comme ça. Je m'occupe de la succession, conformément aux dernières volontés de M. Hubbard. J'ai été désigné par lui pour les faire appliquer.

— Et c'est ce testament qui lègue tout à sa femme de ménage ?

— Oui. Pratiquement tout.

— Très bien. Quel est notre rôle là-dedans ?

— Vous n'avez aucun rôle dans l'administration de ses biens. Vous serez peut-être appelés comme témoins si le testament est contesté par sa famille.

— Il y aura alors une sorte de procès ? Dans un tribunal ?

Elle recula d'un pas, effrayée.

— C'est possible, mais il est trop tôt pour s'en inquiéter. Combien de personnes travaillaient ici avec Seth Hubbard ? Quotidiennement, je veux dire.

Arlene désigna sa place dans la pièce.

— Moi, Kamila et Dewayne. C'est à peu près tout. Il y a d'autres bureaux dans le bâtiment en face, mais les gars là-bas ne voyaient pas beaucoup Seth. Pour tout dire, nous non plus, du moins jusqu'à ce qu'il tombe malade. Seth préférait être sur les routes, à surveiller ses fabriques, ses plantations, à chercher la bonne affaire, à filer au Mexique ouvrir une nouvelle usine. Il n'aimait pas trop rester chez lui.

— Qui le tenait au courant ?

— Moi. C'était mon boulot. On se parlait tous les jours au téléphone. Je lui organisais parfois ses déplacements, mais le plus souvent il préférait s'en charger tout seul. Il n'était pas du genre à déléguer. Il payait tous ses frais personnels, consignait chaque rentrée d'argent, tenait à jour sa compta, jusqu'au moindre cent. Son chef comptable habite Tupelo et…

— Je lui ai parlé.

— Tout est archivé dans des cartons.

— J'aimerais tout à l'heure m'entretenir avec vous tous. Vous, puis Kamila et Dewayne.

— Pas de problème. Nous sommes à votre disposition.

*   *   *

La pièce n'avait pas de fenêtre et était chichement éclairée. Un bureau et une chaise prouvaient qu'on avait travaillé là, mais pas récemment. Une épaisse couche de poussière recouvrait tout. Contre un mur, un alignement d'armoires métalliques noires. Le mur d'en face était nu, à l'exception d'un calendrier des camions Kenworth, suspendu à un clou. Quatre gros cartons se trouvaient sur la table. Jake commença par eux. Veillant à ne pas tout mélanger, il feuilleta les dossiers dans la première boîte d'archives, juste pour voir ce qu'il y avait dedans sans s'intéresser aux chiffres. Cela viendrait plus tard.

Le premier carton était étiqueté « Biens immobiliers ». On y trouvait des actes de propriété, des levées d'hypothèque, des estimations de valeurs, des récépissés d'impôts, des factures d'entrepreneurs, des copies de chèques signés de la main de Seth, et des certificats de vente envoyés par les avocats. Il y avait des pochettes pour sa maison de Simpson Road, pour son chalet près de Boone en Caroline du Nord, pour un appartement dans un gratte-ciel de Destin en Floride, et quelques terrains qui paraissaient nus, à première vue. Le second carton portait la mention « Contrats bois ». Le troisième : « Banques-Emprunts ». L'intérêt de Jake se réveilla. Un portefeuille d'actions à la Merril Lynch, contracté dans une agence d'Atlanta, accusait un avoir de sept millions de dollars. Un fonds obligataire chez UBS à Zurich s'élevait à un peu plus de trois millions. Et aussi six millions cinq en liquidités sur un compte de la Banque royale du Canada, domicilié sur l'île Grand Cayman. Mais ces trois comptes exotiques avaient été clos fin septembre. Jake poursuivit ses recherches, suivant la piste des chiffres que Seth avait laissée bien visible derrière lui. Il découvrit rapidement que tout l'argent se trouvait désormais dans une banque de Birmingham en Alabama, au taux annuel de six pour cent, attendant d'être réparti par la succession. Il y avait en tout vingt et un millions deux cent mille dollars.

Des chiffres à donner le tournis. Pour un avocat d'une petite ville, habitant une maison de location et dont la voiture avait trois cent mille kilomètres au compteur, la situation était surréaliste : lui, Jake Brigance, fouillant un carton poussiéreux, dans une salle mal éclairée d'un bâtiment préfabriqué, dans une scierie au fin fond du Mississippi, voilà qu'il tombait sur des chiffres dépassant l'entendement, bien plus que ce qu'auraient pu espérer gagner, à eux tous, la totalité des avocats du comté en une vie entière. Il ne put s'empêcher de rire.

L'argent était bel et bien là ! Il secoua la tête, impressionné. Soudain, il eut une grande admiration pour Seth Hubbard.

On toqua à la porte. Jake sursauta. Il referma vite le carton, ouvrit la porte et recula d'un pas.

— Monsieur Brigance, je vous présente Dewayne Squire. Son titre officiel est vice-directeur, mais en réalité, il fait ce que je lui dis !

Arlene lâcha un rire – le premier. Dewayne serra la main de Jake avec une certaine fébrilité tandis que la plantureuse Kamila se tenait en retrait. Les trois employés le regardèrent ; ils avaient, à l'évidence, quelque chose d'important à lui dire. Dewayne était tout maigre et nerveux. Il fumait des Kool à la chaîne et n'avait, comme Jake allait le découvrir, aucune considération pour les non-fumeurs.

— On voudrait vous parler, annonça Arlene, la chef du groupe. C'est possible ?

Dewayne alluma une cigarette, les doigts tremblants. Lui parler de quoi ? se demanda Jake. Sûrement pas du temps qu'il fait !

— Bien entendu. Je vous écoute.

Arlene lui tendit une carte de visite.

— Vous connaissez cet homme ?

Jake regarda le nom. Reed Maxey, avocat, Jackson, Mississippi.

— Non. Pourquoi ?

— Il est passé mardi dernier, en déclarant qu'il s'occupait de la succession de M. Hubbard et que la cour n'aimait pas trop ce testament manuscrit. Selon lui, le document n'était pas valable parce que, lorsque Seth l'a rédigé, il était sous l'emprise des médicaments et n'avait plus les idées claires – la preuve c'est qu'il s'est suicidé le lendemain ! Il a affirmé que nous étions tous les trois des témoins cruciaux, puisqu'on a vu Seth le vendredi avant son suicide, que ce serait à nous d'expliquer qu'il était assommé par les médicaments, et à nous aussi de défendre le vrai testament, celui préparé par de vrais avocats parce que dans celui-là, justement, il y a quelque chose pour nous trois, en tant qu'amis et employés. Bref, il nous a fait comprendre que ce serait dans notre intérêt de dire la vérité, à savoir que Seth n'avait plus sa capacité de... comment a-t-il dit ça ?

— « Sa capacité de tester », lui souffla Dewayne derrière un nuage de fumée.

— C'est ça, sa capacité de tester. À l'entendre, Seth avait perdu la raison.

Malgré sa surprise, Jake garda un visage de marbre. Il ressentit d'abord la fureur du juste : comment un avocat pouvait-il ainsi s'immiscer dans ses affaires, raconter des mensonges, et tenter d'influencer des témoins ? Ce gars-là avait accumulé un nombre inconcevable de fautes professionnelles ! Mais après réflexion, son courroux fut plus nuancé : ce n'était pas

224

un avocat. Aucun professionnel ne ferait une énormité pareille.

— J'en toucherai deux mots à cette personne, répondit Jake en gardant son calme. Et lui dirai de ne plus se mêler de ça.

— Qu'y a-t-il exactement dans l'autre testament ? Le vrai ? interrogea Dewayne.

— Je ne l'ai pas vu. Il a été rédigé par des avocats de Tupelo et la cour ne leur a pas encore ordonné de le divulguer.

— Vous pensez qu'on est dedans ? s'enquit Kamila sans chercher à tourner autour du pot.

— Aucune idée.

— Et il y a un moyen de le savoir ?

— J'en doute.

Jake brûlait de leur demander si ce détail risquait d'influencer leur témoignage, mais il jugea préférable de ne pas insister.

— Il nous a posé tout un tas de questions sur Seth, reprit Arlene, comment il était ce vendredi-là, son humeur, son état physique, ce genre de choses. Il voulait savoir s'il souffrait, connaître tous les médicaments qu'il prenait.

— Et que lui avez-vous dit ?

— Pas grand-chose. Pour être honnête, je n'avais pas très envie de répondre à ce type. Il avait le regard fuyant et…

— Et il parlait très vite, ajouta Dewayne. Bien trop vite. Par moments, je ne comprenais rien à ce qu'il baragouinait et je me disais : ce type est avocat ? Eh bien, je n'aimerais pas qu'il me défende au tribunal, devant un jury !

— Il avait un côté agressif, précisa Kamila. Il exigeait presque que nous racontions notre histoire d'une façon et pas d'une autre. Il voulait vraiment qu'on dise que Seth avait perdu la boule à cause des médocs.

— À un moment, renchérit Dewayne, expulsant sa fumée par le nez, il a placé sa mallette sur le bureau d'Arlene, debout, dans une drôle de position, sans chercher à l'ouvrir. J'ai pensé qu'il nous enregistrait. Qu'il y avait un magnétophone là-dedans.

— Non, il n'était pas très doué, affirma Arlene. Bien sûr, on l'a cru au début. Un gars débarque dans un beau costume, se présente comme avocat, il a une carte de visite à la main, et semble en savoir long sur Seth et ses affaires… Il voulait nous voir tous les trois en même temps, et on n'a pas su refuser. Alors, on lui a parlé, ou plutôt, c'est lui qui a parlé. On n'a fait qu'écouter quasiment.

— Vous pourriez me le décrire ? Âge, taille, corpulence, ce genre de choses ?

Le trio échangea des regards hésitants, sachant que chacun aurait un point de vue différent sur la question.

— Quel âge ? demanda Arlene aux deux autres. Quarante, non ?

Dewayne acquiesça.

— Oui, peut-être quarante-cinq. Un mètre quatre-vingts, enrobé. Dans les cent kilos.

— Au moins ! lança Dewayne. Cheveux très bruns, carrément noirs, et épais avec ça, pour ne pas dire hirsutes.

— C'est sûr qu'il avait besoin d'aller chez le coiffeur, renchérit Arlene. Une grosse moustache et des favoris. Pas de lunettes.

— Il fumait des Camel, précisa Dewayne. Des Camel filtres.

— Je vais me renseigner et tâcher de découvrir ce qu'il voulait, répondit Jake, sachant d'ores et déjà qu'il n'y avait aucun Reed Maxey inscrit au barreau.

Même le plus crétin des avocats savait que pareille visite ne lui apporterait que des problèmes et une enquête interne.

— À votre avis, devons-nous prendre un avocat ? s'enquit Kamila. On panique un peu. Cette situation, c'est tout nouveau pour moi, pour nous tous.

— Non, c'est inutile. (Jake voulait les interroger un à un pour entendre la version de chacun. On s'éloignait trop facilement de la vérité en discutant en groupe.) Plus tard, peut-être. Mais pas maintenant.

— Que va-t-il arriver à la scierie ? s'inquiéta Dewayne en tirant une longue bouffée sur sa Kool.

Jake se dirigea vers la fenêtre et alla l'ouvrir.

— Tu pourrais aller fumer dehors ! lança Kamila.

C'était visiblement un sujet de discussion récurrent. Leur patron était mort rongé par un cancer des poumons et son bureau sentait les cendres froides. Alors, bien sûr, il était permis de fumer ici.

Jake revint vers eux.

— M. Hubbard, dans son testament, a demandé à son exécuteur testamentaire de vendre tous ses biens au prix du marché et de tout garder en liquidités. Cette entreprise va donc continuer à tourner jusqu'à ce que quelqu'un la rachète.

— Et ça arrivera quand ? intervint Arlene.

— Quand une offre convenable sera faite. Ça peut être maintenant comme dans deux ans. Même si la succession se trouve bloquée par le procès, les biens de M. Hubbard seront protégés par le tribunal. Je suis certain qu'on sait déjà dans le milieu que cette affaire est à reprendre. Il est possible qu'on ait une offre très prochainement. En attendant, rien ne change. À supposer, bien entendu, que vous puissiez continuer à faire tourner la boutique.

— Dewayne le fait depuis cinq ans, répliqua Arlene.

— Oui. On va s'occuper de tout, confirma-t-il.

— Parfait. À présent, si ça ne vous dérange pas, j'aimerais continuer à examiner ces archives.

Le trio le remercia et prit congé.

Une demi-heure plus tard, Jake vint trouver Arlene qui vaquait à ses affaires.

— Je voudrais voir le bureau de Seth Hubbard.

— C'est ouvert, dit-elle en désignant la porte.

Mais elle se leva et l'accompagna. C'était une pièce étroite, tout en longueur – un bureau et des chaises à une extrémité, une table de réunion bon marché à l'autre. Évidemment, le bois était présent partout : des lambris de pin et du parquet, dans une patine bronze, du chêne plus sombre pour les bibliothèques, dont la plupart des rayonnages étaient vides. Le patron n'avait pas le culte de la personnalité. Aucun mur dédié à sa personne – pas de diplômes sous cadre (parce qu'il n'en avait aucun), pas de titres honorifiques d'un quelconque cercle de bienfaisance, pas de photos de lui en compagnie de personnalités politiques. Il n'y avait en fait aucune photographie dans la pièce. Son bureau était une simple table d'artisan, pourvue de tiroirs. Le plateau était quasiment nu : trois piles de papiers et un cendrier vide.

C'était conforme à la tanière d'un fils de la campagne ayant réussi dans la vie. Mais jamais on n'aurait pu deviner que le maître des lieux avait vingt millions sur son compte en banque.

— Tout est si net et ordonné, articula Jake presque pour lui-même.

— Seth aimait l'ordre.

Ils allèrent au fond de la pièce. Jake tira une chaise et s'installa à la table de réunion.

— Vous avez une minute ?

Elle s'assit aussitôt, comme si elle avait hâte d'avoir une conversation.

Jake tira à lui un téléphone.

— Appelons ce Reed Maxey, d'accord ?

— Oui. Comme vous voulez. C'est vous l'avocat.

Jake composa le numéro inscrit sur la carte de visite et à sa surprise il tomba sur une standardiste qui annonça le nom d'un grand cabinet d'avocats de Jackson. Il demanda à parler à Reed Maxey qui, visiblement travaillait là puisque l'employée répondit : « Un moment je vous prie. » Une autre voix féminine annonça : « Bureau de Me Maxey. » Jake donna son nom et demanda à parler à l'avocat. « Me Maxey est en déplacement et ne reviendra pas avant lundi. » De sa voix la plus charmeuse Jake se présenta et, avec solennité, il expliqua que quelqu'un se faisait peut-être passer pour Reed Maxey.

— Me Maxey est-il venu dans le comté de Ford mardi dernier ? demanda-t-il.

— Impossible. Il est à Dallas pour affaire depuis lundi.

Jake commença à lui décrire l'homme. La secrétaire l'arrêta avec un petit rire.

— Il doit y avoir erreur. Le Reed Maxey avec lequel je travaille a soixante-deux ans, il est chauve, et plus petit que moi, et je ne mesure qu'un mètre soixante-huit.

— Connaîtriez-vous un autre avocat à Jackson qui s'appellerait Reed Maxey ?

— Non, je regrette.

Jake la remercia et promit de rappeler son patron la semaine prochaine pour lui parler de cette affaire plus en détail. Il raccrocha.

— C'est bien ce que je pensais, assura-t-il. Ce type mentait. Il travaille peut-être pour un avocat, mais c'est un imposteur.

La pauvre femme le regardait avec de grands yeux, incapable de dire quoi que ce soit.

— J'ignore qui est cette personne, poursuivit-il. Et nous ne le reverrons sans doute pas. Je vais quand même faire des recherches, mais nous ne saurons probablement jamais la vérité. Je suppose qu'il a été envoyé par quelqu'un impliqué dans cette affaire.

— Mais pourquoi ? bredouilla-t-elle.

— Pour vous intimider, semer le doute, vous faire peur. Il y a de fortes chances que vous trois, et peut-être le reste du personnel, soyez appelés à témoigner, pour décrire le comportement de Seth les jours qui ont précédé sa mort. Était-il bizarre ? Paraissait-il confus ? Était-il assommé par les médicaments ? Diriez-vous que son jugement était altéré ? Telles sont les questions cruciales qui vont vous être posées.

Elle sembla réfléchir. Alors Jake attendit. Mais le silence s'éternisa.

— Commençons par le début, Arlene, et essayons d'y voir plus clair. Seth Hubbard a écrit son testament ici même, dans ce bureau, samedi matin. Il a dû le poster avant midi pour que je le reçoive lundi. Et vous avez vu votre patron la veille, le vendredi, c'est bien ça ?

— Oui.

— Vous avez remarqué quelque chose d'anormal ?

Elle sortit un mouchoir de sa poche et se tamponna les yeux.

— Excusez-moi, dit-elle éclatant en sanglots avant d'avoir dit un mot.

Cela risquait d'être long, songea Jake. Elle se reprit, se redressa, et esquissa un sourire.

— C'est compliqué pour moi, monsieur Brigance. Je ne sais pas à qui me fier dans cette histoire, mais pour être honnête, j'ai confiance en vous.

— Merci.

— Il se trouve que mon frère était dans le jury.

— Quel jury ?

— Celui de Carl Lee Hailey.

Les douze noms des jurés étaient gravés à jamais dans sa mémoire. Il sourit.

— Lequel ?

— Barry Acker. Mon petit frère.

— Barry Acker. Je ne risque pas de l'oublier.

— Il a beaucoup de respect pour vous, à cause de ce procès et de tout le reste.

— Moi aussi, j'ai du respect pour lui. Ils ont été très courageux et ont rendu le verdict qu'il fallait.

— Quand j'ai appris que c'était vous qui vous chargiez de la succession de Seth, j'ai été rassurée. Mais quand j'ai su ce qu'il y avait dans son dernier testament, forcément, ça m'a troublée.

— Je comprends. Faisons-nous confiance, d'accord ? Et laissez tomber les « monsieur ». Appelez-moi Jake et confiez-moi la vérité. Ça vous va ?

Arlene posa le mouchoir sur la table et se laissa aller au fond de son siège.

— Ça me va, mais je ne veux pas témoigner au tribunal.

— On s'inquiétera de ça plus tard. Pour l'instant, dites-moi ce que je dois savoir.

— D'accord. (Elle déglutit, prit une profonde inspiration et se lança :) Les derniers jours de Seth ont été difficiles. Sa santé faisait le yoyo depuis un mois, après le dernier traitement. Il avait eu deux chimios, et des rayons aussi, il avait perdu ses cheveux, et beaucoup de poids. Il était si faible et malade qu'il n'arrivait plus à se lever. Mais il avait de la volonté et ne voulait pas se laisser abattre. C'était un cancer du poumon et, quand les tumeurs ont réapparu, il a su que c'était la fin. Il a arrêté de voyager et a passé tout son temps ici. Il souffrait, et se gavait de Demerol. Il arrivait tôt le matin, prenait un café et tenait le coup quelques heures, et puis il faiblissait. Je ne l'ai jamais vu prendre ses antidouleurs, mais il m'en parlait. Parfois, il était dans le coton, abruti par les médicaments, parfois nauséeux. Mais il continuait à conduire et ça nous inquiétait.

— Qui ça « nous » ?

— Tous les trois. On se faisait du souci pour lui. Mais Seth gardait ses distances avec tout le monde. Vous ne l'avez jamais rencontré, vous dites. Ce n'est pas surprenant, parce que Seth était un ours. Pas du genre à bavarder. Il n'était pas très chaleureux, en fait. C'était un solitaire. Personne ne devait s'occuper de ses affaires parce qu'il ne voulait pas être redevable envers qui que ce soit. Il allait chercher lui-même son café ! Si je lui apportais une tasse, il me disait à peine merci. Il avait confiance en Dewayne pour gérer l'entreprise, mais il ne passait jamais du temps avec lui. Kamila est là depuis deux ans et Seth s'amusait à lui faire du gringue. Elle est un peu pouffe, mais c'est une gentille fille, et il l'aimait bien. Mais c'est tout. On était les seuls à se soucier de lui.

— Les derniers jours, l'avez-vous vu se comporter étrangement, faire des choses incongrues ?

— Pas vraiment. Il allait mal. Il dormait beaucoup. Mais ce vendredi, il semblait détendu. On en a parlé entre nous après ; les gens qui ont décidé de se suicider paraissent souvent aller bien. L'idée qu'il va y avoir une fin doit les mettre en joie. Je pense que Seth avait pris sa décision le vendredi. Il en avait assez de ce calvaire. De toute façon, il se savait condamné.

— Il vous a parlé de son testament ?

Elle lâcha un rire.

— Seth ne parlait pas de sa vie privée. Jamais. Je travaille ici depuis six ans et il n'a pas dit un mot sur ses enfants, ses petits-enfants, sa famille, ses amis, ses ennemis…

— Et sur Lettie Lang ?

— Rien, non plus. Je ne suis jamais allée chez lui, je n'ai pas rencontré cette femme. Je ne sais rien d'elle. J'ai découvert sa photo dans le journal. C'était la première fois que je voyais son visage.

— On dit que Seth était un coureur de jupons.

— Je connais la rumeur, mais il n'a pas eu le moindre geste déplacé avec moi, ne m'a jamais fait la moindre avance. Il aurait pu avoir cinq maîtresses en même temps qu'on ne l'aurait pas su.

— Vous étiez au courant de ses affaires ?

— Pour la plupart. Beaucoup de documents passaient par mon bureau. C'était inévitable. Il me rappelait souvent le devoir de confidentialité. Mais j'ignorais sans doute beaucoup de choses. Je pense que personne ne connaissait l'ensemble de ses affaires. Quand il a tout vendu l'année dernière, il m'a donné une prime de cinquante mille dollars. Dewayne et Kamila ont eu aussi leur bonus, mais je ne sais pas combien ils ont touché. Il nous payait bien. Seth était un homme juste. Il demandait beaucoup de ses employés mais les rétribuait bien en retour. Il y a autre chose que vous devez savoir : Seth n'était pas raciste, à l'inverse de la plupart des Blancs du coin. Nous avons quatre-vingts employés sur ce site : la moitié Blancs, la moitié Noirs, tous payés pareil. Et toutes ses autres entreprises fonctionnaient sur le même modèle. Il ne s'intéressait pas trop à la politique, mais il n'aimait pas la façon dont les Noirs ont été traités dans le Sud. C'était un homme bien. Avec le temps, j'avais de plus en plus de respect pour lui.

Les larmes vinrent à nouveau et elle reprit son mouchoir.

Jake jeta un coup d'œil à sa montre. Il était presque midi ! Cela faisait deux heures et demie qu'il était là. Il dit à Arlene qu'il devait s'en aller, mais qu'il reviendrait en début de semaine prochaine avec Quince Lundy, le nouvel administrateur désigné par la cour. En partant, il échangea quelques paroles avec Dewayne et eut droit à un chaleureux « au revoir » de la part de Kamila.

Sur la route de Clanton, les pensées se bousculaient dans sa tête. Un escroc, se faisant passer pour un avocat d'un gros cabinet de Jackson, était venu intimider des témoins potentiels. Et ce, juste après le suicide de Seth Hubbard et avant même la première audience du procès ! On ne reverrait jamais cet individu. Sans doute travaillait-il pour l'un des avocats représentant Herschel, Ramona, ou leurs enfants. Wade Lanier était le suspect numéro un. Il dirigeait un cabinet de dix avocats, ses méthodes agressives et ses tactiques ingénieuses avaient fait sa réputation. Jake avait parlé à un ancien camarade de l'école de droit qui avait eu souvent maille à partir avec Lanier. Ce qu'il avait appris était tout aussi impressionnant qu'écœurant. Le cabinet ne s'encombrait pas avec l'éthique, outrepassait les règles sans vergogne, puis fonçait chez le juge pour accuser les confrères. « Ne lui tourne jamais le dos », lui avait conseillé son ami.

Depuis trois ans, Jake avait un pistolet dans sa mallette pour se protéger des hommes du Ku Klux Klan et autres illuminés. Aujourd'hui, il se demandait s'il devait aussi se protéger des requins qui avaient flairé la fortune de Seth Hubbard.

15.

Difficile de dormir ces temps-ci, avec sa famille qui occupait de plus en plus de place. Simeon était à la maison depuis plus d'une semaine, et il prenait la moitié du lit. Lettie partageait l'autre moitié avec ses deux petits-enfants. Deux neveux encore dormaient par terre.

Elle se réveilla dès l'aurore. Elle était couchée sur le flanc et regardait son mari emmitouflé dans la couverture, ronflant pour expulser les effluves de sa dernière bière. Immobile, elle l'observa un moment, des pensées déplaisantes tournant dans sa tête. Il s'empâtait, ses cheveux grisonnaient, et sa paye ne cessait de diminuer au fil des années. Hé, mon gars, il est temps de reprendre la route ! De disparaître à nouveau. Car c'est tout ce que tu peux me donner maintenant, un semblant de tranquillité, me laisser souffler un mois ou deux. Hormis le sexe, tu es bon à rien. Mais même ça, inutile d'y compter avec les deux gamins dans le lit.

Et pourtant Simeon ne partait pas. Tout le monde la collait aujourd'hui. D'accord, le comportement de

Simeon s'était grandement amélioré ces deux dernières semaines. Évidemment ! Seth était passé par là, et cela avait tout changé. Simeon buvait toujours, mais sans excès, pas comme avant. Il était attentionné avec Cypress, proposait de faire les courses, se tenait mieux, et s'efforçait d'être moins grossier. Il se montrait même patient avec les gosses. Il avait fait deux fois à manger au barbecue et avait nettoyé la cuisine – une première ! Dimanche dernier, il était allé à l'église avec la famille. Mais le plus saisissant, c'était sa gentillesse à son égard.

Il ne l'avait pas frappée depuis plusieurs années, mais quand on a pris des coups, ça ne s'oublie pas. Les bleus avaient disparu, mais les cicatrices étaient restées à l'intérieur, indélébiles. Une femme battue demeurait meurtrie à vie. Il fallait être un sacré lâche pour frapper une femme. Finalement, il s'était excusé. Elle lui avait dit qu'elle lui pardonnait, mais ce n'était pas vrai. Dans sa bible personnelle, certains péchés ne pouvaient être absous, et frapper sa femme était l'un de ceux-là. Elle s'était fait une promesse : un jour, elle s'en irait et serait libre. Ce serait peut-être dans dix ans ou dans vingt ans, mais elle trouverait le courage de quitter ce salaud.

La mort de Seth pouvait-elle précipiter les choses ? Elle n'en savait trop rien. D'un côté, il était plus difficile de quitter Simeon alors qu'il était tout miel et l'écoutait sans broncher. Mais d'un autre, l'argent lui offrait l'indépendance.

Du moins, c'est ce qu'on disait. Cet argent était-il la promesse d'une vie meilleure dans une maison plus grande avec de jolies choses et moins de tracas, une existence sans le joug d'un mari qu'elle n'aimait pas ?

Peut-être. Mais cela signifiait aussi vivre en fuyant la famille, les amis, et tous ces inconnus, tous ces gens aux mains avides. Déjà, Lettie avait envie de prendre la poudre d'escampette. Cela faisait dix ans qu'elle était piégée dans cette cage à lapins, avec trop de monde, pas assez de lits et pas assez d'espace. Et aujourd'hui, les murs semblaient encore se rapprocher d'un cran.

Anthony, le petit de cinq ans, remua dans son sommeil, aux pieds de Lettie. Elle sortit du lit sans bruit, ramassa sa robe de chambre, et quitta la pièce. Le plancher du couloir grinça sous la moquette crasseuse et usée jusqu'à la trame. À côté, Cypress dormait dans son lit, son corps éléphantesque dépassant de la fine couverture. Son fauteuil était rangé, plié sous la fenêtre. Par terre, deux gosses, les enfants d'une sœur de Lettie. Elle jeta un coup d'œil dans la troisième chambre où Clarice et Phedra couchaient dans le même lit d'une personne, les bras et les jambes pendant de part et d'autre du matelas. La sœur de Lettie occupait l'autre lit, depuis plus d'une semaine à présent. Un autre petit dormait par terre, pelotonné. Dans le salon, Kirk était allongé sur le tapis tandis que l'oncle ronflait dans le canapé.

Il y avait des corps partout. Lettie battit en retraite dans la cuisine. Elle alluma la lumière et contempla les restes du repas de la veille. Elle ferait la vaisselle plus tard. Elle prépara du café, et pendant qu'il passait dans le filtre, elle ouvrit le réfrigérateur : c'était bien ce qu'elle pensait ! À part quelques œufs et de la charcuterie sous cellophane, il était vide. Du moins il n'y avait pas de quoi nourrir tout son petit monde. Elle enverrait son cher mari à l'épicerie quand il serait

238

réveillé. Et les provisions ne seraient payées ni par les chèques de Simeon ou ses gains de femme de ménage, ni par un chèque de l'aide sociale, mais par leur nouveau sauveur, l'honorable Booker Sistrunk. Simeon lui avait demandé de lui prêter cinq mille dollars. (Pour un type qui roule en Rolls, cinq mille dollars, c'est une broutille.) En fait, ce n'était pas un prêt, lui avait dit Simeon, mais plutôt une avance. Booker avait accepté, mais lui avait fait quand même signer une reconnaissance de dette. Lettie gardait l'argent caché dans une boîte à gâteaux dans l'office.

Elle enfila ses sandales, serra la ceinture de sa robe de chambre et sortit de la maison. On était le 15 octobre et l'air était froid. Les feuilles se recroquevillaient, bruissaient dans la brise. Elle but son café dans sa tasse favorite en traversant la pelouse vers le petit abri de jardin où ils stockaient la tondeuse et d'autres outils. Derrière l'abri, une balançoire était suspendue à un sapin. Lettie s'y assit. Elle jeta ses sandales, poussa sur ses jambes et commença à se balancer.

On continuerait de lui poser les sempiternelles questions. Pourquoi Seth Hubbard avait-il fait ça ? Avait-il évoqué son projet ? La dernière question était la plus simple. Non, il ne lui avait rien dit. Ils parlaient de la pluie et du beau temps, des réparations à faire dans la maison, des courses, du menu des repas. Jamais rien d'important. Ce devait être sa réponse. La vérité différait quelque peu, cependant : à deux occasions, il lui avait dit, en passant, qu'il lui laisserait quelque chose. Il savait sa fin proche. Il mettait en ordre ses affaires et voulait qu'elle sache qu'il avait pensé à elle.

Mais pourquoi lui laisser autant ? Ses enfants n'étaient pas des gens gentils, mais ce n'était pas une raison de les déshériter. Et elle, elle ne méritait pas autant, c'était sûr. Cela n'avait pas de sens. Pourquoi ne pas s'asseoir à une table avec Herschel et Ramona, juste tous les trois sans tous ces avocats, et trouver un arrangement, un moyen de partager l'argent de façon équitable ? Lettie n'avait jamais rien eu et elle n'était pas avide de nature. Elle se satisferait de peu. Elle renoncerait à la majeure partie de la fortune de son patron, au profit de ses descendants. Elle voulait juste de quoi commencer une nouvelle vie.

Une voiture passa devant la maison. Elle ralentit, puis poursuivit son chemin, comme si le chauffeur observait la maison de Lettie. Quelques minutes plus tard, un autre véhicule arriva, dans l'autre sens. Lettie le reconnut : c'était son frère Rontell, avec sa marmaille insupportable et sa mégère de femme. Il avait appelé pour dire qu'ils viendraient un de ces jours. Et voilà, ils étaient là, débarquant à l'aube un samedi matin ! D'un seul coup, ils brûlaient de voir leur tante Lettie, qui avait eu sa photo en première page du journal et qui était devenue une célébrité depuis qu'elle avait réussi à avoir son nom sur le testament d'un Blanc richissime.

Elle rentra au pas de course dans la maison pour réveiller tout le monde.

* * *

Tandis que Simeon inspectait la liste de courses, il aperçut Lettie plonger la main dans une boîte à gâteaux dans l'office. Elle en sortit des billets. Il feignit de ne rien voir, mais quelques secondes plus tard, alors qu'elle était au salon, il prit la boîte et piocha dix billets de cent dollars.

C'était donc là qu'elle cachait « notre » argent.

Quatre des gosses, plus Rontell, voulaient aller avec lui à l'épicerie, mais Simeon avait envie d'être tranquille. Il se débrouilla pour filer à l'anglaise par l'arrière de la maison, sauta dans son pickup, et s'éclipsa sans être repéré. Quinze minutes plus tard, il était sur la route de Clanton, savourant sa solitude. La route lui manquait, les voyages à des kilomètres de chez lui, les nuits dans les bars, les jeux, les femmes. Il rêvait de quitter Lettie, de partir loin, très loin, mais ce n'était plus possible aujourd'hui. Non, plus maintenant. Simeon Lang allait devenir un époux modèle.

C'était du moins son intention. Un vœu pieux ? Il agissait souvent sans réfléchir, par impulsion, presque malgré lui. Une petite voix lui susurrait des choses à l'oreille, et Simeon l'écoutait.

Le bar de Tank était à quelques kilomètres au nord de Clanton, au bout d'une route de campagne empruntée uniquement par ceux qui cherchaient des ennuis. Tank n'avait ni licence pour servir de l'alcool, ni patente, ni écusson de la chambre du commerce collé sur la porte d'entrée – à croire que les lois contre l'alcool, les jeux d'argent, et la prostitution n'avaient pas cours ici ! Mais la bière la plus fraîche du coin, elle était dans les réfrigérateurs de Tank ; et Simeon eut soudain grand soif alors qu'il était au volant, avec la liste de courses dans une poche et les billets de Sistrunk dans l'autre. Une bière bien frappée, une petite partie de dés ou de cartes un samedi matin. Que rêver de mieux ?

Loot, le serveur manchot, nettoyait la casse de la veille et passait la serpillière. Des éclats de verre jonchaient la piste de danse, relique d'une bagarre – inévitable ici.

— Quelqu'un a été tué ? demanda Simeon en ouvrant une canette XL, seul au bar.

— Pas encore. Deux sont à l'hosto avec le crâne ouvert, répondit Ontario, l'autre serveur.

Celui-ci était unijambiste et avait fait de la prison après avoir tué ses deux premières femmes. Il était célibataire, désormais. Tank avait un faible pour les amputés et la majeure partie de ses employés étaient infirmes. À Baxter, le videur, il manquait une oreille.

— Dommage d'avoir raté ça, lâcha Simeon en avalant une rasade.

— Il paraît que c'en était une belle.

— Je vois ça. Benjy est là ?

— Je crois.

Benjy s'occupait du black-jack dans un réduit derrière le bar. Dans la pièce à côté, ça jouait aux dés, on entendait des cris fébriles et angoissés.

Une jolie femme blanche, avec ses deux jambes, ses deux bras et le reste du corps intact savamment mis en valeur, fit son entrée.

— C'est moi ! annonça-t-elle à Ontario.

— Je croyais que tu allais dormir toute la journée.

— Je ne voudrais pas rater des clients.

Elle continua à marcher. Quand elle passa derrière Simeon, elle lui effleura l'épaule avec ses faux ongles.

— Je suis prête pour le boulot, roucoula-t-elle dans son oreille, mais il fit mine de ne pas avoir entendu.

Elle s'appelait Bonnie et, depuis des années, elle travaillait dans l'arrière-salle où de nombreux jeunes

Noirs étaient venus se faire dépuceler. Simeon était un habitué, mais il n'était pas d'humeur aujourd'hui. Quand elle fut hors de vue, il alla chercher le croupier du black-jack.

Une fois dans la pièce, Benjy ferma la porte derrière lui.

— T'as combien ?

— Mille, répliqua Simeon en gonflant la poitrine de fierté.

Il étala les billets de cent sur la feutrine.

Benjy écarquilla les yeux.

— Houlà…, t'as demandé à Tank s'il était OK ?

— J'ai rien demandé du tout. Ne me dis pas que tu n'as jamais vu mille dollars.

— Attends.

Il sortit un trousseau de clés et ouvrit la caisse qui se trouvait sous la table. Il compta l'argent, hésita. Il était inquiet.

— Oui, ça peut se faire. Autant que je me souvienne, t'es pas une flèche au black-jack.

— Ferme-la et envoie les cartes !

Benjy échangea l'argent contre dix jetons noirs. La porte s'ouvrit et Ontario arriva avec une bière toute fraîche.

— Tu as des cacahuètes ? questionna Simeon. Ma salope de femme ne m'a pas fait de petit déj !

— Je vais te trouver quelque chose, marmonna-t-il en repartant.

Benjy battit les cartes.

— C'est pas bien d'appeler ta femme comme ça. Elle mérite pas.

— C'est parce que tu ne la connais pas.

Ils avaient joué six tours quand Bonnie apparut avec un plateau de cacahuètes et autres gâteaux apéritifs et une nouvelle bière fraîche. Elle avait changé de tenue et portait une jolie lingerie transparente avec des bas noirs et des talons aiguilles à semelles compensées à faire rougir une pouffe. Simeon lui lança un regard appuyé.

— Tu as besoin d'autre chose ? s'enquit Bonnie.

— Pas maintenant, répondit Simeon.

Une heure et trois bières plus tard, Simeon consulta sa montre. Il était grand temps de s'en aller, mais il ne parvenait pas à se lever de sa chaise. Sa maison était pleine à craquer. Lettie était impossible. Et il détestait Rontell même les bons jours. Sans compter cette satanée marmaille qui courait partout.

Bonnie revint avec une autre bière. Cette fois, elle la livra topless. Simeon réclama une pause, et annonça qu'il n'en avait pas pour longtemps.

* * *

La bagarre éclata quand Simeon doubla sur un 12, une très mauvaise idée, comme c'est écrit dans tous les manuels de black-jack. Benjy lui sortit une reine et ramassa ses deux derniers jetons.

— Prête-moi cinq cents ! s'exclama aussitôt Simeon.

— Je ne suis pas une banque, rétorqua Benjy, comme il fallait s'y attendre. Tank ne fait pas crédit.

Simeon, bien éméché, cogna du poing sur la table.

— Donne-moi cinq jetons !

La partie avait attiré un autre joueur, un gros costaud avec des bras comme des ballons de basket. Il se faisait appeler Rasco. Il jouait avec des jetons de cinq dollars et regardait Simeon perdre tout son argent.

— Hé, tout doux, bonhomme ! lança-t-il en rattrapant ses mises qui allaient tomber par terre.

Depuis le début, Simeon était agacé par la présence de Rasco. Un grand joueur avec ses moyens devrait avoir la table pour lui tout seul, jouer un contre un avec le croupier. Dans un éclair de prescience, Simeon sut que la bagarre était inévitable, et dans ces situations, il avait appris que la meilleure défense était l'attaque ; il valait toujours mieux frapper le premier, marquer son territoire, porter le coup qui pouvait être décisif. Il envoya donc un crochet, qui rata sa cible.

— Arrête tes conneries, s'écria Benjy. Pas ici !

Rasco bondit de sa chaise. Il était beaucoup plus grand qu'il ne le paraissait assis. Il assomma Simeon en deux coups directs.

Simeon se réveilla sur le parking. On l'avait traîné au pied de son pickup. Il se redressa, regarda autour de lui. Il n'y avait personne. Il toucha son œil droit tuméfié et fermé, se frotta la mâchoire qui était encore douloureuse. Il voulut regarder l'heure, mais sa montre avait disparu. Non seulement il avait perdu les mille dollars volés dans la boîte de Lettie, mais également les cent vingt dollars qu'elle lui avait donnés pour faire les courses. Tous les billets comme la petite monnaie avaient disparu. Il avait encore son portefeuille, mais il ne contenait plus rien de valeur. L'espace d'un instant, il voulut retourner dans le bar, attraper Ontario l'unijambiste, ou Loot le manchot, pour exiger qu'on lui rende son argent. Après tout, on l'avait volé dans leurs murs. C'était quoi cet établissement ?

Puis il se ravisa et s'en alla. Il reviendrait plus tard et aurait une discussion avec Tank, et ils régleraient le problème. Ontario l'observait derrière la vitre. Quand Simeon monta en cabine et démarra, il appela le shérif. Les policiers interpellèrent Simeon aux abords de Clanton, l'arrêtant pour conduite en état d'ivresse, ils lui passèrent les menottes et l'emmenèrent au poste. On le jeta en cellule de dégrisement. Il aurait droit à un appel téléphonique quand il aurait dessaoulé.

Pour tout dire, Simeon n'était pas si pressé de rentrer à la maison.

* * *

À l'heure du déjeuner, Darias, l'autre frère de Lettie, arriva de Memphis avec sa femme Natalie et une nouvelle cargaison d'enfants. Ils étaient affamés, évidemment, mais Natalie avait eu la bonne idée d'apporter un grand plat de gâteaux à la noix de coco. La femme de Rontell, elle, était venue les mains vides. Et aucun signe de Simeon ni des courses. On changea de plan. Lettie envoya Darias à l'épicerie. Alors que l'après-midi était déjà bien entamé, tout le monde s'installa dehors, les enfants pour jouer au football, les adultes pour boire des bières. Rontell alluma le barbecue et la fumée grasse et savoureuse des travers de porc nappa le jardin comme le fog de Londres. Les femmes s'assirent sous l'auvent pour bavarder. D'autres arrivèrent encore : deux cousins de Tupelo, des amis de Clanton.

Tous voulaient passer du temps avec leur chère Lettie. Elle aimait être ainsi le centre de l'attention ; on l'admirait, on la flattait. Même si elle trouvait ce soudain engouement pour sa personne plus que suspect, c'était agréable d'être ainsi choyée. Personne ne parla du testament, ni de l'argent, ni même de Seth Hubbard, du moins pas en sa présence. Le chiffre de vingt millions avait été si souvent prononcé que, désormais, cette somme paraissait acquise. L'argent était là et Lettie allait en avoir quatre-vingt-dix pour cent. Mais le sujet était trop brûlant pour ne pas l'aborder :

— Tu as vu le journal ce matin ? demanda Darias quand il se retrouva seul avec Rontell devant le barbecue.

— Ouais. C'est pas ça qui va aider.

— C'est exactement ce que je me dis. Mais ça fait de la pub pour Booker Sistrunk, ça c'est sûr.

— Je suis certain que c'est lui qui a appelé les journaux pour leur raconter.

En une des pages régionales du journal de Memphis : un joli article sulfureux à propos du suicide de Seth Hubbard et de son étrange testament, avec la même photo de Lettie sur son trente et un, encadrée de ses deux gorilles d'avocats.

— Les loups sortent du bois, lâcha Darias.

Rontell émit un grognement et montra l'assemblée.

— Ils sont déjà ici ! En rang d'oignons. Attendant leur part de la charogne.

— Combien tu crois qu'il prend, Sistrunk ?

— J'ai demandé à Lettie, mais elle n'a pas voulu le dire.

— Quand même pas la moitié, hein ?

— Je ne sais pas. En tout cas, ce Sistrunk n'est pas bon marché, c'est sûr.

Un neveu s'arrêta devant le barbecue pour regarder la viande et les deux oncles changèrent de sujet.

* * *

Plus tard, Simeon fut sorti de cellule par un adjoint et conduit dans une pièce aveugle, que les avocats utilisaient pour s'entretenir avec leurs clients. On lui donna un sac de glace pour son visage et une tasse de café.

— Qu'est-ce que vous me voulez encore ?

— Tu as de la visite, répondit le policier.

Cinq minutes plus tard, Ozzie entra dans la pièce et s'assit. Il portait un jean et une veste, avec son badge et un pistolet à la ceinture.

— Je ne crois pas qu'on se soit déjà vus.

— J'ai voté pour vous les deux fois, déclara Simeon.

— Merci, mais tout le monde dit ça après l'élection.

Ozzie avait fait ses recherches et il savait très bien que Simeon n'était pas inscrit sur les listes électorales.

— Je vous jure que c'est vrai.

— J'ai reçu un appel de Tank. Il te demande de rester au large, c'est clair ? Il ne veut plus de problèmes chez lui.

— Ils m'ont fait les poches !

— Ce n'est pas la maison de Oui-Oui là-bas. Tu connaissais les règles du jeu. Alors fais-toi discret.

— Je veux mon argent.

— Tu peux faire une croix dessus. Tu préfères quoi ? Rentrer chez toi ou passer la nuit en prison ?

— Rentrer chez moi.

— Parfait. Allons-y.

Simeon s'installa sur le siège côté passager de la voiture d'Ozzie, sans menottes. Un adjoint, derrière, conduisait son pickup. Les dix premières minutes, aucun des deux hommes ne prit la parole. On n'entendait dans l'habitacle que le grésillement de la radio du shérif. Finalement, Ozzie l'éteignit et se tourna vers Simeon.

— Cela ne me regarde pas, mais ces avocats de Memphis vont se ramasser. Ta femme est déjà mal vue, du moins aux yeux des gens du comté. Cela va se passer devant un jury et vous énervez tout le monde. C'est idiot.

D'abord, Simeon eut envie de l'envoyer paître, mais il avait le cerveau fatigué et mal à la mâchoire. Il ne voulait pas discuter. Et puis, il trouvait plutôt chic d'être ramené chez lui en voiture, avec toute une escorte.

— Tu m'as entendu ? s'impatienta Ozzie.

En d'autres termes : dis quelque chose !

— Qu'est-ce que vous feriez à ma place ?

— Je me débarrasserais de ces avocats. Jake Brigance gagnera le procès pour vous.

— C'est un gamin.

— Va dire ça à Carl Lee Hailey !

Simeon avait du mal à réfléchir et ne savait que répondre. Y avait-il une réponse, d'ailleurs ? Pour les Noirs du comté de Ford, il y avait un avant et un après le procès Hailey.

Ozzie insista :

— Tu me demandes conseil. Moi, je ferais gaffe à ta place et je me tiendrais à carreau. C'est-à-dire ne pas boire, ne pas voir des putes, ne pas jouer aux

249

cartes et perdre tout ton fric, que ce soit le samedi matin ou un autre jour de la semaine. Ta femme est dans le collimateur. Les Blancs sont déjà suspicieux, et on se dirige tout droit vers un procès avec jury. Avoir ton nom dans le journal parce que tu as conduit en état d'ivresse ou que tu as causé une bagarre, ou je ne sais quelle connerie, c'est bien la dernière chose à faire. Cela ne t'a pas traversé l'esprit ?

Interdit de boire, de voir des putes, de jouer aux cartes... Simeon fulminait, mais en silence. Il avait quarante-six ans et personne ne lui faisait la leçon comme ça – du moins personne hormis son patron.

— Tiens-toi à carreau, d'accord ? répéta Ozzie.

— Et pour la conduite en état d'ivresse ?

— Je vais te donner six mois et voir comment tu te comportes. Encore une connerie et je te fais condamner. Tank m'appellera dès que tu montreras le nez chez lui. Vu ?

— Vu.

— Autre chose encore. Ce camion que tu conduis, celui avec lequel tu fais la navette entre Memphis, Houston ou El Paso... à qui appartient-il ?

— À la compagnie de Memphis.

— Elle a un nom cette société ?

— Mon patron a un nom. Mais je ne sais pas qui est le boss de mon boss.

— Ben voyons. Et qu'est-ce que tu trimballes exactement ?

Simeon se fit silencieux et regarda le paysage par la fenêtre. Au bout d'un long moment, il articula :

— C'est une société de transport. On charge toutes sortes de trucs.

— Rien de volé ?

— Bien sûr que non.

— Alors pourquoi le FBI s'y intéresse-t-il ?

— Je n'ai jamais vu de fédéraux.

— Pas encore, mais ils m'ont appelé avant-hier. Ils ont ton nom. Écoute, Simeon, si les Feds te tombent dessus, vous pouvez dire adieu à l'argent, toi et Lettie. Tu vois le tableau ? Ce sera à la une de tous les journaux. En ville, on ne parle que de Lettie et du testament de Seth Hubbard. Fais le con et tu auras tout le jury contre toi. Je ne suis même pas sûr que les Noirs du coin te soutiendraient. Alors surveille-toi un peu.

Simeon eut un frisson. Les Feds ?... faillit-il dire à haute voix. Mais il parvint à tenir sa langue et continua à regarder par la fenêtre. Ils roulèrent en silence jusqu'aux abords de la maison. Pour lui éviter une humiliation de plus, Ozzie l'autorisa à reprendre le volant et à rentrer chez lui à bord de son pickup.

— Sois au tribunal à 9 heures mercredi matin. Je demanderai à Jake de préparer les papiers. On enterrera ça pendant quelque temps.

Simeon le remercia et s'en alla, en roulant au pas.

Il y avait huit voitures devant la maison. Le barbecue fumait. Avec des gosses partout. Une petite fête. Tout le monde serrait les rangs autour de leur précieuse Lettie.

Simeon se gara sur le trottoir puisque l'allée était encombrée, et rentra chez lui. Il allait se prendre un savon.

16.

Depuis l'arrivée du testament de Seth Hubbard dans la boîte aux lettres de Jake deux semaines plus tôt, le courrier du matin était devenu beaucoup plus intéressant. Chaque jour apportait son lot de petits coups de théâtre, à mesure que le nombre d'avocats grandissait et que les luttes de pouvoir se durcissaient. Wade Lanier déposa un recours pour contester le testament au nom de Ramona et Ian Dafoe, et cette initiative, visiblement, donna des idées aux autres. Quelques jours plus tard, des contestations similaires furent déposées par trois cabinets d'avocats qui représentaient respectivement Herschel Hubbard, ses deux filles, et les enfants Dafoe. Elles suivaient toutes le même plan. À savoir que le testament olographe était invalide 1. parce que Seth Hubbard n'était plus en capacité de tester, 2. parce qu'il était sous l'influence frauduleuse de Lettie Lang. Rien ne venait étayer ces assertions, mais c'était une pratique courante. Dans le Mississippi, une « notification de plainte » suffisait, autrement dit : expose le grief dans les grandes lignes, et débrouille-toi ensuite pour prouver ce que tu avances.

En coulisse, Ian Dafoe n'était pas parvenu à convaincre Herschel de rallier ses troupes. Pis, il avait créé un schisme. Herschel n'était guère impressionné par Wade Lanier et soutenait qu'il ne serait pas efficace devant un jury, quoique ce soit là pure supputation. En recherchant un avocat ayant le droit d'exercer au Mississippi, Herschel avait contacté Stillman Rush. Parce qu'ils avaient rédigé le testament de 1987, Rush et son équipe se retrouvaient quasiment exclus du procès. Ils l'avaient mauvaise d'en être réduits à jouer les spectateurs et ils savaient que jamais le juge Atlee ne tolérerait leur présence dans la salle, même en seconds couteaux – en tout cas, certainement pas en faisant tourner leur compteur. Donc, astucieusement, Herschel proposa au grand cabinet Rush & Westerfield de défendre ses intérêts, et lâcha son avocat de Memphis.

Mais les plaignants n'étaient pas les seuls en proie aux luttes intestines. L'autre camp s'écharpait aussi. Rufus Buckley fit son entrée officielle en tant qu'avocat local pour Lettie Lang. Jake déposa une objection de pure forme, en avançant que Buckley n'avait pas l'expérience suffisante. Mais la vraie bombe tomba quand Booker Sistrunk, comme prévu, demanda le remplacement de Jake par le cabinet Sistrunk & Bost. Le lendemain, Sistrunk et Buckley déposèrent une autre requête, conseillant au juge de se retirer de l'affaire parce qu'ils considéraient qu'Atlee était contre le testament olographe – un motif plutôt fumeux. Puis ils enchaînèrent par une demande de changement de circonscription judiciaire afin que le procès soit jugé dans un comté plus « équitable ». Autrement dit, plus noir.

Jake eut une longue conversation avec un avocat de Memphis (il ne le connaissait pas mais ils avaient un ami en commun). Ce confrère collaborait avec Sistrunk depuis des années ; il n'était pas fan de l'homme, mais reconnaissait ses résultats. La stratégie de Sistrunk était de transformer toutes les affaires en conflit racial, d'attaquer le moindre Blanc, y compris le juge au besoin, et de chicaner sur chaque membre du jury jusqu'à avoir son quota de Noirs. Il était effronté, fanfaron, rusé, téméraire. Dangereux à la ville comme au tribunal. Le cas échéant, il pouvait user de son charme devant les jurés. Il y avait toujours des victimes collatérales quand Sistrunk officiait. Les frappes chirurgicales, ce n'était pas son credo. Peu importe qui prenait les coups. Lutter contre lui était si déplaisant que la partie adverse s'empressait de trouver un arrangement à l'amiable.

Une telle tactique pouvait être efficace auprès de la cour fédérale de Memphis, où les tensions raciales étaient palpables, mais pas dans le comté de Ford, pas devant le juge Reuben V. Atlee, en tout cas. Jake avait lu et relu les requêtes déposées par Sistrunk, et plus il décortiquait sa prose, plus il était persuadé que le grand manitou allait causer des dommages irréparables pour Lettie Lang. Il en montra des copies à Lucien et à Harry Rex, et tous deux étaient de son avis. C'était une stratégie aveugle, avec retour de manivelle assuré et la défaite au bout.

Jake était prêt à jeter l'éponge si Sistrunk restait sur le ring. Il fit une réclamation officielle, demanda à ce que toutes les requêtes de la paire Sistrunk/Buckley soient rejetées, prétextant que ces deux avocats n'avaient rien à faire au tribunal. C'était lui l'avocat désigné par le défunt pour homologuer son testament, pas eux. Il espérait s'appuyer sur le juge Atlee pour remettre tout ce petit monde à sa place. Dans le cas contraire, il se retirait.

Russel Amburgh fut déchargé de ses obligations et sortit de l'arène. Il fut remplacé par l'honorable Quince Lundy, un avocat de Smithfield quasiment à la retraite, vieil ami du juge Atlee. Lundy avait embrassé une carrière paisible de conseiller fiscal, s'évitant ainsi les horreurs des combats à la barre. En tant que nouvel exécuteur testamentaire ou « administrateur successoral » selon le terme consacré, il devait accomplir sa tâche sans se soucier du procès, à savoir retrouver tous les biens de Seth Hubbard, les évaluer, les protéger, et en faire l'inventaire pour la cour. Il rapporta les cartons d'archives de la Berring au bureau de Jake à Clanton et les entassa dans une pièce du rez-de-chaussée, à côté de la petite bibliothèque. Il faisait le trajet d'une heure tous les jours et arrivait à 10 heures. Par chance, lui et Roxy s'entendaient bien et il n'y eut pas de psychodrame.

Mais les problèmes couvaient quand même intra-muros. Lucien avait pris l'habitude de passer tous les jours au cabinet, attiré par l'affaire Hubbard ; il furetait dans la bibliothèque, débarquait dans le bureau de Jake, dispensant avis et conseils, pestait contre Roxy qui le lui rendait bien. Lucien et Quince avaient des amis communs ; ils prenaient leur café ensemble et se racontaient des histoires sur des juges morts depuis des décennies. Jake restait à l'étage, sa porte fermée, pendant qu'en bas le travail n'avançait guère.

On voyait aussi Lucien traîner au palais de justice – une première depuis des années. Le souvenir de sa radiation humiliante s'était estompé. Il se sentait encore un paria, mais il demeurait une légende, pour des raisons guère enviables, et tout le monde venait le saluer. Où étais-tu ? Qu'est-ce que tu fais aujourd'hui ? On le voyait aussi au cadastre, exhumer de vieux registres de propriété, comme un flic en quête d'indices.

* * *

Fin octobre, un mardi matin, Jake et Carla se levèrent à 5 heures. Ils se douchèrent rapidement, s'habillèrent, dirent au revoir à la mère de Jake – qui était venue garder la petite et avait dormi sur le canapé – et montèrent dans la Saab. À Oxford, ils passèrent au drive-in d'un fast-food commander un café et des petits gâteaux, puis mirent le cap à l'ouest. Après une heure de route, les collines disparurent pour laisser place au Delta. Ils roulaient sur une voie express qui coupait à travers les champs blancs de coton. Des machines, comme de gros insectes de métal, dévoraient quatre rangs de front, tandis que les camions attendaient de recevoir la collecte. Un vieux panneau indiqua « Parchman 8 kilomètres », et bientôt les grilles de la prison furent en vue.

Jake était déjà venu. Durant son dernier semestre à Ole Miss, son professeur de procédure criminelle avait l'habitude d'emmener ses étudiants dans le sinistre pénitencier. Ils avaient eu droit à une visite guidée par les cadres de la prison et étaient restés bouche bée en découvrant le couloir de la mort. Le point d'orgue, ce fut leur entretien avec Jerry Ray Mason, un condamné pour meurtre dont ils avaient étudié le procès et qui devait passer en chambre à gaz dans moins de trois mois. Mason continuait à clamer son innocence, même si toutes les preuves l'accablaient. Il prédisait, avec arrogance, que le ministère public ne parviendrait pas à le faire exécuter, mais il s'était trompé. À deux reprises depuis qu'il était avocat, Jake avait fait le voyage à Parchman pour rendre visite à des clients. En ce moment, il en avait quatre dans ce pénitencier, et trois autres dans des prisons fédérales.

Ils se garèrent à côté d'un bâtiment administratif et franchirent les portes. Ils suivirent les panneaux jusqu'à un hall bondé de gens aux traits tirés qui auraient tous préféré se trouver ailleurs. Jake signa le registre et on lui donna un document intitulé « Commission des libertés conditionnelles – ordre des audiences ». Son homme passait en troisième : « Dennis Yawkey, 10 heures. » Voulant éviter la famille Yawkey, Jake et Carla montèrent au premier étage et trouvèrent finalement le bureau de Floyd Green, un camarade de la fac qui travaillait aujourd'hui pour l'administration pénitentiaire. Jake l'avait prévenu de sa visite et venait lui demander un service. Floyd était toujours prêt à lui donner un coup de main. Jake sortit une lettre de Nick Norton, l'avocat de Clanton qui avait défendu Marvis Lang. Le détenu, aujourd'hui, se trouvait au QHS n° 29. Floyd prit la lettre et dit qu'il allait tenter de lui obtenir une entrevue.

Les audiences débutaient à 9 heures, dans une vaste pièce nue, équipée de chaises pliantes disposées en sillons hasardeux. Derrière la grande table, le président de la commission et quatre assesseurs.

Cinq Blancs, tous rémunérés par le gouverneur du Mississippi.

Jake et Carla entrèrent avec le flot de spectateurs et cherchèrent des sièges. Sur sa gauche, Jake aperçut Jim Yawkey, le père du détenu, mais leurs regards ne se croisèrent pas. Il entraîna Carla vers la droite, ils trouvèrent des places et attendirent. La commission entendit d'abord un homme qui avait fait trente-six ans de cellule pour un meurtre commis lors de l'attaque d'une banque. Il fut amené menottes aux poignets. Une fois ses liens retirés, il contempla l'assistance, cherchant sa famille des yeux. Blanc, la soixantaine, de longs cheveux propres, une bonne tête… comment quelqu'un pouvait-il survivre si longtemps dans un milieu aussi inhumain que Parchman ? Son agent de probation fit un rapport élogieux, présentant le prisonnier comme un détenu modèle. Il y eut quelques questions de la part des membres de la commission. La personne qui prit ensuite la parole était la fille de la caissière de la banque, tuée pendant l'attaque. Elle expliqua que c'était la troisième fois qu'elle se présentait ici. Et que, chaque fois, elle était contrainte de revivre ce cauchemar. Elle ravala son émotion, et décrivit de façon poignante ce que c'était pour une fillette de dix ans d'apprendre que sa mère avait été abattue sur son lieu de travail d'un coup de fusil à pompe. Et depuis sa vie avait été brisée.

Même si la commission annonça qu'elle allait délibérer, il était peu probable que le prisonnier soit libéré sur parole. Il fut reconduit dans sa cellule après une audience d'une demi-heure.

Le détenu suivant était un jeune Noir. On lui ôta les menottes. Il se présenta à la commission. Il avait fait six ans de détention pour vol de voiture avec agression. Son comportement était exemplaire, il avait terminé ses études secondaires, et réussissait tous ses examens à l'université. Il ne posait aucun problème de discipline. Son agent de probation recommanda la liberté conditionnelle, à l'instar de sa victime qui avait signé une déclaration où elle demandait à la commission de se montrer clémente. Elle n'avait pas été blessée lors de l'attaque, et au fil des ans elle avait entretenu une correspondance avec son jeune agresseur.

Pendant que la déclaration était lue à haute voix, Jake repéra d'autres membres du clan Yawkey qui approchaient en longeant le mur sur le côté gauche de la salle. C'était des êtres frustes, des paysans sans le sou, avec un goût prononcé pour la violence. Il les avait aperçus dans une salle d'audience déjà à deux occasions, et voilà qu'ils étaient encore là. Son mépris pour ces gens n'avait d'égal que la peur qu'ils lui inspiraient.

Dennis Yawkey entra avec un sourire torve aux lèvres, et chercha sa famille des yeux. Jake ne l'avait pas vu depuis vingt-sept mois et aurait préféré ne jamais le revoir. Son agent énuméra les faits. En 1985, Dennis Yawkey avait plaidé coupable devant le tribunal du comté de Ford pour incendie criminel en bande organisée. On lui reprochait d'avoir, avec trois hommes, planifié l'incendie de la maison de Jake Brigance, à Clanton. Ses trois complices s'étaient chargés de la besogne proprement dite et avaient mis le feu à la maison. Ils purgeaient leur peine dans des prisons fédérales. L'un d'entre eux avait témoigné contre les autres ; c'était pour cela qu'ils avaient tous

259

plaidé coupable. L'agent ne fit aucune recommandation concernant une libération sur parole – un bon
signe selon Floyd Green. Il n'y avait donc guère de
chances que Yawkey sorte de prison.

Jake et Carla écoutèrent les débats en rongeant
leur frein. Yawkey s'en était tiré à bon compte uniquement parce que Rufus Buckley était aux manettes
de l'accusation. Si Buckley ne s'en était pas mêlé
et avait laissé les fédéraux s'occuper de l'affaire,
Yawkey aurait écopé d'au moins dix ans, comme
ses camarades. À cause de Buckley, les Brigance se
retrouvaient ici, vingt-sept mois plus tard, à discuter
de l'éventuelle mise en liberté conditionnelle d'une
petite frappe qui avait voulu impressionner le Ku Klux
Klan. La sentence était de cinq ans de détention. Il
n'avait pas purgé la moitié de sa peine qu'il demandait déjà à sortir.

Alors que Jake et Carla s'avançaient main dans la
main vers le petit lutrin posé sur une table pliante,
Ozzie Walls et Marshall Prather firent leur entrée dans
la salle. Jake les salua de la tête, puis reporta son
attention vers le président de la commission.

— Je sais que nous n'avons que quelques minutes,
je vais donc me dépêcher. Je suis Jake Brigance, le
propriétaire de la maison qui est partie en fumée,
et voici mon épouse, Carla. Nous aimerions tous les
deux expliquer pourquoi nous sommes contre une
remise en liberté sur parole.

Il s'écarta pour que Carla puisse s'approcher du
pupitre. Elle déplia une feuille de papier et esquissa un
sourire à l'intention du président et de ses assesseurs.

Elle lança un regard vers Dennis Yawkey, puis
s'éclaircit la gorge.

— Je m'appelle Carla Brigance. Certains d'entre vous se souviennent du procès de Carl Lee Hailey à Clanton, en juillet 1985. Mon mari défendait Carl Lee, et nous avons payé cette défense au prix fort. Nous avons reçu des appels anonymes, dont certains étaient des menaces directes. Quelqu'un a fait brûler une croix devant notre maison. On a même tenté d'assassiner mon mari. Un homme avec une bombe a été arrêté alors qu'il tentait de faire sauter notre maison pendant que nous dormions. Il n'est toujours pas jugé parce qu'il se fait passer pour un malade mental. À un moment, j'ai dû fuir Clanton avec notre petite fille de quatre ans pour me mettre à l'abri chez mes parents. Mon mari a dû porter une arme, et c'est toujours le cas, et des amis devaient jouer pour nous les gardes du corps. Et finalement, alors qu'il était au bureau un soir, au plus fort du procès, ces gens (elle désigna Dennis Yawkey) ont mis le feu à notre maison. Dennis Yawkey n'était peut-être pas là en personne, mais il était un membre de la bande, il était l'un de ces criminels – ces lâches qui n'osaient pas se montrer, qui préféraient agir la nuit, cachés. Je n'arrive pas à croire que nous en soyons là, à peine vingt-sept mois après les faits, à voir ce voyou demander à sortir de prison.

Elle inspira profondément et tourna la feuille. Il était rare qu'une femme prenne la parole dans ces audiences de liberté conditionnelle, qui étaient composées de quatre-vingt-dix pour cent d'hommes. Carla avait toute leur attention. Elle redressa les épaules et poursuivit :

— Notre maison avait été construite dans les années 1890 par un homme des chemins de fer et sa

261

famille. Il est mort la veille de Noël dans cette maison, et sa famille l'a gardée pendant vingt ans, avant de la laisser à l'abandon. C'était un bâtiment classé, même si lorsque nous l'avons acquise il y avait des trous partout dans le toit et le plancher. Pendant trois années, avec le moindre dollar que nous avons pu emprunter, Jake et moi avons mis toute notre ardeur et notre temps à réparer cette demeure. Nous travaillions toute la journée et peignions jusqu'à minuit. Nous avons passé nos vacances à mettre du papier peint, à poncer et lasurer les sols. Jake troquait ses honoraires contre du travail de plomberie, contre du terrassement ou des matériaux de construction. Son père a aménagé de ses mains une pièce supplémentaire dans les combles, et mon père a construit la terrasse. Et je pourrais continuer comme ça pendant des heures, mais notre temps est compté. Il y a sept ans, Jake et moi avons ramené notre bébé de la maternité pour l'installer dans sa chambre.

La voix de Carla se brisa mais elle releva le menton et ajouta :

— Par chance, notre petite fille n'était pas dans sa chambre quand notre maison a été incendiée. Je me suis souvent demandé si cela aurait arrêté ces hommes. Je n'en suis pas sûre. Ils étaient bien décidés à nous faire le plus de mal possible. (Une autre pause et elle poursuivit :) Trois ans après l'incendie, nous n'avons pas oublié tout ce que nous avons perdu dans cet acte criminel, y compris notre chien, qui est mort cette nuit-là. Nous essayons encore de remplacer ce qui ne peut l'être, d'expliquer à notre fille ce qui est arrivé et pourquoi. Elle est trop jeune pour comprendre vraiment. Nous aussi, nous avons encore du mal à saisir. Et nous nous retrouvons ici, contraints de revivre ce cauchemar, comme toutes les victimes dans cette salle, je suppose, à avoir sous les yeux le criminel qui a détruit nos vies. Nous sommes venus ici pour vous demander de ne pas alléger la sentence. Une peine de cinq ans pour Dennis Yawkey était bien trop légère. Alors, je vous en prie, qu'il la purge au moins entièrement.

Elle se décala d'un pas et Jake la remplaça devant le pupitre. Il lança à son tour un regard furtif vers le clan Yawkey et remarqua que Ozzie et Marshall se tenaient désormais à côté d'eux, comme pour dire : « Si vous cherchez la bagarre, allez-y ! » Jake s'éclaircit la gorge.

— Carla et moi-même remercions la commission de nous avoir donné l'occasion de nous exprimer. Je serai bref. Dennis Yawkey et sa bande pathétique de voyous sont parvenus à brûler notre maison et à bouleverser grandement nos vies, mais ils n'ont pas réussi à nous blesser comme ils le voulaient. Ni à atteindre leur véritable objectif, à savoir empêcher la justice de faire son travail. Parce que je représentais Carl Lee Hailey, un Noir, un père qui a abattu les deux Blancs qui avaient violé sa petite fille et tenté de la tuer, ces gens-là – Dennis Yawkey et consorts, ainsi que des membres connus et inconnus du Ku Klux Klan – ont tenté à plusieurs reprises de m'intimider ou de s'en prendre à ma personne, à ma famille, à mes amis, et même à mes employés. Ils ont échoué lamentablement. La justice a été rendue, par un verdict équitable et éclairé, quand un jury, pourtant composé uniquement de Blancs, a décidé de se prononcer en faveur de mon client. Et ce faisant, ce jury a condamné aussi les agissements de petites frappes tel Dennis Yawkey, ainsi que son racisme violent et viscéral. Ce jury s'est exprimé, de sa voix forte et claire, sans appel et de façon définitive. Ce serait une honte si cette commission accordait à Dennis Yawkey la liberté conditionnelle, ce serait le renvoyer avec une simple petite tape sur la main pour toute punition. Il mérite de passer toute sa peine ici, à Parchman. Je vous remercie de votre attention.

Yawkey regardait Jake avec un sourire en coin, fier d'avoir détruit sa maison, réclamant encore du sang. Cette arrogance fut remarquée par plusieurs membres de la commission. Jake soutint son regard, puis raccompagna Carla vers leurs sièges.

— Shérif Walls ? appela le président.

Ozzie s'approcha à grands pas du pupitre, sa plaque de policier scintillant au revers de sa veste.

— Merci, monsieur le président. Je suis Ozzie Walls, shérif du comté de Ford, et je ne veux pas que ce gars revienne chez lui pour causer des problèmes. Franchement, il devrait se trouver dans une prison fédérale, à purger une peine de prison bien plus lourde, mais nous n'avons pas le temps de discuter de ça. Mes hommes enquêtent toujours sur ce qui s'est passé il y a trois ans, comme les équipes du FBI à Oxford. On n'en a pas fini. Ce serait une erreur de relâcher Yawkey. Il va reprendre ses méfaits là où il les avait interrompus. Je vous remercie de votre attention.

Ozzie s'éloigna et passa tout près du clan Yawkey. Avec Marshall, il se posta juste derrière eux. Quand l'affaire suivante fut appelée, ils sortirent avec d'autres spectateurs. Jake et Carla retrouvèrent les policiers hors de la salle et les remercièrent d'avoir fait le déplacement. Ils ne s'attendaient pas à voir le shérif. Ils bavardèrent quelques minutes, puis Ozzie et Marshall s'en allèrent récupérer un détenu pour le ramener à Clanton.

Quelques minutes plus tard, Floyd Green retrouva Jake et Carla dans le hall.

— Je pense que ça va marcher, annonça-t-il avec une certaine fébrilité. Suivez-moi ! Tu me devras une bière, Jake !

Ils quittèrent le bâtiment, pénétrèrent dans un autre. Au bout d'un couloir, deux gardes armés se tenaient devant une porte. Un cadre avec une chemise à manches courtes et une cravate pincée par une épingle grommela :

— Vous avez dix minutes.

Et bonjour, jamais ? ajouta en pensée Jake. L'un des gardiens ouvrit la porte. Jake se tourna vers Carla :

— Attends-moi ici.

— Je vais rester avec elle, annonça Floyd.

La pièce était minuscule, des murs aveugles, plus un placard qu'un bureau. Menotté à une chaise de métal : Marvis Lang. Il avait vingt-huit ans, et portait la tenue blanche habituelle des prisonniers, avec une bande bleue sur chaque jambe. Il avait les cheveux coiffés à l'afro et un bouc.

— Marvis, je suis Jake Brigance. Je suis avocat à Clanton.

Il approcha l'autre chaise pour s'asseoir en face du jeune homme.

Marvis lui sourit poliment et tendit maladroitement son bras droit qui était enchaîné, comme le gauche, aux montants du siège. Ils parvinrent quand même à se serrer la main.

— Tu te souviens de ton avocat, Nick Norton ?

— Un peu. Ça fait une paye que je ne l'ai pas vu. On n'a plus grand-chose à se dire maintenant.

— J'ai une lettre dans ma poche, signée par Nick, qui me donne l'autorisation de te parler. Tu veux la voir ?

— Je veux bien parler. Allons-y. Qu'est-ce qui vous amène ?

— C'est à propos de ta mère, Lettie. Tu l'as vue récemment ?

— Elle était là dimanche dernier.

— Elle t'a dit que son nom est cité dans le testament d'un Blanc nommé Seth Hubbard ?

Marvis détourna la tête un instant, puis acquiesça.

— Oui. Pourquoi cette question ?

— Parce que, dans ce testament, Seth Hubbard me désigne comme l'avocat chargé de sa succession. Il a donné quatre-vingt-dix pour cent de ses biens à ta mère et mon travail est de m'assurer qu'elle les ait.

— Donc vous êtes le gentil ?

— Tu l'as dit. En fait, je suis le seul vrai gentil dans toute la bagarre qui s'annonce, mais ta mère pense autrement. Elle a engagé des avocats de Memphis qui vont la plumer et perdre le procès.

Marvis se redressa, et voulut lever les mains.

— Tout doux, tout doux. Je suis paumé complet. Reprenez au début. Lentement.

Jake parlait encore quand on frappa à la porte. Un gardien passa la tête par l'ouverture.

— C'est terminé !

— Je finis vite, répondit Jake en refermant la porte poliment.

Il se pencha vers Marvis, tout près.

— Je veux que tu appelles Nick Norton, en PCV. Il prendra l'appel, et il te confirmera ce que je dis. Tous les avocats de Clanton sont de cet avis : Lettie a fait une grosse erreur.

— Et je suis censé rectifier le tir ?

— Tu peux aider. Parle-lui. Nous, elle et moi, avons un grand combat à mener. Et elle ne fait qu'aggraver les choses.

— Je vais y réfléchir.

— C'est ça. Réfléchis, Marvis. Et appelle-moi quand tu veux, en PCV.

Le gardien était revenu.

17.

Tous les cols blancs se retrouvaient au Tea Shoppe pour le petit déjeuner. Au menu : café, jamais de thé – si tôt il fallait un vrai remontant ! À une table ronde, il y avait un avocat, un banquier, un grossiste, et un agent d'assurances. À une autre, un groupe de retraités. Retraités mais ni endormis, ni silencieux. On l'appelait la « table des vieux schnocks ». La conversation s'envenimait au sujet des mauvais résultats de l'équipe de football d'Ole Miss (samedi dernier, ils avaient perdu contre l'université Tulane à domicile – impardonnable !) sans compter les résultats plus lamentables encore de l'université d'État du Mississippi. La discussion monta encore d'un cran quand les vieux se mirent à déverser leur fiel sur Dukakis, qui venait de se faire humilier par Bush, quand le banquier à la table voisine lança :

— Au fait, j'ai appris que la miss a loué l'ancienne maison des Sappington et qu'elle arrive en ville – avec toute sa tribu, bien sûr. On dit que tous ses cousins débarquent et qu'elle a besoin d'un endroit plus grand.

— La maison des Sappington ?

— Tu connais pas ? C'est au nord, sur Martin Road, juste après le champ de foire. Une vieille ferme qu'on voit à peine de la route. Ça fait des années qu'ils cherchent à la vendre, depuis que le vieux Yank a cassé sa pipe. Ça fait quoi ? Dix ans ?

— Au moins ! Je crois qu'elle a été louée une fois ou deux.

— Mais jamais à des Noirs, n'est-ce pas ?

— Non, pas à ma connaissance.

— Je ne pensais pas que la baraque était pourrie à ce point.

— Elle ne l'est pas. Ils l'ont repeinte l'année dernière.

Tout le monde resta silencieux, perdu dans ses réflexions et ses inquiétudes. Même si la maison des Sappington était à la lisière extérieure de la ville, c'était quand même un quartier traditionnellement blanc.

— Pourquoi ont-ils loué à des Noirs ? demanda l'un des vieux schnocks.

— Pour l'argent. Il n'y a plus un Sappington dans le coin, alors ils s'en fichent. Puisqu'ils ne peuvent vendre, autant louer. Les billets sont toujours verts, d'où qu'ils viennent.

Dès que le banquier sortit ça, il s'attendit à se faire contrer. Sa banque était connue pour ne pas prendre de clients noirs.

Un agent immobilier entra dans la salle, s'installa à la table des cols blancs et se retrouva aussitôt sous les feux :

— On parle justement de cette femme qui va louer la ferme des Sappington. C'est vrai ?

269

— Malheureusement oui. (Visiblement, il était tout fier d'être au fait de l'actualité locale.) Ils ont emménagé hier. À sept cents dollars le mois.

— Ils ont débarqué à combien de voitures ?

— Je ne sais pas. Je n'étais pas là et je ne compte pas y passer. J'espère juste que cela n'affectera pas les prix dans le quartier.

— Quel quartier ? lança l'un des vieux. Plus bas, il y a la foire à bestiaux qui pue la bouse depuis que je suis gosse. Et de l'autre côté de la rue, c'est la décharge de Luther Selby. Tu appelles ça un quartier, gamin ?

— C'est toujours l'histoire de l'offre et de la demande. La loi du marché, répliqua l'agent immobilier. Si des gens comme ça s'installent là où ils ne devraient pas être, la valeur de l'immobilier va chuter en flèche dans toute la ville. Cela peut faire très mal à tout le monde.

— Ce n'est pas faux, renchérit le banquier.

Le négociant intervint :

— Elle n'a plus de boulot, pas vrai ? Et son mari est un bon à rien. Alors comment elle va sortir sept cents billets par mois ?

— Elle ne peut pas utiliser encore de l'argent de Hubbard, n'est-ce pas ?

— Non. Impossible, répondit l'avocat. L'argent est bloqué tant que le procès est en cours. Et ça peut prendre des années. Elle ne peut pas toucher un centime.

— Alors d'où il vient ?

— Aucune idée. Peut-être qu'elle demande à tout son petit monde une participation au loyer ?

— La bicoque a cinq chambres.

— Je te parie qu'elles sont pleines à craquer.

— Et je te parie aussi que personne ne lui donne le moindre dollar.

— Il paraît que son mec s'est fait choper pour conduite en état d'ivresse, il y a deux semaines.

— C'est vrai, confirma l'avocat. Je l'ai vu dans le registre. Simeon Lang. Il s'est fait pincer un samedi matin. Il est passé en comparution immédiate avec Jake comme avocat. Ils ont réussi à ajourner la sentence. À mon avis, Ozzie est derrière tout ça.

— Et qui paie Jake ?

L'avocat sourit.

— On ne sait pas trop mais, à mon avis, c'est sur l'héritage de Hubbard.

— Si tant est qu'il reste quelque chose !

— Ce qui n'est pas gagné.

— Tu l'as dit.

— On en revient à ma question, interrompit le grossiste. Comment arrive-t-elle à débourser une telle somme ?

— Allons, Howard. Ils touchent des chèques. Ces gens-là savent profiter du système. Tickets d'alimentation. Aide à l'enfance, sécurité sociale, allocations logement, indemnités chômage… ils gagnent plus en restant le cul sur leurs chaises que nous autres en trimant quarante heures par semaine ! Tu en mets comme ça quatre ou cinq dans la même maison et tu paies le loyer tranquille.

— C'est vrai, mais la ferme Sappington, ce n'est quand même pas un logement social.

— Son avocat de Memphis doit lui avancer les frais, expliqua le juriste. Il a sans doute soudoyé la miss pour avoir l'affaire. Réfléchis un peu. Il lâche cinquante ou cent mille dollars, en liquide, et il rafle la moitié du pactole à la fin. C'est un bon deal. En plus, je suis sûr qu'il lui compte des intérêts !

— Éthiquement, il peut faire ça ?

— Tu veux dire : est-ce qu'un avocat peut être véreux ?

— Ou acheter ses clients ?

— L'éthique, les gars, précisa l'avocat, on en parle quand on se fait pincer. Si c'est ni vu ni connu, tu ne violes aucun principe. Et je doute que Sistrunk passe beaucoup de temps à lire les manuels de déontologie que nous sort le barreau tous les ans.

— Il est trop occupé à soigner son image dans la presse. Quand est-ce qu'il revient en ville, au fait ?

— Le juge Atlee a programmé une audience la semaine prochaine.

— C'est quoi leur plan ?

— Un déluge de réclamations et un nouveau tour de piste.

— J'espère qu'il ne va pas se ramener encore dans sa Rolls noire. Ce serait de la folie.

— Je te fiche mon billet qu'il va recommencer.

L'agent d'assurances intervint :

— J'ai un cousin à Memphis. Il travaille pour les tribunaux. D'après lui, Sistrunk doit du fric à tout le monde. Il en gagne des paquets, mais en dépense encore plus ; il a toutes les banques et des tas de créanciers au cul. Il a acheté un avion qui a failli le laisser sur la paille. La banque a récupéré le zinc, puis l'a poursuivi. Il a déclaré que c'était un complot raciste contre sa personne. Il a fait une méga fête pour l'anniversaire de sa femme, la numéro Trois ; il a loué un chapiteau, sorti le grand jeu, artistes, orchestre, poneys pour les marmots, dîner gastro avec homards, crabes, et vins d'exception. Une fois la fête finie, tous ses chèques étaient en bois. Il était sur le point d'être déclaré en faillite personnelle quand il a gagné un gros procès de dix millions et a pu payer ses fournisseurs. C'est en dents de scie, avec lui.

Cette information fit cogiter tout le monde. La serveuse vint remplir leurs tasses de café.

L'agent immobilier se tourna vers l'avocat.

— Ôte-moi d'un doute… tu n'as pas voté pour Dukakis quand même ?

C'était de la pure provocation.

— Si. Et je le referai, rétorqua l'avocat, en s'attirant son lot de rires.

Il était l'un des deux seuls démocrates présents dans cette salle. Bush l'avait remporté dans le comté de Ford avec plus de soixante-cinq pour cent.

L'autre démocrate, l'un des vieux schnocks, revint au sujet de départ :

— Quand vont-ils publier le détail de la succession ? Il est temps qu'on sache ce qu'il y a dedans, non ? Regarde-nous, on est là à cancaner, à faire des supputations sur la fortune du vieux. On dirait de vieilles mégères. En tant que citoyens et contribuables, on a le droit de savoir. C'est dans la Constitution. L'amendement sur la Liberté d'information. Voilà ce que je dis !

— Cela ne te regarde pas, répondit le marchand.

— Peut-être bien, mais je veux savoir quand même. Pas toi ?

— Moi ? Pas du tout. Je m'en contrefous.

Le grossiste ne convainquit personne et tous se moquèrent de lui. Quand le chahut et les gloussements cessèrent, l'avocat reprit la parole :

— L'administrateur doit présenter un inventaire à la date fixée par le juge. Il n'y a pas de limite prévue par la loi. Mais vu l'ampleur de la succession, l'administrateur en a pour un bon bout de temps.

— Tu as une idée du montant justement ?

— Je suis comme tout le monde dans le comté. Tout ce que je sais, c'est juste des on-dit. Il faut attendre que l'administrateur successoral ait terminé l'inventaire.

— Je croyais que ça s'appelait un exécuteur testamentaire ?

— Pas si l'exécuteur lâche l'affaire ; comme ici. La cour désigne alors un administrateur pour gérer tout ça. Le type en question est un avocat de Smithfield, un dénommé Quince Lundy, un ami du juge. Je crois qu'il est plus ou moins à la retraite.

— Et il est payé sur la succession ?

— Je ne vois pas d'où viendrait l'argent.

— D'accord. Et qui d'autre se rétribue sur l'héritage ?

Le juriste réfléchit un moment.

— Il y a l'avocat de la succession, à savoir Jake pour le moment, mais je ne suis pas sûr qu'il va rester longtemps en lice. Il paraît qu'il en a marre des vedettes de Memphis et qu'il songe sérieusement à rendre son tablier. Il y a l'administrateur, comme je l'ai dit. Et aussi les comptables, les experts, les conseillers fiscaux, des gens comme ça.

— Et qui paie Sistrunk ?

— Je suppose qu'il a signé un contrat avec cette femme. Si elle gagne, il aura son pourcentage.

— Que fiche Rufus Buckley dans cette affaire ? Comment il a fourré son nez là-dedans ?

— C'est l'avocat local pour Sistrunk.

— Hitler et Mussolini ! Qu'est-ce qu'ils cherchent ? À agacer toute la population ?

— Apparemment.

— Et ce sera un procès avec jury ?

— Cela ne fait aucun doute. Tout le monde veut un jury, y compris le juge Atlee.

— Pourquoi donc ?

— C'est simple. Il n'a pas envie d'avoir ce poids sur les épaules. La décision, comme ça, ne viendra pas de lui. Il va y avoir un gros gagnant et un gros perdant et si c'est un jury qui décide, personne ne pourra s'en prendre à Atlee.

— Dix contre un que les jurés vont se prononcer contre la bonniche !

— Attendons un peu. Laissons quelques mois à Atlee pour faire le ménage dans sa salle d'audience, remettre chacun à sa place, et préparer la tenue du procès. Ensuite seulement, juste avant que ça ne commence, on fera les paris. Je serai alors ravi de te plumer ! Pour l'instant, c'est trop tôt. C'est comme si on pariait déjà sur le Super Bowl.

— Où vont-ils pouvoir trouver douze personnes qui ne connaissent rien à l'affaire ? Tout le monde est au courant. Tout le monde a déjà une opinion, et tu peux être sûr que tous les Noirs à cent kilomètres à la ronde sont déjà pour la miss. J'ai entendu dire que Sistrunk voulait déplacer le procès à Memphis.

275

— Impossible de changer d'État, idiot ! Mais il peut demander un changement de comté.

— C'est pas ce qu'a voulu faire Jake pour le procès Hailey ? Aller dans un comté moins hostile, avec plus d'électeurs noirs ?

— Exact, répondit l'avocat, mais le juge Noose a refusé. Hailey, c'était un grand procès, autrement plus important que celui-là.

— Possible. Enfin il y a quand même vingt millions en jeu.

Le vieux schnock démocrate demanda à l'avocat :

— Tu penses que Jake peut faire gagner cette femme ?

Tout le monde se tut et les regards se tournèrent vers le juriste. On lui avait déjà posé quatre fois la question les semaines précédentes, et à cette même table.

— Ça dépend, déclara-t-il avec solennité. Si Sistrunk est dans la salle, il ne peut pas gagner. Impossible. S'il y a juste Jake à la barre, je dirais alors que c'est cinquante-cinquante.

Tel était l'éminent avis d'un avocat qui n'avait jamais plaidé dans un tribunal.

— Il paraît qu'il a une arme secrète.

— Laquelle ?

— On dit que Lucien Wilbanks se montre de nouveau. Et pas pour boire. Il traîne dans le bureau de Jake de plus en plus souvent.

— Oui, il est de retour. Je l'ai vu au palais, en train de fouiner dans les archives. Toujours le même.

— C'est triste.

— Il était à jeun ?

— Plus ou moins.

— Jake ne le laissera pas s'approcher des jurés.

— Je doute que le juge l'accepte dans sa salle d'audience, de toute façon.

— Il n'a plus le droit d'exercer, n'est-ce pas ?

— Non. Il a été radié du barreau, de façon permanente, ce qui veut dire, dans son cas, qu'il doit attendre huit ans avant de pouvoir demander à être réintégré dans ses fonctions.

— C'est permanent, mais pour huit ans ?

— Voilà.

— N'importe quoi.

— Ne cherche pas à comprendre. C'est la loi.

— La loi, ben voyons…

— Qui a dit « La première chose à faire, c'est de tuer tous les avocats » ?

— Shakespeare, je crois.

— Je croyais que c'était Faulkner.

Sur ce l'avocat se leva.

— Si on commence à citer Shakespeare, c'est qu'il est temps pour moi de mettre les voiles !

*   *   *

Floyd Green appela de Parchman. Le vote était de trois contre deux. La commission avait décidé de libérer sur parole Dennis Yawkey. Sans autre explication. Floyd fit une allusion au curieux fonctionnement de la commission. Jake savait que l'État du Mississippi, par tradition, acceptait les dessous-de-table, quand il s'agissait de montrer sa clémence, mais il ne parvenait pas à croire que la famille Yawkey avait eu l'intelligence d'acheter la commission.

Dix minutes plus tard, Ozzie téléphona pour lui annoncer la même nouvelle. Lui non plus n'en revenait pas. Il allait personnellement se rendre à Parchman le lendemain pour ramener Yawkey. Il aurait deux heures en tête à tête avec le gars. Il le mettrait en garde, le menacerait sans détour, et lui interdirait de mettre les pieds à Clanton.

Jake le remercia et appela Carla.

18.

Rufus Buckley gara sa vieille Cadillac de l'autre côté de la place, le plus loin possible des bureaux de Jake. Il resta assis un moment derrière le volant. Comme il détestait cette ville, avec son palais de justice, ses électeurs ! En particulier depuis l'infamie qu'il avait vécue ici. À une époque, pas si lointaine, les habitants le vénéraient. Ils étaient alors sa base électorale, les fondations sur lesquelles il comptait se lancer dans la course aux élections pour devenir gouverneur de l'État du Mississippi, et de là, tout était possible. Il était alors le procureur du district, un jeune loup aux dents longues, un tueur du parquet avec un colt sur chaque hanche, doté d'un flair de limier, et ses proies favorites étaient les méchants. Capturez-les, ramenez-les au grand Rufus Buckley et je n'en ferai qu'une bouchée ! Il faisait campagne, fort de ses quatre-vingt-dix pour cent de condamnations, et la population le suivait. Par trois fois, ils avaient voté pour lui à une majorité écrasante, mais lors du dernier scrutin, l'année passée, vu la façon dont s'était terminée l'affaire Hailey, les bonnes gens du comté de Ford s'étaient retournées contre lui. La défaite avait été également sévère pour les comtés de Tyler, de Milburn et de Van Buren – quasiment tout le vingt-deuxième district, même si son berceau, le comté de Polk, lui avait donné une marge pathétique de soixante voix.

Sa carrière publique était terminée. Pourtant, à quarante-six ans, il se disait qu'il avait encore un avenir, que le pays aurait besoin de ses services. Quand et comment ? Il n'en savait trop rien. Sa femme menaçait de le quitter s'il se présentait à nouveau à une quelconque élection. Après dix mois à tourner en rond dans son petit bureau, à regarder les rares voitures passer dans la grande rue, Rufus Buckley avait perdu de sa superbe. Il était déprimé, s'ennuyait à mourir, et devenait fou à force d'inactivité. L'appel de Booker Sistrunk avait été un don du ciel. Et Buckley avait sauté sur l'occasion, trop heureux de se retrouver dans la polémique. Et le fait que l'ennemi était Jake ne rendait le combat que plus savoureux.

Il ouvrit la portière, sortit de l'habitacle, en espérant que personne n'allait le reconnaître. L'ange déchu. Quelle chute !

Le palais de justice de Clanton ouvrait à 8 heures. À 8 h 05, Rufus Buckley passait les portes du vénérable bâtiment, comme il l'avait fait si souvent dans une autre vie. Il était alors respecté, et même craint. Aujourd'hui, tout le monde l'ignorait, à part peut-être le concierge, qui le regarda à deux reprises, comme pour dire : « On se connaît, non ? » Buckley monta rapidement l'escalier et trouva les portes du tribunal ouvertes et sans gardes. Parfait. L'audience était prévue à 9 heures et Buckley était le premier arrivé. Ce n'était pas un hasard. Sistrunk et lui avaient un plan.

C'était la troisième fois seulement qu'il revenait au palais depuis l'affaire Hailey, et la peur d'une nouvelle défaite lui tordait les entrailles. Il s'arrêta sur le seuil et contempla la salle, l'antre du cauchemar. Ses genoux se mirent à trembler. Un instant, il crut qu'il allait tourner de l'œil. Il ferma les paupières et entendit la voix de la greffière, Jean Gillespie, lire le verdict : « Le jury, considérant l'accusé légalement irresponsable de ses actes au moment des faits, déclare Carl Lee Hailey non coupable des crimes qui lui sont reprochés. » Quel échec ! Mais on ne pouvait abattre deux types de sang-froid et dire ensuite qu'ils le méritaient. Non, il fallait trouver une échappatoire légale, et plaider la folie, c'était tout ce que Jake Brigance avait dans sa musette.

Mais, apparemment, cela avait suffi. Carl Lee Hailey était parfaitement sain d'esprit lorsqu'il avait tué ces hommes.

En s'avançant dans l'allée centrale, Buckley se souvint de l'hystérie qui avait gagné la salle, le clan Hailey et ses amis bondissant partout, hurlant de joie. La voilà la folie ! Quelques secondes plus tard, la foule massée devant le palais avait poussé des vivats dans un tonnerre d'applaudissements quand un gamin leur avait crié « non coupable ! non coupable ! ».

Devant la rambarde au bout de l'allée, Buckley reprit ses esprits. Il avait une mission à accomplir et peu de temps devant lui. Comme dans toutes les salles d'audience, devant l'estrade du juge, se dressaient deux grandes tables – identiques, mais radicalement différentes. Celle de droite était réservée à l'accusation dans les affaires criminelles – son ancien terrain de jeu – ou pour les plaignants dans un procès civil. Cette table se trouvait à côté du box des jurés, donc, durant les audiences, lui, Rufus, était toujours au plus près de son auditoire. Trois mètres plus loin, l'autre table était le fief de la défense, dans les affaires criminelles ou civiles. De l'avis de tous les avocats plaidant en salle d'audience, l'endroit où on était assis était de la plus haute importance. Une position stratégique, qui renforçait ou affaiblissait leur influence. Cela permettait à certains d'être plus ou moins vus par les jurés, qui avaient des yeux partout. Parfois, cela donnait à la scène des airs de combat de David contre Goliath, quand un avocat seul à sa petite table, avec son client désemparé, affrontait une armée de juristes dans de beaux costumes, ou qu'un accusé accablé se retrouvait face au pouvoir implacable du ministère public. La position du siège était cruciale aussi pour les jolies avocates avec leurs jupes courtes quand elles savaient le jury composé majoritairement d'hommes. Et cela avait une incidence tout aussi fatale quand le prévenu était un braqueur d'épicerie portant des santiags à bouts pointus.

En tant que procureur, Buckley n'avait jamais eu à se soucier de cette question. Mais, cette fois, sa place ne lui était pas réservée ; les contestations de testament étant rares, Sistrunk et lui avaient pris une décision : ils allaient occuper la table de l'accusation, celle à côté du jury, pour se positionner comme la seule et véritable voix des défenseurs du testament olographe. Jake Brigance essaierait sans doute de se battre, mais céderait. Il était temps de redistribuer les rôles, et puisque leur cliente était la bénéficiaire de la quasi-totalité de l'héritage selon le dernier testament de feu Seth Hubbard, c'était à eux de prendre les rênes du dossier.

En son for intérieur, Rufus Buckley n'était pas totalement convaincu par cette stratégie. Il connaissait la réputation de l'honorable Reuben V. Atlee. Comme tous les vieux magistrats du Mississippi, il régnait sur son tribunal d'une main de fer et n'aimait guère que des étrangers viennent tenter de faire la loi sur ses terres. Mais Sistrunk avait le goût de la guerre et appelait aux armes. Quoi qu'il advienne, le combat serait épique et lui, Rufus, voulait en être.

Il réarrangea les chaises autour de la table de droite. Il en laissa trois et retira les autres. Il déballa sa grosse mallette et se mit à étaler des papiers et des blocs-notes sur tout le plateau, comme si cela faisait des heures qu'il bûchait. Il salua M. Pate, le vieux substitut, tandis qu'il remplissait les brocs d'eau fraîche. En d'autres temps, ils auraient parlé de la pluie et du beau temps, mais Buckley aujourd'hui n'était pas d'humeur.

Dumas Lee entra discrètement. Reconnaissant Buckley, il marcha droit vers lui. Il avait un appareil photo autour du cou et un carnet à la main, et était prêt à recueillir la moindre déclaration.

— Monsieur Buckley, tiens donc ? Quel bon vent vous amène ?

Il fut ignoré avec superbe.

— Alors comme ça, vous êtes l'avocat local de Lettie Lang ?

— Pas de commentaire, répondit Buckley.

Il réarrangea quelques dossiers en fredonnant.

Les choses avaient bien changé, se dit Dumas. L'ancien Rufus se serait plié en quatre pour parler à un journaliste. Et personne n'aurait pu se placer entre lui et une caméra.

Dumas obliqua vers M. Pate pour lui glisser quelques mots.

— Sortez-moi cet appareil de cette salle ! répliqua le vieil officier de justice.

Dumas s'en alla et attendit dehors avec un confrère l'arrivée hypothétique d'une Rolls-Royce noire.

Wade Lanier apparut avec son associé, Lester Chilcott. Ils saluèrent Buckley de loin, qui était trop occupé pour leur dire un mot. Il était très fier d'avoir squatté ainsi la table des plaignants. Lanier et Chilcott aussi semblaient avoir pour mission impérieuse de déballer leurs affaires et de se préparer pour la bataille. Quelques minutes plus tard, Stillman Rush et Sam Larkin firent à leur tour leur entrée et lancèrent un bonjour à leurs confrères. Ils étaient dans le même camp, et avanceraient les mêmes arguments, mais aux prémices de la bataille, la confiance ne régnait pas encore entre les troupes. Les spectateurs arrivaient et peu à peu la salle se mit à bourdonner. On se saluait, on bavardait, on commérait. Plusieurs policiers arpentaient la salle, souhaitant la bienvenue à des connaissances, racontant des blagues. Ian et Ramona et leurs enfants débarquèrent en rangs serrés et s'installèrent à l'extrême gauche, derrière leurs avocats, le plus loin possible des autres. Des avocats bruyants s'attardaient devant l'estrade du juge, comme s'ils avaient quelque chose à faire ici. Ils plaisantaient avec les assesseurs et les greffiers. Puis ce fut le clou du spectacle : l'arrivée en scène de Booker Sistrunk et de sa suite, descendant l'allée centrale en hôtes des lieux. Avec Lettie au bras, il se dirigea vers sa table, jetant un regard noir à tout le monde, les défiant d'ouvrir la bouche, plein de morgue comme à son habitude. Il installa sa protégée au premier rang, avec Simeon et ses enfants à côté d'elle, puis il plaça, au bout du banc, un jeune Noir bodybuildé ayant un cou de taureau ; il avait la panoplie complète d'un garde du corps – costume, cravate et lunettes noirs – comme si des tueurs ou des admirateurs risquaient de se ruer sur la pauvre femme. Autour de Lettie, une ribambelle de cousins, de tantes, d'oncles, de neveux, de voisins, et autres supporters.

Buckley observa cette parade. Il avait bien du mal à cacher ses doutes. Pendant douze ans, il avait côtoyé des jurys dans ce petit coin du monde. Il savait les choisir, lire dans leur pensée, prévoir leur réaction, leur parler et les influencer, du moins avant la Bérézina Hailey, et l'évidence était criante : le show de Sistrunk « je suis noir et très méchant » ne prendrait pas dans ce tribunal. Un garde du corps ? Et quoi encore ? Lettie était mauvaise actrice. On lui avait demandé de prendre un air sombre, voire triste et éploré, comme si elle avait perdu un être cher et que ce n'était que justice qu'elle récupère ses biens – un digne héritage dont de vilains Blancs voulaient la spolier. Elle s'efforçait de jouer la blessée, meurtrie dans sa chair par tant de cupidité.

Sistrunk et son associé, Kendrick Bost, passèrent la rambarde et échangèrent quelques mots d'un air pénétré avec leur collègue, Rufus Buckley. Ils ajoutèrent leur propre fourbi sur la table, ignorant avec superbe les avocats dans l'autre camp. La salle était comble quand il sonna 8 h 45.

Jake entra dans le tribunal par une porte latérale et remarqua aussitôt que sa place était prise. Il salua Wade Lanier, Stillman Rush, et les autres avocats du camp adverse.

— J'ai l'impression qu'on a un petit problème, dit-il à Rush, en désignant Buckley et ses associés de Memphis.

— Bonne chance !

Jake décida d'éviter la confrontation. Il battit en retraite et quitta la salle d'audience. Herschel Hubbard arriva avec ses deux enfants et quelques amis. Ils s'assirent à côté de Ian et de Ramona. Alors que l'horloge approchait des 9 heures, tout le monde s'installa. La partition était quasiment parfaite : les Noirs à gauche, les Blancs à droite. Lucien, bien sûr, était assis côté Noirs, tout au fond.

Jake revint et alla s'adosser contre une porte, dans un coin de la salle, à proximité du box des jurés. Il ne parla à personne, et fit mine de feuilleter tranquillement quelques documents. À 9 h 05, M. Pate aboya : « Mesdames et messieurs, la cour ! » Tout le monde se leva et le juge Atlee fit son entrée, sa vieille robe noire traînant derrière lui. Il se carra dans son fauteuil.

— Asseyez-vous, je vous prie.

Il contempla un moment sa salle d'audience, ses sourcils se fronçant de plus en plus, mais il ne dit rien. Il lança un regard en coin à Jake, un autre plus sombre à Buckley, Sistrunk et Bost, puis prit une feuille et fit l'appel. Tous les avocats étaient présents. Dix au total.

Il approcha le microphone de sa bouche :

— Mettons d'abord un peu d'ordre, si vous le voulez bien. Maître Buckley, vous avez signifié votre entrée dans cette affaire en qualité d'avocat local associé au cabinet Sistrunk & Bost de Memphis, c'est exact ?

Buckley, impatient de se faire entendre, bondit de sa chaise.

— Absolument, Votre Honneur. Je suis…

— Et à la suite de cela, il apparaît que vous et votre associé ayez déposé une série de requêtes – requêtes censées être débattues aujourd'hui. C'est toujours exact ?

— Oui, Votre Honneur, et j'aimerais à ce propos…

— Je n'ai pas terminé. De son côté, Mᵉ Brigance a déposé une réclamation, contestant votre participation dans cette affaire pour votre manque, en la matière, d'expérience, de compétence et de connaissance. Toujours exact ?

— Objection parfaitement ridicule, Votre Honneur, comme vous pouvez le constater. Un avocat n'a nul besoin de…

— S'il vous plaît, maître Buckley. Vous avez déposé une requête demandant à intégrer cette affaire et il se trouve que Mᵉ Brigance s'y oppose. Donc, comme vous en conviendrez, c'est à moi de décider si l'objection est retenue ou non. Je n'ai encore rien arrêté, par conséquent, jusqu'à ce que ma décision soit prise, vous ne pouvez être reconnu comme avocat plaidant dans cette affaire. Vous me suivez ?

— Votre Honneur, l'objection de Mᵉ Brigance est tellement absurde qu'elle mérite d'être sanctionnée pour entrave à la justice. En fait, je suis justement en train de préparer une demande de sanction à cet égard.

— Inutile de perdre votre temps, maître Buckley. Asseyez-vous et écoutez-moi.

Atlee attendit que Buckley pose ses fesses sur sa chaise. Il plissa les yeux, les rides de son front se creusèrent. Atlee ne perdait jamais son sang-froid, mais il pouvait piquer volontairement des colères qui faisaient trembler tout avocat cinquante mètres à la ronde.

— Pour l'heure, vous n'êtes donc pas autorisé à siéger dans cette salle, maître Buckley, ni vous, maître Sistrunk, ni vous, maître Bost. Et pourtant, vous avez tenté un coup de force dans ma salle d'audience en vous installant de fait à cette table. Vous n'êtes pas les avocats de cette succession. Me Brigance l'est, officiellement et à ma demande. Peut-être un jour aurez-vous cette charge, mais tel n'est pas encore le cas.

Il parlait lentement, insistant sur chaque mot, pour qu'il soit bien compris. Ses paroles résonnaient dans la salle. Atlee avait l'attention de tout le monde.

Jake ne put s'empêcher de sourire. Il n'imaginait pas que son objection de pure forme, une objection effectivement ridicule, vaine et prétentieuse, se révélerait aussi utile.

Le juge reprit son laïus, un ton plus haut :

— Pour l'heure, vous n'avez rien à faire ici, maître Buckley ! Comment avez-vous osé réquisitionner cette place à cette table ?

— Il se trouve, Votre Honneur, que...

— Levez-vous quand vous vous adressez à la cour !

Buckley bondit de sa chaise ; dans sa précipitation, il se cogna un genou contre le meuble, mais tenta de garder un semblant de dignité.

— Votre Honneur, je n'ai jamais vu une affaire où un avocat dûment diplômé voit sa présence rejetée pour des raisons aussi fallacieuses, et par suite, je me suis dit que vous passeriez outre cette objection pour traiter des affaires plus pressantes.

— Eh bien, vous vous êtes trompé. Vous espériez que vous et vos acolytes de Memphis alliez pouvoir entrer dans mon tribunal et faire la loi comme ça, et vous autoproclamer les avocats de cette succession ? Je n'apprécie pas du tout cette arrogance.

— Monsieur le juge, j'assure la cour que…

— Assis ! Prenez vos affaires et allez vous installer dans le box des jurés.

Le juge Atlee tendit un doigt impérieux vers les bancs sur le côté de la salle, à proximité de l'endroit où se trouvait Jake. Buckley ne bougea pas.

Sistrunk se leva, écarta les bras d'un air théâtral et lança de sa voix de ténor :

— Votre Honneur, sauf votre respect, je dois dire que tout cala est absurde. Il s'agit là d'une procédure purement formelle que nous pouvons régler en deux temps trois mouvements. Nul besoin de ce genre d'esclandre. Nous sommes tous des gens sensés ici, et tous nous voulons la bonne marche de la justice. Pouvons-nous examiner cette question dès maintenant ? M⁰ Buckley a-t-il le droit de siéger à cette table comme avocat local ? Monsieur le juge, il est clair que l'objection du jeune M⁰ Brigance est sans fondement et irrecevable. C'est l'évidence, Votre Honneur. Et vous le savez très bien, n'est-ce pas ?

Le juge Atlee ne répondit pas, ne laissant rien paraître. Après quelques secondes d'un silence pesant, il se tourna vers un greffier :

— Allez voir si le shérif Walls se trouve dans le palais.

Cet ordre pouvait peut-être effrayer Rufus Buckley, et amuser Jake et les avocats de l'autre camp, mais il fit voir tout rouge à Sistrunk. Il bomba le torse, hors de lui :

— Votre Honneur, j'ai le droit de m'exprimer.

— Non. Pas encore. Asseyez-vous.

— Je n'apprécie pas votre ton, Votre Honneur. Il n'y a pas si longtemps que ça, des avocats comme moi ont été réduits au silence dans cette même salle d'audience ! Pendant des années, mes confrères n'avaient pas droit de cité, et une fois à l'intérieur, on les a bâillonnés !

— Asseyez-vous avant que je ne vous condamne pour outrage à la cour.

— Ne me menacez pas, juge ! lança Sistrunk en se plantant à côté de la table. J'ai le droit de parler, pour défendre les droits de ma cliente, et je n'accepterai pas d'être muselé par quelque point de procédure archaïque.

— Asseyez-vous, ou c'est la condamnation pour outrage à la cour.

Sistrunk fit un pas vers le juge sous les regards effarés de tout le monde dans la salle – juristes comme profanes.

— Non, je ne m'assiérai pas !

Sistrunk avait perdu l'esprit, songea Jake.

— C'est justement pour cette raison que j'ai demandé à ce que vous vous retiriez de l'affaire, poursuivit l'avocat de Memphis. Il est évident, pas seulement à mes yeux, mais à ceux de tout le monde ici, que vous avez un a priori racial dans cette affaire et que ma cliente ne peut espérer un procès équitable dans ces conditions. C'est également pour cette raison que nous réclamons un procès dans une autre juridiction. Trouver un jury impartial ici, dans cette ville, est définitivement impossible. La justice exige que ce procès ait lieu dans un autre tribunal, devant un autre juge !

— Vous avez gagné. Je vous condamne pour outrage à la cour, maître Sistrunk.

— Peu m'importe ! Je ferai tout pour défendre ma cliente et, si je dois aller devant une cour fédérale pour que le procès soit équitable, je suis prêt à le faire. Je poursuivrai en justice quiconque se mettra en travers de mon chemin !

Deux policiers s'approchaient lentement de Sistrunk. Soudain, il fit volte-face et désigna l'un des deux adjoints d'un doigt vengeur.

— Ne me touchez pas ! Sinon, je vous traîne devant la cour fédérale ! N'approchez pas !

— Où est le shérif Walls ? s'enquit le juge Atlee.

Un assesseur fit un signe de tête :

— Ici.

Ozzie franchissait les portes. Il descendit l'allée à grands pas, avec son adjoint Willie Hastings derrière lui. Atlee abattit son marteau.

— Maître Sistrunk, vous êtes condamné pour outrage à la cour et vous êtes placé sous la garde de Ozzie Walls, shérif du comté de Ford. Shérif, emmenez-le, s'il vous plaît.

— Vous ne pouvez pas faire ça ! cria Sistrunk. Je suis avocat, membre du barreau, j'ai le droit de siéger à la Cour suprême des États-Unis ! Je suis ici pour représenter ma cliente. J'ai avec moi un avocat local.

Vous n'avez pas le droit, Votre Honneur ! C'est de la discrimination manifeste et c'est hautement préjudiciable pour ma cliente.

Ozzie était alors à portée de poing, prêt à frapper au besoin. Plus grand de dix centimètres, dix ans plus jeune, quinze kilos plus lourd et il était armé. À en juger par l'expression de son visage, il aurait grand plaisir à rosser son adversaire devant ses électeurs. Il attrapa le coude de Sistrunk. L'espace d'une seconde, il y eut une résistance. Ozzie serra plus fort et dit :

— Les mains derrière le dos.

Booker Sistrunk était arrivé à ses fins. Avec un bel accent de sincérité, il baissa la tête, passa ses mains derrière lui, et endura l'humiliation d'être arrêté en public. Il regarda Kendrick Bost. Certains, plus tard, prétendirent avoir vu un sourire de satisfaction sur ses lèvres. Entouré par les adjoints du shérif, Sistrunk fut emmené.

— Nous vaincrons ! lança fièrement l'avocat en passant devant Lettie. N'ayez crainte, ces racistes n'auront jamais votre argent. Faites-moi confiance.

Les policiers le firent avancer et sortir de la salle d'audience.

Pour une raison qui demeurera à jamais mystérieuse, Rufus Buckley se sentit dans l'obligation de dire quelque chose. Il se leva de sa chaise, alors qu'un silence de plomb était tombé dans la salle.

— Votre Honneur, si la cour le permet, je voudrais dire que cet incident nuit gravement à nos intérêts.

Le juge Atlee se tourna vers les derniers adjoints présents dans la salle, et désigna Buckley.

— Emmenez-le aussi.

— Quoi ?

— Je vous condamne pour outrage à la cour. Emmenez-le.

— Mais pourquoi, Votre Honneur ?

— Parce que vous êtes présomptueux, irrespectueux, arrogant, et tout un tas d'autres choses déplaisantes. Sortez !

Les menottes claquèrent sur ses poignets. Buckley était tout pâle, les yeux exorbités. Lui, le grand Rufus Buckley, ancien procureur du district, lui, le symbole de l'intégrité, le fidèle serviteur de la loi, arrêté comme un vulgaire malfrat ! Jake se retint d'applaudir.

— Et mettez-le dans la même cellule que son associé ! rugit le juge dans son micro, tandis que Buckley clopinait dans l'allée, encadré par deux policiers, cherchant désespérément du regard un visage ami dans la salle.

Quand les portes claquèrent, il y eut un grand soupir dans le public, comme si tout le monde avait cessé de respirer jusque-là. Les avocats échangèrent des regards amusés. Jamais ils ne reverraient ça de leur vie. Le juge Atlee fit mine de prendre des notes pendant que l'assistance reprenait son souffle. Finalement, il releva les yeux.

— Maître Bost, vous avez quelque chose à ajouter ?

Bost secoua la tête. Les questions se bousculaient dans son esprit, mais vu l'humeur du juge, il préféra ne rien dire.

— Parfait. Vous avez donc trente secondes pour débarrasser cette table et aller vous installer dans le box des jurés. Maître Brigance, si vous voulez bien reprendre la place qui vous revient dans ce tribunal.

— Avec plaisir, Votre Honneur.

— Avant de continuer, faisons une pause de dix minutes.

* * *

Quatre voitures de patrouille étaient garées dans l'allée circulaire derrière le palais, avec les peintures réglementaires, les lettrines, les antennes et les gyrophares *ad hoc*. Tandis que les policiers se regroupaient dans le hall du fond pour emmener les deux avocats, Ozzie, qui avait le sens de l'humour, eut une idée.

— Mettez-les tous les deux dans ma voiture, ordonna-t-il.

— Je vous traînerai en justice pour cette infamie ! lança Sistrunk pour la dixième fois.

— On a nous aussi des avocats, répliqua Ozzie.

— Je vous poursuivrai tous, bande de culs-terreux !

— Et nos avocats ne sont pas en prison, eux.

— Et ce sera devant la cour fédérale !

— Tant mieux, j'adore le changement.

Sistrunk et Buckley furent conduits jusqu'à la grosse Ford marron d'Ozzie et poussés sur la banquette arrière. Dumas Lee et une cohorte de journalistes se précipitèrent pour les mitrailler.

— Faisons-leur faire une petite parade en ville, lança Ozzie à ses hommes. Avec les gyrophares, mais sans sirènes.

Ozzie s'installa au volant, démarra le moteur, et avança avec une lenteur calculée.

— Vous vous êtes déjà trouvé à cette place, Rufus ?

Buckley refusa de répondre. Il se tassait au maximum sur la banquette derrière le shérif, et jetait des regards inquiets vers la fenêtre, tandis qu'ils faisaient le tour de la place en roulant au pas. À quatre-vingts centimètres de lui, Booker Sistrunk était assis inconfortablement avec ses mains attachées dans le dos et continuait à se plaindre.

— Vous devriez avoir honte, traiter un frère comme cela !

— Rassurez-vous, les Blancs ont droit au même traitement.

— Vous violez mes droits civiques !

— Et vous violez les miens en me cassant les oreilles. Soit vous la fermez, soit je vous enferme à la cave. On a une petite pièce sous la prison. Vous la connaissez, Rufus, pas vrai ?

Encore une fois Buckley resta muet.

Le convoi fit deux fois le tour de la place, et sinua entre les pâtés de maisons, la Ford d'Ozzie en tête, les autres voitures de patrouille derrière. Le shérif voulait laisser le temps à Dumas de prendre position devant la prison. Quand la délégation arriva, le journaliste avait déjà son appareil rivé à son œil. On extirpa Sistrunk et Buckley de l'habitacle, et on les fit marcher jusqu'aux portes de la prison. On les y accueillit comme n'importe quels nouveaux détenus – photos face et profil, empreintes digitales, plus une foule de questions. On leur demanda de se débarrasser de leurs effets personnels, et on leur donna une tenue de prisonnier.

Trois quarts d'heure après la colère du juge Atlee, Booker Sistrunk et Rufus Buckley, dans deux combinaisons orange, avec des bandes blanches sur chaque jambe, étaient assis sur le bord de leur sommier de fer et regardaient, lugubres, les toilettes sales et tachées qui trônaient entre les deux lits – toilettes qu'ils étaient censés partager. Un geôlier se planta derrière les barreaux de leur cellule.

— Vous avez besoin de rien, les gars ?

— À quelle heure on mange ? s'enquit Buckley.

* * *

Maintenant que Bost et sa suite se trouvaient exilés dans le box des jurés, l'audience reprit et se termina très rapidement. Puisqu'il n'y avait plus personne pour demander un changement de juridiction pour la tenue du procès, ni un remplacement du juge, ces requêtes furent rejetées. Celle réclamant le remplacement de Jake par Rufus Buckley subit le même sort, sans que Atlee fournisse la moindre explication. Le juge accepta que le procès ait lieu avec un jury et donna aux parties quatre-vingt-dix jours pour boucler leurs dossiers. Il précisa que cette affaire était sa priorité et qu'il n'accepterait aucun ajournement. Il ordonna aux avocats de sortir leur agenda et de noter d'ores et déjà la date du procès : le 3 avril 1989, soit dans un peu moins de cinq mois.

Au bout d'une demi-heure, Atlee fit tinter son maillet et sortit de la salle. La foule se leva. La rumeur des conversations emplit le tribunal tandis que les avocats se rassemblaient, encore surpris par ce qui venait de se passer.

— Vous avez de la chance de ne pas vous retrouver également en prison, murmura Stillman Rush à Jake.

— C'est incroyable ! Vous allez rendre visite à Rufus ?

— Plus tard, peut-être.

Kendrick Bost emmena Lettie et sa famille dans un coin, pour tenter de les rassurer, leur dire que tout se passait comme prévu. Le clan Lang ne paraissait guère convaincu. Bost et le garde du corps prirent rapidement congé. Ils traversèrent la pelouse au pas de course et s'engouffrèrent dans la Rolls. Le gorille servait aussi de chauffeur. Et la voiture noire fila vers la prison du comté. Arrivés là-bas, on leur dit que les visites n'étaient pas autorisées par la cour. Bost lâcha un juron, tourna les talons, remonta en voiture, et prit la direction d'Oxford, là où se trouvait la cour fédérale la plus proche.

* * *

Dumas Lee rédigea un article de mille mots avant la pause déjeuner et le faxa à un journaliste d'un quotidien de Memphis. Il y joignit une collection de photographies. Plus tard dans la journée, il envoya la même chose aux journaux de Tupelo et de Jackson.

19.

La nouvelle fuita d'une source sûre et se propagea comme un feu de brousse dans le tribunal et sur toute la place de Clanton. À 9 heures, le juge Atlee allait recevoir les prisonniers et leur donner l'occasion de présenter leurs excuses. L'idée de voir Rufus Buckley et Booker Sistrunk amenés au palais de justice entre deux policiers – peut-être même, menottes aux poings, en combinaison orange et sandales de plastique aux pieds ! – était irrésistible.

Leur mésaventure avait fait le tour de la ville. Ragots et plaisanteries allaient bon train. Pour Buckley, l'affront était monumental. Pour Sistrunk, ce n'était rien qu'une anicroche de plus dans son parcours semé d'esclandres.

Le journal de Memphis publia l'article de Dumas *in extenso* en une des pages régionales, accompagné d'une grande photographie où l'on voyait les deux avocats menottés quittant le tribunal. La légende était un don du ciel pour Sistrunk : « Un grand avocat de Memphis incarcéré au Mississippi. » En supplément à l'article de Dumas, il y en avait un autre évoquant le recours en *habeas corpus* que le cabinet Sistrunk & Bost avait présenté devant la cour fédérale d'Oxford, pour contester cette séquestration qu'ils jugeaient arbitraire. Une audience était prévue à 13 heures le jour même.

Jake était au balcon donnant sur la place. Il buvait un café avec Lucien en attendant l'arrivée des voitures de police. Ozzie avait promis d'appeler avant de partir.

Lucien, qui détestait se lever tôt (pour des raisons évidentes), avait l'air dispos et l'œil curieusement vif à cette heure matinale. Il disait boire moins, faire du sport, et travaillait effectivement beaucoup plus. Jake trouvait d'ailleurs que son ancien patron était bien trop présent au cabinet – même si c'était objectivement chez lui.

— Jamais je n'aurais cru voir de mon vivant Rufus Buckley menottes aux poignets.

— Oui, c'est un spectacle unique, presque trop beau pour être vrai, répondit Jake. Il ne faut rater ça pour rien au monde. Je vais appeler Dumas et lui demander si je peux lui acheter, en souvenir, une photo de Buckley emmené en prison.

— Excellente idée ! Prends-en une pour moi.

— Une huit par dix, encadrée. Ça va valoir une fortune.

Roxy dut monter l'escalier, entrer dans le bureau de Jake et marcher jusqu'au balcon pour trouver son patron.

— Le shérif Walls a appelé. Ils arrivent.

— Merci.

Jake et Lucien descendirent aussitôt dans la rue. Tous les autres cabinets d'avocats de la place étaient déserts, leur propriétaire ayant soudain des affaires urgentes à régler du côté du palais. Le pauvre Rufus avait tant d'ennemis ! Le tribunal n'était pas plein, mais tous ceux qui se réjouissaient des déboires de Buckley étaient là. Ils avaient fait le déplacement pour le seul plaisir de voir sa déconfiture. Un huissier demanda le silence et le juge Atlee fit son entrée. Son Honneur s'adressa à un policier de faction :

— Amenez-le-moi.

Une porte latérale s'ouvrit et Buckley entra dans la salle, sans fers aux mains ni aux pieds. À part son début de barbe, ses cheveux en bataille, il était semblable à la veille. Le juge, par compassion, l'avait autorisé à remettre ses vêtements. Il eût été trop humiliant de le faire venir en combinaison de détenu. Après la couverture médiatique dans les journaux du matin, le juge ne pouvait faire comparaître un ancien procureur dans un tel accoutrement.

Aucune trace de Sistrunk. On referma la porte. À l'évidence, le ténor du barreau ne se montrerait pas.

— Venez ici, monsieur Buckley, lança Atlee en désignant une zone juste devant son estrade.

Buckley obéit et se tint, penaud et seul devant le juge, comme une âme en peine. Il déglutit en grimaçant et leva les yeux vers le juge.

Atlee écarta son microphone et dit à voix basse :

— Je vois que vous avez survécu à votre nuit en prison.

— Oui, Votre Honneur.

— Le shérif Walls vous a-t-il bien traité ?

— Oui, Votre Honneur.

— Vous et M. Sistrunk avez-vous apprécié cette nuit de repos passée ensemble ?

300

— Une nuit de repos est un bien grand mot, Votre Honneur. Mais oui, nous avons plus ou moins dormi.

— Je vois que vous êtes seul. Un message peut-être de M. Sistrunk ?

— Il a beaucoup à dire, Votre Honneur, mais je n'ai pas le droit d'en rapporter le moindre mot. Et je doute que cela allège son cas.

— Le contraire m'eût étonné. Je n'aime pas qu'on m'insulte, monsieur Buckley, en particulier qu'on me traite de « raciste ». Je sais que c'est l'un des mots favoris de M. Sistrunk. Je vous autorise, en votre qualité d'avocat associé, à lui expliquer ce point de procédure et à lui dire que, s'il s'avise encore de m'injurier ainsi, vous serez tous les deux exclus à vie de mon tribunal.

Buckley hocha la tête.

— Je lui passerai le message avec joie, Votre Honneur.

Jake et Lucien étaient installés au quatrième rang du fond, sur un long banc d'acajou qui était là depuis des décennies. Au bout du siège, une jeune femme noire vint s'asseoir. Elle avait une vingtaine d'années, jolie. Jake l'observa. Son visage lui paraissait familier. Elle regardait autour d'elle, comme si elle n'était pas certaine d'avoir le droit d'être là. Jake lui retourna un sourire, comme pour lui dire : « Tout va bien. Un tribunal est un espace public. »

— Je vous en saurai gré, répondit le juge. Le but de cette audience de ce matin est de faire le point et de lever l'outrage à magistrat dont vous faites l'objet. Je vous ai condamné, monsieur Buckley, vous et votre associé de Memphis, parce que vous vous êtes montrés irrespectueux envers ce tribunal, et donc envers moi. Je reconnais que je me suis mis en colère, et j'évite d'ordinaire de prendre des décisions quand je suis dans cet état. J'ai appris au fil des années que ce sont toujours de mauvaises décisions. Je ne regrette en aucun cas ce que j'ai dit hier, et si c'était à refaire, j'agirais pareillement. Cela étant, je vous offre une chance de vous expliquer.

L'accord avait déjà été transmis par Ozzie. Il suffisait de reconnaître sa faute, de formuler de simples excuses, et l'outrage à la cour serait levé. Buckley avait accepté aussitôt. Mais pas Sistrunk qui voulait du sang.

Buckley piaffait d'une jambe sur l'autre, mal à l'aise.

— Votre Honneur, je me rends compte qu'hier nous sommes allés trop loin. Nous avons été présomptueux et irrévérencieux, et je vous présente mes excuses pour notre attitude. Cela ne se renouvellera plus.

— Très bien. L'outrage à la cour est donc levé.

— Je vous remercie, Votre Honneur, articula Buckley, tout contrit et soulagé, les épaules basses.

— Passons au point suivant, maître Buckley : j'ai demandé un procès pour le 3 avril. Il y a beaucoup de travail préalable à effectuer, beaucoup de réunions à organiser entre les parties. Et par suite, il y aura encore d'autres audiences préparatoires dans ce tribunal. La cour ne peut accepter des psychodrames et du tapage chaque fois que nous nous retrouverons dans cette salle. Même si l'enjeu est grand, j'en conviens. Alors ma question est la suivante : comment concevez-vous votre rôle dans cette affaire, vous et votre collègue de Memphis ?

302

À nouveau homme libre, à qui on donnait l'occasion de s'exprimer, Buckley s'éclaircit la gorge et se lança avec l'assurance du juste :

— Eh bien, Votre Honneur, nous sommes là pour protéger les droits de notre cliente, Mme Lettie Lang, et je…

— J'entends bien. Je vous parle du procès, maître Buckley. Il n'y a pas assez de place pour Mᵉ Brigance, l'avocat dûment désigné pour la défense de ce testament, et pour vous autres qui représentez chaque bénéficiaire dudit testament. Il y a bien trop de monde, vous me suivez ?

— En fait, pas tout à fait, Votre Honneur.

— Bien, je vais être plus direct. Une personne qui veut contester la validité d'un testament a le droit d'engager un avocat et de déposer un recours en justice, dit-il en désignant de la main la table des plaignants. Cet avocat participe alors au procès du début à la fin. En revanche, tous les défenseurs dudit testament sont *de facto* représentés par l'avocat désigné de la succession. En l'occurrence, Mᵉ Brigance. Les bénéficiaires, dans ce navire, ne sont que des passagers, si vous me permettez cette analogie.

— Oh, je ne crois pas, Votre Honneur, je…

— Ce que je dis, maître Buckley, sans vouloir vous offenser, c'est que je ne suis pas sûr que l'on ait réellement besoin de vos services. Peut-être que si, mais il faudra m'en convaincre. Nous aurons le temps de revenir sur cette question. Mais je vous conseille de bien affûter vos arguments, me suis-je bien fait comprendre ?

— C'est-à-dire, monsieur le juge, il se trouve que je pense…

Atlee leva les mains.

— Plus tard. Nous verrons ça en temps voulu.

Pendant un instant, Buckley sembla prêt à la joute, mais il se souvint aussitôt pourquoi il se trouvait dans cette salle. Il ne fallait pas agacer la cour à nouveau.

— Entendu, Votre Honneur. Je vous remercie.

— Vous pouvez disposer. Vous êtes libre.

Jake regarda à nouveau la jeune femme. Pantalon moulant, pull-over rouge, baskets jaunes usées, lunettes de créateur. Elle semblait mince et musclée, rien à voir avec les autres filles noires du comté. Elle le regarda et lui fit à son tour un sourire.

* * *

Une demi-heure plus tard, elle se tenait devant le bureau de Roxy, demandant poliment si elle pouvait voir quelques instants Me Jake Brigance. Quel nom ? Portia Lang, fille de Lettie Lang. Me Brigance était très occupé… mais Roxy savait que cela pouvait être important. Elle la fit attendre dix minutes, puis trouva un trou dans l'emploi du temps de Jake.

Il la reçut dans son bureau. Lui proposa du café, mais elle refusa. Ils s'installèrent dans le coin salon, lui dans un vieux fauteuil de cuir, elle sur le canapé, comme si elle venait consulter un psy. Malgré elle, son regard parcourait la grande pièce, admirant le mobilier et la pagaille ordonnée des dossiers. C'était sa première visite dans un cabinet d'avocats, confessat-elle.

— Avec un peu de chance, ce sera la dernière, répondit Jake dans un rire.

Elle était tendue et réticente à parler. La présence de cette jeune femme pouvait être cruciale. Jake fit son possible pour la mettre à l'aise.

— Parlez-moi de vous.

— Votre temps est compté, je le sais.

— Mais non. L'affaire de votre mère est ma priorité numéro un.

Portia sourit, un sourire nerveux. Elle avait coincé les mains sous ses cuisses, ses baskets jaunes s'agitaient au bout de ses jambes. Lentement, elle se mit à parler. Elle avait vingt-quatre ans, c'était l'aînée, et elle venait de quitter l'armée après six ans de service. Elle était postée en Allemagne quand elle avait appris que sa mère était la bénéficiaire du testament de Seth Hubbard, quoique cela fût sans rapport avec son départ de l'armée. Six ans sous le drapeau lui suffisaient. Elle avait son compte des militaires et voulait retrouver la vie civile. Elle avait été une bonne élève au lycée de Clanton, mais comme son père était fâché avec le travail, il n'y avait pas assez d'argent pour lui payer des études à l'université. (Elle se renfrogna en évoquant Simeon.) Pressée de quitter la maison et la région, elle s'était engagée dans l'armée et avait sillonné le monde. Portia était revenue depuis près d'une semaine, mais ne comptait pas rester dans le coin. Elle avait assez d'économies pour se payer trois ans d'études et voulait faire du droit. En Allemagne, elle avait intégré le service de la justice militaire, comme greffière, et avait assisté aux audiences de la cour martiale.

Elle séjournait chez ses parents. La famille avait déménagé en ville. Ils louaient la vieille ferme des Sappington, dit-elle avec une pointe de fierté. « Je suis au courant, répondit Jake. C'est une petite ville. Tout se sait. » Mais elle ne resterait pas longtemps parce que la maison, même si elle était grande, était une vraie auberge espagnole avec des cousins qui allaient et venaient, des gens qui dormaient partout.

Jake l'écoutait avec attention, attendant l'ouverture qui allait forcément se présenter à un moment ou à un autre. De temps en temps, il posait une question sur sa vie, pour l'inciter à continuer. Portia se détendit peu à peu et se raconta. Six ans dans l'armée avaient effacé l'accent du Sud et les fautes de grammaire. Sa diction était irréprochable et parfaitement naturelle. Elle avait appris l'allemand et le français en Europe et travaillait comme traductrice. Aujourd'hui, elle apprenait l'espagnol.

Par réflexe, Jake voulut prendre des notes, mais cela aurait pu paraître indélicat.

Portia était allée au pénitencier de Parchman, le week-end dernier, voir Marvis, et il lui avait parlé de la visite de Jake. Elle évoqua son frère un long moment, en ayant de temps en temps la larme à l'œil. C'était son grand frère, il avait toujours été son héros. Quel gâchis. Si Simeon avait été un meilleur père, Marvis n'aurait pas mal tourné. Oui, il lui avait demandé de dire à sa mère de faire confiance à Jake. Marvis avait parlé aussi à son avocat, Nick Norton, qui lui avait confirmé que la bande de Memphis allait se ramasser.

— Pourquoi étiez-vous au tribunal ce matin ?

— J'étais là aussi hier, maître Brigance.

— Je vous en prie, appelez-moi Jake.

— D'accord, Jake. J'ai vu le carnage hier. Un fiasco complet. Et je suis revenue ce matin pour consulter le dossier au greffe. C'est alors que j'ai appris qu'on allait faire sortir les avocats de prison pour les entendre.

— Les avocats qui représentent justement votre famille.

— Oui. (Elle prit une longue inspiration et poursuivit plus lentement :) C'est ce dont je voulais vous parler. Si nous pouvons parler de l'affaire, bien sûr.

— Bien sûr. Nous sommes dans le même camp. On ne le dirait pas, mais nous sommes alliés.

— D'accord. (Une autre inspiration.) Je ne peux pas garder ça pour moi, vous comprenez. Je n'étais pas ici lors du procès Hailey, mais on m'a tout raconté. Je suis rentrée pour Noël et on parlait encore beaucoup du procès du Klan, de la garde nationale et de tout ça. Je m'en voulais d'avoir raté ça. Mais votre nom était sur toutes les lèvres, dans les deux camps. Ma mère m'a dit, il y a quelques jours, qu'elle pensait pouvoir vous faire confiance. Ce n'est pas facile pour les Noirs, Jake, en particulier dans une situation comme celle-là.

— C'est une première, j'en conviens.

— Vous voyez ce que je veux dire. Il y a tant d'argent en jeu, on ne veut pas se rater, on veut faire au mieux.

— Je comprends.

— Bref, en revenant hier à la maison, il y a eu une autre dispute. Une grosse. Entre maman et papa, et quelques autres qui s'en sont mêlés. Je ne sais pas ce qui s'est passé avant mon retour, mais à l'évidence, c'était cette fois du sérieux. Papa accusait maman d'avoir couché avec Seth Hubbard. (Ses yeux s'emplirent de larmes. Elle s'interrompit pour les

307

essuyer.) Ma mère n'est pas une Marie couche-toi-là, Jake, c'est une femme courageuse qui a élevé cinq enfants quasiment toute seule. Cela me fout en l'air de voir que plein de gens ici pensent qu'elle a eu des relations sexuelles avec le vieux pour avoir une part de l'héritage. Je n'y croirai jamais. Jamais. Mais du côté de mon père, ce n'est pas gagné. Cela fait vingt ans que c'est la guerre entre eux. Quand j'étais au lycée, je suppliais déjà maman de le quitter. Il la critiquait tout le temps et, à présent, il lui reproche quelque chose qu'elle n'a pas fait. Je lui ai pourtant dit de la fermer. (Jake lui tendit un mouchoir, mais les larmes avaient séché.) Merci. Donc, d'un côté, il l'accuse d'avoir couché avec Seth Hubbard, et de l'autre, en secret, il est bien content parce que ça risque de lui rapporter gros. Des deux côtés, maman est perdante. Alors hier, de retour du tribunal, elle lui est rentrée dedans à cause des avocats de Memphis.

— C'est donc lui qui les a engagés ?

— Oui. Il se prend pour quelqu'un d'important maintenant, et il veut protéger son pactole – c'est-à-dire ma mère. Il est convaincu que tous les Blancs d'ici veulent invalider le testament et garder l'argent. Que tout cela est une histoire de races. Alors il s'est dit : autant engager l'avocat le plus belliqueux sur ces questions. Et voilà comment on se retrouve dans cette impasse. Avec notre sauveur supposé désormais en prison.

— Et vous, qu'en pensez-vous ?

— Sistrunk voulait un scandale, voulait être arrêté et emmené en cellule. Vous avez vu la photo dans les journaux, avec la légende ? Encore un Noir victime du racisme dans le Mississippi. C'est parfait pour lui. Il ne pouvait rêver mieux.

Jake hocha la tête et sourit. Cette jeune femme avait de la jugeote.

— C'est aussi mon avis, dit-il. C'était de la comédie. Pour Sistrunk, du moins. Mais pas pour Rufus Buckley, ça je peux vous l'assurer. Il n'avait aucune envie de se retrouver derrière les barreaux.

— Comment en sommes-nous arrivés là ?

— Je comptais justement vous poser la question.

— D'après ce que j'ai pu comprendre, mon père est allé à Memphis pour rencontrer Sistrunk qui, évidemment, a flairé le bon coup. Alors il est venu ici, a fait son show et a embobiné maman. Maman vous aime bien, Jake, vraiment, et elle a confiance en vous, mais Sistrunk l'a convaincue que tous les Blancs d'ici sont contre elle. Et puis, allez savoir pourquoi, Sistrunk a choisi de faire entrer Buckley en scène.

— Si ces gens restent sur le terrain, nous allons perdre. Vous les imaginez devant un jury ?

— Je vois déjà le tableau. Et la dispute, c'était pour ça. Maman et moi soutenions qu'ils allaient tout faire foirer. Simeon, M. Je-sais-tout, disait que Sistrunk porterait l'affaire au niveau fédéral et que là on était sûr de gagner.

— C'est impossible, Portia. Ce genre d'affaires n'est jamais jugé par une cour fédérale.

— C'est bien ce que je pensais.

— Combien prend Sistrunk ?

— La moitié. Et si je le sais, c'est uniquement parce que cela leur a échappé pendant la dispute. Ma mère a lancé que c'était de la folie de donner la moitié à Sistrunk. Et papa a répondu « la moitié, c'est pas grand-chose ! ».

— Ils lui ont emprunté de l'argent ?

— Vous êtes décidément bien curieux !

Jake haussa les épaules.

— De toute façon, ça finira par se savoir un jour ou l'autre.

— Oui. Il y a un prêt. Je ne sais pas combien.

Jake but une gorgée de café froid, réfléchissant à sa prochaine question.

— C'est une affaire sérieuse, Portia. Il y a une fortune en jeu et nous allons droit dans le mur.

Elle sourit.

— Une fortune ? Quand on a su qu'une pauvre négresse du Mississippi allait gagner vingt millions de dollars, tous les avocats sont devenus hystériques. Il y en a même un qui a téléphoné de Chicago, en faisant toutes sortes de promesses. Mais Sistrunk est le gardien du temple, et les envoie paître un à un. N'empêche qu'ils n'arrêtent pas d'appeler. Des Blancs, des Noirs, tout le monde nous harcèle, chacun affirmant qu'il est le meilleur.

— Vous n'avez pas besoin de ces gens.

— Vous en êtes sûr ?

— Mon travail est de faire appliquer le testament de Seth Hubbard, c'est aussi simple que ça. Ce document est attaqué par les descendants, et c'est là que doit avoir lieu la bagarre. Quand nous serons au procès, je veux avoir votre mère assise à ma table, juste à côté de moi, avec Quince Lundy, l'administrateur de la succession. Il est blanc, je suis blanc, et entre nous deux, il y aura Lettie, toute pimpante et heureuse. C'est une histoire d'argent, Portia, mais aussi de race. Il ne faut pas diviser la salle avec les Blancs d'un côté et les Noirs de l'autre. Je conduirai cette affaire jusqu'au jury et je…

— Et vous pensez gagner ?

— Seul un idiot prétendrait savoir ce que va faire un jury. Mais je vous assure que j'ai plus de chances de gagner ce procès que Sistrunk. Ça, je peux le jurer devant Dieu.

— Et combien demandez-vous ?

— Vous aussi vous êtes curieuse !

— Excusez-moi. C'est juste qu'il y a tellement d'éléments que j'ignore.

— Je travaille à l'heure et mes honoraires sont pris sur la succession. À un tarif raisonnable et approuvé par la cour.

Elle acquiesça comme si elle avait entendu ça mille fois. Elle toussa.

— J'ai la bouche sèche. Je peux avoir quelque chose à boire, de l'eau, un soda…

— Bien sûr. Suivez-moi.

Ils descendirent au rez-de-chaussée pour se rendre dans la petite cuisine. Jake trouva un soda light. Pour l'impressionner, il la conduisit dans la salle de réunion où Quince Lundy épluchait la comptabilité de Seth Hubbard. Il n'était pas encore arrivé.

— Combien y a-t-il en liquidités ? demanda-t-elle, timidement, comme si elle craignait de se montrer indiscrète.

Elle contemplait les cartons comme autant de coffres remplis d'or.

— Quasiment la totalité.

Elle admira les rayonnages emplis de gros volumes de droit, dont la plupart n'avaient pas été ouverts depuis des décennies.

— Vous avez vraiment de beaux locaux, Jake.

— Je suis une sorte de squatteur. Cet endroit appartient en fait à Lucien Wilbanks.

— J'ai entendu parler de lui.

— Comme tout le monde. Asseyez-vous, je vous en prie.

Elle s'installa sur l'un des beaux sièges de cuir disposés autour de la table, tandis que Jake allait fermer la porte. Roxy, bien sûr, rôdait, ses antennes radar déployées.

Jake prit place en face de la jeune femme.

— Maintenant, Portia, dites-moi comment vous comptez vous débarrasser de Sistrunk.

Dans la pure tradition militaire, elle riposta aussitôt :

— En le laissant pourrir en prison !

— Il n'y est que de façon temporaire ! répondit Jake en riant. Non, votre mère doit le congédier. Votre père n'a pas son mot à dire. Il ne fait pas partie de la succession.

— Mais mes parents lui doivent de l'argent.

— Ils le paieront plus tard. Si votre mère m'écoute, je la défendrai jusqu'au bout. Mais d'abord, elle doit dire à Sistrunk qu'il est hors jeu. Et Buckley aussi. Par écrit. Je lui préparerai une lettre qu'elle n'aura qu'à signer.

— Donnez-moi un peu de temps.

— Nous n'en avons pas tant que ça. Plus Sistrunk s'attarde, plus il fait de dégâts. Il aime qu'on parle de lui, attirer l'attention. Malheureusement, c'est l'atten-

312

tion des Blancs qu'il éveille, et pas en bien, or ce seront eux nos jurés.

— Un jury uniquement de Blancs ?

— Non. Mais il y en aura au moins huit ou neuf sur les douze.

— Le jury pour Carl Lee Hailey n'était composé que de Blancs, n'est-ce pas ?

— En effet. Et sa blancheur devenait plus éclatante de jour en jour. Mais c'était un tout autre procès.

Elle but une gorgée à sa canette et contempla à nouveau les volumes couvrant les murs.

— Ce doit être vraiment génial d'être avocat, dit-elle d'un air rêveur.

« Génial » ? Jake n'aurait pas dit ça. Cela faisait longtemps qu'il trouvait son travail fastidieux. Le procès Hailey avait été une grande victoire, un triomphe, mais pour tout ce travail, sans compter les soucis, les menaces, les traumatismes, il n'avait touché que neuf cents dollars. Et en échange, il avait perdu sa maison, et failli perdre sa famille.

— Il y a des bons moments, répliqua-t-il.

— Dites-moi, Jake, il y a des avocates noires à Clanton ?

— Non.

— Et des avocats noirs ?

— Deux.

— Où se trouve l'avocate noire la plus proche ? Une vraie avocate, avec un bureau et tout ?

— Il y en a une à Tupelo.

— Vous la connaissez ? J'aimerais tant la rencontrer.

— Je lui passerai un coup de fil. Elle s'appelle Barbara McNatt, elle est très sympa. Elle est sortie un an avant moi d'Ole Miss. Elle s'occupe surtout de droit de la famille mais elle a aussi affaire aux policiers et aux procureurs. C'est une très bonne avocate.

— Ce serait super, Jake.

Elle but une autre gorgée. Il y eut un petit silence gêné. Jake savait vers quel point diriger la conversation mais ne souhaitait pas presser Portia.

— Vous voulez faire l'école de droit ? commença-t-il pour avoir son attention.

Ils en parlèrent un moment. Jake veilla à ne pas faire un portrait apocalyptique de ces trois années d'études. Elle découvrirait bien assez tôt ce supplice. De temps en temps, comme tout avocat en exercice, on lui demandait si c'était une bonne idée de se lancer dans la profession. Jamais, il n'avait pu répondre non ; c'eût été malhonnête, malgré toutes ses réserves. Il y avait trop d'avocats et pas assez de travail. Ils se retrouvaient les uns à côté des autres dans les petites bourgades, ou les uns sur les autres dans les gratte-ciel des grandes villes. Et pourtant, la moitié des Américains n'avaient pas les moyens de se payer une défense juridique quand ils avaient des problèmes. Il fallait donc encore et encore des avocats. Mais ni des avocats d'affaires, ni de petits avocats de proximité comme lui-même. Ceux-là, ils étaient en surnombre. Quelque chose lui disait que Portia pourrait faire une bonne avocate, qu'elle aiderait réellement les gens de sa communauté.

Quince Lundy arriva et interrompit la conversation. Jake la présenta à son collègue, puis la raccompagna à la porte. Une fois sur le perron, il l'invita à dîner.

* * *

Le recours en *habeas corpus* demandé par Kendrick Bost fut entendu au premier étage de la cour fédérale d'Oxford, à 13 heures comme prévu. À ce moment-là, l'honorable Booker F. Sistrunk portait sa combinaison orange de détenu depuis plus de vingt-quatre heures. Il ne se présenta pas à l'audience. Sa présence, d'ailleurs, n'était nullement requise.

Un magistrat fédéral présidait la séance avec un manque d'intérêt criant. C'était la première fois, du moins dans ce district, qu'une cour fédérale devait statuer sur un outrage à magistrat perpétré dans un tribunal local. Le président ne voyait pas en quoi la cour fédérale avait autorité en la matière. Il n'y avait eu aucun antécédent, où que ce soit dans le pays.

On laissa néanmoins Bost soliloquer pendant une demi-heure, bien qu'il ne dît rien en substance. Ses récriminations étaient bancales. Il disait que Booker Sistrunk était victime d'un complot des autorités du comté de Ford, qu'on cherchait à l'évincer d'une affaire de contestation de testament, ce genre de choses. Ce qu'il ne dit pas, toutefois, était d'une évidence criante : à savoir que Sistrunk demandait à être libéré sur-le-champ parce qu'il était noir et qu'il se jugeait maltraité par un juge blanc.

La requête fut rejetée. Bost prépara immédiatement un recours auprès de la cour d'appel régionale de La Nouvelle-Orléans. Buckley et lui en déposèrent également un autre auprès de la Cour suprême du Mississippi.

Pendant ce temps, Sistrunk jouait aux échecs avec son nouveau compagnon de cellule, un faussaire de chèques.

* * *

Du côté maternel, la famille de Carla prétendait avoir des racines germaniques. Pour cette raison, elle avait choisi d'étudier l'allemand au lycée et pendant quatre ans encore à Ole Miss. À Clanton, elle avait rarement l'occasion de pratiquer la langue, elle fut donc ravie de recevoir Portia dans leur modeste maison de location, même si elle avait été prévenue sur le tard. Jake n'avait pensé à l'avertir qu'à 17 heures.

— Pas de panique, chérie. C'est une gentille fille qui peut nous apporter une aide précieuse. En plus, je pense que c'est la première fois qu'elle est invitée à dîner chez des Blancs.

Au fil de la discussion, un peu tendue au début, Carla et lui s'aperçurent qu'eux aussi n'avaient jamais invité de Noirs chez eux.

Leur invitée arriva à 18 h 30 tapantes. Elle avait apporté une bouteille de vin, une vraie, avec un bouchon ! Jake lui avait dit que ce serait à la bonne franquette, mais Portia s'était changée et avait enfilé une robe longue de coton. Elle salua Carla en allemand, mais passa rapidement à l'anglais. Elle présenta ses excuses pour la bouteille de vin – un rouge bon marché de Californie. Ils plaisantèrent sur le peu de choix de cavistes dans le coin. Jake expliqua que tout le vin et l'alcool importés étaient préemptés par l'État du Mississippi, et distribués au compte-gouttes aux détaillants, si bien que, dans certaines villes, il était plus facile d'acheter du rhum agricole à quatre-vingt-dix degrés qu'une bière.

Jake prit la bouteille.

— On n'a pas d'alcool à la maison.

— Je suis désolée, balbutia Portia, gênée. Je la rapporterai chez moi, si vous préférez.

— Mais non, nous allons la boire, intervint Carla.

Bonne idée. Tandis que Jake se mettait en recherche d'un tire-bouchon, les deux femmes s'approchèrent des fourneaux : Portia avoua qu'elle ne savait pas cuisiner, même si elle avait beaucoup appris sur l'art culinaire en Europe. Elle avait aussi un faible pour les vins italiens, quasiment introuvables dans le comté de Ford.

— Il faut aller à Memphis, annonça Jake, continuant à chercher son tire-bouchon.

Carla faisait cuire des saucisses piquantes dans une sauce tomate. Pendant que la mixture mijotait, elle échangea avec Portia quelques phrases élémentaires en allemand. Portia lui répondait, la corrigeait, en articulant lentement. Hanna, entendant ces sons nouveaux, vint dans la cuisine. On la présenta à l'invitée, qui l'accueillit par un « Ciao ».

— Ça veut dire quoi « Ciao » ? demanda la petite.

— Entre amis, cela veut dire bonjour ou au revoir en italien, et aussi en portugais, je crois, répondit Portia. C'est beaucoup plus facile à se souvenir que « guten Tag » ou « bonjour ».

— Je connais des mots en allemand. Maman me les a appris.

— On s'entraînera plus tard, chérie, intervint Carla.

Jake trouva enfin un vieux tire-bouchon et parvint, non sans efforts, à déboucher la bouteille.

— On avait autrefois de jolis ballons en cristal, expliqua Carla en apportant trois simples verres à eau. Comme tout le reste, ils sont partis dans l'incendie.

Jake remplit les verres. Ils trinquèrent.

— À la vôtre !

Il s'assit autour de la table.

— Vous parlez souvent de l'incendie ? demanda Portia quand Hanna fut repartie dans sa chambre.

— Pas beaucoup, répondit Jake.

Carla secoua la tête et détourna les yeux.

— En tout cas, si vous avez regardé les journaux, vous savez que l'un de ces criminels est de nouveau libre, à rôder dans le quartier.

— J'ai lu ça. Vingt-sept mois.

— Ouais. Certes, il n'a pas gratté l'allumette, mais il faisait partie des têtes pensantes.

— Cela vous inquiète ?

— Bien sûr, répliqua Carla. On dort déjà au milieu d'une armurerie.

— Ce n'est pas Dennis Yawkey qui m'inquiète le plus, expliqua Jake. C'est juste une petite frappe qui a voulu impressionner d'autres gars. En plus, Ozzie le surveille de près. Au premier faux pas, il le ramène à Parchman. Les vrais méchants me soucient davantage, ceux qu'on n'a pas coincés. Et ils sont nombreux, certains d'ici, d'autres d'ailleurs. Seuls quatre ont été poursuivis.

— Cinq en comptant Blunt, rectifia Carla.

— Il n'a pas été poursuivi. Blunt, c'est le type du Klan qui a tenté de faire sauter la maison une semaine avant qu'ils n'y mettent le feu. Il séjourne aujourd'hui à l'asile, où il joue le parfait fou.

Carla se leva, alla remuer la sauce et mit de l'eau à bouillir pour les pâtes.

— Excusez-moi, dit doucement Portia. Je ne voulais pas évoquer un sujet douloureux.

— Tout va bien, la rassura Jake. Parlez-nous de l'Italie. Nous n'y sommes jamais allés.

Pendant le repas, Portia leur raconta ses voyages, l'Italie, mais aussi l'Allemagne, la France, et le reste de l'Europe. Au lycée, elle avait pris la décision de voir le monde, de partir loin du Mississippi. L'armée lui donnait cette chance et elle en avait tiré profit. Après ses classes, ses trois choix étaient l'Allemagne, l'Australie, et le Japon. Quand elle était en poste en Bavière, toute sa solde se volatilisait en billets de train et auberges de jeunesse. Voyageant le plus souvent seule, elle avait sillonné le vieux continent, de la Suisse à la Grèce. Elle avait ensuite été affectée à Guam pour un an, mais l'histoire et la culture de l'Europe lui manquaient, en particulier la cuisine et les vins. Elle avait demandé son transfert.

Jake était allé au Mexique, Carla à Londres. Pour leur cinquième anniversaire de mariage, ils avaient économisé pour s'offrir un voyage à petit prix à Paris. Un choc. Ils en parlaient encore. Mais ils étaient attachés à leur terre natale. Avec un peu de chance, ils passeraient une semaine à la mer à Destin cet été. En entendant les récits de Portia, Hanna ouvrait de grands yeux.

— Tu as vu les pyramides ?

Oui, elle les avait vues. On avait l'impression que Portia avait tout visité, tout exploré. La bouteille de vin fut vidée dès l'entrée. Il leur en fallait une autre, mais Carla servit du thé glacé jusqu'à la fin du repas. Après que Hanna fut couchée, ils burent un déca, avec des cookies, et parlèrent de la marche du monde.

De Lettie et du testament, il n'en fut pas une seule fois question.

20.

« Ancil Hubbard » n'était plus. Son ancien nom et son ancien moi avaient été jetés aux oubliettes des années plus tôt, quand une fille enceinte était venue le trouver avec des allégations et des exigences. Elle n'était pas sa seule source de problèmes, ni la seule raison de son changement de patronyme. Il y avait aussi une épouse abandonnée en Thaïlande, quelques maris jaloux çà et là, le fisc et des policiers, dans au moins trois pays différents, ainsi qu'un trafiquant de drogue très énervé au Costa Rica. Et ce n'étaient là que les faits les plus marquants d'une vie chaotique et dissolue, une errance qu'il aurait bien troquée contre une existence plus conventionnelle. Mais être dans le moule n'était pas dans ses gènes.

Il travaillait dans un bar, à Juneau, en Alaska, dans un quartier miteux de la ville, où marins, dockers et manœuvres venaient boire, jouer aux dés et se détendre. Un duo de videurs féroces assurait la tranquillité des lieux, mais la paix était toujours fragile. Ancil se faisait appeler Lonny, un nom qu'il avait trouvé dans la notice nécrologique d'un journal de

Tacoma deux ans plus tôt. Lonny Clark. Lonny savait nager dans le système et s'il avait voulu un numéro de sécurité sociale, un permis de conduire, même un passeport, il les aurait eus. Mais Lonny préférait la prudence et ne laisser nulle trace de lui dans aucune administration. Il n'existait pas, mais il avait quand même de faux papiers au cas où on l'arrêterait. Il travaillait dans les bars parce qu'on lui donnait son salaire de la main à la main. Il louait une chambre dans un foyer au bout de la rue, qu'il payait en liquide. Ses trajets, il les effectuait à vélo ou en car, et s'il avait besoin de disparaître, ce qui était toujours une éventualité, il paierait aussi en liquide son billet Greyhound et montrerait un faux permis de conduire comme pièce d'identité. Ou il ferait du stop. Il en avait fait si souvent.

Posté derrière le comptoir, il étudiait chaque personne passant les portes. Après trente ans de cavale, on savait où et quoi regarder, un coup d'œil trop appuyé, un détail qui cloche. Parce que, dans le bréviaire de ses fautes, il n'avait blessé ou tué personne, ni volé – et c'était un regret – de grandes sommes d'argent, il avait de bonnes chances qu'on le laisse tranquille. Lonny était un délinquant à la petite semaine qui avait un faible pour les femmes, en particulier les femmes à problèmes. Rien de bien grave. Il avait commis quelques délits mineurs – petits trafics de drogue, un peu de contrebande d'armes – mais, quoi, fallait bien survivre ! Une ou deux affaires avaient peut-être été un peu plus sérieuses, mais ça s'arrêtait là. Toujours est-il qu'après une vie à fuir, il était habitué à surveiller ses arrières.

Les bêtises étaient désormais derrière lui, comme les femmes, du moins pour la plupart. À soixante-six ans, Lonny jugeait que la perte de sa libido était peut-être une bonne chose finalement. Cela lui évitait bien des ennuis, lui permettait de s'intéresser à autre chose. Il rêvait d'acheter un bateau de pêche, même si c'était un espoir impossible avec ses maigres revenus. Par nature, par habitude aussi, il songeait parfois à faire un dernier coup, une belle opération dans les stups qui lui laisserait un joli paquet et le rendrait libre comme l'air. La prison, toutefois, le terrifiait. À son âge, s'il était attrapé avec une grosse quantité de drogue, il mourrait derrière les barreaux. Et il fallait bien le reconnaître, la dernière fois qu'il avait joué les trafiquants, ça avait mal tourné.

Non merci. Il était heureux derrière son comptoir, à bavarder avec les marins et les prostituées, à dispenser ses conseils comme un vieux sage. Il fermait le bar à 2 heures du matin tous les soirs et rentrait à pied, plus ou moins sobre, pour s'écrouler sur son lit crasseux, à se souvenir des jours glorieux en mer, d'abord dans l'US Navy, puis à bord de bateaux de croisière, de yachts, et même de pétroliers. Quand on n'avait plus d'avenir, on vivait dans le passé, et Lonny y était coincé depuis une éternité.

Il ne pensait jamais au Mississippi, ni à son enfance là-bas. Dès qu'il était parti, il avait contraint son esprit à oblitérer toute évocation de ce lieu. Comme s'il cliquait sur un projecteur diapo, il changeait de scène et d'époque dans l'instant ; et, après des décennies, il s'était convaincu qu'il n'avait jamais vécu là-bas.

Son existence avait commencé à seize ans. Rien ne s'était passé avant.

Rien du tout.

*   *   *

Le matin de son deuxième jour de captivité, juste après qu'on lui eut apporté des œufs brouillés tiédasses et un café carrément froid, Booker fut sorti de cellule et conduit, sans menottes, au bureau du shérif Walls. Il entra et un adjoint monta la garde devant la porte. Ozzie l'accueillit avec un grand sourire et lui demanda s'il voulait du café chaud. Il accepta. Ozzie lui proposa aussi des beignets tout frais et Sistrunk se jeta sur le paquet.

— Dans deux heures, vous pouvez être libre, déclara Ozzie. (Il avait toute l'attention de Sistrunk.) Il vous suffit d'aller au tribunal et de présenter vos excuses au juge Atlee. Et vous serez à Memphis avant midi.

— J'aimerais bien, évidemment, répondit Sistrunk, la bouche pleine.

— Non, Booker, ce que vous aimez, c'est ça...

Il fit glisser vers l'avocat le journal de Memphis. Première page de la section régionale, une photo d'archive avec la légende : « La cour fédérale refuse la libération de Sistrunk qui restera derrière les barreaux à Clanton. » Il lut lentement la phrase en engloutissant un autre beignet. Ozzie vit bien son petit sourire.

— Encore un jour de plus où l'on parle de vous, pas vrai ? C'est tout ce que vous voulez.

— Je me bats pour ma cliente, shérif. Le bien contre le mal. Je suis surpris que vous ne voyiez pas cette évidence.

— Je remarque tout, Booker, très clairement, au contraire. Vous ne défendrez pas cette affaire devant Atlee. Vous vous êtes sabordé. Point barre. Le juge, maintenant, vous a dans le nez et ne supporte plus vos simagrées. Vous êtes sur sa liste noire et pour un bon moment.

— Aucun problème, shérif. Je porterai l'affaire devant la cour fédérale.

— C'est ça. Vous pouvez faire toutes les réclamations que vous voulez sur la violation de vos droits civils et ce genre de conneries, mais ça ne prendra pas. J'ai parlé à des avocats, des gars qui bossent au niveau fédéral et ils pensent tous que vous allez vous planter. Écoutez, Booker, vous ne pourrez pas impressionner un juge du coin. À Memphis peut-être, mais pas ici. Il y a trois juges fédéraux ici dans le district nord. L'un est le prédécesseur d'Atlee, l'autre est un ex-procureur du district, et le troisième était procureur fédéral. Tous des Blancs. Et tous très conservateurs. Et vous pensez pouvoir leur faire avaler votre rengaine sur les vilains racistes ? Revenez sur terre.

— Vous n'êtes pas avocat, shérif. Mais merci de ce petit conseil juridique. Que je vais m'empresser d'oublier dès que je réintégrerai ma cellule.

Ozzie se laissa aller au fond de son siège et posa les pieds sur son bureau. Ses bottes de cow-boy brillaient comme un sou neuf. Il contempla le plafond, agacé.

— Vous aidez les Blancs à détester Lettie Lang, vous savez ça, Booker ?

— Elle est noire. Ils la détestaient avant que je n'arrive en ville.

— C'est là où vous vous trompez. J'ai été élu deux fois par les Blancs de ce comté. Pour la plupart, ce sont de braves gens. Ils donneront à Lettie ce qui lui revient, du moins c'était le cas jusqu'à ce que vous arriviez. Maintenant, c'est Blancs contre Noirs, et vous serez en minorité. Vous êtes stupide, vous savez ça, Booker ? Je ne sais pas comment vous plaidez à Memphis, mais ici vos méthodes ne marcheront pas.

— Merci pour le café et les beignets. Je peux m'en aller ?

— Faites donc.

Sistrunk se leva et se dirigea vers la porte. Arrivé sur le seuil, il se tourna vers Ozzie :

— Au fait, je doute que votre prison soit aux normes fédérales.

— Poursuivez-moi donc en justice.

— J'ai noté des irrégularités en pagaille.

— Et ça pourrait être pire, sachez-le.

* * *

Portia fut de retour au cabinet Brigance avant midi. Roxy la fit attendre, le temps que Jake termine un long coup de fil, puis l'envoya à l'étage. Ses yeux étaient rouges, ses mains tremblaient, elle semblait ne pas avoir dormi depuis une semaine. Ils parlèrent un peu du dîner de la veille.

— Que se passe-t-il ? demanda finalement Jake.

Elle ferma les yeux, se frotta le front, puis se lança :

— On est restés debout toute la nuit. Une dispute a éclaté, une dispute violente. Simeon avait bu, pas trop, mais assez pour péter un plomb. Maman et moi on lui a dit que Sistrunk devait partir. Mais lui, bien sûr, ne voulait pas en entendre parler. Alors le ton a monté. Une maison pleine de gens, tous à se hurler dessus, un vrai cauchemar. Finalement, mon père a claqué la porte et on ne l'a pas revu depuis. Ça, c'est la mauvaise nouvelle. La bonne, c'est que ma mère est d'accord pour signer.

Jake prit une feuille sur son bureau et la tendit à Portia.

— Ça stipule juste que Sistrunk est congédié. C'est tout. Si elle signe ça, alors nous pourrons commencer à travailler.

— Et pour Simeon ?

— Il peut engager tous les avocats qu'il veut, son nom ne figure pas dans le testament. Donc, le juge Atlee ne l'acceptera pas à la barre, ni lui, ni ses avocats. Votre père est hors jeu. C'est désormais entre Lettie et la famille Hubbard. Vous croyez qu'elle va le faire ?

Portia se leva de son siège.

— Je reviens.

— Où est-elle ?

— Dans la voiture.

— Dites-lui de venir, je vous en prie.

— Elle ne veut pas. Elle a peur que vous lui en vouliez.

Jake n'en revenait pas.

— Allons, Portia ! Je vais faire du café et nous parlerons. Allez chercher votre maman.

* * *

Sistrunk lisait confortablement installé sur sa couchette, celle du bas, avec une pile de documents en équilibre sur son estomac, son compagnon de cellule, assis à côté, avait le nez plongé dans un livre de poche. Il y eut un cliquetis et la grille s'ouvrit. Ozzie apparut sur le seuil.

— Allons-y, Booker.

Il lui tendit son costume, sa chemise et sa cravate, le tout accroché à un cintre. Ses chaussures et ses chaussettes se trouvaient dans un sac en papier.

Ils sortirent discrètement par la porte de derrière où Ozzie avait garé sa voiture. Une minute plus tard, ils s'arrêtaient derrière le palais de justice. Ozzie entraîna son détenu à l'intérieur. Les salles étaient vides et personne ne se doutait de rien. Ils entrèrent dans les quartiers exigus du juge. La sténographe du tribunal était là, faisant office de secrétaire. Elle désigna une autre porte.

— Ils vous attendent, annonça-t-elle.

— Que se passe-t-il ? marmonna Sistrunk pour au moins la quatrième fois.

Ozzie ne répondit pas. Il poussa la porte. Le juge Atlee était assis au bout d'une longue table, dans son costume noir habituel, sans sa robe. À sa droite, il y avait Jake, Lettie et Portia. Il désigna les sièges à sa gauche.

— Asseyez-vous, messieurs, je vous prie.

Ils obéirent, Ozzie veillant à s'installer au plus loin de l'action.

328

Sistrunk lança un regard furieux à Jake et Lettie. Il lui était difficile de tenir sa langue. Mais il y parvint. Par habitude, il tirait le premier et posait les questions ensuite, mais le bon sens lui dictait de se calmer, de ne pas ouvrir le feu – inutile d'irriter encore une fois le juge. Portia, en particulier, semblait prête à lui sauter dessus. Lettie regardait ses mains tandis que Jake griffonnait quelque chose dans son carnet.

— Veuillez prendre connaissance de ceci, ordonna le juge en faisant glisser vers Sistrunk une feuille de papier. En un mot, vous êtes viré.

Sistrunk lut le petit paragraphe, puis releva les yeux vers Lettie.

— Vous avez signé ça ?

— Oui.

— Sous la pression ?

— Absolument pas, répliqua Portia. Elle a décidé de se passer de vos services. C'est écrit là, noir sur blanc. C'est assez clair pour vous ?

— Où est Simeon ?

— Parti, répondit Lettie. Je ne sais pas quand je le reverrai.

— Je le représente toujours.

— Il n'est pas un des bénéficiaires du testament, expliqua le juge. Donc, il ne sera pas autorisé à prendre part aux débats, ni vous. (Il ramassa une autre feuille et la lui tendit.) Voici une attestation comme quoi je lève la condamnation pour outrage à la cour. Puisque vous n'avez plus de rôle dans cette affaire, monsieur Sistrunk, vous êtes libre de partir.

C'était davantage un ordre qu'une observation.

Sistrunk fusilla Lettie du regard.

— J'ai le droit d'être payé de mon temps et de mes frais. En outre, j'ai consenti un prêt. Quand serai-je remboursé ?

— En temps et en heure, répliqua Jake.

— Je veux mon argent maintenant.

— Peut-être, mais il vous faudra attendre.

— Alors, je l'attaque en justice.

— Parfait. Je serai son avocat.

— Et moi, je présiderai, renchérit le juge. Je vous donnerai la date du procès dans environ quatre ans.

Portia laissa échapper un gloussement.

— Monsieur le juge ? intervint Ozzie. Nous en avons terminé ? Si c'est le cas, je vais raccompagner M. Sistrunk à Memphis. Car, apparemment, il n'a plus de moyen de locomotion ici. De plus, nous avons quelques détails à discuter en chemin.

— Vous entendrez parler de moi ! Je n'ai pas dit mon dernier mot ! grogna Sistrunk.

— Nous n'en doutons pas, rétorqua Jake.

— Emmenez-le, ordonna Atlee. Et veillez à ce qu'il passe la frontière.

Et la séance fut levée.

21.

Le cabinet Brigance n'avait jamais embauché de stagiaire. D'autres avocats autour de la place en avaient eu quelquefois. D'ordinaire, c'était des étudiants qui envisageaient de faire du droit et cherchaient à enjoliver leur CV. En théorie, c'était de la main-d'œuvre gratuite ou bon marché, mais les échos que Jake avait de ces expériences étaient très souvent négatifs. Il n'avait jamais tenté l'aventure, jusqu'à sa rencontre avec Portia. Elle était intelligente, sans emploi, s'ennuyait ferme, et rêvait d'aller faire son droit à Ole Miss. En outre, elle était la personne la plus sensée résidant à la ferme des Sappington. Sa mère lui faisait confiance et cette dernière allait devenir la femme la plus riche de l'État du Mississippi, même si Jake voyait se profiler une légion d'épreuves avant d'atteindre ce graal.

Il embaucha Portia à cinquante dollars la semaine et lui donna un bureau à l'étage, loin de Roxy et de Quince Lundy, et donc de Lucien qui, depuis Thanksgiving, passait tous les jours au cabinet Brigance, et reprenait ses vieilles habitudes. Il était après tout chez lui… s'il voulait fumer le cigare et enfumer tout le monde, c'était son droit ; traîner dans le hall d'entrée avec un verre de bourbon à la main et saouler Roxy avec ses blagues salaces, c'était encore son droit ; s'il voulait harceler Quince Lundy de questions concernant les biens de Seth Hubbard, c'était encore et toujours son droit. Personne ne pouvait l'en empêcher.

Jake passait de plus en plus de temps à s'entretenir avec son équipe grandissante. Deux mois plus tôt, lui et Roxy cohabitaient dans un environnement à la fois silencieux, ennuyeux et productif. Aujourd'hui, il y avait de l'électricité dans l'air, parfois des conflits, mais aussi beaucoup de rires et de travail. Et Jake aimait cette agitation, même s'il était inquiet de voir Lucien songer sérieusement à son retour au barreau. D'un côté, il appréciait son ancien patron, ses conseils et son savoir étaient précieux. Mais d'un autre côté, Jake se doutait que le *statu quo* ne tiendrait pas. Heureusement, la loi au Mississippi imposait à un avocat radié de repasser l'examen de droit avant de pouvoir être réinstallé dans ses fonctions. Lucien avait soixante-trois ans, et à partir de 17 heures, tous les jours, il marchait au Jack Daniel's. Comment un tel ivrogne pourrait-il avoir à nouveau son diplôme ?

Portia arriva pour son premier jour huit minutes avant 9 heures, horaire auquel elle prenait officiellement son service. Elle avait demandé timidement quel était le code vestimentaire. Jake n'avait aucune idée de ce qu'était censée porter une stagiaire. Une tenue de tous les jours devait convenir. S'ils se rendaient au tribunal, il faudrait peut-être mettre la barre un peu plus haut, mais ce n'était pas si important à ses yeux. Il s'attendait donc à la voir débarquer en jean et baskets, mais Portia se présenta en chemisier, jupe et escarpins. La jeune femme était prête pour le travail, et on eût dit une vraie avocate. Il lui montra son bureau, l'un des trois inoccupés de l'étage. Il n'avait pas été utilisé depuis des années, plus depuis les glorieuses heures du cabinet Wilbanks. Portia écarquilla les yeux en découvrant le beau secrétaire marqueté, les meubles élégants quoique poussiéreux.

— Qui était le précédent occupant ? demanda-t-elle, en contemplant le portrait jauni d'un Wilbanks.

— Il faudra demander à Lucien, répondit Jake.

Il n'avait pas passé plus de cinq minutes dans cette pièce en dix ans.

— C'est impressionnant.

— Oui, c'est pas mal pour une stagiaire. Le gars du téléphone vient aujourd'hui vous mettre une ligne. Après, vous serez prête pour le boulot.

Ils passèrent une demi-heure à parler des usages internes : l'utilisation du téléphone, les pauses déjeuner, les heures supplémentaires, ce genre de détails. Sa première tâche serait d'étudier la dizaine de contestations successorales ayant été jugées par un jury au Mississippi. Il était important qu'elle apprenne la loi et le jargon, pour comprendre comment l'affaire de sa mère allait être défendue. Elle devait lire et relire chaque dossier. Prendre des notes. Assimiler les détails juridiques, connaître la législation en ce domaine, pour que ses conversations avec Lettie soient les plus pertinentes possible. Lettie serait la principale témoin au procès, et il était crucial de bien la préparer pour sa déposition. La vérité était incontournable ; mais, comme le savait tout juriste, il y avait mille façons de l'aborder.

Dès que Jake eut tourné les talons, Lucien s'engouffra dans le bureau de Portia pour bavarder avec la jeune femme. Ils s'étaient rencontrés la veille. Les présentations étaient superflues. Elle et sa mère avaient eu mille fois raison d'écarter les avocats de Memphis pour faire équipe avec Jake, même si, selon lui, l'affaire était loin d'être gagnée. Il se souvenait d'avoir défendu un lointain cousin de son père, un Lang, vingt ans plus tôt, dans une affaire criminelle. Grâce à lui, le garçon avait évité la prison. Une belle plaidoirie. Cette anecdote lui en rappela une autre : une fusillade où étaient impliqués quatre hommes (dont aucun n'avait de lien de parenté avec Portia, autant qu'elle le sache). Elle connaissait Lucien de réputation, comme tout le monde : avocat, alcoolique et premier Blanc à prendre sa carte de la NAACP, la célèbre organisation qui défendait les droits civils des Noirs. Il vivait en ménage avec sa domestique noire dans une grande maison sur les hauteurs de Clanton. Mi-héros, mi-vaurien. Jamais, elle n'aurait imaginé rencontrer cet homme et voilà qu'elle conversait avec lui comme s'ils étaient de vieilles connaissances. Et tout ça dans son bureau ! Pendant un moment, elle l'écouta religieusement, mais au bout d'une heure de soliloque, elle commença à se demander s'il allait venir souvent lui tenir la jambe ainsi.

* * *

Pendant que Portia écoutait le laïus de Lucien, Jake s'enferma dans son bureau avec Quince Lundy pour vérifier le dossier intitulé « Premier inventaire ». Après un mois de recherches, Lundy était convaincu que cette première esquisse ressemblerait grandement au document final. Il n'y avait pas de biens cachés. Seth Hubbard savait quand et comment il allait mourir ; il avait donc veillé à mettre ses affaires en ordre.

Les estimations des biens fonciers et immobiliers étaient terminées. Au moment de sa mort Seth Hubbard possédait : 1. sa maison et quatre-vingts hectares de terrain – valeur : trois cent mille dollars ; 2. soixante hectares de plantation forestière près de Valdosta, en Georgie – valeur : quatre cent cinquante mille dollars ; 3. cent soixante hectares de bois à Marshall au Texas – valeur : huit cent mille dollars ; 4. un terrain en front de mer au nord de Clearwater en Floride – valeur : cent mille dollars ; 5. un chalet sur deux hectares de terrain aux alentours de Boone, en Caroline du Nord – valeur : deux cent quatre-vingt mille dollars ; et 6. un appartement sur la plage de Destin, toujours en Floride – valeur : deux cent trente mille dollars.

L'ensemble de ces propriétés s'élevait à deux millions cent soixante mille dollars. Sans hypothèques, ni crédit.

Un cabinet de conseil estimait la société Berring à quatre cent mille dollars. Son rapport d'expertise était joint à l'inventaire, ainsi que les diverses estimations immobilières.

Il y avait aussi dans le dossier des relevés de comptes de la banque de Birmingham. À un taux de six pour cent l'an, le total des liquidités s'élevait aujourd'hui à vingt et un millions trois cent soixante mille dollars et des poussières.

Les petites sommes étaient les plus fastidieuses à évaluer. Quince Lundy avait dressé la liste de tous les objets et produits manufacturés appartenant à Seth Hubbard susceptibles d'intéresser la cour, de ses voitures (trente-cinq mille dollars) jusqu'à sa garde-robe (mille dollars).

L'ensemble, toutefois, était toujours aussi étonnant. Ce premier inventaire estimait la valeur totale de la fortune de Seth Hubbard à vingt-quatre millions vingt mille dollars. L'argent en banque était la seule donnée fixe. Pour le reste, cela dépendait du marché ; il pouvait se passer des mois, des années avant que tout soit vendu.

Le dossier faisait deux centimètres d'épaisseur. Jake voulait que ce document reste confidentiel. Il l'emporta et se chargea de le photocopier. Il quitta le bureau tôt à midi, et partit manger au restaurant avec sa femme et sa fille. Il tentait de déjeuner avec elles une fois par semaine, le plus souvent le mercredi, parce que, ce jour-là, Hanna aimait aller au restaurant plutôt que d'apporter ses sandwichs à l'école. Elle adorait les spaghettis, et par-dessus tout avoir son père avec elle.

Après l'avoir déposée dans la cour de récréation, Jake raccompagna Carla dans sa salle de classe. La cloche sonna. Les cours allaient reprendre.

— Je file voir le juge, annonça-t-il avec un grand sourire. Mon premier jour de paye !

— Bonne chance, lui dit-elle en lui faisant un petit bisou. Je t'aime.

— Je t'aime.

Jake s'en alla rapidement, voulant être parti avant que la horde de gnomes ne déferle dans le bâtiment.

Le juge Atlee était derrière son bureau. Il terminait une soupe à la pomme de terre, quand Jake arriva, escorté par sa secrétaire. Contrairement aux ordres du médecin, le juge continuait à fumer la pipe – arrêter lui était impossible. Il en bourra une avec du Sir Walter Raleigh et gratta une allumette. Après trente ans de fumée, toute la pièce était nappée d'une patine brunâtre. Et un brouillard permanent ondulait au plafond. Une fenêtre entrebâillée était la seule aération de la pièce. Mais le parfum capiteux était plaisant. Jake avait toujours aimé cet endroit, avec ses vieux traités de droit, ses portraits de glorieux prédécesseurs et de généraux de la confédération. Rien n'avait changé depuis vingt ans que le juge Atlee occupait les lieux. Et rien ne changerait non plus dans les cinquante prochaines années. Le juge aimait l'histoire et ses livres favoris trônaient à côté de lui, sur des étagères faites sur mesure. Une belle pagaille encombrait sa table de travail. Et Jake avait l'impression que la pile de vieux dossiers occupant le coin droit était strictement la même depuis une décennie.

Les deux hommes avaient fait connaissance à l'église presbytérienne dix ans plus tôt quand Jake et Carla étaient arrivés à Clanton. À l'église comme au tribunal, le juge imposait son autorité et il ne tarda pas à prendre le jeune avocat sous son aile. Ils se lièrent d'amitié, mais toujours à un niveau professionnel. Reuben Atlee était de la vieille école. Il était juge et Jake un simple avocat. Certaines limites ne pouvaient être franchies. À deux reprises, il avait vertement réprimandé Jake en pleine audience. Jake s'en souvenait encore.

Avec sa pipe coincée dans sa bouche, le juge enfila à nouveau sa veste. Hormis durant les audiences, où il était en robe, Atlee portait toujours le même costume noir. Personne ne savait s'il n'en avait qu'un seul ou une vingtaine, identiques. Il y avait aussi ses immuables bretelles bleu marine, et ses chemises blanches au col amidonné, constellées de petits trous laissés par les braises qui tombaient du fourneau. Ils s'installèrent au bout de la table et parlèrent du retour éventuel de Lucien. Quand Jake eut fini de déballer ses affaires, il lui tendit l'inventaire.

— Quince Lundy est très bon, annonça Jake. Rien ne lui échappe. Je n'aimerais pas qu'il mette son nez dans mes finances !

— Ce serait sans doute vite fait.

Atlee avait la réputation d'être un homme austère et sans humour, mais avec ceux qu'il appréciait, il plaisantait volontiers.

— C'est vrai.

Pour un juge, il parla peu. En silence, avec méticulosité, il examina le rapport financier, parcourant les pages une à une. Il tirait sur sa pipe tranquillement pour raviver le foyer. Les minutes, les heures n'avaient pas d'importance ici, car c'était lui le maître du temps. À la fin, il retira sa pipe et la posa dans un cendrier.

— Vingt-quatre millions ?

— C'est le total, oui.

— Gardons ça sous clé, d'accord ? Personne ne doit voir ce document, du moins pas maintenant. Faites-en la demande et je mettrai cette pièce sous scellés. Ce serait la pagaille si le public y avait accès. J'imagine déjà la une des journaux et les hordes d'avocats débarquant de partout. Cela sera annoncé en son temps, mais pour l'heure, pas un mot.

— Je suis de votre avis, monsieur le juge.

— Des nouvelles de Sistrunk ?

— Non. Mais j'ai un informateur dans les murs à présent. Par souci de transparence, je dois vous dire que j'ai engagé au cabinet une stagiaire. Portia Lang, la fille aînée de Lettie Lang. Une jeune femme brillante qui veut devenir avocate.

— Bien joué, Jake. Et j'aime bien cette fille.

— Vous n'y voyez donc pas d'inconvénient ?

— Aucun. Je ne dirige pas votre cabinet.

— Pas de conflit d'intérêts ?

— Pas à mon sens.

— Moi non plus. Mais je voulais vous mettre au courant. Si Sistrunk se montre, ou rôde autour de Lettie, nous le saurons. Simeon est toujours dans la nature, mais je pense qu'il va réapparaître. Il est peut-être sanguin mais pas stupide. Et Lettie est toujours sa femme.

— Oui, il reviendra. Il y a un autre point dont je voudrais vous parler, Jake. Le testament prévoit cinq pour cent pour le frère, Ancil Hubbard. Cela fait de lui l'un des bénéficiaires et donc une partie intéressée. J'ai bien lu votre rapport et les comptes rendus afférents. J'en conclus que nous allons procéder comme si Ancil Hubbard était mort. Mais cela m'embête. Puisque nous n'en avons pas la preuve, on ne peut le considérer comme décédé.

— Nous avons mené des recherches, monsieur le juge. Nous n'avons trouvé aucune piste.

— Certes, mais vous n'êtes pas un pro, Jake. Voilà mon idée : cinq pour cent de la succession, c'est plus d'un million de dollars. Il me semble plus prudent de consacrer une petite somme, disons cinquante mille dollars, pour embaucher un détective, une pointure, pour le retrouver ou découvrir ce qui lui est arrivé. Qu'en pensez-vous ?

Ce n'était pas vraiment une question. Atlee avait déjà pris sa décision. Il voulait juste se montrer courtois.

— C'est une très bonne idée, répondit Jake. (Tous les juges aimaient entendre ça.)

— Alors je vais l'approuver. Et pour les autres dépenses, où en sommes-nous ?

— Je suis ravi que vous abordiez le sujet, monsieur le juge. Il faudrait me payer.

Il lui tendit le relevé de ses heures de travail. Le juge examina le document d'un air renfrogné, comme si Jake voulait prendre de l'argent dans la caisse.

— Cent quatre-vingts heures. Quel tarif vous ai-je accordé ?

Il le savait très bien.

— Cent cinquante de l'heure, monsieur le juge.

— Cela nous fait donc un total de…

Il examina le chiffre derrière ses grosses lunettes de lecture, le front toujours aussi froncé, comme s'il était agacé.

— Vingt-sept mille dollars ? lança-t-il en élevant la voix, feignant la surprise.

— C'est la fourchette basse.

— C'est plutôt salé, non ?

— Au contraire, je vous ai fait un prix.

— Et c'est toujours bon à prendre avec les vacances qui arrivent.

— Oui. Je ne dirai pas le contraire.

Jake savait qu'Atlee aurait approuvé ses honoraires, même s'il lui avait annoncé le double d'heures.

— Accordé. D'autres frais ?

Le juge plongea la main dans sa poche à la recherche de sa blague à tabac.

Jake présenta d'autres documents.

— Oui, monsieur le juge. Quelques petites choses. Quince Lundy doit être payé aussi. Il a fait cent dix heures, à cent dollars l'heure. Et nous devons payer les agents immobiliers qui ont fait les estimations, les comptables, et le cabinet d'expertise. J'ai les factures ici et les avis de paiement à signer. Ce serait peut-être plus pratique de transférer un peu d'argent de la banque de Birmingham sur le compte successoral ici à la First National ?

— Combien ? demanda Atlee en agitant son allumette enflammée au-dessus de sa bourre de tabac toute fraîche.

— Pas beaucoup. Je n'ai pas envie que les gens d'ici voient trop d'argent passer. Le gros est caché à Birmingham. Laissons-le là-bas le plus longtemps possible.

— C'est précisément ce que j'allais vous dire, annonça le juge, comme chaque fois qu'on lui soumettait une bonne idée.

Il souffla un gros cumulus gris qui roula sur le bureau.

— J'ai déjà préparé l'ordre de transfert, expliqua Jake en sortant de nouveaux papiers.

Le juge Atlee retira la pipe de sa bouche, étirant un filet de fumée de l'embout. Il se mit à écrire son nom de ses pattes de mouche parfaitement illisibles. Il leva son stylo et contempla l'ordre de transfert.

— D'un trait de plume, je déplace un demi-million de dollars. Quel pouvoir !

— C'est plus que ce que je gagnerai en dix ans.

— Pas si sûr, au prix où je vous paie ! Vous allez vous prendre pour un avocat d'affaires.

— Je préfère encore aller casser des cailloux !

— Je suis bien de votre avis.

Pendant un moment, en silence, Atlee continua à signer les divers documents comptables.

— Parlons de la semaine prochaine, dit-il, une fois la pile paraphée. Tout est organisé ?

— Oui, pour autant que je le sache. La déposition de Lettie est prévue pour lundi et mardi. Herschel Hubbard, pour mercredi, sa sœur, jeudi, et vendredi, nous entendons Ian Dafoe. Cela va être une semaine pénible. Quatre dépositions, cinq jours de suite.

— Et vous utilisez la grande salle ?

— Oui, monsieur le juge. Il n'y a pas d'audiences et j'ai demandé à Ozzie de nous fournir un adjoint de plus pour garder les portes. Nous aurons de la place et, comme vous le savez, il nous en faut.

— Je serai dans les murs, en cas de problème. Je ne veux pas que les témoins entendent les dépositions des autres.

— Je l'ai signalé à toutes les parties.

— Tout doit être filmé.

— C'est réglé. Il y a les fonds pour ça.

Le juge Atlee mordilla le bout de sa pipe. Quelque chose semblait l'amuser.

— Je me demande ce que dirait Seth Hubbard s'il pouvait voir ce qui va se passer lundi. Une salle de tribunal emplie d'avocats affamés s'écharpant pour récupérer son argent...

— Je suis sûr que cela le rendrait malade. Mais c'est sa faute. Il aurait dû faire un partage plus équitable, pour ses enfants et Lettie, pour tous ceux qu'il voulait, et nous n'en serions pas là.

— Vous pensez qu'il n'avait plus toute sa tête ?

— Non, il savait ce qu'il faisait.

— Alors pourquoi a-t-il fait ça ?

— Je n'en ai aucune idée.

— Une histoire de sexe ?

— Ma nouvelle stagiaire n'y croit pas. Et cette fille a pas mal bourlingué. Il s'agit de sa mère, certes, mais Portia n'est pas née de la dernière pluie.

Ce genre de conversation était interdit. Parmi les anciennes règles qui subsistaient dans le code de procédure pénale du Mississippi, il y en avait une célèbre, avec son intitulé suranné « divulgations et confidences à la cour », qui interdisait à un avocat de parler au juge de l'affaire en cours sans la présence de l'avocat de la partie adverse. Cette règle était régulièrement violée. Les indiscrétions étaient monnaie courante, en particulier dans le bureau du juge Reuben Atlee, mais seulement avec des avocats de confiance, triés sur le volet.

Jake avait appris à ses dépens que ce qui était dit en privé dans les quartiers du juge n'avait aucune incidence durant les audiences. Une fois dans la salle de tribunal, là où tout se jouait, Atlee jugeait avec impartialité quoi qu'il ait pu apprendre officieusement.

22.

Comme l'avait supposé le juge Atlee, le vieux Seth aurait été horrifié par la scène : pas moins de neuf avocats s'étaient rassemblés dans la salle d'audience tôt le lundi matin pour donner le coup d'envoi officiel de l'affaire intitulée dans le registre du tribunal « *In re* Succession de Henry Seth Hubbard ». Autrement dit, neuf lions prêts à s'écharper pour avoir leur part.

En plus de Jake, il y avait Wade Lanier et Lester Chilcott, de Jackson, pour représenter Ramona Dafoe. Et aussi Stillman Rush et Sam Larkin, de Tupelo, pour Herschel Hubbard. Lanier faisait toujours pression sur Ian pour que Ramona convainque son frère de lâcher ses avocats, mais pour l'instant, les efforts du beau-frère ne faisaient qu'envenimer la situation. Lanier menaçait de tout abandonner si le frère et la sœur ne faisaient pas front commun avec lui, mais son ultimatum perdait en vigueur. Ian savait que le jackpot était trop gros pour que qui que ce soit se retire de la partie. Les enfants de Herschel étaient, quant à eux, représentés par Zack Zeitler, un avocat de Memphis qui était également inscrit au barreau du

Mississippi. Il était venu avec un associé dont le seul rôle était d'occuper une chaise et gribouiller non-stop des notes pour donner l'impression que Zeitler avait des moyens. Les enfants de Ramona étaient représentés par Joe Bradley Hunt, originaire de Jackson, et, comme Zeitler, il était accompagné d'un faire-valoir local. Ancil, bénéficiaire à cinq pour cent, toujours présumé décédé, n'était pas représenté et son nom n'était pas même mentionné.

Portia était l'une des trois auxiliaires juridiques – Wade Lanier et Stillman Rush en ayant amené chacun un, deux hommes. À l'exception de la sténographe de la cour qui était une femme blanche, il n'y avait que des hommes dans la salle – tous blancs. « Le palais de justice a été payé par nos impôts, avait dit Jake plus tôt à Portia. Donc, ne soyez pas intimidée. C'est un peu chez vous. » Elle essayait de se sentir propriétaire des lieux, mais elle restait tendue. Elle s'attendait à de l'agressivité, à des salves verbales, des provocations, une ambiance belliqueuse et empreinte de méfiance. Mais elle avait devant les yeux une bande de types joyeux se tapant sur l'épaule, se serrant la main, plaisantant et s'envoyant des piques bon enfant. Ils prenaient leur café tous ensemble en attendant que sonnent 9 heures. Rien ne laissait paraître qu'ils allaient guerroyer dans quelques instants, aucun signe de nervosité.

— Ce n'est que l'étape des dépositions, lui avait expliqué Jake. Vous allez voir, c'est à mourir d'ennui.

Au milieu de la salle d'audience, entre la rambarde et l'estrade du juge, les tables avaient été rassemblées, avec une collection de sièges tout autour. Les avocats s'installèrent. Le placement était libre. Puisque Lettie serait le premier témoin à être entendu, Jake choisit le coin droit à côté de la chaise vide. À l'autre bout, la sténographe branchait une caméra vidéo tandis qu'un employé du palais apportait du café.

Quand tout le monde fut prêt, stylo en main, Jake demanda à Portia d'aller chercher sa mère dans une pièce voisine. Lettie avait mis ses habits du dimanche, et elle était très élégante, même si Jake lui avait dit qu'elle pouvait venir en tenue de tous les jours. « C'est juste une déposition. »

Elle prit place, avec Jake à sa gauche, la sténographe à sa droite, les doigts déjà sur le clavier de sa machine. Sa fille n'était pas loin. Elle regarda la horde d'avocats devant elle et sourit.

— Bonjour, dit-elle.

Tout le monde lui retourna un sourire. Un bon début.

Mais le moment de grâce ne dura qu'une seconde. Alors que Jake allait commencer la séance, les portes du tribunal s'ouvrirent à la volée et Rufus Buckley fit son entrée, mallette à la main, comme si on l'attendait pour commencer. La salle était vide, pas un spectateur. Ordre du juge Atlee. À l'évidence, Buckley n'était pas là comme observateur.

Il passa le portillon et rejoignit le groupe. Les autres avocats le regardèrent, l'air suspicieux.

Jake sentit la moutarde lui monter au nez.

— Bonjour, Rufus. Ça fait plaisir de vous voir sorti de prison.

— Ah, ah, ah ! Vous êtes mauvais comédien, Jake.

— Que faites-vous ici ?

— Je viens entendre la déposition de Mme Lang. C'est assez évident.

— Qui représentez-vous ?

— Le même client depuis un mois. Simeon Lang.

— Il n'est pas cité dans le testament. Donc ne peut être partie.

— Nous pensons le contraire. Même si ce fait est sujet à caution, nous considérons que M. Lang a un intérêt pécuniaire direct dans ce testament qui se trouve contesté. C'est la raison de ma présence ici.

Jake se leva.

— D'accord. On s'arrête là. Le juge Atlee est dans son bureau, prêt à intervenir en cas de problème. Je vais le chercher.

Jake quitta rapidement la salle, et Buckley se rencogna dans son siège par bravade, sans parvenir tout à fait à dissimuler sa nervosité.

Quelques minutes plus tard, Atlee entra par la porte du fond et prit place sur son estrade, sans la robe.

— Bonjour, messieurs, grommela-t-il, et il enchaîna aussitôt. Monsieur Buckley, en faisant le plus court possible, expliquez-moi ce que vous faites ici ?

Buckley se leva avec l'aplomb du juste.

— Monsieur le juge, nous défendons les intérêts de Simeon Lang et...

— Qui ça « nous » ?

— Me Sistrunk et moi-même, avec...

— M. Sistrunk ne pourra siéger dans ce tribunal, monsieur Buckley, du moins pas pour cette affaire.

— Certes, mais notre position n'a pas changé. M. Lang est partie intéressée dans ce dossier et nous...

— Non. Il ne l'est pas. Et je ne lui accorderai jamais ce statut. En conséquence, maître, vous ne représentez personne.

— Mais ce point reste à déterminer.

— Il l'est. Par moi. Vous n'avez rien à faire ici. Et cette déposition est à huis clos.

— Allons, monsieur le juge. Ce n'est qu'une déposition, pas une audience secrète. Son témoignage sera porté au dossier et ouvert au public.

— Mais c'est à moi de préciser quand il le sera.

— Votre Honneur, les propos de Mme Lang aujourd'hui sont donnés sous serment, et constituent donc, de fait, une pièce publique.

— Vous comptez peut-être m'apprendre mon métier, monsieur Buckley ?

— Pardonnez-moi, je ne voulais en rien vous…

— Ces dépositions sont confidentielles jusqu'à ce que je les examine. En toute franchise, monsieur Buckley, il m'est très désagréable d'avoir cette discussion avec vous. Dois-je vous rappeler ce qui s'est passé la dernière fois que vous en avez trop dit dans ce tribunal ?

— Non, monsieur le juge. Ce n'est pas nécessaire.

— Alors bonjour chez vous, maître ! tonna Atlee.

Buckley chancelait sur place, incrédule, les deux bras écartés.

— Vous êtes sérieux ?

— On ne saurait l'être davantage. Sortez.

Buckley opina du chef, attrapa sa mallette et battit en retraite vers les portes.

— Reprenez ! ordonna Atlee, dès que le battant se fut refermé derrière l'importun.

Et le juge quitta la salle.

Tout le monde se remit à respirer.

— Très bien, où en étions-nous ? lança Jake.

— Sistrunk va me manquer, railla Lanier en s'attirant quelques rires.

— Je n'en doute pas, répondit Jake. Lui et Buckley auraient fait merveille devant un jury du comté.

Jake présenta Lettie à la sténographe, puis aux autres avocats, en les citant par leur nom. Ils étaient si nombreux que Lettie ne put les mémoriser tous. Pour elle, ce n'était qu'une succession de visages. Jake expliqua alors en détail le but et les modalités de cette déposition. Les instructions étaient simples : parlez fort et distinctement, en prenant votre temps. Si une question n'est pas claire, demandez à ce qu'elle soit reformulée. Si vous ne savez pas quoi répondre, taisez-vous. Lui, Jake, serait là pour faire objection au besoin. Dites la vérité, vous serez sous serment. Les avocats vous questionneront à tour de rôle. Si vous avez besoin d'une pause, demandez. La sténographe va tout noter et la caméra filmera toute votre déposition. Si, pour quelque raison vous ne pouvez témoigner au procès, la cour se référera à cet enregistrement vidéo.

Ces consignes n'étaient plus nécessaires aujourd'hui. Jake, Portia et Lucien avaient fait répéter Lettie pendant des heures dans la salle de réunion. Elle était bien préparée, même si on ne pouvait jamais tout prévoir. Lors du procès, tous les témoignages devaient avoir un lien avec l'affaire. Les dépositions n'étaient pas soumises aux mêmes limitations, et cela virait souvent à de la pêche à la traîne – on lançait l'hameçon au hasard et on attendait de voir ce qui allait mordre.

Soyez polie. Concise. N'en faites pas trop. Si vous ne savez pas, vous ne savez pas. Point barre. Rappelez-vous que la caméra capte tout. Je serai à

vos côtés pour vous protéger, lui avait répété dix fois
Jake. Portia était montée au grenier et avait trouvé
des dizaines d'anciennes dépositions ; elle avait passé
des heures à les étudier et découvert les techniques,
les stratégies et les pièges inhérents à cet exercice.
Avec sa mère, elles en avaient beaucoup parlé sur la
terrasse derrière la maison des Sappington.

Lettie était fin prête. Après que la sténographe lui
eut fait prêter serment, Wade Lanier se présenta avec
un sourire enjoué et posa ses premières questions.

— Commençons par votre famille, si vous le voulez bien.

Nom, lieu de résidence, date de naissance, études,
emplois, enfants, petits-enfants, parents, frères, sœurs,
cousins, tantes, oncles. Lettie et Portia avaient bien
répété et les réponses vinrent facilement. Lanier eut
un temps d'arrêt quand il comprit que Portia était la
fille de Lettie.

— Elle est stagiaire à mon cabinet, expliqua Jake.
Payée.

Cela inquiéta évidemment la tablée. Stillman Rush
finit par mettre les pieds dans le plat :

— Il y a peut-être conflit d'intérêts, Jake ?

Jake avait eu tout le temps de préparer sa réponse :

— En aucun cas. Je représente le testament. Portia
n'est pas une bénéficiaire. Je ne vois pas où il pourrait
y avoir conflit d'intérêts.

— Sera-t-elle amenée à témoigner ?

— Non. Ces six dernières années, elle était dans
l'armée, loin d'ici.

Zack Zeitler intervint :

— Elle risque d'avoir des informations auxquelles
sa mère n'est pas censée avoir accès ?

— Lesquelles par exemple ?

— Je n'en sais rien encore. C'est une simple supputation. Je ne dis pas qu'il y a conflit, Jake, je suis
simplement surpris.

— Vous en avez informé le juge Atlee ? s'enquit
Wade Lanier.

— Je l'ai fait la semaine dernière. Et ça a été
approuvé.

Fin du débat. Lanier posa encore quelques questions sur les parents de Lettie, sur ses grands-parents.
Il s'adressait à elle gentiment, comme s'il avait une
petite conversation avec une amie, paraissant réellement intéressé d'apprendre où avaient vécu ses
grands-parents maternels et comment ils gagnaient
leur vie. Au bout d'une heure, Jake dut lutter pour
ne pas se laisser aller à rêvasser. Il était important
de prendre des notes pour éviter qu'un autre avocat,
dans quatre heures, par inadvertance, pose les mêmes
questions.

Alors retour à Lettie !... Elle expliquait qu'elle était
sortie du lycée en 1959, à Hamilton en Alabama, un
établissement exclusivement pour Noirs. Elle s'était
enfuie à Memphis où elle avait rencontré Simeon. Ils
s'étaient mariés aussitôt et Marvis était né la même
année.

Wade Lanier s'attarda sur Marvis : son casier
judiciaire, ses condamnations, ses peines de prison.
Lettie hoqueta et les larmes lui vinrent, mais elle ne
s'effondra pas. Puis, ce fut au tour de Phedra et de
ses problèmes : deux enfants nés hors mariage, les
petits-enfants de Lettie. Un CV plus que lacunaire.
Phedra vivait aujourd'hui chez sa mère. En fait, elle
n'avait jamais réellement quitté la maison. Ses deux

enfants étaient nés de deux pères différents, et les deux s'étaient évanouis dans la nature.

Portia tressaillit malgré elle quand elle entendit toutes ces questions sur son frère et sa sœur. Cela n'avait rien de secret, mais de là à en parler en public… Dans la famille, on y faisait allusion à voix basse et là, il fallait étaler ça devant une bande de Blancs, devant de parfaits inconnus.

À 10 h 30, il y eut une pause d'un quart d'heure et tout le monde s'égailla. Les avocats filèrent vers les téléphones. Portia et Lettie se rendirent aux toilettes. Un greffier apporta du café et un plateau de cookies. La table était déjà un vrai champ de bataille.

Quand ils reprirent la séance, c'était au tour de Stillman Rush de poser des questions. Il s'intéressa à Simeon, dont l'histoire familiale était plus tortueuse. Lettie ne savait pas grand-chose des aïeux de son mari. Son passé était constellé de trous, mais elle se souvenait qu'il avait été chauffeur-routier, conducteur d'engins de BTP, bûcheron, peintre en bâtiment, manœuvre dans la maçonnerie. Il avait été arrêté à deux reprises, dernièrement en octobre dernier. Pour des délits. Jamais pour des crimes. Oui, ils s'étaient séparés plusieurs fois, mais jamais pendant plus de deux mois.

Ils en savaient assez sur Simeon, pour l'instant du moins. Rush voulait éplucher le CV de Lettie. Elle avait travaillé ces trois dernières années pour Seth Hubbard, d'abord quelques heures par semaine, puis à mi-temps, et enfin à plein temps. Avant cela, elle était femme de ménage chez un vieux couple de Clanton. De parfaits inconnus pour Jake. Ils étaient morts dans les trois mois, l'un après l'autre. Et Lettie s'était retrouvée sans travail. Avant ça, elle était employée de cantine dans un collège à Karaway. Rush voulait des dates, des montants de salaire, le nom de ses patrons, tous les détails. Lettie fit de son mieux pour lui fournir ces renseignements.

Il est sérieux ? se demandait Portia. En quoi le nom de son employeur dix ans auparavant pouvait-il avoir une quelconque importance dans cette affaire de testament ? C'était effectivement de la pêche à la traîne, comme l'avait dit Jake. Une guerre d'usure !

Jake leur avait aussi expliqué que les dépositions duraient longtemps parce que les avocats étaient payés à l'heure, du moins ceux qui posaient des questions insignifiantes. Puisqu'il n'y avait aucune limite aux sujets abordés, et que le compteur tournait, les avocats, en particulier ceux travaillant pour de grosses sociétés, n'avaient aucun intérêt à être concis. Tant qu'ils tenaient une conversation, que ce soit à propos d'une personne ou d'un sujet n'ayant qu'un rapport très lointain avec le dossier, ils l'étiraient pendant des heures.

Toutefois, l'affaire Hubbard était différente, avait précisé Jake, puisque le seul avocat payé à l'heure c'était lui. Les autres étaient là au pourcentage. Si le testament olographe était invalidé, l'argent serait reversé à la famille, conformément au testament précédent, et tous ces avocats auraient leur part du butin. Donc, les questions risquaient de ne pas être trop soporifiques.

Portia n'était pas convaincue. L'ennui suintait de toutes parts !

Stillman Rush aimait passer d'un sujet à l'autre, sans doute pour déstabiliser le témoin. Il réveilla tout le monde :

— Dites-moi, madame Lang, est-ce vrai que vous avez emprunté de l'argent à votre ancien avocat, Booker Sistrunk ?

— C'est exact.

Lettie savait que la question allait tomber et répondit sans hésitation. Aucune loi ou règle n'interdisait ce genre de prêt, du moins pas pour le bénéficiaire.

— On peut savoir combien ?

— Cinquante mille dollars.

— Il vous a fait un chèque ou était-ce en liquide ?

— En liquide, et avec Simeon, on a signé une reconnaissance de dette.

— Est-ce le seul prêt que vous avez contracté avec Booker Sistrunk ?

— Non. Il y en a eu un autre avant, de cinq mille dollars.

— Et pourquoi Sistrunk vous a donné de l'argent ?

— Parce qu'on en avait besoin. J'ai perdu mon travail et, avec Simeon, on ne sait jamais sur quel pied danser.

— Vous avez pris l'argent et avez emménagé dans une maison plus grande ?

— C'est exact.

— Combien de personnes vivent-elles sous ce nouveau toit ?

Lettie compta dans sa tête.

— D'ordinaire, on est onze, mais ce nombre varie. Les gens vont et viennent.

Jake lança un regard à Rush comme pour lui dire : « Non, ne lui demandez pas les noms des onze personnes. Avançons. »

Rush était tenté de faire durer le plaisir, mais il poursuivit :

— À combien s'élève le loyer ?

— Sept cents dollars par mois.

— Et aujourd'hui, vous êtes au chômage.

— Oui.

— Et votre mari ? Il travaille en ce moment ?

— Non.

— Puisque M. Sistrunk n'est plus votre avocat, comment comptez-vous le rembourser ?

— Chaque chose en son temps.

* * *

Roxy avait préparé des sandwichs et des bols de chips pour le déjeuner. Ils mangèrent dans la salle de réunion. Lucien les rejoignit.

— Comment ça s'est passé ?

— Un premier round classique. Des questions sans intérêt, à n'en plus finir, répondit Jake. Lettie a été impériale, mais elle est déjà fatiguée.

— Je ne tiendrai pas comme ça encore un jour et demi, confirma-t-elle.

— Bienvenue dans le monde de la justice moderne ! railla Lucien.

— Vas-y, raconte-nous comme c'était mieux avant, répliqua Jake.

— Eh bien, dans l'ancien temps, oui c'était mieux. Il n'y avait pas toutes ces lois ridicules.

— Ce n'est pas moi qui les ai écrites, précisa Jake.

— Un avocat n'était pas obligé de montrer tous ses témoins, et d'annoncer à la partie adverse ce qu'ils allaient dire. Au contraire ! Le procès, c'était la guérilla, un jeu d'embuscade, d'attaques surprises. Tout se jouait durant l'audience. C'était ça un procès. Il fallait donc être très bon, pour improviser, pour prendre la balle au bond. Aujourd'hui, tout doit être dévoilé d'avance, tous les témoins doivent faire leur déposition avant l'audience. Quelle perte de temps ! Et je ne parle même pas de l'argent que ça coûte ! Oui, c'était mieux avant, ça je vous le confirme !

— Mange donc ton sandwich, intervint Jake. Lettie a besoin de se détendre et c'est impossible quand tu chouines comme ça sur le passé.

Obéissant, Lucien prit une bouchée, puis se tourna vers Portia.

— Et vous, comment vous avez trouvé cette matinée ?

Elle grignotait une chips. Elle la posa devant elle.

— C'était plutôt bien. Être comme ça dans cette salle pleine d'avocats. J'avais l'impression d'être quelqu'un d'important.

— Ne soyez pas trop impressionnée, répliqua Jake. La plupart de ces gars ne seraient pas fichus de s'occuper d'un vol à l'étalage dans un tribunal municipal.

— Je pense que Wade Lanier le pourrait, déclara Lettie. Il est doué. On a l'impression qu'il sait d'avance ce que je vais répondre.

— Il est bon, c'est vrai, reconnut Jake. Mais croyez-moi sur parole, vous allez bientôt le détester. Il paraît sympathique comme ça, mais il va vous sortir par les yeux.

En songeant au long combat qui l'attendait, Lettie se sentit soudain démoralisée. Après quatre heures de simples escarmouches, elle était déjà épuisée.

* * *

Pendant le déjeuner, deux employés du greffe avaient installé un petit sapin artificiel dans le coin de la salle de tribunal. De sa chaise, Jake avait une vue sur l'arbre enguirlandé. À midi, toutes les veilles de Noël, les juges et employés du palais, ainsi que quelques avocats triés sur le volet, se rassemblaient dans cette salle pour boire un lait de poule et s'offrir des babioles. Jake tentait chaque année d'échapper à ce supplice.

Le sapin, toutefois, lui rappelait que Noël était dans seulement quelques jours et qu'il n'avait toujours pas acheté les cadeaux. Tandis que Wade Lanier poursuivait ses questions d'une voix grave soporifique, Jake se mit à songer aux vacances. Lors des deux Noël précédents, Carla et lui s'efforçaient de décorer les pièces, de leur donner un petit air de fête. Heureusement que Hanna était là. Avoir un enfant dans la maison, c'était de la joie pour tout le monde.

Lanier aborda un sujet plus sensible. Lentement, avec adresse, il s'intéressa aux tâches qu'effectuait Lettie quand Seth Hubbard était malade et cloué dans son lit, après les séances de radiothérapie et la chimiothérapie. Lettie expliqua que l'agence de soins à domicile envoyait du personnel pour s'occuper de lui, mais ces femmes n'étaient pas compétentes, ni suffisamment respectueuses, et M. Hubbard ne se laissait pas faire. Elle trouvait qu'il avait raison. Il les avait toutes congédiées une à une, et s'était bagarré avec l'agence pour avoir des gens mieux formés. De guerre lasse, c'était Lettie qui avait repris le flambeau. Elle lui cuisinait les plats qu'il voulait, le nourrissait quand il était trop faible. Elle l'aidait à sortir du lit, l'emmenait à la salle de bains, aux toilettes où il passait parfois une demi-heure sur la cuvette. Il y avait eu des accidents bien sûr. Alors elle nettoyait le lit. Plusieurs fois, elle dut utiliser un bassin. Elle s'occupait de lui. Non, ce n'était pas plaisant, et elle n'avait pas de formation pour ces choses, mais elle se débrouillait. M. Hubbard appréciait sa gentillesse. Il lui faisait confiance. Oui, à plusieurs reprises elle l'avait lavé dans son lit. Oui, une toilette complète, le corps entier. Il était tellement malade, à peine conscient. Dès que les séances de chimio et les rayons s'arrêtaient, il allait mieux et reprenait le travail. Il remontait la pente avec une détermination ahurissante. Non, il n'avait jamais cessé de fumer.

L'intimité, c'est notre talon d'Achille, avait expliqué Jake à Portia en termes crus, et la fille l'avait expliqué à son tour à sa mère. Si les jurés jugeaient Lettie trop proche de Seth Hubbard, il serait facile de les convaincre qu'elle avait usé de son influence pour avoir son nom dans le testament.

Seth Hubbard lui montrait-il de l'affection ? La prenait-il dans ses bras, lui pinçait-il les joues ou les fesses ? Non ! Jamais de la vie ! répondait Lettie. Jamais ! Son patron était un homme dur qui savait se tenir. Il n'avait guère de patience pour son prochain et ses amis se comptaient sur les doigts d'une seule main. Quand elle arrivait le matin pour travailler, elle n'avait droit qu'à un bonjour de loin, et à un au revoir aussi distant à la fin de sa journée. Elle était son employée, rien de plus : ni une amie, ni sa confidente, rien qu'une employée. Il était poli, il la remerciait au besoin, mais ce n'était pas un homme très loquace.

Non, elle ne savait rien de ses affaires, ni de sa vie privée. Il ne parlait pas d'une autre femme et Lettie n'en avait jamais vu une à la maison. En fait, maintenant qu'elle y pensait, elle n'avait jamais vu un ami ou une relation de travail chez lui, pas une seule fois en trois ans.

Parfait, Lettie, se dit Jake.

Les mauvais avocats tentaient de piéger les témoins, de les mettre en porte à faux ou de les déstabiliser pendant la déposition. Les bons préféraient gagner au procès. Pour eux, la déposition n'était qu'un moyen de glaner des informations pour échafauder un plan d'attaque plus tard. Les génies, eux, faisaient l'impasse sur la déposition, et montaient de magnifiques embuscades sans filet devant le jury. Wade Lanier et Stillman Rush étaient de bons avocats, et ils passèrent ce premier jour à collecter des données. Durant ces huit premières heures d'interrogatoire, il n'y eut aucun coup tordu, aucune parole brusque, pas le moindre manque de courtoisie envers le témoin.

Jake était impressionné. Plus tard, dans son bureau, il expliqua à Lettie et à Portia que Lanier et Rush jouaient la comédie. Ils se faisaient passer pour de chics types qui appréciaient réellement Lettie, ne cherchant que la vérité. Ils voulaient gagner sa sympathie, qu'elle leur fasse confiance, pour que le jour du procès elle ne soit pas sur ses gardes. « Ce sont deux loups affamés. À l'audience, ils vous sauteront à la gorge. »

Lettie était épuisée.

— Jake, je ne vais pas passer huit heures dans le box des témoins, pas vrai ?

— Ne vous inquiétez pas. Vous serez prête.

Elle n'était guère convaincue.

* * *

Le lendemain matin, ce fut Zack Zeitler qui mena les débats, en posant toute une série de questions sur les derniers jours de Seth Hubbard. Puis il tapa dans le mille :

— Avez-vous vu Seth Hubbard le samedi 1er octobre ?

Jake se raidit. Il connaissait la réponse depuis plusieurs jours ; il n'y avait aucun moyen d'y échapper. Une vérité incontournable.

— Oui, répondit Lettie.

— Vous disiez que vous ne travailliez pas les samedis ?

— C'est vrai, mais M. Hubbard m'a demandé de venir ce samedi-là.

— Et pourquoi donc ?

— Il voulait que je vienne avec lui à ses bureaux de la Berring pour faire le ménage. Le gars qui d'ordinaire s'en occupait était en arrêt maladie et l'endroit avait besoin d'un coup de balai.

À la table, la réponse de Lettie réveilla tout le monde, plus efficacement que le café du matin. Les yeux s'ouvrirent, les dos se redressèrent, les postérieurs s'arrimèrent au bord des chaises, des regards furent échangés.

Flairant l'odeur du sang, Zeitler insista avec prudence :

— À quelle heure êtes-vous arrivée chez M. Hubbard ?

— Vers 9 heures du matin.

— Et que vous a-t-il dit ?

— Qu'il voulait que je l'accompagne à son bureau à la scierie. Alors nous avons pris la voiture et sommes allés là-bas.

— Quelle voiture ?

— La sienne. La Cadillac.

— Qui conduisait ?

— Moi. M. Hubbard m'a demandé si j'avais déjà conduit une Cadillac. J'ai répondu que non. J'avais dit un jour que je trouvais cette voiture très jolie, alors il m'a proposé de prendre le volant. Au début, j'ai refusé, mais il m'a tendu les clés. Alors je l'ai emmené au bureau. J'étais très nerveuse.

— C'est vous qui l'avez emmené ? répéta Zeitler.

Autour de la table, les avocats, tête baissée, prenaient fébrilement des notes, les idées se bousculant dans leur tête. Il y avait eu un précédent. Une affaire de succession aussi, peut-être la plus retentissante de l'histoire du Mississippi. Le bénéficiaire, qui n'était pas du sang du défunt, avait emmené en voiture le testamentaire moribond jusqu'au bureau de son avocat pour qu'il rédige un nouveau testament – un document dans lequel il déshéritait ses enfants et laissait tout à cette personne qui venait de jouer les chauffeurs. La Cour suprême avait invalidé ce testament pour influence frauduleuse, et avait justifié son verdict par le fait que ce « bénéficiaire de dernière minute » avait été bien trop impliqué dans la rédaction des dernières volontés du défunt. Depuis cette décision de justice trente ans plus tôt, quand un avocat demandait à un suspect : « C'est vous qui l'avez emmené ? » tous les voyants passaient au rouge.

— Oui, répondit Lettie. C'est moi.

Jake observa la réaction des huit autres avocats. Ils buvaient du petit-lait. Une aubaine pour eux, et pour Jake, une pierre de plus sur son chemin.

Zeitler consigna soigneusement quelques notes, puis reprit :

— Combien de temps êtes-vous restée là-bas ?

— Je n'ai pas regardé l'heure. Environ deux heures.

— Qui d'autre était présent ?

— Personne. M. Hubbard disait qu'il ne travaillait jamais le samedi, du moins pas là, pas dans les bureaux de la Berring.

— Je vois.

Durant l'heure suivante, Zeitler passa en détail cette matinée du samedi. Il demanda à Lettie de faire un plan des lieux pour montrer où elle avait fait le ménage et où se tenait Seth Hubbard à ce moment-là. Elle expliqua qu'il n'avait jamais quitté son bureau et que la porte était fermée. Non, elle n'était pas entrée, pas même pour faire la poussière. Elle ignorait sur quoi il travaillait et ce qu'il avait fait dans cette pièce. Il avait sa mallette habituelle avec lui, mais elle ne savait pas ce qu'il y avait dedans. Oui, il paraissait avoir les idées claires. Il aurait été tout à fait capable de conduire s'il l'avait voulu. Elle ne savait pas grand-chose des médicaments qu'il prenait contre la douleur. Oui, il était maigre et affaibli, mais il était allé à son bureau de la Berring tous les jours, cette semaine-là. Non, elle ne savait pas si quelqu'un les avait vus se rendre à la scierie. Oui, c'était elle encore qui avait conduit la Cadillac au retour. Après avoir déposé M. Hubbard dans sa maison, elle était rentrée chez elle vers midi.

— Et, à aucun moment, il ne vous a confié qu'il écrivait son testament ?

— Objection ! lança Jake. Le témoin a déjà répondu deux fois à cette question.

— Oui. D'accord. C'était juste pour être sûr.

— Cela a été dit et enregistré.

— Vous avez raison.

Zeitler, ayant marqué des points, hésitait à poursuivre. Grâce à lui, la partie plaignante en savait beaucoup plus : Lettie Lang avait conduit la Cadillac le jour de la rédaction du testament – et c'était la première et unique fois ; Lettie Lang avait rarement vu des pilules ou des médicaments dans la maison ; elle pensait que Hubbard les gardait dans sa mallette ; Hubbard souffrait beaucoup ; il n'avait jamais parlé de suicide ; Lettie Lang n'avait pas été témoin de comportements étranges qui puissent laisser penser que le discernement de son patron était affecté par les antidouleurs ; Hubbard ne buvait pas, mais gardait parfois quelques bières dans le réfrigérateur ; et il avait un bureau dans sa chambre mais n'y travaillait presque jamais.

Le mardi midi, Lettie était prête à tout abandonner. Elle déjeuna avec Portia, dans le bureau de Jake. Puis fit une sieste sur le canapé.

*   *   *

Le supplice continua le mercredi avec Herschel. Cette fois, c'était au tour de Jake de poser des questions. La séance du matin fut d'un grand ennui. Rapidement, il fut établi qu'Herschel n'avait pas accompli grand-chose, ni dans sa vie ni dans sa carrière. Son divorce était finalement l'aventure la plus excitante qui lui soit arrivée. Tous les autres sujets, l'éducation, le travail, ses expériences professionnelles, ses anciens domiciles, ses relations, ses amis, ses hobbies, ses convictions religieuses, ses penchants politiques furent abordés par le menu et se révélèrent sans le moindre intérêt, d'une insipidité rare. Plusieurs avocats piquèrent ostensiblement du nez. Portia, lors de son troisième jour d'audition, luttait contre le sommeil.

Après déjeuner, les avocats s'attardèrent dehors, n'ayant aucune envie d'endurer une nouvelle séance aussi soporifique. Jake parvint à réveiller tout le monde quand il tenta de savoir combien de temps Herschel avait passé avec son père ces dernières années. Herschel voulut donner l'impression que le vieil homme et lui étaient très proches, mais il avait toutes les peines du monde à se souvenir d'un seul moment passé ensemble. Peut-être était-ce par téléphone qu'ils se parlaient ? l'aida Jake. Auquel cas, il lui suffirait simplement de lui montrer ses relevés d'appels. À moins qu'il ne s'agisse d'échanges épistolaires ? Des lettres ? Des cartes postales ? Oui, oui, Herschel avait tout ça, mais ne savait pas trop s'il pourrait remettre la main dessus. Ses avocats lui avaient dit de rester évasif, il y parvenait à merveille.

Quant à Lettie Lang, Herschel soutint l'avoir vue souvent à la maison, quand il rendait visite à son cher père. Selon lui, Seth était attendri par elle. D'accord, il n'avait jamais vu de geste déplacé, mais il y avait quelque chose dans leurs regards qui ne trompait pas. Quoi exactement ? Il ne savait pas trop, mais quelque chose. Et elle écoutait toujours aux portes, était toujours dans l'ombre à épier. Et quand son père était tombé malade, il dépendait de plus en plus de Lettie et ils sont devenus très proches. Jake demanda s'il insinuait qu'ils avaient des relations intimes. « Seule Lettie le sait », répliqua Herschel, avec un sous-entendu évident.

Portia fulminait en regardant tous ces gens assis à cette table. Tous, à l'exception de Jake, pensaient que sa mère avait couché avec ce vieil homme blanc, rongé par la maladie, dans le but de s'attirer ses faveurs. Mais Portia ne laissait rien paraître. Comme une bonne professionnelle, elle affichait un air imperturbable en noircissant son carnet de notes, page après page, consignant des informations qui ne seraient jamais utilisées.

Sept heures de questions furent amplement suffisantes pour établir que Herschel Hubbard était une personne parfaitement inintéressante, qui avait des relations lointaines et tendues avec son père. Il habitait chez sa mère, ne s'étant toujours pas remis de son divorce, et à quarante-six ans, il vivotait des revenus misérables d'un bar pour étudiants. Herschel avait plus que jamais besoin de cet héritage.

Ramona aussi. Sa déposition commença à 9 heures le jeudi. Les avocats n'en pouvaient plus et cette affaire leur sortait par les yeux. Passer cinq jours consécutifs à entendre des dépositions était rare, bien qu'il y eût des précédents. Pendant une pause, Wade Lanier raconta avoir entendu une dizaine de témoins d'affilée, pendant dix jours non-stop, dans une affaire de fuite de pétrole à La Nouvelle-Orléans. Les témoins venaient du Venezuela ; pour la plupart, ils ne parlaient pas anglais, et les interprètes n'étaient pas plus doués. Les avocats faisaient la fête tous les soirs pour s'en remettre, avaient la gueule de bois lors des dépositions, et deux d'entre eux avaient dû suivre une cure de désintoxication, à la fin de ce supplice.

Lanier n'avait pas son pareil pour raconter des histoires, et il avait des anecdotes plein sa musette. C'était un vieux briscard, trente ans de barreau. Plus Jake l'observait, plus il était impressionné. Il serait un adversaire redoutable devant les jurés.

Ramona se révéla aussi insipide que son frère. Au fil de leurs dépositions, il apparut que Seth Hubbard était un père négligent, pour qui les enfants étaient une nuisance. Avec tout l'argent qu'il y avait en jeu, la progéniture tentait vaillamment de faire du vieux un père aimant, de donner l'image d'une famille unie, mais Seth ne pouvait être réinventé. Jake piégea parfois Ramona, mettant en évidence ses incohérences, mais toujours avec le sourire, sans jamais chercher à l'humilier. Puisqu'elle et Herschel passaient si peu de temps avec leur père, leur témoignage ne serait pas si important au procès. Ils n'étaient pas auprès de lui les jours qui avaient précédé sa mort. Et, par conséquent, ne pouvaient rien dire de ses facultés mentales du moment. Et ni l'un ni l'autre n'avaient la preuve qu'il y eût une relation intime entre leur père et sa femme de ménage.

Ce n'étaient que des dépositions préliminaires. Lettie, Herschel, Ramona et Ian seraient encore appelés à témoigner. Quand les faits se seraient précisés, que les tactiques se seraient affinées, tout le monde aurait bien d'autres questions à poser.

23.

Au moment de quitter le palais de justice le jeudi après-midi, Stillman Rush rattrapa Jake et lui demanda s'il avait le temps de boire un verre. C'était une proposition curieuse parce que les deux hommes n'avaient rien en commun, sinon l'affaire Hubbard. Bien sûr, répondit-il, pourquoi pas. Rush avait quelque chose d'important à lui dire ; sinon, il ne perdrait pas son temps avec un petit avocat.

Ils se retrouvèrent dans un bar à l'entresol d'un vieil immeuble de la place, à deux pas du tribunal. Il faisait déjà nuit, et la brume tombait ; un moment parfait pour boire un verre. Jake ne fréquentait pas les bars mais il était déjà venu dans celui-ci. C'était un antre à la lumière tamisée, avec des endroits sombres et des alcôves discrètes, le lieu idéal pour des rencontres clandestines. Bobby Carl Leach, l'avocat véreux de la ville, avait sa table ici, à côté de la cheminée. On le voyait souvent en compagnie de banquiers ou de politiciens. Harry Rex Vonner aussi était un habitué.

Jake et Stillman Rush s'installèrent dans un box, commandèrent deux bières pression et se détendirent un peu. Après ces quatre jours éprouvants à la même table, à écouter la litanie de questions et réponses d'un intérêt plus que limité, ils avaient l'esprit encore tout engourdi par l'ennui. Rush avait ravalé son arrogance naturelle et était presque plaisant. Quand la serveuse eut apporté leurs boissons, il se pencha vers Jake d'un air de conspirateur.

— J'ai une idée. Ce n'est qu'une proposition personnelle, je ne parle au nom de personne. Il y a un gros pactole en jeu, nous le savons tous. J'ignore combien au juste, mais...

— Vingt-quatre millions, l'interrompit Jake.

Les avocats auraient bientôt l'inventaire entre les mains, et il n'y avait rien de dangereux à donner à Rush cette information. En revanche, la presse ne devait pas le savoir.

Rush esquissa un sourire, but une gorgée de bière et secoua la tête.

— Vingt-quatre millions...

— Et sans dettes.

— Sidérant, non ?

— Oui.

— OK, il y a vingt-quatre millions sur la table. Quand le fisc sera passé, il n'y en aura plus que la moitié.

— C'est ce que m'ont dit les comptables.

— Il reste donc douze millions, c'est quand même beaucoup d'argent, plus qu'on n'en verra jamais, vous et moi. Alors voilà mon idée : pourquoi ne pas essayer de trouver un accord à l'amiable ? Il y a trois joueurs :

Herschel, Ramona et Lettie. On doit pouvoir couper le gâteau de sorte que tout le monde soit content, non ?

Ce n'était pas très original comme idée. Jake et Lucien y avaient songé bien souvent. Et il était évident que la partie adverse avait fait de même. Chaque camp lâchait un peu, ou beaucoup, suivant de quel côté on se plaçait, arrêtait les frais, les honoraires des avocats, les hostilités, et fini la pression, le stress et l'incertitude d'un procès. Chacun était sûr de repartir avec une part. Dans tout litige, un accord était toujours une option envisagée.

— C'est ce que veut votre client ? demanda Jake.

— Je ne sais pas. Nous n'en avons pas encore discuté. Mais c'est une possibilité. Je pourrais le convaincre au besoin.

— Très bien. Mais ce gâteau, comment voulez-vous le partager ?

Rush but une longue gorgée, s'essuya la bouche d'un revers de main. À nouveau, il se pencha vers son interlocuteur :

— Soyons réalistes, Jake. Lettie n'a pas droit à grand-chose. D'ordinaire, dans une succession normale, elle n'aurait rien. Elle n'est pas de la famille. Même si les Hubbard sont une famille bien tordue, l'argent revient toujours aux descendants. Vous le savez comme moi. Quatre-vingt-dix pour cent de l'argent qui transite dans les legs vont à la famille. C'est vrai au Mississippi, ça l'est aussi à New York ou en Californie, où pourtant les successions sont souvent importantes. Et regardez ce que dit la loi. Si quelqu'un meurt sans laisser de testament, tous les biens vont aux enfants et à personne d'autre. Même la nation est pour que l'argent reste dans les familles.

— C'est vrai, mais nous ne pourrons conclure un accord si on annonce à Lettie qu'elle n'aura rien.

— Bien sûr que non. Donnons-lui deux millions. Vous imaginez ça ? Lettie Lang, sans emploi, femme de ménage, qui soudain se retrouve avec deux millions de dollars, net d'impôts ? Je n'ai rien contre cette femme, Jake. Je l'ai même trouvée sympathique durant la déposition. Elle est plaisante, même drôle, et c'est quelqu'un de bien. Je ne veux en rien la dévaloriser, mais allons, Jake, vous savez combien de Noirs au Mississippi ont sur leur compte en banque une somme à six zéros ?

— Je suis tout ouïe.

— D'après le recensement de 1980, ils sont sept. Sept Noirs à avoir plus d'un million de dollars. Tous des hommes, la plupart dans le bâtiment ou l'immobilier. Lettie sera, du jour au lendemain, la femme noire la plus riche de l'État.

— Et votre client et sa sœur se partageraient les dix millions restants ?

— En gros, oui. Après un cadeau à l'église.

— Ce serait un bon coup pour vous, les gars ? Un tiers de de cinq millions. C'est bien payé.

— Je n'ai pas dit qu'on prenait un tiers.

— Mais vous avez un pourcentage, non ?

— Je ne peux pas divulguer combien, mais oui. Ce serait une jolie somme.

Pas pour tout le monde, songea Jake. S'ils trouvaient un accord maintenant, ses honoraires seraient réduits de façon drastique.

— Vous en avez discuté avec Wade Lanier ?

Stillman Rush grimaça rien qu'en entendant ce nom.

— C'est une autre paire de manches. Lanier veut récupérer mon client qui, pour l'instant, ne me lâche pas. Je me méfie de Lanier. Et je vais passer les six prochains mois à surveiller mes arrières. C'est un vrai serpent, ce type.

— J'en conclus que c'est non.

— Exact. Je n'en ai parlé à personne.

— J'ai cru comprendre que c'était assez tendu entre le frère et la sœur.

— C'est vrai. Herschel et Ramona pourraient trouver un *statu quo*, mais c'est Ian le problème. Herschel et Ian ne se supportent pas. Ça a toujours été le cas. Pour Herschel, Ian est un petit con arrogant né le cul dans le beurre, qui a juste réussi à dilapider la fortune de ses ancêtres. Et qui continue à se donner de grands airs. Ian a toujours considéré les Hubbard avec mépris, comme des moins que rien – jusqu'à aujourd'hui, bien sûr. Maintenant, il est tout amour pour la famille et se soucie soudain de son bien-être.

C'était drôle d'entendre Stillman Rush traiter quelqu'un de « petit con arrogant né le cul dans le beurre ».

— Rien de nouveau sous le soleil ! lâcha Jake. Écoutez, Stillman, je viens de passer huit heures et demie à jouer au chat et à la souris avec Ramona. Cette femme boit de trop. Cela se voit comme le nez au milieu de la figure – les yeux injectés de sang, les boursouflures, et la couperose qu'on aperçoit malgré le maquillage, et toutes ces rides, bien trop nombreuses pour une femme de quarante-deux ans. Je suis un expert en stigmates de l'alcool parce que je côtoie tous les jours Lucien Wilbanks !

— C'est vrai. Herschel dit que sa sœur est une pochtronne et qu'elle veut quitter Ian depuis des années.

Jake était étonné de cette franchise.

— Et à présent, l'autre lui colle aux basques.

— Exactement. Ian est soudain à nouveau fou amoureux de sa femme. J'ai un ami à Jackson qui connaît quelques relations de bar de Ian. Ils disent que c'est un sacré coureur de jupons.

— Je lui poserai la question demain.

— Faites donc. Bref, le problème, c'est que Herschel et Ian ne se feront jamais confiance.

Les deux avocats vidèrent leurs chopes et commandèrent une nouvelle tournée.

— Vous n'avez pas l'air très chaud pour un accord à l'amiable, Jake.

— Vous ne savez pas ce que voulait le vieux. Il était très clair, à la fois dans ses dernières volontés, comme dans la lettre qu'il m'a adressée. Il m'a demandé de défendre son testament manuscrit jusqu'au bout, quel qu'en soit le prix.

— Il vous a demandé ça ?

— Mot pour mot. C'est dans la lettre qui accompagnait le testament. Vous la verrez bientôt. Il était très clair. Il tenait vraiment à exclure sa famille.

— Mais il est mort.

— C'est toujours son argent. On ne peut réattribuer cet argent contre ses volontés – volontés qu'il a exprimées très clairement. Ce n'est pas juste et je doute que le juge Atlee accepte ça.

— Et si vous perdez ?

— Alors je perdrai, en essayant de faire ce qu'il m'a demandé. Défendre son testament à tout prix.

La deuxième tournée de bière arriva au moment où Harry Rex le gargantuesque passa à côté de leur table de son pas de pachyderme. Il ne leur adressa pas la parole. Il paraissait perdu dans ses pensées et ne regarda pas Jake. Il n'était pas encore 18 heures – un peu tôt pour lui. Il s'installa au fond de la salle, essayant de ne pas se faire remarquer.

Stillman Rush essuya la mousse de ses lèvres et insista :

— Pourquoi Hubbard a-t-il fait ça, Jake ? Vous avez une idée ?

— Pas vraiment, répondit-il avec un haussement d'épaules, comme s'il avait été prêt à confier des secrets à son adversaire.

En réalité, Jake n'aurait même pas donné l'heure à Rush si cela avait pu lui être d'une quelconque utilité !

— Le sexe, peut-être ?

Nouveau haussement d'épaules. Pincement de lèvres.

— Je ne pense pas. Le vieux avait soixante et onze ans. Fumeur, malade, affaibli, rongé par un cancer. Je l'imagine mal en train de faire des galipettes avec une femme.

— Il n'était pas malade il y a deux ans.

— C'est vrai. C'eût été possible, mais il n'y a aucun moyen de le prouver.

— Je ne parle pas de prouver quoi que ce soit, Jake. Rien de tout ça. Ce sont juste des supputations. Il y a bien une raison, s'il a fait ça.

Trouve-la toi-même, trou du cul ! répliqua Jake en pensée. Les efforts de Rush pour lui tirer les vers du nez amusaient Jake, comme s'ils étaient de vieux copains de comptoir. « Un mot soufflé, un navire coulé », se plaisait à dire Harry Rex, reprenant le slogan de l'armée pendant la Seconde Guerre mondiale. « Une confidence et l'accusation danse ! »

— J'ai du mal à croire qu'une partie de jambes en l'air vaille vingt-quatre millions de dollars.

— Tout dépend avec qui ! lança Rush en riant. Des guerres se sont jouées là-dessus.

— Certes.

— Alors, vous ne voulez pas qu'on signe un armistice ?

— Non. J'ai déjà reçu mes ordres de bataille.

— Vous allez le regretter.

— C'est une menace ?

— Pas du tout. C'est juste que Booker Sistrunk s'est mis à dos tous les Blancs du comté.

— J'ignorais que vous étiez un expert du comté de Ford.

— Écoutez, Jake, vous avez obtenu un magnifique verdict ici. Un coup de maître. Mais il ne faut pas que cela vous monte à la tête.

— Quand j'aurai besoin d'un conseil pour mener ma carrière, je vous le ferai savoir.

— Peut-être est-ce nécessaire aujourd'hui ?

— D'écouter vos conseils ? Non, je ne crois pas.

Stillman Rush vida son verre et le reposa brutalement sur la table.

— Il faut que je file. J'irai payer au bar.

Il avait déjà quitté la banquette et cherchait son portefeuille dans sa poche. Jake le regarda s'en aller, le maudissant, puis se rendit au fond de la salle pour rejoindre Harry Rex.

— Une petite bière entre vieux amis ? lança Jake.

— Carla t'a donné la permission de minuit ?

Harry Rex avait une Budweiser devant lui et lisait un magazine qu'il referma dès que Jake se fut assis.

— Je viens de boire mon premier et dernier verre avec Stillman Rush.

— Tu m'en diras tant ! Laisse-moi deviner : il te proposait un accord à l'amiable ?

— Comment tu le sais ?

— C'était trop tentant. Un petit négoce et les gars raflent la mise.

Jake lui présenta l'accord équitable imaginé par Rush. Les deux hommes éclatèrent de rire. Une serveuse apporta des tortillas et de la sauce mexicaine.

— C'est ton dîner ?

— Non. Mon quatre-heures. Je retourne au bureau. Tu ne devineras jamais qui est en ville.

— Qui ça ?

— Willie Traynor, celui qui avait le *Times*. Tu te souviens de lui ?

— Un peu. Je l'ai rencontré une fois ou deux, il y a des années. Il a vendu le journal à peu près au moment où on est arrivés, si je me souviens bien.

— C'est ça. Willie l'avait racheté à la famille Caudle dans les années 1970. Le *Times* était en faillite et il l'a eu pour une bouchée de pain. Cinquante mille dollars, je crois. Il l'a vendu dix ans plus tard pour un million cinq.

Harry Rex chargea une tortilla de sauce et l'enfourna. Il reprit, la bouche pleine :

— Il ne s'est jamais vraiment senti bien ici, alors il est retourné à Memphis, d'où il venait, et il a perdu ses sous dans l'immobilier. Mais quand sa grand-mère est morte, il a touché un nouveau paquet d'oseille. Qu'il est en train de perdre aussi, si tu veux mon

376

avis. On n'est pas loin d'être revenu au temps où il débarquait de nulle part, dans l'espoir qu'on lui offre un verre.

— Il a toujours la maison des Hocutt ?

— Oui, mon général ! Et je pense que c'est pour ça qu'il est là. Il l'a achetée en 1972, après la mort du dernier des Hocutt. Tu parles d'une tribu, ceux-là ! Des jumelles, Wilma et Gilma, plus un frère et une sœur frappadingues, et tous célibataires. Willie a pu avoir la maison parce que personne d'autre ne la voulait. Et il a passé cinq ans à la retaper. Tu l'as déjà vue ?

— Juste de la rue. C'est une jolie bâtisse.

— C'est l'une des plus belles demeures victoriennes du coin ! Elle me rappelle un peu ton ancienne maison, en plus grande. Willie a bon goût, et l'intérieur est nickel. Le problème, c'est qu'il n'y a passé que trois nuits en cinq ans. Il veut vendre. Il doit avoir besoin d'argent, mais il n'y a personne dans le secteur qui a les moyens de l'acheter.

— Quel que soit le prix, c'est trop cher pour moi.

— Il l'estime à trois cent mille dollars. Peut-être bien, mais il ne la vendra pas à ce prix-là. Ni aujourd'hui, ni dans dix ans.

— Un médecin ou un dentiste l'achètera.

— Il m'a parlé de toi, Jake. Il a suivi le procès Hailey, il sait que le Klan a brûlé ta maison, et que tu en recherches une.

— Je ne cherche rien du tout, Harry Rex. Je suis en procès avec la compagnie d'assurances. Remercie-le d'avoir pensé à moi. Mais je n'ai pas les moyens.

— Tu veux des tortillas ?

— Non, merci. Je dois rentrer.

— Dis à Carla que je l'aime et que son corps me manque.

— Elle le sait déjà.

Jake retourna à son bureau sous le crachin. Les réverbères de la place étaient décorés de guirlandes lumineuses et de cloches. Une chorale chantait devant une crèche, au pied du palais de justice. Les boutiques étaient encore ouvertes, et noires de monde. Il neigerait peut-être demain. La neige, ça ce serait un événement à Clanton ! Les anciens disaient que le dernier Noël blanc datait de 1952. À l'annonce de cette prévision météo plus qu'incertaine, les gamins avaient le nez collé aux fenêtres à l'affût du premier flocon, et les magasins vendaient déjà des pelles et du sel. Les chalands se pressaient sur les trottoirs, têtes baissées comme si le blizzard arrivait.

Jake monta dans sa voiture, pour le long chemin du retour. Il s'éloigna lentement de la place, s'enfonçant dans les rues noyées d'ombres du centre-ville, jusqu'à rejoindre Market Street. Il y avait de la lumière dans la maison des Hocutt. Une chose rare. Chaque fois que Jake et Carla passaient devant cette demeure, ils ralentissaient pour l'admirer, et notaient que cette perle du XIXᵉ siècle était inhabitée. Régulièrement, le bruit courait que Willie Traynor voulait vendre. Tout le monde savait qu'il avait quitté Clanton après avoir vendu le journal, et c'était peut-être là l'explication des rumeurs.

La maison avait besoin d'un coup de peinture. En été, les jardinières et les massifs étaient envahis par les mauvaises herbes. La pelouse était rarement ton-

378

due. À l'automne, les feuilles mortes s'accumulaient devant le perron et personne ne les ramassait.

L'espace d'un instant, Jake eut envie de s'arrêter et de toquer à la porte. Une petite visite impromptue, boire un verre avec Willie, parler affaire. Mais il résista à la tentation et poursuivit son chemin.

24.

Le matin de la veille de Noël, Jake s'éveilla tard, du moins le plus tard possible. Alors que Carla était dans les bras de Morphée, il sortit du lit à 7 heures et se rendit dans la cuisine sans faire de bruit. Il prépara du café, des œufs brouillés, des muffins grillés. Quand il revint avec le petit déjeuner sur un plateau, Carla s'éveillait tout juste. Ils mangèrent tranquillement, en bavardant à voix basse. Ils savourèrent ce moment rare, puis Hanna surgit dans leur chambre, tout impatiente, en les harcelant de questions sur le père Noël. Elle se blottit entre eux et prit aussitôt un muffin. Elle leur récita par cœur ce qu'elle avait demandé au père Noël dans sa lettre. Elle paraissait réellement inquiète. Elle voulait savoir si elle n'avait pas réclamé trop de cadeaux. Carla et Jake la rassurèrent une fois de plus. Elle était fille unique, et avait toujours tout ce qu'elle désirait. En plus, il y aurait une surprise qui dépasserait toutes ses attentes…

Une heure plus tard, Jake et Hanna se rendirent au centre-ville, pour que Carla puisse emballer les cadeaux à la maison. Roxy était de congé, mais Jake avait besoin de récupérer un paquet pour son épouse. Le bureau était toujours la meilleure des cachettes dans ces cas-là. Il pensait ne trouver personne, mais il ne fut qu'à moitié surpris de découvrir Lucien dans la salle de réunion, le nez plongé dans une pile de vieux registres. Il semblait être là depuis des heures et, plus étonnant, être sobre.

— Il faut qu'on parle ! lança-t-il.

Hanna adorait fouiller dans le grand bureau de son père. Jake la laissa donc à l'étage et alla se chercher une tasse de café – une seule, pour lui. Lucien avait déjà vidé la moitié de la cafetière et paraissait suffisamment excité comme ça.

— Tu ne vas pas le croire ! annonça-t-il dès que Jake eut refermé la porte derrière lui.

Il se laissa tomber sur une chaise et remua son café.

— Ça ne peut pas attendre lundi ?

— Non. Tais-toi et écoute ! La grande question c'est : pourquoi un homme comme Seth Hubbard a-t-il fait ça ? Tu es d'accord ? Pourquoi rédiger un testament à la dernière minute, vite fait, à la main, pour déshériter sa famille et tout laisser à une personne qui, d'ordinaire, n'aurait droit à rien. C'est la question qui turlupine tout le monde, et cela ne va pas s'arranger avec le temps. Il nous faut la réponse.

— À supposer qu'il y en ait une.

— Évidemment qu'il y en a une ! Et pour lever ce mystère, et t'aider à gagner cette affaire, nous devons la trouver.

— Et tu l'as ?

— Pas encore. Mais j'ai une piste.

Lucien désigna le capharnaüm qui jonchait la table – dossiers, copies de vieux actes de propriété, notes en tout genre.

— J'ai examiné les archives concernant les quatre-vingts hectares de terres que Seth Hubbard possède dans ce comté. Beaucoup de pièces ont été perdues dans l'incendie du palais de justice après la Seconde Guerre mondiale, mais je suis parvenu à boucher les trous, et à y voir un peu plus clair. J'ai épluché les vieux registres jusqu'au début des années 1800 et j'ai retrouvé des journaux locaux de l'époque. J'ai effectué aussi une grosse recherche généalogique, chez les Hubbard, les Tayber et les Rinds. Comme tu le sais, c'est assez compliqué pour les familles noires. Lettie a été élevée par Cypress et Clyde Tayber, mais elle n'a jamais été officiellement adoptée. Elle n'a su qu'à trente ans qu'elle n'était pas de leur sang. D'ailleurs Portia, comme moi, pense que Lettie est une Rinds, une famille qui n'existe plus dans le comté de Ford.

Jake prit une gorgée de café, tout ouïe. Lucien déplia une carte dressée à la main et désigna un point.

— Ici, c'est la propriété d'origine des Hubbard, trente hectares qui sont dans la famille depuis plus d'un siècle. Seth l'a héritée de son père Cleon, décédé il y a trente ans. Cleon, dans son testament, léguait tout à Seth – Ancil n'est même pas cité. À côté de cette propriété, il y a une autre parcelle de trente hectares aussi, juste ici, à côté du pont où on a retrouvé Seth. Les autres vingt hectares, là, ont été acquis par Seth il y a une vingtaine d'années et sont sans intérêt pour notre affaire.

Lucien tapota du doigt la seconde parcelle où il avait dessiné une rivière, un pont, et un arbre de pendu.

— C'est ici l'important. Ce second terrain de trente hectares a été acheté par Cleon Hubbard en 1930. C'est un certain Sylvester Rinds qui le lui a vendu, ou plutôt sa femme. Le terrain appartenait aux Rinds depuis soixante ans. Ce qui est curieux, c'est que les Rinds étaient des Noirs, et il semble que le père était le fils d'un esclave affranchi qui s'était retrouvé propriétaire d'une trentaine d'hectares dans les années 1870, après la guerre de Sécession. Je ne sais pas trop comment il a eu cette terre, et on ne le saura jamais. Il n'y a tout simplement aucune trace.

— Comment Cleon a-t-il récupéré ce terrain ? demanda Jake.

— Par une simple renonciation, signée par Esther Rinds, pas par son mari.

— Où il était son mari ?

— Je ne sais pas. Soit mort, soit disparu, parce que la terre était à son nom, pas à celui de sa femme. Pour qu'elle puisse la céder, il fallait qu'elle en hérite. C'est donc que le mari était probablement mort.

— Aucune trace du décès ?

— Non. Je n'ai rien trouvé. Mais je continue à chercher. Et ce n'est pas tout. Il n'y a plus de traces de la famille Rinds dans le comté de Ford après 1930. Pff ! envolée ! Et pas un seul Rinds non plus aujourd'hui. J'ai vérifié dans le bottin, sur les listes électorales, les registres du fisc. J'ai cherché partout, vraiment partout. Pas le moindre Rinds. Rien. C'est bizarre.

— Et donc ?

— Ils se sont évanouis dans la nature, d'un coup.

— Ils ont peut-être émigré à Chicago, comme tout le monde ?

— Possible. Grâce à la déposition de Lettie, nous savons que sa mère avait seize ans quand elle est née, hors mariage, et qu'elle n'a jamais connu son père. Elle dit avoir vu le jour près de Caledonia, dans le comté de Monroe. Sa mère est morte deux ans plus tard – Lettie ne se souvient pas d'elle. Une tante l'a récupérée. Puis une autre. Et finalement, elle a atterri en Alabama, dans la famille Tayber. Elle a pris leur nom et a mené sa vie. Le reste est dans sa déposition. Il n'y a jamais eu de certificat de naissance pour Lettie.

— Où veux-tu en venir ?

Lucien ouvrit un dossier et fit glisser une feuille de papier vers Jake.

— Beaucoup de bébés noirs naissaient à l'époque sans certificat. Ils étaient mis au monde à la maison, par des sages-femmes. Personne ne se souciait d'aller remplir des papiers. Mais le département de la Santé, dans chaque comté, essayait au moins de tenir à jour un registre. J'ai ici la copie d'une page du relevé des naissances en 1941. On y lit qu'une certaine Letetia Delores Rinds est née le 16 mai, mise au monde par une jeune femme nommée Lois Rinds, seize ans, dans le comté de Monroe, au Mississippi.

— Tu es allé jusqu'au comté de Monroe pour trouver ça ?

— Exact. Et je n'ai pas fini de creuser. Bref, tout porte à croire que Lettie est bel et bien une Rinds.

— Mais elle a dit qu'elle ne se souvenait de rien, du moins rien avant d'arriver en Alabama.

— Et toi, tu te souviens de ce qui s'est passé avant tes trois ans ?

— De tout, absolument.

— C'est que tu n'es pas normal !

— Très bien, la famille de Lettie est peut-être originaire du comté de Ford. Et alors ?

— Suppose que ce soit le cas. Suppose qu'ils aient eu autrefois en leur possession ce terrain de trente hectares que Cleon Hubbard a acquis en 1930, ce terrain dont Seth a hérité. Celui-là même qu'il veut léguer à Lettie. Tu ne vois pas comme une boucle qui se referme, non ?

— Peut-être. Peut-être pas. Il y a quand même de grands trous dans cette histoire. On ne peut avancer que tous les Rinds du Mississippi viennent du comté de Ford. C'est un peu exagéré.

— Certes. Ce n'est qu'une théorie, mais nous avançons à grands pas.

— « Nous » ?

— Portia et moi. Je lui ai demandé de remonter l'arbre de la famille. Elle travaille Cypress au corps pour avoir des détails, mais elle n'est pas très loquace. Et comme dans la plupart des familles, il y a des tas de trucs moches que Portia aurait préféré ne pas savoir.

— Genre ?

— Cypress et Clyde Tayber ne se sont jamais mariés. Ils ont eu six gosses et vécu ensemble quarante ans, mais ils ne se sont jamais mis la bague au doigt, du moins légalement.

— Ça n'a rien d'extraordinaire. Le droit commun les protège quand même, eux et leur descendance.

— Je le sais bien. Il y a de fortes chances pour que Cypress ne soit même pas de la famille de Lettie, qu'il n'y ait aucun lien de parenté. Portia pense que sa mère a pu être abandonnée plusieurs fois et atterrir sur le perron des Tayber par pur hasard.

— Et Lettie ? Qu'est-ce qu'elle en dit ?

— Pas grand-chose. Elle n'est pas très diserte sur le sujet. Comme tu peux l'imaginer, la généalogie familiale n'est pas un sujet plaisant.

— Lettie le saurait si elle était de la lignée des Rinds.

— C'est ce qu'on pourrait se dire, mais ce n'est pas si sûr. Elle avait trente ans quand Cypress lui a dit qu'elle avait été adoptée. Et Cypress n'a jamais rencontré la mère biologique de Lettie. N'oublie pas ça, Jake. Pendant les trente premières années de son existence, Lettie a toujours cru que Cypress et Clyde étaient ses vrais parents, et que les six autres gosses étaient ses frères et sœurs. Cela a fichu un sacré coup à Lettie quand elle a appris ça, m'a raconté Portia, mais elle n'a jamais voulu en savoir plus sur son passé. Les Tayber en Alabama n'ont aucun lien de parenté, de près ou de loin, avec les Rinds du comté de Ford, il est donc fort possible que Lettie ne sache rien de ses origines.

Jake réfléchit à cette éventualité, en buvant son café, tentant d'imaginer toutes les implications.

— D'accord. Ta théorie se tient. Mais alors pourquoi Seth veut-il rendre cette terre aux Rinds ?

— Je n'en suis pas là.

— Et pourquoi tout lui laisser – les trente hectares plus tout le reste ? Et déshériter sa famille ?

— J'essaie de trouver.

— C'est effectivement une bonne piste. Fouille encore.

— Cela peut être crucial, Jake, parce que cela nous donnerait un motif. La grande question est : pourquoi ? Si nous apportons une réponse à ça, alors nous pouvons gagner. Sinon, on l'a dans l'os.

— Ce n'est que ton opinion, Lucien. Je te rappelle que tu n'étais pas plus optimiste au début de l'affaire Hailey.

— Oublie ce procès, tu veux ? Plus vite tu l'effaceras de ta mémoire, plus vite tu redeviendras un bon avocat !

Jake se leva et sourit.

— Il y a des choses qui ne s'oublient pas, Lucien. Maintenant si tu veux bien m'excuser, je dois faire des courses avec ma fille. Joyeux Noël.

— Quelle foutaise !

— Tu veux dîner avec nous ?

— Ben voyons ! L'esprit de Noël et tout le tintouin…

— C'est bien ce que je me disais. Alors à lundi.

* * *

Simeon Lang arriva à la maison le soir du réveillon de Noël. Il avait été absent pendant deux semaines, et ses pérégrinations l'avaient mené jusqu'en Oregon, avec un camion chargé de huit tonnes de matériel volé. Il avait une belle liasse de billets dans la poche, de la joie au cœur, et des chants de Noël sur la langue, ainsi qu'une bouteille de bourbon sous le siège passager. Il n'avait rien bu, et il s'était promis de ne pas laisser l'alcool gâcher les vacances. Il était de bonne humeur, du moins jusqu'à ce qu'il arrive devant la maison des Sappington. Il dénombra sept voitures garées en vrac dans l'allée et sur la pelouse. Il n'en reconnut que trois. Il s'arrêta net de chanter « Jingle Bells », pour lâcher un juron. Toutes les lumières étaient allumées. La maison semblait pleine à craquer.

L'un des intérêts d'avoir épousé Lettie, c'était que sa famille vivait loin d'ici, en Alabama. Elle n'avait pas de proches dans le comté. De son côté à lui, il n'y en avait que trop, et qui posaient pas mal de problèmes, mais la belle-famille lui fichait une paix royale, du moins ces dernières années. Il avait été ravi quand, à l'âge de trente ans, Lettie avait appris que Cypress et Clyde Tayber n'étaient pas ses vrais parents et que leurs enfants n'étaient pas ses frères et sœurs. Mais la joie avait été de courte durée, car Lettie continua à les considérer comme sa véritable famille. Clyde mourut, les enfants s'étaient éparpillés et Cypress avait besoin d'un endroit pour vivre. Ils l'accueillirent donc, temporairement, et cela faisait cinq ans qu'elle était là, plus grosse et plus impotente de jour en jour. Les frères et sœurs aussi étaient revenus, avec leurs marmailles, fauchés comme les blés.

D'accord, il y avait des Lang dans le lot. Une belle-sœur, en particulier, qui était devenue leur épine dans le pied. Elle était au chômage et avait besoin qu'on lui prête de l'argent régulièrement, qu'elle ne rembourserait jamais malgré ses promesses. Simeon faillit prendre la bouteille de bourbon, mais il se retint et descendit de son pickup.

Il y avait des gosses partout, du feu dans la cheminée et dans la cuisine, des femmes aux fourneaux et des hommes goûtant les sauces. Presque tout le monde paraissait content de le voir – du moins tous firent semblant. Lettie lui sourit et il la serra dans ses bras. Il avait appelé la veille du Kansas et avait promis d'être là pour le repas de Noël. Elle lui fit une bise pour sentir s'il avait bu. Le test étant négatif, elle se détendit aussitôt. À sa connaissance, il n'y avait pas une goutte d'alcool dans la maison et elle comptait bien que cette règle domestique perdure. Dans le salon, Simeon embrassa ses enfants – Portia, Phedra, Clarice et Kirk, ainsi que ses deux petits-enfants. À l'étage, un gros radiocassette braillait la chanson de « Rudolph, le renne au nez rouge » tandis que trois gosses s'amusaient à pousser Cypress en fauteuil roulant dans le couloir, à une vitesse périlleuse. Les ados, quant à eux, étaient scotchés devant la télé à plein volume.

La vieille bâtisse, guère habituée à cette agitation frénétique, tremblait de tous ses murs. Au bout de quelques minutes, l'agacement de Simeon était passé. La solitude des routes désertes était loin. Après tout, c'était Noël, et il était avec sa famille. Bien sûr, une grande part de cette affection, de cet élan de chaleur humaine, était motivée par l'odeur de l'argent et l'envie de se faire bien voir par Lettie. Pour quelques heures, profite du moment, se disait-il.

Si seulement Marvis pouvait être avec eux.

Lettie colla deux tables bout à bout dans la salle à manger. Les femmes les couvrirent aussitôt de dindes rôties, de jambons grillés, de patates douces, et d'une demi-douzaine d'autres légumes, ainsi qu'un assortiment impressionnant de gâteaux et de tartes. En un clin d'œil, tout le monde fut attablé. Avant que ne commence le festin, Lettie prononça une courte prière. Mais elle n'avait pas fini : elle déplia une feuille de papier.

— Écoutez ça, s'il vous plaît. C'est de Marvis.

À l'annonce de ce nom, tous se figèrent, les têtes se baissèrent. Chacun avait ses souvenirs de l'aîné, et pour la plupart ils n'étaient pas heureux.

Lettie commença la lecture : « Bonjour maman, et bonjour à papa, aux sœurs, aux nièces et neveux, aux tantes et oncles, aux cousins et amis. Je vous souhaite de belles vacances et un joyeux Noël. J'écris cette lettre dans ma cellule. De là, je peux voir un bout de ciel. Il n'y a pas de lune, mais plein d'étoiles. Il y en a une qui brille plus que les autres. Ce doit être l'Étoile polaire, mais je n'en suis pas sûr. De toute façon, ce soir, je m'imagine que c'est l'étoile de Bethléem, celle qui a guidé les rois mages vers l'enfant Jésus, comme le dit Matthieu, au chapitre deux. Je vous aime tous. J'aurais aimé être parmi vous. Je regrette mes erreurs et tout le chagrin que j'ai causé à ma famille et à mes amis. Je sortirai un jour et, quand je serai libre, je fêterai Noël avec vous et on fera la fête. Marvis »

La voix de Lettie ne flancha pas, mais les larmes roulaient sur ses joues. Elle les essuya et esquissa un sourire.

— Maintenant, mangeons.

* * *

Parce que c'était un jour exceptionnel, Hanna insista pour dormir avec ses parents. Ils lurent des histoires de Noël jusqu'à 22 heures, avec deux interruptions parce que la petite voulait se ruer dans le salon voir si le père Noël n'était pas venu. Elle était tout excitée, un vrai moulin à paroles, puis elle était tombée comme une masse. Quand Jake s'éveilla à l'aurore, elle était blottie contre sa mère, toutes les deux profondément endormies. Doucement, il dit « je crois que le père Noël est passé » pour réveiller les deux femmes de sa vie. Hanna fonça droit au sapin et cria de joie en voyant tous les cadeaux que lui avait apportés le père Noël. Jake prépara le café pendant que Carla prenait des photos. Ils ouvrirent les paquets. Tout le monde riait à mesure que s'accumulaient les boîtes et les papiers d'emballage. Qu'y avait-il de plus beau pour un enfant de sept ans que le jour de Noël ? Quand l'excitation commença à redescendre, Jake quitta discrètement la pièce. Dans une remise à côté de l'abri pour la voiture, il récupéra un carton entouré de papier cadeau vert, avec un gros nœud rouge. À l'intérieur le chiot gémissait. La nuit avait été longue, pour eux deux.

— Regarde ce que j'ai trouvé, annonça Jake en posant le gros paquet à côté de Hanna.

— C'est quoi, papa ? demanda la fillette, soudain suspicieuse.

À l'intérieur, le chien ne faisait pas un bruit.

— Ouvre donc, dit Carla.

Hanna déchira le papier. Jake ouvrit les rabats et Hanna se pencha au-dessus de la boîte. Sadie, au fond, la regarda avec des yeux tristes, comme pour dire : « Sors-moi de là ! »

Ils dirent que Sadie venait du pôle Nord, là où habitait le père Noël. En fait, la veille encore, elle était au refuge du comté. Pour trente-sept dollars, Jake l'avait achetée, avec tous ses vaccins, et un bon pour une stérilisation ultérieure. Sans le moindre pedigree. Impossible de savoir sa taille et son tempérament futurs. L'un des employés pensait qu'elle avait du sang de terrier, tandis qu'un autre assurait : « Elle tient plutôt du schnauzer. » La mère avait été retrouvée morte dans un fossé, sa portée avait été sauvée ; les chiots avaient alors environ un mois.

Hanna la souleva avec précaution, et commença à la caresser, en la serrant contre sa poitrine et, bien sûr, le chiot se mit à lui lécher le visage. La fillette regarda ses parents, stupéfaite, incapable de parler, avec ses grands yeux brillants.

— Le père Noël l'appelle Sadie, mais tu peux lui donner un autre nom.

Le père Noël était un faiseur de miracles ! Mais pour le moment seul ce cadeau comptait, tous les autres étaient oubliés.

— Sadie, c'est bien, articula-t-elle finalement.

Durant l'heure qui suivit, la chienne fut le centre de l'attention. Le père, la mère et l'enfant l'escortaient partout pour s'assurer qu'elle n'avait besoin de rien.

* * *

L'invitation au cocktail de Willie Traynor était écrite à la main – à 18 heures, le lendemain de Noël, dans la maison des Hocutt. En tenue décontractée. Allez savoir ce que ça voulait dire ! Pour Carla, cela signifiait cravate, elle n'en démordait pas. Jake, de guerre lasse, céda. Au début, ils firent mine de ne pas vouloir y aller, alors qu'ils n'avaient évidemment rien d'autre à faire. Les cocktails étaient rares à Clanton et ils pensaient que Traynor, qui avait vécu dans le luxe à Memphis, voulait juste impressionner la galerie. Mais il y avait la maison… Depuis des années, ils l'admiraient de la rue mais n'avaient jamais vu l'intérieur.

— On raconte qu'il veut vendre, expliqua Jake.

Il n'avait pas parlé à sa femme de sa conversation la veille avec Harry Rex, en particulier à cause du prix. Pas la peine de remuer le couteau dans la plaie. Ce n'était pas à leur portée.

— Ce n'est pas nouveau, répliqua Carla, ne pouvant s'empêcher de rêver à cette maison.

— Oui, mais cette fois, d'après Harry Rex, c'est du sérieux. Il n'y habite jamais.

Ils furent les premiers arrivés, alors qu'ils avaient veillé à avoir dix minutes de retard. Et Willie Traynor était tout seul. Sa « tenue décontractée » comprenait un nœud papillon rouge, une veste de satin noir et un kilt. Il avait une petite quarantaine d'années, séduisant avec de longs cheveux et une barbe grisonnante. Un type charmant, en particulier avec Carla. Jake enviait sa réussite, il devait bien le reconnaître – Traynor n'avait que quelques années de plus que lui et il était millionnaire. Célibataire, connu pour aimer les femmes, il avait ce petit air de l'aventurier qui avait sillonné le globe.

Il leur servit du champagne dans de grandes flûtes de cristal, trinqua aux fêtes de fin d'année.

— Il faut que je vous dise quelque chose, annonça-t-il dès sa première gorgée, comme si les Brigance étaient de la famille et qu'une nouvelle importante était arrivée. J'ai décidé de vendre la maison. Je l'ai depuis seize ans, j'adore cet endroit, mais je n'y viens jamais. Cette bâtisse a besoin de vrais propriétaires, des gens qui vont la bichonner, et la garder dans son jus.

Il but une autre gorgée alors que Jake et Carla étaient déjà sur un petit nuage.

— Je ne veux pas la vendre à n'importe qui. Je ne passe par aucune agence immobilière. Je ne veux pas la jeter en pâture sur le marché. Pas question que tout le monde en ville soit au courant.

Jake ne put s'empêcher de lâcher un petit rire. Tout Clanton en parlait déjà !

— D'accord, c'est un secret de polichinelle, mais les gens n'ont pas à connaître les détails. J'aimerais que ce soit vous qui l'ayez. J'ai vu votre ancienne maison avant qu'elle ne parte en fumée. Vous aviez fait un travail de restauration remarquable.

— Baissez le prix et on signe, lança Jake.

Traynor regarda les yeux noisette de Carla.

— Cette maison est pour vous.

— Combien ? demanda Jake en se promettant de rester de marbre quand le chiffre tomberait.

— Deux cent cinquante, répondit Willie aussitôt. Je l'ai payée cent en 1972, et j'y ai mis cent de plus en travaux. La même maison dans le centre de Memphis vaudrait un million, mais nous ne sommes pas à Memphis. À deux cent cinquante, c'est donné, mais je ne peux ignorer le marché. Si je la mets en vente à cinq cents, elle ne trouvera jamais acquéreur. Et pour être honnête, j'aimerais récupérer ma mise.

Jake et Carla échangèrent un regard, juste un regard, parce qu'il n'y avait rien à dire – pas pour le moment. Traynor, en bon commercial, reprit les rênes :

— Venez jeter un coup d'œil. Les autres invités n'arrivent qu'à 18 h 30.

Il remplit leurs flûtes et les entraîna sur le perron. Une fois que la visite commença, Jake sut qu'il ne pourrait plus faire marche arrière.

Au dire de Traynor, la maison avait été construite vers 1900 par le Dr Mile Hocutt, le médecin de la ville pendant des années. C'était une construction typiquement victorienne, avec deux combles sur pignon, une tourelle qui s'élevait sur trois étages, et une large terrasse couverte fermant la bâtisse des deux côtés.

Le prix n'était pas outrancier. Jake devait l'admettre. C'était trop cher pour lui, mais cela aurait pu être pire. Harry Rex avait dû passer par là, conseiller à Traynor de ne pas être trop gourmand s'il voulait que les Brigance soient preneurs. De nombreuses rumeurs circulaient : l'une prétendait que Willie Traynor avait touché le jackpot en Bourse, une autre, qu'il s'était ruiné sur le marché de l'immobilier, une autre encore qu'il avait hérité d'une fortune de sa grand-mère. Allez savoir ? Ce prix, toutefois, semblait prouver que Traynor avait besoin d'argent rapidement. Il savait que Jake et Carla cherchaient une maison, qu'ils étaient enlisés dans un procès contre leur assurance. Et aussi (sans doute par Harry Rex) que Jake allait gagner une coquette somme avec l'affaire Hubbard.

Willie Traynor bavardait avec Carla, lui faisant faire le tour du propriétaire. Les magnifiques planchers, la cuisine moderne tout équipée, l'escalier en colimaçon qui menait à la bibliothèque au troisième étage de la tourelle, avec sa vue sur le clocher de l'église à quelques centaines de mètres de là. Pendant ce temps, Jake suivait, se demandant déjà comment ils allaient pouvoir payer cette merveille, sans parler de la meubler.

25.

Pour l'autre camp, le cadeau de Noël arriva un peu plus tard, le 16 janvier pour être exact.

Randalf Clapp, l'enquêteur engagé par Wade Lanier, tomba sur une pépite : un témoin nommé Fritz Pickering, qui habitait près de Shreveport en Louisiane. Clapp était le chef de toute une équipe de détectives, et il n'avait pas son pareil pour dénicher des informations. Pickering s'occupait de ses affaires et n'avait aucune idée de ce que lui voulait Clapp. Mais, par curiosité, il accepta de le rencontrer le temps d'un déjeuner.

Clapp interrogeait les anciens patrons de Lettie Lang. Tous étaient des Blancs habitués à avoir du personnel noir. Dans sa déposition, Lettie avait donné beaucoup de noms, tous ceux dont elle se souvenait. Elle avait précisé toutefois qu'elle en oubliait sûrement un ou deux sur ses trente années d'activité. Elle n'avait pas de dossier, à l'instar de la plupart des femmes de ménage. En tout cas, elle avait omis de citer Irene Pickering. Clapp avait appris son existence quand il avait parlé avec un autre de ses anciens employeurs.

Lettie n'était jamais restée plus de six ans à la même place. Les raisons étaient multiples, mais aucune n'était due à quelque négligence de sa part. Au contraire, tous ses patrons ne tarissaient pas d'éloges sur son compte – tous ou presque. Car Pickering était plus mitigé. En mangeant une soupe et une salade, il raconta son histoire…

Dix ans plus tôt, en 1978 ou 1979, sa mère, Irene Pickering, alors veuve, avait embauché Lettie Lang pour faire le ménage et la cuisine. Mme Pickering habitait à la sortie de Lake Village, dans une vieille maison qui appartenait à la famille depuis toujours. À l'époque, Fritz Pickering vivait à Tupelo et travaillait pour une compagnie d'assurances, celle qui l'avait muté à Shreveport. Il voyait sa mère une fois par mois et connaissait bien Lettie. Tout le monde était content d'elle, en particulier sa mère. En 1980, la santé de la vieille femme déclina et il devint évident que la fin était proche. Lettie fit davantage d'heures et montra de la compassion pour la mourante, mais Fritz et sa sœur – les seuls enfants d'Irene – commencèrent à s'inquiéter de la façon dont sa mère menait ses affaires. Peu à peu, Lettie gérait les factures, écrivait les chèques, bien qu'apparemment leur mère les signât toujours. Lettie s'occupait des papiers de la banque, des polices d'assurance, et autres paperasses.

Fritz reçut un jour un coup de fil affolé de sa sœur, qui venait de tomber sur un document étonnant. C'était un testament écrit à la main par sa mère, où elle disait qu'elle laissait cinquante mille dollars à Lettie Lang. Fritz quitta le bureau et fonça à Lake

Village, y retrouva sa sœur et examina le testament. À en croire la date, il avait été rédigé deux mois plus tôt et dûment signé par leur mère. C'était son écriture, quoique d'une graphie plus tremblotante que celle qu'ils avaient connue. Sa sœur avait trouvé ce document à l'intérieur d'une enveloppe, dans la vieille bible de la famille, sur l'étagère avec les livres de recettes de cuisine. Ils en parlèrent à leur mère, qui prétexta être trop faible pour discuter de ça.

À l'époque Mme Pickering avait cent dix mille dollars en compte épargne et dix-huit mille sur son compte courant. Lettie avait accès à ses relevés mensuels.

Le lendemain matin, Fritz et sa sœur attendirent l'arrivée de Lettie de pied ferme. Une altercation s'ensuivit. Le frère et la sœur l'accusaient d'avoir convaincu, et pourquoi pas forcé, leur mère à la mettre dans le testament. Lettie nia. Elle n'avait pas même connaissance de ce papier et semblait réellement surprise, voire blessée. Ils la renvoyèrent sur-le-champ. Ils firent monter leur mère en voiture et l'emmenèrent chez un avocat à Oxford, la ville où vivait la sœur. Ils demandèrent à l'avocat de rédiger un nouveau testament où il n'était fait nulle mention de Lettie Lang et qui léguait tout l'argent de leur mère, en deux parts égales, entre ses deux enfants, comme ils en avaient parlé des dizaines de fois. La mère signa le document sur place, et mourut un mois plus tard. La succession se fit sans anicroche. Ils vendirent la maison et les biens, se partagèrent tout en deux.

Avant la mort d'Irene, ils revinrent plusieurs fois sur le sujet, mais leur mère, trop émue, ne voulait pas en parler. Ils la pressèrent de questions, en vain, la faisant même pleurer. Finalement, ils cessèrent de la tourmenter. Fritz Pickering reconnaissait que sa mère n'avait plus toute sa tête quand elle avait signé le nouveau testament chez l'avocat, et que son état n'avait cessé d'empirer par la suite.

Arrivé au café, Clapp ne tenait plus en place. Avec la permission de Fritz, il avait enregistré la conversation et brûlait d'aller faire écouter ça à Wade Lanier.

— Vous avez gardé un double de ce testament manuscrit ?

Fritz secoua la tête.

— Non. Je ne me souviens pas d'avoir fait de copie. Et s'il y en a eu une, cela fait si longtemps. Je ne sais pas du tout comment je pourrais la retrouver.

— Et l'avocat d'Oxford ? Il l'a gardé, ce testament ?

— Je suppose. Quand on a emmené ma mère là-bas, on lui a donné le testament précédent, celui qu'elle avait préparé avec un avocat de Lake Village, plus celui manuscrit. Je suis sûr qu'il a gardé les deux. D'après lui, c'était important que les testaments précédents ne se promènent pas dans la nature parce que si ça remontait à la surface, ça pouvait poser des problèmes.

— Vous vous souvenez du nom de cet avocat à Oxford ?

— Hal Freeman, un vieux qui est à la retraite aujourd'hui. Ma sœur est décédée il y a cinq ans et j'ai été son exécuteur testamentaire. Freeman avait déjà pris sa retraite, mais c'est son fils qui s'est occupé de la succession.

— Vous avez reparlé avec le fils de ce testament manuscrit ?

— Je ne crois pas. J'avais très peu de contacts avec lui, en fait. D'une manière générale, j'évite les avocats, monsieur Clapp. J'ai de mauvais souvenirs avec eux.

Clapp avait découvert de la dynamite, il le savait. Et par expérience, il savait aussi qu'il était temps de prendre congé. Joue-la finement, va raconter tout ça à Lanier, et laisse les avocats agir. Pickering commença à poser des questions. Qu'est-ce qu'il avait contre Lettie ? Clapp resta très vague. Ils finirent leur déjeuner, puis se dirent au revoir.

* * *

Wade Lanier écouta la cassette avec son visage sévère, les lèvres pincées, mais Lester Chilcott, son associé, avait du mal à cacher son enthousiasme. Quand Clapp prit congé, Chilcott se frotta les mains.

— Ils sont fichus !

Lanier, enfin, esquissa un sourire, échafaudant son plan :

Étape Un : plus de contacts avec Pickering. Sa mère et sa sœur étaient mortes. Il était donc la seule personne, avec Hal Freeman, qui puisse parler de ce testament manuscrit. En deux coups de téléphone, Lanier s'assura que Freeman était à la retraite, toujours de ce monde, et que son ancien cabinet était bien dirigé par ses deux fils, Todd et Hank. Il fallait pour l'instant rester au large. Aucune approche. Parce qu'il serait crucial, plus tard, que Fritz Pickering certifie n'avoir eu, à l'époque, aucun contact avec lui.

Étape Deux : mettre la main sur ce testament olographe. S'il n'avait pas disparu, il fallait le récupérer à tout prix – sans que Hal Freeman se doute de quoi que ce soit. Personne ne devait découvrir l'existence de ce document, et surtout pas Jake.

Étape Trois : ne rien dire. Garder tout ça secret. Le bon moment pour sortir ce testament d'Irene Pickering, ce sera au procès. C'est là que ça fera le plus mal. Quand Lettie sera dans le box des témoins et qu'elle niera avoir eu connaissance du testament de Hubbard. C'est là qu'il faudra abattre cette carte. Pour montrer à tous qu'elle est une menteuse. Alors le jury apprendra que ce n'était pas la première fois qu'elle parvenait à avoir son nom dans un testament. Et c'en serait fini de sa crédibilité !

Une telle stratégie n'était pas sans risque toutefois. D'abord, chaque avocat avait l'obligation de communiquer toutes les pièces de son dossier – une règle fondamentale dans tout procès. Jake avait demandé à ce que les parties adverses fassent connaître l'identité de tous les témoins qu'elles comptaient appeler. Et Lanier, comme tous les autres avocats, avait fait de même. C'était la procédure habituelle aujourd'hui où le mot sacro-saint était la « transparence ». Cacher un témoin crucial comme Fritz Pickering était non seulement contraire à l'éthique, mais dangereux. Les coups de théâtre étaient souvent vains au tribunal. Lanier et Chilcott avaient besoin de temps pour trouver le moyen de contourner cette règle. Il y avait des exceptions, mais elles étaient rares.

Et le plan pour récupérer le testament d'Irene Pickering n'était pas sans danger non plus. Il pouvait avoir été détruit, avec des milliers d'autres documents sans valeur dans les archives de Freeman. Certes, les avocats conservaient souvent leurs dossiers plus de dix ans. Il y avait donc de bonnes chances pour que le testament ne soit pas perdu.

Ne pas avoir de contacts avec Fritz était aussi problématique. Un autre avocat pouvait le retrouver et lui poser les mêmes questions. Et si c'était Jake qui mettait la main dessus, l'effet de surprise serait à l'eau. Jake aurait tout le temps de préparer Lettie pour rassurer le jury. Il pourrait sûrement concocter une histoire. Et il prendrait ombrage de voir que Lanier n'avait pas respecté la règle de transparence. Et le juge Atlee, non plus, n'apprécierait pas.

Lanier et Chilcott envisagèrent un moment de contacter directement Freeman. Si le testament était rangé et prenait la poussière dans ses archives, Freeman pourrait le retrouver sans qu'on ait besoin de le lui voler. Et il serait un témoin de valeur au procès. Mais parler à Freeman, c'était vendre la mèche. Son nom apparaîtrait *de facto* sur la liste des témoins. Et là encore, adieu la surprise ! Non, il faudrait l'approcher officiellement plus tard. Pour l'heure, Lanier et Chilcott préféraient la discrétion et la tromperie. Tricher, toutefois, nécessitait une bonne couverture, et une organisation méticuleuse. Mais ils étaient assez doués pour ça.

Deux jours plus tard, Randall Clapp se présenta au cabinet Freeman et annonça à la secrétaire qu'il avait rendez-vous à 16 heures. Les bureaux avaient été aménagés dans une ancienne maison à cent mètres de la grande place d'Oxford, juste à côté d'un mont-de-piété, dans la même rue que le tribunal fédéral. Tandis que Clapp patientait dans le hall d'entrée, il feuilleta une revue, tout en examinant les lieux. Pas de caméras de surveillance, pas de capteurs aux portes ni aux fenêtres. Une simple serrure. Pas de chaînes. Rien pour empêcher un voleur, même amateur, d'entrer et de prendre tout son temps sur place. Mais pour voler quoi ? Hormis des montagnes de paperasse, il n'y avait rien de valeur.

C'était un cabinet typique d'une petite ville, semblable aux centaines que Clapp avait visités. Il avait déjà repéré l'arrière du bâtiment, côté ruelle. Une porte de service donnait là. Une simple serrure aussi. Rien de problématique. Erby, son homme de main, pourrait entrer par-devant ou par-derrière, aussi vite qu'un employé le matin avec sa clé.

Clapp rencontra Todd Freeman et lui parla d'un terrain qu'il voulait acquérir à l'ouest de la ville, le long de la nationale. Il donna son vrai nom, son vrai métier, et sa vraie carte de visite, mais mentit quand il expliqua que lui et son frère voulaient construire là un restaurant pour routiers ouvert jour et nuit. Les autorisations et autres permis ne poseraient pas de problèmes particuliers et Todd Freeman paraissait intéressé. Clapp lui demanda s'il pouvait aller aux toilettes. On lui fit emprunter un couloir étroit. Il repéra en chemin une trappe au plafond équipé d'un escalier rétractable, deux pièces remplies de dossiers, une petite cuisine avec une fenêtre cassée. Pas de serrure. Ni capteur. Nulle part. Un jeu d'enfant !

Erby pénétra dans le pavillon juste après minuit, pendant que Clapp faisait le guet dans sa voiture, garée en face du cabinet. On était le 18 janvier, il faisait froid – un mercredi. Les étudiants n'étaient pas de sortie. La place était déserte. La seule crainte de Clapp, c'était de se faire remarquer par un flic. Une fois Erby à l'intérieur, il l'appela par radio.

Tout était calme et tranquille. Avec son bon vieux passe-partout, il avait eu raison de la serrure en quelques secondes. Sa lampe infrarouge en main, il se fraya un chemin dans les locaux. Aucune porte intérieure n'était fermée à clé. L'escalier pliant menant au grenier était frêle et branlant, mais il parvint à le déployer sans faire trop de bruit. Il s'approcha de la fenêtre, côté rue, et parla à Clapp par radio. Clapp, de l'extérieur, ne pouvait distinguer sa silhouette derrière la vitre. C'était rassurant. Erby portait des gants, et veillait à ne rien déranger. Il commença ses recherches par l'une des salles d'archives. Cela pouvait prendre des heures, mais il avait tout son temps. Il ouvrit les tiroirs, lut les étiquettes des dossiers, les dates, et ce faisant, il manipulait des documents que personne n'avait consultés depuis des semaines, des mois, voire des années. Clapp déplaça sa voiture pour aller se poster dans un parking de l'autre côté de la place et partit à pied vers le cabinet. À 1 heure du matin, Erby le fit entrer par la porte de derrière.

— Il y a des dossiers dans toutes les pièces. Les plus récents semblent rangés dans les bureaux des avocats ou des secrétaires.

— Et les deux salles d'archives ?

— Les dossiers datent de cinq ans. Pour la plupart, des affaires jugées. Je n'ai pas encore fini de fouiller la seconde salle. Il y a un sous-sol, avec de vieux meubles, des machines à écrire, des livres juridiques et d'autres dossiers.

Ils ne trouvèrent rien d'intéressant dans la deuxième salle d'archives. Les chemises contenaient les cas typiques de l'activité d'un petit cabinet de quartier.

À 2 h 30 du matin, Erby, avec précaution, grimpa sur l'escalier escamotable et disparut au grenier. Clapp remonta l'échelle et descendit au sous-sol. Le grenier était un antre noir et aveugle, accueillant des piles de boîtes d'archives soigneusement alignées. Sachant qu'il ne pouvait être vu de la rue, Erby augmenta la puissance de sa lampe. Les cartons étaient tous répertoriés au marqueur : « Immobilier, 1/1/76-1/8/77 » ; « Criminel, 1/3/81-1/7/81 », etc. Avec satisfaction, il vit que certains dataient de plus de dix ans, mais pas la moindre référence à des testaments.

Ce qu'ils cherchaient devait se trouver au sous-sol. Effectivement, après avoir fouillé pendant une demi-heure, Clapp trouva une pile de boîtes d'archives identiques à celles du grenier, dont une marquée : « Succession ; 1979-1980. » Il prit le carton et l'ouvrit avec précaution. Et se mit à feuilleter les dizaines de chemises. Celle d'Irene Pickering était datée d'août 1980 et faisait trois centimètres d'épaisseur. On y trouvait l'historique du travail juridique effectué par Hal Freeman, depuis le jour où il avait préparé le testament de deux pages qu'Irene avait signé sur place jusqu'à la révocation de Fritz Pickering comme exécuteur testamentaire, une fois la succession terminée. La première pièce était l'ancien testament rédigé par l'avocat de Lake Village. La seconde, le manuscrit olographe. Clapp le lut à haute voix, lentement. Les pattes de mouche étaient parfois difficiles à déchiffrer. C'était dans le quatrième paragraphe que la vieille femme disait léguer cinquante mille dollars à Lettie Lang.

— Bingo ! murmura-t-il.

406

Il posa le document sur la table, referma la boîte et la remit à sa place. Puis remonta à l'étage. Avec le testament dans sa mallette, il s'enfonça dans la ruelle sombre. Quelques minutes plus tard, il appela Erby par radio. À son tour, son acolyte sortit par la porte de derrière et prit soin de refermer à clé derrière lui. Ils étaient sûrs de n'avoir rien dérangé ni laissé aucune trace. Ces locaux avaient besoin d'un bon coup de balai. Alors une empreinte ici et là dans la poussière n'attirerait pas l'attention.

Ils repartirent pour Jackson. Deux heures et demie de route. Et ils retrouvèrent Wade Lanier à 6 heures du matin. Depuis trente ans, Lanier était un pistolero des tribunaux, mais jamais il n'avait senti aussi fort l'odeur de la poudre. Restait à savoir quand faire feu.

* * *

Le Fat Benny se trouvait à Prairietown, au bout de la partie bitumée d'une petite route. Au-delà, ce n'était plus qu'un chemin de gravillons. Portia avait grandi à Box Hill, une enclave sinistre coincée entre un étang et une colline, avec quasiment aucun Blanc à deux kilomètres à la ronde. Mais Box Hill, c'était Times Square, comparé à ce ghetto au fin fond du comté de Noxubee, à quinze kilomètres de la frontière avec l'Alabama. Si Portia avait été blanche, jamais elle n'aurait osé s'y arrêter. Il y avait deux pompes à essence devant l'établissement et quelques voitures sales garées là. La porte moustiquaire claqua derrière elle quand elle entra. Derrière le comptoir, un adolescent. Quelques articles d'épicerie, des sodas, des bières, et au fond de la salle une dizaine de tables, couvertes de toiles cirées à carreaux rouges et blancs. Une odeur de graillon flottait dans l'air et des hamburgers grésillaient sur le gril. Un gros bonhomme avec un ventre énorme, tenant sa spatule comme un cimeterre, discutait avec deux types assis sur les tabourets du bar. Inutile de demander qui était Fat Benny.

Un écriteau indiquait : « Commandez ici. »

— Ce sera quoi, fillette ? demanda le cuisinier d'un ton enjoué.

Elle lui retourna son plus charmant sourire.

— J'aimerais un hot-dog, avec un Pepsi. Et je cherche Benny Rinds.

— C'est moi. Et vous êtes ?

— Je m'appelle Portia Lang. Je viens de Clanton, mais il se peut que je sois une Rinds aussi.

Il désigna une table d'un coup de menton. Dix minutes plus tard, il apporta le hot-dog et le soda, et s'assit en face d'elle.

— Je travaille sur l'arbre généalogique de la famille, expliqua-t-elle. Et je n'arrête pas de tomber sur des pommes pourries.

Benny rit de bon cœur.

— Vous auriez dû venir ici dès le début et me demander.

Sans toucher à son hot-dog, elle lui raconta l'histoire de sa mère, et de sa grand-mère. Il n'avait jamais entendu parler d'elles. Sa famille venait des comtés de Noxubee et de Lauderdale, plus au sud de l'État. Il ne connaissait aucun Rinds originaire du comté de Ford, pas un seul. Portia mangea rapidement, tout en bavardant avec Benny. Quand elle eut terminé son plat, il était évident qu'elle faisait fausse route.

Elle le remercia et s'en alla. Sur le chemin du retour, elle s'arrêta dans toutes les petites villes pour consulter le bottin. Il y avait très peu de Rinds dans cette partie du monde. Une petite vingtaine dans le comté de Clay, une dizaine dans celui de Oktibbeha, à côté de l'université d'État du Mississippi. Elle avait déjà eu au téléphone la douzaine qui habitait le comté de Lee, à Tupelo et ses environs.

Avec Lucien, ils avaient identifié vingt-trois membres de la famille Rinds qui avaient habité le comté de Ford dans les années 1930, avant de s'évanouir dans la nature. Ils finiraient bien par tomber sur un descendant qui saurait quelque chose et qui accepterait de leur parler.

26.

Le dernier vendredi de janvier, Roxy arriva au bureau à 8 h 45. Jake l'attendait, feignant d'étudier un document, comme si tout allait bien. Mais ce n'était pas le cas. Il était temps de faire un bilan et ça allait saigner ! Mais elle lui facilita la tâche. Elle entra comme un ouragan, toute colère :

— Jake, je n'en peux plus de cet endroit !

— Bonjour à vous aussi.

Elle pleurait déjà. Pas de maquillage, les cheveux en bataille, autrement dit une épouse, mère, femme au bord de la crise de nerfs.

— Je ne supporte plus Lucien. Il est là quasiment tous les jours ! C'est le type le plus grossier de la terre. Il est vulgaire, goujat, athée, crasseux et il a toujours ses cigares puants au bec. Je le déteste !

— C'est tout ?

— C'est lui ou moi.

— C'est-à-dire qu'il est chez lui.

— Vous ne pouvez rien faire ?

— Comment ça ? Aller trouver Lucien et lui dire d'être plus gentil, d'arrêter de fumer, de jurer, de choquer tout le monde, de raconter des blagues salaces, et de cesser de boire ? Au cas où vous ne vous en êtes pas encore rendu compte, Lucien n'en fait qu'à sa tête et n'écoute personne.

Elle attrapa un mouchoir en papier et s'essuya les joues.

— C'est trop pour moi. Je n'en supporterai pas plus.

L'occasion était idéale. Jack ne la laissa pas passer.

— Alors démissionnez, dit-il avec compassion. Je vous ferai une lettre de recommandation élogieuse.

— Vous me mettez à la porte ?

— Pas du tout. Vous démissionnez, tout de suite, à effet immédiat. Vous partez maintenant et vous avez votre journée libre. Je vous enverrai votre chèque.

L'émotion vira à la colère. En dix minutes, elle avait récupéré ses affaires et claquait la porte.

Ponctuelle, Portia arriva à 9 heures.

— Je viens de croiser Roxy dans la rue. Elle faisait visiblement la tête.

— Elle est partie. Voici ce que je vous propose, Portia : Vous allez travailler ici, au rez-de-chaussée. Temporairement, je vous embauche comme secrétaire et standardiste. Vous serez considérée comme une véritable auxiliaire juridique, et non plus comme une stagiaire. C'est une belle promotion, à tout niveau.

La jeune femme ne bondit pas de joie.

— Je ne sais pas très bien taper à la machine.

— Vous vous entraînerez.

— Combien vous payez ?

— Mille dollars mensuels, pour une période de deux mois, à l'essai. Après ça, nous discuterons d'une réévaluation.

— Les horaires ?

— 8 h 30, 17 heures. Avec une demi-heure de pause pour déjeuner.

— Et Lucien ?

— Quoi, Lucien ?

— Il est en bas. J'aimais bien être là-haut, au premier. C'est plus à l'abri.

— Il vous a embêtée ?

— Pas encore. Je l'aime bien et on fait du bon boulot tous les deux, mais parfois j'ai l'impression qu'il voudrait se rapprocher, un peu trop à mon goût. Vous voyez ce que je veux dire ?

— Très bien.

— Je vous préviens, Jake, s'il me touche je lui botte le cul devant tout le monde.

Jake rit en imaginant la scène. À l'évidence, Portia pouvait se débrouiller toute seule.

— J'en toucherai deux mots à Lucien. Je vais mettre les choses au clair. Promis.

Portia prit une profonde inspiration en contemplant l'ex-bureau de Roxy. Elle hocha la tête avec un sourire.

— Mais je ne suis pas une secrétaire, Jake. Je veux être avocate, comme vous.

— Et je ferai tout mon possible pour vous aider.

— Merci.

— J'ai besoin d'une réponse. Là. Tout de suite.

— Je ne veux pas rater le procès. Et si je suis collée à ce bureau, je ne pourrai pas y assister.

— On avisera en temps voulu. Pour l'instant, j'ai besoin de vous ici.

— D'accord.

— Alors marché conclu ?

— Non. Mille dollars par mois, ce n'est pas assez pour quelqu'un qui doit cumuler trois postes : secrétaire, standardiste et auxiliaire juridique.

Jake leva les bras au ciel, se sachant battu.

— D'accord, d'accord. Combien vous voulez ?

— Deux mille seraient davantage dans les prix du marché.

— Le marché ? Qu'est-ce que vous y connaissez au marché ?

— Pas grand-chose. Mais vous comme moi, nous savons que mille dollars, c'est trop bas.

— Entendu. Mille cinq cents pour les deux premiers mois, et après on en reparle.

Elle se pencha, le serra dans ses bras, une étreinte rapide toute professionnelle.

— Merci, Jake.

* * *

Une heure plus tard, Jake dut gérer sa deuxième situation de crise de la matinée quand Lucien entra dans son bureau sans même frapper et se laissa tomber sur une chaise.

— Mon petit Jake…, commença-t-il d'un ton qui augurait des problèmes. J'ai pris ma décision. Depuis des mois, depuis des années même, c'est un vrai dilemme. Dois-je ou non réintégrer le barreau ? Revenir sur scène ? Faire mon grand retour ?

Jake qui travaillait à contrer une requête de Stillman Rush posa son stylo et leva les yeux vers Lucien, s'efforçant de paraître intéressé. Le mot « retour » n'avait pas encore été prononcé, mais durant les trois derniers mois, Lucien y faisait des allusions constantes.

Oui, il souhaitait redevenir avocat. Même si Jake s'y attendait, un frisson glacé lui parcourut l'échine. Il ne voulait pas de Lucien dans ses pattes, en particulier en qualité d'avocat – rien qu'en simple conseiller officieux et à titre gratuit, Lucien était déjà épuisant ! Lucien avocat, cela voulait dire l'avoir comme patron, Jake ne tiendrait pas le coup. Mais il était aussi son ami ; c'était Lucien qui lui avait mis le pied à l'étrier, lui avait donné un travail, un bureau, une carrière, et c'était un homme fidèle et honnête.

— Pourquoi cette question ? demanda Jake.

— Parce que ça me manque. Je suis trop jeune pour passer mes journées à picoler sur la terrasse. Tu crois que tu pourras me supporter ?

Que répondre à ça ?

— Bien sûr que oui. Tu le sais bien. Mais qu'attends-tu de moi, au juste ?

— Un soutien moral, Jake. En premier lieu, du moins. Comme tu le sais, avant de pouvoir reprendre mes fonctions, je dois repasser l'examen, et ce n'est pas une mince affaire pour un vieux tas comme moi.

— Tu l'as réussi une fois. Tu peux le refaire, répondit Jake, se voulant convaincant.

Il en doutait fortement. Recommencer depuis le début, suivre six mois de cours, étudier en solo tout en tentant d'arrêter l'alcool…

— Alors, tu es partant ?

— Pour quoi au juste, Lucien ? Quand tu seras réintégré, que va-t-il se passer ? Tu vas me garder comme larbin ? Va-t-on revenir là où on en était, il y a huit ou neuf ans ?

— Je ne sais pas, mais on y réfléchira, Jake. On trouvera une solution. Je suis sûr qu'on y parviendra.

Jake haussa les épaules.

— Oui, je suis partant, et je ferai tout mon possible pour t'aider.

Et pour la deuxième fois de la matinée, Jake s'engageait à prêter assistance à un collègue. À qui le tour ?

— Je te remercie.

— Puisqu'on en est aux promesses, j'ai deux ou trois choses à te demander, d'ordre domestique. Roxy a démissionné et Portia se retrouve secrétaire intérimaire. Elle est allergique à la fumée de tes cigares, alors s'il te plaît, va fumer dehors. Et n'aie pas les mains baladeuses. Elle a passé six ans dans l'armée, à apprendre le close-combat, plus le karaté, et elle n'appréciera pas du tout qu'un vieux pervers la tripote. Touche-la, et elle te cassera les dents, puis attaquera le cabinet pour harcèlement sexuel. Tu vois le tableau ?

— Elle t'a dit que j'étais un vieux pervers ? Je te jure que je ne lui ai rien fait.

— C'est juste une mise en garde, d'accord ? Ne la touche pas, ne fais pas de blagues déplacées, ou de commentaires salaces, ne jure même pas en sa présence ! Et abstiens-toi de boire et fumer devant elle. Traite-la comme une collègue, une professionnelle.

— Je pensais qu'on s'entendait bien.

— C'est le cas, mais je te connais, Lucien. Alors tiens-toi et surveille tes gestes.

— Je vais essayer.

— Non. N'essaie pas, fais-le. Et maintenant, si tu veux bien m'excuser, j'ai du travail.

Lucien s'en alla.

— N'empêche qu'elle a un beau cul, lâcha-t-il entre ses dents, juste assez fort pour que Jake l'entende.

— Oublie, Lucien !

* * *

Les vendredis après-midi, il était pratiquement impossible de trouver un juge au palais de justice ou un avocat à son bureau. Le week-end commençait tôt à Clanton, et tous s'éclipsaient, chacun pour ses raisons – qui pour taquiner le goujon, qui pour écluser des bières au bar. Le travail attendrait lundi. Et les mornes vendredis de janvier, tout le monde fermait boutique et désertait la place.

Le juge Atlee se tenait sur sa terrasse, avec un plaid sur les jambes, quand Jake arriva à 16 heures. Le vent était tombé et la fumée de sa pipe s'attardait sous l'auvent. Un écriteau sur la boîte aux lettres annonçait le nom de la maison : Maple Run. C'était une belle demeure, aux airs de manoir, décorée de colonnes et de volets défraîchis. Une de ces vieilles bâtisses qu'on trouvait encore dans le comté. Le toit de la maison des Hocutt était visible, à deux rues de là.

Reuben Atlee gagnait quatre-vingt mille dollars par an en sa qualité de juge et dépensait peu pour sa maison. Son épouse était décédée depuis des années, et à voir les massifs à l'abandon, les chaises d'osier défoncées sur la terrasse, les rideaux déchirés pendant aux fenêtres du premier étage, l'absence d'une femme était criante. Il vivait seul. Sa gouvernante était morte aussi et il n'avait pas cherché à lui trouver une remplaçante. Jake voyait Atlee tous les dimanches à l'église ; il avait noté son déclin vestimentaire au fil des années. Ses costumes n'étaient pas aussi propres, ses chemises moins bien repassées, le nœud de ses cravates moins serré. Souvent, il aurait eu besoin d'aller chez le coiffeur. À l'évidence, monsieur le juge quittait la maison le matin sans que personne vérifie sa mise.

Atlee n'était pas porté sur l'alcool, mais il appréciait un bon bourbon les vendredis après-midi sur son perron. Sans lui demander son avis, il servit à Jake une grande rasade. On ne parlait pas affaire sur le perron du juge sans un verre à la main.

Le vieux magistrat se laissa aller au fond de son rocking-chair préféré.

— On dit que Lucien traîne dans votre bureau ces derniers temps.

— C'est chez lui, précisa Jake.

Les deux hommes, en manteau, contemplaient la pelouse brunie et pelée par l'hiver. Si le coup de fouet de l'alcool ne suffisait pas à réchauffer Jake, il demanderait à rentrer.

— Qu'est-ce qui lui prend ?

Reuben Atlee et Lucien Wilbanks, c'était une vieille histoire, avec autant de chapitres que de coups de théâtre.

— Je lui ai demandé de faire des recherches sur les biens de Seth Hubbard, et autre travail juridique.

Jake ne risquait pas de révéler les projets de Lucien – à personne et encore moins au juge Atlee. S'il apprenait que Lucien Wilbanks voulait reprendre du service, la plupart des magistrats du coin allaient raccrocher leurs robes !

— Surveillez-le de près, annonça Atlee, dispensant à nouveau ses conseils sans qu'on le lui demande.

— Lucien est inoffensif.

— Non. Il est toujours dangereux.

Le vieux juge fit tinter ses glaçons, oubliant le froid ambiant.

— Et pour Ancil ? Où en êtes-vous ?

Jake évita la glace et avala une gorgée. Il claquait des dents.

— On n'a pas beaucoup avancé. Nos enquêteurs ont retrouvé une ex-épouse à Galveston qui a finalement admis avoir été mariée à un dénommé Ancil Hubbard, il y a trente-cinq ans. Ça a duré trois ans, deux gosses, et il a filé. Il doit une fortune en pension alimentaire mais elle s'en fiche. Il semble qu'Ancil ait changé de nom il y a une quinzaine d'années et qu'il veille à passer sous les radars. On creuse toujours.

— Ce sont des privés de Washington qui s'en occupent ?

— Oui, monsieur. Un cabinet d'investigation avec des anciens du FBI, spécialisé dans la recherche de personnes disparues. Je ne sais pas s'ils sont vraiment bons, mais ils sont vraiment chers. J'ai ici leur facture.

— Continuez à chercher. Pour la cour, Ancil est vivant tant que l'on n'a pas établi sa mort.

— Ils épluchent les registres de décès dans les cinquante États et une dizaine d'autres pays étrangers. C'est un travail de fourmis.

— Et comment avance la préparation des parties ?

— Très vite. C'est une affaire étrange, monsieur le juge. Pour une fois, tous les avocats veulent que le procès ait lieu rapidement. C'est plutôt exceptionnel comme cas de figure.

418

— Unique même.

— Cette affaire est la priorité numéro un de tous les cabinets en lice. La coopération et l'échange d'informations fonctionnent donc très bien.

— Personne ne traîne les pieds ?

— Personne. La semaine dernière, on a pris onze dépositions en trois jours – des fidèles de l'église qui avaient vu Seth Hubbard le matin de sa mort. Rien de très intéressant. Tous disent qu'il paraissait dans son état normal, ni bizarre, ni rien. Pour l'instant, nous avons recueilli les dépositions de cinq employés de la Berring qui étaient avec lui la veille du jour où il a écrit son testament olographe.

— Je les ai lues, déclara Atlee en buvant une gorgée de son bourbon.

— Tout le monde en ce moment court les experts, reprit Jake. J'ai trouvé mon spécialiste en graphologie.

— Un graphologue ? J'espère qu'ils vont tous dire qu'il s'agit bien de l'écriture d'Hubbard !

— Encore un peu de patience.

— Il y a des doutes ?

— Non. Pas vraiment.

— Alors présentez-moi leurs rapports avant le procès. Je les examinerai. Peut-être pourrons-nous régler ce point au préalable. Je veux ôter le superflu, rationaliser le processus, pour que le procès puisse avancer le plus vite possible.

Reuben Atlee avait écrit un ouvrage sur la « rationalisation » des protocoles juridiques. Il détestait autant les pertes de temps que les avocats verbeux. Peu après sa prise de fonction, Jake avait vu Atlee exécuter en audience un avocat qui avait mal préparé son dossier. Quand le malheureux s'était répété pour la troisième fois, le juge l'avait arrêté : « Vous pensez que je suis sourd ou que je suis stupide ? » L'avocat avait eu la bonne idée de ne pas répondre. Il regardait le juge Atlee, interloqué. Atlee avait enchaîné : « Sachez que mes oreilles fonctionnent très bien et que j'ai encore tous mes neurones. Si vous vous répétez ne serait-ce qu'une seule fois, je donne raison à l'autre partie. Maintenant, promptement, poursuivez ! »

Qui est stupide ou sourd ? La question était désormais souvent posée dans le petit monde juridique de Clanton.

L'alcool commençait à lui chauffer agréablement l'estomac. Jake veilla à ralentir l'allure. Un verre. Pas plus. Rentrer un vendredi soir avec un coup dans le nez ne plairait guère à Carla.

— Comme prévu, articula Jake, il va y avoir une belle brochette d'experts médicaux. Seth Hubbard souffrait et prenait beaucoup de médicaments. La partie adverse va faire tout son possible pour démontrer qu'il n'avait plus toute sa tête et...

— Bien sûr, Jake. Combien d'experts le jury va-t-il devoir entendre ?

— Je ne sais pas encore.

— Question liminaire : combien de jurés sont-ils capables de comprendre un rapport médical ? Sur les douze, deux, au mieux, auront fait des études supérieures, et deux auront lâché en cours. Pour le reste, ils n'auront pas dépassé le lycée.

— Seth Hubbard, non plus, n'a pas fini ses études, précisa Jake.

— Certes. Mais je suis sûr qu'on ne lui a jamais demandé d'évaluer un rapport médical. Il ne faut pas saturer le jury de spécialistes.

— Je suis de votre avis. Mais si j'étais dans le camp d'en face, je tenterais de présenter un maximum d'experts pour perdre le jury, semer le doute. Leur donner une raison de croire que Seth Hubbard n'avait plus les idées claires. C'est de bonne guerre, non ?

— Ne discutons pas stratégie, Jake. Je ne veux rien savoir. Divulgations et confidences sont interdites par la loi, je vous le rappelle, ajouta-t-il.

C'était dit avec le sourire, mais c'était dit quand même.

Il y eut un long silence. Chacun but son verre, savourant la paix des lieux.

— Vous n'avez pas été payé depuis six semaines, lâcha finalement le juge.

— J'ai apporté le relevé horaire.

— Combien ?

— Deux cent dix heures.

— Cela fait donc dans les trente mille.

— Oui, monsieur le juge.

— Cela me semble raisonnable. Je sais que vous travaillez d'arrache-pied, Jake, et je suis heureux d'approuver vos honoraires. Mais quelque chose me chiffonne, si vous m'autorisez à me mêler de vos affaires.

Comment refuser ? Impossible. Si un juge vous avait à la bonne, il ne pouvait s'empêcher de prodiguer ses conseils sur toutes sortes de sujets, même les plus personnels. Il fallait considérer ça comme un honneur.

— Je vous en prie, faites, répondit Jake en se raidissant.

Les glaçons tintèrent à nouveau. Une autre gorgée.

— Aujourd'hui, et dans un futur proche, vous allez être bien rétribué pour votre travail, et personne ne vous en tiendra rigueur. Comme vous le dites, ce cirque a été créé par Seth Hubbard. Il savait ce qui se passerait. Dont acte. Gérons le bazar. Cependant, ce n'est pas très judicieux de donner l'impression que vous êtes tout à coup en fonds. Lettie Lang a déménagé en ville, chez les Sappington, une maison sans grand intérêt, je vous le concède, et qui n'a jamais trouvé acquéreur, mais ce n'est pas Lowtown. Elle se situe de notre côté de la voie ferrée. Autrement dit, chez nous. Et cela commence à grogner. Ça la fiche mal. Beaucoup pensent qu'elle se sert déjà dans la caisse, et ça, les gens n'aiment pas. Et à présent, on dit que vous convoitez la maison des Hocutt. Ne me demandez pas comment je le sais – c'est une petite ville. Acheter cette maison maintenant attirerait trop l'attention, et ce ne serait pas une bonne chose.

Jake était sans voix. Il contempla au loin les pignons de la merveille en question. Qui avait vendu la mèche ? Il ne voyait pas. Willie Traynor avait exigé le secret absolu, parce qu'il ne voulait pas être harcelé par d'autres acheteurs. Harry Rex était un confident de Jake et de Traynor. Même s'il adorait colporter des ragots, il n'aurait jamais révélé une telle information.

— On ne fait que rêver, articula Jake. Je n'en ai pas les moyens et je suis encore en procès avec l'assurance. Mais, merci du conseil.

C'est ça, merci de vous mêler de mes affaires ! Même si Jake bouillait intérieurement, il savait qu'Atlee avait raison ; il avait eu la même conversation avec Carla. Une telle acquisition, aussi ostentatoire, donnerait l'impression que Jake se servait déjà sur le dos du mort.

— Avez-vous envisagé la possibilité d'un accord à l'amiable ? s'enquit le juge.

— Oui. Brièvement, s'empressa de répondre Jake pour changer de sujet.

— Et ?

— Et c'est une impasse. Dans la lettre qu'il m'a adressée, Seth Hubbard m'a donné des instructions explicites : si je me souviens bien de ses mots exacts, il dit : « Combattez-les, monsieur Brigance, jusqu'à ce qu'ils soient vaincus. Notre cause doit l'emporter. » Cela ne laisse pas beaucoup de place à la négociation.

— Mais Seth Hubbard est mort. Pas les problèmes juridiques qu'il a engendrés. Que direz-vous à Lettie Lang, si le jury vote contre elle et qu'elle n'obtienne rien ?

— Lettie Lang n'est pas ma cliente. Je suis l'avocat de la succession. Mon travail est de faire appliquer les termes de ce testament.

Le juge Atlee hocha la tête, comme s'il était d'accord, mais il demeura silencieux.

27.

Charley Pardue arriva au bon moment. Simeon était de nouveau en vadrouille. S'il avait été chez lui ce samedi matin-là, il aurait croisé le fer avec le visiteur. Et le combat aurait été sanglant.

Quand Charley Pardue toqua à la porte, il n'y avait plus que les femmes et les enfants à la maison. Les gosses, devant la télé, se goinfraient de céréales à même le paquet, les femmes, en robe de chambre et pyjama, bavardaient dans la cuisine crasseuse, en buvant du café. Phedra alla ouvrir et conduisit le nouveau venu dans le salon. Elle fila aussitôt prévenir les autres.

— Maman, il y a quelqu'un qui veut te voir. Un type super élégant...

— Qui est-ce ?

— Charley Pardue. Et il dit qu'il est un cousin à toi.

— Jamais entendu parler, répondit Lettie sur la défensive.

— N'empêche qu'il est là, et qu'il en jette vraiment !

— Il vaut le déplacement ?

— Oh oui….

Les femmes montèrent se changer rapidement. Phedra sortit en catimini par la porte de derrière et fit le tour de la maison. Il y avait une Cadillac jaune garée dans l'allée, dernier modèle, immaculée, avec des plaques de l'Illinois. Charley était tout aussi fringant que sa monture : chemise blanche, cravate en soie, agrafe en diamant, et pas moins de deux bagues rutilantes aux doigts. Et pas d'alliance ! Une gourmette en or au poignet droit et une grosse montre à gauche, et pas un modèle de pacotille ! Toute sa personne irradiait le luxe de la ville. Phedra savait qu'il venait de Chicago avant même qu'il ne franchisse le seuil de la maison. Elle insista pour être présente avec sa mère pendant l'entretien. Portia et Clarice les rejoindraient plus tard. Cypress resterait dans la cuisine.

Charley Pardue donna quelques noms qui n'évoquèrent à Lettie aucun souvenir. Il était chef d'entreprise, expliqua-t-il – ce qui pouvait vouloir dire tout et n'importe quoi. Il avait un grand sourire, la parole facile, et ses yeux pétillaient de malice quand il riait. Les femmes se laissèrent gagner par son charme. Durant les quatre derniers mois, beaucoup de gens étaient venus trouver Lettie. Nombre d'entre eux, comme ce Charley, prétendaient être de son sang. Étant donné les trous béants dans sa généalogie, il était facile d'être froide et de rejeter tous ces parents potentiels. La vérité, c'était que Lettie avait été adoptée par Cypress et Clyde Tayber, après avoir été abandonnée à plusieurs reprises. Elle ne savait pas qui étaient ses grands-parents. Portia avait consacré des heures à fouiller l'histoire lacunaire de la famille, avec de piètres résultats. Mais Charley les saisit quand il dit :

— Ma grand-mère maternelle était une Rinds et je crois que vous êtes aussi une Rinds, Lettie.

Il leur montra quelques documents. Ils passèrent dans la salle à manger où tout le monde se rassembla autour de lui. Il déplia un arbre généalogique qui, de loin, ressemblait plutôt à un buisson anarchique. Des rameaux partaient dans toutes les directions ; les marges étaient noircies de notes. À l'évidence, il était resté des heures là-dessus.

— Ma mère m'a aidé à combler les trous, précisa Charley.

Sa mère était une Rinds.

— Et Pardue, ça vient d'où ?

— Du côté de mon père. Ils sont de Kansas City, et se sont établis à Chicago il y a longtemps. C'est là que mes parents se sont rencontrés. (Il désigna un embranchement de la pointe de son beau stylo-plume.) Tout commence par un dénommé Jeremiah Rinds, un esclave né en 1841 dans la région de Holly Springs. Il a eu cinq ou six enfants. L'un d'eux, Solomon Rinds, a eu au moins six enfants, dont une Marybelle Rinds, ma grand-mère. Elle a donné naissance à ma mère, Effie Rinds, qui est née en 1920 dans le comté de Ford. En 1930, Marybelle Rinds, son mari et d'autres Rinds sont partis pour Chicago et ne sont jamais revenus.

— C'est l'année où la propriété de Sylvester Rinds a été vendue à la famille Hubbard, précisa Portia.

Ni sa mère, ni ses sœurs ne relevèrent cette remarque. Cela ne signifiait pas grand-chose pour elles. Même Portia n'était pas sûre qu'il fallait y voir un lien. Il y avait encore trop de zones d'ombre.

— J'ignorais ce détail, répondit Charley. Mais ma mère se souvient d'une cousine – la fille unique de Sylvester Rinds. Apparemment, cette cousine est née aux alentours de 1925. Elles ont perdu le contact quand toute la famille s'est disséminée dans les années 1930. Mais il y a eu des rumeurs. On a dit que la cousine avait eu un bébé très jeune. Le père s'était fait la belle et personne ne savait ce qui était arrivé au bébé. Mais ma mère se souvient encore du prénom de cette cousine : Lois.

— Oui, il paraît que ma mère s'appelait Lois, annonça Lettie, sur ses gardes.

— Ce doit être marqué sur votre certificat de naissance, lança Charley, certain qu'il arrivait au point d'orgue de sa visite.

— Il n'y en a jamais eu, rétorqua Lettie. Je sais que je suis née dans le comté de Monroe en 1941, mais je n'ai pas de certificat de naissance.

— Rien non plus sur les parents, ajouta Portia. On a fait des recherches, récemment, au comté de Monroe. La mère est notée L. Rinds, âge seize ans. Et le père H. Johnson. Mais rien de plus.

Charley fut aussitôt déconfit. Il avait travaillé si dur, et voyagé si loin pour prouver son lignage. Et voilà qu'il était dans un cul-de-sac. Comment pouvait-on venir au monde sans certificat de naissance ?

— Ma mère, poursuivit Portia, a été adoptée par Cypress et son mari. Et ce n'est qu'à trente ans qu'elle l'a appris. À l'époque, la plupart des membres de sa famille étaient morts ou éparpillés aux quatre coins du pays. Cela ne valait plus le coup de chercher.

— J'étais mariée, expliqua Lettie, et j'avais trois enfants quand j'ai su que j'avais été adoptée. Je n'avais pas le temps de tout plaquer pour aller retrouver mes ancêtres. En plus, ce n'était pas si important que ça. Et c'est toujours le cas. Je suis une Tayber. Pour moi, Clyde et Cypress sont mes parents. Et j'ai six frères et sœurs.

Cette discussion l'agaçait. Elle n'avait pas d'explications à donner à cet étranger, cousin ou pas.

— Bref, d'après ce que l'on sait, continua Portia, ma mère est peut-être une Rinds du comté de Ford, mais on n'a aucun moyen de le savoir.

— Oh, moi j'en suis sûr ! répliqua Charley en tapotant ses papiers comme si la réponse s'y trouvait. Nous sommes cousins au septième ou au huitième degré.

— Comme la plupart des Noirs du Mississippi ! grommela Lettie.

Les femmes s'écartèrent de la table. Shirley, une des filles de Cypress, arriva avec une cafetière et remplit les tasses.

Charley ne perdit pas sa verve, même si la conversation dévia des liens du sang et du passé chaotique de la famille. Il était là pour l'argent, et il avait bien bûché son dossier. Ses investigations rapprochaient Lettie au plus près de ses ancêtres, comme les recherches de Portia, mais il n'y avait aucune preuve tangible pour greffer les rameaux – trop de branches cassées, trop de questions qui resteraient à jamais sans réponses.

Portia se mit en retrait et se contenta d'écouter la discussion. Elle en avait assez des diamants de Pardue, de son charme de pacotille, mais elle était impressionnée par son enquête. Elle et Lucien aussi étaient persuadés que Lettie était une Rinds – et à présent même sa mère se laissait convaincre : il était bien possible qu'elle fût une descendante des Rinds qui, en 1930, avaient cédé leur terre aux Hubbard. Si c'était le cas, cela donnait une ébauche d'explication au legs de Seth Hubbard, une piste… En même temps, le mystère restait entier ; cela soulevait une foule d'autres questions, et certaines pourraient être au détriment de Lettie. En outre, rien ne prouvait que cette hypothèse soit recevable par un tribunal. Lucien en doutait fortement, d'ailleurs. Mais cela valait le coup de creuser.

— Où mange-t-on le mieux dans le coin ? demanda-t-il. Je vous emmène déjeuner, jeunes femmes. C'est moi qui invite !

C'était bien une idée de citadin. Les Noirs de Clanton sortaient rarement déjeuner, mais l'idée d'aller au restaurant un samedi midi avec ce sémillant jeune homme, à ses frais, était irrésistible. De l'avis de tous, Chez Claude ce serait parfait, le snack, sur la place de Clanton, tenu par un Noir. Jake y mangeait tous les vendredis. Il y avait emmené Portia. Les samedis, Claude faisait des travers de porc grillés et l'endroit était bondé.

La dernière fois que Lettie était montée dans une Cadillac, c'était le matin où elle avait conduit Seth à son bureau, la veille de sa mort. Il lui avait donné le volant. Et elle n'en menait pas large. Tout lui revint d'un coup, dès qu'elle s'assit à l'avant à côté de Charley. Ses trois filles s'installèrent à l'arrière sur la banquette moelleuse, en admirant la belle finition de l'habitacle. Charley était un vrai moulin à paroles, et il roulait lentement, pour que tout le monde puisse admirer sa voiture. Au bout de quelques instants, il leur parla de son grand projet : il voulait acheter une société de pompes funèbres dans le sud de Chicago. Une affaire juteuse. Portia jeta un coup d'œil à Phedra, qui, à son tour, regarda Clarice. Charley surprit leur échange dans le rétroviseur, mais continua son laïus.

Au dire de sa mère, qui avait aujourd'hui soixante-huit ans et qui avait bonne mémoire, tous les Rinds dans sa jeunesse vivaient à proximité les uns des autres, et cela faisait du monde. Mais, à un moment donné, ils avaient émigré, comme tout le monde, vers le Nord, vers les emplois, une vie meilleure. Une fois loin du Mississippi, plus aucun n'avait envie d'y retourner. Ceux installés à Chicago envoyaient de l'argent à ceux restés à l'arrière pour les faire venir. Et avec les années, tous les Rinds du Vieux Sud étaient partis ou étaient morts.

Oui, ces pompes funèbres seraient une mine d'or.

Le petit restaurant était presque plein. Avec son tablier d'un blanc immaculé, Claude était en salle pendant que sa sœur s'activait aux fourneaux. Il n'y avait pas besoin de menus. Les plats du jour étaient parfois écrits sur l'ardoise mais, la plupart du temps, on mangeait ce que sa sœur avait préparé. Claude faisait le service, installait les clients, encaissait, lançait plus de rumeurs qu'il n'en filtrait, et dirigeait son restaurant d'une main de fer. Le temps que Charley et ses dames s'installent et commandent du thé glacé, Claude avait déjà appris qu'ils étaient de la même famille. Il roula des yeux. Qui n'était pas de la famille de Lettie par les temps qui courent ?

430

Un quart d'heure plus tard, Jake et Lucien débarquèrent au restaurant. Ce n'était pas un hasard. Portia les avait prévenus. Charley pouvait être le maillon manquant, la clé du mystère des Rinds, et il était peut-être utile que Lucien le rencontre. Les présentations furent faites, puis Claude installa les deux Blancs à l'écart, près des cuisines.

Tout en mangeant ses travers de porc et sa purée, Charley poursuivait son explication sur la rentabilité d'une maison funéraire dans « une ville de cinq millions d'âmes » même si les femmes avaient perdu tout intérêt pour le sujet. Charley avait été marié, mais était divorcé aujourd'hui. Deux enfants, qui vivaient chez leur mère. Il était allé à l'université. De temps en temps, les femmes retenaient un détail, tout en profitant de leur déjeuner. Quand on leur servit la tarte à la noix de coco, les invitées ignoraient complètement leur bienfaiteur et cancanaient sur un diacre qui était parti avec la femme d'un autre.

* * *

Plus tard dans l'après-midi, Portia arriva chez Lucien. C'était la première fois qu'elle se rendait dans son antre sur la colline. Le temps s'était brutalement dégradé et il n'était pas question de rester sous l'auvent avec ces bourrasques ! Elle était curieuse de rencontrer Sallie, une femme qu'on voyait rarement en ville mais connue comme le loup blanc. Son choix de vie était une source de commérages malveillants dans les deux communautés. Mais cela ne semblait guère l'affecter, ni elle, ni Lucien. Comme l'avait vite compris Portia, l'ex-avocat se fichait de ce qu'on pouvait dire sur lui. Il guerroyait contre les injustices et les maux de ce bas monde, mais ignorait totalement l'avis de son prochain.

Sallie avait dix ans de plus que Portia. Elle n'avait pas grandi à Clanton. D'ailleurs, personne ne savait d'où elle venait. Portia la trouva polie, douce, et parfaitement à l'aise d'avoir une autre femme noire dans les murs. Lucien avait fait du feu dans le bureau et Sallie leur servit du chocolat chaud. Lucien l'agrémenta d'un trait de cognac ; Portia déclina l'offre. Ajouter de l'alcool à une boisson aussi délicieuse lui paraissait incongru, mais c'était une habitude chez Lucien. Il ne pouvait boire quoi que ce soit sans le corser un peu.

Pendant l'heure qui suivit, Portia et Lucien mirent à jour la généalogie des Rinds. Sallie resta avec eux, discrète, faisant de temps en temps un commentaire. Portia avait noté ce qu'avait dit Charley : des choses importantes telles que des noms, des dates, certains détails, concernant la mort ou la disparition de telle ou telle personne, même si elles n'étaient pas expressément parentes. Plusieurs branches de Rinds se trouvaient à Chicago et d'autres encore à Gary. Charley avait parlé d'un lointain cousin nommé Boaz qui vivait à Birmingham, mais il n'avait pas ses coordonnées. Il avait cité également un autre cousin, émigré au Texas. La liste était longue…

Portia n'en revenait pas de se retrouver assise devant la cheminée, dans cette vieille et jolie maison, une maison ayant une histoire, à boire un chocolat chaud qu'elle n'avait pas été obligée de préparer elle-même, à discuter avec Lucien Wilbanks, l'électron libre de Clanton. Elle devait lui parler d'égal à égal. Ne rien laisser paraître de son émerveillement. Car oui, elle était sur le même pied d'égalité que Lucien ! Et c'était ainsi qu'il la traitait. Comme une collègue. Il y avait de fortes chances qu'ils perdent leur temps dans cette fouille du passé, mais c'était un sujet si fascinant. Trouver toutes les pièces du puzzle était l'obsession de Lucien. Il était convaincu que Seth Hubbard avait une bonne raison de tout léguer à Lettie.

Et cette raison n'était ni le sexe, ni l'amitié. Portia, gentiment, avait sondé sa mère sur le sujet, avec tout son respect et son amour de fille. Jusqu'à lui poser la grande question. Non, avait répondu Lettie. En aucun cas. Pas même en pensée, du moins de son côté. Cela n'a jamais été une option. Jamais.

* * *

Randal Clapp glissa l'enveloppe dans la fente de la boîte aux lettres de la poste d'Oxford. L'enveloppe était blanche, format A4, sans indication de l'expéditeur, et adressée à Fritz Pickering à Shreveport, en Louisiane. À l'intérieur : deux feuilles – la photocopie intégrale du testament manuscrit rédigé par Irene Pickering et signé de sa main le 11 mars 1980. Une autre copie était à l'abri dans le coffre de Wade Lanier. L'original se trouvait dans le dossier volé dans les archives du cabinet Freeman, à deux cents mètres d'ici.

Le plan était le suivant : envoyer un courrier anonyme à Fritz Pickering, avec le cachet de la poste d'Oxford. Il l'ouvrirait, reconnaîtrait le vieux testament, et se demanderait qui pouvait bien lui envoyer ce document. Il en aurait peut-être une vague idée, mais il n'en serait jamais certain.

On était samedi soir, les bars d'étudiants étaient bondés et la police se souciait davantage de la jeunesse éméchée que de la sécurité d'un petit cabinet d'avocats. Pendant que Clapp faisait le guet dans l'allée, Erby entra par la porte de service. En quelques minutes il avait remis le dossier Pickering à sa place, dans sa tombe de carton.

28.

Le lundi 28 février, le juge Atlee rassembla les jouteurs pour faire le point. Puisqu'il ne s'agissait pas d'une audience officielle, il fit fermer les portes pour tenir à distance le public et les journalistes. La plupart des parties étaient présentes : d'un côté, les Hubbard, de l'autre, Lettie et Phedra. Toujours aucune trace d'Ancil, mais Atlee n'était pas encore décidé à le déclarer mort.

Il s'installa à son fauteuil, vêtu de sa robe, grommela un bonjour et fit l'appel. Tous les avocats étaient là. Le juge n'était pas de bonne humeur et il ne semblait pas très en forme.

— Messieurs, déclara-t-il d'une voix lasse, cette affaire doit être jugée dans six semaines. Je note que vos dossiers progressent bien et je ne vois pas pourquoi nous ne serions pas prêts pour le 3 avril. Aurais-je omis un problème ? Une raison valable de reporter le procès ?

Tout le monde s'empressa de secouer la tête. Non, monsieur le juge. Aucune raison. Comme l'avait dit Jake, c'était bien la première fois que toutes les parties étaient pressées d'aller au procès. Le seul qui aurait voulu gagner du temps, c'était lui ! À cent cinquante dollars de l'heure, Jake avait toutes les raisons de faire traîner les choses, mais Atlee l'avait à l'œil. L'affaire « In re Succession de Henry Seth Hubbard » fonçait vers le procès à vitesse grand « V ».

— Me Brigance tient à votre disposition des copies du premier inventaire, poursuivit Atlee. Comme je l'ai spécifié par écrit, ce document doit rester confidentiel. (Portia se mit à distribuer les exemplaires.) Divulguer une information aussi sensible ne pourrait que nous apporter des problèmes. Mais vous, en qualité d'avocats, ainsi que vos clients respectifs, avez le droit de savoir ce qu'il y a dans la succession, alors jetez-y un coup d'œil, je vous prie.

Les avocats ouvrirent aussitôt le dossier et se mirent à le feuilleter fébrilement. Certains avaient entendu parler du montant, mais ils voulaient tous en avoir la preuve, voir le chiffre écrit noir sur blanc. Vingt-quatre millions et des poussières. C'était le prix de leur sueur, la justification de leur combat.

Le silence tomba dans la salle. C'était plus d'argent qu'aucun d'entre eux ne pouvait espérer en gagner durant sa vie entière. Puis il y eut des murmures, un trait d'humour chuchoté, quelques gloussements.

— Je m'adresse maintenant aux plaignants, annonça le juge Atlee. En étudiant vos dossiers, il semble que vous ayez l'intention de contester le fait que ce testament soit écrit de la main de Seth Hubbard. Vous avez engagé deux experts en la matière et je suppose que l'autre partie va aussi présenter le sien. J'ai examiné les écritures, celle du testament olographe, celle de la lettre adressée à Me Brigance datée du

1ᵉʳ octobre, et celle du mot que M. Hubbard a laissé dans sa cuisine. J'ai également étudié d'autres documents rédigés de la main du défunt. Alors je vous le demande, maître Lanier, maître Rush, comptez-vous sérieusement prétendre que ce testament n'a pas été écrit par Seth Hubbard ?

À son ton, tous savaient la réponse qu'il attendait.

Stillman Rush et Wade Lanier se levèrent lentement, hésitant à répondre. Lanier se dévoua :

— Votre Honneur, ce point est encore en discussion.

— Eh bien, concluez vite et bien ! Cette piste est une perte de temps manifeste. Il s'agit bien de son écriture. Cela saute aux yeux. Tout expert qui soutiendra le contraire dans mon tribunal sera la risée des jurés et aura le mépris perpétuel de la cour.

Sur ce, le sujet fut déclaré clos. Les deux avocats se rassirent. Lanier chuchota à l'oreille de Chilcott : « Il y a beaucoup de choses comme ça qu'il a décidé de juger tout seul ? »

Atlee se tourna alors vers Jake :

— Où en sommes-nous des recherches concernant Ancil Hubbard ? grommela-t-il. Cinq pour cent de la succession, ce n'est quand même pas une peccadille !

Vous savez très bien où on en est, juge ! avait envie de rétorquer Jake en se levant.

— Nous n'avons pas beaucoup avancé. Nos investigations n'ont pas donné grand-chose. Il semble qu'Ancil Hubbard utilise de faux noms depuis longtemps. Nous n'avons trouvé aucune preuve de son décès, mais aucune non plus qu'il soit en vie.

— Très bien. Passons au point suivant : l'appel des jurés. Cela fait huit ans que je n'ai présidé un procès avec jury et je dois admettre que je suis un peu rouillé. J'ai parlé au juge Noose, au juge Handleford et à d'autres confrères, pour avoir quelques conseils. Tous s'accordent à dire qu'un groupe de cent personnes est amplement suffisant. Une objection, messieurs ?

On entendit une mouche voler.

— Parfait. Je vais demander au greffe de tirer cent noms au hasard dans les listes électorales, et je publierai la liste définitive deux semaines avant le procès. Les mesures de confidentialité habituelles seront prises, avec interdiction formelle de contacts entre les jurés et les parties intéressées. C'est une affaire importante, messieurs, et parfois j'ai l'impression que tout le monde dans ce comté s'est déjà forgé une opinion.

Jake se leva.

— Dans ce cas, Votre Honneur, peut-être serait-il plus prudent de choisir un autre lieu pour la tenue du procès ?

— Libre à vous d'en faire la requête, maître Brigance. Je n'ai toutefois rien lu de tel.

— Je n'en ai pas fait la demande officielle. Je me pose juste la question. Si la plupart des jurés potentiels sont au courant de l'affaire, changer de tribunal est peut-être plus raisonnable.

— Maître Lanier, lança le juge en se tournant vers la partie adverse. Maître Rush, maître Zeitler. Quelqu'un veut s'exprimer sur ce point ?

Wade Lanier se leva, visiblement agacé.

— Jamais un procès n'a été déplacé au Mississippi dans une affaire de contestation de testament. Pas une seule fois. Nous avons enquêté.

Lester Chilcott se mit à fouiller dans sa serviette.

— Et dire que tous les gens d'ici ont déjà une opinion arrêtée sur l'affaire, poursuivit Lanier, c'est aller un peu vite en besogne ; nous ne leur avons même pas présenté notre point de vue ! (Chilcott lui tendit un épais dossier.) Si la cour veut consulter le résultat de nos recherches. Pas une seule affaire de ce type n'a été déplacée. Pas une seule.

Jake était impressionné par le travail fourni. Pas Atlee.

— Je vais vous croire sur parole, pour l'heure. Je verrai ça plus tard.

Jake ne voulait pas réellement changer le lieu du procès. Il préférait jouer à domicile, sur ses terres, dans son palais de justice, mais il y avait des avantages certains à déplacer les débats dans un autre comté : 1. avoir un jury avec plus de Noirs ; 2. annuler les dégâts causés par Booker Sistrunk, avec son arrogance, sa croisade raciale, et sa Rolls-Royce noire ; 3. trouver des jurés qui n'auront pas déjà cancané sur Lettie et sa famille, sur Simeon et sur la location de cette nouvelle maison en ville ; 4. sélectionner un jury qui ne se sera pas déjà demandé si Lettie avait couché avec le vieux. Jake avait débattu de tous ces points avec Lucien et aussi avec Portia, au fil des semaines. Mais ils pouvaient en parler tant qu'ils le voulaient, c'était du temps perdu. Jamais le juge Atlee ne déplacerait le procès et il l'avait fait savoir à Jake en privé.

C'était donc purement du bluff de la part de Jake, juste pour le plaisir de voir ses adversaires s'affoler.

— Monsieur le juge, insista-t-il, si vous pensez que tous les citoyens du comté de Ford ont déjà leur opinion sur l'affaire, alors je déposerai une requête pour un changement de lieu.

— J'ai une meilleure idée, maître Brigance. Rassemblons notre panel de jurés et commençons la sélection. Nous saurons très vite si nous perdons notre temps ici. Si nous constatons que nous ne pouvons avoir de jury impartial, alors nous déplacerons le procès. Ce ne sont pas les tribunaux qui manquent au Mississippi !

Jake se rassit. Lanier et Rush l'imitèrent. Atlee feuilleta ses papiers, puis parla des dépositions qui restaient encore à entendre. Les avocats de la partie adverse étant ravis de la décision du juge, le planning fut organisé sans anicroche. Une audience préliminaire aurait lieu le 20 mars, deux semaines avant le procès.

Et la séance fut levée.

* * *

Une autre réunion fut aussitôt demandée, cette fois dans le bureau du juge. Dans le quart d'heure. Juste les avocats – ni clients, ni assistants, ni greffiers. Uniquement des gens de confiance. Le juge les reçut sans robe, tirant déjà sur sa pipe.

Quand tout le monde fut assis, il ouvrit les débats :

— Messieurs, pour quelques minutes, je veux que nous prenions le temps de discuter d'une autre possibilité : à savoir régler ce différend à l'amiable. Je n'ai aucune réticence à mener cette affaire jusqu'au procès ; pour de multiples raisons, je suis impatient d'y être. Ce n'est pas tous les jours que j'ai l'occasion de présider un procès avec jury. Et le sujet est des plus passionnant. Toutefois, je me dois d'explorer, par souci d'impartialité, toutes les voies susceptibles de contenter les parties intéressées, pour que chacune puisse repartir avec quelque chose, même si ce quelque chose est en deçà de ses espérances premières. Il y a beaucoup d'argent en jeu, messieurs, il y a sûrement une façon de couper le gâteau afin de satisfaire tout le monde. (Il marqua une longue pause et tira sur sa pipe.) J'ai bien une idée et j'aimerais vous la soumettre. Je peux ?

Comme si le juge avait besoin de leur accord ! Les avocats hochèrent timidement la tête.

— Parfait. On retire les deux petites parts. Les cinq pour cent. On paie l'église ; et on met la part d'Ancil Hubbard sous séquestre en attendant de savoir ce qu'il est advenu de lui. Il reste donc les quatre-vingt-dix pour cent à répartir en trois. Un tiers pour Lettie Lang, un tiers pour Herschel Hubbard, et un dernier pour Ramona Hubbard Dafoe. Sachant que le fisc va en prendre la moitié, chacun pourra repartir avec en gros six millions en poche. C'est moins que ce que chaque partie réclame, mais c'est beaucoup plus que ce qu'elle obtiendra si c'est l'adversaire qui gagne le procès. Qu'en pensez-vous ?

— Je suis sûr que l'église ne trouvera rien à redire ! lança Jake.

— Et nous ? lança Zeitler, l'avocat des filles d'Herschel. Nous repartons bredouilles.

— Pareil pour nous, renchérit Joe Bradley Hunt, le représentant de la progéniture de Ramona.

— Certes, répondit le juge. Mais nous pouvons raisonnablement penser que les enfants bénéficieront de façon indirecte de cet arrangement. C'est un cadeau du ciel pour leurs parents. Il ne fait nul doute qu'ils profiteront des retombées. Il est même possible de stipuler qu'une portion de cette somme soit placée dans un fonds pour les enfants. C'est juste une idée.

— Dans ce cas, oui, peut-être, lâcha Zeitler en surveillant du regard les autres avocats, comme s'il avait peur qu'on lui tranche la gorge.

— C'est une proposition intéressante, marmonna Lanier. Cela vaut le coup que j'en parle avec mon équipe.

— Pareil pour moi, ajouta Stillman Rush.

Le juge mâchonna l'embout de sa pipe et se tourna vers Jake, qui fulminait de rage. Un véritable traquenard ! Une réunion surprise, et maintenant ce coup de couteau dans le dos !

— Jake ? insista le juge.

— Vous avez tous eu des copies de la lettre que Seth Hubbard m'a adressée avec son testament. Ses instructions sont parfaitement explicites. En particulier concernant ses descendants. Relisez sa lettre et ses dernières volontés. Je suis l'avocat de la succession et mon travail est de faire appliquer les souhaits de M. Hubbard : à savoir que ses enfants n'aient rien. Je n'ai pas le choix. Je ne peux accepter un compromis, quel qu'il soit.

— En avez-vous parlé avec la partie intéressée ? demanda Stillman Rush.

— Mon client, c'est la succession, qui est aussi représentée par M. Quince Lundy, l'administrateur.

— Je vous parle de Lettie Lang.

— Je ne suis pas l'avocat de Lettie Lang. Nous avons les mêmes intérêts – l'homologation du dernier testament de Seth Hubbard – mais je ne la représente pas. Je l'ai bien expliqué à tout le monde, spécialement à elle. En tant que bénéficiaire, elle peut prendre un avocat de son choix. Elle l'a fait une fois et son champion s'est retrouvé en prison.

— Ce bon vieux Booker... Il nous manque ! railla Lanier en s'attirant encore quelques rires.

Jake poursuivit :

— J'insiste sur ce point. Je ne suis pas son avocat.

— D'accord, Jake, techniquement parlant, répondit Rush. Mais pour l'heure, c'est vous qui avez de l'influence sur elle. Bon sang, même sa fille travaille pour vous ! C'est votre assistante, votre secrétaire ou je ne sais quoi !

— J'ai une équipe avec moi, exact.

— Soyons sérieux, Jake, lança Lanier. Si vous alliez trouver Lettie en lui disant qu'elle peut repartir avec trois millions de dollars dans deux mois, voire dans deux semaines, elle sauterait sur l'occasion. Ne nous dites pas le contraire !

— Je ne sais quelle serait sa réaction. C'est une femme fière qui se sent salie par les ragots. Elle veut réparation au procès.

— Trois millions de dollars, ça fait avaler bien des pilules ! lança Lanier.

— Peut-être, Wade, mais je ne participerai pas à un compromis. Si la cour le souhaite, je peux démissionner et ne plus m'occuper de la succession, mais tant que je suis en fonction, je n'ai pas le droit de négocier.

Le juge Atlee ralluma sa pipe et souffla un nouveau nuage de fumée. Il se pencha, les coudes sur son bureau.

— Messieurs, je pense que Jake a raison. Si ce testament est déclaré valide, autrement dit si le jury pense que Seth Hubbard était sain d'esprit et sous l'influence de personne, alors nous n'avons d'autre choix que de respecter ses dernières volontés. Et elles sont explicites. Les enfants n'auront rien.

C'est ce qu'on verra, songea Lanier, vous ne savez pas ce que j'ai dans ma manche ! Attendez que je sorte le testament d'Irene Pickering ! Personne ne se doute que votre Lettie a déjà réussi à avoir son nom dans un testament d'un de ses employeurs. Quand le jury va découvrir ça, les enfants Hubbard rafleront la mise.

*　*　*

La position de Jake se trouva brutalement fragilisée plus tard dans la nuit, par un drame qui survint, après un coup de verglas, aux environs de Lake Village dans le sud du comté. Un véritable cauchemar. Comment faire appliquer les dernières volontés de Seth Hubbard après ça ? Cette fois, jouer à domicile risquait de se retourner contre lui.

Les deux fils Roston, Kyle et Bo, rentraient chez eux en voiture après un match de basket. Kyle était en terminale, et meneur de l'équipe du lycée de Clanton. Bo, en première, était remplaçant. Un témoin oculaire, dans l'auto qui suivait, attesta que le chauffeur, Kyle, roulait prudemment, conscient des mauvaises conditions météorologiques. Un autre véhicule était arrivé en face, au sommet de la côte, à vive allure, et avait commencé à glisser. Le témoin, impuissant, avait alors assisté à l'accident. Il estima que Kyle roulait à cinquante kilomètres à l'heure ; l'autre véhicule, un vieux pickup, roulait beaucoup plus vite. La collision de face avait propulsé la petite Toyota dans les airs. Elle avait fini sa course dans le fossé. Le pickup était parti en tête-à-queue dans un champ tandis qu'une pluie de débris retombait sur le macadam. Le témoin avait pu éviter le pickup et avait appelé les secours.

Kyle était mort sur le coup. Bo fut sorti de l'habitacle et transporté à l'hôpital de Clanton. Le service de chirurgie le prit aussitôt en charge. Le traumatisme crânien était sérieux, et il était entre la vie et la mort. L'autre conducteur fut aussi hospitalisé, mais son état fut jugé sans gravité. Son taux d'alcool était deux fois supérieur à la limite autorisée. Un policier fut posté devant la chambre du chauffard.

Il s'agissait de Simeon Lang.

Ozzie appela Jake juste après minuit, le sortant d'un profond sommeil. Un quart d'heure plus tard, le shérif passait le prendre chez lui. Le verglas s'était encore aggravé. Les rues étaient devenues de vraies patinoires. Ozzie, pendant la traversée de la ville, lui donna les nouvelles. Le deuxième garçon était encore en chirurgie mais ça s'annonçait mal. Apparemment, Simeon ne revenait pas d'un bar du coin. Lettie, qui était déjà à l'hôpital, disait qu'elle ne l'avait pas vu depuis plus d'une semaine. Peut-être rentrait-il d'un long transport – bien qu'il n'eût sur lui ni chèque, ni liquide ? Hormis le nez cassé, il était indemne.

— C'est toujours celui qui a bu qui s'en sort bien, lâcha Ozzie.

Ils retrouvèrent Lettie et Portia cachées au bout du couloir, pas très loin de la chambre de Simeon. Elles étaient terrassées par le chagrin, inconsolables. Jake s'assit à côté d'elles et tenta de les réconforter tandis qu'Ozzie allait régler des détails pratiques. Après quelques minutes, Lettie se leva pour se rendre aux toilettes.

— Ça fait dix ans que je lui dis ! déclara Portia dès que sa mère fut partie. Depuis que j'ai quatorze ans, je la supplie de le quitter. À l'époque, il la battait. Je l'ai vu. Je lui répétais : « Je t'en prie, maman, quitte-le, partons loin d'ici. » Mais elle avait trop peur de lui. Et maintenant, voilà où nous en sommes. Qu'est-ce qui va lui arriver, Jake ?

Elle chassa ses larmes du revers de la main.

— Ça se présente mal, répondit Jake dans un murmure. Comme il a bu, s'il est reconnu responsable de l'accident, il sera inculpé d'homicide involontaire. Ce n'est pas rien.

— Et c'est combien ?

— Entre cinq et vingt-cinq ans, tout dépend du juge.

— Il a une chance d'y échapper ?

— Non. Je ne vois pas comment.

— Alléluia ! Enfin, on sera débarrassés de lui pour un bout de temps. (Elle enfouit son visage dans ses mains et recommença à pleurer.) Les pauvres garçons, les pauvres garçons…

La famille continuait de se masser dans la salle d'attente de l'hôpital. Ozzie glissa un mot à Jeff et Evelyn Roston, les parents, qui étaient sous le choc. Il parla à l'oncle des victimes et lui expliqua que Simeon Lang était sous bonne garde et serait conduit en prison dans quelques heures. Oui, il était saoul, il l'est encore. Je suis vraiment désolé. Désolé pour tout.

— Vous feriez bien de l'emmener au plus vite, répondit l'oncle, en désignant le groupe derrière lui.

Des hommes atterrés, des gens de la campagne, élevés au milieu des fusils et des carabines, qui, poussés par le chagrin, pouvaient décider de faire justice eux-mêmes. D'autres personnes arrivèrent encore. Les Roston étaient des agriculteurs, ils faisaient pousser du soja, élevaient des poulets, et étaient des fidèles de l'église de leur village. Une grande famille, avec beaucoup d'amis, et aucun d'entre eux n'avait voté pour Ozzie aux dernières élections.

À 2 heures du matin, tous les adjoints de garde furent appelés en renfort à l'hôpital. À 3 heures, ils évacuèrent discrètement Simeon pour le conduire à la prison. Ozzie en informa les Roston.

Lettie et Portia sortirent par la même porte dérobée. Jake les accompagna jusqu'à leur voiture. Il revint à l'hôpital, évita la salle d'attente et retrouva Ozzie en grande conversation avec deux de ses hommes. Dumas Lee s'approcha, avec son appareil photo autour du cou. Les policiers se turent aussitôt.

— Jake, vous auriez une minute ?

Jake hésita, regarda Ozzie.

— Aucun commentaire, conseilla le shérif.

— Qu'est-ce que vous voulez ? demanda Jake au journaliste.

— Rien. Juste une question ou deux.

Ils partirent se mettre à l'écart, marchant côte à côte dans le long couloir.

— Vous pouvez me confirmer qu'il s'agit bien de Simeon Lang ?

Inutile de nier.

— Oui.

— Et vous êtes son avocat ?

— Pas du tout.

— D'accord. Mais il a été poursuivi pour conduite en état d'ivresse il y a quatre mois. Et votre nom est cité dans le registre de l'audience.

Attention danger ! se dit Jake. Il prit une profonde inspiration et sentit son estomac se nouer.

— Je l'ai fait pour rendre service.

— Peu m'importe pourquoi vous l'avez fait. Votre nom figure dans la case « avocat ».

— Je ne suis pas son avocat, c'est clair ? Je ne l'ai jamais été. Je ne peux pas représenter la succession de Seth Hubbard et en même temps défendre les intérêts de Simeon Lang, le mari de l'une des bénéficiaires.

— Mais vous étiez au tribunal le 19 octobre pour demander le report du jugement de Simeon Lang. Pourquoi ?

— Pour rendre service, je vous l'ai dit. Je ne suis pas son avocat, Dumas.

— Pourquoi son procès pour conduite en état d'ivresse est-il ajourné depuis quatre mois ?

— Ce n'est pas moi le juge.

— J'irai lui poser la question, répliqua le journaliste.

— C'est ça. Allez lui poser la question. Fin de l'interview.

Jake tourna les talons et s'en alla. Dumas lui emboîta le pas.

— Écoutez, Jake, vous devriez tout me dire, parce que ça va faire mauvais effet.

Jake fit volte-face et se planta devant lui. Il se contint, bouillant de rage.

448

— Pas de conclusions hâtives, Dumas. Oui, cela fait quatre mois. Quatre mois que je ne me suis pas occupé de cette affaire pour la simple et bonne raison que je ne suis pas l'avocat de M. Lang. Pour votre gouverne, je vous rappelle qu'à l'époque il était représenté par ces clowns de Memphis. Pas par moi. Alors pas d'amalgame, s'il vous plaît.

Dumas prit des notes fébrilement. Jake avait envie de lui envoyer son poing dans la figure. Soudain des cris retentirent à l'autre bout du bâtiment.

Bo Roston était mort. Heure du décès : 4 h 15 du matin.

29.

Jake et Carla étaient assis à la table de la cuisine, attendant que le café finisse de passer. Il était près de 5 heures du matin, le mercredi 22 février, le jour sans doute le plus triste et le plus sombre de l'histoire du comté. Deux jeunes – des gamins brillants, sérieux, sportifs, membres de la paroisse, des enfants appréciés de tous, venant d'une famille honnête et travailleuse – avaient péri sur une route verglacée, leurs vies fauchées par un chauffard ivre. La nouvelle s'était répandue comme une traînée de poudre. Les cafés seraient bondés et bourdonnants, tout le monde voudrait avoir les dernières infos. Les églises allaient ouvrir leurs portes pour les prières. Le lycée de Clanton serait l'arène du malheur. Les pauvres gosses.

Carla servit le café. Ils parlaient doucement pour ne pas réveiller Hanna.

— Simeon n'a jamais été mon client. Je n'ai rien signé. Ozzie m'a simplement appelé le lundi, pour me dire que Simeon avait été arrêté le samedi matin et qu'il passait devant le juge le mercredi. Une fois dessaoulé, Ozzie l'a raccompagné chez lui et, en chemin, il lui a dit de se débarrasser de ses avocats de Memphis. J'ai remercié Ozzie pour son aide, et ça s'est arrêté là. Et plus tard, Ozzie m'a rappelé pour me demander si je pouvais venir au tribunal mercredi demander l'ajournement du jugement. Ozzie espérait mettre ainsi la pression sur Simeon pour qu'il se tienne à carreau. Je me suis donc rendu au tribunal, j'ai rempli les papiers, demandé l'ajournement, l'ai obtenu, et suis passé à autre chose. À l'époque, Simeon était représenté par Sistrunk et pendant l'audience j'ai dit très clairement à Simeon que je ne m'occuperais pas de son affaire. Je n'aime pas ce type. En fait, je n'ai que mépris pour lui.

— Tu craignais un conflit d'intérêts ?

— Je me suis posé la question. J'en ai même parlé à Ozzie. En fait, il n'y avait aucun risque de ce côté-là. Je suis l'avocat de la succession. Et Simeon ne figure pas dans le testament. Son épouse, oui. Mais pas lui.

— Ce n'est pas très clair, chéri.

— C'est vrai. Et je n'aurais pas dû m'en mêler. C'était une grosse erreur. J'aurais dû suivre mon instinct et refuser.

— Tu n'y es pour rien si Simeon a conduit en état d'ivresse. Personne ne peut t'en faire porter la responsabilité.

— Bien sûr que si ! Si la première affaire avait été traitée comme il se doit, il aurait été condamné et son permis de conduire lui aurait été retiré. Il n'aurait pas été au volant hier soir, en théorie du moins. Même si on ne compte plus le nombre de Noirs ou de culs-terreux blancs qui roulent sans permis.

— Cela date de seulement quatre mois, Jake. Ces affaires peuvent traîner plus longtemps encore avant d'être jugées, n'est-ce pas ?

— Parfois, oui.

— Comment il s'appelait déjà ce type, le couvreur ? Tu t'es occupé de son fils, qui s'est fait pincer au volant avec un gros taux d'alcoolémie. Et son affaire a duré un an.

— Chuck Bennet. Mais c'est moi qui ai fait traîner. Je ne voulais pas que le fiston aille en prison tant qu'ils n'avaient pas fini notre toit.

— Ce que je veux dire, c'est que ces affaires de conduite en état d'ivresse, ça peut s'étirer en longueur.

— Certes, mais il y aura toujours quelqu'un pour me montrer du doigt. Il faut toujours un coupable. Et puisque je suis dans le camp des Lang, j'aurai droit à ma part d'accusations. Il est toujours facile de blâmer les avocats. Ozzie aussi va être sur la sellette. On va dire que le shérif noir a voulu protéger l'un de ses frères, et que maintenant deux gosses blancs sont morts à cause de son laxisme. Cela va tirer dans tous les sens.

— Peut-être pas, Jake.

— Je le sens mal.

— Et tu penses que cela va affecter le procès Hubbard.

Jake porta lentement sa tasse de café à ses lèvres, en regardant, par la fenêtre, son jardin plongé dans les ténèbres.

— C'est une véritable catastrophe. Simeon Lang va être l'ennemi public numéro un du comté durant les prochains mois. Il sera jugé, envoyé en prison. Avec le temps, la population l'oubliera. Mais notre

452

procès a lieu dans seulement six semaines ! Le nom des Lang sera synonyme d'infamie. Comment choisir un jury avec ce passif ?

Il but une autre gorgée et se frotta les yeux.

— Lettie n'a plus le choix, reprit-il. Elle doit demander le divorce, et vite. Il faut qu'elle coupe tous les ponts avec Simeon.

— Tu crois qu'elle le fera ?

— Pourquoi pas ? Il va passer vingt ou trente ans à Parchman. C'est là qu'est sa place.

— Les Roston seront ravis d'entendre ça.

— Les pauvres gens.

— Tu comptes en parler à Lettie, aujourd'hui ?

— Bien sûr. Je vais appeler Harry Rex à la première heure et organiser une rencontre. Il saura comment procéder.

— Ce sera dans le *Times* ?

— Non, le *Times* sort dans une heure. Mais je suis certain que Dumas en fera la une la semaine prochaine, avec les photos des carcasses de voitures, et tous les détails. Pour que cela soit le plus horrible possible. Et il ne va pas se gêner pour m'enfoncer.

— Qu'est-ce qu'il peut dire de pire sur toi ?

— D'abord, m'appeler « l'avocat de Simeon Lang ». Et laisser entendre que c'est moi qui ai fait reporter le jugement, et que si je n'avais pas fait ça, Simeon aurait vu son permis confisqué par la cour et n'aurait pas conduit ce soir-là. Et donc, que ces deux pauvres gamins sont morts par ma faute.

— Il ne peut pas dire ça. C'est aller trop loin.

— Oh si, il le peut. Et il ne va pas se gêner.

— Alors tu dois lui parler. Il faut limiter la casse, Jake. On est mercredi, les funérailles auront donc lieu après le week-end. Attends jusqu'à lundi et lance le divorce. Comment ça s'appelle cette injonction pour tenir les gens au large ?

— Une ITC – interdiction temporaire de contact.

— Parfait. Va voir le juge, demande-lui de signer ce truc pour que Simeon ne puisse s'approcher de Lettie. D'accord, il est en prison, mais si Lettie sollicite officiellement une ITC, ça fera bonne impression. Un signal clair, comme quoi elle coupe les ponts. Et dans le même temps, va trouver Dumas et remets les pendules à l'heure. Fouille dans les archives, montre-lui que la plupart des affaires pour conduite en état d'ivresse sont jugées bien après quatre mois d'instruction. Dis-lui que tu n'as jamais été officiellement l'avocat de Simeon Lang et que tu n'as pas touché un centime. Vois avec Ozzie s'il peut ouvrir le parapluie pour toi et se mouiller. Si ma mémoire est bonne, il a été élu la dernière fois avec soixante-dix pour cent des voix. Il est donc intouchable. En plus, il veut que Lettie gagne son procès. Si tu dois prendre des coups, convaincs Ozzie d'en prendre aussi. Il s'en remettra !

Jake hocha la tête longuement, se surprit même à sourire. Son Amazone en armes !

— Écoute, chéri, poursuivit-elle, pour l'instant tu es recroquevillé dans ta coquille, terrorisé. Secoue-toi. Tu n'as pas mal agi, alors cesse de te faire des reproches. Limite les dégâts, et fais taire les rumeurs.

— Je peux t'embaucher ? On a besoin de quelqu'un comme toi au bureau.

— Je suis au-dessus de tes moyens ! Avec mon salaire d'institutrice.

Hanna se mit à tousser. Carla partit dans la chambre de la petite, s'assurer que tout allait bien.

* * *

L'opération « limitation des dégâts » commença une heure plus tard, quand Jake fit son entrée au Coffee Shop, prêt à convaincre tout le monde qu'il n'était pas l'avocat de Simeon Lang et qu'il ne l'avait jamais été. Tant de racontars partaient d'ici, entre les œufs et le bacon. Sous la douche, Jake avait décidé d'attaquer le mal à la racine.

Marshall Prather était en uniforme, planté derrière une pile de pancakes, comme s'il attendait l'arrivée de Jake. Il avait les yeux bouffis par une nuit blanche. Après le silence qui suivit l'entrée de Jake, Prather lança :

— Salut, Jake, je t'ai aperçu à l'hosto cette nuit.

À l'évidence, il lui tendait une perche. Manifestement, Ozzie aussi avait donné des consignes pour limiter la casse.

— Oui. C'est vraiment terrible, répondit-il en haussant la voix pour que tout le monde l'entende. Vous avez emmené Lang en prison ?

— Ouais. Il dessaoule toujours.

— Tu es son avocat, Jake ? questionna Ken Nugent, trois tables plus loin.

Nugent était le livreur de Pepsi Cola et passait ses journées à décharger des caisses de soda dans tous les commerces du coin. Dell disait, en son absence, que c'était le premier colporteur de ragots du comté.

— Je ne l'ai jamais été. Je ne défends ni ses intérêts, ni ceux de sa femme.

— Qu'est-ce que tu fiches alors dans cette affaire ? répliqua Nugent.

Dell vint remplir la tasse de Jake et le bouscula avec son arrière-train, comme d'habitude.

— Bonjour, chéri, murmura-t-elle.

Jake lui sourit, puis reporta son attention sur Nugent. Les conversations s'étaient interrompues.

— Aux yeux de la loi, je représente la succession de Seth Hubbard, qui n'est plus parmi nous, bien sûr, mais juste avant sa mort, il m'a désigné comme l'avocat chargé de faire appliquer ses dernières volontés et de protéger ses biens. Je collabore avec l'administrateur de la succession, et avec personne d'autre. Je ne représente pas Lettie Lang, et encore moins son mari. Et entre nous, je ne supporte pas ce type. N'oubliez pas que c'est lui qui a engagé ces connards de Memphis, ces m'as-tu-vu qui voulaient tirer la couverture à eux.

Dell, toujours loyale, lança :

— C'est ce que je n'arrête pas de leur dire.

Elle déposa, devant Jake, ses toasts et sa polenta.

— Alors qui c'est, son avocat ?

— Aucune idée. Sans doute un avocat commis d'office. Car je doute qu'il puisse s'en payer un.

— Combien il va prendre, Jake ? demanda Roy Kern, un plombier qui avait fait des travaux dans son ancienne maison.

— Cher. Un double homicide involontaire. C'est entre cinq et vingt-cinq ans chaque. Je ne sais pas quelle sera la sentence, mais les juges sont plutôt durs dans ce genre de cas.

— Pourquoi pas la condamnation à mort ? s'enquit Nugent.

— Il ne peut y avoir de condamnation à mort, parce que…

— Il l'a mérité, putain ! Il a tué deux gosses.

— Il n'y a pas eu intention de tuer. Rien de prémédité. Pour condamner à mort quelqu'un, il faut qu'il y ait meurtre aggravé, c'est-à-dire un meurtre plus quelque chose : meurtre plus viol, plus vol, plus kidnapping. Pour cette affaire, la peine capitale est hors de question.

Les clients, mécontents, grognèrent. Quand les gens étaient bouleversés au Coffee Shop, ils pouvaient vite ressembler à une foule prête au lynchage, mais les esprits s'apaisaient toujours après le petit déjeuner. Jake aspergea sa polenta de Tabasco et beurra ses toasts.

— Les Roston peuvent avoir un peu du pactole ? demanda Nugent.

Le pactole ? Comme si l'argent de Seth Hubbard était à disposition de la population.

Jake posa sa fourchette et regarda Nugent. Tous ces gens étaient ses clients, ses amis. Ils avaient juste besoin d'être rassurés. Ils ne comprenaient pas les tenants et les aboutissants de la législation et craignaient qu'une grande injustice ne se prépare.

— Non, répondit gentiment Jake. Impossible. Il faudra des mois, sans doute des années, avant que l'argent de Seth Hubbard soit finalement restitué et pour l'instant personne ne sait qui l'aura. Le procès permettra de clarifier les choses, mais il y aura sans doute appel du verdict. Même si Lettie obtient l'argent, du moins les quatre-vingt-dix pour cent de la somme, son mari n'aura pas un sou. Il va rester en prison de toute façon. Les Roston ne peuvent réclamer de l'argent à Lettie, ni l'attaquer en justice.

Jake mordit dans son toast et avala rapidement sa bouchée. Il voulait étouffer les rumeurs et il ne pouvait le faire la bouche pleine.

— Il ne va pas sortir sous caution, hein, Jake ? s'inquiéta Bill West.

— J'en doute. Une caution sera fixée, mais elle sera probablement très élevée. À mon avis, il va rester en cellule jusqu'au procès.

— Quelle défense il va avoir ?

Jake secoua la tête d'un air de dépit, comme si ce qu'il avait fait était indéfendable.

— Il était saoul et il y a un témoin oculaire, pas vrai, Marshall ?

— Ouais. Le type a tout vu.

— À mon avis, Lang va se retrouver à l'ombre pour un bout de temps, reprit Jake.

— Il n'a pas déjà un gamin à Parchman ? demanda Nugent.

— Oui. Marvis.

— Ils occuperont peut-être la même cellule. Ils feront la paire tous les deux, le père et le fils ! railla Nugent en s'attirant quelques rires. Ils pourront taper le carton et prendre du bon temps !

Jake rit aussi et attaqua son assiette. Le sujet de la conversation s'était déplacé. Plus personne ne disait qu'il était l'avocat de Simeon Lang.

Ils allaient quitter le Coffee Shop, partir au travail, et pendant la journée tous ces gens ne parleraient que du drame des Roston. Et ils auraient de quoi raconter parce qu'ils avaient justement déjeuné avec Jake, leur informateur de l'intérieur. Ils diraient à leurs collègues que leur ami Jake n'était pas l'avocat de Simeon Lang, l'homme le plus détesté du comté. Ils rassureraient tout le monde : oui, Lang resterait derrière les barreaux pour un bon moment.

C'est ce que Jake leur avait dit.

* * *

Le soleil du matin traversait les volets de bois, dessinant des lames de lumière virginale sur la grande table de réunion. Quelque part, un téléphone sonnait mais personne n'y prêtait attention. La porte d'entrée du cabinet Brigance était fermée à clé et tous les quarts d'heure on venait y toquer. La discussion fut âpre, douloureuse, puis s'apaisa, même si tout n'avait pas encore été dit.

Harry Rex avait exploré les tactiques possibles pour la demande de divorce. Il fallait le faire maintenant, et avec éclat, en chargeant la mule de détails sordides pour qu'on sache bien quelle ignoble personne était Simeon Lang. Parler des adultères, de son comportement irresponsable, de son manque à tous ses devoirs de chef de famille, de son addiction à l'alcool, de sa violence envers elle, des coups, des humiliations, des injures, il fallait tout balancer parce que leur mariage était fini, que Lettie l'admette ou non. Il fallait l'enfoncer, frapper fort tant qu'il était en prison et ne pouvait se défendre. Lâcher la bombe lundi et s'arranger pour que Dumas Lee et tous les autres journalistes, même ceux qui n'avaient qu'un vague intérêt pour l'affaire, aient une copie de la demande de divorce, assortie d'une belle injonction du juge, interdisant à cette ordure de s'approcher de Lettie, de ses enfants et de ses petits-enfants. Il s'agissait de mettre un terme à un mauvais mariage, mais aussi de faire une annonce publique. Et Harry Rex acceptait de s'en charger.

Les appels anonymes avaient commencé dès 5 heures du matin, leur avait raconté Portia. La première fois, Phedra avait décroché et, après quelques secondes, elle avait reposé lentement le combiné. « Il m'a appelée "sale négresse", avait-elle articulé. Il a dit qu'on allait payer pour la mort des garçons. » Alors la famille avait paniqué. Ils avaient fermé toutes les portes à clé. Portia avait trouvé un pistolet dans un placard et l'avait chargé. Ils avaient éteint les lumières et s'étaient regroupés dans le salon, pour surveiller la rue. Et le téléphone avait sonné. Encore et encore. Le soleil avait mis une éternité à se lever.

Oui, sa mère signerait les papiers du divorce, mais après, il faudrait faire attention aux Lang. Les frères et les cousins de Simeon étaient des vauriens notoires – mêmes gènes, mêmes effets – et ils allaient poser des problèmes. Ils harcelaient déjà Lettie pour l'argent, mais s'ils se sentaient spoliés, ils risquaient de faire des bêtises.

Lucien aussi avait eu une nuit éprouvante, mais il était quand même frais et dispos, l'esprit alerte comme de coutume ces temps-ci. Il déclara que le procès ne pouvait plus avoir lieu à Clanton. Jake devait demander à changer de comté, ce qu'Atlee refuserait sans doute, mais au moins cela leur donnerait une bonne raison de faire appel. Lucien n'avait jamais beaucoup cru aux chances de succès devant un jury, pas après le passage de Booker Sistrunk. Et ce déménagement dans une maison qui appartenait à une grande famille blanche n'avait pas arrangé les choses. Il y avait déjà bien trop de ressentiment et de suspicion. Lettie ne travaillait pas, avait cessé toute activité depuis que Seth Hubbard était mort. Et maintenant ça ? Son nom était désormais associé à l'ennemi public numéro un du comté ! Demander le divorce n'était pas une option – c'était incontournable, obligatoire ! Mais il ne serait pas prononcé le 3 avril, date d'ouverture du procès. Son nom était Lang, et elle serait une Lang pour toute la durée des débats. Autrement dit, Wade Lanier se frottait les mains.

— Ce n'est pas contre vous, Portia, ni contre votre famille, précisa Lucien. Mais il faut appeler un chat, un chat.

Portia comprenait, du moins elle essayait. Elle était trop fatiguée pour discuter. Elle avait laissé sa mère et ses sœurs pelotonnées en robes de chambre dans le salon, avec le pistolet posé sur le bord de la cheminée. Tant de questions, tant de doutes. Fallait-il prendre le risque d'envoyer les enfants à l'école ? Qu'allaient-elles pouvoir leur dire ? Kirk, qui était en première au lycée de Clanton, connaissait bien les frères Roston, et il ne voulait plus remettre les pieds là-bas. C'était de gentils garçons. Et Kirk détestait son père. Sa vie était fichue. Il voulait s'en aller loin d'ici, comme sa sœur, s'engager dans l'armée pour ne jamais revenir.

Jake aurait bien aimé convaincre Atlee d'ajourner la tenue du procès. Traîner, jouer la montre, pour laisser le temps à Harry Rex de faire prononcer le divorce et au système judiciaire de juger Simeon et de l'envoyer à l'ombre, loin d'ici ; il fallait mettre le plus de distance possible entre l'horreur du moment, avec ce double enterrement, et le litige juridique sur la

461

dépouille de Seth Hubbard. Dans six mois tout serait plus apaisé. Lettie serait divorcée. Elle pourrait alors reprendre son nom de jeune fille, Tayber, qui était bien moins toxique – même si Portia, elle, s'appellerait toujours Lang. Simeon serait loin. Presque oublié. Sistrunk, de l'histoire ancienne. Oui, la justice y trouverait son compte. Ce serait tellement mieux dans six mois… Mais ses adversaires allaient s'y opposer farouchement. Ils avaient le vent en poupe, tout jouait en leur faveur. Ils auraient tort de s'en priver.

Jake comptait en toucher deux mots à Atlee vendredi prochain sous son auvent, autour d'un bourbon, quand ils se seraient détendus. Ça valait le coup d'essayer. Le seul danger, c'était d'agacer le juge. Car c'était là une tentative d'influence manifeste. Mais Jake ne risquait pas grand-chose, sinon d'être sommé de se taire. Atlee ne lui en tiendrait pas rigueur, pas après deux verres. Un peu de courroux sur le moment, certes, mais rien de permanent.

Laissons passer du temps, se dit Jake. Il faut que la colère, l'horreur et la tristesse s'apaisent, s'éloignent des esprits. Harry Rex déposerait la demande de divorce lundi. Et à la fin de la semaine, Jake tenterait une approche avec le juge.

Quince Lundy se rendit au cabinet. Il venait désormais seulement tous les deux ou trois jours. Il trouva tout le monde assis à la table de réunion, l'air sombre, silencieux, presque abattu, le regard perdu au loin comme si chacun contemplait un avenir sans issue. Il avait appris la nouvelle à la radio locale et avait pris aussitôt la route de Clanton. Il se demandait si ce drame aurait des répercussions sur le procès, mais

dès le premier regard sur l'assemblée, il eut la réponse
à sa question.

* * *

Willie Hastings faisait partie de l'équipe d'Ozzie,
l'un des quatre adjoints noirs. Sa cousine, Gwen Hailey, était l'épouse de Carl Lee, et la mère de Tonya,
qui avait maintenant treize ans et qui se portait bien.
Il toqua à la porte de la maison des Sappington et
attendit. Il entendit des pas derrière le battant. Finalement la porte s'entrouvrit et Lettie passa la tête par
l'interstice.

— Bonjour, madame Lang, dit Willie. C'est le
shérif Walls qui m'envoie.

La porte s'ouvrit toute grande. Lettie esquissa un
sourire.

— C'est vous, Willie ? Vous voulez entrer ?

Il pénétra dans la maison. Les enfants étaient
dans le salon, devant la télévision. À l'évidence, ils
rataient l'école. Il suivit Lettie dans la cuisine où
Phedra lui prépara un café. Il bavarda un moment
avec les femmes, prit quelques notes sur les menaces
téléphoniques, remarqua que le combiné était désormais décroché, et annonça qu'il allait rester ici un
moment. Il était garé dans l'allée. Il attendrait dans la
voiture au cas où elles auraient besoin de lui – et pour
se montrer un peu dans le quartier. Le shérif Walls
compatissait. Simeon était en cellule, et dessaoulait
encore. Hastings ne connaissait pas les Roston et ne
leur avait pas parlé, mais il savait qu'ils étaient chez
eux, entourés de leur famille et de leurs amis. Lettie
lui tendit une lettre qu'elle avait écrite le matin, en

lui demandant s'il pouvait s'arranger pour qu'on la remette aux parents des deux garçons. « Juste pour leur dire à quel point on regrette ce qui est arrivé », dit-elle.

Willie promit qu'ils l'auraient avant midi.

Elles remplirent sa tasse et le policier sortit de la maison. Il faisait largement en dessous de zéro, mais le chauffage fonctionnait bien dans sa voiture de patrouille. Toute la matinée, il but du café, surveilla la rue, sans rien voir d'anormal, en luttant contre le sommeil.

*　*　*

Le bulletin de la radio de Tupelo diffusa l'information à 7 heures. Stillman Rush était sous la douche et rata l'annonce, mais un associé l'entendit. On passa des coups de fil, pour vérifier les faits. Une heure plus tard, Rush appelait Lanier à Jackson pour lui annoncer la bonne nouvelle. La foudre avait frappé ! Aucun juré du comté de Ford ne pourrait lyncher Simeon Lang, mais son épouse, elle, était une cible facile.

30.

Tôt le jeudi matin, on réveilla Simeon Lang. On lui donna à manger, puis on lui passa les menottes pour l'emmener dans une salle où l'attendait un inconnu. On le fit asseoir, sans lui détacher les mains.

— Je m'appelle Arthur Welch, annonça l'homme. Je suis avocat à Clarksdale. C'est dans le Delta.

— Je sais où est Clarksdale, répliqua Simeon.

Il avait un gros bandage en travers du nez. Son œil gauche était enflé et fermé, sous une ligne de points de suture.

— Tant mieux, répondit Welch. Je suis ici pour vous défendre, parce que personne ne voudra le faire. Vous serez entendu ce matin à 9 heures et il vous faut un avocat.

— Pourquoi vous ?

— Parce qu'un ami me l'a demandé. C'est tout ce qu'il vous suffit de savoir. Vous avez besoin d'un avocat et je suis le seul connard à accepter de m'asseoir à votre table.

Simeon hocha lentement la tête.

À 8 h 30, Simeon Lang fut conduit au palais. On le fit entrer par l'escalier de service pour rejoindre la grande salle d'audience, fief pour l'heure de l'honorable Percy Bullard, juge du comté. La salle qui lui était dévolue se trouvait au fond du couloir, et était beaucoup plus petite. Alors, quand la grande arène était libre, il préférait s'y installer. Il avait passé les seize dernières années à présider des affaires mineures, des litiges entre voisins, des petits délits, mais de temps en temps on l'appelait en urgence pour juger des dossiers plus sérieux. Sachant l'émoi de la population, et les tensions naissantes, Bullard choisit de faire comparaître Lang au plus vite, pour que les gens sachent que la justice était en marche.

La nouvelle s'était déjà propagée et il y avait quelques spectateurs dans la salle. À 9 heures précises, Simeon fut amené dans la salle d'audience. Jamais un accusé n'avait paru aussi coupable. Son visage tuméfié était méconnaissable. Sa combinaison orange de détenu était trop grande et tachée de sang. Il avait les mains attachées dans le dos, et les gardiens prirent tout leur temps pour lui retirer les menottes.

— Le ministère public contre Simeon Lang ! tonna Bullard. Approchez.

Il désigna un endroit devant son estrade. Simeon avança d'un pas malhabile, regardant nerveusement autour de lui, comme s'il craignait qu'on lui tire dans le dos. Arthur Welch se tenait à côté du prévenu, tout en veillant à garder une certaine distance.

— Vous êtes Simeon Lang ? demanda Bullard.

Simeon acquiesça.

— Répondez !

— Oui, c'est moi.

466

— Merci. (Il se tourna vers l'avocat :) Et vous, vous êtes ?

— Votre Honneur, je suis Arthur Welch, avocat à Clarksdale. Je suis ici pour défendre M. Lang.

Bullard lui lança un regard sombre, l'air de dire : « À quoi bon ? » Mais il se contenta de demander :

— Monsieur Lang, Mᵉ Welch est-il bien votre avocat ?

— Oui.

— C'est noté. Simeon Lang, vous êtes accusé pour un double homicide involontaire aggravé d'un délit de conduite en état d'ivresse. Vous plaidez comment ?

— Non coupable.

— Cela m'aurait étonné. Une audience préliminaire sera organisée avant trente jours. Maître Welch, mon greffier vous notifiera la date exacte. J'imagine que vous voulez à présent que l'on parle de la liberté sous caution.

Comme s'il récitait son texte, Welch répondit :

— Oui, Votre Honneur. Nous aimerions que la caution soit fixée à un montant raisonnable. Mon client a une femme et des enfants dans ce comté. Il y a passé toute sa vie. Il ne risque pas de s'enfuir et il m'a assuré, comme il l'assure à la cour, qu'il se présentera à toutes les audiences.

— Je vous remercie, maître. La caution est donc fixée à deux millions de dollars, un million pour chaque mort. Vous avez d'autres requêtes, maître Welch ?

— Non, Votre Honneur.

— Parfait. Monsieur Lang, vous êtes donc remis à la garde du shérif du comté de Ford. Vous serez placé en détention provisoire jusqu'à ce que vous vous acquittiez de la caution ou que vous soyez convoqué par cette cour.

Bullard donna un petit coup de maillet et fit un clin d'œil à Welch. Les gardiens remirent les menottes au prévenu et lui firent quitter la salle. Welch suivit le mouvement. Dehors, sur le perron à l'arrière du palais, précisément à l'endroit où les criminels de renom étaient mitraillés par la presse, Dumas Lee était à l'affût. Il prit une série de clichés de Simeon Lang et de son avocat. Plus tard, il interviewa Welch, qui n'avait pas grand-chose à dire mais se prêta de bonne grâce à l'exercice. L'avocat resta très vague sur les raisons qui l'avaient poussé à s'occuper de cette affaire, alors qu'il habitait à deux heures de route d'ici.

En réalité, Welch avait été tiré de son lit à 5 heures du matin par un appel téléphonique de Harry Rex Vonner, un ancien camarade d'Ole Miss. Welch s'était occupé de deux des divorces de Harry Rex. Et Harry Rex s'était occupé des deux de Welch. Ils se devaient mutuellement tant de services et de renvois d'ascenseur qu'ils avaient cessé d'en tenir le compte. Harry Rex avait besoin de lui à Clanton, toutes affaires cessantes, et Welch, pestant pendant tout le long trajet, avait fait le déplacement. Il n'était pas question qu'il défende Simeon Lang. Il devait juste obtenir son inculpation et lâcher l'affaire dans un mois.

Welch avait compris le message. C'était typiquement le genre de chose qu'on n'apprenait pas à la faculté.

* * *

On était vendredi, en début d'après-midi. Le temps était froid et humide. Jake faisait sa corvée hebdomadaire : essayer de terminer ses affaires de la semaine pour qu'elles ne s'aggravent pas pendant le week-end et lui gâchent alors le lundi. Parmi ses nombreuses règles non écrites, mais néanmoins importantes, il y avait celle de répondre, avant le vendredi midi, à tous les appels reçus dans la semaine. Il aurait préféré en ignorer la grande majorité mais c'était impossible. Il était tellement facile de remettre au lendemain. Mais il tenait à tout régler avant le week-end. Il avait une autre règle également : ne pas accepter de dossiers sans intérêt qui rapporteraient peu ou rien ; ne pas accepter non plus des clients qu'il aurait envie d'étrangler au bout de quelques jours. Mais, comme tout avocat, il disait de temps en temps oui à un type méprisable parce que sa mère avait été son institutrice, ou parce que son oncle connaissait son père, ou oui encore à la veuve acariâtre qui ne pouvait se payer un avocat, mais lançait des procès à tour de bras, tout ça parce qu'il la voyait tous les dimanches à l'église. Chaque fois, ces affaires se révélaient toxiques, plus on les laissait dans un coin, plus elles devenaient empoisonnées. Tous les avocats avaient ainsi leur lot de dossiers pourris. Et tous les détestaient. Juraient qu'on ne les y reprendrait plus. Parce qu'on sentait que ça puait dès que le client franchissait le seuil de la porte !

Dans un monde parfait, il n'y aurait pas un seul de ces dossiers dans son cabinet. Et chaque nouvel an, Jake prenait la résolution de dire non à ces indésirables. Pendant des lustres, Lucien le lui avait pourtant répété : « Ce ne sont pas les affaires qu'on accepte qui font l'avocat, mais celles qu'on refuse. » Il fallait savoir dire non. Et pourtant, il avait un tiroir plein de ces dossiers, et tous les vendredis après-midi, Jake regardait la pile honnie en maudissant sa faiblesse.

Sans frapper, Portia entra dans son bureau. Visiblement, ça n'allait pas. Elle se tapotait la poitrine comme si elle ne pouvait plus respirer.

— Il y a quelqu'un en bas ! souffla-t-elle.

— Que se passe-t-il ? demanda-t-il en refermant une fois encore ce tiroir maudit. Ça ne va pas ?

Elle secoua la tête.

— Non. C'est M. Roston. Le père des garçons.

— Quoi ?

Il bondit de son siège.

— Il veut vous voir, annonça-t-elle, en continuant à se tenir la poitrine.

— Pourquoi donc ?

— Je vous en prie, Jake, ne lui dites pas qui je suis.

Ils se regardèrent tous les deux, muets.

— D'accord, d'accord, bredouilla-t-il finalement. Installez-le dans la salle de réunion. J'arrive dans une minute.

Jeff Roston n'était pas beaucoup plus vieux que Jake, mais après ce drame il avait l'air d'un vieillard. Il était assis les mains jointes, les épaules tombantes, comme s'il supportait un énorme fardeau. Il était vêtu d'un pantalon de toile au pli impeccable et d'un blazer bleu. Il ressemblait plus à un joueur de golf qu'à un agriculteur. Mais il avait la tête d'un père sortant d'un cauchemar. Il se leva. Les deux hommes se serrèrent la main.

— Je suis sincèrement désolé, monsieur Roston, articula Jake.

470

— Merci. Appelons-nous Jeff et Jake, d'accord ?

— Bien sûr.

Jake s'assit en face de lui. Après un long silence, Jake lâcha :

— Je ne peux imaginer ce que vous êtes en train de vivre.

— Non. Vous ne le pouvez pas, répondit-il d'une voix lente, chaque mot lourd et vibrant d'émotion. Et moi non plus, je ne le peux pas. J'ai l'impression d'être un somnambule. Je marche, je me déplace, en tâchant de supporter l'heure qui s'écoule, puis la suivante. Nous prions beaucoup. Nous prions pour que les jours s'achèvent, puis les semaines, puis les mois et peut-être qu'un jour, dans des années, ce cauchemar prendra fin, peut-être que nous pourrons surmonter cette douleur. Mais en même temps nous savons que ça ne se produira pas. Aucun parent n'est censé enterrer ses enfants, Jake. Ce n'est pas dans l'ordre des choses.

Jake acquiesça, incapable de trouver les mots. Rien d'intelligent ou de réconfortant ne lui venait. Que dire à un père qui venait de perdre ses deux fils, et qui s'apprêtait à les mettre en terre ?

— Je ne peux même pas me représenter ce que c'est, articula Jake, tout en se demandant encore une fois ce qui amenait ce malheureux ici.

Cette question le taraudait.

— Les funérailles ont lieu demain ? s'enquit Jake après un long silence.

— Oui. Demain. Une autre horreur à endurer.

Il avait les yeux rouges et gonflés. Il n'avait pas dormi depuis des jours. Son regard, inexorablement, s'abaissait vers ses genoux. Il se tapotait doucement les doigts, comme plongé dans une vaste méditation.

— Nous avons reçu une lettre très gentille de Lettie Lang, annonça-t-il finalement. C'est le shérif Walls qui nous l'a remise en main propre. Je dois dire qu'il a été parfait. Il nous a dit que vous étiez amis tous les deux.

Jake se contenta de hocher la tête, tout ouïe.

— La lettre, poursuivit le père, était très touchante et nous faisait part de toute l'affliction et des regrets de sa famille. Tous ses remords aussi. Cela nous a beaucoup touchés, Evelyn et moi. On sait que Lettie Lang est une bonne chrétienne et une femme bien, et qu'elle est horrifiée par ce qu'a fait son mari. Vous pourrez la remercier pour nous ?

— Bien sûr.

À nouveau, il regarda ses genoux, tapota encore ses doigts, et prit une longue inspiration en grimaçant, comme si l'air lui déchirait les poumons.

— Je voudrais que vous leur transmettiez autre chose encore, si vous voulez bien, Jake. Un message de notre part à Lettie Lang et à sa famille, à son mari également.

Oui, Jeff. Tout ce que vous voulez. Que refuser à un père dans un tel chagrin ?

— Vous êtes chrétien, Jake ?

— Oui. Certains jours plus que d'autres, mais je fais mon possible.

— C'est bien l'impression que j'avais. Dans le chapitre six de l'évangile selon Luc, Jésus enseigne l'importance du pardon. Il sait que nous sommes humains et enclins à la vengeance. À vouloir faire du mal à ceux qui nous ont fait souffrir, mais c'est une erreur. Nous devons pardonner, toujours pardonner. Alors je souhaiterais que vous disiez à Lettie et à sa famille, et en particulier à son mari, qu'Evelyn et moi nous pardonnons à Simeon pour ce qu'il a fait. Nous avons prié pour ça. Beaucoup. Nous avons passé beaucoup de temps avec notre pasteur. Nous ne pouvons vivre le reste de nos jours le cœur empli de haine et de mauvaises pensées. Nous lui pardonnons, Jake. Vous voulez bien leur dire ?

Sous le choc, Jake ne savait que répondre. Il était là, bouche bée, les yeux écarquillés de surprise, mais il ne pouvait rien y faire. Pendant quelques instants, il resta ainsi pétrifié. Comment un être humain pouvait-il pardonner à un ivrogne d'avoir tué ses deux fils, trois jours seulement après le drame ? Il songea à Hanna, à cette vision d'horreur de son petit corps dans un cercueil. Lui, il hurlerait sa rage, réclamerait la vengeance et le sang.

Jake parvint enfin à acquiescer. Oui, il le ferait.

— Quand nous enterrerons Kyle et Bo demain, quand nous leur dirons adieu, nous le ferons avec seulement de l'amour dans nos cœurs, de l'amour et de la miséricorde. Il n'y aura pas de place pour la haine, Jake.

Jake déglutit.

— La jeune femme noire à côté, c'est la fille de Lettie Lang. La fille de Simeon. Elle travaille pour moi. Et si vous le lui disiez vous-même ?

Sans un mot, Roston se leva, se dirigea vers la porte et l'ouvrit. Avec Jake dans ses pas, il entra dans le hall et regarda Portia.

— Alors vous êtes la fille de Simeon Lang ?

Portia parut sur le point de tourner de l'œil. Lentement, elle se leva.

— Oui, monsieur.

— Votre mère m'a envoyé une lettre très gentille. Veuillez la remercier pour moi.

— Je le ferai. Oui, répondit-elle nerveusement. Merci.

— Et vous direz à votre père que ma femme, Evelyn, et moi-même, nous lui pardonnons pour ce qui s'est passé.

Portia porta sa main à sa bouche et ses yeux se mirent à briller. Roston fit un pas vers elle et gentiment l'enlaça. Puis il se recula brusquement et répéta :

— Nous lui pardonnons.

Et il s'en alla sans ajouter un mot.

Portia et Jake regardèrent longtemps la porte après son départ. Ils étaient sans voix, stupéfaits. Finalement, Jake articula :

— Fermons la boutique, Portia, et rentrons chez nous.

31.

Et le travail de sape se poursuivit. Le dimanche, en fin de matinée, à l'insu de Jake cette fois, le camp de Seth Hubbard se retrouva encore fragilisé. Randall Clapp furetait dans une bourgade, à la pointe sud de la Georgie, à moins de dix kilomètres de la frontière avec la Floride, quand il retrouva enfin la femme noire qu'il cherchait depuis une semaine. Elle s'appelait Julina Kidd – trente-neuf ans, divorcée, deux enfants.

Cinq ans plus tôt, Julina travaillait dans une grande fabrique de meubles, près de Thomasville en Georgie. Elle était comptable, gagnait quinze mille dollars par an, et avait appris, un beau jour, que sa société avait été rachetée par une compagnie domiciliée en Alabama. Peu de temps après, le nouveau propriétaire, un certain Seth Hubbard, était passé se présenter.

Un mois plus tard, Julina était licenciée. Et une semaine après, elle déposait plainte pour harcèlement sexuel. La plainte avait été retirée dans le mois qui suivit. L'avocat de Julina, qui habitait Valdosta, n'avait pas voulu discuter de l'affaire avec Clapp ;

il avait perdu contact avec sa cliente et ignorait où elle vivait aujourd'hui.

Quand Clapp retrouva Julina Kidd, elle occupait une HLM avec ses deux enfants et sa sœur cadette. Elle travaillait à mi-temps pour un négociant de pétrole. Au début, elle n'était pas très chaude pour parler à ce Blanc inconnu. Clapp, toutefois, n'avait pas son pareil pour soutirer des informations. C'était son métier. Il lui proposa deux cents dollars, plus un déjeuner, pour disposer d'une heure de son temps et avoir des réponses à ses questions. Ils se retrouvèrent donc dans un restaurant de routiers et commandèrent le poulet du chef. Clapp, un raciste dans l'âme qui n'aurait jamais fricoté avec une Noire, luttait cette fois pour ne pas être sous le charme. Cette gazelle-là était belle à tomber – le teint sombre, avec une peau de pêche, des yeux noisette à vous transpercer le cœur, des pommettes hautes de Masaï, des dents parfaites qui vous lançaient des sourires ensorceleurs. Elle demeurait toutefois sur la réserve, avec ses beaux sourcils froncés, et se méfiait de chaque mot qu'il prononçait.

Clapp ne lui révéla pas grand-chose, du moins au début. Il expliqua qu'il était impliqué dans un litige important face à Seth Hubbard, et qu'il savait qu'elle avait eu un différend avec lui. Oui, il cherchait tout ce qui puait.

Et avec elle, il allait être servi. Seth Hubbard lui avait sauté dessus comme un matelot en escale. À l'époque, elle avait trente-quatre ans et était en plein divorce. Elle était fragile, s'inquiétait pour son avenir. Elle n'avait aucune attirance pour un vieux de soixante-six ans qui sentait le tabac froid, même s'il

476

possédait plusieurs sociétés. Mais il la poursuivait de ses ardeurs sans relâche et passait tout son temps à l'usine de Thomasville. Il lui donna une augmentation substantielle et l'installa dans le bureau à côté du sien. Il mit à la porte son ancienne collaboratrice et nomma Julina « secrétaire de direction ». Elle ne savait même pas taper à la machine !

Hubbard avait deux fabriques au Mexique et il devait s'y rendre. Il fit faire un passeport pour Julina et lui demanda si elle voulait l'accompagner. C'était plus un ordre qu'une proposition. Mais elle n'avait jamais quitté le pays et ça l'amusait de voir le vaste monde, même si elle savait ce qu'il lui faudrait payer en retour.

— Je ne pense pas que Seth Hubbard soit le premier Blanc à vous courtiser, fit Clapp.

Elle eut un petit sourire, hocha la tête.

— Non. Ça arrive parfois.

Encore une fois, Clapp dut cacher son trouble. Pourquoi était-elle toujours seule ? Dans une HLM ? N'importe quelle femme, blanche ou noire, ayant son allure et son charme, pouvait se trouver un bon parti.

Seth et Julina prirent donc l'avion pour Mexico. Ils descendirent dans un hôtel de luxe, dans deux chambres communicantes. Le toc-toc tant redouté arriva dès la première nuit. Et elle ouvrit sa porte. Quand ce fut fini, allongée à côté de lui dans le lit, elle fut prise de dégoût. Du sexe pour de l'argent ! À cet instant, elle n'était rien d'autre qu'une prostituée. Mais elle n'en souffla mot. Dès que Seth Hubbard s'absenta le lendemain pour ses affaires, elle sauta dans un taxi et fila à l'aéroport. Quand le patron rentra une semaine plus tard, il la licencia sur-le-champ et lui fit quitter l'entreprise accompagnée par un vigile. Elle alla aussitôt trouver un avocat qui engagea des poursuites pour harcèlement sexuel. Le propre avocat de Seth Hubbard était horrifié par les faits. Ils hissèrent rapidement le drapeau blanc et cherchèrent un arrangement. Après quelques passes d'armes, Seth Hubbard accepta de verser cent vingt-cinq mille dollars en échange du secret absolu. L'avocat de Julina avait pris sa commission de vingt-cinq mille dollars et elle avait vécu sur le reste. Elle s'était engagée à ne parler de cette histoire à personne, mais quoi… ça faisait cinq ans !

— Ne vous inquiétez pas, Seth Hubbard est mort, lui expliqua Clapp avant de lui raconter le reste de l'histoire.

Elle l'écouta, en mastiquant son poulet aux hormones, accompagné de thé glacé. Elle n'avait pas de sentiments pour Seth Hubbard et ne feignit pas d'en avoir. Il était quasiment sorti de sa mémoire.

— Avait-il un penchant pour les femmes noires ?

— Il disait qu'il ne faisait pas de différence, répondit-elle, avec précaution cette fois. Que je n'étais pas sa première Noire.

— Quand vous a-t-il dit ça ?

— Sur l'oreiller. Mais je ne veux pas être mêlée à un procès. Pas question.

— Ai-je parlé de procès ? répliqua Clapp.

Elle demeura quand même sur la défensive.

Encore une fois, il était tombé sur une pépite… surtout ne rien montrer.

— Je suis sûr, toutefois, que les avocats pour qui je travaille seraient prêts à payer une coquette somme pour avoir votre témoignage.

— Combien ?

— Je ne sais pas, mais nous pourrons en parler plus tard. J'ai une question à vous poser encore, quelque peu délicate, si vous n'y voyez pas d'inconvénients.

— Allez-y. Mais je ne vois pas ce que je pourrais vous raconter de plus intime.

— Quand vous étiez avec Seth Hubbard, comment c'était ? Vous voyez ce que je veux dire ? Il avait soixante-six ans, et il a engagé cette femme de ménage noire deux ans plus tard. C'était avant qu'il ne tombe malade. Il se faisait vieux, mais on disait qu'il était encore vert.

— Il était très bien. Pour un homme de son âge, il était carrément exceptionnel. (Apparemment, elle avait déjà eu beaucoup d'hommes, de tout âge.) Il ne voulait pas sortir de la chambre. Baiser pendant toute la semaine, voilà ce qu'il avait en tête ! C'était impressionnant pour un vieux, qu'il soit noir ou blanc.

* * *

Wade Lanier buvait une bière au country club du golf quand Clapp le contacta. Lanier retrouvait les mêmes amis tous les dimanches matin, à 7 h 45 précises, faisait un dix-huit trous, pariait et raflait souvent la mise, puis buvait un verre en jouant au poker pendant deux petites heures. Cette fois, il oublia complètement sa main et sa bière, et demanda à Clapp de répéter mot pour mot ce qu'avait dit Julina Kidd.

La plupart des allégations de cette femme n'étaient pas recevables par la cour ; cependant, le fait de pouvoir la citer comme témoin, de montrer au jury sa couleur de peau, et d'évoquer cette histoire de harcèlement sexuel, achèverait de convaincre le jury blanc que le vieux et sa femme de ménage fricotaient ensemble. Ils seraient persuadés que Lettie l'avait influencé, s'était servie de son corps pour avoir une part du gâteau. Lanier n'avait aucune preuve pour étayer cette hypothèse, mais il allait néanmoins en convaincre tout le monde.

L'avocat quitta le country club sans attendre et fila à son bureau.

*   *   *

Lundi matin, première heure, Ian et Ramona Dafoe prirent la route de Memphis pour petit-déjeuner sur le tard avec Herschel. Leurs rapports s'étaient dégradés et il était temps de recoller les morceaux – du moins c'était l'avis de Ramona. Ils étaient dans le même camp. C'était idiot de se chamailler et de se méfier les uns des autres. Ils se retrouvèrent dans une cafétéria. Après les premières tentatives de réconciliation, Ian sortit l'artillerie lourde : son avocat, Wade Lanier, avait bien plus d'expérience que Stillman Rush et, pour tout dire, il craignait que Rush ne soit une nuisance pendant le procès. Il était trop imbu de lui-même, trop arrogant, trop pédant et il allait se mettre à dos tous les jurés. Lanier l'avait observé durant ces quatre mois, rien ne lui avait échappé, et il n'avait pas apprécié. C'était beaucoup d'ego, et pas beaucoup de talent. Un procès se perdait pour moins que ça ! Lanier était très inquiet. Il menaçait même de jeter l'éponge.

Et ce n'était pas tout. La différence de compétence entre les deux avocats était criante. Ian parla de la découverte de l'autre testament manuscrit, celui où Lettie devait toucher cinquante mille dollars. Il ne donna pas de noms parce qu'il ne voulait pas que Stillman Rush fiche tout en l'air. Herschel était impressionné, et aussi très intéressé. Mais il y avait mieux encore : Lanier avait trouvé une Noire qui avait poursuivi Seth Hubbard pour harcèlement sexuel.

Regarde tout ce que mon avocat fait, par rapport au tien ! exultait le gendre. Rush est dépassé, Herschel. Lanier est un tueur, un guérillero. Ton avocat, c'est un boy-scout. Rassemblons nos forces. Wade a même une offre à nous faire : si on rejoint tous sa bannière, et que tu te débarrasses de Rush, alors il réduira sa com à vingt-cinq pour cent en cas d'arrangement. Car il compte bien contraindre Brigance à accepter un accord. Il suffit de voir les bombes que son détective a déterrées ! Il va attendre le bon moment pour porter la canonnade et Brigance craquera. Et nous aurons l'argent dans un ou deux mois seulement !

Herschel rechigna un moment, puis accepta d'aller à Jackson pour rencontrer Lanier.

* * *

Simeon Lang finissait le lundi soir son dîner (porc et haricots avec quatre tranches de pain de mie caoutchouteuses) quand le geôlier apparut et lui tendit une grande enveloppe à travers les barreaux.

— Bonne lecture ! lança le gardien avant de tourner les talons.

Le pli venait du cabinet de Harry Rex Vonner, aux bons soins de la prison du comté.

Il y avait une lettre de l'avocat à l'intérieur, adressée à Simeon. Le courrier, en termes lapidaires, annonçait qu'il trouverait jointe la demande de divorce de son épouse. Il avait un mois pour réagir.

Il lut lentement le document officiel. À quoi bon se presser ? La liste à charge classique : adultère, abandon de domicile, violences conjugales. Une succession d'accusations, certaines loufoques, d'autres parfaitement fondées. Cela ne changeait pas grand-chose de toute façon. Il avait tué deux gamins et il était bon pour moisir à Parchman un long moment. Sa vie était fichue. Lettie avait besoin de quelqu'un d'autre. Elle n'était pas venue le voir depuis qu'il était incarcéré et elle ne viendrait sans doute pas. Ni ici, ni à Parchman. Portia lui avait rendu une visite, juste pour lui dire bonjour, et ne s'était pas attardée.

— Qu'est-ce que tu lis ? s'enquit Denny, son compagnon de cellule qui occupait la couchette supérieure.

Denny avait été arrêté au volant d'une voiture volée. Simeon ne le supportait déjà plus. Il préférait être seul, même si, de temps en temps, c'était agréable de pouvoir parler à quelqu'un.

— C'est ma femme qui demande le divorce.

— Bienvenue au club ! Moi, j'en ai déjà deux au compteur. Elles pètent les boulons quand on est en taule.

— Si tu le dis. Tu as déjà eu une interdiction de contact ?

— Non, mais mon frère oui. Sa salope de femme avait convaincu le juge qu'il était dangereux, ce qui était vrai. Alors le juge lui a ordonné de ne pas s'approcher, ni d'elle, ni de la maison. Mais bon, ça ne l'a pas empêché de la tuer.

— Ton frère a tué sa femme ?

— Ouais. Mais elle l'a cherché. C'était un homicide justifié ! Mais le jury ne l'a pas vu comme ça. Ils l'ont déclaré coupable.

— Où est-il, maintenant ?

— À Angola, en Louisiane. Il a pris vingt ans. C'est à peu près ce dont tu vas écoper aussi, d'après mon avocat.

— Ton avocat ?

— Ouais. Je lui ai posé la question cet après-midi. Il connaît ton affaire. Il dit que toute la ville en parle, que les gens sont vraiment remontés contre toi. Ta femme va devenir riche avec ce testament, mais toi, tu vas rester vingt ans en taule. Et quand tu sortiras, elle aura dépensé tout le fric avec ses nouveaux amis. C'est vrai, ça ?

— Demande donc à ton avocat.

— Comment ta femme s'est-elle retrouvée sur le testament du vieux ? Il paraît qu'il a laissé vingt millions de dollars, c'est vrai ?

— Demande à ton avocat.

— D'accord. Je lui demanderai. Je ne veux pas t'énerver ni rien.

— Je ne suis pas énervé. Je veux juste ne pas en parler, d'accord ?

— OK. Comme tu veux.

Denny reprit son livre et recommença à lire.

Simeon s'étendit sur sa couchette en dessous et relut la première page. Dans vingt ans, il aurait soixante-six ans. Lettie aurait un nouveau mari et une vie meilleure. Elle aurait les enfants, les petits-enfants, et sans doute des arrière-petits-enfants. Et lui, il n'aurait rien.

Il ne se défendrait pas pour le divorce. Elle pouvait tout prendre.

Peut-être qu'il verrait Marvis en prison.

32.

Huit jours après le drame, alors que l'affaire commençait à se tasser et que les gens parlaient d'autre chose, l'édition hebdomadaire du *Ford County Times* la remit au-devant de la scène. En première page, sous la légende « Le comté pleure la mort des fils Roston », figuraient les photos de classe de Kyle et de Bo. Dessous, la voiture accidentée, les cercueils à la sortie de l'église, leurs camarades de classe tenant des bougies pendant la veillée funèbre devant le lycée de Clanton. Dumas Lee n'avait rien oublié. Son article était long et parfaitement documenté.

En page deux, il y avait une grande photographie de Simeon Lang, avec ses bandages qui lui donnaient l'air patibulaire, quittant le tribunal, menottes aux poignets le jeudi précédent avec son avocat, Me Arthur Welch de Clarksdale. Le texte qui accompagnait la photo ne faisait nulle mention de Jake Brigance, Jake ayant menacé de poursuivre le journal pour diffamation si Dumas, ne serait-ce qu'à demi-mot, laissait entendre qu'il représentait Simeon Lang. L'article parlait d'une affaire pour conduite en état d'ivresse datant d'octobre qui attendait d'être jugée, mais Dumas n'insinuait nulle part que la justice n'avait pas fait son travail ou avait été sciemment retardée. Le journaliste avait peur des procès et d'ordinaire faisait machine arrière dès qu'il se sentait menacé. Les nécrologies de Bo et de Kyle étaient détaillées et poignantes. Dans un encadré, se trouvaient les commentaires émus de leurs camarades et de leurs professeurs du lycée, deux colonnes décrivant la scène de l'accident, agrémentées d'une interview d'Ozzie. Le témoin oculaire racontait tout par le menu et avait droit à sa photo. Les parents ne faisaient aucune déclaration. Un oncle demandait à ce que leur peine soit respectée.

À 7 heures du matin, Jake avait lu ces pages in extenso, mesurant la portée de chaque mot. Il eut un coup de fatigue. Il ne se rendit pas au Coffee Shop parce qu'il en avait assez de tous ces cancanages sur la mort des fils Roston. Il embrassa Carla à 7 h 30 et partit au bureau, espérant enfin pouvoir reprendre son travail normalement. Il voulait passer la journée sur d'autres affaires que celle de Seth Hubbard. Plusieurs clients avaient besoin de ses services.

Juste après 8 heures, Stillman Rush l'appela pour lui annoncer qu'il venait d'être remercié par Herschel Hubbard. Jake l'écouta, avec des sentiments parta-gés. D'un côté, il était ravi que Rush se retrouve jeté comme un malpropre, parce qu'il n'aimait pas ce type mais, dans le même temps, il s'inquiétait des talents de manipulation de Wade Lanier. Durant son seul et unique grand procès, celui de Carl Lee Hailey, Jake avait jouté contre Rufus Buckley, alors procureur du district au sommet de son art. Buckley était certes efficace et à son aise dans une salle de tribunal, mais il n'était pas particulièrement brillant – ni un grand manipulateur, ni même un fin tacticien. Bien moins dangereux qu'un Wade Lanier, qui semblait toujours avoir un coup d'avance. Jake le savait prêt à tout pour gagner – le mensonge, la duperie, le vol, la dissimulation – et il avait l'expérience, l'esprit affûté, et plus d'un tour dans son sac. Jake aurait préféré que Stillman Rush soit dans la salle, pour faire des bourdes et agacer le jury.

Jake parvint à prendre un ton attristé quand il lui dit au revoir, mais oublia l'appel sitôt qu'il eut raccroché.

Portia, quant à elle, avait besoin d'être rassurée. Ils avaient l'habitude de prendre un café ensemble à 8 h 30 dans le bureau de Jake. Sa famille avait reçu encore quatre menaces au téléphone les jours qui avaient suivi l'accident, mais les appels semblaient avoir cessé. Un adjoint surveillait toujours la maison, restait garé dans l'allée, vérifiait la nuit la porte côté jardin. Les Roston avaient montré tant de miséricorde et de courage que les rancœurs avaient été contenues, du moins pour le moment.

Cependant, si Simeon plaidait non coupable, alors le cauchemar allait recommencer. Portia, Lettie et toute la famille s'inquiétaient du spectacle que donnerait un tel procès, avec en face d'eux la famille Roston. Jake ne pensait pas que cela se produirait et que, s'il devait y avoir procès, il n'aurait pas lieu avant un an.

Depuis trois mois, Jake suppliait Lettie de trouver un emploi, n'importe lequel. Il fallait que les jurés sachent qu'elle travaillait et tentait de subvenir aux besoins de sa famille, qu'elle ne jouait pas les jeunes retraitées en attendant que la manne tombe du ciel.

Mais aucun propriétaire blanc ne voulait l'embaucher comme femme de ménage, pas avec son passif et la controverse du moment. Et elle était trop vieille pour travailler dans un fast-food, et trop noire pour être employée de bureau.

— Maman a trouvé du travail ! annonça Portia avec fierté.

— Excellent. Où ça ?

— À l'église méthodiste. Elle va faire le ménage trois fois par semaine dans leur crèche. Ce n'est pas bien payé mais c'est tout ce qu'elle peut dénicher en ce moment.

— Elle doit être heureuse.

— Elle a demandé le divorce il y a deux jours, Jake, et son nom est synonyme d'infamie ici. Elle a un fils en prison, une maison pleine de bons à rien, une fille-mère de vingt et un ans avec deux enfants non désirés. La vie est rude pour maman. Un travail payé trois dollars cinquante de l'heure, ce n'est pas ça qui va la rendre heureuse.

— Pardon. C'était idiot.

Ils étaient sur le balcon. Dehors, l'air était frais mais pas glacial. Jake avait mille choses à faire et avait déjà bu un litre de café.

— Vous vous souvenez de Charley Pardue, mon soi-disant cousin de Chicago ? demanda-t-elle. Vous l'avez rencontré chez Claude, il y a deux mois.

— Bien sûr. Vous disiez que c'était un escroc qui en voulait à l'argent de votre mère pour s'acheter une entreprise de pompes funèbres.

— On s'est parlé au téléphone et il a trouvé un parent près de Birmingham. Un vieux dans une maison de retraite. Un Rinds. D'après lui, c'est peut-être le chaînon manquant.

— Mais ce Pardue en veut à votre argent, non ?

— Comme tout le monde. Bref, je pense y faire un saut ce samedi. Aller voir cet homme, lui poser quelques questions.

— C'est un Rinds, vous dites ?

— Oui. Boaz Rinds.

— Vous en avez parlé à Lucien ?

— Oui. Et il dit que ça vaut le coup de faire le déplacement.

— Samedi, c'est votre jour de congé. Vous pouvez faire ce que vous voulez de votre temps libre.

— Je préférais vous tenir au courant, Jake. Et il y a une chose encore dont je voudrais vous parler. Lucien m'a dit que le comté conserve à Burley, l'ancienne école pour Noirs, les archives du palais de justice, du moins ce qu'il en reste.

— C'est vrai. J'y suis allé une fois, pour chercher un vieux dossier, mais je ne l'ai pas retrouvé. Le comté stocke tout un tas de trucs là-bas.

— Jusqu'à quand remontent les dossiers ?

Jake réfléchit un moment. Le téléphone sonnait sur son bureau.

— Les registres fonciers sont toujours ici, au tribunal, parce qu'ils servent régulièrement. Beaucoup de documents là-bas sont sans valeur – des actes de mariage, de divorce, des certificats de naissance, de décès, d'anciens jugements, ce genre de choses. Tout ça aurait dû être passé au pilon, mais personne n'ose détruire des papiers juridiques, même vieux d'un siècle. On m'a dit qu'il y a là-bas les minutes d'un procès datant de la guerre de Sécession, écrites à la plume. Intéressant d'un point de vue historique, mais d'aucune utilité aujourd'hui. Dommage que l'incendie n'ait pas tout détruit.

— C'était quand cet incendie ?

— Tous les palais de justice ont brûlé à un moment ou à un autre. Le nôtre a été sévèrement endommagé en 1948. Une grande partie des archives est partie en fumée.

— J'aimerais fouiner dans ces vieux dossiers.

— À quoi bon ?

— J'aime l'histoire, en particulier celle qui a trait au droit, Jake. J'ai passé des heures au tribunal à consulter de vieux verdicts, de vieux actes de propriété. On apprend des tas de choses sur un lieu et sa population. Vous saviez qu'en 1915, ils ont pendu un homme devant le palais de justice, juste après son procès ? Il avait attaqué la banque, tiré sur un employé, sans lui faire grand mal, avait volé deux cents dollars et s'était fait prendre. Ils l'ont jugé et pendu sur place.

— C'était efficace. Ils n'avaient pas à l'époque de problèmes de surpopulation carcérale.

— Ni d'encombrement dans les tribunaux. Bref, je suis fascinée par ces documents. J'ai lu un vieux testament de 1847 où un Blanc cédait ses esclaves. Il disait qu'il les aimait, qu'il y tenait beaucoup, et il les léguait comme du bétail.

— C'est déprimant. Vous ne trouverez aucun Brigance qui ait possédé des esclaves, promis ! On était déjà bien heureux d'avoir une vache.

— En attendant, il me faudrait une lettre écrite d'un membre du barreau, m'autorisant à accéder à ces archives. C'est la loi dans le comté.

— Entendu. Mais faites ça en dehors de vos heures de travail. Vous cherchez donc toujours vos origines ?

— Bien sûr. Je suis toutes les pistes. Les Rinds se sont évanouis dans la nature en 1930, sans laisser de trace, sans explication, et je veux savoir pourquoi.

* * *

Le déjeuner dans l'arrière-salle de l'épicerie Bates était composé de quatre légumes choisis au hasard parmi une collection de marmites et de poêlons mijotant sur le grand fourneau. Mme Bates prenait les commandes, cuisinait, remplissait les assiettes tandis que monsieur encaissait : trois dollars cinquante le repas, thé glacé et pain de maïs inclus. Jake et Harry Rex venaient y manger une fois par mois, quand ils voulaient discuter tranquillement. La clientèle était ici rurale, des fermiers, des ouvriers agricoles, parfois un bûcheron. Rien que des Blancs. On aurait servi des Noirs sans que cela provoque d'incidents, mais il n'en venait jamais. Les Noirs se contentaient d'y faire leurs achats. C'était ici que, trois ans plus tôt, la petite Tonya Hailey était venue faire des commissions avant d'être kidnappée et violée.

Les deux avocats s'installèrent à une petite table ronde, le plus à l'écart possible. La table était branlante et le parquet grinçait. Juste au-dessus d'eux, un ventilateur antédiluvien tournait, alors qu'on était encore en hiver et que la boutique était un nid à courants d'air. Dans un coin, un poêle ventru lâchait des bouffées de chaleur qui maintenaient une température agréable dans la pièce. Après quelques bouchées, Harry Rex entra dans le vif du sujet :

— Dumas a fait du bon boulot, selon ses critères du moins. Ce garçon aime autant que nous autres les accidents de voiture !

— J'ai été obligé de le menacer, mais tout va bien, il ne nous a pas porté préjudice. La situation est suffisamment critique comme cela. Merci d'avoir demandé à Welch de venir faire de la figuration.

— C'est un abruti, mais du genre que j'apprécie. On a fait les quatre cents coups tous les deux. On a passé deux nuits en cellule alors que tout le monde nous croyait à la fac. On a failli être virés !

Jake préférait ne pas savoir mais ce fut plus fort que lui :

— Qu'est-ce que vous fichiez en prison ?

Harry Rex enfourna une grosse fourchette de choux et répondit en mastiquant :

— On était allés passer le week-end à La Nouvelle-Orléans et on rentrait tranquilles à Ole Miss. Je conduisais et picolais et puis on s'est paumés quelque part dans le comté de Pike. Quand j'ai vu les lumières du gyrophare, j'ai dit à Welch : « Prends le volant. Il y a les flics et je suis bourré. » Et Welch a répondu : « Je suis bourré aussi trouduc ! Démerde-toi. » Mais on était dans sa voiture et je savais pertinemment qu'il était moins fait que moi. Alors je me suis énervé : « Fais pas chier, Welch. Tu n'as bu que deux bières, alors je gare la caisse et tu ramènes ton cul ici ! » Les lumières se rapprochaient. « Pas question, qu'il me dit. J'ai pas dessaoulé depuis vendredi ! En plus, je me suis déjà fait gauler pour conduite en état d'ivresse et mon vieux va me tuer s'il apprend que j'ai recommencé ! » J'ai écrasé les freins et me suis arrêté sur le bas-côté en dérapant. Les flics étaient juste derrière nous. Alors j'ai saisi Welch par le col, qui était beaucoup moins gros à l'époque et j'ai tenté de le faire passer de force à ma place, et ça l'a vraiment foutu en pétard. Il s'est débattu. Il s'est agrippé à la poignée de la portière et a coincé ses pieds sur le tableau de bord. Impossible de le bouger ! Alors j'ai vu tout rouge et j'ai commencé à lui foutre de grandes taloches. J'ai frappé si fort, en plein dans le nez, qu'il a lâché prise. Je l'ai empoigné par les cheveux et l'ai tiré de toutes mes forces, mais le levier de vitesse le bloquait. On s'est retrouvés emberlificotés, tous les deux fous de rage, à se crêper le chignon comme deux gonzesses hystériques. J'étais en train de l'étrangler quand le flic a dit à la fenêtre : « Ça va, les gars ? Vous voulez un coup de main ? » On s'est figés comme deux cons. Au poste de police, les flics nous ont interrogés à tour de rôle. On a été déclarés aussi saouls l'un que l'autre. C'était avant les éthylotests et toutes ces conneries, le bon vieux temps quoi !

Harry Rex but une lampée de thé, puis attaqua un petit tas de gombos.

— Alors ? Qu'est-ce qui s'est passé ? s'impatienta Jake.

— Je ne voulais pas appeler mon père. Pareil pour Welch. Un avocat qui venait voir son client a entendu parler de nous. Deux étudiants en droit, en cellule de dégrisement, ratant les cours… de futurs collègues, quoi ! Il est allé voir le juge, a fait jouer quelques relations et nous a sortis de là. Le doyen de la fac nous attendait de pied ferme. Il a menacé d'avoir notre peau, et de nous bannir à jamais du barreau avant même qu'on ait le diplôme ! Avec le temps, on est parvenus à faire effacer ça de notre casier. Le doyen savait que le Mississippi ne pouvait se passer d'un avocat aussi bon que moi. Ç'eût été du gâchis.

— Ben voyons.

— Tout ça pour te dire que Welch et moi, ça remonte à loin. Et des cadavres comme ça, on en a plein nos placards ! T'inquiète, Welch s'occupera de Simeon jusqu'à ce que ton procès soit terminé, puis il le lâchera. Ce crétin est foutu de toute façon. Personne ne peut plus rien pour lui.

— Selon toi, quels sont les dégâts pour nous ?

À en croire Lucien, les dommages étaient irréparables, mais Jake n'était pas aussi pessimiste. Harry Rex s'essuya le visage avec la serviette en papier.

— Tu sais comment ça se déroule… une fois que le procès va commencer, tous vont se retrouver enfermés dans la même pièce – juges, avocats, témoins, jurés – près les uns des autres, à pouvoir se cracher dessus. Les jurés vont tout entendre, tout voir, passer du rire aux larmes. Ils vont finir par oublier le monde extérieur, ce qui s'est produit la semaine précédente ou l'an dernier. Ils vont être happés par le spectacle qui va se jouer devant eux, parce qu'à la fin, ce sont eux qui vont devoir prendre des décisions. Ils ne penseront même plus à Simeon Lang et aux fils Roston, j'en mets ma main à couper. Lettie n'a rien à voir avec la mort de ces garçons. Elle aura fait son possible pour se débarrasser de Simeon, et l'autre va être absent du comté pour un paquet d'années.

Une autre lampée de thé, une bouchée de pain de maïs, et il reprit :

— Pour l'instant, ça semble bien mal engagé, mais dans un mois, ça sentira déjà moins mauvais. J'estime que les jurés vont être tellement captivés par cette histoire de testament qu'ils n'auront pas trop le temps de penser à l'accident de voiture.

— Je doute que ça leur sorte de la tête. Wade Lanier va se faire un malin plaisir de leur raviver la mémoire.

— Tu comptes toujours travailler Atlee au corps pour qu'il accepte un changement de lieu ?

— C'est l'idée. On doit prendre un verre ce vendredi chez lui, à ma demande.

— Ce n'est pas bon signe. Si c'est lui qui t'invite parfait. Mais si c'est toi qui demandes, il y a peu de chances que cela se passe bien.

— Ce n'est pas sûr. Je l'ai vu dimanche à l'église et il voulait savoir comment je gérais la situation. Il semblait vraiment inquiet. Il voulait même me parler de l'affaire après le sermon. Ce qui est plutôt inhabituel.

— Tu oublies quelques petites choses sur Atlee, mon petit Jake. Je sais que tu es proche de lui, du moins aussi proche qu'un avocat peut l'être d'un juge, mais il y a un côté obscur. Il est de la vieille école, du vieux Sud, d'une vieille famille traditionnelle. Je te fiche mon billet qu'au fond de lui, il est outré de voir un Blanc déshériter sa famille et donner tout son fric à une Noire. Un jour, peut-être, on saura pourquoi Seth Hubbard a fait ça. Ou peut-être pas. Mais quelles que soient les raisons du vieux, Reuben Atlee n'apprécie pas. S'il en est là où il est, c'est parce que ses aïeux lui ont transmis leurs biens. Je te rappelle que sa famille avait des esclaves.

— Il y a mille ans. Comme la famille de Lucien.

— Oui, mais Lucien est fou. Il a renié ses origines, voilà un bail. Et il n'a aucun pouvoir. Ce qui n'est pas le cas d'Atlee. N'attends rien de lui. Il conduira un procès équitable, mais son cœur est dans l'autre camp.

— Justement, tout ce qu'on veut c'est un procès équitable.

— D'accord, mais un procès équitable ailleurs, c'est mieux qu'un procès équitable ici.

Jake but une gorgée et salua un homme à côté de leur table. Il se pencha vers Harry Rex et reprit à voix basse :

— Je dois quand même demander officiellement un changement de tribunal. Cela nous donnera un argument pour faire appel.

— Bien sûr. Vas-y, dépose ta requête. Mais Atlee ne déplacera pas le procès.

— Pourquoi es-tu si catégorique ?

— Parce que c'est un vieil homme, qu'il est en mauvaise santé et qu'il n'a aucune envie de faire cent kilomètres en voiture tous les jours pour se rendre au tribunal. Car ce sera toujours lui le juge, quel que soit l'endroit où se tiendra le procès. Atlee est fainéant, comme tous les magistrats, et il veut que la partie se joue à domicile.

— Pour être honnête, moi aussi.

— Il passe ses journées à entendre des divorces à l'amiable et doit décider qui garde les casseroles. Cette affaire est un don du ciel pour lui. Il veut en être et que ça se fasse près de chez lui. En plus, nous pouvons trouver un jury décent ici. J'en suis persuadé.

— « Nous » ?

496

— Évidemment « nous » ! Tu n'y arriveras pas tout seul, mon petit Jake. C'est ce qui est apparu pendant le procès Hailey. Tu as bien joué le coup au tribunal, mais c'est grâce à mon cerveau qu'on a gagné.

— Première nouvelle.

— Tu as besoin de moi, Jake, insista-t-il. Tu veux du pudding à la banane ?

— Pourquoi pas.

Harry Rex se rendit au comptoir et paya pour deux grosses parts servies dans des assiettes en carton. Le sol trembla sous ses pas quand il revint à la table et se laissa tomber sur sa chaise.

— Willie Traynor m'a appelé hier soir, annonça-t-il, la bouche pleine. Il veut savoir ce que tu comptes faire pour la maison.

— Atlee m'a dit de ne pas l'acheter, pas pour le moment du moins.

— Répète-moi ça ?

— Tu m'as très bien entendu.

— J'ignorais que Son Honneur versait dans l'immobilier.

— Il trouve que ça ferait mauvais effet, qu'on va penser que je me sers sur l'héritage de Hubbard.

— Dis à Atlee d'aller se faire mettre. Depuis quand il a le droit de se mêler de tes affaires ?

— Depuis longtemps. Je te rappelle que c'est lui qui signe mes honoraires.

— Et alors ? Jake, mon petit, ce vieux con doit rester à sa place. Si tu fais le couillon, tu vas rater cette maison et t'en mordre les doigts toute ta vie. Et pense à la pauvre Carla.

— C'est au-dessus de nos moyens.

— Mais tu ne peux pas la laisser passer. On n'en construit plus, des merveilles pareilles. Et Willie veut que ce soit toi qui l'aies.

— Alors dis-lui de baisser le prix.

— C'est déjà en dessous du marché.

— C'est encore trop cher.

— Ouvre les yeux, Jake ! Willie a besoin d'argent. Je ne sais pas ce qu'il a fichu, mais il est évident qu'il est raide en ce moment. Il est prêt à descendre de deux cent cinquante à deux cent vingt-cinq. C'est une très bonne affaire, Jake. Si ma femme n'était pas si casanière, je l'achèterais.

— Change donc de femme.

— J'y pense. J'y pense. Écoute, abruti, voilà ce que je te propose. Tu es enlisé jusqu'au cou dans ton affaire d'incendie. Jamais elle ne sera réglée. Pourquoi ? Parce que tu es ton propre client ! Et on nous a dit à Ole Miss qu'un avocat qui se défend lui-même a toujours un fou comme client. Oui ou non ?

— Oui, quelque chose comme ça.

— Donc, je vais me charger de ton affaire et régler ça. Qui est ta compagnie d'assurances ?

— La Land.

— Ce sont des escrocs notoires ! Pourquoi es-tu allé chez eux ?

— C'est un peu tard pour revenir en arrière.

— D'accord. C'était quoi leur dernière offre ?

— Le contrat stipule un remboursement à la valeur vénale. Parce qu'on a acheté la maison seulement quarante mille dollars, la Land prétend qu'elle ne valait que cent mille dollars quand elle a brûlé. J'ai gardé les factures, les bons de commande, tout. Et je peux prouver que j'en ai eu pour cinquante mille dollars de plus. Sur une période de trois ans. En comptant la hausse du marché, j'estime que la maison valait cent cinquante mille dollars quand elle est partie en fumée. Mais ils ne veulent rien savoir. Et ils méprisent totalement la sueur que Carla et moi avons mise dans cette maison.

— Et cela te fiche en rogne ?

— Un peu oui !

— C'est bien ce que je dis ! Tu es trop attaché émotionnellement à cette affaire pour t'en sortir. Tu as un fou comme client.

— Merci.

— Il n'y a pas de quoi. Et le prêt ?

— Les prêts, au pluriel. J'ai repris un crédit pour finir les travaux. Le premier est de quatre-vingt mille dollars, et le second de quinze mille.

— Donc la Land te propose juste de quoi rembourser tes dettes.

— Voilà. On repart avec rien.

— OK. Je vais passer quelques coups de fil.

— Quel genre de coups de fil ?

— Il s'agit de trouver un arrangement, Jake. La négociation est un art et, en ce domaine, tu as beaucoup à apprendre. Je vais leur mettre la pression. On va en terminer, repartir avec du fric, rien que pour toi – je ne prendrai rien – et nous ferons une proposition à Willie pour sa maison. Et tu diras à l'honorable Reuben Atlee qu'il peut se mettre un doigt.

— Je ne peux pas faire ça.

— Et moi, je te dis que si !

33.

Mais Jake, le vendredi avec Atlee, ne prononça pas le moindre mot déplacé et se montra d'un respect à toute épreuve. Les deux hommes s'installèrent sur le perron venteux. Le temps était doux toutefois. Ils passèrent la première demi-heure à parler des deux fils du juge. Ray était professeur à l'université de Virginie et menait une existence paisible et épanouissante. Ce n'était pas le cas de Forrest, le benjamin. Les deux frères avaient été envoyés dans des pensionnats sur la côte Est et n'étaient pas très connus à Clanton. Forrest avait des problèmes d'addiction et cela attristait le juge, qui descendit deux bourbons dans les vingt premières minutes.

Jake préféra être patient. Quand cela lui sembla le bon moment, il se lança :

— Je pense que le jury ne pourra être impartial, monsieur le juge. Le nom de Lang est toxique ici et je crains que Lettie ne puisse avoir un procès équitable.

— Ce vaurien n'aurait pas dû avoir encore son permis de conduire, Jake. J'ai appris que vous et Ozzie avez demandé l'ajournement de sa condamnation pour conduite en état d'ivresse. Ça ne m'a pas plu.

Ce fut comme un coup d'éperon dans le cœur. Jake prit une profonde inspiration pour retrouver contenance. Les crimes et délits routiers n'entraient absolument pas dans les attributions du juge Atlee mais, encore une fois, il jugeait que son autorité s'étendait à tous les domaines.

— Même si Simeon avait eu son permis confisqué, il aurait été au volant de son pickup ce soir-là. Avec ou sans papiers valides, ces individus conduisent. Ozzie a installé un barrage il y a trois mois, un vendredi soir. Soixante pour cent des Noirs n'avaient pas de permis et quarante pour cent des Blancs.

— Je ne vois pas le rapport, répliqua Atlee (et il eût été une mauvaise idée de tenter de l'éclairer). Il a été arrêté en état d'ébriété au volant en octobre. Si l'affaire avait été correctement traitée, il n'aurait plus son permis de conduire aujourd'hui. Et avec un peu de chance, il n'aurait pas pris sa voiture mardi dernier.

— Je ne suis pas son avocat, monsieur le juge. Ni à l'époque, ni maintenant.

Il y eut un long silence. Les glaçons tintèrent dans les verres. Atlee but une gorgée et reprit :

— Déposez votre requête pour changer de comté si ça vous chante. Je ne peux pas vous en empêcher.

— J'aimerais qu'elle soit examinée sérieusement. J'ai l'impression que vous avez pris votre décision il y a un moment déjà. Mais la situation a changé.

— J'examine tout sérieusement, Jake. On en saura plus quand on aura commencé la sélection du jury. S'il se révèle que les jurés en savent trop sur l'affaire, alors je demanderai un ajournement et on en reparlera. Je crois vous l'avoir déjà dit.

— Oui, monsieur. C'est exact.

— Qu'est-il arrivé à notre ami Stillman Rush ? Il m'a envoyé un fax lundi pour m'annoncer qu'il ne représentait plus Herschel Hubbard.

— Il a été remercié. Wade Lanier faisait pression depuis des mois pour avoir tous les Hubbard dans son escarcelle. Apparemment, il est parvenu à ses fins.

— Ce n'est pas une grande perte. Et cela fera toujours un avocat de moins. Je trouvais Rush un peu falot.

Jake se mordit la langue pour ne pas répondre. Si Son Honneur voulait dénigrer un autre avocat, Jake voulait bien participer à la curée. Mais il sentit que Atlee n'irait pas plus loin.

— Vous avez rencontré cet Arthur Welch, de Clarksdale ?

— Non, monsieur. Je sais juste que c'est un ami de Harry Rex.

— On s'est parlé au téléphone ce matin. Il m'a annoncé qu'il représenterait Simeon Lang pour son divorce aussi, même s'il n'y a pas grand-chose à faire. Il paraît que son client renonce à se défendre et veut en finir au plus vite. Tout cela n'a guère d'importance. Vu le montant de la caution, et les charges qui pèsent contre lui, il va rester un moment à l'ombre.

Jake acquiesça. Arthur Welch jouait son rôle à merveille. Harry Rex lui avait donné sa feuille de route et tenait Jake au courant de tout.

— Je vous remercie d'avoir prononcé l'interdiction de contact. Cela fera bon effet dans la presse.

502

— C'est un peu ridicule d'interdire à un homme de s'approcher de sa femme et de ses enfants alors qu'il est enfermé en prison. Mais, parfois, je peux faire des choses idiotes.

Jake était bien de cet avis, mais s'abstint de tout commentaire. Ils contemplèrent l'herbe qui s'agitait sous le vent, les feuilles éparpillées par les bourrasques. Le juge sirota son bourbon en silence, se rendant compte de ce qu'il venait de dire. Il préféra changer de sujet :

— Des nouvelles d'Ancil Hubbard ?

— Rien de notable. On a dépensé trente mille dollars pour l'instant et on ne sait toujours pas s'il est en vie. Les détectives pensent que oui, mais uniquement parce qu'ils ne trouvent nulle part la trace de sa mort. Ils cherchent toujours.

— Poursuivez vos efforts. Je n'aime guère commencer un procès sans avoir tout calé.

— Peut-être devrions-nous ajourner le procès de quelques mois, le temps d'avancer l'enquête ?

— Et qu'on oublie les fils Roston ?

— Oui, ça aussi.

— Faites-en la demande à l'audience du 20 mars. J'étudierai alors la question.

Jake prit une grande inspiration :

— Encore une chose, monsieur le juge… Je vais avoir besoin d'engager un consultant en jury.

— Un quoi ?

Jake s'y attendait. Ce type de consultants n'existaient pas du temps où Atlee était avocat, et Son Honneur n'était pas du genre à se tenir au fait des nouveautés.

503

— C'est un expert qui a plusieurs fonctions : d'abord il étudie la démographie du comté et l'analyse en fonction de la nature de l'affaire pour composer le juré modèle. Il fait ensuite un sondage par téléphone, en changeant les noms des protagonistes, mais avec des faits similaires à l'affaire, pour évaluer la réaction du public. Une fois qu'on a la liste des jurés potentiels, il mène une enquête sur chacun d'eux, discrètement bien sûr. Quand la sélection des jurés commence, il est dans la salle pour observer le panel. Ces gars n'ont pas leur pareil pour décoder la gestuelle des gens, leur langage corporel, ce genre de choses. Et dès que le procès démarre, il assiste à toutes les audiences et scrute les réactions et attitudes de chacun. Il peut alors déterminer si tel ou tel témoin a convaincu ou non tel ou tel juré et quelle est l'opinion générale d'un jury à un instant « t ».

— Il en fait des choses, votre gars. Et combien ça coûte ?

Jake serra les dents.

— Cinquante mille dollars.

— Alors, c'est non.

— Vous êtes sûr ?

— Pas question. Je ne vais pas autoriser ce genre de dépenses. C'est du gâchis.

— Le recours à des consultants en jury est courant de nos jours dans les grands procès.

— Leurs services sont hors de prix. C'est à l'avocat de choisir les jurés, pas à quelque consultant de luxe. De mon temps, je me faisais fort de lire les pensées des jurés potentiels et je choisissais les bons. J'étais assez doué pour ça, Jake, sans prétention aucune.

Oui, monsieur le juge, comme ce fut le cas lors de l'affaire du prédicateur borgne !

* * *

Trente ans plus tôt, le jeune avocat Reuben Atlee avait été engagé par l'Église méthodiste pour la défendre dans un procès intenté par un évangéliste pentecôtiste. Le prédicateur venait tous les ans à Clanton, réveiller les ouailles lors de la semaine sainte. Il faisait le tour des paroisses, même celles qui n'étaient pas pentecôtistes, pour exorciser le malin jusque sur le perron des églises. Lui et une poignée de ses enragés disaient que les autres congrégations, trop poussiéreuses et paisibles, corrompaient la parole de Dieu, parce qu'elles accueillaient en leur sein des pécheurs et des païens, parce qu'elles étaient des refuges à de faux chrétiens, des croyants du dimanche dont la foi était loin d'être ardente. Dieu leur avait ordonné d'aller débusquer ces hérétiques sur leurs propres terres et de les ramener dans le droit chemin, alors tous les après-midis pendant la semaine sainte, ils se rassemblaient devant les portes des églises pour haranguer la foule. La plupart des fidèles les ignoraient, qu'ils soient méthodistes, presbytériens, baptistes ou épiscopaliens. Une année, à l'église méthodiste de Clanton, l'évangéliste qui hurlait ses prières, les yeux fermés et en pleine transe, perdit l'équilibre, et dévala les huit marches de marbre du perron. Il se blessa gravement à la tête et le cerveau fut touché. Il perdit son œil droit. Un an plus tard, en 1957, il portait plainte contre la congrégation méthodiste. Il réclamait cinquante mille dollars de dommages et intérêts.

Reuben Atlee était furieux qu'on attaque ainsi l'honneur de son église en justice. Il se proposa aussitôt d'être son champion, gratuitement. Il était un homme pieux et jugeait que c'était son devoir de chrétien de défendre la maison de Dieu. Au moment de la sélection du jury, il lança au juge, avec arrogance, cette phrase qui allait rester dans les annales du comté : « Donnez-moi les douze premiers ! »

L'avocat de l'évangéliste borgne, finaud, accepta. On fit donc prêter serment aux douze premiers de la liste et on les installa dans le box. L'accusation démontra que les marches du perron étaient en mauvais état et avaient besoin d'être réparées depuis des années. Nombre de gens, déjà, s'en étaient plaints. Reuben Atlee paradait dans la salle de tribunal, tonnait, plein d'un juste courroux. Comment osait-on attaquer son église ! Après deux jours de débats, le jury délibéra et accorda au prédicateur quarante mille dollars de réparation, un record dans le comté de Ford. C'était un revers cuisant pour l'avocat Atlee et il fut la risée de tout le monde pendant des années. Jusqu'à ce qu'il décide de se faire élire juge.

Plus tard, on découvrit que, sur les douze premiers jurés, cinq étaient pentecôtistes, et l'esprit de corps dans cette congrégation n'était pas un vain mot. Si Atlee avait daigné poser quelques questions aux jurés, il l'aurait su aussitôt. Trente ans plus tard, « Donnez-moi les douze premiers ! » était encore une blague entre avocats quand on leur présentait un panel de jurés.

Le prédicateur borgne fut élu finalement au sénat de l'État du Mississippi, avec son œil en moins et ses dégâts au cerveau.

* * *

— Je suis certain que Wade Lanier aura un consultant, insista Jake. Il fait toujours appel à eux pour choisir ses jurés. J'essaie juste d'équilibrer les forces.

— Vous aviez un consultant en jury pour le procès Hailey ?

— Non, monsieur. J'ai touché en tout et pour tout neuf cents dollars pour cette affaire. À la fin, je n'avais plus de quoi payer ma facture de téléphone.

— Et vous avez gagné pourtant. Je commence à m'inquiéter de toutes ces ponctions sur la succession.

— Il y a vingt-quatre millions. On n'a pas même dépensé un pour cent de la somme.

— Certes, mais au train où ça va, il ne va pas rester grand-chose.

— Je ne joue pas la montre.

— Je ne remets absolument pas en cause vos honoraires, Jake. Mais nous avons payé les comptables, les agents immobiliers pour les estimations, Quince Lundy, vous, les enquêteurs, les sténographes, et maintenant, il va falloir payer les experts qui vont venir témoigner à la barre. Je sais que nous sommes obligés de faire ça parce que Seth Hubbard a eu la folie de rédiger ce fichu testament, et il savait que la guerre allait être féroce ; mais il n'empêche que notre devoir est de protéger ses biens.

À l'entendre, on avait l'impression que l'argent sortait de sa poche. Et son ton n'avait rien de sympathique. Jake se souvint des mises en garde d'Harry Rex.

Il jugea plus prudent de faire profil bas. Deux/ zéro pour le juge : pas de changement de lieu, et pas de consultant. Jake reviendrait à la charge un autre jour. De toute façon, le juge Atlee s'était endormi et ronflait.

*　*　*

Boaz Rinds vivait dans un hospice décrépi au bord de la nationale qui traversait une petite ville – Pell City en Alabama. Après quatre heures de route, et quelques tours et détours, Portia et Lettie trouvèrent l'endroit juste après le déjeuner. En parlant à de lointains cousins, Charley Pardue avait retrouvé la trace de Boaz. Charley se démenait pour rester en contact avec sa nouvelle cousine préférée. Les profits escomptés par l'achat de ces pompes funèbres étaient de plus en plus séduisants, et bientôt il serait temps de faire une offre.

Boaz était en mauvaise santé et pratiquement sourd. Il était en fauteuil roulant mais ne pouvait le manœuvrer. Une aide-soignante l'amena sur la terrasse en ciment et le laissa en compagnie des deux dames qui voulaient lui poser des questions. Boaz était heureux de voir du monde. Elles étaient les seules visiteuses de la journée ; on était pourtant un samedi. Boaz disait être né « aux alentours » de 1920, de Rebecca et Monroe Rinds, quelque part du côté de Tupelo. Cela voulait dire qu'il avait environ soixante-huit ans. Or il avait l'air d'un vieillard ! Il avait les cheveux tout blancs, le regard très ridé. Il disait avoir des problèmes cardiaques et avait été un grand fumeur.

Portia lui expliqua qu'elle et sa mère tentaient de reconstituer leur arbre généalogique et qu'il y avait une chance qu'ils soient parents. Cela le fit sourire, un sourire avec des dents manquantes. Portia n'avait trouvé aucun acte de naissance d'un Boaz Rinds dans le comté de Ford, mais il y avait plein de trous dans les archives… un vrai gruyère ! Boaz avait eu deux fils, leur apprit-il, tous deux morts, et sa femme était décédée des années auparavant. Il avait peut-être des petits-enfants. Il n'en savait rien. Personne ne venait jamais le voir. Et, visiblement, Boaz n'était pas le seul vieux abandonné ici.

Il parlait lentement, s'arrêtant de temps en temps pour se gratter le crâne, pour rassembler ses souvenirs. Visiblement, la démence sénile le guettait. Il avait eu une vie difficile, pour ne pas dire inhumaine. Ses parents étaient des ouvriers agricoles. Ils avaient sillonné tout le Mississippi et l'Alabama, traînant derrière eux leur marmaille – sept enfants – d'un champ de coton à l'autre. Boaz se revoyait à cinq ans ramasser les fleurs de coton. Il n'était jamais allé à l'école et ses parents ne restaient pas bien longtemps au même endroit. Ils vivaient dans des cahutes, des tentes, et souvent, ils avaient le ventre vide. Son père était mort jeune. On l'avait enterré derrière une église pour Noirs, du côté de Selma. Sa mère ensuite s'était mise avec un homme qui cognait les gosses. Boaz s'était enfui avec l'un de ses frères ; ils n'étaient jamais revenus.

Portia prenait des notes tandis que Lettie posait gentiment des questions. Boaz appréciait qu'on s'intéresse à lui. Une aide-soignante apporta du thé glacé. Il ne se rappelait pas le nom de ses grands-parents. Il n'avait aucun souvenir d'eux d'ailleurs. Ils devaient vivre au Mississippi. Lettie lui cita plusieurs noms, tous des Rinds. Boaz souriait, dodelinait de la tête, puis avouait que cela ne lui disait rien du tout. Mais quand elle prononça « Sylvester Rinds », il hocha la tête longtemps.

— Lui, c'était mon oncle. Sylvester. Lui et papa étaient cousins.

Sylvester était né en 1898 et mort en 1930. C'était lui le propriétaire du terrain de trente hectares que sa femme avait cédé à Cleon Hubbard, le père de Seth.

Si Monroe Rinds, le père de Boaz, était un cousin de Sylvester, on ne voyait pas trop comment il pouvait être en même temps son oncle. Mais connaissant les rameaux méandreux de l'arbre généalogique des Rinds, les deux femmes se gardèrent bien de relever cette incongruité. Elles étaient trop contentes d'avoir des informations. Lettie commençait à croire que Lois Rinds, la fille de Sylvester, était bel et bien sa mère, et elle était impatiente d'en avoir la preuve.

— Sylvester possédait un bout de terre, n'est-ce pas ?

Encore une fois ce dodelinement de tête puis un sourire.

— Oui. Je crois bien.

— Vous avez habité sur ce terrain, vous et votre famille ?

Boaz se gratta le front.

— C'est bien possible. Oui, quand j'étais gosse. Ça me revient maintenant, quand on ramassait le coton sur le terrain de mon oncle. Je me souviens. Et puis il y a eu une dispute sur le fait de nous payer pour la cueillette.

510

Il se frotta la bouche, prononça quelque chose d'incompréhensible.

— Il y a eu une dispute, d'accord. Et ensuite ? le pressa doucement Lettie.

— On est partis pour une autre ferme, je ne sais pas où. Il y en a eu tellement.

— Vous vous rappelez si Sylvester avait des enfants ?

— Tout le monde avait des enfants.

— Vous vous souvenez de ceux de Sylvester ?

Boaz se gratta de nouveau le crâne et réfléchit si fort qu'il s'endormit. Quand les deux femmes s'aperçurent qu'il somnolait, Lettie lui secoua le bras.

— Boaz, vous vous souvenez des enfants de Sylvester... une fille ? Un garçon ?

— Emmenez-moi là-bas, au soleil, demanda-t-il en désignant une portion de la terrasse qui n'était pas à l'ombre.

Les deux femmes poussèrent le fauteuil et installèrent leurs chaises en plastique devant lui. Boaz se redressa dans son siège, leva la tête vers les rayons chauds, et ferma les yeux. Elles attendirent.

— Je ne sais rien de tout ça, Benson, articula-t-il finalement.

— Qui est Benson ?

— L'homme qui nous battait.

— Vous ne vous rappelez pas une petite fille, nommée Lois ? Lois Rinds ?

Il pencha la tête vers Lettie et lâcha, d'une voix soudain forte et claire :

— Oui. Je me souviens d'elle. C'était la gamine de Sylvester. C'était eux qui possédaient le champ. Lois. La petite Lois. Ce n'était pas courant, vous savez, que des Noirs aient de la terre, mais ça me revient maintenant. Au début, c'était bien, et puis ça a mal tourné.

— Je crois que Lois était ma mère, annonça Lettie.

— Vous n'en êtes pas sûre ?

— Non. Elle est morte quand j'avais trois ans et on m'a adoptée. Mais je suis une Rinds.

— Moi aussi je suis un Rinds. Je l'ai toujours été ! lâcha-t-il en riant.

Puis il se fit soudain grave :

— On n'est plus vraiment une famille. Tout le monde est parti aux quatre vents.

— Qu'est-il arrivé à Sylvester ? s'enquit Lettie.

Le vieillard grimaça et bougea sur son siège, comme s'il avait d'un coup une forte douleur. Il haleta quelques minutes et sembla avoir oublié la question. Il contempla les deux femmes ; on avait l'impression qu'il les voyait pour la première fois. Il s'essuya le nez sur sa manche, puis reprit pied.

— On est partis. Je sais pas pourquoi. J'ai appris plus tard qu'il était arrivé quelque chose de terrible.

— Quoi ? Qu'est-ce qui est arrivé ? demanda Portia, son stylo en suspens.

— Ils l'ont tué.

— Qui ça ?

— Des Blancs.

— Pourquoi ils l'ont tué ?

Le regard de Boaz s'égara de nouveau, comme s'il n'avait pas entendu la question.

— Je ne sais pas, répondit-il finalement. On n'était plus là. Oui, je me souviens de Lois. Une gentille petite. Et de Benson aussi, l'homme qui nous battait.

512

Portia se demandait si elles pouvaient avoir foi en ce que disait ce vieillard. Il avait les yeux fermés et ses oreilles vibraient, comme s'il était pris de convulsions.

— Benson, Benson…, répéta-t-il.

— Et ce Benson a épousé votre mère ? demanda doucement Lettie.

— Tout ce qu'on sait pour Sylvester, c'est que des Blancs lui ont fait la peau.

34.

Lundi matin. Jake était en plein travail – et, pour une fois, ça avançait bien – quand il entendit les pas de Harry Rex dans l'escalier. Avec son 47 de géant, le son était reconnaissable entre tous. Les vieilles marches de bois, un jour, allaient s'écrouler sous son poids. Jake lâcha un soupir, posa son stylo et regarda la porte s'ouvrir brutalement, sans le moindre *toc !* *toc !* de courtoisie.

— Bonjour, Harry Rex.

— Tu connais les Whiteside qui habitent du côté du lac ? demanda-t-il en s'écroulant sur un siège.

— Vaguement. Pourquoi cette...

— Quelle bande de tarés ! Eux, ils battent les records ! La semaine dernière, Whiteside père chope sa femme en train de s'envoyer l'un de ses gendres, et du coup je me retrouve avec deux divorces sur le dos. Sans compter qu'une des filles en avait déjà demandé un. Ce qui fait que maintenant j'ai...

— Harry Rex, s'il te plaît. Je m'en fous.

Il valait mieux l'arrêter tout de suite, sinon Jake risquait d'en avoir pour des heures.

— Oui, excuse-moi. En fait, je suis ici parce qu'ils sont tous dans mon bureau en ce moment, à se battre comme des chiffonniers. Je ferais peut-être mieux d'appeler la police. J'en ai marre de mes clients, tous autant qu'ils sont. (Il s'essuya le front sur sa manche.) Tu as une bière ?

— Non. Mais j'ai du café.

— Surtout pas ! Au fait, j'ai eu ton assurance ce matin au téléphone. Ils offrent cent trente-cinq mille. Ça te va ?

Jake crut qu'Harry Rex blaguait et faillit éclater de rire. La Land était bloquée depuis deux ans sur cent mille.

— Tu es sérieux ?

— Avec mes clients, toujours. Prends le fric. Ma secrétaire est en train de taper l'accord. Elle te l'apportera à midi. Tu files le faire signer à Carla et tu me le ramènes dare-dare à mon bureau. Ça marche ?

— D'accord. Comment as-tu fait ?

— Jake, mon petit, c'est là où tu as merdé... tu as voulu un procès à la cour régionale, avec un jury et tout le tralala, parce qu'après l'affaire Hailey tu avais pris la grosse tête. Tu t'es dit que les gars de l'assurance n'allaient pas oser affronter le grand Jake Brigance devant ses jurés du comté de Ford. C'était une erreur évidente. Et je ne suis pas le seul à l'avoir vue. Tu voulais réparation. Tu étais certain d'obtenir un beau verdict, de toucher un paquet d'oseille, et de remporter encore une jolie victoire, cette fois au civil. Je te connais, Jake ; je sais que c'est ça que tu avais en tête, inutile de le nier ! Seulement voilà, la compagnie d'assurances n'a pas été impressionnée et la guerre de tranchées a commencé. C'est devenu pour toi une affaire d'ego. Et les années ont passé. Cette affaire avait besoin de sang neuf, de quelqu'un comme moi qui sait comment raisonnent les assurances. Et je leur ai dit que je retirais l'affaire de la cour régionale, pour la faire juger par le tribunal du comté où je connais tout le monde. L'idée de m'avoir en face, dans ma salle d'audience, sur mes terres, cela en fait réfléchir plus d'un, je te le garantis. Donc on a bataillé ferme, et finalement j'ai obtenu cent trente-cinq mille. Il te restera quarante mille net – sans rien devoir me payer parce que c'était notre accord – et tu seras remis en selle. Je vais appeler Willie et lui dire que toi et Carla êtes prêts à lui acheter sa maison.

— Doucement, Harry Rex. Je suis loin d'être riche avec quarante mille en poche.

— Arrête tes conneries, Jake. Tu te fais trente mille par mois avec le testament du vieux.

— Pas tout à fait, et j'ai perdu tous mes autres clients. Il va me falloir un an pour me refaire une clientèle. Comme après Hailey.

— Mais cette fois, au moins, tu es payé.

— Certes. Et je te suis reconnaissant d'avoir usé de tes talents pour me sortir de cette impasse avec la Land. Merci, vraiment. Je te rapporte l'accord signé cet après-midi. Mais ça me gêne de ne pas te rétribuer. Laisse-moi te payer un peu.

— Pas pour un ami. Et avec moi, ce n'est jamais un peu. Alors c'est soit le fric, soit l'amitié. En plus, je ne peux pas gagner encore de l'argent ce trimestre. Le fric s'accumule si vite que je ne sais plus où le mettre ! Et je ne veux pas que le fisc me tombe dessus encore une fois. Alors, c'est pour moi, point barre. Bon, qu'est-ce que je dis à Willie ?

— Dis-lui de baisser encore.

— Il est en ville ce week-end. Il organise une autre petite sauterie samedi après-midi. Il m'a demandé de vous inviter, toi et Carla. Vous êtes partants ?

— Il faut que je demande à la patronne.

Harry Rex se remit péniblement debout et s'en alla de son pas de pachyderme.

— À samedi.

— D'accord. Et encore merci.

— Pas de quoi !

Il claqua la porte. Jake lâcha un petit gloussement. La guerre avec l'assurance était finie. Comme c'était agréable. Un dossier pourri de moins ! Il allait pouvoir rembourser ses prêts, ne plus avoir les banques sur le dos, et un peu d'argent devant lui. Ça ne remplacerait jamais leur maison. Mais c'était toujours comme ça en cas d'incendie. Ils n'étaient pas les seuls à avoir tout perdu. Ils allaient, enfin, pouvoir avancer, tirer un trait sur le passé.

Cinq minutes plus tard, Portia toqua à la porte. Elle voulait lui montrer quelque chose, mais pour cela il fallait prendre la voiture…

* * *

À midi, ils quittèrent le bureau, traversèrent la voie ferrée, et s'enfoncèrent dans Lowtown, le quartier noir. Au-delà, à la pointe est de Clanton, il y avait Burley, l'ancienne école des Noirs, abandonnée en 1969 avec la fin de la ségrégation raciale. Peu après, le comté l'avait récupérée, lui avait donné une seconde jeunesse et l'utilisait comme centre d'archives et de maintenance. L'école était composée de quatre grands bâtiments avec des murs en bois et des toits de tôle ondulée. Le parking accueillait les véhicules des employés du comté. Derrière l'école, un grand hangar abritait des engins de la voirie et du matériel. East, le lycée pour Noirs, se trouvait juste de l'autre côté de la rue.

Jake connaissait beaucoup de Noirs qui avaient été à Burley. Même si tous se félicitaient de la déségrégation, ils avaient toujours une pointe de nostalgie pour leur ancienne école, et l'ancien temps. Les pupitres, les tableaux noirs, les machines à écrire, les armoires, les agrès pour le sport, les instruments de musique, tout ce qui était mis au rebut par les écoles blanches du comté connaissait une seconde vie à Burley. Les professeurs blancs du Mississippi gagnaient moins que leurs homologues des autres États, et les professeurs noirs moins encore. Le comté n'avait déjà pas de quoi financer un seul système d'éducation, mais pendant des décennies, il avait tenté, pour l'école comme pour le reste, de garder tout en double. Séparés mais égaux – une vaste farce ! Pourtant, malgré les carences évidentes, Burley faisait la fierté de ceux qui avaient eu la chance d'y étudier. Les professeurs étaient durs et dévoués. Les probabilités étaient contre eux, alors les succès n'en étaient que plus doux. De temps en temps, un élève allait à l'université et devenait un modèle pour la génération suivante.

— Vous êtes déjà venu, m'avez-vous dit ? lança Portia en montant les marches qui menaient autrefois aux bureaux de l'administration.

— Oui, une fois, à mes débuts, avec Lucien. Il m'a envoyé ici chercher de vieux dossiers.

Ils se rendirent au premier. Portia savait visiblement où elle allait et Jake la suivit. Les salles de classe étaient pleines d'anciennes armoires de l'armée, abritant estimations de biens et déclarations fiscales. Rien de valeur, songea Jake en lisant les écriteaux sur les portes. Dans une pièce, des archives du service des immatriculations, dans une autre, de vieux exemplaires de journaux locaux. Et la liste était sans fin. Quelle perte d'espace, de temps et d'argent !

Portia alluma la lumière dans une pièce aux murs aveugles, elle aussi encombrée d'armoires métalliques. Elle alla chercher sur une étagère un gros volume qu'elle posa avec précaution sur une table. Il était relié de cuir vert bouteille – une peau épaisse, craquelée par le temps. Au milieu, un seul mot écrit : « Registre ».

— Ce sont des procès datant des années 1920, plus précisément de août 1927 à octobre 1928.

Elle l'ouvrit lentement et, avec beaucoup de précaution, se mit à tourner les pages jaunes et craquantes.

— Des affaires jugées au tribunal du comté, souffla-t-elle comme une conservatrice connaissant par cœur les pièces de son musée.

— Combien de temps avez-vous passé ici ?

— Je ne sais pas. Des heures. Ces reliques me fascinent, Jake. Toute l'histoire du comté est là, écrite dans les archives de son système judiciaire, attendant d'être révélée.

Elle tourna encore quelques pages, puis s'arrêta.

— C'est là. Juin 1928, il y a soixante ans.

Jake se pencha. C'était écrit à la main et l'encre était à peine lisible. Du bout du doigt, elle parcourut la première colonne.

— Le 4 juin 1928.

Elle déplaça son index vers la droite : « Le plaignant est un dénommé Cleon Hubbard attaquant en justice… » Elle fit glisser son doigt vers la colonne suivante : « un certain Sylvester Rinds. » Puis vers l'autre colonne encore : « Le sujet est un litige de propriété. Et là, on trouve le nom de l'avocat du plaignant. Cleon Hubbard était représenté par Robert E. Lee Wilbanks. »

— Le grand-père de Lucien, articula Jake.

Ils étaient tous les deux penchés sur les caractères tracés à la plume, épaule contre épaule.

— Et l'avocat de l'accusé, un certain Lamar Thisdale, lut-elle.

— Un vieux de la vieille. Mort il y a trente ans. On voit encore son nom passer de temps en temps sur des testaments ou des actes de propriété. Où sont les minutes du procès ? demanda Jake en reculant d'un pas.

Portia se redressa et se tourna vers lui.

— Je ne les ai pas trouvées. Si elles existent, elles devraient être ici, dans cette pièce. Mais j'ai fouillé partout. Il manque des pans entiers d'archives. Sans doute à cause de l'incendie.

Jake s'adossa contre une armoire, perplexe.

— Donc, en 1928, il y a eu un différend à propos d'une terre.

— Oui, et on peut raisonnablement penser qu'il s'agit de la parcelle de trente hectares qui figure dans la succession de Seth à sa mort. Nous savons, grâce aux recherches de Lucien, que Sylvester Rinds ne possédait que cet unique terrain à l'époque. Cleon Hubbard en a eu la propriété en 1930 ; et la terre est restée dans la famille jusqu'à aujourd'hui.

— Et si Sylvester avait encore cette parcelle en 1930, cela prouve qu'il a gagné son procès en 1928. Sinon, Cleon Hubbard l'aurait déjà eue en sa possession.

— C'est la question que j'allais vous poser. C'est vous l'avocat. Je ne suis qu'une humble secrétaire.

— Vous êtes en train de devenir une vraie avocate, Portia. Je me demande même si c'est vraiment utile que vous passiez par la fac de droit… Et vous pensez que Sylvester était votre arrière-grand-père ?

— En tout cas, ma mère est persuadée aujourd'hui que Sylvester est son grand-père et que sa fille unique, Lois, c'est sa mère. Donc, oui, sur le papier, il serait mon arrière-grand-père.

— Vous avez dit à Lucien que son aïeul est impliqué dans cette affaire ?

— Non. Je devrais ? Enfin, à quoi bon ? Ça va juste le mettre mal. Lucien n'y est pour rien. Il n'était même pas né.

— Justement, j'aimerais qu'il le sache rien que pour voir sa tête ! Il va se sentir tout merdeux s'il apprend que sa famille a défendu le vieux Hubbard et a perdu le procès.

— Allons, Jake ! Lucien déteste sa famille et son passé.

— Il déteste peut-être leur histoire, mais il aime leurs biens. À votre place, je lui en parlerais.

— Vous pensez que le cabinet Wilbanks aurait gardé ses anciens dossiers ?

Jake lâcha un grognement, puis sourit.

— Datant de soixante ans ? Je ne crois pas. Il y a un tas de vieilleries au grenier, mais rien d'aussi vieux. Par tradition, les avocats ne jettent rien, mais avec le temps tout finit quand même par disparaître.

— Je pourrais aller y jeter un coup d'œil, dans ce grenier ?

— Si vous voulez. Vous espérez quoi au juste ?

— Trouver les archives de ce procès, des indices. Il est clair qu'il y a eu un problème concernant la propriété de cette parcelle de trente hectares, mais pourquoi ? Qu'y avait-il derrière ce différend ? Comment un Noir a-t-il pu gagner un procès contre un Blanc dans les années 1920 au Mississippi ? C'est curieux, Jake, vous ne trouvez pas ? Un propriétaire blanc embauche le plus gros cabinet de la ville, un avocat ayant du pouvoir et des relations, pour poursuivre en justice un pauvre nègre. Et c'est le Noir qui gagne ?

— Peut-être n'a-t-il pas gagné ? Peut-être l'affaire traînait-elle encore quand Sylvester est mort ?

— C'est précisément cela que je veux découvrir, Jake.

— Tous mes vœux vous accompagnent. Mais j'en parlerais à Lucien et lui demanderais son aide. Il va maudire ses ancêtres, mais c'est ce qu'il fait chaque matin en se levant, de toute façon. Il s'en remettra, n'ayez crainte. Croyez-moi, sa famille a fait bien pire !

— Entendu, je vais lui dire et commencer à fouiller le grenier dès cet après-midi.

— Ne vous cassez pas le cou. Je n'y monte qu'une fois par an, et seulement quand j'y suis vraiment obligé. Ne vous faites pas trop d'illusions quand même.

— On verra bien.

* * *

Lucien prit la nouvelle avec calme. Il lâcha bien quelques paroles enfiellées à l'encontre de ses ancêtres mais sembla soulagé que son grand-père ait perdu son procès contre Sylvester Rinds. Sans que Portia lui eût posé la moindre question, Lucien se mit à lui raconter l'histoire de sa famille. Robert E. Lee Wilbanks était né juste après la guerre de Sécession et toute sa vie il avait cru qu'un jour on reviendrait à l'esclavage. La famille était parvenue à empêcher les vautours yankees de lui prendre ses terres. Et Robert, à son crédit, avait bâti une dynastie solide. Il tenait les banques, les chemins de fer, la politique et la loi. C'était un homme dur et déplaisant, et Lucien, enfant, avait peur de lui. Mais il fallait rendre à César ses lauriers. Cette belle maison qu'il occupait lui venait de grand-papa.

Le soir, après les horaires de bureau, ils se rendirent tous les trois au grenier et s'immergèrent plus encore dans l'histoire des Wilbanks. Jake resta un petit moment, mais comprit rapidement qu'ils repartiraient bredouilles. Les dossiers remontaient jusqu'à 1965, l'année où Lucien avait hérité de l'affaire après que son père et son oncle eurent péri dans un accident d'avion. Quelqu'un, probablement Ethel Twitty, la légendaire secrétaire, avait dû faire le ménage…

35.

Deux semaines avant le début officiel des hostilités, les avocats et leurs équipes se retrouvèrent dans la grande salle d'audience pour une réunion préparatoire au procès. De telles séances n'avaient pas lieu autrefois, mais de nouvelles lois les imposaient, et les législateurs leur avaient même trouvé un acronyme, les RPP. Les avocats, comme Wade Lanier, qui œuvraient dans le civil étaient bien rompus aux finesses des RPP. Jake, un peu moins. Quant à Reuben Atlee, c'était une première pour lui, même s'il se garderait bien de l'avouer. Dans son petit tribunal de comté, les « grandes affaires » se limitaient à un divorce conflictuel avec quelques milliers de dollars en jeu. Et elles étaient d'ailleurs assez rares. Le juge Atlee avait donc l'habitude de gérer ses procès à l'ancienne, comme il y a trente ans, en faisant fi des nouvelles règles.

Ces nouvelles procédures visaient à garantir la communication et le partage d'informations, mais leurs détracteurs trouvaient que les RPP n'étaient rien d'autre qu'une répétition générale du procès, et que cela obligeait les avocats à faire deux fois le travail. Autrement dit, cela prenait du temps et coûtait de l'argent. Et c'était un système bien trop coercitif. Toute pièce ou témoin non dûment présenté durant la RPP ne serait pas recevable au procès. Les avocats à l'ancienne, comme Lucien, qui aimaient les coups bas, les attaques surprises, détestaient ces nouvelles dispositions légales parce qu'elles imposaient la transparence et l'équité entre les parties. « On ne cherche pas la justice lors d'un procès, répétait Lucien à l'envi, mais la victoire ! »

Le juge Atlee ne les appréciait guère davantage, mais il était obligé d'appliquer la loi. Donc, à 10 heures, le lundi matin, le 20 mars, il chassa la poignée de spectateurs qui se trouvait dans la salle de tribunal et demanda à l'huissier de fermer les portes. Ce n'était pas une audience publique.

Tandis que les avocats s'installaient, Lester Chilcott, l'associé de Lanier, vint à la table de Jake et déposa une liasse de papiers.

— Voilà nos pièces du dossier, mises à jour, annonça-t-il comme si de rien n'était.

Jake, étonné, commença aussitôt à feuilleter le document, alors que le juge ouvrait la séance et scannait les visages un à un pour s'assurer que tout le monde était présent.

— Je vois qu'il manque Stillman Rush, marmonna-t-il dans son micro.

La surprise de Jake se mua rapidement en colère. Sur la page où étaient listés les témoins potentiels de la partie plaignante, Lanier avait inscrit quarante-cinq noms. Il y en avait de partout dans le Sud, et même quatre du Mexique ! Jake ne reconnut que quelques patronymes ; la petite poignée qui lui avait été présentée lors de la communication précédente des pièces. Le bourrage d'informations était un subterfuge classique, auquel les sociétés et compagnies d'assurances avaient souvent recours. Une façon de cacher des données sensibles. Leurs avocats submergeaient la partie adverse d'informations juste avant le procès, des milliers de pages qu'il était impossible de vérifier dans leur totalité avant l'ouverture des débats. Certains juges n'appréciaient pas ces pratiques, d'autres fermaient les yeux. Wade Lanier venait de faire un « bourrage de liste », une version cousine. Ne divulguer qu'au dernier moment le nom de témoins clés et les cacher parmi une foule d'autres sans intérêt pour dérouter l'adversaire.

Jake brûlait de faire savoir son courroux, mais le juge ne lui en laissa pas le temps :

— Maître Brigance, vous avez déposé deux requêtes. Une, pour un changement de lieu des audiences, l'autre pour un ajournement. J'ai lu vos arguments et la réponse de la partie adverse. Je suppose que vous n'avez rien à ajouter à ces requêtes ?

Jake se leva.

— Non, Votre Honneur, je n'ai rien à ajouter, répondit-il, prudent.

— Restez assis, messieurs. C'est une réunion préparatoire, pas une audience officielle. Je suppose également qu'il n'y a aucune avancée notable dans l'enquête pour retrouver Ancil Hubbard ?

— Non, Votre Honneur. Mais avec un peu plus de temps nous pourrions avoir des résultats.

Wade Lanier se leva.

— Votre Honneur, s'il vous plaît, j'aimerais faire connaître à la cour notre position sur ce point. La présence ou l'absence d'Ancil Hubbard est sans importance pour cette affaire. Les enjeux de ce procès ont été clairement définis, ce sont ceux que l'on retrouve dans toute contestation successorale : à savoir, y a-t-il eu influence frauduleuse lors de la rédaction du testament, et le testamentaire était-il en capacité de tester ? Ancil Hubbard, s'il est en vie, n'a pas vu son frère Seth depuis des dizaines d'années. Il ne peut donc rien nous dire de son état d'esprit du moment, ni s'il avait toutes ses facultés quand il a rédigé ce document. Procédons donc comme nous l'avions prévu. Si les jurés optent en faveur du testament olographe, alors Me Brigance et le ministère public auront tout le temps pour retrouver Ancil Hubbard et lui donner ses cinq pour cent. Mais si les jurés le rejettent, alors Ancil Hubbard ne sera pas une partie intéressée puisque son nom n'est pas cité dans le testament antérieur. Avançons, monsieur le juge. La date du 3 avril est bloquée depuis longtemps et il n'y a aucune raison de ne pas se tenir à ce calendrier.

Lanier n'était pas un orateur exceptionnel, mais il se présentait comme une personne de bon sens, parlant de façon simple et directe, et à ce jeu, il était redoutable. L'homme avait de la repartie, et pouvait convaincre, au pied levé, n'importe qui de n'importe quoi. C'était du moins ce qu'on disait de lui.

— Je suis de votre avis, bougonna Atlee. Nous garderons la date du 3 avril, comme prévu. Et ça se fera ici, dans ce tribunal. Rasseyez-vous, maître Lanier.

Jake ne polémiqua pas et attendit le sujet suivant. Le juge consulta ses notes, ajusta ses lunettes sur le bout de son nez.

— Je compte six avocats du côté des plaignants. Maître Lanier, vous représentez les descendants de Seth Hubbard – Ramona et Herschel Hubbard. Maître Zeitler, les deux enfants de Herschel Hubbard. Maître Hunt, les deux enfants de Ramona Hubbard. J'en conclus que les trois autres sont des associés.

Il retira ses lunettes et coinça une branche dans sa bouche. C'était le moment du recadrage :

— Messieurs, quand nous serons au procès, je ne tolérerai pas d'entendre six avocats. Personne, à l'exception des sieurs Lanier, Zeitler et Hunt, ne sera autorisé à prendre la parole au nom des parties plaignantes. Et c'est déjà bien trop ! Il n'est pas question d'imposer au jury trois présentations de votre affaire, trois plaidoiries, trois interrogatoires de chaque témoin. Si vous devez intervenir, je ne veux pas vous voir tous bondir de votre siège en criant « objection ! objection ! ». C'est clair ?

Limpide. Tout le monde hocha la tête. Atlee parlait lentement, avec son autorité naturelle.

— Je suggère donc que Me Lanier soit le porte-parole des autres et que ce soit lui qui mène les débats. Il est le plus expérimenté du groupe, et ses clients sont les parties les plus intéressées dans le litige. Répartissez-vous le travail comme bon vous semble – je me garderai bien de donner mon avis sur la question. (Il les regarda tous, tour à tour, d'un air solennel.) Je ne veux museler personne. Vous avez le droit de défendre les intérêts de vos clients. Chacun d'entre vous pourra appeler les témoins qu'il voudra et interroger ceux cités par la partie adverse. Mais dès que vous commencerez à répéter ce qui a déjà été dit – et c'est là un travers courant de votre profession – j'interviendrai. Je n'aurai aucune patience en la matière. On s'est bien compris ?

Tout le monde était d'accord. Pour l'instant.

Atlee remit ses lunettes sur son nez et consulta ses notes.

— Parlons à présent des pièces du dossier.

Ils passèrent une heure à débattre des documents qui allaient être présentés aux jurés. Comme l'avait fortement conseillé le juge Atlee, le testament olographe fut reconnu authentique par les deux parties. On ne perdrait pas de temps à discuter ce point. L'origine de la mort ne pouvait non plus être sujette à caution. Quatre photographies en couleurs furent approuvées. Elles montraient Seth Hubbard pendant au bout de sa corde. Il n'y avait donc aucun doute quant à la cause du décès.

— Passons à présent aux témoins, ordonna le juge. Je vois que M. Lanier en a ajouté quelques-uns.

Jake attendait ce moment depuis plus d'une heure. Il tenta de garder son calme, mais c'était difficile.

— Votre Honneur, je m'oppose à ce que ces témoins, pour la plupart, puissent être entendus pendant le procès. En page 6, débute une liste de quarante-cinq noms ! À en juger par leurs adresses, ces personnes ont travaillé dans les diverses entreprises et usines de Seth Hubbard. Mais ce n'est qu'une supputation, car je n'ai jamais vu ces noms auparavant. J'ai consulté le dernier communiqué d'informations ; sur ces quarante-cinq personnes, seules quinze ou seize étaient mentionnées par la partie adverse.

C'est un procédé indigne, Votre Honneur. On lâche sur ma table une montagne de témoins, deux semaines avant le procès et, faute de temps, je ne peux m'entretenir avec eux tous pour connaître la teneur de leur témoignage. Et je ne parle même pas de les auditionner comme il se devrait. Cela nous prendrait encore six mois. C'est une violation patente de la déontologie, de la fourberie manifeste !

Le juge Atlee se tourna vers l'autre table, en fronçant les sourcils.

— Maître Lanier ?

Lanier se leva.

— Vous me permettez de me détendre les jambes, Votre Honneur ? J'ai mal à un genou.

— Faites donc.

Lanier se mit à marcher devant sa table, en boitant légèrement. Sans doute pure comédie, se dit Jake.

— Votre Honneur, ce n'est en rien de la fourberie. Et j'avoue être blessé qu'on me prête de telles intentions. La recherche de témoins est toujours en cours. De nouveaux noms ne cessent d'apparaître. Des gens, réticents jusqu'alors, se décident à parler à la dernière minute. Un témoin se souvient brusquement de quelqu'un, un autre se remémore un fait qui nous était inconnu. Nos enquêteurs creusent depuis cinq mois, sans relâche, et pour dire les choses simplement, nous avons surpassé la partie adverse. Nous avons trouvé plus de témoins, et ce n'est pas fini. Me Brigance a deux semaines pour téléphoner à mes témoins ou aller leur parler directement. Deux semaines. Certes, ce n'est pas beaucoup, mais le temps nous manque à tous, non ? C'est toujours comme ça dans les grandes affaires, Votre Honneur. Les deux camps se démènent jusqu'au dernier moment.

Avec ses va-et-vient devant la table, sa claudication savamment dosée, son argumentation convaincante, Lanier forçait l'admiration, même si, à cet instant, Jake avait envie de l'étriper. Non, Lanier ne suivait pas les règles, mais il n'avait pas son pareil pour rendre légitimes ses tricheries.

Pour Wade Lanier, le moment était crucial. Cachée dans la liste des quarante-cinq témoins, il y avait Julina Kidd, la seule femme noire que Randall Clap avait trouvée, pour l'instant, qui acceptait de dire qu'elle avait couché avec le vieux Seth. Pour cinq mille dollars, plus les frais, elle était d'accord pour venir témoigner à Clanton. Elle avait pour consigne de ne pas répondre au téléphone et d'éviter tout contact avec des avocats, en particulier avec un certain Jake Brigance, qui pouvait toujours fouiner.

Mais sur cette liste, Fritz Pickering n'y figurait pas. Son nom n'était pas cité ; il le serait plus tard, au moment *ad hoc* durant le procès.

— Combien avez-vous auditionné de témoins ? demanda le juge.

— En tout, trente, répondit Jake.

— Et cela me semble déjà beaucoup. Tout cela coûte une fortune. Maître Lanier, rassurez-moi, vous ne comptez pas appeler ces quarante-cinq témoins ?

— Bien sûr que non, Votre Honneur, mais la loi m'oblige à communiquer les coordonnées de tous mes témoins potentiels. Je ne sais qui j'aurai besoin d'appeler quand nous serons en plein procès. Je veux pouvoir garder un peu de marge de manœuvre.

— Je comprends bien. Maître Brigance, combien de témoins allez-vous présenter ?

— Une quinzaine, Votre Honneur.

— Je peux d'ores et déjà vous dire que ni moi, ni mon jury, n'entendrons soixante témoins ! Ce serait un supplice. En même temps, vous êtes libres de convoquer qui vous voulez, tant que l'autre partie a la liste complète de tous vos témoins. Maître Brigance, vous avez donc quarante-cinq noms et deux semaines pour vous renseigner sur eux.

Jake secoua la tête de frustration. C'était plus fort que lui, le vieux juge retombait dans ses vieux travers.

— Dans ce cas, serait-il possible, au moins, que la partie adverse me transmette un résumé de ce que va dire chaque témoin ? Cela me semblerait plus équitable, Votre Honneur.

— Maître Lanier ?

— Équitable, vraiment ? Nous nous sommes démenés pour trouver des témoins que Me Brigance ne connaît pas, et nous devrions lui donner la teneur de leur déposition ? Qu'il fasse sa part de travail.

Le ton était condescendant, presque méprisant. Pour un peu, Jake passait pour un tire-au-flanc.

— Je suis d'accord, lâcha le juge.

Lanier lança un regard triomphant à Jake avant d'aller se rasseoir.

La réunion s'attarda ensuite sur le cas des experts et de leurs rapports. Jake était furieux contre Atlee et ne cherchait plus à cacher son agacement. Le point d'orgue de cette audience était la présentation du panel de jurés potentiels. Et le juge gardait le meilleur pour la fin. Il était près de midi quand enfin un huissier distribua la liste.

— Nous avons un groupe de quatre-vingt-dix-sept personnes, annonça Atlee. De tout âge. Dont des seniors. Comme vous le savez, il y a des gens de plus de soixante-cinq ans qui tiennent à faire leur devoir civique. Ce sera à vous, messieurs, de gérer ça pendant la sélection.

Les avocats étudièrent les noms, cherchant les alliés, les sympathiques, les intelligents qui se rangeraient tout de suite à leurs côtés et opteraient pour le bon verdict.

— Je vous préviens, messieurs, reprit Atlee, je n'accepterai aucun contact de votre part avec ces personnes. Il est courant aujourd'hui que les avocats enquêtent minutieusement sur les jurés potentiels. C'est la mode. Allez-y. Mais je ne veux aucun échange, aucune filature, aucune intimidation, aucun harcèlement. Je serai intransigeant sur ce point. Et je vous rappelle que cette liste est confidentielle. Je ne tiens pas à ce que tout le comté sache qui y figure !

— Dans quel ordre vont-ils être présentés, Votre Honneur ? demanda Lanier.

— Totalement au hasard.

Les avocats demeurèrent silencieux, parcourant la liste du regard. Jake avait un avantage certain puisqu'il était sur ses terres. Et pourtant, chaque fois qu'il découvrait un panel de jurés, il était surpris de voir le peu de gens qu'il identifiait. Un ancien client ici, un membre de l'église là. Un camarade du lycée de Karaway. Un lointain cousin. Après un premier coup d'œil, au mieux vingt noms lui disaient quelque chose. Harry en annoncerait sûrement un peu plus. Ozzie connaîtrait tous les Noirs, et pas mal de Blancs aussi. Quant à Lucien, il se vanterait de mettre un visage sur chaque nom, mais il avait passé, ces dernières années, trop de temps sur son perron pour être crédible.

Pour Wade Lanier et Lester Chilcott, qui venaient de Jackson, tous ces noms étaient inconnus. Mais ils avaient des ressources et des moyens. Ils avaient fraternisé avec Sullivan qui, avec ses neuf avocats, était le plus gros cabinet du comté. Et à eux tous, ils connaissaient du monde.

À midi et demi, le juge, fatigué, leva la séance. Jake quitta rapidement le palais de justice, en se demandant si le vieil homme était physiquement en mesure de présider un procès qui s'annonçait éprouvant. Il s'inquiétait également des règles qui seraient appliquées. À l'évidence, les officielles – celles que l'on trouvait désormais dans les codes de procédure – ne seraient pas suivies à la lettre.

Peu importait la nouvelle législation en vigueur. Jake, comme tous ses confrères de l'État, savait que la Cour suprême du Mississippi s'en remettait largement à la sagesse des juges locaux. Ces magistrats étaient sur le terrain, au cœur de l'action. Ils connaissaient les visages, entendaient les témoignages, sentaient les tensions. De quel droit, pour quelle vertu, répétait à l'envi la Cour suprême, pourrions-nous, alors que nous ne sommes pas sur place, nous substituer au juge d'un tribunal de comté ?

Donc, comme toujours, le procès se ferait selon les règles du juge Reuben Atlee.

Et elles dépendraient fortement de son humeur du moment.

* * *

534

Wade Lanier et Lester Chilcott se rendirent aussitôt au cabinet Sullivan et s'installèrent dans la salle de réunion du premier étage. Un plateau de sandwichs les attendait, ainsi qu'un petit homme à l'accent du Middle West. C'était Myron Pankey, un ancien avocat qui s'était fait un nom dans la petite niche des consultants en jury, une expertise qui devenait indispensable dans tous les grands procès. Pour une coquette somme, Pankey et son équipe accomplissaient des miracles et désignaient le jury parfait, du moins le meilleur possible. Un sondage téléphonique avait déjà été réalisé. Deux cents électeurs dans des comtés limitrophes avaient été interrogés. Cinquante pour cent disaient qu'une personne pouvait léguer ses biens à qui elle voulait, même aux dépens de sa famille. Mais quatre-vingt-dix pour cent trouvaient suspect un testament manuscrit qui laisserait tout à la dernière aide ménagère. Les données avaient été compilées et analysées dans les locaux de Pankey à Cleveland. L'origine raciale n'avait jamais été évoquée dans le sondage.

Au vu des résultats de l'enquête, Lanier était optimiste. Il mangea un sandwich debout, tout en parlant, une canette de Pepsi Light à la main. Des copies du panel de jurés furent faites. Chacun des neuf avocats autour de la table en reçut un exemplaire, avec pour instruction de l'étudier au plus vite. Tous évidemment étaient submergés de travail et ne voyaient pas comment ils pourraient trouver cinq minutes dans leur emploi du temps.

Une grande carte routière du comté de Ford avait été accrochée à un mur. Un ancien policier de Clanton, un dénommé Sonny Nance, mettait déjà des épingles pour marquer les endroits où habitait chaque juré. Nance était originaire de Clanton, marié à une femme de Karaway. Il connaissait tout le monde, disait-il. Il avait été recruté par Pankey. À 13 h 30, quatre nouveaux limiers arrivèrent et reçurent leur feuille de route. Lanier fit court, mais précis. Il voulait des photos en couleurs des maisons, du voisinage, des véhicules si possible. S'il y avait des autocollants sur les pare-chocs, il en voulait des clichés. Ils pouvaient se faire passer pour des agents de sondage, des recouvreurs de dettes, des vendeurs d'assurance, des VRP, des témoins de Jehova, tout ce qu'ils voulaient, pourvu que ce fût crédible. Il fallait parler aux voisins, leur tirer les vers du nez sans éveiller les soupçons. Mais jamais, en aucune circonstance, ils ne devaient avoir de contact direct avec un juré potentiel. On devait savoir qui étaient ces gens, où ils travaillaient, dans quelle église ils priaient, dans quelle école ils envoyaient leurs enfants. On avait les fondamentaux – nom, âge, sexe, race, adresse, circonscription électorale – mais c'était tout. Alors toute information était bonne à prendre.

— Ne vous faites pas attraper, insista Lanier. Si on commence à vous trouver suspect, mettez les voiles. Si on vous coince, donnez un faux nom et revenez ici nous prévenir. Au moindre doute, partez, disparaissez. Des questions ?

Aucune des quatre recrues n'était du comté. Il n'y avait guère de chance qu'on les reconnaisse. Il y avait là deux anciens flics. Les deux autres étaient des détectives privés à mi-temps. Ils avaient de l'expérience.

— Combien de temps avons-nous ? demanda l'un d'eux.

— Le procès commence dans deux semaines. Faites-nous votre rapport tous les deux jours. Vous avez jusqu'à vendredi en huit.

— C'est parti, lança un autre.

— Et ne vous faites pas repérer.

* * *

Chez Jake, le consultant en jury était également sa secrétaire, auxiliaire juridique. Puisque le juge Atlee gérait les dépenses comme si l'argent sortait directement de son portemonnaie, Jake ne pouvait se payer un véritable expert. Portia était donc chargée de compiler et sérier les données. À 16 h 30, le lundi après-midi, on improvisa une réunion de crise dans une pièce du premier étage, à côté de l'ancien bureau de Portia. Tout le monde était là : elle, Jake, Lucien, Harry Rex. Même Nick Norton, l'avocat qui avait défendu Marvis Lang deux ans plus tôt, était venu en renfort.

Ils se mirent à passer en revue, un à un, les quatre-vingt-dix-sept noms.

36.

À leur apparence et leur accent, Lonny se douta que c'était une bande de Russes. Après les avoir vus descendre cul sec de la vodka pendant une heure, il en fut certain. Grossiers, lourds, bruyants, et cherchant visiblement la bagarre. Et il avait fallu qu'ils débarquent le soir où il n'y avait qu'un videur ! Le propriétaire du bar voulait mettre un écriteau interdisant l'accès aux Russes, mais il n'avait pas le droit, bien sûr. Ceux-là devaient travailler sur un cargo rapportant au pays du blé du Canada.

Lonny appela l'autre videur, mais il ne put le joindre. Le propriétaire n'était pas là, et pour l'heure, Lonny était seul à la barre. Les Russes commandèrent une nouvelle tournée de vodka. Lonny songea à la couper avec de l'eau, mais ils allaient le sentir tout de suite. Quand l'un d'eux donna une claque sur les fesses rebondies d'une serveuse, la situation s'envenima très vite. Le videur, un gars qui n'avait pas peur d'en venir aux mains, engueula le malotru, qui lui rétorqua des joyeusetés dans son langage et se leva, furieux. Le quidam lança un crochet vengeur au videur, qui manqua sa cible, et en reçut un en retour, exactement là où il fallait. À l'autre bout de la salle, des bikers à la fibre patriote lancèrent leurs bouteilles de bière sur l'équipage russe, qui monta au front comme un seul homme. « Oh, merde ! » lâcha Lonny. Il songea un instant à se faire la belle par les cuisines, mais des bagarres, il en avait vu des dizaines. Le bar était connu pour ça. C'était la raison pour laquelle on le payait aussi bien, et en liquide.

Quand une autre serveuse se retrouva par terre, il quitta son comptoir pour aller l'aider. La mêlée faisait rage à côté et, au moment où il la relevait, quelque chose lui heurta violemment l'arrière du crâne. Tout se mit à tourner. Du sang coulait de la blessure et dégoulinait sur sa queue-de-cheval. À soixante-six ans, Lonny n'avait plus l'âge de participer à ces rixes, même pas en spectateur.

Pendant deux jours, il resta inconscient à l'hôpital de Juneau. Le patron du bar, à contrecœur, se présenta à l'administration, et reconnut qu'il n'avait pas de papiers pour son employé. Juste son nom : Lonny Clark. Un inspecteur de police traînait à l'hôpital, voulant poser des questions au blessé, mais quand il comprit qu'il risquait de ne jamais se réveiller, il changea son fusil d'épaule et interrogea le patron. Sous la pression, l'employeur indiqua à la police le trou à rat où habitait Lonny, et les flics y firent une descente. Il n'y avait quasiment rien dans la chambre, mais parmi ce rien, sous le matelas, ils trouvèrent trente kilos de cocaïne emballée sous plastique. Ainsi qu'une pochette en skaï. À l'intérieur : deux mille dollars en liquide, un permis de conduire d'Alaska (qui se révélerait être un faux) au nom de Harry Mendoza, un passeport (faux également) au nom de Albert Johnson, un autre passeport contrefait sous l'identité de Charles Noland, un autre permis de conduire du Wisconsin au nom de Wilson Steglitz (authentique celui-ci, mais volé et expiré), et une attestation datant de 1955 de l'US Navy libérant un certain Ancil F. Hubbard de ses obligations militaires. Cette pochette renfermait les biens les plus précieux de Lonny, sans compter la cocaïne, évidemment, qui sur le marché valait un million et demi de dollars.

Il fallut plusieurs jours aux autorités pour éplucher les fichiers administratifs et vérifier la validité des pièces d'identité. Quand ils eurent terminé, Lonny était sorti du coma et se sentait mieux. La police préféra ne pas lui parler de la drogue et voir qui allait venir récupérer le colis. Ils placèrent un garde en civil devant sa porte. Puisque les seuls noms authentiques semblaient être Ancil F. Hubbard et Wilson Steglitz, ils entrèrent ces deux patronymes dans leur fichier informatique pour voir ce que l'ordinateur allait sortir. L'inspecteur passait bavarder avec Lonny, lui apportait des milk-shakes, sans faire allusion à la cocaïne. Après quelques visites, le policier annonça qu'il ne trouvait nulle trace d'un Lonny Clark. Date et lieu de naissance, numéro de sécurité sociale, lieu de résidence, rien. Bizarre, non ?

Lonny, qui avait passé sa vie à fuir et à éviter les radars, se fit aussitôt moins bavard.

— Vous avez connu un dénommé Harry Mendoza ?

— Possible.

Ah oui ? Et où donc ? Quand ? En quelles circonstances ? Pas un mot là-dessus.

Et Albert Johnson ? Charles Noland ? Lonny déclara qu'il avait peut-être croisé ces gens, mais il n'en était pas sûr. Il était encore dans les vapes, ses souvenirs allaient et venaient. Il avait quand même reçu un sacré coup sur le crâne ! Il ne se rappelait déjà pas la bagarre, du moins à peine. Pourquoi toutes ces questions ?

Lonny comprit alors qu'ils étaient entrés chez lui. Mais avaient-ils trouvé la cocaïne ? Il y avait de bonnes chances que le propriétaire de la came, après la rixe, soit allé la récupérer. Lonny n'était pas un trafiquant ; il rendait simplement service à un ami, contre une coquette somme d'argent. La cocaïne était-elle encore dans sa chambre ? Là était toute la question. Si oui, alors il allait avoir de sérieux ennuis. Mieux valait donc en dire le moins possible. Comme il l'avait appris des dizaines d'années plus tôt, dès que les flics commençaient à poser des questions gênantes, il fallait nier, nier et nier encore.

* * *

Jake travaillait à son bureau quand Portia l'appela à l'interphone.

— J'ai Albert Murray en ligne.

Jake décrocha aussitôt.

Murray avait une société à Washington, spécialisée dans la recherche de personnes disparues. Pour l'instant, quarante-deux mille dollars lui avaient été versés pour retrouver le frère de Seth sans grand résultat. Le plus impressionnant dans son travail, pour l'instant, c'était ses tarifs.

Murray, toujours prudent, commença son rapport ainsi :

— On a une petite touche pour Ancil Hubbard, mais il est trop tôt pour crier victoire.

Il lui narra les faits, du moins ceux qu'il connaissait : Lonny comme nom d'emprunt, une rixe dans un bar de Juneau, une fracture du crâne, un paquet de coke, et un jeu de faux papiers.

— Il a soixante-six ans et il vend de la drogue ? s'étonna Jake.

— Il n'y a pas de retraite pour les dealers.

— Certes.

— Ce gars est plutôt habile, poursuivit Murray, et risque de ne pas être coopératif.

— Il est gravement blessé ?

— Cela fait une semaine qu'il est à l'hôpital. Après, il ira directement en prison, alors les médecins ne sont pas pressés de le laisser sortir. Une fracture du crâne, c'est quand même sérieux.

— Si vous le dites.

— C'est l'attestation de l'US Navy le désengageant de l'armée qui intrigue les flics là-bas. Elle paraît authentique et pourtant ça ne colle pas. Un faux permis de conduire, un faux passeport, c'est utile, mais un renvoi à la vie civile vieux de trente ans ? Personne ne voit à quoi ça pourrait lui servir. Bien sûr, ce papier a pu être volé.

— Ça nous ramène donc à la case départ. On n'est pas sûrs à cent pour cent qu'il s'agisse de notre homme.

— Tout juste.

Il n'y avait pas de photos exploitables d'Ancil Hubbard. Dans une armoire chez Seth Hubbard, ils avaient

542

trouvé une boîte emplie de photos de famille, surtout de Ramona, d'Herschel et de la première femme de Seth. Mais il n'y avait aucune photo d'enfance. Pas un seul cliché de ses parents ou de son petit frère. On suivait le parcours scolaire d'Ancil jusqu'en troisième. Il apparaissait, tout boutonneux et souriant, sur une photo de classe du collège de Palmyra en 1934. Ce cliché avait été agrandi, avec quelques autres de Seth adulte. Ancil ayant quitté le comté depuis cinquante ans, personne ne savait s'il ressemblait ou non à son grand frère.

— Vous avez eu quelqu'un à Juneau ? demanda Jake.

— Non, pas encore. J'ai eu la police deux fois au téléphone. Je peux envoyer un homme à moi. Il peut être sur place dans vingt-quatre heures.

— Qu'est-ce qu'il fera une fois là-bas ? Si Lonny Clark ne veut pas parler à la police, pourquoi parlerait-il à un inconnu ?

— Je suis de votre avis.

— Pour l'instant, ne bougez pas. Je vous tiens au courant.

Jake raccrocha et passa l'heure suivante à retourner le problème dans tous les sens. C'était la première piste depuis des mois, et elle était bien ténue. Le procès commençait dans quatre jours, et Jake n'avait pas le temps de filer en Alaska, pour tenter de vérifier l'identité d'un homme qui voulait justement la dissimuler, quelqu'un qui avait passé les trente dernières années à changer de noms.

Il descendit au rez-de-chaussée et trouva Lucien dans la salle de réunion, occupé à étudier le panel de jurés. Chaque nom avait été écrit sur une fiche. Elles étaient alignées par ordre alphabétique sur la grande table. Quatre-vingt-dix-sept, notées de Un à Dix – « Dix » représentant le juré parfait. Mais la plupart, étant inconnus au bataillon, n'avaient pas de note.

Jake rapporta à Lucien sa conversation avec Albert Murray.

— Il ne faut rien dire au juge ! Pas tout de suite. Je sais ce que tu penses : si Ancil est en vie et qu'on sait où il est, on peut demander un ajournement, s'acheter un peu de temps. Mais c'est une mauvaise idée, Jake.

— Ce n'est pas du tout ce que j'avais en tête.

— Il y a de fortes chances que le pauvre diable se retrouve derrière les barreaux pour le restant de ses jours. Il ne pourra pas assister au procès, même s'il le voulait.

— Non, Lucien. C'est davantage l'authentification qui me tracasse. On ne peut être certain de son identité sans aller lui parler là-bas. Il y a quand même un paquet d'argent en jeu. Il se montrera peut-être plus coopératif que nous le pensons.

Lucien poussa un long soupir et se mit à faire les cent pas. Portia manquait d'expérience. Et puis c'était une jeune femme noire, elle n'avait pas le profil d'une confidente pour un Blanc qui fuyait quelque chose, voire tout son passé. Il ne restait qu'un prétendant possible pour faire le travail.

— J'y vais, annonça Lucien en se dirigeant vers la porte. Donne-moi toutes les infos que tu as.

— Tu es sûr ?

Il n'y eut pas de réponse. La porte se referma derrière lui. Un frisson parcourut Jake : pourvu qu'il ne picole pas trop.

* * *

Ozzie passa en coup de vent le jeudi en fin d'après-midi. Harry Rex et Portia étaient dans la grande pièce du rez-de-chaussée, reconvertie en « salle des opérations », à étudier les fiches des jurés potentiels. Jake était à l'étage, au téléphone, à s'évertuer à contacter quelques témoins de plus sur les quarante-cinq qu'avait présentés Lanier. Pour l'instant sans grands résultats.

— Une bière ? proposa Harry Rex au shérif en désignant la Budweiser à côté de lui.

— Je suis en service et je ne bois pas de toute façon, répliqua le policier. Et j'espère que vous ne comptez pas conduire. Je n'aimerais pas vous arrêter pour conduite en état d'ivresse.

— J'embaucherai mon ami Jake pour ajourner le jugement *ad aeternam* ! Vous avez des infos sur nos prétendants ?

Il lui tendit une feuille de papier.

— Sur quelques-uns seulement. Cet Oscar Peltz dont nous parlions hier, celui de Lake Village… il se trouve qu'il fréquente la même église que les Roston.

Portia ramassa le bristol où figurait ce nom écrit au marqueur.

— Je l'éviterais, à votre place, conseilla Ozzie.

Harry Rex consulta ses notes.

— Nous lui avions mis un cinq, de toute façon. Autrement dit « pas terrible ».

— Et Raymond Griffis ? Vous avez quoi sur lui ? demanda le shérif.

Portia lut sa fiche :

— Blanc. Quarante et un ans. Travaille pour une entreprise de pose de clôture.

— Divorcé, remarié, ajouta Harry Rex. Son père est mort dans un accident de voiture il y a cinq ans.

— À fuir comme la peste ! déclara Ozzie. Son frère a participé aux actions du Klan pendant le procès Hailey. Je ne pense pas qu'il soit membre à part entière, mais il est bien trop proche d'eux. Ces types peuvent paraître respectables en surface mais, dessous, ce sont des brutes.

— Je lui avais mis un quatre, répondit Harry Rex. Je pensais que vous deviez enquêter sur les Noirs ?

— C'est inutile. Vous pouvez leur mettre à tous un dix.

— Combien on en a dans le panel, Portia ?

— Vingt et un, sur les quatre-vingt-dix-sept.

— Alors on les prend tous !

— Où est Lucien ? s'enquit Ozzie.

— Jake s'est débarrassé de lui, répliqua Harry Rex. Et ce Pernell Philipps ? Vous pensez que Moss Junior, votre adjoint, pourrait le connaître ?

— C'est un cousin éloigné de son épouse. Mais Moss évite les réunions avec la belle-famille. Ce sont des baptistes de la vieille école. À votre place, je ne lui donnerais pas la moyenne à ce Philipps.

— Portia ?

— On va lui mettre trois, répondit-elle avec l'assurance d'une experte en sélection de jurés.

— C'est bien là le problème avec ce panel, pesta Harry Rex. On a bien trop de trois et de quatre, et pas assez de huit et de neuf. On va se faire massacrer.

— Où est Jake ? demanda le shérif.

— En haut. Il téléphone à tout va.

* * *

Lucien partit en voiture à Memphis, puis ce fut l'avion pour Chicago, et de là un vol de nuit pour Seattle. Il but pendant le trajet mais s'endormit avant de dépasser le point de non-retour. Il attendit six heures à l'aéroport de Seattle sa correspondance pour Juneau en Alaska. Encore deux heures de vol. Il prit une chambre dans un hôtel de la ville, appela Jake, dormit trois heures, se doucha, se rasa même, et revêtit son costume noir qu'il n'avait plus porté depuis dix ans. Avec sa chemise blanche et sa cravate parme, il ressemblait à un vrai avocat – ce qu'il comptait redevenir sous peu. Son vieux porte-documents à la main, il prit la direction de l'hôpital. Vingt-deux heures après avoir quitté Clanton, il buvait un café avec l'inspecteur de police pour avoir les dernières infos.

Pas grand-chose de nouveau. Une infection faisait enfler le cerveau et Lonny n'était guère loquace. Les médecins voulaient qu'on le laisse au calme. Le policier ne lui avait pas parlé aujourd'hui. Il montra à Lucien les faux papiers, ainsi que la résiliation de son contrat d'engagement dans l'US Navy. Lucien, en retour, lui présenta deux agrandissements photographiques de Seth Hubbard. Oui, il y avait peut-être un air de famille. Mais ce n'était pas criant. Le policier appela le patron du bar et lui demanda de passer à l'hôpital. Puisqu'il connaissait bien Lonny, il pourrait jeter un coup d'œil à ces clichés. Ce qu'il fit, mais sans pouvoir être catégorique quant à leur ressemblance.

Après le départ du tenancier, Lucien expliqua au policier l'objet de sa visite. Ils cherchaient en vain la trace d'Ancil depuis six mois. Son frère, l'homme sur les photos, lui avait laissé une part de son héritage. Pas une fortune, mais de quoi faire venir Lucien du Mississippi en urgence.

L'inspecteur ne se souciait guère de cette histoire de legs. Ce qui l'intéressait, c'était la cocaïne. Non, il ne pensait pas que Lonny Clark soit un trafiquant de drogue. Ils étaient sur le point de démanteler un réseau à Vancouver et ils avaient placé deux indics. Lonny offrait simplement une planque pour la drogue contre quelques billets. Bien sûr, il irait en prison, mais pour quelques mois, pas pour des années. Et non, il ne serait pas autorisé à se rendre au Mississippi, pour quelque raison que ce soit, même si son véritable nom se révélait être Ancil Hubbard.

Quand le policier fut parti, Lucien se promena dans l'hôpital pour se familiariser avec le lieu – ses dédales de couloirs et de réserves, ses demi-niveaux. Il trouva la chambre de Lonny. Au deuxième étage. Il y avait un homme dans le couloir, feuilletant un magazine, luttant contre le sommeil. Un policier en civil, en conclut Lucien.

À la nuit tombée, il retourna à son hôtel, appela Jake au téléphone pour lui faire son rapport, puis prit la direction du bar.

* * *

C'était la cinquième ou sixième nuit de Lonny dans ce trou étouffant et obscur, avec ces fenêtres qui ne laissaient jamais passer la lumière, la nuit comme le jour. Les infirmières allaient et venaient, quelques-unes toquaient doucement à la porte avant d'entrer, d'autres non et apparaissaient brusquement à côté de son lit. Il avait des tubes dans les deux bras, une rangée de moniteurs au-dessus de sa tête. On lui avait dit qu'il n'allait pas mourir, mais après tous ces jours et ses nuits sans quasiment manger, sans rien sinon ce flot de médicaments, d'infirmières, et de médecins, il n'aurait pas été contre un voyage dans le grand noir. Une pulsation douloureuse martelait son crâne, et ses fesses lui faisaient mal à force de ne pas bouger. Parfois, il avait envie d'arracher tous ces fils et ces tuyaux et de s'enfuir de cette chambre. Une horloge indiquait 23 h 10.

Pouvait-il d'ailleurs s'en aller ? Était-il libre de quitter l'hôpital ? Ou y avait-il des gardes derrière sa porte ? Personne ne voulait le lui dire. Il avait posé plusieurs fois la question aux infirmières qu'il trouvait sympathiques, mais elles étaient restées évasives. Tout était flou, de toute façon. Même la télévision parfois était brouillée. Et il y avait ce bruit dans ses oreilles, comme une sonnerie, qui le faisait bégayer. Mais les docteurs ne voulaient pas le croire. Les infirmières se contentaient de lui donner d'autres pilules. Sa chambre était peuplée d'ombres nuit et jour, des gens se glissaient dans la pièce pour l'épier. Peut-être des internes en mal de vrais patients ? Ou alors des fantômes ? On lui changeait souvent de cocktail chimique, pour voir sa réaction. Essayons ça pour la douleur. Et puis ça pour la vision trouble. Et ça, pour les fantômes. Ce produit-là, c'était pour fluidifier le sang, celui-là, un antibiotique. Des dizaines et des dizaines de cachets, à toute heure de la journée et de la nuit.

Il somnola de nouveau. Quand il s'éveilla, il était 23 h 17 à l'horloge. La chambre était un puits noir, hormis le halo rouge provenant d'un moniteur au-dessus de lui, hors de son champ de vision.

La porte s'ouvrit lentement, mais aucune lumière ne filtra du couloir. De l'autre côté aussi, c'étaient les ténèbres. Ce n'était pas une infirmière. Mais un homme, un inconnu, qui marcha droit vers son lit. Des cheveux longs et gris, une chemise noire. Un type âgé, avec un regard perçant. Quand il se pencha sur lui, un effluve de whisky le frappa de plein fouet.

— Ancil, souffla l'ombre. Qu'est-il arrivé à Sylvester Rinds ?

Lonny sentit son cœur cesser de battre. Il regardait l'inconnu, les yeux écarquillés. L'odeur du whisky se fit plus forte.

— Ancil, qu'est-il arrivé à Sylvester Rinds ? répéta le spectre en posant la main sur son épaule.

Lonny voulut parler, mais les mots refusaient de venir. Il battit des paupières, même s'il voyait déjà bien assez clair. Les mots aussi étaient clairs. Et cet accent reconnaissable entre tous : celui du vieux Sud.

— Quoi ? bredouilla Lonny.

— Qu'est-il arrivé à Sylvester Rinds ? répéta-t-il encore, ses yeux rouges luisant comme deux rayons laser.

La sonnette pour appeler l'infirmière était à portée de sa main. Il l'enfonça, pris de panique. L'inconnu recula dans l'obscurité, une ombre dans les ombres, et quitta la chambre.

Une infirmière arriva. C'était l'une des revêches qui n'aimait pas être dérangée. Lonny voulait lui expliquer, lui parler du visiteur, mais cette matrone n'écoutait jamais rien. Il se contenta de lui dire qu'il ne réussissait pas à s'endormir. Elle lui promit de revenir, ce qu'elle ne faisait jamais.

Lonny resta étendu dans l'obscurité, terrorisé. Pourquoi cette peur ? Parce que l'inconnu l'avait appelé par son véritable nom ? Parce qu'avec lui, son passé l'avait soudain rattrapé ? Ou parce qu'il n'était pas même sûr que ce fût réel ? Perdait-il l'esprit ? Ses dommages au cerveau étaient-ils donc si graves ?

Tout se brouilla. Il dériva à la surface des ténèbres, ne s'endormant qu'un instant avant que les souvenirs lui reviennent. Sylvester…

37.

Jake arriva au Coffee Shop un peu après 7 heures du matin et, comme de coutume, les conversations s'arrêtèrent le temps qu'il trouve un siège et échange quelques plaisanteries avec les tables voisines. Le procès commençait dans deux jours et, au dire de Dell, tout le café dès l'aube ne parlait que de ça, chacun y allant de son dernier ràgot. Tout le monde changeait de sujet dès que Jake franchissait le seuil de la porte, mais dès qu'il s'en allait, c'était comme si quelqu'un réenclenchait un interrupteur et les discussions sur le testament de Seth Hubbard reprenaient de plus belle. La clientèle au Coffee Shop était blanche, et pourtant il se profilait plusieurs camps. Beaucoup considéraient qu'un homme sain d'esprit pouvait choisir qui il voulait comme héritier, même au détriment de sa famille. D'autres, pas moins nombreux, affirmaient que le vieux Hubbard n'avait plus toute sa tête. Lettie avait son lot de détracteurs. On disait qu'elle avait profité de la faiblesse d'un vieil homme malade.

Jake passait au moins une fois par semaine au Coffee Shop quand il n'y avait personne, pour que Dell lui fasse un point de la situation. Il y avait en particulier un habitué, un certain Tug Whitehurst, inspecteur sanitaire de son état, qui était digne d'intérêt. Son frère était dans le panel des jurés, mais Dell était sûre qu'il n'avait jamais mentionné de détail – il n'était pas du genre bavard. Au cours d'une conversation toutefois, il s'était rangé à l'avis de Kerry Hull quand celui-ci avait déclaré que Hubbard pouvait léguer sa fortune à qui il voulait et que cela ne regardait personne. Hull était fauché comme les blés, couvert de dettes ; tout le monde savait qu'il ne laisserait rien à ses enfants, sinon un bataillon de créances à recouvrer, mais on se garda bien de le lui faire remarquer. Bref, Dell pensait que Tug soutiendrait Jake ; mais qu'en serait-il de son frère ?

Jake était aux abois et la moindre information sur les jurés était bonne à prendre.

Il s'installa à une table à côté de deux agriculteurs et attendit sa polenta et ses toasts. La pêche à la carpe était le thème du jour. Jake n'avait pas grand-chose à dire sur le sujet. Depuis trois ans, il y avait un grand débat : le cheptel du lac Chatulla grandissait-il ou périclitait-il ? Les opinions étaient vives et tranchées. Aucune place à la demi-mesure. Les carpistes s'écharpaient. Au moment où les champions du déclin semblaient l'emporter, quelqu'un débarquait avec une prise magnifique et le débat s'enflammait à nouveau. Jake était plus que las de cette discussion, mais aujourd'hui il se réjouissait qu'elle soit encore d'actualité. Au moins, on ne parlait pas de l'affaire Hubbard.

Pendant qu'il mangeait, Andy Furr, le mécanicien, lui demanda :

— Dis donc, Jake, le procès commence bien lundi, c'est ça ?

— Oui.

— Aucune chance qu'il soit reporté ou quelque chose comme ça ?

— Non. Pas que je sache. Les jurés potentiels arriveront à 9 heures et ça commencera. Tu vas venir ?

— Non, j'ai du boulot. Tu attends beaucoup de monde ?

— Va savoir. Les procès au civil sont souvent ennuyeux. On aura peut-être quelques spectateurs au début, mais à mon avis les rangs vont s'éclaircir rapidement.

Dell vint remplir sa tasse de café.

— Allons, la salle va être comble et tu le sais très bien ! lança-t-elle. On n'a rien vu de plus excitant depuis l'affaire Hailey.

— L'affaire Hailey ? Ah oui, j'avais oublié ! répliqua Jake en s'attirant quelques rires.

Bill West, l'électricien à l'usine de chaussures, rapporta que le FBI avait fait une descente dans deux sociétés du comté de Polk – pas étonnant, c'étaient tous des escrocs, là-bas ! Tout le monde y alla de ses commentaires vertueux, sauf Dell et Jake. Et cela permit de changer de sujet. Jake ne demandait que ça. Il allait passer un long week-end au bureau et tout ce qu'il voulait, c'était déjeuner en paix.

* * *

Portia arriva à 9 heures. Ils prirent un café ensemble sur le balcon tandis que la ville s'éveillait. Lettie, ce matin, était nerveuse, pour ne pas dire sur les nerfs.

Elle était terrifiée par le procès. Et elle n'en pouvait plus de vivre dans cette maison pleine de monde, tout en travaillant à mi-temps, avec un mari en prison qui avait tué deux jeunes garçons. À cela, il fallait ajouter le divorce en cours, et ce camp hostile qui allait contester le testament. Rien d'étonnant à ce que Lettie fût à bout.

Portia avoua qu'elle aussi était épuisée. Elle ne comptait plus les heures qu'elle passait au bureau et ne dormait pas assez. Jake la plaignait, mais sans plus. Être avocat, cela signifiait souvent travailler dix-huit heures par jour, y compris les week-ends, et si Portia voulait vraiment faire ce métier, il lui faudrait s'habituer à la pression. Durant ces deux dernières semaines, ils s'étaient efforcés de mémoriser les quatre-vingt-dix-sept noms de la liste des jurés. Si Jake disait « R », Portia répondait : « Six. Rady, Rakestraw, Reece, Riley, Robbins et Robard. » Si Portia disait « W », Jake devait répondre : « Trois. Wampler, Whitehurst, Whitten. » Toute la journée, ils s'interrogeaient mutuellement.

La sélection durait d'ordinaire une journée – dans le pire des cas – et c'était déjà bien assez long comme ça, aux yeux de Jake. Dans d'autres États du pays, toutefois, choisir des jurés pouvait prendre deux semaines, voire un mois. Cela dépassait son entendement. Et celui des juges du Mississippi. Tout le monde ici prenait cette étape très au sérieux : choisir un jury impartial. Mais on détestait perdre du temps.

La vélocité était donc cruciale. Il fallait choisir vite et bien. Les avocats des deux parties n'avaient que peu de temps pour se décider. Il fallait connaître chaque nom par cœur et rapidement mettre un visage dessus. Jake tenait à tout mémoriser : nom, âge, adresse, emploi, niveau d'études, religion, le maximum d'informations possible.

Une fois les quatre-vingt-dix-sept jurés fichés et évalués, Jake demanda à Portia de fouiner dans les archives du palais. Elle passa des heures à éplucher les registres et les décisions de justice des dix dernières années. Qui avait été plaignant, qui avait été accusé, qui avait gagné, qui avait perdu. Sur les quatre-vingt-dix-sept, seize avaient divorcé dans la décennie. Elle ne savait pas en quoi cela pouvait être utile dans une affaire de litige de succession, mais elle s'était acquittée de cette tâche. L'un d'eux, un certain Eli Rady, avait intenté quatre procès et les avait tous perdus. Elle avait également consulté les registres des droits de gage et avait découvert qu'une dizaine devaient de l'argent, certains aux impôts, d'autres à des personnes physiques ou morales. Quelques-uns parmi ces jurés potentiels n'avaient pas payé leurs taxes foncières au comté. Au service des immatriculations, elle parvint à savoir quel véhicule avait chaque juré. Sans surprise, il y avait une majorité de pickups.

C'était un travail de fourmi, harassant et souvent ennuyeux au possible. Mais elle ne baissa jamais les bras. Après deux semaines de fouille intensive, elle avait l'impression de connaître chacune de ces personnes.

Après le café, Jake et Portia se remirent au travail. Jake commença à préparer sa présentation. Portia retourna dans la salle des opérations pour continuer à faire plus ample connaissance avec ses quatre-vingt-dix-sept nouveaux amis. À 10 heures, Harry Rex débarqua enfin avec un sac plein de bagels-saucisses venant de Chez Claude. Il en tendit un à Jake, insista pour qu'il le prenne, puis lui donna une enveloppe.

— C'est un chèque de ton assurance, cette bande d'escrocs de la Land. Ne souscris plus jamais une police chez eux, promis ? Cent trente-cinq mille dollars. Réglé en une fois. Et pas un dollar ne sera ponctionné par ton serviteur. Autant dire que tu m'en dois une belle !

— Merci. Puisque tes honoraires sont si bas, mets-toi donc au boulot.

— J'en ai ma claque de ton Seth Hubbard, Jake. Lundi, je t'aide à choisir tes jurés et après je me tire. J'ai mes propres affaires à perdre aussi.

— Je comprends. Mais ne me lâche pas avant la sélection, s'il te plaît.

Jake savait que Harry Rex ne raterait rien des débats, et qu'ils se retrouveraient chaque soir dans la salle de réunion autour d'une pizza ou de sandwichs pour parler de l'audience et préparer la séance du lendemain. Harry Rex brieferait Jake, décortiquerait les faits et gestes de Wade Lanier, et maudirait les décisions du juge Atlee ; il donnerait son avis sur tout, et ne cesserait de dire que le procès était perdu d'avance. Tant et si bien que Jake aurait envie de lui écraser quelque chose sur la tête pour le faire taire. Mais Harry Rex se trompait rarement. Il connaissait les pièges et les chausse-trapes. Il lisait dans la tête des gens comme d'autres lisent dans les magazines. Discrètement, il observerait la réaction de chaque juré quand Jake leur parlerait. Et ses conseils seraient inestimables.

Même si le défunt avait demandé à ce qu'aucun autre avocat de Clanton ne touche un dollar sur sa succession, Jake voulait trouver le moyen de payer Harry Rex. Seth Hubbard tenait à ce que son testament manuscrit résiste dans la tempête, et que cela plaise ou non à son âme, Harry Rex serait un élément crucial dans cette entreprise.

Le téléphone sur son bureau se mit à sonner. Jake l'ignora.

— Pourquoi tu ne décroches plus ? demanda Harry Rex. J'ai appelé dix fois cette semaine en vain.

— Portia était au palais. Et j'étais débordé. Et Lucien n'est pas là pour répondre.

— Songe à tous les accidents de la circulation, les divorces et les vols à l'étalage que tu rates !

— Il se trouve que mon planning est un peu chargé en ce moment.

— Des nouvelles de Lucien ?

— Rien ce matin, mais il n'est que 6 heures du mat en Alaska. Je ne pense pas qu'il soit réveillé.

— C'est plutôt l'heure où il va se coucher ! C'est de la folie d'avoir envoyé Lucien là-bas. Il va passer son temps à picoler. Laisse-le n'importe où, sur une route, dans un aéroport, il dénichera toujours un bar pour se saouler.

— Il a arrêté de boire. Il veut repasser son diplôme et réintégrer le barreau.

— Avec cette vieille fripouille, arrêter de boire, ça veut dire cesser de lever le coude après minuit !

— Et toi, quand as-tu été à jeun pour la dernière fois ? Tu écluses de la Bud au petit déj !

— Je sais gérer. Je suis un pro. Lucien, lui, c'est un ivrogne, nuance !

— Tu comptes affiner nos infos sur les jurés ou continuer à déblatérer sur Lucien toute la matinée ?

Harry Rex se leva et se dirigea vers la porte de son pas lourd.

— Y a pas le feu au lac ! Tu as une petite bière au frais pour moi ?

— Non.

Une fois que Harry Rex fut redescendu au rez-de-chaussée, Jake ouvrit l'enveloppe et examina le chèque de la compagnie d'assurances. D'un côté, il était triste, parce que ce morceau de papier scellait la disparition de leur première maison. Certes, elle était partie en fumée trois ans plus tôt, mais tant qu'ils étaient en procès contre la Land, ils avaient le secret espoir de pouvoir la reconstruire un jour. Même si c'était hautement improbable. D'un autre côté, ce chèque, cela voulait dire de l'argent à la banque ; pas beaucoup, mais après avoir remboursé les deux prêts, il leur resterait quarante mille dollars. Ce n'était pas le jackpot, mais cela allégeait un peu la pression.

Il appela Carla et lui annonça qu'ils avaient quelque chose à fêter. Juste tous les deux !

* * *

Lucien, au téléphone, paraissait dans son état normal, quoique la norme, chez lui, c'était d'avoir une voix éraillée et encore ensommeillée par la beuverie de la veille. Il apprit à Jake que Lonny Clark avait passé une nuit difficile. Les médecins étaient inquiets et, c'était là le hic : ils interdisaient toute visite pour aujourd'hui.

— Que comptes-tu faire ? demanda Jake.

— Me promener un peu, peut-être une balade en voiture. Tu es déjà venu ici, Jake ? C'est vraiment magnifique, avec ces montagnes sur les trois côtés et le Pacifique immense, juste à tes pieds. La ville n'est pas grande, et pas très jolie, mais quel décor autour ! J'adore. Je crois que je vais aller explorer les environs.

— Tu penses que c'est notre homme ?

— J'en sais moins qu'en partant de Clanton. Le mystère reste entier. Les flics se fichent de sa véritable identité, et de ce qui lui est arrivé chez nous. Ils ont un réseau de trafiquants à démanteler. Tu sais, Jake, j'aime vraiment cet endroit. Je pourrais bien y rester un moment. Je ne suis pas pressé de rentrer. Tu n'as pas besoin de moi de toute façon au tribunal.

Sur ce point, Jake était d'accord, mais ne dit rien.

— Il fait frais, poursuivit Lucien, et il n'y a pas un pouce d'humidité. Tu imagines ça ? Un endroit où on peut enfin respirer. C'est si agréable. Je vais garder un œil sur Lonny et j'irai lui parler dès qu'ils me laisseront l'approcher.

— Tu as bu ?

— Jamais le matin. C'est après 22 heures que les problèmes commencent.

— Tiens-moi au courant.

— Promis juré.

* * *

Ils déposèrent Hanna chez les parents de Jake à Karaway et prirent la direction d'Oxford pour gagner le campus d'Ole Miss, leur vénérable université, et faire le plein de souvenirs de leur ancienne vie. C'était une belle soirée de printemps ; les étudiants étaient dehors, en short et pieds nus. Ils jouaient au frisbee, ils avaient sorti les glacières et profitaient des derniers rayons de soleil. Jake avait trente-cinq ans, Carla trente et un, et leurs années d'université semblaient toutes proches, et en même temps si lointaines.

Une promenade sur le campus les rendait toujours nostalgiques. Et les emplissait à chaque fois d'étonnement. Déjà la trentaine ? Ils avaient l'impression qu'ils étaient étudiants encore le mois dernier. Jake fit un détour pour ne pas passer à côté de la fac de droit – ce cauchemar était encore bien trop présent à sa mémoire. À la nuit tombée, ils partirent en ville et se garèrent à côté du palais de justice. Ils passèrent une heure dans la grande librairie du centre, burent un café, puis allèrent dîner au Downtown Grill, le restaurant le plus cher à cent kilomètres à la ronde. Maintenant qu'il avait quelques sous en poche, Jake commanda un bon bordeaux à soixante dollars la bouteille.

Ils rentrèrent sur les coups de minuit. Sur le chemin, ils firent leur détour habituel par la maison des Hocutt. Il y avait de la lumière aux fenêtres, comme si la grande bâtisse les invitait à s'arrêter. Dans l'allée, la Spitfire de Traynor, avec ses plaques du Tennessee.

— Allons lui dire bonjour, lança Jake, encore un peu grisé par le vin.

— Non, Jake ! Il est très tard, protesta Carla.

— Mais non. Willie s'en fiche.

Il passa la marche arrière.

— Jake, c'est très impoli.

— Pour les autres peut-être, mais pas pour Willie. En plus, il veut qu'on lui achète sa maison.

Jake se gara derrière la petite Triumph.

— Et s'il a de la compagnie ?

— Plus on est nombreux, plus on rit. Allez, viens.

Carla sortit à contrecœur de la voiture. Ils admirèrent un instant la merveille avec sa grande terrasse couverte. L'air embaumait les pivoines et les iris. Des azalées rose et blanc débordaient des massifs.

— Il faut qu'on l'achète, déclara Jake.

— On n'a pas les moyens.

— Nous, non, mais la banque oui !

Ils gravirent les marches du perron, sonnèrent. En fond sonore, on entendait Billie Holiday. Willie vint ouvrir, en jean et tee-shirt. Son visage s'éclaira d'un grand sourire.

— Tiens tiens ! Voilà les nouveaux propriétaires !

— On était dans le coin et on s'est arrêtés vous saluer, lança Jake.

— J'espère qu'on ne vous dérange pas, ajouta Carla, gênée.

— Pas le moins du monde. Entrez ! Entrez !

Il les entraîna dans le salon où rafraîchissait une bouteille de vin blanc dans un seau à glace. Elle était presque vide. Willy s'empressa d'en déboucher une autre. Pendant qu'il se battait avec le bouchon, il leur expliqua qu'il était en ville pour couvrir le procès. Sa dernière aventure financière était de lancer un mensuel sur la culture du Sud, et le premier numéro consacrerait un dossier spécial sur le testament de Seth Hubbard – un riche Blanc laissant une fortune à une femme de ménage noire ! Willie n'avait jamais parlé de ce magazine.

Jake était tout excité qu'on lui fasse une telle publicité à l'extérieur du comté. L'affaire Hailey lui avait donné une certaine notoriété et c'était assez enivrant.

— Qui sera en couv ? demanda-t-il, en riant.

— Pas vous, ne rêvez pas ! répondit Traynor en leur tendant deux verres bien remplis. À la vôtre !

Ils parlèrent un moment du procès, mais tous les trois avaient d'autres préoccupations en tête. Finalement, Willie mit les pieds dans le plat :

— Voilà ce que je vous propose : concluons ce soir. La maison est à vous. C'est un engagement verbal, juste entre nous trois.

— Les engagements verbaux n'ont aucune valeur en matière de transactions immobilières, précisa Jake.

— Ah ! les avocats ! lança Taynor à Carla. Vous arrivez encore à les supporter ?

— De temps en temps, c'est difficile.

— C'est un vrai engagement si nous le décidons ainsi. Topons là. Ce sera notre accord secret. Et quand le procès sera terminé, nous officialiserons tout ça. Vous demanderez un prêt à la banque. Et dans trois mois, vous aurez les clés.

Jake et Carla échangèrent un regard. L'espace d'un instant, ils restèrent figés telles des statues, comme si cette idée ne leur avait jamais effleuré l'esprit. En réalité, ils en avaient discuté en long en large et en travers !

— Et si nous n'obtenons pas le prêt ? articula Carla.

— Allons. Ne soyez pas ridicule. N'importe quelle banque vous l'accordera.

— Je n'en suis pas si sûr, répliqua Jake. Il n'y en a que cinq en ville, et j'en poursuis déjà trois en justice.

— Écoutez, cette maison est une affaire à deux cent cinquante mille dollars et toutes les banques le savent.

— Je croyais que c'était deux cent vingt-cinq, s'inquiéta Jake en jetant un coup d'œil à Carla.

Willie Traynor but une lampée de vin, émit un claquement de langue de plaisir.

— Oui, cela a été le cas un court moment, mais vous avez raté le coche. Franchement, cette maison vaut au bas mot quatre cent mille dollars. À Memphis, elle…

— Nous avons déjà eu cette conversation, Willie. Nous ne sommes pas dans le centre-ville de Memphis.

— Certes. Mais deux cent cinquante mille est un prix plus que raisonnable. Alors cela reste deux cent cinquante.

— Vous avez une drôle de façon de marchander. Si vous ne vendez pas au prix que vous demandez, vous augmentez !

— Je ne le ferai plus, à moins qu'un dentiste ne rapplique. C'est deux cent cinquante ferme. C'est équitable. Et vous le savez. Allez, topons là.

Jake et Carla se dévisagèrent à nouveau, puis Carla se pencha lentement vers Willie Traynor et lui serra la main.

— Marché conclu ! lâcha Jake.

Et la maison fut à eux.

* * *

Le silence. Hormis le bourdonnement ténu d'un moniteur quelque part au-dessus de son lit. La seule lumière : le halo rouge des cadrans qui affichaient ses constantes. Lonny avait mal dans le bas du dos. Il tenta de bouger légèrement pour se soulager. Une perfusion envoyait dans ses veines un liquide transparent mais saturé de molécules savantes, destinées pour la plupart à atténuer la douleur. Il flottait à la surface du monde, sa conscience allait et venait comme un bouchon sur l'eau, un instant il était éveillé, l'autre il dormait. Il avait perdu la notion des jours et des heures. On avait éteint la télévision, et même emporté la télécommande. Les médicaments étaient si puissants que les infirmières ne parvenaient plus à le réveiller la nuit. Et pourtant, elles en faisaient du bruit !

Quand Lonny ouvrait l'œil, il percevait des présences et de l'agitation dans sa chambre : des aides-soignantes, des infirmières, des médecins – une ribambelle de médecins ! De temps en temps, il entendait leurs voix basses et graves. Il ne se battait plus. C'était la fin, voilà tout. Une infection dont il ne se rappelait plus le nom tenait à présent les rênes. Seuls les docteurs luttaient encore.

Un inconnu se matérialisa devant lui et posa les mains sur le garde-fou de son lit.

— Ancil… (Une voix basse mais puissante.) Ancil, vous êtes là ?

Il ouvrit grands les yeux en entendant son nom. C'était l'homme aux cheveux gris, vêtu d'un tee-shirt noir. Le fantôme. Il était revenu !

— Ancil, vous m'entendez ?

Lonny ne battit même pas des paupières.

— Vous ne vous appelez pas Lonny, nous le savons. Votre nom est Ancil. Ancil Hubbard, le frère de Seth. Ancil, qu'est-il arrivé à Sylvester Rinds ?

Malgré sa terreur, Lonny resta immobile. Il sentait les effluves de whisky rouler sur son visage, comme la veille.

— Qu'est-il arrivé à Sylvester Rinds ? Vous aviez huit ans, Ancil. Que lui est-il arrivé ?

Lonny ferma les yeux et poussa une longue expiration. L'espace d'une seconde, il perdit conscience. Il eut un soubresaut, rouvrit les yeux. L'inconnu avait disparu.

Il sonna pour appeler l'infirmière.

38.

Avant la mort de madame, les Atlee ne manquèrent pas une seule messe dominicale en huit années. Quatre cent seize dimanches d'affilée ! Mais le virus de la grippe arrêta cette belle série. Après la disparition de son épouse, le juge Atlee perdit de son assiduité, loupant de temps en temps un office. Mais cela restait une exception. Il était un pilier de l'église et la moindre absence était remarquée. Et ce dimanche, juste avant le procès, Reuben Atlee n'était pas là ! Jake se mit aussitôt à cogiter pendant le sermon ; le vieux juge était-il malade ? Si tel était le cas, allait-on ajourner les audiences ? Devait-il alors réviser sa stratégie ? Tant de questions sans réponse.

Après la messe, Jake et les deux femmes de sa vie se rendirent dans la demeure des Hocutt où Willie Traynor avait préparé un brunch sur la terrasse. Il avait insisté pour que les Brigance viennent au complet. Il voulait à tout prix faire la connaissance d'Hanna et lui montrer la maison. Tout ça top secret bien sûr. Jake et Carla auraient préféré laisser leur fille hors de tout ça pour le moment, mais ils ne parvenaient pas à cacher leur joie. Hanna promit de n'en parler à personne. Après la visite, durant laquelle Hanna avait déjà choisi sa chambre, tout le monde prit place autour de la table, avec au menu : pain perdu et œufs brouillés.

Traynor dévia la conversation sur le procès. Avec habileté, il enfila son costume de journaliste, et se mit à poser des questions de plus en plus précises et indiscrètes. À deux reprises, Carla lança un regard à Jake, qui réalisa ce qui se passait. Lorsque Willie Traynor demanda si la partie adverse avait les moyens de prouver que Seth Hubbard avait eu des relations intimes avec Lettie Lang, Jake poliment annonça qu'il ne pouvait répondre à cette question. Le repas devint un peu plus tendu. Plus leur hôte évoquait les ragots, plus Jake se refermait dans sa coquille. Était-ce vrai que Lettie avait proposé de partager l'héritage au lieu d'aller au procès et de résoudre l'affaire à l'amiable ? Jake déclara à nouveau qu'il ne pouvait faire de commentaire. Tant de bruits couraient. Quand Traynor insista sur « une possible intimité » entre Lettie et son patron, Carla mit le holà.

— S'il vous plaît, Willie, il y a une enfant de sept ans ici.

— Bien sûr. Mille excuses.

Hanna n'avait pas raté un mot de la conversation.

Au bout d'une heure, Jake consulta sa montre et annonça qu'il devait retourner au bureau. Beaucoup de travail l'attendait. Il en avait pour tout l'après-midi et une bonne partie de la nuit. Willie leur servit un nouveau café alors qu'ils posaient leur serviette sur la table. Il fallut encore un quart d'heure pour prendre congé courtoisement. Au moment où ils quittaient l'allée en voiture, Hanna contempla la maison par la lunette arrière.

— J'aime bien notre nouvelle maison. On va y vivre quand ?

— Bientôt, chérie, répondit Carla.

— Et M. Willie, il va continuer à y vivre aussi ?

— Non, il a d'autres maisons, répliqua son père. Ne t'inquiète pas pour lui.

— C'est un monsieur très gentil.

— Oui. Très gentil, concéda Carla.

* * *

Lucien suivit l'inspecteur dans la chambre. Lonny les y attendait, en compagnie d'une infirmière corpulente, plantée à côté de lui telle une sentinelle. Elle n'avait pas le sourire aux lèvres et avait l'air carrément irrité par cette intrusion dans son fief. L'un des médecins avait accepté cette visite. Quelques questions, pas plus ! L'état de santé de Lonny s'était amélioré dans la nuit, mais l'équipe soignante jouait encore les mères poules. De toute façon, personne dans les hôpitaux n'aimait les avocats.

— Lonny, voici la personne dont je vous ai parlé, annonça le policier en guise de présentation.

Lucien, dans son costume noir, s'arrêta au pied du lit et offrit un sourire de pure politesse.

— Monsieur Clark, je m'appelle Lucien Wilbanks et je travaille pour un avocat de Clanton, dans le Mississippi.

Lonny connaissait ce visage… Il lui était apparu en pleine nuit et avait disparu aussi vite.

— Enchanté, articula Lonny.

Il était encore patraque, mais jamais il n'avait eu les idées aussi claires.

— Nous nous occupons d'un litige qui nous impose de retrouver un homme nommé Ancil Hubbard. Ce monsieur Hubbard est né dans le comté de Ford, au Mississippi, le 1er août 1922. Son père était Cleon Hubbard, sa mère Sarah Belle Hubbard ; et il a un frère, Seth, son aîné de cinq ans. Nous cherchons partout cet Ancil Hubbard, et il semble que, peut-être, vous pourriez connaître cet homme, ou tout au moins avoir croisé son chemin par le passé.

— Vous êtes venu du Mississippi pour me demander ça ?

— Absolument. Mais ce n'est pas si compliqué. Il y a des avions là-bas aussi. Et nous avons déjà sillonné tout le continent à sa recherche. Nous ne sommes plus à un déplacement près.

— Quel genre de litige ? demanda Lonny, avec une moue comme si ce simple mot était amer dans sa bouche.

— C'est une affaire assez compliquée. Seth Hubbard est mort soudainement il y a six mois et il a laissé un beau bazar derrière lui : beaucoup d'argent et beaucoup de problèmes. Notre travail est d'abord de rassembler tous les membres de la famille, ce qui n'est pas une mince affaire. Nous avons de bonnes raisons de croire que vous auriez peut-être des informations sur Ancil Hubbard. Je me trompe ?

Lonny ferma les yeux comme si une onde de douleur le traversait. Quand il les rouvrit, il contempla le plafond.

— Ce nom ne me dit rien, je regrette.

Lucien, comme s'il s'attendait à cette réponse, ou ne l'avait pas entendue, poursuivit :

— Peut-être quelqu'un de votre connaissance vous a-t-il parlé d'Ancil Hubbard, ou vous a-t-il mentionné son nom ? J'ai besoin de votre aide, monsieur Clark. Réfléchissez bien. Vous avez pas mal bourlingué, vous avez connu des tas de gens, en des tas d'endroits. Je sais que vous souffrez, mais prenez le temps de fouiller votre mémoire, je vous en prie.

— Ce nom ne me dit rien, répéta-t-il.

L'infirmière fusilla Lucien du regard. Il l'ignora volontairement. Il posa avec précaution sa vieille serviette en cuir sur le lit pour que Lonny puisse la voir. Elle contenait sûrement quelque chose d'important.

— Vous avez déjà habité le Mississippi, monsieur Clark ?

— Non.

— Vous en êtes sûr ?

— Sûr de chez sûr.

— Voilà qui est curieux. Parce que nous pensions que vous étiez né là-bas. Nous avons lâché une fortune à une agence de détectives privés pour retrouver la trace d'Ancil Hubbard. Quand votre nom est sorti, ils ont fait des recherches et ont trouvé plusieurs Lonny Clark. L'un d'entre eux est né au Mississippi, il y a soixante-six ans. Soixante-six ans, c'est bien votre âge, monsieur Clark ?

Lonny regarda Lucien fixement.

— Oui, c'est mon âge, articula-t-il.

— Quel est votre lien avec Ancil Hubbard ?

L'infirmière intervint :

— Puisqu'il vous dit qu'il ne le connaît pas.

— Ce n'est pas à vous que je parle ! rétorqua Lucien. Il s'agit d'une affaire juridique de la plus haute importance, impliquant des dizaines d'avocats, plusieurs tribunaux et une somme faramineuse d'argent. Si j'ai besoin de votre avis éclairé, je vous le ferai savoir. En attendant, bouclez-la.

La grosse femme eut un hoquet. Ses joues devinrent cramoisies.

Lonny n'aimait pas cette infirmière et renchérit :

— Ne parlez pas à ma place, d'accord ? Je peux me débrouiller seul.

L'infirmière, châtiée sur ses deux flancs, recula d'un pas. Lucien et Lonny, maintenant unis dans leur mépris pour cette mégère, échangèrent un regard circonspect.

— Je vais dormir dessus, déclara Lonny. Ma mémoire me joue des tours ces temps-ci. Et ils m'abrutissent avec tous leurs médicaments.

— Prenez tout le temps qu'il vous faut. Il est crucial que nous puissions retrouver Ancil Hubbard. (Lucien lui donna une carte de visite.) C'est mon patron, Jake Brigance. Vous pouvez l'appeler et vérifier ce que je vous ai dit. C'est l'avocat qui est en charge de cette affaire.

— Et vous êtes avocat aussi ?

— Oui. Je n'ai juste plus de carte de visite. Je suis descendu au Glacier Inn, sur la 3ᵉ Rue.

* * *

En fin d'après-midi, Herschel Hubbard ouvrit la porte de la maison paternelle et entra. La bâtisse était vide depuis combien de temps déjà ? Il fit un rapide

572

calcul. Son père s'était tué le 2 octobre, un dimanche. On était le 2 avril, un dimanche aussi. À sa connaissance, la maison n'avait pas été nettoyée depuis le jour où il avait congédié Lettie, le lendemain des funérailles. La poussière couvrait le meuble télévision et les rayonnages de livres. Il planait dans l'air une odeur de tabac froid et de renfermé. Il actionna un interrupteur et les ampoules s'allumèrent. On lui avait dit que Quince Lundy, l'administrateur, se chargeait de régler les factures courantes. Les plans de travail dans la cuisine étaient immaculés. Le réfrigérateur était vide. Un robinet gouttait lentement, et avait laissé une tache brune sur la faïence de l'évier. Il s'enfonça plus loin dans la maison, jusque dans la chambre qui était autrefois la sienne. Il secoua le dessus-de-lit, puis s'étendit sur le matelas, les yeux levés au plafond.

Six mois ! Il avait souvent songé à cette fortune qui l'attendait, s'imaginant la doubler, voire la tripler, par des investissements judicieux. Parfois, il avait l'impression d'être millionnaire ; parfois, il avait le moral à zéro, aspiré dans un grand vide, lorsqu'il imaginait que cette manne pouvait lui passer sous le nez. Pourquoi le vieux avait-il fait ça ? Herschel était prêt à prendre plus que sa part de responsabilité dans cette relation ratée, mais de là à le déshériter complètement ? Il aurait pu aimer davantage son père, mais il donnait si peu en retour. Il aurait pu passer plus de temps ici, dans cette maison, mais Seth ne supportait pas sa présence. Quand le point de non-retour avait-il été franchi ? À quel âge Herschel avait-il compris que son père resterait toujours froid et distant ? Un enfant ne va pas vers son père quand il sent que celui-ci n'a pas de temps pour lui.

Mais Herschel ne s'était jamais disputé avec lui, ne lui avait jamais fait honte, ne s'était pas lancé dans une guerre ouverte ou pire encore – il n'avait jamais pris de drogue, n'était pas devenu un délinquant, ou un criminel. Il avait quitté son père et la maison à dix-huit ans, pour faire sa vie. S'il avait négligé Seth une fois adulte, c'est parce que son père l'avait négligé quand lui était enfant. Un fils n'a pas le désamour dans ses gènes. Il apprend la froideur et la distance en grandissant. Et en ce domaine, Herschel avait eu un maître.

L'argent y aurait-il changé quelque chose ? Si Herschel avait su l'étendue de la fortune de son père, la situation aurait-elle été différente ? Oui, bien sûr. Il devait bien l'admettre. Au début, il était monté sur ses grands chevaux et avait dit, à sa mère du moins, que cela n'aurait rien changé. En aucun cas ! Puisque son père ne voulait rien savoir de son fils, tout était au mieux dans le meilleur des mondes ; il ne serait pas allé le supplier. Mais aujourd'hui, maintenant que le temps avait passé – six mois – et que son monde ne cessait de s'assombrir, Herschel savait qu'il aurait dû être ici, dans cette maison, à prendre soin de son vieux père. Il aurait dû se montrer plus intéressé par le bois et les fabriques de meubles. Insister pour que Seth lui apprenne le métier, pour faire de lui son successeur. Il aurait ravalé sa fierté, et serait revenu dans le comté, aurait loué une maison à proximité de celle de son père. Et il aurait eu à l'œil cette Lettie Lang !

Être exclu d'un tel héritage était si humiliant. Ses amis chuchotaient dans son dos. Ses ennemis se réjouissaient de ses déboires. Son ex-femme le méprisait presque autant qu'elle méprisait Seth, et elle s'était empressée de répandre, dans tout Memphis, la nouvelle : renié par son père ! Même si ses propres enfants connaissaient la même infamie, elle ne pouvait s'empêcher de se moquer de Herschel. Ces derniers mois, il avait bien du mal à se concentrer sur son travail. Les factures et les dettes s'accumulaient ; sa mère était de plus en plus revêche et agacée. À deux reprises, elle lui avait demandé de quitter la maison et de se trouver un endroit à lui pour vivre. Il ne souhaitait que ça, mais n'en avait pas les moyens.

Et son sort, à présent, était entre les mains d'un Wade Lanier, d'un juge acariâtre, et d'un jury composé d'une bande de ploucs. Parfois, il était confiant. La justice serait de son côté. Le droit et l'équité prévaudraient. Parce que, non, ce n'était pas bien qu'une femme de ménage, quelle que soit la couleur de sa peau, débarque à la fin du dernier acte et, par des manigances, parvienne à leur voler ce qui leur revenait par la loi du sang. Mais, à d'autres moments, Herschel était terrifié, tétanisé par l'idée d'être rejeté. C'était déjà arrivé ; cela pouvait se reproduire.

Les murs semblèrent se refermer sur lui, l'air devenir épais et étouffant. Cette maison avait été sans joie, avec un père et une mère qui se détestaient. Il les maudit, tous les deux, autant l'un que l'autre, puis reporta ses pensées sur l'énigme paternelle : pourquoi avoir des enfants si on n'en voulait pas ? Il s'était tant de fois posé cette question. Un mystère. Mieux valait oublier tout ça.

Assez ! Il referma la maison et se rendit à Clanton, où il avait rendez-vous à 18 heures. Ian et Ramona étaient déjà là, dans la grande salle de réunion au premier étage du cabinet Sullivan. Myron Pankey, l'expert en sélection de jurés, présentait le résultat de ses recherches quand Herschel arriva. On fit rapidement les présentations. Pankey était venu avec deux assistantes, deux beautés, calepin en main, prêtes à prendre des notes.

Wade Lanier et Lester Chilcott étaient assis en face, au milieu de la table, flanqués de leurs auxiliaires juridiques.

— Notre sondage téléphonique, expliquait Pankey, a également montré que lorsqu'on précise que le testament a été écrit à la main par un vieil homme malade, et que le bénéficiaire est une femme beaucoup plus jeune, la moitié des personnes interrogées se demandent s'il n'y a pas une histoire de sexe derrière. Nous ne faisons jamais allusion à d'éventuelles relations intimes, mais ça vient tout seul sur le tapis. Que s'est-il passé exactement ? La race n'est jamais précisée, mais les sondés noirs, pour quatre-vingts pour cent d'entre eux, soupçonnent des relations sexuelles. Contre cinquante-cinq pour cent chez les Blancs.

— Donc le soupçon est dans l'air, qu'on le formule ou non, constata Lanier.

C'est une évidence depuis six mois ! railla Herschel pour lui-même tandis qu'il gribouillait dans son carnet. Pour l'instant ils avaient versé les deux tiers des soixante-quinze mille dollars que Pankey demandait en échange de ses services. L'argent avait été avancé par Wade Lanier, qui assumait également les autres frais juridiques. Ian avait réussi à grappiller pour lui vingt mille dollars. Et Herschel, bien sûr, n'avait rien eu. Quand il faudrait rembourser, cela promettait d'être la guerre.

Pankey leur distribua un épais dossier, même si les avocats avaient déjà passé des heures à l'étudier. L'analyse commençait par Ambrose et se terminait par Young, à raison d'une page ou deux de renseignements par juré – avec clichés de leur maison, de leur véhicule, ce genre de choses. Pour certains, on trouvait même des portraits, extraits d'archives de leur église, de leur club de sport, ou de photos de classe. Parfois, c'étaient leurs propres amis qui les avaient fournis.

— Notre juré idéal, poursuivait Pankey, est un homme de type caucasien de cinquante ans. Les plus jeunes ont fréquenté des écoles mixtes et ont tendance à être plus tolérants à l'égard des Noirs, et bien évidemment nous ne cherchons pas des gens tolérants. C'est triste à dire, mais plus ils sont racistes, mieux c'est. Et nous avons une petite préférence pour les femmes, parce qu'elles auront tendance à jalouser une autre femme qui aura manigancé pour avoir son nom dans un testament. Un homme peut comprendre celui qui perd la tête pour sa femme de ménage, mais pas une femme. Sur ces sujets-là, elles sont impitoyables.

Soixante-quinze mille dollars pour ça ? Herschel n'en revenait pas. C'était enfoncer des portes ouvertes, non ? Il lança un regard agacé à sa sœur ; elle semblait si vieille, si fatiguée. Entre elle et Ian, c'était à couteaux tirés. Le frère et la sœur s'étaient plus parlé au téléphone ces trois derniers mois que durant les dix années précédentes. Tous les projets de Ian étaient de véritables flops et leur mariage se fissurait de tous côtés. Ian passait la majeure partie de son temps sur la côte où sa société était chargée de rénover un centre commercial. Cela convenait très bien à Ramona. Elle ne le voulait plus à la maison. Elle parlait ouvertement de divorce, désormais, en tout cas à Herschel. Mais s'ils perdaient le procès, elle serait coincée. Nous allons gagner, la rassurait son frère.

À 19 h 30, ils épluchaient encore les fiches signalétiques. Puis Wade Lanier déclara qu'il en avait assez. Ils se rendirent dans un restaurant de poisson sur les rives du lac Chatulla, et firent un bon repas, juste les avocats et leurs clients. Après quelques verres, tout le monde se détendit. Lanier était un conteur hors pair et il amusa toute la tablée de ses anecdotes hilarantes. À plusieurs reprises, il leur dit : « Nous allons gagner, les enfants. Faites-moi confiance. »

* * *

Lucien était dans sa chambre d'hôtel, avec un Jack Daniel's sur sa table de nuit, plongé dans un roman illisible de Faulkner – encore un ! – quand le téléphone sonna.

— Monsieur Wilbanks ? demanda une voix faible à l'autre bout du fil.

— C'est moi.

Lucien referma son livre et s'assit sur le lit.

— C'est Lonny Clark, monsieur Wilbanks.

— Appelez-moi Lucien. Et moi je vous appelle Lonny.

— D'accord.

— Comment vous sentez-vous ce soir ?

— Mieux. Bien mieux. Vous êtes venu l'autre nuit dans ma chambre, n'est-ce pas, Lucien ? Je sais que c'était vous. J'ai cru que je rêvais quand un inconnu est venu et m'a parlé, mais quand je vous ai vu aujourd'hui, j'ai reconnu votre visage et votre voix. C'était bien vous.

— Vous avez dû rêver, Lonny.

— Non. C'était bien réel. Vous êtes venu hier et la nuit d'avant aussi. Vendredi soir et samedi soir, c'était vous. Je le sais.

— Personne ne peut entrer dans votre chambre, Lonny. Il y a un policier devant la porte, en permanence.

Lonny marqua un silence. La surprise ? Peut-être ignorait-il l'existence de ce garde ? Ou se demandait-il comment quelqu'un, effectivement, avait pu s'introduire dans sa chambre malgré cette sentinelle ?

— Cet inconnu m'a parlé de Sylvester Rinds, reprit-il. Vous connaissez Sylvester Rinds, Lucien ?

— Qui est-ce ? demanda Lucien en buvant une gorgée de whisky.

— C'est la question que je vous pose. Vous voyez de qui il s'agit ?

— J'ai passé toute mon existence dans le comté de Ford, Lonny. Je connais tout le monde, Noirs comme Blancs. Il faut croire que ce Sylvester Rinds est mort avant ma naissance. Et vous, vous savez qui c'est ?

— Tout se brouille à présent. C'est si loin...

Sa voix s'éloigna, comme si Lonny avait lâché le combiné.

— Je m'intéresse surtout à Ancil Hubbard, répondit Lucien pour empêcher son interlocuteur de s'endormir. Des souvenirs vous sont revenus le concernant ?

— Peut-être, oui. (Son ton était si faible.) Vous pouvez passer me voir demain matin ?

— Bien sûr.

— Venez tôt. J'ai les idées plus claires le matin.

— À quelle heure les médecins finissent-ils leur tournée ?

— Je ne sais pas. 9 heures, j'imagine.

— Alors je serai là à 9 h 30. Bonne nuit, Lonny.

39.

Nevin Dark gara son pickup devant le palais de justice et consulta sa montre. Il était en avance, mais c'était ce qu'il voulait. C'était la première fois qu'il était appelé comme juré, et il devait reconnaître que ça l'excitait plutôt. Il avait une ferme de quatre-vingts hectares à l'ouest de Karaway et il descendait rarement à Clanton. Pour l'occasion, il avait sorti son nouveau pantalon de toile et le blouson d'aviateur de son père, celui qu'il portait pendant la Seconde Guerre mondiale. Sa femme avait repassé aussi sa chemise de coton et lui avait boutonné le col jusqu'en haut. Nevin s'habillait rarement ainsi. Il contempla le tribunal, cherchant à repérer d'autres gens ayant une convocation à la main.

De l'affaire, il ne savait pas grand-chose. Le frère de sa femme, un vantard, disait qu'il s'agissait d'un problème avec un testament écrit à la main, mais il n'avait pas d'autres détails. Les Dark n'étaient abonnés à aucun journal local. Ils n'avaient pas mis les pieds dans une église depuis dix ans, si bien qu'ils n'étaient pas au fait des rumeurs. La convocation ne disait rien sur le type de procès qu'il allait devoir juger. Nevin n'avait jamais entendu parler de Seth Hubbard, ni de Lettie Lang. Le nom de Jake Brigance lui disait quelque chose, mais uniquement parce que Jake était de Karaway et que l'affaire Hailey avait fait grand bruit.

En un mot, Nevin Dark était un juré modèle : relativement intelligent, ouvert d'esprit et n'ayant aucun a priori sur l'affaire. La convocation était pliée dans sa poche. Il fit le tour de la place pour tuer le temps, puis obliqua vers le palais de justice où ça commençait à s'agiter. Il grimpa les marches du perron et rejoignit les gens qui franchissaient les doubles portes de chêne. Deux policiers en uniforme avaient une liste de noms pincée sur une planchette. Il fut admis alors dans le saint des saints. Quand il pénétra dans la salle d'audience, un greffier l'accueillit avec un grand sourire et lui indiqua un siège sur l'aile gauche. Il se retrouva assis à côté d'une jolie femme en mini-jupe. Dans les deux minutes, elle lui annonça qu'elle était une collègue de Carla Brigance et qu'elle ne serait sans doute pas sélectionnée. Quand il confessa qu'il ne savait rien de l'affaire, la jeune femme eut du mal à le croire. Les jurés se parlaient à voix basse tout en surveillant du regard les avocats qui déambulaient dans la salle en prenant de grands airs. Les bancs du jury étaient vides. Des employés du tribunal distribuaient des papiers çà et là ; ils n'avaient pas grand-chose à faire, mais tentaient de justifier leur présence, ne voulant pas rater l'ouverture de ce procès, le plus grand en matière de succession qu'ait connu le comté. Certains avocats n'avaient rien à faire là non plus, mais un tribunal plein de jurés attirait toujours les habitués du palais.

Il y avait, par exemple, Chuck Rhea qui n'avait aucun client, aucun bureau, et pas un dollar en poche. De temps en temps, il devait authentifier un acte de propriété, ce qui lui donnait une raison de traîner dans les couloirs, pour lutter contre l'ennui, boire un café gratis, draguer les secrétaires ou alpaguer le moindre avocat passant à proximité. Il était toujours là, comme s'il faisait partie des meubles. Chuck manquait rarement un procès. Puisqu'il n'avait à s'occuper d'aucun, il regardait ceux des autres. Aujourd'hui, il avait revêtu son plus beau costume et ses souliers brillaient comme des sous neufs. Il parla à Jake et à Harry Rex – de vieilles connaissances – et aussi aux autres avocats qui ne le connaissaient pas mais qui avaient vite compris que Chuck faisait partie du décor. Tous les palais de justice avaient ainsi leurs figurants.

L'homme à la droite de Nevin Dark lança la conversation. Il avait une entreprise de pose de clôture à Clanton. Une fois, il avait fait un chenil pour les chiens de chasse de Harry Rex Vonner.

— C'est le gros là-bas, fit-il en le désignant du doigt. Celui avec le costume fripé. Harry Rex Vonner, la terreur des divorces !

— Il travaille pour Jake Brigance ? demanda Nevin.

— Apparemment.

— Et qui sont tous ces autres avocats ?

— Allez savoir. Il y en a tellement de nos jours. La place en est pleine !

Un huissier approcha et cria :

— Mesdames et messieurs, la cour ! L'honorable Reuben V. Atlee, juge du vingt-deuxième district de l'État du Mississippi !

Le vieux juge apparut et s'installa sur son estrade tandis que toute la salle se mettait au garde-à-vous.

— Asseyez-vous, je vous prie, ordonna Atlee.

La foule reprit place sur les bancs dans des grincements de bois. Atlee souhaita le bonjour à tout le monde et remercia les jurés potentiels de leur présence – comme s'ils avaient eu le choix ! L'objet de cette séance, expliqua-t-il, était la sélection du jury, douze jurés plus deux suppléants. Il estimait que cette tâche les occuperait toute la journée. Parfois, dans les affaires de justice, il pouvait y avoir une certaine lenteur, et il demanda aux jurés de s'armer de patience. Un greffier avait écrit tous les noms sur des morceaux de papier et les avait mis dans une corbeille. Atlee les tirerait au hasard, et les jurés iraient s'asseoir suivant leur ordre d'appel. Une fois les cinquante premiers appelés, les autres pourraient rentrer chez eux. On les recontacterait peut-être demain, le cas échéant.

La salle était divisée en deux ailes, séparées par l'allée centrale. Chaque section était pourvue de dix longs bancs pouvant accueillir dix personnes chacun. La salle étant bondée, Atlee demanda aux spectateurs de libérer les quatre premiers rangs à sa gauche. Le processus dura quelques minutes, le temps que les gens se lèvent. Ne sachant trop où se mettre, bon nombre allèrent se placer debout le long des murs. Le juge plongea la main dans la corbeille et sortit un premier nom.

— Monsieur Nevin Dark.

L'espace d'un instant, son cœur cessa de battre. Mais Nevin se leva vaillamment.

— Oui, monsieur le juge.

— Bonjour, monsieur Dark. Voulez-vous bien vous asseoir au premier rang, à l'extrême gauche ? Vous serez dorénavant appelé le juré numéro Un.

— D'accord.

Quand Nevin remonta l'allée centrale, il sentit tous les regards posés sur lui, comme s'il avait tué quelqu'un. Il rejoignit le banc, à l'endroit indiqué. Une fois assis, les avocats continuaient à l'épier – tous autant qu'ils étaient !

Nevin Dark. Blanc, cinquante-trois ans, marié, deux enfants adultes, membre d'aucune église ou association. Pas d'études supérieures, pas de casier judiciaire. Jake lui avait mis un sept. Portia et lui consultaient leurs notes. Harry Rex, qui se tenait dans un coin, à côté du box du jury, étudiait aussi ses fiches. Leur juré idéal était un Noir, homme ou femme, quel que soit l'âge, mais il n'y en avait pas beaucoup dans le panel. À la table des plaignants, Lanier et Chilcott comparaient leurs infos. Leur juré modèle, quant à eux, était une femme blanche, de quarante-cinq ans ou plus, ayant été élevée dans le vieux Sud ségrégationniste, et ne portant pas les Noirs dans son cœur. Mais ils aimaient bien ce Nevin Dark, même s'ils n'en savaient guère plus que Jake à son sujet.

Le numéro Deux était Tracy McMillen, secrétaire, blanche, trente et un ans. Le juge Atlee prenait tout son temps pour déplier les papiers, lisait lentement le nom, en veillant à ne pas faire de faute de prononciation, puis demandait à chaque appelé d'aller prendre sa place. Quand le premier banc fut plein, le numéro Onze alla s'asseoir derrière. Une certaine Sherry Benton, la première Noire à sortir du tirage.

Il fallut une heure pour appeler les cinquante premiers. Quand ils furent tous installés, le juge renvoya les autres, en précisant qu'ils devaient rester disponibles. Certains s'en allèrent, mais la plupart restèrent dans la salle avec les autres spectateurs.

— La séance est suspendue pour un quart d'heure, annonça le juge en faisant sonner son maillet.

Il extirpa son grand corps du fauteuil et descendit de l'estrade, sa robe voletant derrière lui comme une grande aile. Sitôt le juge parti, les avocats, fébriles, se rassemblèrent, parlant tous en même temps. Jake, Portia et Harry Rex filèrent dans la chambre des délibérations du jury, vide pour l'heure.

— On est foutus ! lança Harry Rex, sitôt que Jake eut fermé la porte. Y a pas pire comme tirage. On est dans la merde jusqu'au cou !

— Ce n'est pas dit, répliqua Jake en jetant son carnet sur la table pour faire craquer ses doigts.

— On a onze Noirs sur les cinquante, précisa Portia. Malheureusement, quatre d'entre eux sont au dernier rang. Comme à la grande époque !

— T'essaies d'être drôle, là ? aboya Harry Rex.

— Heu, oui. C'était à propos, non ? se défendit-elle.

— Ça suffit, tous les deux, intervint Jake. Je doute qu'on dépassera le chiffre quarante de toute façon.

— Pareil, renchérit Harry Rex. Et pour info, j'ai plumé le sept, le dix-huit, le trente et un, le trente-six et le quarante-sept pour leur divorce. Heureusement, ils ne savent pas que je bosse pour toi. D'ailleurs, je me demande bien ce que je fais là, puisque je vais

586

en être pour mes frais ! On est lundi matin. Et il y a plein d'épouses hystériques dans mon bureau qui veulent que je règle leur compte à leur mari – et certaines sont armées ! – et je suis ici à glander dans cette salle d'audience, comme ce couillon de Chuck Rhea. Tout ça pour pas une thune.

— Tu veux bien la fermer, s'il te plaît ?

— Si tu insistes.

— Tout n'est pas perdu, reprit Jake. Le tirage ne nous est pas favorable, mais il n'est pas non plus catastrophique.

— Je te fiche mon billet que Lanier et ses sbires ont la banane en ce moment.

— Je ne vous comprends pas, lança Portia. Pourquoi ce serait toujours les Noirs contre les Blancs ? J'ai regardé toutes ces personnes, tous ces visages, et je n'ai pas vu une bande de racistes prêts à brûler le testament et à tout donner à l'autre camp. Moi, j'ai vu des gens sensés et raisonnables.

— Et quelques tarés aussi, rétorqua Harry Rex.

— Je suis d'accord avec Portia, annonça Jake. Mais on est loin encore d'avoir nos douze. On se chamaillera plus tard.

*   *   *

Après la pause, les avocats furent autorisés à passer leurs chaises de l'autre côté de leur table pour pouvoir faire face au panel de jurés. Le juge reprit sa place, sans que retentisse le solennel « mesdames et messieurs, la cour ! », et exposa brièvement l'objet du procès. Il estimait que les débats dureraient trois ou quatre jours et que le verdict serait sans doute rendu vendredi après-midi. Il présenta les avocats, un à un, mais sans citer les assistants. Jake était seul face à un bataillon !

Atlee annonça qu'il allait procéder à quelques vérifications d'usage, puis qu'il laisserait les avocats interroger et évaluer les jurés. Il commença par les questions de santé : quelqu'un était-il malade, devait-il suivre un traitement, ou était-il dans l'incapacité physique de rester assis et attentif pendant des périodes prolongées ? Une femme se leva et expliqua que son mari était à l'hôpital de Tupelo et qu'il fallait qu'elle soit à son chevet.

— Vous êtes dispensée, madame, lança le juge d'un ton compatissant.

Et la femme quitta rapidement la salle. Exit, le vingt-neuf. Le quarante avait une hernie discale qui l'avait fait souffrir tout le week-end. Il disait avoir très mal. Il se gavait d'antalgiques qui le faisaient piquer du nez.

— Dispensé !

Le juge semblait prêt à laisser partir tout le monde ayant une bonne excuse, mais ce n'était qu'une illusion. Quand il demanda si cela posait des problèmes au niveau professionnel, un homme en costume cravate se leva et déclara qu'il ne pouvait s'absenter de son bureau. Il était directeur régional d'une grande société de BTP et, visiblement, s'estimait indispensable. Il pourrait perdre sa place, souffla-t-il. Atlee fit un sermon sur les devoirs civiques de tout citoyen, tançant ouvertement le cadre supérieur.

— Et si vous perdez votre emploi, monsieur Crawford, lâcha-t-il pour clore son laïus, faites-le-moi savoir. J'assignerai votre patron devant cette cour, ici même, et je peux vous garantir qu'il passera un mauvais quart d'heure.

Crawford se rassit, contrit et cramoisi. Personne d'autre ne tenta de se soustraire à ses devoirs civiques pour des raisons professionnelles. Atlee aborda le point suivant de sa liste : certains avaient-ils déjà été jurés ? Quelques mains se levèrent : trois dans un tribunal du Mississippi, deux dans une cour fédérale. Ces expériences ne les empêchaient en rien d'entendre et de délibérer sur l'affaire présente.

Qui connaissait Jake Brigance ? s'enquit ensuite Atlee. Neuf personnes levèrent le bras. Quatre étaient d'anciens clients. Ils furent tous remerciés. Deux femmes fréquentaient la même église mais certifièrent que cela n'affecterait en rien leur impartialité. Le juge les garda. En revanche, un lointain cousin des Brigance fut aussitôt déchargé de ses obligations. La collègue de Carla déclara qu'elle connaissait trop bien Jake et que son jugement ne serait pas objectif. Elle put rentrer chez elle. Le dernier à prendre la parole était un ancien camarade du lycée de Karaway, mais de son propre aveu il n'avait pas vu Jake depuis dix ans. Il conserva sa place dans le panel. Son cas serait traité ultérieurement.

Atlee présenta à nouveau les autres avocats et posa aux futurs jurés la même question. Mais personne ne savait qui étaient Wade Lanier, Lester Chilcott, Zack Zeitler ou Joe Bradley. Aucun n'habitait le comté.

— Nous pouvons à présent poursuivre, annonça le juge. Le dernier testament en date a été écrit de la main de Seth Hubbard, aujourd'hui décédé. Qui, parmi vous, le connaît personnellement ?

Deux mains timides se levèrent. Le premier déclara qu'il avait grandi dans la région de Palmyra et qu'il avait connu Seth quand ils étaient beaucoup plus jeunes.

— Quel âge avez-vous ? s'informa le juge.

— Soixante-neuf ans.

— Vous savez que l'on peut demander une dispense quand on a plus de soixante-cinq ans.

— Oui, monsieur le juge, mais je préfère rester. Je peux ?

— Bien sûr. Et c'est tout à votre honneur. La cour vous remercie de faire preuve d'une telle conscience civique.

L'autre personne était une femme. Elle avait travaillé dans une exploitation appartenant à Seth Hubbard, mais cela ne devrait pas affecter son jugement. Atlee donna le nom des deux ex-femmes de Seth Hubbard et voulut savoir si quelqu'un dans le panel les connaissait. Une femme déclara que sa sœur aînée avait été amie avec la première épouse, mais que cela faisait longtemps. Le juge pria Herschel et Ramona Hubbard de se lever. Le frère et la sœur sourirent, mal à l'aise, à la cour puis aux jurés, puis se rassirent. Avec méthode, Atlee demanda aux jurés potentiels si l'un d'entre eux connaissait ces gens. Quelques mains encore se levèrent – tous d'anciens camarades de classe. Atlee leur posa à chacun une série de questions. Tous assurèrent ne pas être très au courant de l'affaire, et que le peu d'informations qu'ils avaient n'influencerait en rien leur décision.

Insidieusement, l'ennui s'installa. Les questions n'en finissaient pas. À midi, douze sur les cinquante avaient été congédiés – que des Blancs. Sur les trente-huit rescapés, il y avait onze Noirs, et pas un n'avait levé la main, à aucun moment.

Pendant la pause déjeuner, les avocats de chaque partie se réunirent pour définir quel juré il fallait garder. Ils oublièrent de manger leurs sandwichs tant ils étaient occupés à parler langage corporel, gestuelles et expressions faciales. Dans le bureau de Jake, l'humeur était bonne parce que le panel était plus noir que prévu. Dans la salle de réunion du cabinet Sullivan, l'ambiance était plus tendue parce que chaque Noir était autant d'obstacles à leur stratégie. Sur les onze, pas un n'avait déclaré connaître Lettie Lang. C'était impossible dans un si petit comté ! Il y avait évidemment une sorte de collusion ! Leur consultant, Myron Pankey, les avait bien observés durant le questionnaire, et il était évident que tous voulaient faire partie du jury. Mais Pankey était de Cleveland et ne connaissait rien aux Noirs du Sud.

Wade Lanier, toutefois, n'était pas inquiet. Il avait plaidé davantage d'affaires au Mississippi que tous les autres réunis, et les trente-huit jurés restant dans le panel lui convenaient. Quasiment pour chaque procès, il engageait un consultant qui décortiquait le passé de chaque juré, mais dès que Lanier les voyait en chair et en os, il lisait en eux à livre ouvert. Et même s'il ne le disait pas, Lanier avait aimé ce qu'il avait vu ce matin.

Et il avait toujours ses deux cartes secrètes dans sa manche : le testament manuscrit d'Irene Pickering, et le témoignage de Julina Kidd. À sa connaissance, Jake Brigance ne se doutait de rien. Si Lanier lâchait ces deux bombes au bon moment, il était sûr de remporter la victoire à l'unanimité. Après d'âpres négociations,

Fritz Pickering avait accepté de témoigner pour sept mille cinq cents dollars. Julina Kidd avait cédé pour seulement cinq mille. Ni Fritz, ni Julina n'avaient eu de contacts avec la partie adverse. Lanier était confiant. Son piège fonctionnerait.

Pour l'instant, son cabinet avait avancé quatre-vingt-cinq mille dollars, mais à la fin ce serait ses clients qui paieraient. Le coût du procès était un sujet rarement abordé, même s'il était dans tous les esprits. Les clients s'inquiétaient toujours des frais qui grimpaient en flèche, mais Lanier était habitué aux réalités économiques d'une telle affaire. Deux ans plus tôt, son cabinet avait dépensé deux cent mille dollars pour attaquer un fabricant d'un produit défectueux, procès qu'il avait perdu.

On lançait les dés. Parfois la chance était de son côté, parfois pas. Mais Wade Lanier, cette fois, était certain de gagner.

* * *

Nevin Dark prit place dans un box du Coffee Shop avec trois de ses nouveaux confrères et commanda à Dell du thé glacé. Les quatre hommes portaient au revers un badge blanc avec le mot « juré » écrit en lettres bleues, comme si c'était là un talisman interdisant au monde extérieur de les approcher. Dell avait vu ces badges des dizaines de fois ; elle saurait tendre l'oreille sans poser de questions ni donner son opinion.

Le juge Atlee avait bien mis en garde les trente-huit jurés restants. En aucun cas, ils ne devaient parler de l'affaire. Puisque personne ne se connaissait à la table de Nevin, chacun raconta ce qu'il faisait dans la vie, tout en examinant la carte. Fran Decker était un ancien instituteur de Lake Village, à quinze kilomètres au sud de Clanton. Charles Ozier vendait des tracteurs pour une société de Tupelo et habitait près du lac. Debbie Lacker vivait à Palmyra, village de trois cent cinquante habitants, mais n'avait jamais rencontré Seth Hubbard. Puisqu'ils ne pouvaient discuter du procès, ils parlèrent du juge, de la salle d'audience, des avocats. Dell avait déployé ses antennes mais ne captait rien d'intéressant, du moins rien pour Jake s'il passait aux nouvelles.

À 13 h 15, ils réglèrent séparément leur note et repartirent au palais de justice. À 13 h 30, quand les trente-huit élus eurent repris place, le juge Atlee revint en scène en lançant un « rebonjour tout le monde ! ». Il expliqua qu'il allait procéder à la sélection du jury, selon une méthode quelque peu inhabituelle. Il allait demander à chaque juré de se rendre dans son bureau pour être interrogé par les avocats à huis clos.

Jake avait fait cette requête parce qu'il craignait que les jurés en sachent plus long qu'ils n'étaient prêts à l'admettre s'ils étaient en groupe. En les interrogeant individuellement, il pensait pouvoir les sonder plus en profondeur et obtenir des réponses plus complètes à ses questions. Wade Lanier n'y fit pas objection.

— Monsieur Nevin Dark, annonça le juge Atlee, vous allez être le premier à nous rejoindre dans mes quartiers…

Un huissier lui montra le chemin et Nevin, mal à l'aise, passa devant l'estrade du juge, et disparut par la porte au fond de la salle. On lui fit emprunter un couloir jusqu'à une petite pièce où tout le monde l'attendait. Une sténographe était à son pupitre, prête à consigner chaque mot. Le juge Atlee s'installa au bout de la table et les avocats se répartirent tout autour.

— Je vous rappelle que vous êtes sous serment, monsieur Dark, précisa Atlee.

— Bien sûr.

Jake lui lança un sourire et commença :

— Certaines questions risquent d'être assez personnelles, monsieur Dark, lui expliqua-t-il. Vous avez le droit de ne pas y répondre. C'est bien clair ?

— D'accord.

— Avez-vous rédigé un testament ?

— Oui.

— Qui l'a préparé ?

— Barney Suggs, un avocat de Karaway.

— Et votre femme ?

— Oui, aussi. On les a signés en même temps, dans le bureau de Me Suggs, il y a environ trois ans.

Sans demander les détails de la succession, Jake s'intéressa à la genèse de ce document. Qu'est-ce qui les avait décidés à faire leur testament ? Leurs enfants en connaissaient-ils l'existence ? En avaient-ils souvent modifié le contenu ? S'étaient-ils désignés mutuellement comme exécuteur testamentaire ? Avaient-ils déjà hérité de biens ou d'argent par voie successorale ? Est-ce que, selon lui, un individu pouvait léguer ses biens à qui il voulait ? Même à quelqu'un qui n'était pas de sa famille ? À une œuvre de charité ? À un ami ou un employé ? Cet individu avait-il le droit de déshériter sa famille parce qu'il ne s'entendait plus avec elle ? Est-ce que lui, ou sa femme, avait songé, à un moment, à exclure une personne qui figure aujourd'hui sur la liste de leurs bénéficiaires ?

Etc. Quand Jake en eut fini, Wade Lanier demanda à Nevin Dark s'il prenait des médicaments et des antalgiques. Rarement, mais sa femme avait eu un cancer du sein et elle avait alors eu recours à de puissants antidouleurs. Il ne se souvenait plus de leur nom. Lanier parut authentiquement touché par l'épreuve qu'avait traversée cette femme, qu'il ne connaissait ni d'Ève ni d'Adam, et insidieusement, avec habileté, il souffla au juré que les analgésiques prescrits aux gens qui souffraient beaucoup altéraient leur capacité de jugement. Et la petite graine fut plantée.

Le juge Atlee consulta l'horloge. Il mit fin à l'interrogatoire au bout de dix minutes. Nevin Dark retourna dans la salle, où tous les regards se braquèrent sur lui. La jurée numéro Deux, Tracy McMillen, attendait sur une chaise à côté de l'estrade. On la conduisit à son tour dans les bureaux du juge, où elle dut répondre aux mêmes questions.

L'ennui gagna toute la salle et de nombreux spectateurs rentrèrent dans leurs pénates. Certains jurés s'endormirent, d'autres lurent et relurent le même magazine. Les huissiers bayaient aux corneilles et contemplaient le paysage derrière les grandes fenêtres. Le ballet des futurs jurés se poursuivit, l'un remplaçant l'autre toutes les dix minutes. Parfois, l'un d'eux réapparaissait plus vite que prévu. Quand le numéro Onze, une femme, revint, elle n'alla pas se rasseoir, mais descendit l'allée et quitta le tribunal. Elle avait été remerciée pour des raisons qui resteraient à jamais inconnues de l'assistance.

Lettie et Phedra en profitèrent pour sortir se dégourdir les jambes. Quand elles passèrent devant le clan Hubbard rassemblé au dernier rang, elles baissèrent la tête pour ne pas croiser leurs regards.

* * *

Il était près de 18 h 30 quand le Trente-huit quitta la salle de réunion. Le juge Atlee, montrant une belle énergie, se frotta les mains et lança :

— Messieurs, je vous propose de clore la sélection aujourd'hui pour que nous puissions commencer les débats dès demain matin. Ça vous convient ?

— Monsieur le juge, intervint Jake, j'aimerais réitérer ma demande de changement de lieu pour la tenue du procès. Maintenant que nous avons interrogé les trente-huit premiers jurés, il est évident que ce panel en sait bien trop sur cette affaire. Pratiquement tous ces gens en ont entendu parler. C'est très inhabituel pour un procès au civil.

— Ce n'est pas du tout l'impression que j'ai, répliqua Atlee. Je trouve, au contraire, qu'ils ont été très rassurants. Bien sûr, ils ont eu vent du litige, mais la quasi-totalité assure que cela n'altérera pas leur jugement.

— Je suis d'accord avec vous, renchérit Lanier. À quelques exceptions près, ce panel est impressionnant d'impartialité.

— Votre requête est rejetée, Jake.

— Cela m'aurait étonné, marmonna-t-il, juste assez fort pour être entendu.

— Pouvons-nous à présent constituer notre jury, messieurs ?

596

— Je suis prêt, répondit Jake.

— Allons-y, lança Lanier.

— Parfait, reprit le juge. J'exclus les jurés Trois, Quatre, Sept, Neuf, Quinze, Dix-huit et Vingt-quatre.

— C'est noté, Votre Honneur, répliqua Lanier avec précaution. Mais pourquoi le Quinze ?

— Il a reconnu qu'il connaissait les Roston et que la mort des deux garçons l'a profondément attristé. Je crains qu'il n'ait une rancœur contre tous ceux qui portent le nom de Lang.

— Il a affirmé pourtant que ce n'était pas le cas, Votre Honneur, insista Lanier.

— Certes, mais je ne le crois pas. Il sera remercié. D'autres questions ?

Jake secoua la tête. Lanier n'était pas content, il rongea cependant son frein. Le juge enchaîna :

— Chaque partie a droit à quatre veto. Jake, présentez-nous vos douze jurés.

Il consulta fébrilement ses notes.

— Très bien. Nous choisissons le Un, le Deux, le Cinq, le Huit, le Dix, le Douze, le Quatorze, le Seize, le Dix-sept, le Dix-neuf, le Vingt et un et le Vingt-deux.

Il y eut un long silence. Chacun dans la pièce examinait ses fiches.

— Donc vous éliminez le Six, le Treize, le Vingt et le Vingt-trois, c'est bien ça ? demanda Atlee.

— C'est exact.

— Wade, c'est à vous. Vous êtes prêt ?

— Une petite seconde, monsieur le juge.

Lanier s'entretint à voix basse avec Chilcott. Visiblement, les deux hommes n'étaient pas d'accord. Jake tendit l'oreille mais ne put rien entendre. Il continuait à regarder ses notes – ses douze choix – sachant qu'il ne pourrait les garder tous.

— Messieurs, je vous attends, s'impatienta Atlee.

— Oui, Votre Honneur, répondit lentement Lanier. Nous retirons les numéros Cinq, Seize, Vingt-cinq et Vingt-sept.

Un silence pesant tomba à nouveau dans la pièce tandis que chacun rayait les noms de sa liste et réagençait sa main.

— Donc, constata Atlee, il semblerait que nous ayons notre jury. Le Un, Deux, Huit, Dix, Douze, Quatorze, Dix-sept, Dix-Neuf, Vingt et un, Vingt-deux, Vingt-six et Vingt-huit. Tout le monde est d'accord ?

Les avocats dodelinèrent de la tête sans relever les yeux de leurs fiches. Dix Blancs, deux Noires. Huit femmes, quatre hommes. La moitié avait rédigé des testaments, l'autre non. Trois avaient fait des études supérieures, sept avaient terminé le lycée. Deux avaient abandonné en route. Moyenne d'âge : quarante-neuf ans, avec deux femmes de moins de trente ans – une bonne surprise pour Jake. Globalement, il était plutôt satisfait. De l'autre côté de la table, Lanier l'était aussi. Il fallait le reconnaître, Atlee avait fait du bon travail en éliminant ceux qui pouvaient avoir des préjugés. Sur le papier, les extrêmes avaient été exclus et le procès serait entre les mains de gens qui semblaient ouverts d'esprit.

— Choisissons les deux suppléants, ordonna Son Honneur.

* * *

À 19 heures, le tout nouveau jury fut rassemblé dans la salle des délibérations sous la présidence du juge Atlee. Parce qu'il avait été le premier à avoir été tiré de la corbeille, le premier appelé, le premier retenu, et parce qu'il paraissait quelqu'un d'affable et doux, Nevin Dark fut choisi comme président du jury.

La journée avait été longue, mais riche en émotions. Nevin Dark rentra chez lui, impatient de tout raconter à sa femme au dîner. Le juge Atlee avait insisté : ils n'avaient pas le droit de parler entre eux de l'affaire, mais il n'avait rien dit des épouses.

40.

Lucien battit les cartes et les distribua adroitement. Dix pour lui, dix pour Lonny. Comme d'habitude depuis le matin, Lonny les ramassa une à une, et mit un temps fou à les arranger dans sa main, dans l'ordre qui lui convenait. Ses gestes étaient lents mais pas son esprit. Il menait de trente points après cinq parties de gin-rami ; il avait gagné les trois premières. Il portait sa blouse de malade et la potence de sa perfusion trônait au-dessus de sa tête. Une infirmière, plus aimable, l'avait autorisé à sortir du lit pour aller jouer aux cartes à côté de la fenêtre, mais il avait fallu quand même que Lonny hausse le ton pour qu'elle accepte. Il en avait assez d'être à l'hôpital et voulait partir. Mais pour aller où ? La prison de la ville l'attendait, et la nourriture y était encore plus mauvaise, sans compter le bataillon de flics qui allaient lui poser une foule de questions ! En réalité, les policiers l'attendaient juste derrière sa porte. Trente kilos de cocaïne, cela faisait toujours mauvais effet. Son nouvel ami Lucien, qui disait être avocat, lui avait assuré que cette pièce à conviction ne pouvait être recevable par un tribunal, la police n'ayant aucun motif valable de forcer la porte de sa chambre. Ils n'avaient pas le droit d'entrer chez quelqu'un par effraction et de fouiller ses affaires pour la seule raison qu'il avait reçu un mauvais coup sur la tête lors d'une rixe. « C'est couru d'avance, affirmait Lucien. Le moindre avocat obtiendra le rejet de cette preuve. Et vous sortirez libre. »

Ils avaient parlé de Seth Hubbard. Lucien lui avait résumé son parcours : son suicide, ses usines, ses coups financiers, sans compter les rumeurs qui couraient à Clanton ces six derniers mois. Lonny disait n'être guère intéressé par ces informations, mais il était quand même tout ouïe. Lucien ne parla pas du testament olographe, ni de la femme de ménage noire. Mais il s'attarda sur l'épopée de cet homme ruiné par son second divorce qui, pendant dix ans, s'était battu, avait pris de grands risques financiers, hypothéquant jusqu'à sa maison, pour finalement faire fortune. Il lui parla de Seth et de son goût du secret, de ses comptes à l'étranger, de son réseau de sociétés. Et Lucien mentionna ce clin d'œil du destin : le père de Seth, Cleon Hubbard, avait engagé son propre grand-père, Robert E. Lee Wilbanks, pour le défendre dans un litige foncier datant de 1928. Un procès qu'ils avaient perdu !

Lucien n'arrêtait pas de parler. Il fallait que Lonny ait confiance en lui, qu'il pense qu'il n'y avait pas de risque à lui faire des confidences sur son passé. Si Lucien lui disait tout, Lonny pourrait faire de même. À deux occasions durant la matinée, Lucien avait ramené la conversation sur Ancil Hubbard, mais ses tentatives furent vaines. Lonny semblait n'avoir aucun intérêt pour le sujet. Ils jouèrent donc au gin-rami toute la matinée. À midi, Lonny était fatigué et avait besoin de repos. L'infirmière se fit un plaisir de faire sortir Lucien.

Il obéit, mais revint deux heures plus tard, pour savoir comment allait son nouvel ami. Lonny voulait à présent jouer au black-jack, à dix cents la mise. Après une demi-heure, Lucien annonça :

— J'ai appelé Jake Brigance, l'avocat pour qui je travaille au Mississippi. Je lui ai demandé de se renseigner sur ce Sylvester Rinds dont vous m'avez parlé. Il a trouvé des infos.

Lonny posa ses cartes et regarda Lucien avec insistance.

— Et qu'est-ce qu'il a trouvé ?

— Eh bien, à en croire les registres fonciers du comté, Sylvester Rinds possédait trente hectares de terre au nord-est du comté, hérités de son père, un dénommé Solomon Rinds, né au début de la guerre de Sécession. Même si les archives ne le disent pas expressément, il y a de fortes chances que les Rinds aient eu cette parcelle juste après la guerre, pendant la Reconstruction, quand des esclaves affranchis purent avoir des terres avec l'aide des magouilleurs du Nord, des gouverneurs fédéraux et autres racailles yankees qui ont envahi notre pays à l'époque. Il semble qu'il y ait eu un litige concernant ce terrain de trente hectares. Les Hubbard possédaient les trente hectares voisins et, évidemment, ils en revendiquaient la propriété. Le procès auquel j'ai fait allusion ce matin, celui intenté en 1928 par Cleon Hubbard, concernait la parcelle des Rinds. Mon grand-père, qui était le meilleur avocat du comté et qui avait des relations partout, a perdu le procès. Et s'il a échoué, c'est que les Rinds avaient de quoi prouver, sans conteste, qu'ils étaient les véritables propriétaires de cette terre. Donc Sylvester Rinds a pu la conserver encore deux ans, puis il est mort en 1930. Après sa mort, Cleon Hubbard a récupéré ce terrain, par l'entremise de la veuve de Sylvester.

Lonny avait ramassé ses cartes et les tenait sous ses yeux, sans s'y intéresser. Il écoutait Lucien, et des images d'une autre vie lui revenaient.

— Intéressant, non ? insista Lucien.

— Cela fait si longtemps, répondit Lonny en grimaçant, une douleur vive lui traversant soudain le crâne.

Lucien maintint la pression. Il n'avait rien à perdre.

— Le plus curieux dans cette histoire, c'est qu'on ne trouve nulle part de déclaration de décès pour Sylvester Rinds. Il n'y a plus aujourd'hui un seul Rinds dans le comté de Ford, et tout porte à croire qu'ils sont partis à l'époque où Cleon Hubbard a eu la propriété de cette terre. Ils se sont tous évanouis dans la nature ; la plupart ont rejoint le Nord, pour tenter leur chance à Chicago, ce qui n'était pas rare pendant la Dépression. Beaucoup de Noirs miséreux ont ainsi fui le Sud. Jake Brigance m'a confié qu'ils ont retrouvé un lointain parent en Alabama, un dénommé Boaz Rinds, qui dit que des Blancs ont tué Sylvester Rinds.

— En quoi tout cela devrait-il me concerner ?

Lucien se leva et se dirigea vers la fenêtre qui donnait sur le parking. Devait-il tout lui lâcher ? Lui parler du testament, de Lettie Lang et de ses ancêtres ? Qu'elle était une Rinds, que cela ne faisait quasiment aucun doute, et non une Tayber ? Que sa famille était originaire du comté de Ford et ses ancêtres avaient vécu sur la terre de Sylvester ? Et qu'il était fort probable que Sylvester fût son grand-père ?

Mais Lucien se rassit.

— C'est vrai. C'est juste une histoire curieuse impliquant ma famille, celle de Seth Hubbard, et peut-être celle de Sylvester Rinds.

Il y eut un silence. Les deux hommes avaient totalement oublié leurs cartes. Chacun évitait le regard de l'autre. Lonny paraissait perdu dans ses pensées.

— Vous avez connu Ancil Hubbard, n'est-ce pas ? lança Lucien en faisant sursauter Lonny.

— Oui.

— Parlez-moi de lui. Je dois le retrouver. C'est urgent.

— Que voulez-vous savoir ?

— Est-il encore en vie ?

— Oui, il est en vie.

— Où est-il aujourd'hui ?

— Je ne sais pas.

— Quand l'avez-vous vu pour la dernière fois ?

Une infirmière entra dans la chambre, annonçant qu'elle devait relever les constantes vitales du patient. Elle remit donc Lonny au lit, ajusta la perfusion en lançant un regard noir à Lucien. Puis elle prit sa tension et son pouls.

— Il a besoin de se reposer, déclara-t-elle.

Lonny ferma les yeux.

— Ne partez pas. Éteignez juste les lumières.

Lucien tira une chaise près du lit et s'assit.

— Parlez-moi d'Ancil, souffla-t-il quand l'infirmière fut sortie.

Les yeux toujours clos, dans un filet de voix, Lonny déclara :

— Ancil a toujours été en fuite. Il a quitté la maison très jeune et n'est jamais revenu. Il détestait cet endroit, et son père plus que tout. Il a fait la guerre. Il a été blessé et a failli y rester. Une blessure à la tête. Après, tout le monde pensait qu'Ancil avait perdu la boule. Il adorait la mer, il était né si loin qu'elle l'avait fasciné toute sa jeunesse. Il a passé des années sur des cargos et a vu le monde, le monde entier. Il n'y a pas un endroit sur terre qu'Ancil n'a pas visité – pas une montagne, pas un port, pas une ville. Pas un bar, pas une boîte de nuit, pas un lupanar. Allez-y, citez-en un, il les connaît tous ! Il a fréquenté toutes sortes de personnes, et pas des plus recommandables. Parfois ça a mal tourné. Des petits crimes, et d'autres, moins petits. Il y a eu des loupés ; une fois, il a passé une semaine dans un hôpital au Sri Lanka après avoir reçu un coup de couteau. La blessure n'était rien comparée à l'infection qu'il a contractée là-bas. Il y a eu des femmes – beaucoup. Certaines ont eu des enfants, mais Ancil n'est pas du genre à jeter l'ancre. Plusieurs femmes le cherchent encore, avec leurs marmots sous le bras. D'autres personnes aussi peuvent être sur ses traces. Ancil a eu une vie mouvementée et il a appris à surveiller ses arrières.

Quand Lonny prononça « ses arrières » il traîna sur la dernière syllabe, à la manière typique du Mississippi. Lucien avait volontairement parlé avec son accent, dans l'espoir de piéger Lonny. Car Lonny était du Mississippi, c'était une évidence.

Lonny se tut et sembla s'endormir. Sa respiration se fit plus profonde. Sa main droite glissa le long de son flanc. Les moniteurs montraient une tension artérielle et une fréquence cardiaque normales. Lucien attendit. Pour éviter de somnoler, il se mit à faire les cent pas dans la chambre obscure, attendant qu'une infirmière fasse irruption et le fiche à la porte. Brusquement, il se rassit au chevet du malade et serra le poignet de Lonny :

— Ancil ! Seth vous a laissé un million de dollars dans son testament !

Les yeux du blessé s'ouvrirent tout grands.

Et Lucien répéta, mot pour mot, ce qu'il venait de dire.

*   *   *

Au cabinet Brigance, le débat faisait rage depuis une heure et les esprits s'étaient échauffés. En réalité, le sujet était sur le gril depuis un mois sans qu'une tendance se dégage. Il était près de 22 heures. La table était jonchée de papiers, de dossiers, de livres et de restes de pizzas.

Devait-on, oui ou non, dire aux jurés le montant de l'héritage ? La seule question à laquelle le procès devait répondre était : le testament olographe de Seth Hubbard était-il valide ou non ? Rien de plus. Rien de moins. Légalement, techniquement, peu importait le montant. D'un côté de la table, le côté occupé par Harry Rex, il ne fallait pas le dire au jury, parce que si les jurés apprenaient qu'il y avait vingt-quatre millions en jeu et qu'il s'agissait de les donner à Lettie Lang, ils n'allaient pas oser le faire. Par réflexe, ils ne verraient pas d'un bon œil un tel transfert de richesse hors de la famille. Cette somme était si importante, si faramineuse, qu'il était impossible qu'une femme de ménage noire puisse repartir avec le pactole. Lucien, bien qu'absent, aurait été d'accord avec Harry Rex.

Jake, toutefois, n'était pas de cet avis. Premièrement, les jurés savaient déjà qu'il y avait beaucoup d'argent sur la table, même si officiellement ils niaient avoir la moindre information. Il suffisait de voir les forces en présence, le nombre d'avocats au front. Tout prouvait que les enjeux étaient énormes. Deuxièmement, jouer la transparence était la meilleure tactique. Si les jurés avaient l'impression que Jake leur cachait quelque chose, il perdrait toute crédibilité. Tout le monde voulait savoir pour combien les deux camps s'écharpaient. Autant le leur dire. Mettre tout au clair. Ne rien cacher. Si parler de l'ampleur de la succession était tabou, alors les jurés ne penseraient qu'à ça.

Portia faisait les cent pas. Avant que les jurés ne prennent place, elle penchait pour la transparence. Mais après avoir vu ces dix visages blancs contre deux noirs seulement, elle avait du mal à croire qu'ils avaient encore une chance de gagner. Lorsque les témoins auront été entendus, lorsque les avocats de la partie adverse auront plaidé, que le juge Atlee aura passé ses appels à la sagesse et au bon sens, comment ces dix Blancs pourront-ils trouver le courage de suivre les dernières volontés de Seth Hubbard ? Épuisée nerveusement et physiquement, elle ne savait plus que penser.

Le téléphone sonna. Elle décrocha.

— C'est Lucien, annonça-t-elle en tendant le combiné à Jake.

Des nouvelles d'Alaska…

— C'est lui, Jake ! Lonny Clark est notre homme.

Jake poussa un long soupir.

— C'est une bonne nouvelle, Lucien. (Il masqua l'écouteur et se tourna vers les deux autres :) Il a trouvé Ancil.

— Qu'est-ce que vous faites en ce moment ?

— Rien. On se prépare pour demain. Moi, Portia et Harry Rex. Tu as raté la sauterie !

— On a un jury ?

— Oui. Dix Blancs, deux Noirs. Sans vraie surprise. Parle-moi plutôt d'Ancil.

— Il est assez mal en point. Sa blessure au crâne s'est infectée et les toubibs s'inquiètent. Ils le gavent d'antibiotiques et d'antalgiques. On a joué aux cartes toute la journée et on a parlé de tout un tas de choses. Il est un peu dans le coton. J'ai finalement évoqué le testament et lui ai dit que son frère lui avait laissé un million de dollars. C'est là que j'ai eu son attention et qu'il a reconnu qu'il était bien Ancil Hubbard. La demi-heure d'après, il avait tout oublié.

— Tu crois que je devrais prévenir Atlee ?

Harry Rex à côté secoua aussitôt la tête.

— Non, je ne pense pas, répondit Lucien à six mille kilomètres de là. Le procès a commencé et Atlee ne l'arrêtera pas pour ça. Ancil n'a rien à apporter de nouveau. Et il ne risque pas de venir, pas avec une fracture du crâne et les trente kilos de coke qu'on a retrouvés dans sa chambre. Le pauvre gars va passer un certain temps au trou. Les flics ont l'air déterminé.

— Vous avez complété l'arbre généalogique ?

— Un peu, mais c'était avant qu'il ne m'avoue la vérité. Je lui ai raconté l'histoire des Hubbard et des

Rinds, en insistant lourdement sur Sylvester. Mais il s'en fichait. Je vais retenter. Je compte repartir demain après-midi. Je voudrais assister un peu au procès. Je suis sûr que vous allez merder si je ne suis pas là !

— C'est sûr que, sans toi, on est perdus !

Jake salua Lucien, raccrocha et rapporta sa conversation à Portia et Harry Rex qui, bien qu'intéressés par le sujet, avaient d'autres soucis en tête. Le fait qu'Ancil Hubbard soit en vie et habite l'Alaska n'avait effectivement aucune importance pour le tribunal.

Le téléphone sonna à nouveau. Jake décrocha. C'était Willie Traynor.

— Jake, juste pour info, il y a un type dans le jury qui n'a rien à faire là !

— C'est sans doute trop tard, mais dites toujours.

— Il était au dernier rang. Il s'appelle Doley. Frank Doley.

Jake avait vu Willie prendre des notes toute la journée à l'audience.

— D'accord. C'est quoi le problème avec lui ?

— Il a un cousin à Memphis. Il y a six ou sept ans, ce cousin avait une fille de quinze ans qui s'est fait kidnapper par deux Noirs devant le centre commercial de Memphis East. Ils l'ont gardée enfermée dans un van pendant plusieurs heures. Ils lui ont fait des trucs terribles. La gamine a survécu, mais elle était trop choquée pour identifier qui que ce soit. Personne n'a été arrêté. Deux ans plus tard, elle s'est suicidée. Une véritable tragédie.

— Pourquoi me raconter ça que maintenant ?

— Le nom a fait tilt il y a juste une heure. J'étais à Memphis à ce moment-là. Et je me suis souvenu des Doley du comté de Ford. Il faut le faire sortir, Jake !

— Cela risque d'être difficile. C'est même impossible. Il a été interrogé par les avocats, par le juge, et a fait un sans-faute.

Frank Doley avait quarante-trois ans. Il était couvreur et habitait vers le lac. Il disait ne rien savoir de l'affaire Hubbard et semblait parfaitement ouvert d'esprit.

Merci du tuyau, Willie…

— Je suis désolé, Jake. Mais cela ne m'est pas revenu au tribunal. Je vous l'aurais dit sinon.

— Ce n'est pas grave. Je vais me débrouiller.

— À part Doley, que pensez-vous de votre jury ?

Jake parlait à un journaliste ; il devait faire attention.

— C'est une bonne sélection. Ça va aller.

— Moi, je ne le sentais pas ce type, lança Harry Rex quand Jake eut raccroché. Il y avait quelque chose qui clochait.

— Tu n'as rien dit, répliqua Jake. C'est toujours facile de fanfaronner après coup !

— C'est bon, t'énerve pas…

— Il paraissait impatient de faire son devoir de citoyen, intervint Portia. Moi, je lui avais mis un huit.

— Eh bien, il nous a embobinés. Il a donné toutes les bonnes réponses, conclut Jake.

— Peut-être que tu n'as pas posé les bonnes questions, lança Harry Rex en buvant une gorgée de sa Budweiser.

— Ben voyons ! Pour ta gouverne, pendant la sélection des jurés, on ne peut pas poser des questions du genre : « Dites-moi, monsieur Doley, c'est vrai que la fille de votre cousin s'est fait kidnapper et violer par des Noirs à Memphis ? » Et tu sais pourquoi, Harry Rex ? Parce qu'on n'est jamais au courant de ce genre de choses !

— C'est bon, je file, lâcha Gargantua en sifflant sa bière.

— Oui, rentrons, renchérit Portia. On n'avance plus de toute façon.

Il était près de 22 h 30 quand ils éteignirent les lumières. Jake fit le tour de la place pour s'éclaircir les idées. Au cabinet Sullivan, toutes les fenêtres étaient éclairées. Visiblement, Wade Lanier et son équipe, eux, continuaient à travailler.

41.

Pour l'ouverture du procès Hailey, Jake s'était adressé au jury pendant seulement quatorze minutes. Rufus Buckley, lui, s'était lancé dans un discours fleuve d'une heure et demie, qui avait endormi tout le monde. La présentation courte de Jake avait donc été très appréciée et tous l'avaient écouté attentivement. « Les jurés sont des prisonniers, répétait souvent Lucien. Alors, sois bref. »

Pour l'affaire Seth Hubbard, Jake comptait parler dix minutes. Il s'installa au pupitre, lança un sourire aux douze visages frais et dispos.

— Mesdames et messieurs les jurés, votre travail n'est pas de décider qui doit hériter de la fortune de Seth Hubbard. Cet argent appartient dans sa totalité au défunt. Il n'a été gagné ni par vous, ni par moi, ni par aucun des avocats ici présents. Seth Hubbard a tenté sa chance. Il s'est parfois lourdement endetté, en ignorant les appels à la prudence de ses collaborateurs, a hypothéqué sa maison, ses terres, pour réaliser des acquisitions qui, sur le papier, paraissaient catastrophiques, a emprunté encore plus, a pris des risques toujours plus grands et à la fin, quand il s'est su condamné, il a tout vendu. Il est passé à la caisse avec ses jetons, a remboursé les prêts, et a fait ses comptes. Il avait gagné. C'est lui qui avait raison, et les autres avaient tort. On ne peut qu'être admiratif devant une telle réussite. Je ne connaissais pas l'homme, mais il a tout mon respect.

» Combien d'argent laisse-t-il ? M. Quince Lundy, qui est assis là, à cette table, est l'administrateur des biens de Seth Hubbard. Il a été désigné par la cour pour évaluer cette succession et il vous expliquera tout à l'heure que le montant avoisine les vingt-quatre millions de dollars.

Jake marqua une pause et observa les jurés. Presque tous souriaient. Seth le Grand ! Le héros du comté ! Deux étaient visiblement sous le choc. Tracy McMillen, la jurée numéro Deux, regardait Jake avec des yeux ronds. Mais le moment de surprise passa vite. Personne ne pouvait réellement se représenter un chiffre aussi faramineux.

— Vous vous dites sûrement qu'un homme qui a pu amasser une telle fortune en seulement dix ans sait gérer son argent. Et vous avez bien raison. Seth Hubbard est quelqu'un de méticuleux et ordonné. Avant de se pendre, la veille, il est allé dans son bureau, il a fermé sa porte, s'est assis à sa table et a rédigé un nouveau testament. Un testament manuscrit parfaitement légal, limpide, clair, et tout à fait explicite quant aux dernières volontés de son auteur. Il savait qu'il allait se suicider le lendemain, le dimanche 2 octobre, et il mettait ses affaires en ordre. Il avait tout prévu. Il a laissé une note pour Calvin Boggs, l'un de ses employés, où il annonçait sa résolution de mettre fin à ses jours. Vous verrez l'original. Il a précisé aussi ses souhaits concernant ses funérailles et son inhumation. Vous verrez l'original. Et ce même samedi, sans doute également à son bureau, il a écrit une lettre à mon intention, en me donnant des instructions très précises. Là encore, on vous montrera l'originale. Il a tout planifié. Après avoir rédigé cette lettre, il est allé à Clanton, au bureau de poste, la mettre à la boîte avec son testament. Il voulait que je reçoive son courrier le lundi parce que ses funérailles auraient lieu le mardi, à 16 heures, à l'église d'Irish Road. Tout était organisé dans les moindres détails. Seth Hubbard savait exactement ce qu'il faisait. Tout était réglé comme du papier à musique.

» Encore une fois, votre travail n'est pas d'organiser la succession de Seth Hubbard, de décider qui doit avoir quoi et combien. Votre travail est d'établir si Seth Hubbard était lucide au moment de rédiger ce testament. On parle en droit d'être ou non en « capacité de tester ». Pour qu'un testament soit valide, qu'il soit écrit à la main sur un coin de nappe en papier ou qu'il soit dactylographié et signé dans un grand cabinet d'avocats, il faut avoir la « capacité de tester ». C'est un terme juridique facile à comprendre. Le testeur doit savoir ce qu'il fait au moment de rédiger son testament et, mesdames et messieurs, Seth Hubbard était en pleine possession de ses moyens, nous vous l'assurons. Il n'était ni fou, ni délirant. Il n'était sous l'influence d'aucun médicament ou antalgique. Il était aussi sain d'esprit que vous l'êtes tous les douze.

» Certes, on peut dire qu'un homme prévoyant de se suicider n'a pas toute sa tête. Il faut avoir perdu tout bon sens pour se tuer, non ? Pas toujours. Pas nécessairement. En votre qualité de juré, on attend que vous fassiez appel à votre expérience personnelle. Peut-être connaissez-vous quelqu'un, un ami, ou même un membre de votre famille qui, arrivé au bout du chemin, a décidé du jour où il allait tirer sa révérence. Pensez-vous qu'il n'avait plus toutes ses facultés mentales ? Possible, mais peu probable, n'est-ce pas ? En tout cas, Seth Hubbard avait les idées claires. Je le répète, il savait exactement ce qu'il faisait. Il luttait depuis un an contre un cancer, il avait eu plusieurs séances de chimiothérapie et de radiothérapie, sans succès, et les tumeurs avaient métastasé dans ses côtes et sa colonne vertébrale. Son médecin, lors de sa dernière visite, lui avait dit qu'il lui restait moins d'un mois à vivre. Quand vous lirez ce qu'il a écrit ce jour-là, la veille de son suicide, vous serez convaincus que Seth maîtrisait et contrôlait tous les aspects de sa vie.

Par sécurité, Jake avait son calepin, mais il ne s'en servait pas. Inutile. Il allait et venait devant les jurés, cherchant leur regard. Il parlait lentement et distinctement, comme s'il bavardait au coin du feu avec chacun d'entre eux. Mais le texte était écrit. Il avait appris par cœur chaque phrase. Tout avait été répété, la moindre pause, la moindre intonation. Une mise en scène parfaite.

Même les ténors du barreau ne passaient que très peu de temps devant les jurys. Les occasions étaient rares et Jake adorait ces moments. Il était comme un acteur sur scène, se lançant dans un monologue qu'il avait lui-même composé, prononçant des paroles empreintes de sagesse devant un public choisi. Son pouls battait à cent à l'heure, son estomac était tout noué, et ses jambes en coton. Mais il contenait cette agitation et continuait, avec une apparence de calme, à parler à ses nouveaux amis.

L'acte Un était passé et pas un raté. Encore cinq minutes à tenir. Les plus difficiles.

— Et maintenant, mesdames et messieurs, abordons la partie la moins plaisante de cette histoire, qui est la raison même de notre présence en ces murs. Seth Hubbard a laissé un fils, une fille, et quatre petits-enfants. Dans son testament, il ne leur lègue rien. En des termes clairs et limpides, et en même temps pénibles à lire, il exclut sa famille de sa succession. Une question vient automatiquement à l'esprit : Pourquoi ? C'est une question légitime. « Pourquoi un homme, un père, ferait-il une chose pareille ? » Et cependant, cette question ne nous concerne pas. Seth a agi ainsi pour des raisons connues de lui seul. Encore une fois, cet argent, il l'a gagné à la sueur de son front. Il est à lui. Il pourrait l'avoir donné à la Croix-Rouge, à je ne sais quel télé-évangéliste, ou au parti communiste, que ce ne serait pas notre affaire. Cela ne regarde personne – ni vous, ni moi, ni ce tribunal.

» Au lieu de léguer ses biens à sa famille, Seth Hubbard a choisi de donner cinq pour cent à sa paroisse, cinq pour cent à son frère qu'il a perdu de vue depuis longtemps, et les quatre-vingt-dix pour cent restants à une femme nommée Lettie Lang. Mme Lang est assise là, à cette table, entre moi et M. Lundy. Elle a travaillé pour Seth Hubbard pendant trois ans comme femme de ménage, cuisinière, et parfois comme infirmière. Et encore une fois, la même question revient. Pourquoi ? Pourquoi Seth Hubbard a-t-il déshérité ses descendants pour tout laisser, ou presque, à une femme qu'il connaissait depuis si peu de temps ? Croyez-moi, c'est la question la plus épineuse qu'il m'ait été donné de rencontrer durant ma carrière. Tout le monde s'interroge – moi, les avocats de la partie adverse, les enfants Hubbard, Lettie Lang aussi, sans compter les amis, les voisins et tous les habitants du comté qui ont eu vent de cette affaire. Pourquoi ?

» La vérité, c'est que nous ne le saurons sans doute jamais. Seul Seth Hubbard connaît la réponse mais il n'est plus parmi nous. La vérité aussi, c'est que cela ne nous regarde pas. Nous – les avocats, la cour, et vous les jurés – n'avons pas à nous occuper des raisons qui ont poussé le défunt à agir ainsi. Votre mission, comme je l'ai dit, est d'établir un seul et unique point, simple et à la fois crucial : Seth Hubbard, au moment où il a écrit ce testament, avait-il les idées claires et savait-il ce qu'il faisait ?

» La réponse est oui. Bien sûr. Et nous en apporterons les preuves irréfutables.

Jake se tut, et prit son verre d'eau. Il but une petite gorgée et en profita pour jeter un coup d'œil au public. Au second rang, Harry Rex le regardait. Il lui fit un hochement de tête : tu t'en sors bien. Tu as leur attention. Conclus !

Jake revint au pupitre, consulta ses notes et reprit :

— Étant donné la somme énorme d'argent en jeu, il risque d'y avoir de la tension durant les prochains jours de débats. La famille Hubbard conteste le testament manuscrit, et on ne peut les en blâmer. Ils considèrent, en toute sincérité, que l'argent devrait leur revenir, et ils ont engagé un groupe d'avocats émérites pour attaquer ce dernier testament. Ils soutiennent que leur père n'était plus en capacité de tester, que son jugement était altéré, qu'il a été influencé par Lettie Lang. On parle, dans notre jargon de juriste, « d'influence frauduleuse ». Et cette notion sera cruciale dans ce procès. Leurs avocats tenteront de vous convaincre que Lettie Lang a profité de sa position de soignante pour devenir intime avec son patron. « L'intimité » peut signifier bien des choses. Elle s'occupait de Seth Hubbard, parfois le lavait, le changeait, nettoyait derrière lui, faisait tout le travail d'une aide-soignante dans ces situations délicates et terribles. Seth Hubbard était un vieil homme mourant, rongé par un cancer qui lui ôtait toutes ses forces.

Jake se tourna vers Lanier et le groupe d'avocats à l'autre table.

— Les plaignants vont faire plein de sous-entendus, mesdames et messieurs, mais ils ne peuvent rien prouver. Il n'y a eu aucune relation sexuelle entre Seth Hubbard et Lettie Lang. Il y aura beaucoup d'allusions, beaucoup de supputations, mais de preuves ? Aucune ! Pour la simple et bonne raison qu'on ne peut prouver un fait qui ne s'est jamais produit.

Jake lâcha son calepin sur la table et conclut :

— Le procès sera court, il y aura beaucoup de témoins. Comme dans tout procès, parfois l'objectif de ces audiences sera confus. C'est une tactique classique des avocats ; il ne faudra pas vous laisser détourner du chemin. Ayez toujours à l'esprit, mesdames et messieurs, que vous n'êtes pas là pour décider à qui doit aller l'argent de Seth Hubbard. Votre tâche est de déterminer s'il était en pleine possession de ses moyens intellectuels quand il a couché sur le papier ses dernières volontés. Rien de plus, rien de moins. Je vous remercie de votre attention.

Sous l'insistance du juge Atlee, les parties plaignantes avaient accepté que Wade Lanier soit leur porte-parole. Lanier s'installa donc à son tour au pupitre. Il portait un blazer fripé, une cravate trop courte, et les pans de sa chemise bâillaient à sa ceinture. Il avait quelques mèches rebelles sur les tempes, dardant leurs pointes dans tous les sens – comme quelque scientifique tellement passionné par ses recherches qu'il en oubliait de se doucher. Un beau travail de composition pour s'attirer la sympathie du jury !

— Merci à vous, maître Brigance, commença-t-il. J'ai plaidé dans bien des procès en trente ans de carrière, et je n'avais pas encore rencontré de jeune avocat aussi talentueux que Jake Brigance. Vous avez de la chance, chers habitants du comté de Ford, d'avoir une jeune pousse aussi douée parmi vous. C'est un honneur pour moi de jouter contre lui et d'être ici, dans ce vénérable tribunal.

Il s'arrêta pour consulter ses notes. Jake fulminait d'entendre ces éloges hypocrites. À la ville, Wade Lanier était un orateur brillant. Mais ici, devant le jury, il jouait le citoyen moyen, franc et plein de bon sens. Le type même que tout le monde aimait bien.

— Nous n'en sommes qu'à la présentation de l'affaire et tout ce que je vais vous dire ou ce que Mᵉ Brigance vient de déclarer ne sont pas des faits avérés. Les preuves arriveront plus tard, et d'un seul et unique endroit, mesdames et messieurs : du fauteuil des témoins ! Les avocats parfois s'emportent et avancent des choses qu'ils ne peuvent prouver au procès ; ils ont tendance aussi à passer sous silence des détails d'importance. Par exemple, Me Brigance ne vous a pas dit que lorsque Seth Hubbard a écrit ce dernier testament, la seule personne présente sur les lieux était Lettie Lang. C'était un samedi matin. Elle ne travaillait pourtant jamais ce jour-là. Elle est allée chez Seth Hubbard et de là, elle l'a emmené à la scierie Berring, au volant de la belle Cadillac du patron. Parce que oui, c'était elle qui conduisait ! Seth Hubbard a ouvert la porte du bâtiment et ils sont entrés tous les deux. Lettie Lang prétend qu'elle était là pour faire le ménage dans les bureaux, ce qu'elle n'avait jamais fait auparavant. Il n'y avait personne à la scierie. Et, pendant deux heures, ils ne furent que tous les deux dans les locaux de la Berring, le QG de Seth Hubbard. Avant ce matin-là, Seth Hubbard avait déjà signé un autre testament, un an plus tôt, déposé dans un grand cabinet d'avocats de Tupelo, des gens qui défendaient ses intérêts depuis des années – et ce testament laissait quasiment toute sa fortune à ses enfants et à ses petits-enfants. Un document tout à fait classique, normal, que tout citoyen est amené à signer à un moment ou à un autre de son existence. La quasi-totalité des legs, dans ce pays, vont à la famille du défunt. Parce que c'est dans l'ordre naturel des choses.

Lanier se mettait à son tour à marcher de long en large devant le box du jury, son corps râblé se balançant de droite à gauche, le dos voûté.

— Mais après ces deux heures passées dans ces bureaux ce matin-là, seul avec Lettie Lang, Seth Hubbard est reparti avec un nouveau testament en poche, un testament qu'il a écrit cette fois lui-même, déshéritant ses enfants, déshéritant ses petits-enfants, et laissant quatre-vingt-dix pour cent de sa fortune à sa femme de ménage. Cela vous semble raisonnable ? Sensé ? Replaçons l'événement dans son contexte : Seth Hubbard luttait contre un cancer depuis un an – un combat terrible, qu'il allait perdre. Et il le savait. La personne la plus proche de lui durant ses dernières semaines sur terre, c'était Lettie Lang. Les bons jours, elle lui faisait la cuisine, nettoyait la maison, s'occupait du quotidien, et les mauvais jours, elle le nourissait, le lavait, l'habillait, nettoyait ses souillures. Seth Hubbard se mourait. Ce n'était un secret pour personne. Et elle le savait riche. Et elle n'ignorait pas non plus que ses relations avec ses enfants étaient devenues compliquées.

Lanier s'arrêta à côté du fauteuil des témoins, écarta les bras comme s'il prenait le ciel à témoin.

— Et on veut nous faire croire qu'elle ne pensait pas à l'argent ? Allons, soyons réaliste ! Mme Lang vous dira elle-même qu'elle a été femme de ménage toute sa vie, que son mari, Simeon Lang – actuellement en prison –, était fâché avec le travail et ne rapportait pas souvent de paye à la maison, et qu'elle a élevé toute seule cinq enfants dans des conditions matérielles difficiles. La vie n'a pas été tendre avec elle ! Elle n'a jamais eu un dollar devant elle. Comme beaucoup de gens, Lettie Lang était fauchée. Elle l'a toujours été. Et alors qu'elle voyait son patron se rapprocher chaque jour un peu plus de la tombe, elle pensait à tout cet argent, bien sûr. C'est humain. Ce n'est pas sa faute. Je ne dis pas qu'elle est le diable incarné, ni qu'elle est cupide. Qui d'entre nous n'aurait pas été tenté par toute cette manne ?

» Et un samedi matin d'octobre, Lettie Lang a emmené son patron au bureau de sa société où ils sont restés seuls deux heures durant. Et alors qu'ils étaient seuls, l'une des plus grandes fortunes dans l'histoire du Mississippi a changé de main. Vingt-quatre millions de dollars sont passés des poches des descendants Hubbard à celles d'une femme de ménage qu'il ne connaissait que depuis trois ans !

Acteur parfait, Lanier fit une nouvelle pause tandis que ses derniers mots résonnaient dans la salle. Qu'il était bon ! songea Jake, en contemplant le jury comme si tout était joué. Frank Doley lui lança un regard noir, un regard qui disait : « Je vous hais. »

Lanier reprit d'une voix plus basse :

— Nous allons tenter d'établir que Seth Hubbard a été sous l'influence de Lettie Lang. C'est la clé de ce procès. L'influence frauduleuse. Et nous avons plusieurs moyens de le prouver. Le signe patent de cette usurpation, c'est le caractère exceptionnel et déraisonnable de ce don. Le cadeau que Seth Hubbard fait à Mme Lang est tellement excessif, inouï, incompréhensible, insensé… pardonnez-moi, je n'arrive pas à trouver le mot juste. Quatre-vingt-dix pour cent de vingt-quatre millions de dollars ? Et rien pour sa famille ? C'est pour le moins curieux, non ? Moi, j'appelle ça de la folie ! Ça sent à plein nez la manipulation, la duperie. S'il voulait être gentil avec sa femme de ménage, il pouvait lui donner un million de dollars. C'était déjà un beau cadeau. Mais deux millions ? Cinq millions ? En fait, en toute impartialité, au-delà d'un million de dollars, c'est plus que louche, au vu de la courte durée de leur relation.

Lanier revint vers le pupitre pour consulter à nouveau ses notes, puis il regarda sa montre. Huit minutes. Il était parfaitement dans les temps.

— Nous allons donc tenter de prouver qu'il y a eu influence frauduleuse en nous fondant sur le testament antérieur signé par Seth Hubbard. Ce testament a été préparé par un cabinet réputé de Tupelo, il y a un an. Il laissait quatre-vingt-quinze pour cent de ses biens à ses descendants. C'est un document assez complexe avec beaucoup d'astuces légales que seuls les fiscalistes connaissent. Moi-même, je n'en comprends pas toutes les subtilités et je n'ai pas l'intention de vous submerger de détails. L'intérêt de ce testament antérieur, c'est qu'il montre que Seth Hubbard, aux dernières heures de sa vie, n'avait plus toute sa tête. Ce document plus ancien, parce qu'il a été établi par des experts en droit fiscal et non rédigé à la hâte par un homme sur le point de se pendre, profite de toutes les niches et exonérations qu'offre l'administration à ses contribuables. Ainsi, l'impôt sur la succession a été réduit de trois millions de dollars. Avec le testament manuscrit de Seth Hubbard, le fisc prend cinquante et un pour cent des avoirs, soit plus de douze millions de dollars. Avec le testament conçu par les avocats, l'État ne prélève que neuf millions. Me Brigance se plaît à répéter que Seth Hubbard savait exactement ce qu'il faisait. Personnellement, j'en doute. Ouvrons les yeux !… un homme suffisamment adroit et futé pour amasser une telle fortune en dix ans n'a aucune envie de jeter par la fenêtre trois millions de dollars en écrivant à la va-vite un testament sur un coin de table ! C'est absurde ! Carrément insensé !

Lanier s'appuya au pupitre, les coudes posés sur le plateau, et tapota ses doigts d'un air entendu. Il regarda un à un les jurés. Il laissa planer un long silence.

— Maintenant je vais conclure, déclara-t-il finalement. Je dois dire que vous avez de la chance que Mᵉ Brigance et moi-même croyions aux vertus de la concision. De même que notre juge. (Il y eut des sourires dans le box du jury. Même son humour faisait mouche !) Pour clore cette introduction, je vais vous livrer ma première impression, une image que j'aimerais partager avec vous pour ouvrir ce procès. Représentez-vous Seth Hubbard en ce 1ᵉʳ octobre. Il est face à la mort, il a déjà décidé de précipiter les choses, il est rongé par la maladie, il souffre, il est assommé par les médicaments et les antalgiques, il est triste, seul, isolé, loin de ses enfants et de ses petits-enfants. C'est un vieil homme aigri et meurtri qui, cette fois, s'avoue vaincu et la seule personne qui est là pour le consoler, c'est Lettie Lang. On ne saura jamais à quel point ils étaient proches tous les deux. On ne saura jamais ce qui a pu se passer entre eux. Mais le résultat, nous le connaissons. Mesdames et messieurs, il est évident que cet homme a commis une énorme erreur et qu'il était sous l'influence d'une personne qui, elle, savait exactement ce qu'elle faisait !

Lanier alla se rasseoir.

— Appelez votre premier témoin, maître Brigance, lança aussitôt Atlee.

— Les défendeurs appellent le shérif Ozzie Walls.

Ozzie, au second rang, se leva et prit place dans le box des témoins. On lui fit prêter serment. Quince Lundy était assis à la droite de Jake. Bien qu'il pratiquât le droit depuis quarante ans, il avait fui comme la peste les salles de tribunal. Jake lui avait demandé de surveiller les jurés et de lui faire le compte rendu de ses observations. Dès qu'Ozzie s'installa sur le fauteuil, Lundy glissa un bout de papier à Jake : « Tu as été très bon. Lanier aussi. Le jury est partagé. On est baisés. »

Super, merci ! railla Jake. Portia glissa vers lui son calepin. Dessus, il était écrit : « Frank Doley n'est que haine. »

Bonjour l'équipe !... Il ne manquait plus que Lucien pour lui souffler dans l'oreille de mauvais conseils et agacer tout le monde.

Guidé par les questions de Jake, Ozzie décrivit la scène du suicide. Il montra quatre photographies de Seth Hubbard pendu au bout de sa corde. On les fit passer parmi le jury. Jake s'y était opposé car les images étaient choquantes. Lanier aussi, parce qu'il pensait que cela risquait de susciter de la sympathie pour Seth Hubbard. Mais Atlee avait jugé qu'elles étaient utiles aux jurés. Une fois ces photos officiellement versées au dossier, Ozzie présenta la lettre que Hubbard avait laissée sur la table de la cuisine à l'intention de Calvin Boggs. La lettre fut projetée sur un grand écran devant le jury, et chaque membre en eut une copie. On y lisait : « Pour Calvin. Prévenez, s'il vous plaît, les autorités que j'ai mis fin à mes jours, sans l'aide de personne. Sur la feuille ci-jointe, j'ai laissé mes instructions pour les funérailles et l'enterrement. Je ne veux pas d'autopsie ! S.H., le 2 octobre 1988. »

Jake sortit ensuite le document comportant les instructions pour les obsèques. Cette pièce fut admise par la cour sans objection et projetée à son tour à l'écran. Chaque juré en reçut une copie.

Instructions pour mes funérailles

Je veux une cérémonie simple à l'église d'Irish Road, le mardi 4 octobre, à 16 heures, avec le révérend Don McElwain. J'aimerais que Mme Nora Baines chante « The Old Rugged Cross ». Je ne veux aucun éloge funèbre, de qui que ce soit. D'ailleurs, je ne vois pas qui voudrait en faire. Hormis ça, le révérend McElwain peut dire ce qu'il veut. Mais l'oraison ne devra pas durer plus d'une demi-heure.

Si des Noirs veulent assister à mes funérailles, on devra les laisser entrer. Si quelqu'un s'y oppose, alors l'office sera purement et simplement annulé et qu'on me mette en terre aussitôt.

Les porteurs de mon cercueil seront : Harvey Moss, Duane Thomas, Steve Holland, Billy Bowles, Mike Lills, et Walter Robinson.

Instructions pour mon enterrement

Je viens d'acheter un emplacement au cimetière d'Irish Road, derrière l'église. J'ai vu M. Magargel aux pompes funèbres et mon cercueil a été payé. Je ne veux pas de caveau. Immédiatement après la cérémonie à l'église, je veux être inhumé. Dans les cinq minutes qui suivent.

Au revoir tout le monde. Rendez-vous de l'autre côté.

Seth Hubbard

Jake se tourna vers le témoin :

— Shérif Walls, c'est vous qui avez trouvé cette lettre confirmant le suicide et ces instructions dans la maison de Seth Hubbard, peu après avoir découvert le corps, c'est exact ?

— Oui.

— Qu'avez-vous fait de ces documents ensuite ?

— Nous les avons récupérés, en avons fait des copies, et le lendemain nous les avons remis à la famille du défunt.

— Je n'ai pas d'autres questions, Votre Honneur.

— Des questions, maître Lanier ?

— Aucune.

— Nous vous remercions, shérif Walls. Maître Brigance, veuillez poursuivre.

— Votre Honneur, j'aimerais préciser aux jurés qu'il a été établi, conjointement par les deux parties, que les documents que l'on vient de leur montrer ont bien été écrits de la main de Seth Hubbard.

— Maître Lanier ?

— Nous confirmons, Votre Honneur.

— Parfait. Il n'y a donc aucune discussion concernant l'authenticité desdits documents. Poursuivez, maître Brigance.

— Nous appelons M. Calvin Boggs.

L'assistance attendit que l'on aille chercher Calvin dans la salle des témoins. C'était un grand gaillard de la campagne, qui n'avait jamais porté de cravate. Et visiblement, en acheter une pour l'occasion ne lui était pas venu à l'esprit. Il se présenta devant la cour avec une chemise écossaise élimée, décorée de ronds de cuir aux coudes, un pantalon de toile sale et des bottes crottées. On avait l'impression qu'il venait tout juste d'abattre un arbre. Il était tout intimidé. Il se mit à bredouiller en se remémorant son effroi quand il avait découvert son patron pendu à la branche du sycomore.

— À quelle heure vous a-t-il appelé ce dimanche matin ? demanda Jake.

— Vers 9 heures. Il a dit que je devais le retrouver au pont à 14 heures.

— Et vous êtes arrivé au rendez-vous à 14 heures précises ?

— Oui, monsieur.

Avec le témoignage de Boggs, Jake voulait montrer que Seth Hubbard avait tout organisé, jusqu'au moindre détail. Il expliquerait un peu plus tard au jury que Hubbard avait laissé la lettre sur la table de sa cuisine, chargé la corde et l'escabeau dans la Cadillac, et s'était rendu sur le site au moment *ad hoc*, pour être bel et bien mort quand Calvin Boggs arriverait à 14 heures. Il voulait qu'on le retrouve peu de temps après s'être pendu. S'il n'avait prévenu personne, on aurait pu mettre des jours à repérer son cadavre.

Lanier n'avait pas de question. Boggs fut libéré.

— Appelez votre témoin suivant, maître Brigance, ordonna le juge Atlee.

— Nous appelons Finn Plunkett, coroner du comté.

Finn Plunkett était postier quand il avait été élu la première fois à cette fonction d'officier civil, treize ans plus tôt. À l'époque, il n'avait aucune notion médicale. Mais l'État du Mississippi n'en exigeait pas. Plunkett n'avait alors jamais vu de sa vie une scène de crime. Il était curieux que le Mississippi choisisse ses coroners locaux par les urnes. C'était l'un des derniers États à procéder de cette façon.

C'était l'un des rares aussi à avoir initié cette méthode de recrutement. Depuis treize ans donc, Finn Plunkett était appelé à toute heure du jour ou de la nuit dans des lieux très divers – maisons de retraite, hôpitaux, routes de toutes sortes, bars, rivières, lacs, maisons. Son travail était de se pencher au-dessus d'un corps et de dire solennellement : « Ouais, il est mort. » Puis, il prononçait une cause probable du décès et signait un certificat.

Il était présent quand Seth Hubbard avait été descendu de son arbre. Il avait dit : « Ouais, il est mort. » Mort par pendaison. Suicide. Asphyxie et nuque brisée. Grâce aux questions de Jake, Plunkett exposa rapidement ce qui était déjà évident pour tout le monde. Wade Lanier n'avait toujours pas de questions.

Jake appela ensuite son ex-secrétaire, Roxy Brisco. Ayant quitté le cabinet en mauvais termes, elle avait refusé tout d'abord de témoigner. Jake avait été contraint de lui envoyer une assignation à comparaître, en lui expliquant que, si elle ne se présentait pas au jour dit, elle risquait d'aller en prison. Un huissier la fit entrer dans la salle d'audience. Elle s'installa dans le fauteuil, sur son trente et un. Ils détaillèrent les événements de la matinée du 3 octobre, quand elle était arrivée au bureau avec le courrier. Elle identifia l'enveloppe, la lettre, et le testament de deux pages. Le juge accepta que ces pièces soient versées au dossier. Il n'y eut aucune objection de la partie adverse. Suivant un scénario suggéré par Son Honneur, Jake projeta à l'écran la lettre que lui avait adressée Seth Hubbard. Il en distribua aussi une copie à chaque juré.

— Mesdames et messieurs, intervint le juge, nous allons faire une pause pour vous laisser le temps de prendre connaissance de cette pièce.

Le silence tomba aussitôt dans la salle pendant que les jurés lisaient leur exemplaire et que le public examinait la lettre à l'écran.

Vous trouverez ci-joint mes dernières volontés et mon testament. J'en ai écrit chaque mot et ils sont signés et datés de ma main. J'ai consulté la réglementation au Mississippi et j'ai constaté avec satisfaction qu'un testament « olographe », pour reprendre le terme juridique, est parfaitement légal et applicable. Personne n'a assisté à la rédaction ou à la signature de ce document, car la loi n'impose aucun témoin pour un testament manuscrit. Il y a un an, j'ai signé une version plus longue au cabinet Rush de Tupelo, mais je dénonce aujourd'hui ce testament.

Ce cabinet va vraisemblablement poser des problèmes, c'est la raison pour laquelle je veux que vous soyez mon avocat pour gérer la succession de mes biens. Je veux que ce testament soit appliqué, que vous le défendiez jusqu'au bout, quel qu'en soit le prix, et je sais que vous êtes de taille pour mener à bien cette tâche. Je déshérite en particulier mes deux enfants adultes, comme leurs enfants, ainsi que mes deux ex-épouses. Ce ne sont pas de bonnes personnes. Ils vont se battre, ça ne fait aucun doute. Mes biens ne sont pas négligeables – ils n'ont aucune idée de leur ampleur – mais quand cela sera rendu public, ils vont passer à l'attaque. Combattez-les, monsieur Brigance, jusqu'à ce qu'ils soient vaincus. Notre cause doit l'emporter.

*Avec ma lettre de suicide, j'ai laissé des instruc-
tions pour mes funérailles et mon enterrement. Ne
dévoilez pas la teneur de mon testament tant que je
ne suis pas en terre. Je veux que ma famille endure
toutes les cérémonies, joue les éplorés, avant de
découvrir qu'ils n'auront rien. Regardez-les bien
jouer la comédie – ils sont très bons pour ça. Ils
n'ont aucun amour pour moi.*

*Je vous remercie d'avance de défendre ainsi mes
intérêts. La tâche sera ardue. Mais pour consolation, au moins, je n'assisterai pas à cette immonde
curée.*

Sincèrement,

Seth Hubbard   *Le 1ᵉʳ octobre 1988*

Tous les jurés, un à un, à la fin de leur lecture,
regardèrent Herschel Hubbard et Ramona Dafoe. Cette
dernière était au bord des larmes, mais elle pensa, à
juste titre, que si elle se laissait aller, on dirait qu'elle
jouait la comédie. Alors elle baissa la tête et regarda
le sol, comme son frère et son mari. Il fallait tenir.
Ce n'était qu'un mauvais moment à passer.

Enfin, après une éternité, le juge Atlee déclara :

— Je propose une suspension de séance de quinze
minutes.

* * *

Même si Seth Hubbard était l'exemple funeste des
méfaits du tabac, plus de la moitié des jurés fumaient.
Les non-fumeurs restèrent dans la salle des délibéra-

tions pour boire un café tandis qu'un huissier accompagnait le reste du groupe dans un petit patio, qui donnait sur la pelouse nord du palais de justice. Ils allumèrent au plus vite leurs cigarettes et se mirent à tirer dessus avec ardeur. Nevin Dark essayait d'arrêter et avait réduit sa consommation à un demi-paquet par jour, mais à cet instant, il lui fallait sa dose de nicotine. Jim Whitehurst s'assit à côté de lui, tira une bouffée en soupirant d'aise.

— Vous en pensez quoi, président ? demanda-t-il.

Atlee avait pourtant été explicite : les jurés ne devaient pas parler du procès. Mais aucun d'eux, comme dans tous les procès du monde, ne pouvait s'empêcher de commenter ce qu'il venait de voir et d'entendre.

— J'ai bien l'impression que le vieux savait ce qu'il faisait, répondit Nevin Dark presque en chuchotant.

— Ça ne fait aucun doute.

À l'étage au-dessus, dans la bibliothèque du palais, Jake tenait conciliabule avec Portia, Lettie, Quince Lundy et Harry Rex – les avis et commentaires, là aussi, allaient bon train. Portia était inquiète, parce que Frank Doley, le numéro Douze, n'arrêtait pas de la regarder, les lèvres pincées, comme s'il lui envoyait un sort. Lettie avait cru voir la numéro Dix, Debbie Lacker, s'endormir, et Harry Rex était certain que Tracy McMillen, la numéro Deux, craquait pour Jake. Quince Lundy maintenait toujours que le jury était partagé à parts égales, mais Harry Rex augurait que, au mieux, ils auraient quatre voix. Jake, gentiment, lui demanda de la fermer, et lui rappela ses prédictions sinistres lors du procès Hailey.

Après dix minutes à devoir supporter ces ondes négatives, Jake rêvait de pouvoir déjeuner tout seul.

De retour dans la salle d'audience, il appela Quince Lundy dans le box des témoins et lui posa une série de questions ennuyeuses mais nécessaires pour définir son rôle dans la succession, préciser ses émoluments, et exposer pour quelles raisons il avait remplacé Russel Amburgh à cette charge. Lundy présenta son travail d'administrateur et réussit avec brio à rendre ses explications aussi rasoir que la tâche qu'elles décrivaient. Jake lui montra le testament manuscrit et lui demanda de l'identifier.

— C'est le testament olographe qui a été déposé au tribunal pour homologation le 4 octobre dernier. Signé par M. Seth Hubbard et daté du 1er octobre.

— Jetons-y un coup d'œil, voulez-vous ?

Jake projeta à l'écran le nouveau document et en distribua un exemplaire à tous les jurés.

— Encore une fois, mesdames et messieurs, intervint Atlee, prenez votre temps et lisez cette pièce attentivement. Vous pourrez emporter avec vous tous les documents quand vous irez dans la chambre des délibérations.

Jake s'installa derrière le pupitre, prit une copie du testament, et fit mine de le lire, tout en observant la réaction des jurés. La plupart froncèrent les sourcils à un moment, sûrement en découvrant le « Qu'elles périssent dans la douleur ». Jake avait parcouru ce document des centaines de fois et, à chaque lecture, il se posait deux questions, toujours les mêmes. La première : pourquoi ce texte était-il aussi dur, cruel, et aussi excessif à tous égards ? La seconde : qu'avait donc fait Lettie pour que le vieux l'ait autant à la bonne ? Mais une évidence s'imposait toujours : Seth Hubbard était parfaitement conscient de ses actes. Tant qu'une personne avait la capacité de tester, elle pouvait se montrer aussi cruelle et déraisonnable qu'elle le souhaitait dans ses dernières volontés.

Quand le dernier juré – une femme – eut terminé sa lecture et reposé son exemplaire, Jake éteignit le projecteur. Il passa, avec Lundy, la demi-heure suivante à retracer l'odyssée de Seth Hubbard qui, après la désolation dans laquelle l'avait laissé son second divorce, était parvenu, en dix ans, à se constituer une fortune inouïe au cœur du comté de Ford.

À 12 h 30, le juge Atlee suspendit la séance jusqu'à 14 heures.

42.

L'inspecteur quittait l'hôpital au moment où Lucien y entra. Ils parlèrent un peu dans le hall, juste quelques mots sur Lonny Clark, qui était toujours dans un état critique. Il avait passé une nuit difficile et les médecins interdisaient les visites. Lucien déambula dans le bâtiment, puis débarqua une heure plus tard dans le couloir du deuxième étage. Il n'y avait pas de garde devant la porte, pas d'infirmières non plus. Lucien se glissa à l'intérieur et secoua le bras du blessé.

— Ancil ! Ancil ! Vous êtes là ?

Mais Ancil était si loin.

* * *

Au cabinet Brigance, tout le monde jugeait que la matinée n'aurait pu mieux se passer. La note indiquant son suicide, les instructions du défunt concernant son enterrement, le testament manuscrit, et la lettre qu'il avait envoyée à Jake, prouvaient sans conteste que Seth Hubbard était en pleine possession de ses moyens et qu'il avait tout organisé minutieusement jusqu'à son dernier souffle. La présentation de Jake avait été convaincante. Lanier aussi, toutefois, avait été parfait. Mais, somme toute, c'était un bon début.

Jake commença la séance de l'après-midi en appelant le révérend Don McElwain, pasteur de l'église d'Irish Road. Il expliqua au jury qu'il avait brièvement parlé à Seth Hubbard après la messe le 2 octobre, quelques heures avant qu'il ne se pende. Il savait que Seth était gravement malade, mais il ignorait que les médecins ne lui donnaient que quelques semaines à vivre. Ce matin-là, Seth Hubbard semblait en forme, de bonne humeur. Il était même souriant. Il avait félicité McElwain pour son sermon. Bien qu'il fût malade et diminué, il ne semblait pas abruti par les médicaments ni dans un état second. Seth était membre de la paroisse depuis vingt ans et venait assister à l'office une fois par mois. Trois semaines avant sa mort, il avait acheté un emplacement au cimetière pour trois cent cinquante dollars, celui où il reposait aujourd'hui.

Willis Stubbs, le trésorier de l'église, vint prendre la place du révérend. Il confirma que Seth Hubbard avait laissé dans le panier de la quête un chèque de cinq cents dollars, le 2 octobre. Pour l'année, Seth Hubbard avait donné deux mille six cents dollars.

Everett Walker vint s'asseoir à son tour dans le fauteuil des témoins et raconta l'échange qu'il avait eu avec Seth Hubbard, sans doute sa dernière conversation avec un humain avant sa mort. Alors que les deux hommes se dirigeaient vers le parking après la messe, Walker lui avait demandé comment allaient ses affaires. Seth, avec facétie, s'était plaint du peu d'ouragans qu'il y avait eu cette saison. Plus il y avait de tempêtes, plus il y avait de dégâts, et plus on avait besoin de bois ! Seth aimait les ouragans, c'était bon pour les affaires. Au dire de Walker, son ami était alerte et drôle, et ne semblait pas souffrir. Bien sûr, il avait beaucoup maigri. Quand Walker avait appris la mort de Seth, et su qu'il s'était tué peu de temps après leur conversation, il avait été abasourdi. Il semblait si à l'aise, si détendu... presque heureux. Il connaissait Seth depuis des années et il n'était pas du genre à se lier facilement. C'était quelqu'un de discret, qui parlait peu. Quand Seth avait pris le volant ce dimanche matin-là, Walker l'avait vu sourire. Il l'avait même fait remarquer à sa femme – c'était si rare.

Témoin suivant : Gilda Chatham, qui expliqua aux jurés qu'elle et son mari étaient assis derrière Seth Hubbard à l'église, et qu'ils avaient échangé quelques mots avec lui après la messe. Non, rien ne laissait supposer qu'il allait commettre l'irréparable. Nettie Vinson témoigna également. Elle avait dit bonjour à Seth Hubbard au moment de sortir de l'église et jamais il n'avait été aussi amical !

Après une courte suspension de séance, l'oncologue de Seth, un certain Dr Talbert de l'hôpital de Tupelo, vint prêter serment et parvint à ennuyer tout le monde avec son descriptif déshumanisé du cancer du poumon. Il soignait Seth Hubbard depuis près d'un an, et, le nez plongé dans ses notes, il détailla les interventions chirurgicales, le protocole clinique par chimiothérapie et par radiothérapie. Dès le début, il y avait peu d'espoir, mais Seth s'était battu d'arrache-pied. Quand le cancer s'était métastasé dans sa colonne et ses côtes, l'un et l'autre surent que la fin était proche. Talbert avait vu Seth deux semaines avant sa mort, et il était surpris par sa pugnacité. Mais la douleur était terrible. Le médecin avait augmenté les doses de Demerol jusqu'à cent milligrammes toutes les trois ou quatre heures. Seth préférait éviter cet antalgique, parce que cela le faisait somnoler. En réalité, il disait souvent qu'il essayait de survivre chaque jour sans médicaments. Talbert ignorait combien de cachets de Demerol Seth prenait. Durant les deux mois précédant sa mort, il lui en avait prescrit deux cents.

En demandant le témoignage du cancérologue, l'objectif de Jake était double : d'une part, il voulait établir que Seth était condamné par la maladie. Et que, par conséquent, son suicide ne pouvait être interprété comme un acte de folie. Jake comptait démontrer plus tard que Seth avait effectivement toute sa tête pendant les derniers jours de sa vie, quelle que soit la façon dont il avait décidé d'en finir. La douleur était insupportable, l'issue imminente, il n'avait fait que devancer l'appel. D'autre part, Jake souhaitait d'ores et déjà minimiser la question des effets secondaires du Demerol. Lanier allait appeler toute une panoplie d'experts poids lourds qui allaient affirmer que l'analgésique, pris dans les quantités prescrites, altérait considérablement le jugement du malade.

Étrangement, pour ce qui est de la dernière prescription, on n'avait jamais retrouvé les médicaments. Seth était allé les acheter dans une pharmacie de Tupelo six jours avant sa mort mais, apparemment, s'en était débarrassé. Impossible, alors, de prouver combien il en avait réellement avalé. Conformément à ses instructions, il avait été enterré sans autopsie. Des mois plus tôt, Wade Lanier avait demandé, officieusement, que l'on exhume le corps pour effectuer une recherche de toxiques dans l'organisme. Atlee avait refusé – là aussi, officieusement. Le taux de Demerol dans son sang le jour de sa mort ne révélerait pas combien de cachets il avait absorbés le jour où il avait écrit ce testament. En outre, le juge semblait particulièrement choqué que l'on déterre un mort.

Jake était satisfait de son audition du Dr Talbert. Ils avaient clairement défini que Seth évitait d'avaler du Demerol et qu'il n'existait aucun moyen de savoir combien il en avait consommé au moment de rédiger ses dernières volontés.

Wade Lanier, dans son contre-interrogatoire, s'arrangea pour que le médecin admette qu'un patient ingérant six à huit cachets par jour de Demerol, à cent milligrammes la dose, ne devait pas prendre de décisions importantes, en particulier celles concernant d'énormes quantités d'argent. Une telle personne devait plutôt se reposer – ne pas conduire, ne pas avoir d'activité physique, et ne pas avoir de choix importants à faire.

Après que le médecin fut libéré, Jake appela Arlene Trotter, la secrétaire de Seth. Elle serait son dernier témoin avant Lettie, et puisqu'il était bientôt 17 heures, Jake décida d'entendre Lettie le lendemain matin, mercredi. Il avait parlé plusieurs fois à Arlene depuis la mort de Seth et s'inquiétait de la voir monter dans le box. Mais il n'avait pas le choix. S'il faisait l'impasse, Lanier l'appellerait. Ils avaient recueilli sa déposition au début du mois de février et elle avait été bien trop fuyante, au goût de Jake. Après quatre heures de questions sans obtenir de véritables réponses, il en était arrivé à la conclusion que

Lanier, ou l'un de ses sbires, l'avait briefée. Toutefois, cette femme avait passé plus de temps que quiconque avec Seth la dernière semaine et son témoignage était crucial.

Elle paraissait terrifiée de « dire la vérité et rien que la vérité ». Elle regarda les jurés, qui avaient tous le regard fixé sur elle. Jake posa quelques questions préliminaires, les faciles, où les réponses étaient évidentes et sans chausse-trapes. Elle parut se détendre un peu. Jake établit que, la semaine précédant sa mort, Seth Hubbard était arrivé au bureau à 9 heures, ce qui était un peu plus tard que d'habitude. Il était généralement en forme et de bonne humeur le matin. L'après-midi, il dormait, une longue sieste sur le canapé. Il ne déjeunait pas, même si Arlene lui apportait chaque fois des sandwichs. Il continuait à fumer. Il lui était impossible d'arrêter. Comme toujours, il gardait la porte de son bureau fermée. Arlene ne savait donc pas très bien ce qu'il faisait. En tout cas, il était resté actif toute cette semaine, et avait vendu trois parcelles de bois en Caroline du Sud. Il était souvent au téléphone, comme de coutume. Toutes les heures, il sortait du bâtiment et allait faire un tour. Il bavardait avec les employés, plaisantait avec Kamila, la fille de l'accueil. Arlene savait qu'il souffrait énormément parce que, parfois, il ne parvenait plus à le cacher, même s'il refusait de l'admettre. Il avait lâché un jour qu'il prenait du Demerol, mais elle n'avait jamais vu les cachets.

Non, il n'avait pas le regard vitreux. Oui, il s'exprimait distinctement. Parfois, il était fatigué, et il dormait beaucoup. D'ordinaire, il rentrait chez lui vers 15 ou 16 heures.

Jake parvint ainsi à dresser le tableau d'un homme toujours aux commandes de son entreprise, un patron au travail, comme si tout allait bien. Durant ces cinq jours avant qu'il ne rédige son nouveau testament, Seth Hubbard était à son bureau, au téléphone, gérant ses affaires.

Puis ce fut au tour de Wade Lanier de poser ses questions.

— Parlons de ces parcelles en Caroline du Sud, madame Trotter. Seth Hubbard les a-t-il finalement vendues ?

— Oui, monsieur.

— Et quand donc ?

— Le vendredi matin.

— Le vendredi matin. La veille du jour où il a écrit son testament, exact ?

— Exact.

— A-t-il signé un contrat de vente ?

— Oui. Je l'ai reçu par fax à mon bureau et le lui ai remis. Il l'a signé et je l'ai retourné aux avocats à Spartanburg.

Lanier ramassa un document sur sa table.

— Votre Honneur, j'ai ici la pièce C-5, qui a déjà été présentée et admise par la cour.

— Poursuivez, répondit Atlee.

Lanier donna le papier à Arlene.

— Pouvez-vous identifier ce document, madame Trotter ?

— Oui, monsieur. C'est le contrat que M. Hubbard a signé le vendredi matin, pour sceller la vente des trois parcelles en Caroline du Sud.

— Combien Seth Hubbard les a-t-il vendues ?

— Pour un total de huit cent dix mille dollars.

— Huit cent dix mille. Et pouvez-vous nous dire, madame Trotter, combien il les avait achetées ?

Elle marqua un silence, et regarda les jurés, mal à l'aise.

— C'est vous qui avez les papiers, monsieur Lanier.

— Bien sûr.

Lanier sortit trois autres feuillets, tous préalablement acceptés par la cour. Il n'y avait pas de surprises. Pendant des semaines, Jake et Lanier avaient ferraillé pour faire valider chacun leurs pièces à conviction. Atlee les avait depuis longtemps versées au dossier.

Arlene lut lentement les documents.

— M. Hubbard, dit-elle finalement, a acheté ces terrains en 1985 pour un total de un million cent mille dollars.

Lanier nota le chiffre comme s'il l'entendait pour la première fois. Il regarda Arlene Trotter derrière ses lunettes, les sourcils en accent circonflexe.

— Il a perdu trois cent mille dollars ?

— Oui. Apparemment.

— Et c'était seulement vingt-quatre heures avant qu'il n'écrive son nouveau testament. Bizarre, non ?

Jake bondit de son siège

— Objection, Votre Honneur ! C'est une question orientée. On demande au témoin d'émettre des conjectures. Que Me Lanier réserve ça pour sa plaidoirie !

— Objection retenue.

Lanier ignora l'intervention et reprit :

— Vous savez pourquoi Seth Hubbard a accepté une transaction aussi mauvaise, madame Trotter ?

— Objection, Votre Honneur ! Encore des conjectures. Les plaignants recommencent !

— Objection retenue.

— À votre avis, avait-il les idées claires, madame Trotter ?

— Objection !

— Retenue.

Lanier s'arrêta et consulta tranquillement ses notes.

— Madame Trotter, pouvez-vous me dire qui est chargé du nettoyage des bureaux à la Berring ?

— Quelqu'un qui s'appelle Monk.

— Parlez-nous de Monk, s'il vous plaît.

— Cela fait longtemps qu'il travaille à la scierie, une sorte d'homme à tout faire. Surtout le ménage. Mais il peint aussi, répare ce qui ne marche pas, lave les véhicules de M. Hubbard.

— Quand Monk nettoie-t-il les bureaux ?

— Tous les lundis et jeudis, de 9 heures à 11 heures, sans faute, depuis des années.

— Il a fait le ménage le jeudi 29 septembre ?

— Oui.

— Et Lettie Lang ? Cela lui arrivait-il de faire le ménage là-bas ?

— Pas à ma connaissance. Il n'y en a nul besoin. Monk s'en charge. C'est la première fois que je vois Mme Lang.

* * *

Durant toute la journée d'audiences, Myron Pankey épia le jury sans se faire repérer. Il avait pour ça un arsenal d'astuces : changer de siège, de point de vue, de vestes, de lunettes, se cacher derrière un obèse ou un gros costaud. Il avait passé sa vie dans les tribunaux, à écouter les témoins, à analyser les réactions des jurés. À première vue, Jake Brigance avait fait du bon travail. Rien d'exceptionnel, rien de mémorable, mais un sans-faute, tout de même. La majorité des jurés l'appréciait et était convaincue qu'il cherchait à établir la vérité. Il y avait toutefois trois réfractaires : Frank Doley, le numéro Douze ; celui-là ne donnerait jamais son accord pour que toute cette fortune aille à une femme de ménage noire. Pankey ignorait le drame de son cousin de Memphis mais il sut, dès l'ouverture des débats, qu'il se méfiait de Jake Brigance et qu'il ne portait pas Lettie Lang dans son cœur. La numéro Dix, Debbie Lacker, une Blanche de cinquante ans, une rurale ; elle avait lancé plusieurs regards noirs vers Lettie, des messages furtifs que Pankey avait aussitôt repérés. Et la Quatre, Fay Pollan, une autre Blanche dans la cinquantaine. Il l'avait vue hocher la tête quand le Dr Talbert avait dit que personne sous Demerol ne devrait prendre de décisions importantes.

À la fin de ce premier jour d'auditions, Pankey concluait à un cinquante/cinquante. Deux bons avocats avaient fait le travail et les jurés n'en avaient pas raté une miette.

* * *

Ancil étant incapable de parler, Lucien loua une voiture pour aller visiter les glaciers et les fjords autour de Juneau. Il avait envie de partir, de rentrer à Clanton pour assister au procès, mais il était saisi par la beauté de l'Alaska, par cet air frais et pur. Il faisait chaud au Mississippi, les jours s'allongeaient et la touffeur revenait déjà. Lucien déjeuna dans une cafétéria à flanc de montagnes, au-dessus du magnifique canal Gastineau. Il partirait le lendemain, mercredi, c'était décidé.

Bientôt Jake annoncerait à Atlee qu'ils avaient retrouvé Ancil Hubbard, bien que son identification restât fragile puisque le sujet pouvait changer d'avis à tout moment. Mais Lucien en doutait – plus depuis qu'il avait parlé de l'argent à Ancil. Avoir repéré et identifié Ancil Hubbard ne changerait rien à la teneur du procès. Sur ce point, Lanier avait raison. Ancil ne pouvait rien dire de la capacité de tester de son frère. On le laisserait donc en Alaska, avec ses problèmes. Sans doute n'allait-il passer que quelques mois derrière les barreaux. Avec un peu de chance et un bon avocat, il ressortirait libre. Pour Lucien, la façon dont la cocaïne avait été retrouvée chez lui était une violation directe du Quatrième amendement. Si la saisie était déclarée illégale, plus aucune charge ne pèserait sur Ancil. Et si Jake gagnait son procès, Ancil pourrait un jour prochain revenir au comté de Ford et réclamer son dû.

Mais si Jake perdait, Ancil disparaîtrait à nouveau, pour toujours.

À la nuit tombée, Lucien se rendit au bar de son hôtel et salua Bo Buck, le serveur, qui était devenu un ami. Bo avait été autrefois juge au Nevada avant que le destin s'acharne à ruiner son existence. Bo et Lucien se racontaient toutes sortes d'anecdotes de leur passé. Ils bavardèrent un moment pendant que Bo lui préparait son Jack Coca. Lucien s'installa seul à une table. Il appréciait la solitude. Un homme et son whisky. Que demander de mieux ? Une minute plus tard, Ancil Hubbard apparut devant lui, sortant de nulle part.

— Bonsoir, Lucien, lança-t-il comme si de rien n'était.

Lucien le dévisagea, surpris. Ancil portait une casquette, un sweat-shirt et un jean. Ce matin encore, il était inconscient dans son lit d'hôpital, avec des tubes partout sur le corps.

— Je ne m'attendais pas à vous voir ici.

— J'en avais ma claque de l'hosto. Alors je me suis tiré. Ce qui fait de moi un fugitif, mais j'ai l'habitude. Faut croire que j'aime ça.

— Et votre crâne ? Votre infection ?

— J'ai mal à la tête, mais beaucoup moins qu'ils ne le croient. Je vous rappelle, Lucien, que je suis censé passer directement de l'hôpital à la prison, un transfert qui ne me séduit guère. Disons que je n'étais pas aussi inconscient qu'ils le pensaient. L'infection est sous contrôle. (Il sortit de sa poche un flacon de pilules.) J'ai pris mes antibiotiques avec moi en partant. Je vais bien.

— Comment êtes-vous sorti ?

— En marchant. Ils m'avaient descendu en chariot au rez-de-chaussée pour faire un scanner. Ils pensaient que je ne pouvais pas tenir debout. Alors, une fois seul, j'ai sauté à terre et j'ai dévalé un escalier. Arrivé au sous-sol, j'ai trouvé un vestiaire et des habits ! J'ai filé par l'aire de livraison. Les flics couraient partout. Et moi, je buvais tranquillement un café sur le trottoir d'en face !

— C'est une petite ville, Ancil. Vous ne pourrez pas vous cacher bien longtemps.

— Je suis expert en cavale ! Et j'ai des amis.

— Vous voulez boire quelque chose ?

— Non, mais un hamburger et des frites, ce ne serait pas de refus !

* * *

Harry Rex regarda la témoin, l'air revêche :

— Vous avez touché son pénis ?

Lettie détourna la tête, gênée.

— Oui. Oui, je l'ai touché, répondit-elle, mal à l'aise.

— Bien sûr que vous l'avez touché ! lança Jake. Il ne pouvait se laver, vous étiez donc bien obligée. Et c'est arrivé plus d'une fois. Donner un bain à quelqu'un, c'est le baigner entièrement. Il ne pouvait le faire tout seul. C'était inévitable de le toucher ! Il n'y avait rien de sexuel là-dedans. Vous faisiez simplement votre travail.

— Je ne vais pas y arriver, se lamenta Lettie, en regardant Portia. Lanier ne va quand même pas me poser ce genre de questions ?

— Bien sûr que si ! grogna Harry Rex. Celles-là et plein d'autres encore. Et vous avez intérêt à être prête.

— Faisons une pause, intervint Jake.

— Tu as raison. Il me faut une bière ! lança Harry Rex en se levant.

Il sortit de la pièce à grands pas, comme s'il en avait assez de cette compagnie. Ils répétaient depuis deux heures ; il était presque 22 heures. Jake interrogeait Lettie, puis Harry Rex imitait la partie adverse et la mettait sur le gril. Parfois il y allait trop fort, du moins plus fort que Atlee ne le tolérerait, mais il valait mieux se préparer au pire. Portia avait pitié de sa mère, mais sa fragilité l'agaçait aussi. Lettie pouvait être forte, mais craquerait peut-être d'un coup. Son témoignage serait le moment de tous les dangers.

Souvenez-vous des règles, lui répétait Jake. Souriez, mais pas trop. Parlez distinctement et lentement. Vous pouvez pleurer, ce n'est pas grave si vous êtes réellement émue. Si vous ne savez pas quoi répondre, ne dites rien. Les jurés vont vous épier, rien ne leur échappera. Regardez-les de temps en temps, mais faites-le avec sérénité. Ne vous laissez pas ébranler par Lanier. Et je serai là pour vous protéger.

Harry Rex brûlait de lancer : « Il y a vingt-quatre millions de dollars en jeu, alors du nerf ! » Mais il tint sa langue. Quand il revint dans la pièce avec sa bière, prêt à une nouvelle joute, Portia jeta l'éponge :

— Ça suffit pour ce soir, Jake. On va rentrer chez nous, parler encore un peu sur la terrasse, et nous serons ici demain matin à la première heure.

— Entendu. On est tous fatigués.

Après le départ des deux femmes, Jake et Harry Rex montèrent et s'installèrent sur le balcon. La nuit était chaude mais pas étouffante, grâce à une agréable brise de printemps. Jake but une bière et se détendit pour la première fois depuis le matin.

— Des nouvelles de Lucien ? demanda Harry Rex.

— Non, mais j'ai oublié de consulter le répondeur.

— On a de la chance, tu sais. Comme Lucien est coincé en Alaska, on n'a pas à supporter ses critiques toute la sainte journée.

— À ce rôle, tu le remplaces haut la main !

— C'est vrai, mais personne ne m'a encore viré. Tu t'en es bien sorti aujourd'hui, Jake. Ta présentation était tip-top ; tout le monde était attentif et a apprécié. Tu as appelé douze témoins et aucun n'a été grillé. Pour l'instant, la balance penche fortement de ton côté. On n'aurait pu rêver meilleure journée.

— Mais est-ce suffisant pour convaincre les jurés ?

— Ils t'aiment bien. Mais il est trop tôt pour dire s'ils vont apprécier ou non Lettie. On en saura plus demain.

— Demain, ça passe ou ça casse.

43.

Les avocats retrouvèrent le juge Atlee dans ses quartiers à 8 h 45 le mercredi matin et confirmèrent qu'il n'y avait ni requêtes ni différends à régler avant la reprise des débats. Pour ce troisième jour d'audience, Atlee était fringant, presque surexcité, comme si la joie de présider un grand procès l'avait fait rajeunir de dix ans. Les avocats avaient passé la nuit éveillés, soit à travailler, soit à lutter contre l'angoisse, et tous avaient le visage marqué par la fatigue. Le vieux juge, quant à lui, avait dormi comme un bébé.

Une fois installé dans la salle du tribunal, il accueillit tout le monde, remercia les spectateurs de montrer autant d'intérêt pour le système judiciaire de leur pays, et pria l'huissier de faire entrer les jurés. Quand ils furent assis dans leur box, il leur souhaita la bienvenue et leur demanda s'il était survenu quelque problème que ce soit : Aucun contact interdit ? Rien de suspect ? Tout le monde était d'attaque ? Parfait, maître Brigance, vous pouvez poursuivre.

Jake se leva.

— Votre Honneur, nous appelons à la barre Mme Lettie Lang.

Portia avait prié sa mère de ne rien choisir d'ostentatoire et surtout rien de sexy. Tôt ce matin, bien avant le petit déjeuner, les deux femmes avaient discuté de la mise adéquate. Portia avait eu le dernier mot : ce serait une robe de coton bleu marine, avec une ceinture ample – un vêtement joli mais qu'une femme de ménage pouvait porter, en tout cas loin des tenues que Lettie arborait pour aller à l'église. Les chaussures étaient de simples sandales. Pas de bijoux. Pas de montre. Rien qui puisse indiquer que Lettie avait de l'argent devant elle, ou comptait en avoir dans quelque temps. Depuis un mois, elle avait cessé de se teindre les cheveux. Le gris était revenu et Lettie faisait parfaitement ses quarante-sept ans.

Elle se mit à bégayer dès que l'huissier lui fit prêter serment. Elle regarda Portia, assise derrière la chaise de Jake. Sa fille lui retourna un sourire – le signal qu'elle devait sourire aussi.

Le silence régnait sur la salle bondée quand Jake s'installa au pupitre. Il lui demanda son nom, son adresse, son lieu de travail – des questions faciles auxquelles elle répondit sans difficulté. Nom des enfants et petits-enfants. Oui, Marvis, son aîné, était en prison. Son mari, Simeon Lang, aujourd'hui aussi en prison, attendait d'être jugé. Elle avait demandé le divorce un mois auparavant et il serait prononcé dans une ou deux semaines. Ses antécédents : études, église, emplois précédents. Tout avait été répété et ses réponses sonnaient un peu monocordes, apprises par cœur – ce qui était le cas. Elle jeta un coup d'œil vers le jury, mais prit peur quand elle vit que tous la regardaient. Comme le lui avaient conseillé ses coachs, dès qu'elle sentait la panique monter, elle devait chercher Portia, s'accrocher à son regard comme à une bouée. Par moments, elle ne pouvait plus quitter sa fille des yeux.

Jake, finalement, aborda le sujet important : M. Seth Hubbard. Ou plus simplement M. Hubbard, comme elle devait l'appeler devant la cour – jamais Seth, jamais M. Seth ! M. Hubbard l'avait embauchée à mi-temps comme femme de ménage trois ans plus tôt. Comment avait-elle trouvé cette place ? Elle n'y était pour rien. C'était lui qui l'avait appelée, en disant qu'un de ses amis savait qu'elle cherchait du travail. M. Hubbard avait justement besoin de quelqu'un à mi-temps pour s'occuper de la maison. Elle raconta comment ça se passait avec lui, ses règles, ses habitudes, ses manies et plus tard ses préférences culinaires. Les trois jours par semaine devinrent quatre. Il l'augmenta une fois, puis une deuxième fois. Il voyageait beaucoup et elle n'avait souvent pas grand-chose à faire dans la maison. En trois années, jamais elle ne le vit dîner avec quelqu'un. Elle connaissait Herschel et Ramona mais ils étaient rarement là. Ramona rendait visite à son père une fois par an, juste pour une heure ou deux, quant à Herschel, il ne venait guère plus souvent. Non, elle n'avait jamais vu les petits-enfants.

— Mais je ne travaillais pas les week-ends, donc je ne sais pas qui passait le samedi ou le dimanche, expliqua-t-elle. M. Hubbard pouvait recevoir sans que je le sache.

Elle tentait de paraître juste et impartiale.

— Mais vous veniez travailler tous les lundis, n'est-ce pas ? insista Jake comme prévu.

— Oui.

— Et avez-vous trouvé des traces prouvant que des gens étaient restés le week-end chez lui ?

— Non, monsieur. Jamais.

Pas question d'être gentil avec Herschel et Ramona. De leur côté, ils n'allaient pas être tendres avec Lettie. Et au vu de leurs dépositions, ils risquaient de mentir comme des arracheurs de dents.

Après une heure dans le box des témoins, Lettie commença à se détendre. Ses réponses étaient plus claires, plus spontanées, et elle lançait parfois un sourire aux jurés. Jake évoqua ensuite le cancer de son patron. Elle raconta le défilé des infirmières à domicile, chaque fois différentes, tant et si bien que M. Hubbard avait voulu qu'elle vienne travailler toute la semaine. Lettie décrivit les mauvais moments, quand la chimio le clouait au lit et était à deux doigts de le tuer, quand il ne pouvait ni aller à la salle de bains ni se nourrir.

Ne montre pas d'émotion, lui avait dit Portia. Ne montre aucun sentiment pour Seth. Les jurés ne doivent pas avoir l'impression qu'il y a un lien affectif entre vous deux. Bien sûr qu'il y en a un, comme entre tout personnel soignant et une personne mourante, mais il ne faut pas le laisser apparaître en témoignant.

Jake ne s'attarda pas trop sur le cancer de Seth Hubbard. Wade Lanier allait sans doute y revenir. Il lui demanda alors si elle avait déjà rédigé un testament. Non. Jamais.

— Vous avez déjà vu un testament ?

— Non, monsieur.

— Seth Hubbard a-t-il parlé avec vous de son testament ?

Elle lâcha un petit rire parfaitement convaincant.

— M. Hubbard était secret comme personne. Il ne me parlait jamais de ses affaires ou de ce genre de choses. Ni de sa famille ou de ses enfants. Il n'était pas du genre causant.

En vérité, Seth lui avait annoncé à deux reprises qu'elle aurait droit à quelque chose, mais il n'avait jamais évoqué son testament. Fallait-il le dire ou non ? Lettie avait discuté de ce point avec sa fille. Portia pensait que Lanier et le camp adverse allaient en faire toute une histoire s'ils apprenaient ce détail. Ils déformeraient ses propos, monteraient tout ça en épingle pour s'en servir contre elle. « Vous voyez que vous avez parlé avec lui de sa succession ! » tonnerait Lanier devant les jurés.

Il valait mieux passer ça sous silence. Personne ne le saurait jamais. Seth était mort et Lettie ne le dirait pas.

— Avez-vous parlé de sa maladie et du fait qu'il allait mourir ? s'enquit Jake.

Elle prit une profonde inspiration et réfléchit un moment.

— Bien sûr. Parfois, il souffrait tellement qu'il me disait qu'il voulait mourir. C'est naturel, non ? Au cours de ses derniers jours, M. Hubbard savait que la fin était proche. Il m'a demandé de prier avec lui.

— Vous avez prié avec lui ?

— Oui. M. Hubbard était un homme très croyant. Il voulait être en paix avant de quitter ce monde.

Jake marqua un silence pour que les jurés aient le temps de se représenter Lettie et son patron agenouillés pour prier. Voilà ce qu'ils faisaient quand ils étaient tous les deux. C'était si loin de ce qu'ils imaginaient. Puis, il évoqua la matinée du 1er octobre. Lettie lui raconta son histoire. Ils avaient quitté la maison vers 9 heures pour se rendre à la Berring. Lettie s'était retrouvée au volant de la Cadillac du patron, un modèle récent. Jamais il ne lui avait demandé de l'emmener où que ce soit. C'était la première et unique fois qu'ils se retrouvaient seuls dans une voiture. Au moment de partir, elle avait dit qu'elle ne voulait pas conduire, qu'elle était impressionnée. Il avait dû insister. Elle était stressée de manœuvrer cette belle voiture et roulait tout doucement. Pendant ce temps-là, il buvait un café dans un gobelet. Il semblait détendu, et ne pas souffrir. Il paraissait même amusé de voir Lettie avancer aussi prudemment alors qu'il n'y avait personne sur la route.

Jake lui demanda de quoi ils avaient parlé pendant les dix minutes de trajet. Elle réfléchit encore un moment, regarda les jurés qui étaient tout ouïe.

— On a parlé de voitures. Il disait que les Blancs n'aimaient plus les Cadillac parce qu'aujourd'hui trop de Noirs en avaient. Il m'a demandé pourquoi les Noirs aimaient à ce point les Cadillac, mais je lui ai dit que je n'étais pas la meilleure personne à qui poser la question. Je n'ai jamais rêvé d'avoir une Cadillac. Et je n'en aurai jamais. J'ai une Pontiac, vieille de douze ans. Mais je lui ai répondu que c'était la plus jolie des voitures, que c'était une façon de montrer aux autres qu'on a réussi, qu'on a un travail, un peu d'argent devant soi, une belle vie. C'est tout. Il m'a

655

dit qu'il aimait depuis toujours les Cadillac et qu'il avait perdu sa première lors de son premier divorce, et sa deuxième lors du second. Mais comme plus jamais il ne se remarierait, il était sûr, cette fois-ci, que personne ne lui prendrait celle-là. Il était drôle.

— Il était donc de bonne humeur ce jour-là ? Il plaisantait ?

— Oui, monsieur. De très bonne humeur. Il s'est même moqué de ma façon de conduire.

— Et il avait les idées claires ?

— Claires comme de l'eau de roche. C'était sa septième Cadillac et il se souvenait de chacune d'entre elles. Il disait qu'il en changeait à présent tous les deux ans.

— Vous savez s'il avait pris ce matin-là des médicaments contre la douleur ?

— Non, monsieur, je l'ignore. Il était bizarre avec ses pilules. Il n'aimait pas les prendre et il les gardait dans sa mallette. La seule fois où j'ai vu ses cachets, c'est quand il était au plus mal, cloué dans son lit, et qu'il m'a demandé de les lui apporter. Mais non, ce matin-là, il semblait en forme et ne pas avoir besoin de médicaments.

Sous la direction de Jake, Lettie poursuivit son récit. C'était la première fois qu'elle venait à la scierie Berring. Pendant qu'il était dans son bureau, la porte fermée, elle avait fait le ménage dans les autres pièces. Elle avait passé l'aspirateur, fait la poussière, lavé les vitres, arrangé les piles de magazines dans le hall, et même lavé la vaisselle dans la petite cuisine. Non, elle n'avait pas vidé les corbeilles à papier. Et durant tout ce temps-là, elle n'avait ni vu ni parlé à son patron. Il était arrivé avec sa mallette et était reparti avec. Elle l'avait ramené chez lui, puis était rentrée chez elle, vers midi. Le dimanche soir, Calvin Boggs l'avait appelée pour lui annoncer que M. Hubbard s'était pendu.

À 11 heures, après deux heures de questions, Jake céda le témoin à la partie adverse. Pendant la courte pause, il dit à Lettie qu'elle s'était débrouillée à merveille. Portia était fière de sa mère. Elle ne s'était pas effondrée et avait été très convaincante. Selon Harry Rex, qui avait suivi l'audition depuis le dernier rang, le témoignage de Lettie n'aurait pu mieux se passer.

À midi, pourtant, ce fut la Bérézina.

* * *

Lucien était certain qu'accueillir un fugitif recherché par la police était passible de prison dans tous les États de l'Amérique, y compris en Alaska. Mais pour l'heure, c'était le cadet de ses soucis. Il s'éveilla à l'aube, tout endolori d'avoir dormi dans le fauteuil. Sachant qu'Ancil avait quand même une fracture du crâne, Lucien avait insisté pour lui donner son lit. Un antalgique avait vite emporté le blessé au pays des songes, et longtemps Lucien était resté assis dans le noir, à siroter son Jack Coca, à écouter les ronflements du pauvre diable.

Il s'habilla en silence et quitta la chambre. Le hall de l'hôtel était désert. Pas de flics alentour. Au bout de la rue, il acheta du café et des muffins, et ramena le tout dans la chambre. Ancil était réveillé et regardait la chaîne d'infos locale.

— Pas un mot sur moi, déclara-t-il.

657

— Ce n'est pas surprenant. Je doute qu'ils fassent appel aux chiens pour vous retrouver !

Ils mangèrent, prirent leur douche à tour de rôle. À 8 heures, ils quittaient la chambre. Ancil portait le costume noir de Lucien, sa chemise blanche et sa cravate mauve, mais il avait gardé la casquette volée la veille pour dissimuler son visage. Trois carrefours plus loin, ils entraient dans le cabinet de Jared Wolkowicz, un avocat que lui avait recommandé Bo Buck, l'ex-juge du bar de l'hôtel. Lucien avait rendu visite la veille à l'avocat, avait loué ses services pour organiser une déposition officielle. Une sténographe judiciaire et un opérateur vidéo attendaient dans la salle de réunion. On ne perdit pas de temps. Au bout de la table, Wolkowicz se mit debout, leva la main droite, et répéta après la sténographe « je jure de dire la vérité, et rien que la vérité », puis se tourna vers la caméra. « Bonjour. Je m'appelle Jared Wolkowicz et je suis avocat au barreau de l'État d'Alaska. Nous sommes aujourd'hui le mercredi 5 avril 1989, et nous sommes dans les locaux de mon cabinet rue Franklin, dans le centre-ville de Juneau. Avec moi, se trouvent Lucien Wilbanks, né à Clanton, Mississippi, ainsi que Ancil Hubbard, résidant actuellement à Juneau. L'objet de cette déposition est d'entendre le témoignage de M. Hubbard. Je ne sais rien de l'affaire qui va être exposée ici. Mon rôle se borne à garantir que l'enregistrement de cette déposition est conforme à ce qui va être dit ici. Si des avocats ou des juges impliqués dans cette affaire désirent en savoir plus, je me ferai un plaisir de répondre à toutes leurs questions. »

Wolkowicz laissa la place à Lucien. On lui fit prêter serment, puis regardant à son tour la caméra, il déclara : « Je m'appelle Lucien Wilbanks. Le juge Atlee et les autres avocats impliqués dans la contestation du dernier testament de Seth Hubbard me connaissent bien. Je travaille avec Jake Brigance et je suis parvenu à localiser Ancil Hubbard. J'ai passé plusieurs heures avec lui et je puis affirmer qu'il s'agit bien du frère de Seth Hubbard. Il est né en 1922 dans le comté de Ford. Son père était Cleon Hubbard. Sa mère, Sarah Belle Hubbard. En 1928, son père a engagé mon grand-père Robert E. Lee Wilbanks pour défendre ses intérêts dans un litige foncier. Ce différend judiciaire est de la plus haute importance concernant l'affaire présente. Mesdames et messieurs, voici Ancil Hubbard… »

Ancil prit la place de Lucien. Il leva la main droite et jura de dire la vérité et rien que la vérité.

* * *

Wade Lanier commença le contre-interrogatoire de Lettie par des questions sur Simeon. Pourquoi était-il en prison ? Avait-il été condamné ? Combien de fois lui avait-elle rendu visite ? C'était brutal mais efficace pour rappeler aux jurés que son mari avait tué les deux fils Roston parce qu'il était saoul au volant. Au bout de cinq minutes, Lettie était en larmes et Lanier passait pour un tortionnaire sadique. Mais il n'en avait cure. Une fois Lettie submergée par l'émotion, et psychologiquement fragilisée, l'attaquant changea brusquement de sujet et tendit son piège :

— Dites-moi, madame Lang, avant d'être embauchée par M. Hubbard, où travailliez-vous ?

Lettie s'essuya une joue du revers de la main et tenta de rassembler ses souvenirs.

— Heu, c'était chez M. et Mme Tingley, ici, à Clanton.

— Quel genre de travail ?

— Femme de ménage.

— Combien de temps êtes-vous restée chez eux ?

— Je ne sais pas exactement. Environ trois ans.

— Et pourquoi avez-vous arrêté de faire le ménage chez ces personnes ?

— Ils sont morts. Tous les deux.

— Ils vous ont laissé de l'argent dans leur testament ?

— Si c'est le cas, personne ne me l'a dit.

Il y eut quelques sourires dans le jury.

Wade Lanier resta insensible au trait d'humour et poursuivit :

— Et avant les Tingley, chez qui étiez-vous ?

— Avant ? Je travaillais dans une cantine scolaire à Karaway.

— Pendant combien de temps ?

— Deux ans peut-être.

— Et pourquoi avez-vous quitté cette place ?

— J'ai eu le travail chez les Tingley, et je préfère être femme de ménage que employée de cantine.

— Soit ! Et avant ce travail dans une école, que faisiez-vous ?

Elle resta un moment silencieuse, cherchant à se souvenir.

— Avant la cantine, je travaillais pour Mme Gillenwater, ici, à Clanton, répondit-elle finalement.

— Combien de temps ?

— Environ un an. Après, elle a déménagé.

— Et avant Mme Gillenwater ?

— Heu… ce doit être les Glover, à Karaway.

— Pendant longtemps ?

— Je ne sais plus exactement. Trois ou quatre ans.

— Très bien. Je ne cherche pas à avoir des dates précises, madame Lang. Dites-moi juste ce dont vous vous souvenez, d'accord ?

— Oui, monsieur.

— Et avant les Glover, où avez-vous travaillé ?

— C'était chez Mlle Karsten, ici en ville. J'ai travaillé pour elle pendant six ans. C'était ma préférée. Je ne voulais pas m'en aller, mais elle est morte soudainement.

— Je vous remercie.

Lanier gribouilla quelque chose dans son carnet, comme s'il avait appris un élément nouveau.

— Résumons tout ça, madame Lang. Vous avez travaillé trois ans chez M. Hubbard, trois ans chez les Tingley, deux ans comme employée de cantine, un an chez Mme Gillenwater, trois ou quatre ans chez les Glover et six ans pour Mlle Karsten. Si mes calculs sont exacts, cela fait approximativement vingt ans. C'est bien cela ?

— Oui, à un an près, ici ou là, répondit Lettie, avec confiance.

— Et vous n'avez pas eu d'autres employeurs durant ces vingt années ?

Elle secoua la tête. Non.

Lanier avait une idée en tête, mais Jake ne pouvait intervenir. Il y avait les inflexions de sa voix, la pointe de suspicion, le petit froncement de sourcils, l'innocence apparente des questions. Il cachait

661

quelque chose, et tous les voyants d'alerte chez Jake étaient passés au rouge !

— Cela fait six employeurs en vingt ans, madame Lang. Et combien de fois avez-vous été mise à la porte ?

— Jamais. Je veux dire, j'ai été licenciée après le décès de M. Hubbard, et aussi quand Mlle Karsten est tombée malade, et quand les Tingley sont morts, mais c'est juste parce que mon travail était terminé. Ce n'est pas pareil.

— Vous n'avez jamais été mise à la porte parce que vous faisiez mal votre travail, ou parce qu'il y avait eu un problème ?

— Non, monsieur. Jamais.

Lanier, brusquement, s'écarta du pupitre et se tourna vers le juge Atlee.

— Ce sera tout, Votre Honneur. Mais je rappellerai peut-être le témoin ultérieurement.

Il retourna à sa table. Jake le vit lancer un clin d'œil à Chilcott avant de s'asseoir.

Lettie venait de mentir ! Et Lanier allait la confondre. Jake ne savait pas ce qui allait tomber et ne pouvait rien faire. Il fallait la faire quitter le box au plus vite. Il se leva d'un bond.

— Votre Honneur, la défense en a terminé !

Le juge se tourna vers la partie adverse.

— Maître Lanier, vous avez des témoins ?

— Oh oui…

— Alors appelez le premier.

— Les plaignants appellent M. Fritz Pickering.

— Qui ça ? lâcha Jake.

— Fritz Pickering, répéta Lanier haut et fort, avec un sarcasme évident, comme si Jake était soudain dur d'oreille.

— Jamais entendu parler de lui. Cette personne ne figure pas sur notre liste des témoins.

— Il est dans le hall, annonça Lanier à un huissier. Il attend.

Jake regarda le juge en secouant la tête.

— Il ne peut venir témoigner si son nom n'est pas sur la liste !

— Et pourtant, je l'appelle, répliqua Lanier.

Fritz Pickering entra dans la salle d'audience et suivit l'huissier jusqu'au fauteuil des témoins.

— Objection, Votre Honneur ! Objection !

Le juge Atlee retira ses lunettes de lecture, lança un regard assassin à Lanier.

— La séance est suspendue pour quinze minutes. Les avocats, dans mon bureau ! Les avocats seulement. Ni les associés, ni les assistants.

Le jury quitta le box et les avocats suivirent le juge dans le couloir menant à son bureau. Atlee ne prit pas le temps d'ôter sa robe et s'assit, l'air aussi stupéfait que Jake.

— Je vous écoute, Wade.

— Votre Honneur, M. Pickering n'apportera aucune preuve testimoniale concernant notre affaire. Il n'a donc pas à figurer sur la liste officielle des témoins. Son rôle est simplement de mettre en cause la véracité des dires d'un autre témoin. Je n'étais pas obligé de prévenir la défense, et encore moins de divulguer son nom, pour la simple et bonne raison que je n'étais même pas sûr de l'auditionner. Mais au vu du témoignage de Lettie Lang, et de son incapacité à dire la vérité, ce témoin est soudain devenu crucial pour nous.

Le juge Atlee poussa un long soupir tandis que les autres avocats dans la pièce tentaient de se remémorer ce détail juridique dans les procès au civil. Visiblement, Lanier avait bien potassé le code de procédure, en particulier les règles concernant la discréditation des témoins. Il avait porté l'attaque et fait mouche – un mouvement soigneusement préparé. Jake voulait riposter. Il fallait allumer un contre-feu. Mais aucune idée ne lui vint.

— Que va dire votre témoin, Wade ? demanda le juge.

— Que Lettie Lang a travaillé autrefois pour sa mère, Mme Irene Pickering. Fritz et sa sœur ont mis à la porte Lettie Lang quand sa sœur a trouvé un testament manuscrit qui laissait cinquante mille dollars à Mme Lang. Elle vient de mentir à trois reprises. Un, elle n'a pas travaillé uniquement pour les personnes qu'elle a citées. Mme Pickering l'a embauchée en 1978 et les enfants se sont séparés d'elle en 1980. Deux, elle a bel et bien été congédiée en tant que femme de ménage. Trois, elle a affirmé qu'elle n'avait jamais vu de testament de sa vie. Faux. Fritz et sa sœur lui ont montré le testament de leur mère le jour où ils l'ont mise à la porte. Il doit y avoir encore d'autres mensonges dans sa déposition, mais je n'ai pas eu le temps de tout décortiquer.

Les épaules de Jake s'affaissèrent. Son estomac se noua. Il devint tout pâle. Il lui fallait lancer quelque chose d'intelligent, un argument imparable, vite, mais c'était le trou noir. Enfin, il entrevit une lueur :

— Quand avez-vous trouvé ce Fritz Pickering ? demanda-t-il.

— Je ne l'ai rencontré qu'aujourd'hui, répliqua Lanier.

— Ce n'est pas ce que je vous demande. Quand avez-vous découvert l'existence des Pickering ?

— Pendant qu'on préparait ce procès. Encore une fois, Jake, cela montre simplement qu'on a mieux travaillé que vous. On a déniché plus de témoins. Pendant que vous traînassiez sur je ne sais quoi, nous, on a bossé. Qu'avez-vous donc fait tout ce temps ?

— La loi exige que vous nous communiquiez le nom de vos témoins. Il y a deux semaines, vous nous avez lâché une liste de quarante-cinq nouveaux noms. Vous ne suivez pas les règles, Wade. Monsieur le juge, c'est une violation patente de l'éthique.

— Silence ! lança Atlee, en levant la main. Laissez-moi réfléchir.

Le vieux juge se leva, se dirigea vers son bureau, choisit l'une de ses pipes, la bourra lentement avec du Sir Walter Raleigh, l'alluma et souffla un nuage de fumée qui roula en volutes grasses jusqu'au plafond. Sur un côté de la table, Wade Lanier, Lester Chilcott, Zack Zeitler et Joe Bradley Hunt restaient silencieux, l'air suffisant, attendant une décision qui allait bouleverser tout le procès – un point de non-retour. De l'autre côté, Jake était seul, gribouillant des notes qu'il ne pouvait lui-même déchiffrer. Il se sentait nauséeux, ses mains tremblaient.

Lanier avait joué un grand coup et Jake était furieux. En même temps, il avait envie d'étriper Lettie. Pourquoi ne lui avait-elle pas parlé des Pickering ? Ils avaient passé un nombre d'heures incalculable ensemble depuis octobre.

Son Honneur souffla encore un nuage de fumée.

— Ce témoin est trop important pour le récuser, déclara-t-il finalement. J'autorise l'audition de M. Pickering, mais je ne tolérerai aucun débordement.

— Il ne faut pas laisser passer cette fourberie ! s'emporta Jake. Le jugement sera automatiquement cassé ! Dans deux ans, on sera obligés de tout recommencer ! C'est une grosse erreur.

— Ne me dites pas ce que j'ai à faire, Jake ! Aucun de mes jugements n'a été annulé par la Cour suprême. Jamais !

Jake prit une profonde inspiration.

— Veuillez m'excuser, Votre Honneur.

* * *

Le récit d'Ancil dura quarante-cinq minutes. Quand il eut terminé, il essuya ses yeux brillants, annonça qu'il était fatigué et sortit de la pièce. Lucien remercia Jared Wolkowicz pour son concours. Il n'avait pas dit à l'avocat qu'Ancil était recherché par la police.

Sur le chemin du retour, ils virent des policiers postés au coin d'une rue. Ils préférèrent obliquer vers une cafétéria. Ils se cachèrent dans un box et tentèrent de bavarder comme si de rien n'était. Lucien était encore ébranlé par l'histoire d'Ancil, mais ni l'un ni l'autre ne voulaient en parler.

— J'ai payé pour deux nuits à l'hôtel. La chambre est à vous. Je m'en vais. Vous pouvez garder les vêtements, le dentifrice, tout. Il y a un pantalon dans l'armoire, avec trois cents dollars dans la poche. Prenez-les.

— Merci, Lucien.

— Que comptez-vous faire ?

— Je ne sais pas. Je ne veux pas finir en prison, alors je vais sans doute changer de ville, comme d'habitude. Disparaître. Ces clowns ne m'attraperont pas. C'est la routine pour moi.

— Où pensez-vous aller ?

— Je pourrais faire un tour au Mississippi puisque mon cher frère a pensé à moi. Quand pourrais-je toucher l'argent ?

— Aucune idée. Dans un mois ou deux, comme dans cinq ans. Vous avez mon numéro de téléphone. Appelez-moi dans quelques semaines, j'en saurai davantage.

— Entendu.

Lucien paya. Ils sortirent de l'établissement par une porte latérale. Dans une allée, ils se dirent au revoir. Lucien partait pour l'aéroport ; Ancil pour l'hôtel. Quand il arriva au Glacier Inn, l'inspecteur l'attendait.

* * *

Le silence tomba dans la salle de tribunal quand Fritz Pickering raconta son histoire, dans tous ses détails dévastateurs. Lettie prit la salve de plein fouet, tête baissée, les yeux au sol. Elle ferma les paupières, défaite. Elle secoua la tête de temps en temps, comme si elle n'était pas d'accord, mais plus personne dans le tribunal ne la croyait.

Trop de mensonges.

Fritz exhiba une copie du testament de sa mère. Jake fit objection à la présentation de cette pièce, puisqu'il n'y avait aucune preuve que ce testament soit écrit de la main de Irene Pickering, mais le juge l'écouta à peine. Le document fut accepté. Wade Lanier demanda à son témoin de lire le quatrième paragraphe, celui où figurait le legs de cinquante mille dollars à Lettie Lang. Fritz Pickering le lut lentement d'une voix forte. Deux jurés secouèrent la tête, effarés.

Wade Lanier distribuait les coups :

— Donc, monsieur Pickering, vous et votre sœur avez fait asseoir Lettie Lang à la table de la cuisine et lui avez montré le testament manuscrit de votre mère, c'est bien ça ?

— Oui.

— Et pourtant Lettie Lang a affirmé qu'elle n'avait jamais vu un testament de sa vie. C'est donc qu'elle mentait, n'est-ce pas ?

— Je suppose.

— Objection ! lança Jake.

— Objection rejetée, aboya le juge du haut de son siège.

Atlee était désormais contre lui. Il considérait Lettie comme une menteuse et, dans son monde, il n'existait pas plus grand péché. Durant sa carrière, il avait envoyé de nombreuses personnes en prison parce qu'elles avaient osé mentir dans son tribunal, et pourtant pour de simples affaires de divorce. Une nuit derrière les barreaux faisait des merveilles eu égard au respect de la vérité.

Lettie ne risquait pas la case prison pour expier sa faute – ce qui aurait été préférable. Car, maintenant, les jurés remuaient sur leurs chaises, échangeaient des regards, et elle allait perdre vingt millions de dollars – avant impôts bien sûr.

Quand un témoin disait la vérité, et que cette vérité faisait des dégâts, l'avocat de la partie adverse n'avait pas d'autre choix que d'attaquer la crédibilité du témoin. Jake restait assis à sa table, le visage de marbre, comme s'il savait ce que Pickering allait dire mais, dessous, c'était la panique. Il lui fallait trouver un point faible. Qu'avait à gagner Pickering en venant témoigner ? Pourquoi venait-il perdre son temps ici ?

— Le témoin est à vous, maître Brigance, lança Atlee quand Lanier en eut terminé.

Jake se leva rapidement, feignant la confiance. Ne jamais poser une question à un témoin dont on ne connaît pas la réponse – telle était la première règle qu'apprend un avocat. Mais quand la défaite était imminente, au diable la prudence ! Jake tira à l'aveuglette :

— Monsieur Pickering, combien avez-vous été payé pour venir témoigner aujourd'hui ?

La balle toucha dans le mille. Pickering tressaillit, sa bouche s'ouvrit sous le choc. Il lança un regard désespéré à Lanier. L'avocat haussa les épaules. Allez-y. Ce n'est pas grave.

— Sept mille cinq cents dollars, répliqua Pickering.

— Et qui vous paye ?

— Le chèque est signé du cabinet de M. Lanier.

— Et quelle est la date sur ce chèque ?

— Je ne me souviens pas exactement. Mais je l'ai reçu il y a un mois environ.

— Donc, il y a un mois, vous avez passé un accord. Vous avez accepté de venir témoigner ici et Me Lanier vous a envoyé de l'argent, c'est bien ça ?

— Oui.

— Mais vous aviez demandé davantage, n'est-ce pas ? s'enquit Jake, bluffant encore, ne sachant rien des faits.

Juste l'instinct.

— Eh bien, oui, j'avais demandé plus.

— Vous réclamiez au moins dix mille dollars, n'est-ce pas ?

— En gros, oui, répondit Fritz en observant Lanier. Jake lisait dans ses pensées.

— Et vous avez dit à Mᵉ Lanier que vous ne viendriez pas témoigner si vous n'étiez pas payé.

— À l'époque, je n'avais pas de contact avec M. Lanier. Mais avec l'un de ses enquêteurs. Je n'ai rencontré M. Lanier que ce matin.

— Peu importe. En tout cas vous ne témoignez pas gratuitement, exact ?

— Exact.

— Quand êtes-vous parti de Shreveport ?

— Hier après-midi.

— Et quand allez-vous quitter Clanton ?

— Le plus tôt possible.

— Juste un petit aller-retour. Disons vingt-quatre heures ?

— Oui, quelque chose comme ça.

— Sept mille cinq cents dollars pour vingt-quatre heures. Vous êtes un témoin de luxe.

— C'est une question ?

Jake avait eu de la chance, mais cela ne pouvait pas durer. Il consulta ses notes, des gribouillis illisibles, et changea de sujet.

— Monsieur Pickering, Lettie Lang vous a expliqué pourtant qu'elle n'était pour rien dans la rédaction du testament de votre mère.

Jake ignorait ce qu'avait fait Lettie. Il n'avait pas encore parlé de cet incident avec elle. Et cela risquait d'être une conversation pour le moins houleuse. Ce serait sans doute pour le déjeuner.

— Oui, c'est ce qu'elle a dit, rétorqua Fritz.

— Et elle vous a bien précisé que votre mère ne lui avait jamais parlé de ses intentions ?

— C'est ce qu'elle a affirmé.

— Comment avez-vous eu une copie de ce testament ?

— Je l'ai gardée.

En réalité, elle lui était arrivée par la poste, dans un courrier anonyme, mais personne ne pouvait le savoir.

— Je n'ai plus de questions, Votre Honneur, annonça Jake en retournant à sa table.

— La séance est levée. Reprise à 13 h 30 ! déclara Atlee.

44.

Jake et Harry Rex se sauvèrent comme des voleurs.
Jake était au volant et il fonça tout droit vers la campagne, pour mettre le plus de distance entre eux et le
cauchemar qui venait de se jouer au palais de justice.
Il ne voulait pas croiser Lettie et Portia, ni les autres
avocats, ni personne ayant été témoin de cette mise
à mort.

Harry Rex jouait toujours les empêcheurs de tourner en rond. Quand tout se passait bien à l'audience,
il ne relevait que les points négatifs. Et quand le
bateau coulait, il pouvait se montrer d'un optimisme
à toute épreuve. Pendant que Jake roulait en pestant,
il s'attendait donc à ce que son ami trouve quelques
mots pour lui remonter le moral, ne serait-ce qu'un
instant. Mais Harry Rex déclara :

— Descends de tes grands chevaux, Jake, et
accepte un accord à l'amiable.

Jake ne répondit qu'au bout d'un kilomètre.

— Je ne vois pas pourquoi Lanier accepterait à
présent de négocier. Il vient de gagner le procès ! Lettie a tous les jurés contre elle. Aucun d'entre eux ne

lui donnera ne serait-ce que cinq dollars pour qu'elle puisse s'acheter de quoi manger. Tu as vu leurs têtes !

— Tu sais ce qu'il y a de pire, Jake ?

— Parce qu'il y aurait du pire et du moins pire ? C'est juste la cata sur toute la ligne.

— Le pire, c'est que maintenant, toi aussi, tu te poses des questions sur Lettie. Je n'ai jamais cru une seule seconde que Lettie ait manipulé le vieux. Elle n'a pas cette fourberie en elle, et Hubbard n'était pas stupide. Mais aujourd'hui, d'un seul coup, quand on songe à ce qui s'est passé autrefois, on ne peut s'empêcher de se dire : « Oui, c'est possible finalement. » « Cette fille en sait peut-être plus sur le droit et les successions qu'elle veut bien le montrer. » Le ver est dans le fruit !

— Pourquoi l'a-t-elle caché ? Je parie qu'elle n'a rien dit à Portia non plus, que personne ne sait qu'elle s'est fait jeter de chez les Pickering. J'aurais bien sûr dû lui poser la question il y a six mois. « Dites donc, Lettie, vous avez déjà demandé à quelqu'un de changer son testament en votre faveur ? »

— C'est vrai ça. Pourquoi tu n'y as pas pensé ?

— Parce que je suis un crétin. Un crétin fini.

Il y eut un nouveau silence. Encore un kilomètre d'asphalte.

— Tu as raison. Cela remet tout en question, reprit Jake. Et si nous, nous avons des doutes, imagine ce que pensent les jurés !

— Les jurés, tu les as perdus, et tu ne pourras jamais les récupérer. Tu as appelé tes meilleurs témoins, tu as fait un sans-faute, et honneur à ta réputation, et Lettie s'en est bien sortie jusqu'à ce que tout soit réduit à néant par un témoin surprise. Le jury, tu peux faire une croix dessus.

Un autre kilomètre passa.

— Un témoin surprise, répéta Jake. Ça doit suffire pour demander l'annulation du jugement.

— Ne rêve pas. Tu ne peux courir ce risque. Tu dois obtenir un accord et ne pas laisser le jury se prononcer.

— Et jeter l'éponge ?

— Exactement. Tu as gagné un peu de sous. Maintenant, retire tes billes.

— Je préférerais ne pas en arriver là.

— Je comprends. Mais si Lettie ressort de ce tribunal sans un sou ?

— C'est peut-être ce qu'elle mérite.

Ils s'arrêtèrent sur le parking gravillonné de l'épicerie Bates. La Saab rouge était la seule voiture étrangère. Tous les autres véhicules étaient des pickups et pas un n'avait moins de dix ans. Ils attendirent tour à tour que madame remplisse leurs assiettes avec ses légumes du jour et que monsieur encaisse leurs trois dollars cinquante. Thé glacé et pain au maïs compris. La salle était bondée et il n'y avait plus une seule place libre. « Mettez-vous là-bas », leur dit le patron en désignant du menton un bout de comptoir à côté du poêle et des marmites. Ils pourraient parler librement, à condition de ne pas élever la voix.

Mais cela n'avait guère d'importance. Personne ici ne savait qu'un procès faisait rage en ville – et encore moins que Jake était désormais en mauvaise posture. Perché sur son tabouret, le dos voûté, il contempla la salle en silence.

— Tu devrais manger, lui dit Harry Rex.

674

— Je n'ai pas faim.

— Tu me donnes ta part, alors ?

— On verra. J'envie tous ces gens. Ils n'ont pas à retourner dans ce tribunal.

— Moi non plus, je n'y retourne pas. Tu es seul à la barre, gamin. Ça a tellement merdé que le procès ne peut plus être sauvé. Je quitte le navire.

Jake mordit dans une tranche de pain et commença à mastiquer lentement.

— Tu as fait ton droit avec Lester Chilcott, non ?

— Ouais. Le plus grand connard de la fac. Il était plutôt sympa au début, mais quand il a eu ce poste dans un grand cabinet de Jackson, d'un coup, il a pris la grosse tête. Mais c'est classique, j'imagine. Pourquoi cette question ?

— Chope-le cet après-midi et tâte le terrain. Vois s'ils seraient OK pour un accord.

— Un accord, sur quelle base ?

— Je ne sais pas, mais s'ils acceptent de se mettre autour d'une table, on finira bien par trouver un terrain d'entente. Et je peux démissionner. Comme ça, Atlee se chargera des négociations et veillera à ce que tout le monde ait quelque chose.

— Entendu. On peut tenter le coup.

Jake prit quelques gombos et les mangea sans conviction. Harry Rex avait déjà vidé la moitié de son assiette et couvait du regard la part de Jake. Il poussa un long soupir.

— Écoute, Jake, tu as joué au football, d'accord ?

— Disons que j'ai essayé.

— Non, tu as joué. Je te revois très bien dans la petite équipe de Karaway. Vous n'avez jamais gagné un match autant que je me souvienne. C'est quoi, la pire déculottée que vous avez prise ?

— Ripley. Ils nous ont battus cinquante à zéro, la deuxième année.

— À combien était le score à la mi-temps ?

— Trente-six à rien.

— Et tu as quitté le terrain ?

— Bien sûr que non. J'étais leur quarterback.

— Très bien. À la mi-temps, tu savais que vous aviez perdu, mais tu as ramené ton équipe sur le terrain pour la seconde manche et vous avez continué à jouer. Tu n'as pas abandonné la partie, pas plus que tu ne vas le faire maintenant. Gagner paraît mal engagé, d'accord, mais tu dois revenir sur le terrain. Aujourd'hui, la défaite est annoncée, et le jury observe le moindre de tes faits et gestes. Alors mange tes légumes comme un bon garçon et retourne au combat !

* * *

Les jurés se dispersèrent pour aller manger et se retrouvèrent dans la salle des délibérations à 13 h 15. Des petits groupes se formèrent. On parlait de l'affaire en chuchotant. Tout le monde était surpris et inquiet : surpris – parce que le procès avait basculé si soudainement contre Lettie Lang. Avant l'arrivée de Fritz Pickering, les indices s'accumulaient dans le même sens : Seth Hubbard était un homme résolu et il savait bel et bien ce qu'il faisait au moment de rédiger son testament. Mais tout avait été bouleversé. Lettie, désormais, était considérée avec la plus grande suspicion. Même les deux jurées noires, Michèle Still et Barb Gaston, semblaient prêtes à lâcher la défense. Tous étaient inquiets – chacun se demandait ce qui les attendait encore. Jake Brigance allait-il contre-attaquer et effacer les dégâts ? Était-ce possible ? Et si eux, les jurés, rejetaient le testament manuscrit, qu'allait-il se passer pour l'argent ? Il restait tant de questions sans réponses.

Tout le monde discutait de l'affaire sans vergogne ; le président du jury, Nevin Dark, se sentit obligé de rappeler à tous que le juge n'apprécierait pas leur comportement. « Parlons d'autre chose », souffla-t-il gentiment, ne voulant vexer personne. Il n'était pas leur chef, après tout.

À 13 h 30, l'huissier entra, compta les têtes, et leur dit : « Allons-y. » Ils le suivirent jusque dans la salle d'audience. Sitôt installés, ils regardèrent tous Lettie Lang, qui se tenait tête baissée. Et son avocat, contrairement à son habitude, ne leur lança pas de petits sourires. Il était avachi sur son siège, mâchonnant son stylo, comme s'il était parfaitement détendu.

— Maître Lanier, ordonna Atlee. Vous pouvez appeler votre témoin suivant.

— Oui, Votre Honneur. Les plaignants appellent M. Herschel Hubbard.

Herschel s'installa dans le box, lança un sourire niais aux jurés, prêta serment, et répondit à une série de questions sans intérêt. Wade Lanier l'avait bien fait répéter. Ils explorèrent tous les aspects de sa vie parfaitement insipide. Comme c'était prévisible, c'était un tissu de mensonges. Herschel décrivait une enfance de rêve, pétrie de tendresse pour ses parents, sa sœur, et pour tous les grands moments qu'ils avaient passés ensemble. Oui, le divorce avait été douloureux mais la famille y avait résisté. Son père et lui étaient très proches : ils se parlaient tout le temps, se voyaient le plus souvent possible, mais bien sûr, ils avaient chacun leur vie et leurs obligations. Ils étaient de grands fans des Braves, l'équipe de base-ball d'Atlanta. Ils suivaient tous les matchs avec ferveur et parlaient tout le temps de leurs résultats.

Lettie le fixait, médusée. Jamais elle n'avait entendu Seth Hubbard parler des Braves d'Atlanta. Pas plus qu'elle ne l'avait vu regarder du base-ball à la télévision.

Mais Herschel traçait son chemin : oui, ils essayaient d'aller à Atlanta au moins une fois par saison pour les voir jouer. C'était évidemment une nouveauté pour Jake comme pour tous ceux qui avaient lu la déposition de Herschel. À aucun moment, il n'avait parlé de virée avec son père. Mais Jake ne pouvait rien y faire. Il lui aurait fallu deux jours pour prouver que ces voyages n'avaient jamais eu lieu. Si Herschel voulait inventer des histoires, Jake ne pouvait l'en empêcher. En outre, il devait être prudent. S'il lui restait une once de crédibilité face aux jurés, il ne fallait pas la gâcher en attaquant Herschel de front. Le garçon avait perdu son père, puis il avait été déshérité d'une façon humiliante et cruelle. A priori, les jurés avaient de la sympathie pour ce fils renié, c'était naturel.

Et comment mettre en porte à faux un fils qui n'était pas proche de son père, mais qui jurait aujourd'hui l'avoir été ? Impossible. Le combat était impossible à gagner. Jake prenait donc des notes, écoutait la jolie fable qu'on lui racontait, et tentait de ne rien laisser paraître, comme si tout se passait comme prévu. Il ne parvenait toutefois pas à regarder les jurés. Il y avait désormais un mur entre lui et eux. Jamais cela ne lui était arrivé.

Quand Lanier et son témoin évoquèrent le cancer de Seth, Herschel se fit grave et feignit de contenir des sanglots. C'était horrible, disait-il, de voir cet homme vigoureux et actif se ratatiner sur place, rongé par la maladie. Seth avait essayé tant de fois d'arrêter de fumer. Herschel avait eu avec son père de nombreuses conversations à ce sujet. Herschel avait écrasé sa dernière cigarette à trente ans, et il suppliait son père de faire la même chose. Durant les derniers mois, Herschel lui rendait visite le plus souvent possible. Et oui, ils avaient parlé de son testament. Seth était parfaitement clair sur ses intentions. Il n'avait pas été très généreux quand Herschel et Ramona étaient enfants, mais il voulait qu'ils aient tout à sa mort. Il leur assura qu'il avait laissé un testament en bonne et due forme, qui les mettrait à l'abri du besoin jusqu'à la fin de leurs jours, eux et leurs enfants – les petits-enfants que Seth aimait tant.

Son père n'avait pas été seul sur la fin. Ils se parlaient tout le temps au téléphone, et Herschel avait remarqué que la mémoire de Seth flanchait. Il ne se souvenait plus du score du match de base-ball de la veille. Il se répétait beaucoup. Il n'arrêtait pas de parler de la Série mondiale, alors que les Braves n'y participaient pas. Mais Seth était persuadé qu'ils y étaient. Le vieux perdait la tête. C'était déchirant à voir.

Bien sûr, Herschel se méfiait de Lettie Lang. Elle travaillait bien, la maison était propre, elle faisait la cuisine pour son père et s'occupait de lui, mais elle prenait trop de place ; et plus Seth était mal en point, plus elle le protégeait. On avait l'impression qu'elle ne voulait pas que Herschel et Ramona l'approchent. Plusieurs fois, quand Herschel avait appelé son père, elle avait répondu qu'il ne se sentait pas bien et qu'il ne pouvait pas le prendre au téléphone. En fait, elle tentait d'éloigner Seth de sa famille.

Lettie regardait Herschel en secouant lentement la tête. C'était une belle performance d'acteur. Quand ce fut fini, Jake était presque sonné. Avec habileté, et de nombreuses répétitions à n'en pas douter, Wade Lanier avait réussi à concocter une histoire idyllique entre le père et le fils.

Jake se leva et s'approcha du pupitre.

— Monsieur Hubbard, quand vous faisiez ces voyages pour voir jouer les Braves, à quel hôtel descendiez-vous d'ordinaire ?

Herschel plissa les yeux. Sa bouche s'ouvrit, mais aucun son n'en sortit. Les hôtels avaient des registres qu'on pouvait facilement consulter. Il reprit enfin ses esprits :

— On en changeait souvent.

— Vous êtes allés à Atlanta l'année dernière ?

— Non. Papa était trop malade.

— Et l'année d'avant ?

— Oui. Je crois bien.

— D'accord. Donc vous y êtes allés en 87. Quel hôtel ?

— Je ne m'en souviens pas.

— D'accord. Contre qui jouaient les Braves ?

Les matchs et les scores étaient facilement consultables.

— Heu, je ne sais pas trop. Les Cubs, peut-être.

— Nous pouvons vérifier tout ça. Quand êtes-vous venus les voir jouer ?

— Je suis un peu fâché avec les dates.

— D'accord. En 86, vous êtes aussi allés voir les Braves ?

— Oui. Je crois bien.

— Quel hôtel ?

— Le Hilton. Je ne suis pas sûr.

— Qui affrontait les Braves ?

— Attendez que je me rappelle. Je n'en suis pas certain, mais je me souviens qu'on les a vus jouer contre les Phillies.

— En 86, qui était le troisième base chez les Phillies ?

Herschel déglutit et regarda fixement devant lui. Ses coudes tremblaient. Ses mensonges l'avaient rattrapé. Le chef-d'œuvre de Lanier avait des trous.

— Je ne sais pas, bredouilla-t-il enfin.

— Vous ne vous souvenez pas de Mike Schmidt, le plus grand troisième base des ligues majeures ? Il est toujours chez les Phillies et il est bien parti pour avoir son nom au Hall of Fame !

— Non, je suis désolé.

— Et qui jouait au champ centre chez les Braves ?

Un autre silence douloureux. Herschel n'en savait rien, c'était évident.

— Jamais entendu parler de Dale Murphy ?

— Oui, oui, c'est ça. Dale Murphy.

Pour le moment, Herschel avait démontré qu'il était un menteur, du moins un grand fabulateur. Jake pouvait continuer à l'interroger, mais il n'était pas sûr de marquer d'autres points. Il préféra s'arrêter là.

Ramona s'installa à son tour dans le fauteuil. Elle venait juste de prêter serment qu'elle pleurait déjà. Elle n'arrivait pas à se faire à l'idée que son « papa adoré » était à ce point miné par la maladie qu'il avait mis fin à ses jours. Peu à peu, toutefois, Lanier parvint à la ramener dans les rails et ils jouèrent leur scène apprise par cœur. Elle avait été la petite fille à son papa et elle était toujours collée à lui. Seth l'adorait, elle et ses enfants, et il venait souvent leur rendre visite à Jackson.

Encore une fois, Jake était impressionné par Wade Lanier. Il avait bien préparé Ramona pour sa déposition en décembre, et lui avait enseigné l'art de la dissimulation. Il savait qu'au procès, Jake ne pourrait réfuter son témoignage, alors il avait juste lâché quelques miettes pendant la déposition, juste de quoi répondre aux questions sans rentrer dans les détails, et avait gardé le grand jeu pour l'audience.

Son témoignage était un mélange de pathos, de mensonges et d'exagérations. Jake jetait des coups d'œil sur les jurés pour voir s'ils étaient dupes. Quand elle se mit de nouveau à pleurer et à hoqueter comme une petite fille, Tracy McMillen, la numéro Deux, croisa le regard de Jake et fronça les sourcils, comme pour dire : « Elle en fait trop. »

Du moins c'est ce que crut comprendre Jake. Mais il pouvait se tromper. Après la douche froide du matin, il se méfiait de ses interprétations. Tracy était sa jurée favorite. Ils échangeaient des regards depuis deux jours. Cela devenait de plus en plus insistant. Ce n'était pas la première fois que Jake usait de son charme dans l'espoir de gagner le vote d'une jurée. Quand il scruta de nouveau le jury, cette fois ce fut le regard de Frank Doley qu'il percuta. Et celui-là hurlait : « Je vais te faire la peau ! »

Wade Lanier n'était pas parfait finalement. Il laissa Ramona épancher sa douleur trop longtemps et le public finit par se lasser. Sa voix était rauque et désagréable, ses pleurs sonnaient faux. Quand Lanier annonça enfin qu'il en avait terminé, le juge Atlee abattit son maillet.

— Suspension de séance pour un quart d'heure !

Les jurés se levèrent et la salle d'audience se vida. Jake resta à sa table, comme Lettie. C'était le moment des explications. Portia approcha sa chaise pour que le trio puisse parler dans une relative intimité, épaule contre épaule.

— Jake, je suis tellement désolée, commença Lettie, les yeux aussitôt brillants de larmes.

— Pourquoi ne me l'avez-vous pas dit ? Si j'avais su pour Pickering, j'aurais pu me préparer.

— Ça ne s'est pas passé du tout comme il le raconte, Jake. Je vous jure que je n'ai jamais parlé avec Mme Irene de son testament. Jamais. Ni avant qu'elle l'écrive. Ni après. Je n'ai su qu'il y avait un testament que lorsqu'ils m'ont mise à la porte ce matin-là. Je le jure, Jake. Il faut que vous me laissiez expliquer tout ça aux jurés. Je peux les convaincre.

— Ce n'est pas si simple. On en reparlera.

— Mais ça presse. Herschel et Ramona ne racontent que des mensonges. On ne peut rien faire pour les arrêter ?

— Je ne crois pas que les jurés aient été très convaincus.

— En tout cas, ils n'aiment pas Ramona, intervint Portia.

— On les comprend, répliqua Jake. Je dois filer aux toilettes. Des nouvelles de Lucien ?

— Non. J'ai vérifié le répondeur au moment du déjeuner. Des avocats, des journalistes, et une menace de mort.

— Une menace de mort ?

— Un type qui dit qu'il va brûler votre maison encore une fois si l'argent va aux négros.

— Charmant. Ça me rappelle de bons souvenirs.

— Je l'ai conservé. Vous voulez que je prévienne Ozzie ?

— Absolument.

* * *

Harry Rex attrapa Jake à la sortie des toilettes.

— J'ai parlé avec Chilcott. Pas d'accord. Ça ne les intéresse plus. Pour tout dire, il m'a ri au nez, en déclarant qu'il avait encore quelques bombes pour nous.

— Lesquelles ? bredouilla Jake.

— Il ne risquait pas de me le dire ! Où serait l'effet de surprise, sinon ?

— Je ne pourrais résister à une nouvelle attaque.

— Pas de panique. Tu te débrouilles très bien. Je ne pense pas que Herschel ait impressionné grand monde. Et Ramona encore moins.

— Tu crois que je dois lui rentrer dedans ?

— Vas-y mollo. Si tu attaques trop fort, elle va se mettre à pleurer. Le jury n'en peut plus de ses simagrées.

Cinq minutes plus tard, Jake s'installa derrière le pupitre.

— Madame Dafoe, votre père est mort le 2 octobre, n'est-ce pas ?

— C'est exact.

— Quand l'avez-vous vu pour la dernière fois ? Combien de temps avant sa mort ?

— Je ne note pas chaque fois que je le vois, monsieur Brigance. C'est mon papa.

— Est-ce vrai que c'était fin juillet, soit plus de deux mois avant son suicide ?

— Non, c'est faux. Je l'ai vu tout le temps.

— Dites-moi juste quand c'était la dernière fois ?

— Je vous le répète, je n'ai pas noté les dates. Peut-être deux semaines avant.

— Vous en êtes certaine ?

— Non, évidemment. Chaque fois que vous rendez visite à vos parents, vous le notez ?

— Je ne suis pas le témoin, madame Dafoe. Je suis l'avocat et c'est moi qui pose les questions. Je répète : pouvez-vous certifier que vous avez vu votre père deux semaines avant sa mort ?

— Non. Je ne peux pas le certifier.

— C'est noté. Parlons à présent de vos enfants. Will et Leigh Ann, c'est bien ça ? Quand ont-ils vu leur grand-père pour la dernière fois ?

— Mon dieu, monsieur Brigance. Je n'en sais rien.

— Mais vous avez dit plus tôt dans votre témoignage qu'ils voyaient tout le temps leur grand-père.

— Oui, bien sûr. Ils adoraient leur papy.

— Et lui, il les aimait ?

— Évidemment. Il les adorait.

Jake sourit et se dirigea vers la petite table où étaient posées les pièces à conviction. Il ramassa deux feuilles et se tourna vers Ramona.

— Ceci est le testament que votre père a rédigé la veille de sa mort. Il fait partie des pièces du dossier et le jury en a déjà pris connaissance. Dans le paragraphe six, votre père écrit : « J'ai deux enfants – Herschel Hubbard et Ramona Hubbard Dafoe – qui ont eux-mêmes des enfants, mais je ne sais combien au juste, car cela fait bien longtemps que je ne les ai pas vus. »

Jake reposa le testament sur la table.

— Au fait, quel âge a Will ?

— Quatorze ans.

— Et Leigh Ann ?

— Douze.

— Il s'est donc passé douze ans depuis que vous avez eu votre dernier enfant.

— Oui. Exact.

— Et votre propre père ne savait pas si vous avez eu d'autres enfants ?

— Il ne faut pas se fier à ce testament, monsieur Brigance. Papa n'avait plus toute sa tête quand il a écrit ça.

— C'est justement aux jurés d'en décider. Je n'ai plus de questions. Je vous remercie.

Jake alla se rasseoir. Quince Lundy lui glissa un petit mot : « Magnifique ! Vous l'avez grillée. » À ce moment du procès, mais aussi de sa carrière et de son existence, Jake avait besoin plus que jamais d'une parole de réconfort. Il se pencha vers Lundy.

— Merci, lui murmura-t-il à l'oreille.

Wade Lanier se leva.

— Votre Honneur, les plaignants appellent M. Ian Dafoe, mari de Ramona Hubbard.

Ian Dafoe s'avança. Il était évident que lui aussi avait été briefé et préparé pour raconter un nouveau voyage merveilleux au pays des souvenirs. Au milieu de son témoignage, Quince Lundy glissa à Jake un nouveau mot. « Ces gens en font trop pour être crédibles. À mon avis, le jury ne mord pas à l'hameçon. »

Jake hocha la tête, attendant une ouverture, un mot de trop qu'il pourrait saisir et retourner contre Ian. Après la prestation mélodramatique de Ramona, le témoignage de Ian Dafoe paraissait bien fade et anodin. Il donnait souvent les mêmes réponses que son épouse, mais sans l'émotion.

Par des voies détournées, Jake, Harry Rex et Lucien avaient fureté dans la vie de Ian. Son mariage partait à vau-l'eau depuis un certain temps. Il préférait rester loin de chez lui et prétextait qu'à cause de son travail, il n'avait pas le temps de rentrer au foyer conjugal. C'était un coureur de jupons invétéré. Sa femme buvait. Et ses affaires étaient en grand péril.

Puis ce fut au tour de Jake pour le contre-interrogatoire :

— Vous avez déclaré être promoteur de centres commerciaux, c'est exact ?

— Exact.

— Vous avez des parts d'une société appelée la KLD Biloxi ?

— Oui.

— Et cette société doit rénover le Gulf Coast Mall, un centre commercial à Beloxi au Mississippi, n'est-ce pas ?

— Toujours exact.

— Diriez-vous que la KLD Biloxi est une entreprise saine ?

— Encore faudrait-il s'entendre sur ce terme.

— Très bien, je vais préciser. Il y a deux mois, votre société a été poursuivie en justice par la First Gulf Bank pour non-remboursement d'un prêt de deux millions de dollars ?

Jake agita une liasse de papiers, pour montrer qu'il avait la preuve de ce qu'il avançait.

— Oui, mais c'est plus compliqué que ça.

— Je ne demande pas de détail. Votre société a-t-elle été également poursuivie par une banque de La Nouvelle-Orléans, le Picayune Trust, pour une dette de deux millions six cent mille dollars ?

Ian poussa un long soupir.

— Oui, mais le jugement n'a pas encore été prononcé et nous allons faire appel.

— Je vous remercie. Je n'ai plus de questions.

Ian Dafoe quitta le box des témoins à 16 h 45. Pendant un moment, Atlee songea à lever la séance jusqu'au lendemain matin, mais Wade Lanier interrompit ses cogitations.

— Monsieur le juge, nous pouvons appeler un autre témoin. Ce sera rapide.

Si Jake avait su ce qui allait se passer, il aurait fait traîner en longueur son contre-interrogatoire, il aurait joué la montre, pour éviter une nouvelle embuscade de l'ennemi, du moins encore quelques heures. Mais il était écrit que les jurés allaient rentrer chez eux ce soir avec une opinion de Seth Hubbard plus basse que jamais.

— Nous appelons Julina Kidd.

Jake reconnut immédiatement le nom. Il figurait sur la liste des quarante-cinq que Lanier avait lâchée sur son bureau deux semaines avant le procès. Un huissier alla la chercher dans la salle des témoins et l'accompagna jusqu'au box. Sur les instructions de Lanier, elle portait une robe bleue bon marché, qui ressemblait beaucoup à celle de Lettie. Rien de moulant, rien de sexy, ne laissant rien apparaître d'une silhouette qui d'ordinaire faisait tourner les têtes. Pas de bijoux, rien de valeur. Elle faisait son possible pour paraître quelconque, même si c'était un peu mission impossible.

Le message serait subtil : si Seth s'intéressait à cette jolie Noire, il pouvait s'intéresser aussi à Lettie.

Elle s'installa sur le fauteuil et lança un sourire maladroit au jury. Lanier lui posa quelques questions préliminaires, puis attaqua le vif du sujet. Il lui tendit des papiers.

— Pouvez-vous identifier ces documents ?

Elle y jeta un bref coup d'œil.

— Oui, c'est la plainte pour harcèlement sexuel que j'ai déposée contre Seth Hubbard il y a cinq ans.

Jake bondit de son siège.

— Objection, Votre Honneur ! s'écria-t-il. À moins que les plaignants aient une bonne raison, je ne vois pas en quoi cela a un rapport avec notre affaire.

— Au contraire, le rapport est plus qu'évident ! répliqua Lanier aussi fort.

Le juge Atlee leva les deux mains pour les arrêter.

— Silence.

Il consulta sa montre, regarda les jurés.

— Personne ne bouge, annonça-t-il. Suspension de séance pour cinq minutes. Je veux voir les avocats dans mon bureau.

Dans le couloir qui menait aux quartiers du juge, Jake fulminait. Il était tellement en colère contre

Lanier qu'il brûlait de lui envoyer son poing dans la figure, et Lanier visiblement n'attendait que ça.

— Que va-t-elle dire ? demanda le juge dès que Chilcott eut refermé la porte.

— Elle travaillait dans l'une des entreprises de Seth Hubbard en Georgie du Sud. Il lui a fait du rentre-dedans, l'a forcée à coucher avec lui, puis l'a mise à la porte quand elle a décidé de ne plus céder. Ils sont parvenus à un accord à l'amiable avant le procès.

— Et cela date de cinq ans ? s'enquit Jake.

— Absolument.

— Quel rapport avec le procès d'aujourd'hui ? demanda à son tour Atlee.

— Un rapport très étroit, Votre Honneur, répondit Lanier avec flegme, ayant bien préparé son coup.

Jake était pris de court, et la fureur phagocytait toutes ses pensées.

— Cela étaye la thèse de l'influence frauduleuse. Julina Kidd était l'employée de Seth Hubbard, comme Lettie Lang. Et Seth Hubbard avait une propension à vouloir séduire les femmes qui travaillaient pour lui, quelle que soit la couleur de leur peau. Cette faiblesse l'a mené à prendre des décisions financièrement fâcheuses.

— Jake ?

— Foutaises ! D'abord, elle ne peut être autorisée à témoigner puisque son nom est apparu sur la liste il y a seulement deux semaines, ce qui est contraire au règlement. De plus, ce qu'a pu faire Seth Hubbard il y a cinq ans ne dit rien de sa capacité de tester en octobre dernier. Et, évidemment, il n'y a pas une once de preuve pour affirmer qu'il était intime avec

Lettie Lang. Je me contrefiche de savoir le nombre de femmes, noires ou blanches, qu'il s'est envoyé en cinq ans.

— Nous pensons que cela a une force probante, rétorqua Lanier.

— Pures conneries ! Dans ce cas, tout est probant !

— Surveillez votre langage, Jake, le tança Atlee.

— Veuillez m'excuser.

Le juge leva la main et tout le monde se tut. Il alluma une pipe, souffla un gros nuage de fumée, marcha de long en large devant la fenêtre.

— Je suis de votre avis, Wade. Les deux femmes étaient ses employées. J'accepte le témoignage de Mme Kidd.

— Quelqu'un veut-il que je lui prête mon code de procédure ?

— Jake, vous passerez me voir après l'audience ! lança Atlee d'un ton sévère.

Il lâcha un dernier nuage gris et posa sa pipe.

— Allons-y.

Les avocats retournèrent dans la salle, Jake rongeant son frein.

— Que s'est-il passé ? le questionna Portia à voix basse.

— Atlee a perdu l'esprit. Voilà !

Julina raconta son histoire devant un public médusé. Sa promotion soudaine, son nouveau passeport, le voyage à Mexico avec le patron, l'hôtel de luxe avec les deux chambres communicantes, puis le sexe, le remords. De retour au pays, Seth Hubbard l'avait licenciée dans l'heure et l'avait fait accompagner jusqu'à la sortie par la sécurité. Elle avait

691

porté plainte et Seth avait accepté un arrangement pour éviter le procès.

Le témoignage n'apportait rien quant à la contestation du testament. Il était juste piquant, avec un petit parfum sulfureux. Toutefois, à écouter ce récit, Jake était de plus en plus convaincu que Atlee avait commis une grosse erreur. Le procès était perdu, mais la possibilité de faire appel s'étoffait d'heure en heure. Et Jake allait pouvoir étaler au grand jour les fourberies de Lanier devant la Cour suprême du Mississippi. Finalement, il aurait grand plaisir à casser un jugement de Son Honneur.

Si Jake pensait déjà à l'appel, c'est qu'il considérait la cause entendue. Il posa quelques questions à Julina Kidd, juste le temps de lui faire reconnaître qu'elle était payée pour témoigner. Elle ne voulut pas dire pour quel montant. Lanier l'avait sans doute briefée après la mésaventure de Pickering.

— Donc, vous avez échangé du sexe contre de l'argent, et maintenant un témoignage, si je comprends bien, madame Kidd. C'est bien ça ?

C'était une question cruelle. Jake regretta de l'avoir posée sitôt qu'elle fut sortie de sa bouche. Julina Kidd ne faisait que dire la vérité.

Elle haussa les épaules d'un air fataliste. C'était peut-être la réponse la plus élégante de la journée.

À 17 h 30, le juge leva la séance jusqu'au jeudi matin. Jake resta dans la salle pendant que tout le monde s'en allait. Il parla un peu avec Portia et Lettie, tentant de les convaincre que tout n'était pas perdu. Mais c'était un exercice difficile.

Finalement, il quitta le tribunal alors que M. Pate éteignait les lumières.

692

Il ne passa pas voir le juge, comme on le lui avait demandé. Il rentra chez lui. Il avait besoin de calme, d'être auprès des deux personnes qu'il aimait le plus au monde, les deux seules qui penseraient toujours qu'il était le plus grand avocat du pays.

45.

Le vol pour Seattle était plein. Lucien eut le dernier siège dans celui de San Francisco, où il aurait
juste vingt minutes pour attraper un direct pour
Chicago. Avec un peu de chance, il serait à Memphis vers minuit. Mais rien ne se déroula comme
prévu. À San Francisco, il rata sa correspondance,
et faillit être arrêté par la sécurité quand il passa
ses nerfs sur l'employée de la compagnie aérienne.
Pour lui faire quitter l'aéroport, ils le mirent dans
la navette pour Los Angeles avec la promesse qu'il
aurait une correspondance là-bas pour Dallas. Durant
le vol pour LA, il but trois doubles whiskys, sous
les regards inquiets des hôtesses. Dès l'atterrissage, il
fila au bar et continua. À quatre reprises, il tenta de
joindre Jake au bureau mais tomba sur le répondeur.
Il appela Harry Rex trois fois, mais la secrétaire lui
répondit qu'il était au tribunal. Quand le vol direct
pour Dallas fut annulé à 7 h 30, il agressa à nouveau
une guichetière et menaça de poursuivre American
Airlines en justice. Pour se débarrasser de lui, la
compagnie lui trouva une place dans un vol de vingt-

quatre heures pour Atlanta, en première classe avec boisson à volonté.

* * *

Tully Still conduisait un chariot élévateur pour une société de fret dans la zone industrielle de Clanton. Il travaillait la nuit et était facile à trouver. À 20 h 30, le mercredi soir, Ozzie Walls passa lui dire bonjour. Les deux hommes sortirent de l'entrepôt, pour parler sous le couvert de la nuit. Still alluma une cigarette. Ils n'étaient pas de la même famille, mais leurs mères étaient amies depuis l'école élémentaire. La femme de Tully, Michèle, était la jurée noire numéro Trois. Premier rang, au centre.

— Cela s'annonce aussi mal ? demanda Ozzie.

— Pire que cela ! C'est dingue. Tout se passait bien et d'un coup tout a explosé.

— Je sais. Deux témoins qui ont déboulé de nulle part. Qu'est-ce qu'ils en disent les autres ?

— Même Michèle a des doutes sur Lettie Lang. C'est moche pour elle. Tout le monde maintenant l'imagine fureter dans les maisons, manœuvrer pour que de vieilles personnes blanches changent leur testament. Michèle et Barb Gaston ne la lâcheront pas, t'inquiète, mais cela ne lui fait que deux voix. Les Blancs du jury ne sont pas de mauvaises personnes, hormis peut-être une ou deux, et la plupart étaient du côté de Lettie jusqu'à ce matin. Ce n'est pas un combat Noirs contre Blancs.

— Donc ça parle beaucoup ?

— Je n'ai pas dit ça, Ozzie. Ça chuchote un peu, c'est tout. C'est normal, non ? On ne peut demander aux gens de se taire tout du long.

— Sans doute.

— Qu'est-ce que Jake va faire ?

— Je ne suis pas sûr qu'il puisse changer la donne, répondit le shérif. Il a appelé tous ses témoins.

— Il s'est fait avoir par ces avocats de Jackson.

— Tout n'est peut-être pas fini.

— En tout cas, c'est mal parti.

— Pas un mot là-dessus, d'accord ?

— T'inquiète.

* * *

On ne sabrait pas encore le champagne chez Sullivan, mais on avait sorti du bon vin. Walter Sullivan, le fondateur du cabinet quarante-cinq ans plus tôt, aujourd'hui à la retraite, était un amateur de grands crus et avait déniché un magnifique barolo italien. Après un dîner de travail frugal, il déboucha quelques bouteilles et apporta des verres à pied en cristal. Et la dégustation commença.

L'humeur était au beau fixe. Myron Pankey avait observé des milliers de jurys et jamais il n'avait vu un retournement aussi rapide et complet.

— Vous les tenez, Wade.

Lanier était révéré comme un magicien des tribunaux, capable de faire sortir des lapins de son chapeau, malgré toutes les restrictions qu'imposait la loi.

— C'est grâce au juge, répondit-il encore une fois avec modestie. Il tenait à un procès juste et équitable.

— Les procès ne sont pas affaires de justice, lâcha Sullivan. Mais de victoire ou de défaite.

Lanier et Chilcott sentaient déjà l'odeur des billets. Quatre-vingts pour cent de la succession pour leur client, moins les taxes et les frais, et leur cabinet de dix employés allait engranger plus de deux millions de dollars. Et cela pouvait arriver vite. Dès que le testament olographe serait déclaré invalide, on reviendrait au testament précédent. Le gros des fonds était en liquidités. La succession serait vite finalisée.

Herschel était parti à Memphis, chercher ses deux enfants. Les Dafoe séjournaient dans la maison d'un ami, non loin du golf. Tout le monde était joyeux, et impatient de récupérer l'argent et de reprendre le cours normal de sa vie. Quand il aurait terminé son verre de vin, Wade appellerait les Dafoe et aurait droit encore une fois à de vibrantes félicitations.

* * *

Une heure après s'être entretenu avec Tully Still, Ozzie était appuyé contre le capot de sa voiture, devant la maison de Jake, fumant un cigare avec son avocat préféré.

— Tully dit que c'est deux contre dix, annonça le shérif.

— Cela ne m'étonne pas.

— Il est temps de ramasser tes affaires et de rentrer chez toi. La fête est finie. Débrouille-toi pour que Lettie ait un petit quelque chose et tire-toi. Elle n'a pas besoin de beaucoup. Trouve un accord avant que ça ne passe devant le jury.

— On essaie, Ozzie. Harry Rex est allé parler deux fois aux gars de Lanier cet après-midi. Ils lui ont ri au nez. On ne peut faire un accord à l'amiable si l'autre partie ne veut pas. Au point où j'en suis, j'accepterais un million sans discuter.

— Un million ! Combien de Noirs ici ont un million de dollars, Jake ? Tu raisonnes trop comme un Blanc. Prends cinq cent mille, deux cent cinquante mille, peu importe, mais obtiens quelque chose.

— On va réessayer demain, voir comment ça se passe le matin, puis on coincera Lanier à la pause déjeuner. Il fait monter la pression, c'est de bonne guerre. Chacun son tour. Mais on doit pouvoir trouver un accord.

— Fais vite, Jake, et sors de ce bourbier. Tu n'obtiendras rien de ce jury. Ce n'est pas l'affaire Hailey.

— Je le sais.

Jake remercia Ozzie de sa visite et rentra. Carla était déjà au lit. Elle faisait mine de lire, mais s'inquiétait pour son mari.

— Un problème ? demanda-t-elle tandis qu'il se déshabillait.

— Non. C'était juste Ozzie. Il se fait du souci pour le procès.

— Que fait Ozzie dehors à une heure pareille ?

— Tu le connais. Il ne dort jamais.

Jake se laissa tomber en travers du lit et caressa les jambes de Carla sous les draps.

— Toi non plus. Je peux te poser une question ? Te voilà au milieu d'un nouveau grand procès. Tu n'as pas dormi plus de quatre heures cette semaine et quand tu dors, tu t'agites dans ton sommeil et tu fais des cauchemars. Tu ne manges pas bien. Tu perds du poids. Tu es préoccupé, et tu es ailleurs la moitié du temps. Tu es stressé, nerveux, et parfois même malade. Tu te réveilles le matin avec un nœud à l'estomac.

698

— Et ta question est ?

— Pourquoi diable persistes-tu à plaider ?

— Ce n'est peut-être pas le meilleur moment pour en parler.

— Au contraire, c'est le sujet du moment. Combien de procès avec jury as-tu eus ces dix dernières années ?

— Trente et un.

— Et chaque fois, tu as perdu le sommeil et la santé, n'est-ce pas ?

— Pas pour tous. La plupart n'étaient pas aussi importants, Carla. Celui-ci est exceptionnel.

— Ce que j'essaie de te dire, c'est que plaider au tribunal est terriblement stressant pour toi. Alors pourquoi continuer dans cette voie ?

— Parce que j'aime ça. C'est ça être avocat, c'est l'essence même du métier. Être dans la salle d'audience, face au jury, c'est comme être dans une arène, ou sur un terrain de foot. La compétition est féroce. Les enjeux énormes. La stratégie y est cruciale. Et à la fin, il y a un gagnant et un perdant. Chaque fois que les jurés s'installent dans le box, j'ai une décharge d'adrénaline.

— Il y a de l'ego dans l'air…

— Il n'est question que de ça. On ne peut gagner un procès sans un ego démesuré. C'est la condition *sine qua non*. Il faut en avoir pour faire ce boulot.

— De ce point de vue, tu as tout ce qu'il faut, non ?

— D'accord, mais ma fierté d'homme risque d'en prendre un coup cette semaine. J'ai grand besoin d'être rassuré.

— Maintenant ou après ?

— Maintenant. Ça fait huit jours.

— Ferme la porte.

* * *

Lucien perdit connaissance quelque part à trente-cinq mille pieds au-dessus du Mississippi. Quand l'avion atterrit à Atlanta, les stewards le remirent à deux vigiles qui le placèrent dans un fauteuil roulant et l'emmenèrent jusqu'à la salle d'embarquement pour le vol de Memphis. Ils dépassèrent plusieurs bars. Lucien mémorisa leur emplacement. Dès que les gardes l'eurent installé dans la salle d'attente, Lucien se leva et tituba vers le comptoir le plus proche pour commander une simple bière. Il était temps, pour lui aussi, d'amorcer sa descente, de se montrer responsable. Il dormit durant tout le trajet d'Atlanta à Memphis. Il atterrit à 7 h 10. Ils le sortirent de l'avion, contactèrent la sécurité qui fit venir la police.

Portia reçut l'appel au bureau. Jake était à l'étage, révisant fébrilement les déclarations des témoins quand elle le prévint par l'interphone.

— Jake, c'est un appel en PCV de Lucien.

— Où est-il ?

— Je ne sais pas, mais il n'a pas l'air d'aller bien.

— Acceptez le PCV et passez-le-moi.

Quelques secondes plus tard, Jake décrocha.

— Lucien, où es-tu ?

Au prix de grands efforts de concentration, il expliqua qu'il était à la prison de Memphis et qu'il fallait que Jake vienne le sortir de là au plus vite. Il avait une voix pâteuse, et beaucoup de mal à articuler – il était saoul, à l'évidence. C'était tellement prévisible.

700

Sous le coup de la colère, Jake n'avait aucune envie de compatir.

— Ils veulent déjà que je raccroche…, marmonnait Lucien, à peine intelligible.

Il sembla grogner contre quelqu'un derrière lui. Jake visualisait parfaitement la scène.

— Lucien, on part au tribunal dans cinq minutes. Je suis désolé.

Mais il ne l'était pas du tout. Qu'il pourrisse en prison !

— Il faut que je vienne au tribunal, Jake, c'est très important.

Il avait tant de mal à parler qu'il s'y prit à trois reprises pour terminer sa phrase.

— Qu'est-ce qui est important ?

— J'ai la déposition. Celle d'Ancil. Ancil Hubbard. Sa déposition. C'est très important, Jake.

Jake et Portia traversèrent la rue en courant et entrèrent au palais de justice par la porte de derrière. Ozzie était dans le hall et bavardait avec le concierge.

— Je peux te parler ? demanda Jake, d'un ton grave.

Dix minutes plus tard, Ozzie et Marshall Prather fonçaient à Memphis.

*   *   *

— Je ne vous ai pas vu hier, lança Atlee quand Jake entra dans son bureau.

Les avocats se rassemblaient pour l'organisation de la journée.

— Je suis désolé, monsieur le juge, mais j'ai eu des choses à régler pour le procès.

701

— C'est ce que je me suis dit. (Il se tourna vers l'assistance :) Messieurs, des points à évoquer avant l'audience ?

Les avocats de la partie adverse échangèrent un sourire en coin et secouèrent la tête. Non. Rien.

— Il se trouve que oui, Votre Honneur, annonça Jake. Nous avons localisé Ancil Hubbard. Il est à Juneau en Alaska. Il est vivant mais ne pourra pas venir ici pour être présent au procès. Il est une partie intéressée dans cette affaire et devrait pouvoir assister aux débats. Aussi, je demande un arrêt du procès pour vice de procédure et que nous recommencions au début quand Ancil Hubbard sera là.

— Requête rejetée, répliqua Atlee sans hésitation. Le témoignage d'Ancil Hubbard n'a aucune force probante concernant la validité du testament olographe. Comment l'avez-vous retrouvé ?

— C'est une longue histoire, Votre Honneur.

— Vous me la raconterez plus tard. Autre chose ?

— Non, rien d'autre de mon côté.

— Wade, vos témoins suivants sont prêts à être entendus ?

— Oui, Votre Honneur.

— Alors, allons-y !

* * *

Maintenant qu'il avait le jury avec lui, Lanier ne voulait surtout pas les ennuyer. Il avait décidé d'aller à l'essentiel et de les envoyer délibérer au plus vite. Chilcott et lui avaient planifié le reste du procès comme suit : aujourd'hui, jeudi, ils auditionnaient leurs derniers témoins. Si Jake avait d'autres personnes à faire comparaître, il serait autorisé à les présenter. Les deux parties feraient leur plaidoirie vendredi matin. Et l'affaire serait aux mains du jury après le déjeuner. Puisque le week-end approchait, et que leur choix était fait, les jurés rendraient leur verdict bien avant 17 heures. Lanier et Chilcott seraient rentrés à Jackson à temps pour dîner avec leurs épouses.

En vieux briscards du barreau, ils auraient dû se souvenir que rien dans un procès ne se passait jamais comme prévu.

Leur premier témoin du jeudi matin était un oncologue de Jackson à la retraite, un certain Dr Swaney. Pendant des années, il avait pratiqué la médecine et enseigné son art. Son intervention fut parfaite, comme ses manières. Et il s'exprimait avec un reste d'accent du terroir qui le rendait sympathique. Il était très convaincant. En utilisant très peu de mots savants, le Dr Swaney expliqua quel type de cancer rongeait Seth Hubbard, en détaillant les tumeurs qui s'étaient propagées à sa colonne et à ses côtes. Il décrivit la douleur intense que généraient ces sarcomes. Il avait traité des centaines de patients atteints de la même maladie, et tous souffraient atrocement. Le Demerol était effectivement l'un des antidouleurs les plus efficaces. Cent milligrammes par voie orale, toutes les trois ou quatre heures, était une posologie courante en pareil cas. Ce traitement rendait souvent le malade somnolent, lent et apathique, parfois nauséeux, et incapable d'accomplir la plupart des tâches de la vie de tous les jours. Évidemment, il était très déconseillé de prendre des décisions importantes quand on était sous l'effet de ces doses de cheval.

Dès le début de sa carrière, Jake avait appris qu'il était inutile de tenter de contredire un véritable expert. Un fantoche, on pouvait le démonter devant le jury, mais pas un témoin comme Swaney. Pendant le contre-interrogatoire, Jake s'attacha simplement à rappeler que le propre médecin de Seth Hubbard ne savait pas quelle dose de Demerol son patient avait prise avant sa mort. Swaney reconnut que c'était là effectivement pure spéculation, mais précisa poliment qu'étant donné le prix de ce médicament, les malades achetaient rarement du Demerol si c'était pour ne pas l'utiliser.

L'expert suivant était un autre médecin, un certain Dr Niehoff, de l'UCLA. Les jurés des petites villes étaient toujours impressionnés quand des spécialistes arrivaient de loin pour leur parler, et Lanier le savait. Un expert de Tupelo aurait leur attention, un de Memphis serait déjà plus convaincant. Mais si on en faisait venir un carrément de Californie, les jurés prendraient ses dires pour parole d'évangile !

Pour dix mille dollars, plus les frais, le Dr Niehoff expliqua au jury qu'il avait fait de la recherche pendant vingt-cinq ans sur la souffrance des malades du cancer. Il connaissait parfaitement le type de tumeurs en question et fit un descriptif des effets qu'elles avaient sur le corps. Il avait vu des patients pleurer, devenir d'une pâleur cadavérique, vomir sans discontinuer, implorer le ciel pour que la douleur cesse, pour qu'on les fasse s'évanouir, ou pourquoi pas mourir immédiatement. Songer au suicide était dans l'ordre des choses. Le passage à l'acte n'était pas rare. Le Demerol était l'un des traitements palliatifs les plus usités. À cet instant-là, Niehoff s'oublia et se mit à donner trop de termes techniques. C'était un péché mignon chez les experts, qui pensaient ainsi impressionner leur auditoire. Il appelait le Demerol du chlorhydrate de péthidine, précisant que ce produit était un opiacé de synthèse, un antalgique morphino-mimétique agoniste pur.

Lanier l'arrêta au plus vite pour le ramener sur le chemin de la *lingua vulgaris*. Niehoff rectifia le tir et annonça au jury que le Demerol était un puissant antidouleur très addictif. Il avait travaillé toute sa vie sur cette molécule et écrit de nombreux articles sur le sujet. Les médecins préféraient l'administrer eux-mêmes dans les hôpitaux ou les cliniques ; toutefois, dans des cas extrêmes comme celui de Seth Hubbard, il n'était pas inconcevable de laisser le patient le prendre tout seul chez lui, par voie orale. Le risque, bien sûr, était de dépasser les doses, en particulier quand on souffrait autant que Seth Hubbard.

Jake bondit de son siège.

— Objection, Votre Honneur ! Il n'y a aucune preuve que le défunt ait dépassé les doses. Pure spéculation !

— Objection retenue. Veuillez vous limiter aux faits, docteur.

Jake se rassit, soulagé de voir enfin le juge le soutenir.

Le Dr Niehoff était un témoin excellent. Sa description des tumeurs, de la douleur, et des effets du Demerol était limpide et édifiante. Après son laïus de quarante-cinq minutes, tout le jury était persuadé que Seth ne pouvait supporter la souffrance que grâce à des doses massives de ce médicament, un produit qui le mettait quasiment KO. Selon lui – la sommité, l'expert – les capacités de jugement de Seth Hubbard étaient fortement altérées par les prises quotidiennes et les effets cumulés du produit. Non, les derniers jours, le malade ne pouvait plus avoir les idées claires.

Pendant le contre-interrogatoire, Jake perdit encore du terrain. Quand il tenta d'établir que Niehoff ne pouvait avoir la moindre idée des doses que prenait Seth Hubbard, l'expert affirma que toute personne souffrant comme Seth Hubbard ne pouvait que se jeter sur le Demerol.

— S'il avait une ordonnance pour avoir ces cachets, je peux vous garantir, monsieur Brigance, qu'il les consommait.

Après quelques questions sans intérêt, juste pour la forme, Jake se rassit. Les deux médecins avaient accompli à merveille la mission que Lanier leur avait confiée. À présent, pour les jurés, et pour pratiquement tout le monde dans la salle, Seth Hubbard était drogué et dans les vapes, incapable de conduire, et c'était pour cela qu'il avait demandé à Lettie de prendre le volant.

En un mot, il n'était pas en capacité de tester.

Après une pause de dix minutes, Lanier poursuivit la charge en appelant Lewis McGwyre. Le cabinet Rush ayant été sorti sans vergogne, et par suite privé de toute rémunération, McGwyre avait, au début, refusé de venir témoigner. Wade Lanier avait été contraint de lui envoyer une citation à comparaître. Assigner un confrère – une première ! Rapidement, Lanier établit que McGwyre avait préparé un testament en septembre 1987. Ce testament, un document épais, fut versé au dossier et McGwyre put quitter le box des témoins. Il aurait bien voulu s'attarder dans la salle pour suivre les débats, mais sa fierté le lui interdisait. Lui et Stillman Rush quittèrent donc aussitôt le tribunal.

Un dénommé Duff McClennan prit place ensuite dans le fauteuil, prêta serment et se mit à expliquer qu'il était fiscaliste dans un grand cabinet de trois cents personnes à Atlanta. Depuis trente ans, il était un expert des droits de succession. Il préparait les testaments, les gros, ceux d'importance, pour des personnes riches qui voulaient donner le moins d'argent possible à l'État. Il avait étudié les biens inventoriés par Quince Lundy, ainsi que le testament olographe. Lanier projeta alors à l'écran une série de calculs. McClennan se mit à détailler comment les taxes fédérales et locales pouvaient grignoter un héritage mal protégé. Il présenta d'avance ses excuses au jury pour la complexité, les contradictions et les lacunes de « notre cher code général des impôts ». À deux reprises, il précisa : « Ce n'est pas moi qui l'ai écrit, c'est le Congrès. » Lanier savait que les jurés allaient s'ennuyer pendant ce témoignage, voire s'agacer, alors avec adresse il écourta les explications, s'arrêtant seulement sur les points essentiels, laissant dans l'ombre les subtilités fiscales.

Jake n'allait pas faire d'objection et prolonger ce supplice. Les jurés s'agitaient déjà sur les sièges.

Enfin, McClennan arriva à la dernière ligne de calcul :

— Selon moi, le prélèvement total des impôts, au niveau fédéral et de l'État du Mississippi, sera de cinquante et un pour cent.

À l'écran, en gros caractères, Lanier écrivit : « Impôts : 12 240 000 dollars ».

Mais ce n'était pas fini. McClennan avait analysé le testament préparé par Lewis McGwyre. Dans les grandes lignes, il attribuait tout de suite un million de dollars à Herschel et à Ramona et le reste de la fortune était réparti dans divers fonds de placement. Lanier était obligé d'en parler en détail. Les jurés piquaient du nez. Malgré tous ses efforts de clarté et de concision, les explications de McClennan demeuraient denses, et parfois impénétrables. C'en était presque comique. Mais Lanier avait un message à faire passer. Il continuait à creuser son sillon, imperturbable, et notait de nouveaux chiffres. Selon le fiscaliste, les impôts pour ce testament de 1987 s'élèveraient « à seulement neuf millions cent mille dollars, à quelques dollars près ».

La différence fut dûment notée à l'écran : « 3 140 000 dollars. »

CQFD ! Le testament manuscrit de Seth, rédigé à la hâte, allait lui faire perdre beaucoup d'argent. C'était là encore la preuve que Seth Hubbard avait perdu tout discernement.

Jake avait toujours fui comme la peste les cours de droit fiscal à l'université, et depuis dix ans, il avait bouté dehors tous les clients qui venaient le trouver pour avoir un conseil en matière d'impôt. Il n'avait aucune question à poser, pour la bonne raison qu'il n'entendait rien à ce domaine. Quand Lanier en eut terminé avec son témoin, Jake passa son tour. Les jurés n'en pouvaient plus et ne pensaient qu'à faire une pause pour aller déjeuner.

— Nous reprendrons la séance à 13 h 30, annonça le juge Atlee. Maître Brigance, j'aimerais vous voir.

Jake comptait coincer Lanier avant qu'il ne quitte la salle et lui demander s'il avait cinq minutes à lui accorder mais, avec la sommation du juge, son plan tomba à l'eau. Il le retrouva dans son bureau. Atlee enleva sa robe, alluma sa pipe, s'assit et regarda Jake d'un air placide.

— Vous n'appréciez pas mes décisions, n'est-ce pas ?

— Non, grogna Jake. Vous avez laissé Lanier faire main basse sur ce procès, par deux duperies successives, deux témoins surprises contre lesquels je n'avais aucune chance de me préparer.

— Mais votre cliente a menti.

— Ce n'est pas ma cliente. Mon client, c'est la succession. Mais oui, Lettie n'a pas dit toute la vérité. Elle a été prise par surprise, dans une autre embuscade. Dans sa déposition, elle a déclaré clairement qu'elle ne se souvenait pas de toutes les familles blanches pour lesquelles elle avait travaillé. L'épisode chez les Pickering a été si déplaisant qu'elle a dû faire son possible pour l'oublier au plus vite. Et le plus important dans cet incident, c'est que Lettie ignorait l'existence de ce testament manuscrit. J'aurais pu la préparer, monsieur le juge. Amortir le choc. Mais vous avez autorisé ce putsch, et le procès a basculé en faveur des plaignants.

Jake regardait le vieil homme droit dans les yeux pendant son laïus, même s'il savait que Son Honneur Reuben V. Atlee n'était pas homme à accepter la réprimande. Mais cette fois, le juge avait tort, et cette injustice emplissait Jake de courroux. Il n'avait plus rien à perdre, alors autant lâcher ce qu'il avait sur le cœur.

Le juge tirait sur sa pipe, comme s'il mangeait sa fumée.

— Je ne suis pas d'accord avec votre analyse. Et quelle que soit votre frustration, j'attends de vous une certaine retenue. Je n'accepterai pas que des avocats jurent dans mon bureau.

— Je vous présente à nouveau mes excuses. Parfois, dans le feu de l'action, je peux avoir des écarts de langage, mais je doute d'être le seul.

— Je ne suis pas aussi sûr que le jury soit passé de l'autre côté.

Jake hésita. Il faillit rappeler au juge qu'il ne connaissait rien aux jurés. Il n'en avait quasiment jamais vu – et c'était bien là le problème. Dans son tribunal du comté, il régnait en maître, à la fois juge et jury, et pouvait se permettre d'accepter toutes les pièces et coups en traître. Il lui suffisait de faire le tri, de séparer le grain de l'ivraie, puis de prononcer un verdict qui lui semblait juste.

Mais Jake ne voulait plus polémiquer.

— Monsieur le juge, une tonne de travail m'attend.

Atlee lui fit signe qu'il pouvait s'en aller. Harry Rex attrapa Jake au moment où il quittait le palais de justice.

— Ozzie a appelé. Ils sont toujours à la prison de Memphis à essayer de faire sortir Lucien. Pour l'instant, aucune caution n'a été fixée.

— Une caution ? Pour quel motif ?

— Ivresse sur la voie publique et refus d'obtempérer aux sommations d'un représentant des forces de l'ordre. C'est Memphis ! Ils inculpent de résistance à agent chaque fois qu'ils arrêtent quelqu'un.

— Je pensais qu'Ozzie avait des contacts là-bas.

— J'imagine qu'il doit tenter de les joindre. Je t'avais prévenu que c'était une mauvaise idée d'envoyer cet ivrogne en Alaska.

— T'as rien de plus constructif à dire ?

— Non. Tu manges où ?

— Je n'ai pas faim.

— Allons prendre une bière.

— Non, Harry Rex. Cela fera mauvais effet sur les jurés si j'empeste l'alcool.

— Qu'est-ce que ça peut faire ? Tu les as perdus de toute façon.

— Sois gentil, ne dis plus rien.

— Je dois filer au tribunal de Smithfield cet après-midi. Bonne chance. On se voit plus tard.

— D'accord.

Alors qu'il traversait la rue pour rejoindre son bureau, Jake s'aperçut que Harry Rex n'avait pas quitté la salle d'audience depuis le lundi matin.

* * *

Témoin suivant : Dewayne Squire, le vice-directeur de la société Berring. Le jeudi précédant le suicide, lui et Seth avaient eu un différend à propos d'une grosse commande de pin premium pour une manufacture de plancher au Texas. Squire avait négocié le contrat, et avait découvert avec surprise que son patron avait rappelé la société texane et vendu le lot à un prix plus bas. Cette affaire les avait occupés toute la matinée. Les deux hommes étaient contrariés, chacun convaincu d'avoir raison, mais à la fin, Squire s'était rendu compte que Seth n'était plus lui-même. Arlene Trotter n'était pas dans les locaux et n'avait pas assisté à l'altercation. À un moment, Squire était entré dans le bureau de Seth et l'avait trouvé assis, la tête dans les mains. Il disait qu'il avait des vertiges et qu'il avait envie de vomir. Ils reparlèrent plus tard du problème, mais Seth avait oublié les détails du contrat. Il reprocha même à Squire d'avoir vendu à un prix trop bas et la dispute recommença de plus belle. Quand Seth s'en alla à 15 heures, le contrat était passé et la Berring avait perdu dix mille dollars. D'après Squire, c'était la plus mauvaise vente que Seth eût réalisée.

Son patron semblait désorienté, il avait un comportement bizarre. Le lendemain matin, il avait vendu la parcelle de Caroline du Sud, une fois encore à perte.

Visiblement, Lanier passait à la vitesse supérieure, bien décidé à ce que le jury puisse rendre un verdict avant le week-end. Jake devait gagner du temps. Donc, pour son contre-interrogatoire, il sortit la comptabilité de la Berring et demanda à Squire de la détailler. 1988 avait été l'année la plus rentable depuis cinq ans, même si les bénéfices avaient chuté au dernier trimestre, après la mort de Seth. Pendant que les jurés s'assoupissaient, Jake et Squire continuèrent à parler de la société – ses résultats, ses contrats, ses coûts de production, ses problèmes de main-d'œuvre, la chute du cours du bois. À deux reprises, Atlee intervint : « Veuillez avancer, maître Brigance », mais il n'insista pas trop. Jake était suffisamment en rogne contre lui.

Après Dewayne Squire, Lanier fit venir M. Dewberry, un négociant foncier, spécialisé dans les terres de culture et les réserves de chasse. Il raconta les péripéties d'une négociation avec Seth quelques jours avant sa mort. Seth voulait acheter deux hectares dans le comté de Tyler pour en faire un domaine de chasse. Depuis cinq ans, Seth et lui convoitaient cette parcelle, mais Seth n'avait jamais sauté le pas. Finalement, il avait payé une option d'achat pour un an, puis était tombé malade et s'était désintéressé de l'affaire. Lorsque l'option était arrivée à expiration, il avait appelé Dewberry à plusieurs reprises. Dewberry ignorait que Seth était en phase terminale et qu'il était sous antalgiques. Un jour, Seth voulait acheter, le jour suivant, il ne voulait plus. Souvent, il ne se souvenait plus du prix à l'hectare. Une fois, il ne se rappela même plus qu'il avait Dewberry en ligne. Son comportement était de plus en plus erratique.

Durant le contre-interrogatoire, Jake joua encore la montre. À la fin de l'après-midi du jeudi, le procès n'avait quasiment pas avancé et Atlee leva la séance sans tarder.

46.

Après avoir bataillé en vain avec la bureaucratie de Memphis, Ozzie était sur le point d'abandonner quand il eut une idée. Pourquoi n'y avait-il pas songé plus tôt ? Il téléphona à Booker Sistrunk, dont le cabinet se trouvait à quelques centaines de mètres de la prison de la ville. Après des débuts houleux, les deux hommes étaient restés en contact. Ils s'étaient vus à deux reprises quand Ozzie était de passage à Memphis. Booker n'était pas revenu à Clanton et ne comptait pas s'y rendre. Deux Noirs, vivant dans le Sud, et ayant acquis une certaine influence dans le monde des Blancs, avaient forcément des points communs. Ils n'avaient aucune raison d'être ennemis. De plus, Sistrunk avait avancé cinquante-cinq mille dollars à Lettie et il comptait bien récupérer sa mise.

La police de Memphis détestait Booker Sistrunk, mais le craignait plus encore. Dès qu'il fut arrivé au poste dans sa Rolls noire, le dossier de Lucien Wilbanks fut traité à vitesse grand V. Une demi-heure après l'entrée de Sistrunk dans le bâtiment, Lucien en sortait.

— Il faut qu'on ai.le à l'aéroport, déclara aussitôt Lucien.

Ozzie remercia Sistrunk pour son intercession et promit de le tenir au courant.

Apparemment, Lucien avait oublié sa serviette dans l'avion. Il pensait qu'elle devait être sous son siège, ou dans le coffre au-dessus de sa place. Les hôtesses de l'air étaient des crétines finies. Il fallait vraiment être aveugle pour la rater ! Mais évidemment, tout ce qui comptait pour elles, c'était de le faire sortir de l'avion ! Ozzie et Prather écoutèrent Lucien râler pendant tout le trajet jusqu'à l'aéroport. Il empestait l'alcool et la sueur. Les deux policiers avaient l'impression d'avoir à bord un clochard arrêté pour vagabondage.

Il n'y avait rien aux objets trouvés concernant le vol d'Atlanta. De mauvaise grâce, l'employé se mit à chercher si on avait retrouvé le porte-documents dans un autre aéroport. Lucien repéra un bar et commanda une pinte. Ozzie et Prather mangèrent un morceau dans une cafétéria, non loin de là. Ils tentaient de garder un œil sur leur passager. Ils appelèrent Jake à son bureau mais personne ne décrocha. Il était près de 15 heures. Tout le monde devait être au tribunal.

La sacoche fut localisée à Minneapolis. Parce que Ozzie et Prather étaient des représentants de la loi, American Airlines traita l'objet comme si c'était une pièce cruciale dans une enquête criminelle, alors qu'en réalité ce n'était qu'une vieille sacoche de cuir contenant quelques calepins, quelques magazines, des savons et des allumettes du Glacier Inn de Juneau, et une cassette VHS. Après quelques tergiversations, un plan de bataille fut établi pour rapatrier au plus vite la sacoche à Memphis. Si tout se passait bien, elle arriverait au Tennessee vers minuit.

Ozzie remercia l'employé et alla récupérer Lucien. Au moment de quitter l'aéroport, l'ancien avocat sortit de son apathie.

— Ma voiture est ici, les gars. Je vous retrouve à Clanton.

— Pas question, Lucien, répliqua Ozzie. Tu es saoul. Tu ne peux pas conduire.

— Ozzie, on est à Memphis. Ce n'est pas ta juridiction ici. Alors tu peux te mettre deux doigts ! Je fais ce que je veux.

Ozzie, écœuré, s'en alla avec Prather. Ils tentèrent de suivre Lucien à la sortie de Memphis, mais ils se firent distancer par la Porsche qui faisait du gymkhana entre les voitures. Les policiers arrivèrent à Clanton juste avant 19 heures. Jake les attendait dans son bureau pour un débriefing.

La seule consolation dans cette journée frustrante, c'était l'arrestation de Lucien pour ivresse sur la voie publique ! Avec ça, il pouvait dire adieu à sa réintégration au barreau. Mais c'était une bien piètre satisfaction. Pour le reste, tout était noir au possible.

Deux heures plus tard, Jake se rendit chez Lucien. La Porsche n'était pas garée dans l'allée. Il échangea quelques mots avec Sallie sur le perron. Elle promit de l'appeler dès que Lucien serait de retour.

* * *

Par miracle, la sacoche arriva à Memphis à minuit, comme prévu. L'adjoint Willie Hastings alla la chercher et la rapporta à Clanton.

À 7 h 30 le vendredi matin, Jake, Harry Rex et Ozzie s'enfermèrent dans la salle de réunion au rez-de-chaussée. Jake inséra la cassette dans le magnétoscope et éteignit la lumière. Les mots « Juneau, Alaska. 5 avril 1989 », apparurent à l'écran, puis s'effacèrent quelques secondes après. Jared Wolkowicz, en introduction, expliqua la raison de cet enregistrement vidéo. Lucien annonça ensuite qu'il s'agissait d'une déposition et qu'il poserait quelques questions. Il paraissait à jeun, frais et dispos. Il présenta Ancil Hubbard. La sténographe du tribunal lui fit prêter serment.

Petit et fluet, la tête lisse comme un oignon, Ancil Hubbard portait la veste noire et la chemise blanche de Lucien, deux tailles trop grandes. Il avait un pansement à l'arrière du crâne, retenu par du sparadrap transparent, à peine visible sur la peau pâle. Il déglutit en grimaçant, regarda la caméra d'un air terrifié.

— Mon nom est Ancil F. Hubbard. Je vis à Juneau, en Alaska, mais je suis né dans le comté de Ford, au Mississippi, le 1er août 1922. Mon père est Cleon Hubbard, ma mère s'appelait Sarah Belle, mon frère Seth. Seth avait cinq ans de plus que moi. Je suis né à la ferme familiale, près de Palmyra. J'ai quitté la maison à seize ans et ne suis jamais revenu. Jamais. Je ne voulais plus. Voici mon histoire.

*   *   *

Quand la neige emplit à nouveau l'écran, cinquante-huit minutes plus tard, les trois hommes restèrent immobiles, médusés. Ils espéraient ne jamais avoir à entendre de nouveau ce récit. Bien sûr, c'était un vœu pieux. Lentement, Jake se leva et éjecta la cassette.

— On ferait bien de montrer ça au juge.

— Tu penses pouvoir la faire verser au dossier ? s'enquit Ozzie.

— Pas même en rêve ! répliqua Harry Rex. Pour au moins dix bonnes raisons.

— On peut tenter le coup, non ? déclara Jake.

Il traversa la rue au pas de course, le cœur battant la chamade, les pensées se bousculant dans sa tête. Les avocats déambulaient dans la salle d'audience, sereins et satisfaits. C'était vendredi et ils avaient hâte de rentrer chez eux tout auréolés de gloire. Jake alla trouver Atlee, lui expliqua qu'il était de la première importance qu'il convoque les plaignants dans son bureau où il y avait une télévision et un magnétoscope. Quand tout le monde fut installé autour de la table, que le juge eut bourré et allumé sa pipe, Jake donna quelques explications :

— La déposition a été faite il y a deux jours. Lucien Wilbanks était présent et a posé une ou deux questions.

— Je ne savais pas qu'il était de nouveau avocat ! railla Lanier.

— Plus tard, Wade ! répliqua Jake. Regardez cette cassette, on se battra ensuite.

— Ça dure combien de temps ? demanda le juge.

— Une heure.

— C'est une perte de temps, monsieur le juge, intervint Lanier. Vous ne pouvez accepter cette déposition puisque je n'étais pas présent et que je n'ai pu mener un contre-interrogatoire du témoin en bonne et due forme. C'est absurde.

— Nous avons le temps, Votre Honneur, insista Jake. Rien ne presse.

Le juge tira quelques bouffées. Il regarda Jake.

— Allez-y, ordonna Atlee avec une lueur dans l'œil. Montrez-nous ça.

Pour Jake, le deuxième visionnage de la vidéo fut aussi éprouvant que le premier. Les détails sordides, ceux où il n'en croyait pas ses oreilles, furent confirmés. Il surveilla Lanier, dont l'indignation fondait comme neige au soleil à mesure qu'il découvrait l'histoire d'Ancil Hubbard. Tous les avocats de la partie adverse étaient métamorphosés. Toute arrogance s'était volatilisée.

Quand Jake retira la cassette, le juge continua de fixer l'écran vide. Il ralluma sa pipe et souffla une courte bouffée.

— Wade ?

— Monsieur le juge, c'est totalement inadmissible. Je n'étais pas présent. Je n'ai pas eu l'opportunité d'interroger le témoin. Ce n'est pas équitable.

— Ce ne sera pas une première dans ce procès ! Un témoin surprise ici, une embuscade là. C'est vous qui avez donné le ton. Je reprends vos méthodes.

— Je préfère ne pas répondre. De toute façon, monsieur le juge, cette déposition n'est pas recevable. Elle n'a pas été réalisée dans les normes.

— Que lui auriez-vous posé comme question ? insista Jake. Il rapporte des événements qui se sont produits avant votre naissance. Et il est le seul témoin encore en vie. Vous ne pourrez le contredire en rien. Vous n'avez aucun moyen de savoir ce qui s'est passé.

— Cette déposition ne peut être certifiée par cette sténographe. Et cet avocat en Alaska n'est pas habilité à officier au Mississippi. Je pourrais continuer longtemps comme ça.

— Très bien, lâcha Jake. Ce n'est pas une déposition, c'est juste une déclaration sous serment, prononcée devant deux officiers publics. Car la sténographe judiciaire est également un officier public dûment assermenté.

— C'est sans rapport avec Seth Hubbard et sa capacité de tester le 1er octobre dernier.

— Au contraire, Wade, je considère que cela éclaire toute l'affaire sous un jour nouveau. Cela montre que Seth savait très exactement ce qu'il faisait. Allez, monsieur le juge, vous avez tout laissé passer jusqu'à présent. Pourquoi pas cette cassette ?

— Silence !

Le vieil homme ferma les yeux. Il sembla méditer pendant un moment. Puis il poussa un long soupir, alors que sa pipe s'éteignait.

— Messieurs, annonça-t-il. Je pense que le jury doit faire la connaissance d'Ancil Hubbard.

* * *

Dix minutes plus tard, le juge prit place sur son fauteuil et toute la salle se leva. On fit entrer le jury et l'écran fut à nouveau déplié. Atlee présenta ses excuses pour le retard, et en expliqua la raison. Il regarda la table des plaignants :

— Maître Lanier, avez-vous d'autres témoins à présenter ?

Lanier se leva en grimaçant, comme s'il était perclus d'arthrite.

— Non. Nous en avons terminé.

— Maître Brigance ?

— Votre Honneur, j'aimerais interroger à nouveau Mme Lettie Lang. Juste quelques questions. Il n'y en aura pas pour longtemps.

— Entendu. Madame Lang, je vous rappelle que vous êtes toujours sous serment et que vous devez dire toute la vérité.

Portia se pencha vers Jake, paniquée.

— Jake, qu'est-ce que vous faites ?

— Plus tard, répondit-il dans un murmure. Vous allez comprendre.

Son dernier passage lui ayant laissé un mauvais souvenir, Lettie fit son possible pour cacher sa peur. Elle n'osait plus regarder le jury. Jake n'avait pas eu le temps de la préparer aux questions. Elle ne savait pas du tout ce qui l'attendait.

— Madame Lang, commença Jake, qui était votre mère – votre mère biologique ?

Tout s'éclaira. Lettie esquissa un sourire.

— Elle s'appelait Lois Rinds.

— Et qui étaient ses parents ?

— Sylvester et Esther Rinds.

— Que savez-vous sur Sylvester Rinds ?

— Il est mort en 1930, donc je ne l'ai pas connu. Il vivait sur une terre qui appartient désormais aux Hubbard. Après sa mort, Esther l'a donnée au père de Seth Hubbard. Le père de Sylvester s'appelait Solomon Rinds. Il était déjà alors propriétaire de cette terre.

— Pas d'autres questions, Votre Honneur.

— Maître Lanier ?

Wade Lanier s'approcha du pupitre sans notes.

— Madame Lang, avez-vous un certificat de naissance ?

— Non, monsieur.

— Et votre mère est morte quand vous aviez trois ans, c'est exact ?

— Oui, c'est exact.

— Quand vous avez fait votre déposition en décembre dernier, la semaine avant Noël, vous n'étiez pas certaine de l'identité de vos aïeux. Pourquoi êtes-vous aussi catégorique aujourd'hui ?

— J'ai rencontré des gens de ma famille. J'ai eu beaucoup de réponses à mes questions.

— Et vous n'avez plus de doute aujourd'hui ?

— Je sais qui je suis, monsieur Lanier. Ça, j'en suis sûre.

Lanier se rassit. Le juge s'adressa au public.

— Nous allons visionner un enregistrement vidéo d'Ancil Hubbard. Nous allons baisser les lumières. Et je veux que les portes soient fermées et qu'il n'y ait pas d'allées et venues. La projection va durer une heure et il n'y aura pas d'interruptions.

Les jurés, qui s'étaient ennuyés ferme la veille, étaient tout excités à l'idée d'assister à un nouveau revirement de situation. De nombreux spectateurs se déplacèrent sur un côté de la salle pour mieux voir l'écran. Les lumières faiblirent, les mouvements cessèrent, tout le monde sembla retenir son souffle, et la lecture de la cassette commença. Après les introductions de Jared Wolkowicz et de Lucien Wilbanks, Ancil Hubbard apparut.

*   *   *

« Voici mon histoire. Mais je ne sais pas par où commencer. Je vis ici, à Juneau, mais ce n'est pas vraiment mon foyer. Je n'ai pas de foyer. Le monde est ma maison et je l'ai pratiquement exploré en entier. J'ai eu des problèmes au fil des ans, mais aussi beaucoup de joies. J'ai pris du bon temps. J'ai rejoint l'US Navy à dix-sept ans, en mentant sur mon âge. Je voulais à tout prix partir de chez moi. Et pendant quinze ans j'ai sillonné la planète. J'ai combattu dans le Pacifique sur l'*USS Iowa*. Après l'armée, j'ai habité au Japon, au Sri Lanka, à Trinidad, dans tellement d'endroits différents que je ne peux me souvenir de tous. J'ai travaillé pour la marine marchande et vécu sur les océans. Quand je voulais m'arrêter un peu, je posais mon sac quelque part, jamais deux fois au même endroit. »

Hors champ, Lucien demanda :

« Parlez-nous de Seth. »

« Seth avait cinq ans de plus que moi. On était les deux seuls enfants de la famille. C'était mon grand frère et il veillait sur moi, du mieux possible. On avait une vie dure à cause de notre père Cleon Hubbard. On le détestait depuis notre naissance. Il nous battait, il battait ma mère, il était toujours en guerre contre quelqu'un. On vivait à la campagne, près de Palmyra, dans une vieille ferme que mon grand-père avait construite de ses mains. Il s'appelait Jonas Hubbard, et son père s'appelait Robert Hall Hubbard. La plupart des oncles et cousins étaient partis en Arkansas. On n'avait donc quasiment pas de famille dans le coin. Seth et moi, on travaillait comme des forçats à la ferme, à traire les vaches, à s'occuper du potager, à biner les champs de coton et à faire la cueillette. On nous demandait de travailler aussi dur que des adultes. C'était une vie pénible, et la Grande Dépression était passée par là, mais comme on dit dans le Sud, la crise de 1929 n'avait pas changé grand-chose, car depuis la guerre de Sécession, la région était sinistrée. »

« Quelle surface de terre aviez-vous ? » demanda Lucien hors champ.

« Trente hectares. La terre était dans la famille depuis toujours. Pour la grande part, c'était du bois, mais il y avait également des champs que mon grand-père avait défrichés. On cultivait le coton et les haricots. »

« Et les Rinds avaient la parcelle adjacente ? »

« Oui. Sylvester Rinds. D'autres Rinds vivaient aussi sur ce terrain. Seth et moi, on jouait de temps en temps avec un ou deux gosses des Rinds, mais toujours dans le dos de notre père. Cleon détestait Sylvester, il détestait tous les Rinds. La querelle durait depuis longtemps. Parce que Sylvester possédait ces trente hectares de terre, juste à côté de chez nous, à l'ouest, et les Hubbard avaient toujours considéré qu'ils leur revenaient de droit. Je crois bien qu'ils ont intenté une action en justice, mais en vain. La terre est restée aux Rinds. Cela rendait fou de rage Cleon parce qu'il n'avait que trente hectares et que ces Noirs en avaient autant. Je me souviens… on disait que les Rinds étaient les seuls Noirs du comté à être propriétaires de leur terre et qu'ils l'avaient volée aux Hubbard. On était censés, Seth et moi, détester les gosses des Rinds, mais nous n'avions personne d'autre avec qui jouer. On filait en catimini pour aller pêcher avec eux ou aller nager. Toby Rinds avait mon âge et c'était mon copain. Cleon nous a surpris mon frère et moi en train de nous baigner dans la rivière avec un des gosses des Rinds et il nous a flanqué une telle rouste qu'on n'a pas pu marcher pendant deux jours. Notre père était un homme violent. Rancunier, toujours en soif de vengeance, avec de la haine dans le cœur et un tempérament colérique. Il nous terrifiait. »

Comme c'était son troisième visionnage, Jake put détacher les yeux de l'écran. Il observa en coin les jurés. Ils étaient figés, subjugués, écoutaient chaque mot, comme s'ils redoutaient déjà ce qu'ils allaient entendre. Même Frank Doley, l'ennemi de Jake dans le box, était penché vers l'écran, et se tapotait les lèvres des doigts.

« Qu'est-il arrivé à Sylvester ? » demanda Lucien.
« Oui, Sylvester… C'est ça que vous voulez savoir. La querelle a atteint son paroxysme quand quelques arbres ont été coupés en bordure de propriété. Cleon disait que c'était ses arbres. Sylvester était certain que c'était les siens. La démarcation entre les deux terrains était objet de querelle depuis toujours et personne ne savait plus exactement où elle se trouvait. Cleon était furieux. Je me souviens qu'il disait qu'il supportait ces négros depuis trop longtemps et qu'il était temps de passer à l'action. Une nuit, des hommes sont arrivés et ont bu du whisky derrière la grange. Seth et moi, on s'est approchés pour écouter. Ils prévoyaient de faire quelque chose contre les Rinds. On ne savait pas trop ce que c'était, mais visiblement, c'était du

sérieux. Et un samedi après-midi, on est allés en ville. Il faisait chaud. On était en août 1930, je crois. Tout le monde allait en ville le samedi après-midi, les Noirs comme les Blancs. Tout le monde devait faire les courses pour la semaine. Palmyra à l'époque n'était qu'un village, mais le samedi c'était la foule – les magasins, les trottoirs étaient noirs de monde. Seth et moi on a rien vu, mais plus tard des gamins ont dit qu'un Noir avait fait une remarque déplacée à une Blanche et tout le monde était choqué. Puis on a entendu que le Noir en question était Sylvester Rinds. On est rentrés à la ferme à l'arrière du camion avec mes parents. On savait qu'il allait se passer quelque chose. C'était dans l'air. Dès qu'on est arrivés à la maison, Cleon nous a ordonné d'aller dans notre chambre et de ne pas en sortir. Puis on a entendu une dispute entre notre mère et Cleon, une violente dispute. Je crois qu'il l'a frappée. Après on l'a entendu partir. On a laissé croire qu'on s'était couchés, mais en fait on était dehors en un rien de temps. On a vu les phares se diriger vers l'ouest, vers Sycomore Row. »

« Sycomore Row ? Où est-ce ? »

« Ça n'existe plus aujourd'hui, mais en 1930, c'était un petit hameau sur les terres des Rinds, à côté d'une rivière. Juste quelques maisons, des anciennes cases d'esclaves. C'est là où vivait Sylvester Rinds. Donc, Seth et moi, on a passé une bride à Daisy, notre poney, et on est partis à cru. Seth tenait les rênes. Je me cramponnais de toutes mes forces à lui mais nous montions souvent sans selle, on avait l'habitude. Quand on est arrivés aux abords de Sycomore Row, on a vu les lumières d'autres véhicules. On a sauté à terre, attaché Daisy à un arbre sous le couvert des bois, et continué à pied. À mesure qu'on approchait, on entendait des cris. On était sur le flanc de la colline et, en contre-bas, on a vu trois ou quatre Blancs qui frappaient un Noir à coups de bâton. Il avait perdu sa chemise et son pantalon était déchiré. C'était Sylvester Rinds. Sa femme, Esther, se tenait sur le perron, à cinquante mètres derrière, elle criait et pleurait. Elle a voulu s'interposer, mais un des Blancs lui a fichu un coup de poing qui l'a clouée au sol. Seth et moi, on s'est encore approchés. On s'est arrêtés à la lisière des arbres et on a tout vu, tout entendu. D'autres hommes sont arrivés. Ils avaient une corde, et quand Sylvester a vu la corde, il est devenu fou de terreur. Il a fallu qu'ils s'y mettent à trois ou quatre pour le maintenir au sol, et lui ficeler les mains et les jambes. Ils l'ont traîné par terre et l'ont chargé à l'arrière d'un camion. »

« Et votre père, il était où ? » demanda Lucien.

Ancil prit une longue inspiration et se frotta les yeux.

« Il était là, un peu à l'écart. Il regardait la scène, avec un fusil dans les bras. Il faisait partie de la bande, mais il ne voulait pas se salir les mains. Il y avait quatre véhicules. Ils ont quitté les baraquements à la queue leu leu. Ils ne sont pas allés bien loin, juste à l'allée des sycomores. Seth et moi, on connaissait bien l'endroit parce qu'on allait pêcher dans la rivière juste à côté. Il y avait là cinq ou six sycomores parfaitement alignés. D'où le nom Sycomore Row. On racontait qu'une tribu indienne les avait plantés pour une sorte de rituel.

Mais allez savoir ? Les camions se sont arrêtés en demi-cercle devant le premier arbre pour pouvoir éclairer l'endroit. Seth et moi, on a suivi le mouvement par les bois. Je ne voulais pas regarder, et à un moment j'ai dit : "Seth partons d'ici." Mais ni l'un ni l'autre ne pouvions bouger. C'était trop horrible pour qu'on puisse tourner le dos à ça. Ils ont lancé la corde par-dessus une grosse branche et ont passé le nœud autour du cou de Sylvester. Il se tordait en tous sens, il criait et suppliait. "J'ai rien dit, missié Burt, j'ai rien dit. S'il vous plaît, missié Burt. Vous savez que j'ai rien dit ! " Deux autres ont alors tiré sur la corde et lui ont presque arraché la tête des épaules. »

« Qui était ce M. Burt ? » s'enquit Lucien toujours hors cadre.

Ancil poussa un nouveau soupir et regarda la caméra un long moment, mal à l'aise. « C'était il y a cinquante-neuf ans et je suis sûr que tous ces hommes sont morts aujourd'hui. Ils pourrissent en enfer, là où est leur place. Mais ils ont une famille, des descendants, et cela ne peut rien apporter de bon de donner leurs noms. Seth en a reconnu trois. Il y avait Burt, le chef de la bande ; notre père bien sûr ; et un autre, mais je ne veux pas dire qui c'est. »

« Parce que vous vous souvenez de leurs noms ? »

« Oh oui ! Je ne les oublierai jamais. Je m'en souviendrai jusqu'à ma mort. »

« Je comprends. Et ensuite ? Que s'est-il passé ? »

Il y eut une longue pause, comme si Ancil rassemblait tout son courage pour poursuivre.

Jake observa les jurés. La numéro Trois, Michèle Still, se tamponnait les joues avec un mouchoir. L'autre jurée noire, Barb Gaston, la numéro Huit, s'essuyait les yeux. À sa droite, Jim Whitehurst, le numéro Sept, lui tendit un kleenex.

« Sylvester était quasiment pendu, mais il touchait le plateau du camion de la pointe des pieds. La corde était si serrée qu'il ne pouvait plus parler ni crier, mais il essayait quand même. Il émettait des borborygmes que je ne n'oublierai jamais de ma vie, des sortes de grognements aigus. Ils l'ont laissé suffoquer comme ça une minute ou deux. Ils étaient tous autour de lui, admirant leur œuvre. Sylvester, juché sur la pointe des pieds, essayait de libérer ses mains, de crier. C'était si pathétique, si horrible. »

Ancil s'essuya les yeux du revers de la manche. Quelqu'un hors champ lui tendit des mouchoirs en papier. Il avait du mal à respirer.

« Je n'ai jamais raconté cette histoire. Seth et moi, on en a parlé pendant des jours et des mois après, et puis on a décidé d'essayer de tout oublier. Je ne l'ai révélé à personne. C'était trop cauchemardesque. On n'était que des gosses, on ne pouvait rien faire pour empêcher ça. »

Il y eut un silence. Puis, Lucien demanda : « Qu'est-il arrivé ensuite ? »

« Eh bien. Ce qui devait arriver. Burt a crié "Allez !" et le gars au volant du camion a avancé. Sylvester s'est tortillé au bout de la corde. Les deux qui tenaient la corde ont encore tiré dessus, élevant Sylvester d'un mètre ou deux. Il avait alors les pieds à trois mètres au-dessus du sol. Il n'a pas bougé bien longtemps. Les autres l'ont regardé un moment. Personne ne voulait partir. Puis ils ont attaché le bout de corde à une branche basse et l'ont laissé là. Et ils sont repartis vers les baraques. C'était à côté, à moins de deux cents mètres. Certains y sont allés à pied, d'autres en camion. »

« Ils étaient combien au total ? »

« J'étais tout gamin. Je ne sais pas. Une dizaine. »

« Poursuivez. »

« Seth et moi on a longé les bois, dans l'ombre. On les a vus rire et se taper dans le dos. Il y en a un qui a dit : "Brûlons sa baraque !" Et le groupe s'est rapproché de la maison de Sylvester. Esther était sur le perron, avec un enfant dans les bras. »

« Un enfant ? Une fille ou un garçon ? »

« Une fille. Pas un bébé. Une petite fille. »

« Vous connaissiez son prénom ?

« Non. Pas à ce moment-là. Seth et moi on l'a su plus tard. Sylvester n'avait qu'un enfant, une fille, et elle s'appelait Lois. »

Lettie eut un sanglot. Il fut si sonore que les jurés sursautèrent. Quince Lundy lui tendit un mouchoir en papier. Jake regarda furtivement Portia. Elle secouait la tête, effarée comme tout le monde.

« Ils ont brûlé la maison ? »

« Non. Il s'est passé quelque chose de bizarre. Cleon s'est avancé avec son fusil et s'est placé entre Esther et le groupe de lyncheurs. Il a dit que personne ne brûlerait la maison, et les hommes sont remontés dans leurs véhicules et sont partis. La dernière image que j'ai, c'est Cleon en train de parler à Esther sur le pas de la porte. Avec Seth, on est remontés sur Daisy et on est revenus à la maison au galop. Quand on s'est faufilés par la fenêtre de notre chambre, notre mère nous attendait. Elle était en colère et voulait savoir où on était partis. Seth savait mieux mentir que moi. Il a dit qu'on était allés chasser les lucioles. Elle a semblé nous croire. On l'a suppliée de ne rien dire à Cleon. Et je crois qu'elle ne l'a jamais fait. Une fois au lit, on a entendu notre père arriver en camion. Il est rentré dans la maison et est parti se coucher. Nous, on ne pouvait pas dormir. On a parlé toute la nuit, en chuchotant. Je pleurais. Impossible de m'arrêter. Et Seth disait que c'était pas grave si je pleurais, tant que personne d'autre ne le voyait. Il a juré qu'il ne dirait à personne que j'avais pleuré. Et puis je l'ai vu pleurer aussi. Il faisait si chaud. À cette époque, il n'y avait pas l'air conditionné. Longtemps avant l'aube, on est ressortis par la fenêtre et on s'est installés sous l'auvent derrière la maison, là où il y avait un peu d'air. On voulait retourner à Sycomore Row, voir Sylvester, mais ce n'était que des paroles en l'air. On se demandait ce qui allait arriver. On était certains que le shérif allait venir à la maison arrêter Cleon et les autres hommes. Le shérif aurait besoin de témoins et c'est pour cela que nous n'avons jamais raconté ce qu'on avait vu. Jamais. On n'est pas allés se recoucher cette nuit-là. Quand on a entendu notre mère se lever et s'affairer dans la cuisine, on est retournés dans nos lits, juste à temps avant que Cleon entre dans la chambre pour nous crier d'aller à la grange nous occuper des vaches. On allait traire tous les matins à l'aube. Tous les matins. On était élevés à la dure. Je détestais cette ferme, et à partir de ce jour j'ai détesté aussi mon père, comme jamais un fils n'a pu haïr son père. Je voulais que le shérif débarque et l'emmène pour toujours. »

Toujours hors champ, Lucien parut lui aussi avoir besoin d'une pause. Il se passa un long silence avant qu'il ne reprenne ses questions.

« Qu'est-il arrivé aux Rinds ? »

Ancil baissa la tête et la secoua lentement de gauche à droite. « C'est terrible. Terrible. C'est là que l'histoire devient plus sinistre encore. Un jour ou deux plus tard, Cleon est allé voir Esther. Il lui a donné quelques billets et lui a fait signer la cession des trente hectares. Il lui a promis qu'elle pourrait rester ici. Et cela a été le cas… pendant quarante-huit heures. Le shérif est venu, effectivement, mais à Sycomore Row. Avec un adjoint et Cleon. Pour dire à Esther et aux autres qu'ils étaient expulsés. Sur-le-champ. Prenez vos affaires et partez de cette terre ! Il y avait une petite chapelle, où les Rinds suivaient la messe depuis des décennies. Pour prouver qu'il était le maître des lieux, Cleon l'a incendiée. Il a réduit en cendres leur lieu de culte pour leur montrer à quel point il était tout-puissant. Et le shérif et l'adjoint lui ont donné un coup de main. Ils ont même menacé d'incendier les maisons. »

« Vous avez été témoin de ça ? »

« Bien sûr. Seth et moi, on a rien raté. On était censés sarcler les champs de coton, mais quand on a vu le shérif se garer devant la maison, on s'est dit qu'il allait se passer quelque chose. On espérait qu'il venait arrêter Cleon, mais cela ne se passait pas comme ça au Mississippi à l'époque. Pas du tout. Le shérif était là pour aider Cleon à se débarrasser des Noirs qui se trouvaient sur sa terre. »

« Que leur est-il arrivé ? »

« Eh bien, les Rinds sont partis. Ils ont pris ce qu'ils pouvaient et se sont enfuis dans les bois. »

« Combien étaient-ils ? »

« Encore une fois j'étais gamin. Je n'ai pas compté. Mais il y avait plusieurs familles qui vivaient là. Pas tous à Sycomore Row. Mais ils étaient tous très proches. » Ancil poussa un long soupir. « Je suis très fatigué, là. Je ne me sens pas bien. »

« On en a presque terminé. Encore un effort, s'il vous plaît. »

« D'accord. D'accord. Donc, ils se sont enfuis dans les bois. Et dès qu'une famille quittait sa cabane, Cleon et le shérif l'incendiaient. Ils ont tout brûlé comme ça. J'en revois quelques-uns qui se tenaient à la lisière des bois, avec leurs enfants et leurs ballots dans les bras, en train de regarder les flammes et la fumée. Ils gémissaient et pleuraient. C'était si triste à voir. »

« Et ensuite ? »

« Ils se sont éparpillés. Pendant un temps, un petit groupe a campé à côté de Tutwiler Creek, au fond des bois, tout près de la Big Brown River. Seth et moi, on cherchait Toby. On l'a retrouvé là-bas, avec sa famille. Ils avaient faim et ils étaient terrifiés. On a pris les chevaux un dimanche après-midi pour leur apporter toute la nourriture qu'on avait pu chiper sans que cela se remarque. C'est ce jour-là que j'ai vu Esther et sa petite fille, Lois. La fillette ne devait pas avoir plus de cinq ans. Elle était complètement nue. Elle n'avait pas de vêtements. C'était terrible. Toby est venu chez nous deux fois en se cachant derrière la grange. Seth et moi on lui a donné toutes les victuailles qu'on a pu. Il les a ramenées au campement, qui se trouvait à plusieurs kilomètres de là. Un samedi, des hommes sont arrivés avec des fusils et des carabines. On n'a pas pu s'approcher pour entendre ce qui se disait, mais notre mère nous a raconté plus tard qu'ils étaient allés au camp pour chasser les Rinds, une fois pour toutes. Deux ans plus tard, un autre enfant noir a raconté à Seth que Toby et sa sœur s'étaient noyés dans la rivière, et que des gens avaient été tués. C'en était trop pour moi. Je ne voulais plus rien savoir... Je peux avoir de l'eau ? »

Une main glissa un verre d'eau vers Ancil Hubbard. Il le but lentement et reprit :

« Quand j'avais treize ans, mes parents se sont séparés. C'était un beau jour pour moi. Je suis parti avec ma mère et nous sommes allés à Corinth. Seth n'a pas voulu changer d'école et il est resté avec Cleon, même s'ils ne se parlaient presque plus. Mon frère m'a beaucoup manqué, mais avec le temps, chacun a fait sa vie. Puis ma mère s'est remariée avec un connard à peine mieux que Cleon. Je me suis enfui à seize ans et je me suis engagé dans la marine à dix-sept ans. Parfois, je me dis que j'ai passé ma vie à fuir. Une fois parti de la maison, je n'ai plus jamais eu de contact avec ma famille. Ma tête me fait un mal de chien ! Voilà, c'est tout. Fin de cette triste histoire. »

47.

Les jurés quittèrent en silence la salle des délibérations et suivirent l'huissier qui les fit longer un couloir
et sortir du palais par une porte latérale. Ils emprun-
taient ce chemin tous les jours depuis le mardi. Une
fois dehors, ils se dispersèrent sans un mot. Nevin
Dark décida de rentrer déjeuner chez lui. Il ne voulait
pas rester avec ses collègues. Il lui fallait digérer ce
qu'il venait d'entendre. Il avait besoin d'air, de temps
pour réfléchir, de temps aussi pour se souvenir. Seul
dans son pickup, toutes les vitres baissées, il se sentait
mal, presque sale. Une douche l'aiderait peut-être ?

Burt. Burt. Quelque part, dans une branche obscure
de l'arbre généalogique de sa femme, il y avait un
Burt – un grand-oncle ou un lointain cousin. Il vivait
à Palmyra, il y a longtemps, et on disait qu'il faisait
partie du Ku Klux Klan.

Ce ne pouvait être lui…

En cinquante-trois ans passés dans le comté de
Ford, Nevin n'avait entendu parler que d'un seul lynchage – une vieille histoire, presque oubliée. Cela
avait eu lieu au début du siècle. Tous les témoins

étaient morts et les détails s'étaient perdus avec eux. Nevin n'avait jamais écouté la description d'un de ces lynchages par un témoin encore vivant. Le pauvre Ancil. Il semblait si pathétique, avec sa petite tête ronde et ses vêtements trop grands, quand il essuyait ses larmes du revers de sa manche.

Gavé ou non de Demerol, Seth savait ce qu'il faisait, cela ne laissait aucun doute.

Michèle Still et Barb Gaston n'avaient rien prévu pour le déjeuner. Elles étaient encore sous le choc. Elles s'engouffrèrent dans la voiture de Michèle et filèrent hors de Clanton, prenant la première route qui se présenta. Elles commencèrent à se détendre après avoir roulé une dizaine de kilomètres dans la campagne déserte. Elles s'arrêtèrent dans une épicerie, achetèrent des sodas et des crackers, et s'installèrent à l'ombre, vitres baissées, radio allumée, réglée sur une station de soul de Memphis.

— On a neuf votes, tu crois ? s'enquit Michèle.

— Fillette, on a peut-être bien les douze.

— Non. On n'aura jamais Doley.

— Un de ces jours, je vais lui botter le cul à celui-là. Demain, l'année prochaine, je n'en sais rien. Mais ça lui pend au nez.

Michèle lâcha un petit rire. Leur humeur s'allégea un peu.

Jim Whitehurst aussi rentra chez lui pour manger. Sa femme l'attendait avec le plat tout chaud. Ils s'assirent sur la terrasse. Il lui avait tout raconté sur le procès, mais n'avait aucune envie de répéter ce qu'il venait d'entendre. Mais elle insista tant et tant qu'il céda. Ensuite, ils ne touchèrent quasiment plus à leurs assiettes.

Tracy McMillen et Fay Pollan se rendirent ensemble dans un petit centre commercial, à l'est de la ville, où une nouvelle sandwicherie faisait un tabac. Leurs badges « juré » attirèrent quelques regards, mais personne ne vint leur poser de questions. Elles s'installèrent dans un box pour parler. En quelques minutes, elles furent du même avis. Seth Hubbard déclinait peut-être les derniers jours, mais il ne faisait aucun doute qu'il avait tout organisé jusqu'aux moindres détails. Elles n'avaient pas été très convaincues par Herschel et Ramona. Certes, elles n'aimaient pas l'idée qu'une femme de ménage noire reçoive tout l'héritage mais, comme l'avait dit Jake Brigance, ce n'était pas aux jurés de décider à la place de Seth Hubbard. C'était son argent.

* * *

Pour les enfants Hubbard, le matin, qui avait commencé sous de si bons auspices, s'était terminé en véritable cauchemar. L'infamie perpétrée par leur grand-père avait été étalée au grand jour, un homme qu'ils connaissaient à peine. Et maintenant, leur nom était sali à jamais. De cette ignominie, ils pourraient s'en remettre, mais ne pas avoir l'argent, ça c'était une catastrophe. Se cacher était leur seul souhait à présent. Ils partirent donc se réfugier dans la maison qu'on leur prêtait. Devaient-ils ou non retourner au tribunal, ils n'en savaient plus rien. La question était si angoissante qu'ils en oublièrent de manger.

* * *

Lettie et Portia rentrèrent à la ferme des Sappington, mais ni l'une ni l'autre n'avaient faim. Elles montèrent directement dans la chambre de Lettie, retirèrent leurs chaussures, et s'étendirent côte à côte sur le lit. Elles se tinrent les mains et se mirent à pleurer.

L'histoire d'Ancil répondait à tant de questions.

Tant de pensées se bousculaient dans leurs têtes. Elles parlèrent à peine. L'émotion était trop forte. Lettie songeait à sa grand-mère Esther, à l'horreur de ce qui s'était passé. Et à sa mère, une fillette sans vêtements, sans nourriture et sans maison.

— Comment il a su, m'man ?

— Qui ça ? Comment il a su quoi ?

— Seth. Comment il a su que c'était toi ? Comment Seth Hubbard a-t-il découvert que tu étais la fille de Lois Rinds ?

Lettie fixa du regard le ventilateur qui tournait au plafond. Elle n'en savait rien.

— C'était un homme intelligent, déclara-t-elle finalement. Mais je crois qu'on ne le saura jamais.

* * *

Willie Traynor débarqua au cabinet de Jake avec des sandwichs et s'invita à déjeuner. Jake et Harry Rex étaient à l'étage, sur le balcon. Ils buvaient – un café pour Jake, une Budweiser pour Harry Rex. Les sandwichs étaient les bienvenus. Willie opta aussi pour une bière.

— Quand j'avais le journal, vers 1975, un type avait publié un livre sur les lynchages. Son truc était fouillé, avec plein de photos horribles. C'était plutôt bien écrit. D'après lui – bon, il était du Nord et avait évidemment très envie de nous faire passer pour les méchants – entre 1882 et 1968, trois mille cinq cents Noirs ont été lynchés aux États-Unis. Mille trois cents Blancs aussi, mais dans leur grande majorité, c'étaient des voleurs de chevaux du temps du Far West. À partir de 1900, il n'y a plus eu, quasiment, que des Noirs à être pendus ou massacrés à la sauvage, dont des femmes et des enfants.

— On est en train de manger, je te rappelle, lança Harry Rex.

— J'ignorais que tu avais l'estomac aussi délicat ! Bref, et vous savez quel est le premier État au classement des lynchages ?

— Oui, je le crains, répondit Jake.

— Tout juste ! Nous sommes numéro Un, avec près de six cents morts. Et hormis quarante, tous des Noirs ! La Georgie est seconde, juste derrière nous. Le Texas troisième. Six cents, c'est quand même beaucoup. Et combien dans le comté de Ford ? Par curiosité, je suis allé alors consulter les archives du *Times* sur cent ans. On n'en rapporte que trois, que des Noirs, et pas trace d'un Sylvester Rinds.

— D'où viennent ces chiffres ? questionna Jake.

— Il y a eu diverses études, mais on peut s'interroger sur leur précision.

— Si, officiellement, il y en a eu six cents, lâcha Harry Rex, tu peux être sûr qu'il y en a eu bien plus.

Willie but une lampée de bière.

— Et vous savez combien de personnes ont été poursuivies pour meurtre après les lynchages ?

— Zéro ?

— Tout juste ! Pas une seule. C'était la loi de la jungle et les Noirs étaient le gibier.

— Ça me rend malade, souffla Jake.

— Le jury aussi, conclut Willie. C'est pour ça qu'ils sont de votre côté à présent.

* * *

À 13 h 30, les jurés se retrouvèrent dans la salle des délibérations. Pas un mot ne fut échangé sur le procès. Un huissier vint les chercher et les conduisit dans la salle d'audience. L'écran avait été retiré. Il n'y avait plus de témoins à entendre.

— Maître Brigance, votre conclusion, s'il vous plaît, demanda le juge Atlee.

Jake s'approcha du pupitre, sans calepin, sans aucune note.

— Ce sera sans doute la plaidoirie la plus courte jamais donnée dans ce tribunal, car je n'ai rien à ajouter au témoignage d'Ancil Hubbard. Plus je parlerai, plus je mettrai de la distance entre lui et votre délibération. Alors je vais être bref. Je veux que vous vous rappeliez tout ce qu'il a dit, même si, bien sûr, son récit a de quoi marquer les mémoires à jamais. Les procès sont souvent le théâtre de revirements inattendus. Quand nous avons commencé les débats ce lundi, personne ne pouvait supposer qu'un lynchage, voilà un demi-siècle, expliquerait pourquoi Seth Hubbard a légué toute sa fortune à Lettie Lang. Son père a pendu son grand-père en 1930. Après l'avoir tué, il a pris sa terre et a chassé toute sa famille. Ancil Hubbard vous a raconté cette histoire bien mieux que je ne saurais le faire. Depuis six mois, nombre d'entre nous se sont demandé pourquoi Seth avait fait un tel testament. Maintenant, nous savons. C'est limpide.

740

» Personnellement, reprit-il, j'ai une nouvelle admiration pour Seth, alors que je ne l'ai jamais rencontré. Malgré ses défauts, comme nous en avons tous, c'était un homme brillant. Vous connaissez beaucoup de gens ayant amassé une telle fortune en dix ans ? Mais surtout, il a réussi à retrouver la trace de Lois et Esther, et puis de Lettie. Cinquante ans plus tard, il a appelé Lettie pour lui proposer un travail. Ce n'est pas elle qui l'a sollicité. Il a réellement tout planifié. C'était un homme d'exception. J'admire Seth pour son courage. Il se savait mourant, et pourtant il a refusé de faire ce qu'on attendait de lui. Il a choisi une route bien plus périlleuse. Il savait que sa réputation serait ternie, que sa famille allait maudire son nom, mais il a fait fi de tout ça. Il a fait ce qui lui semblait juste.

Jake alla ramasser le testament manuscrit.

— Oui, maintenant, j'admire Seth aussi pour son sens de la justice. Avec ce testament rédigé de sa main, il a tenté de réparer les torts que son père, cinquante ans plus tôt, avait causés aux Rinds. Et aujourd'hui, c'est à vous, mesdames et messieurs les jurés, d'aider Seth à finir son œuvre. Je vous remercie de votre attention.

Jake retourna à pas lents vers son siège. En chemin, il jeta un coup d'œil sur le public. Au dernier rang, il aperçut Lucien Wilbanks, qui hochait la tête en souriant.

Trois minutes et vingt secondes ! quand Harry Rex arrêta le chronomètre de sa montre.

— Maître Lanier, c'est à vous, déclara Atlee.

Wade Lanier boitait encore plus que de coutume quand il se dirigea vers le pupitre. L'argent leur échappait de nouveau. Il l'avait à portée de main. Ce matin encore, à 8 heures, ses clients et lui réfléchissaient à la façon dont ils allaient le dépenser !

Lanier n'avait pas grand-chose à dire. Le passé avait surgi d'un coup et tout rasé sur son chemin. Mais c'était un vétéran, et des coups durs, il en avait connu.

— L'une des armes de l'arsenal juridique d'un avocat, c'est de pouvoir contre-interroger les témoins de la partie adverse. Tous les avocats en font usage parce que c'est là souvent que se fait la différence ; mais il arrive parfois, comme aujourd'hui, que la chose soit impossible. Et c'est très frustrant, croyez-moi ! C'est comme si on m'avait mis des menottes. J'aurais bien aimé avoir Ancil Hubbard ici, face à moi, pour lui poser mes questions. Par exemple, je lui aurais demandé : « Dites-moi, monsieur Hubbard, est-ce vrai que vous êtes en ce moment en cellule au poste de police de Juneau ? » Et aussi : « Est-ce vrai qu'on vous a arrêté pour trafic de cocaïne ? » Ou bien : « Est-il vrai, monsieur Hubbard, que vous êtes recherché dans au moins quatre États pour des chefs d'accusation allant de l'escroquerie et l'usurpation d'identité au non-paiement de pensions alimentaires ? » Ou encore : « Pouvez-vous expliquer au jury pourquoi vous n'avez pas payé d'impôts depuis vingt ans ? » Et enfin, la question la plus importante : « Est-il vrai, monsieur Hubbard, que vous allez toucher un million de dollars si le testament manuscrit de votre frère est reconnu valide ? »

» Malheureusement je ne peux pas poser ces questions, mesdames et messieurs les jurés, parce que Ancil Hubbard n'est pas ici. Tout ce que je peux faire, c'est vous mettre en garde. Tout ce qu'a dit cette personne n'est pas forcément la vérité.

» Mais pour un instant, oublions Ancil Hubbard. Je veux que vous reveniez à la situation d'hier. Souvenez-vous de ce que vous pensiez alors. Vous aviez quitté cette salle après avoir entendu des témoignages cruciaux. D'abord, celui de deux médecins, deux experts dont la réputation n'est plus à faire, des spécialistes du cancer qui savent à quel point les antidouleurs peuvent altérer le jugement du malade.

Lanier se mit à résumer les témoignages du Dr Swaney et du Dr Niehoff. C'était sa plaidoirie finale. Il avait toute la liberté possible pour convaincre les jurés, mais Lanier déformait tellement les propos des deux experts que Jake dut intervenir :

— Objection, Votre Honneur. Ce n'est pas du tout ce qu'a dit le Dr Niehoff.

— Objection retenue, répondit Atlee. Maître Lanier, veuillez vous en tenir strictement aux faits.

Bien que piqué au vif, Lanier continua à détailler ce qu'avaient dit ces nobles personnes. Ils avaient témoigné la veille. Il était inutile de répéter leurs propos, encore frais dans les mémoires. C'était une erreur. Lanier s'égarait. Pour la première fois depuis l'ouverture du procès, le magicien du barreau était en déroute, perdu. À court d'arguments, il répétait, comme un mantra : « Seth Hubbard n'avait pas la capacité de tester. »

Il évoqua le testament de 1987 ; au grand plaisir de Jake, et au déplaisir du jury, il recommença à se perdre dans des détails. « Trois millions cent mille dollars perdus, comme ça ! » disait-il, en claquant des doigts. Il décrivit dans le menu l'astuce comptable qui permettait de payer moins d'impôts en cas de succession et au moment où la jurée numéro Dix, Debbie Lacker, allait piquer du nez, il lança à nouveau « Trois millions cent mille dollars perdus, comme ça ! », avec un nouveau claquement de doigts pour réveiller tout le monde.

Ennuyer les jurés était un péché capital dans une salle d'audience, car les malheureux étaient coincés, pris en otage. Et pourtant Lanier ne s'arrêtait pas. Il se garda bien, toutefois, d'attaquer Lettie Lang. Son public venait d'apprendre la tragédie qu'avait vécue sa famille. Il aurait été mal vu de s'en prendre à elle.

Quand Lanier s'interrompit pour consulter ses notes, Atlee intervint :

— Ce serait bien de terminer, maître. Vous avez dépassé votre temps imparti.

— Excusez-moi, Votre Honneur.

Fébrile, il remercia chaleureusement les jurés pour leur « assiduité exemplaire » et les enjoignit à juger avec raison, en laissant de côté l'affect et l'émotion.

— Des réfutations à formuler, maître Brigance ? s'enquit Atlee.

Jake avait droit à dix minutes pour récuser ce que venait de dire Lanier. Puisqu'il représentait la défense, il avait droit au dernier mot, mais sagement, il déclina l'offre.

— Non, Votre Honneur. Le jury en a assez entendu.

— Parfait. À présent, mesdames et messieurs les jurés, je vais prendre quelques minutes pour vous exposer quelques points de droit et vous expliquer comment ils s'appliquent dans l'affaire qui nous occupe. Je requiers donc toute votre attention. Quand

j'en aurai terminé, vous vous retirerez dans la salle
des délibérations. Des questions ?

* * *

L'attente était la partie la plus pénible. La pression redescendait d'un coup une fois que le jury se
retirait. Le travail était fini ; tous les témoins avaient
été entendus. Le stress de la présentation et de la
conclusion était passé. Il ne restait plus qu'à s'armer
de patience. Personne ne savait combien de temps
dureraient les délibérations.

Jake invita Lanier et Chilcott dans son bureau pour
boire un verre. On était, après tout, vendredi après-
midi. La semaine était finie. Ils ouvrirent des bières
sur le balcon et contemplèrent le palais de justice.
Jake désigna une grande fenêtre.

— C'est la salle des jurés, annonça-t-il. Ils sont
tous là-bas.

Lucien arriva, toujours prêt pour boire un coup.
Jake aurait une discussion avec lui plus tard, mais
pour l'heure, c'était le moment de trinquer.

— Allez, Lucien ! lança Lanier en riant. Racontez-
nous votre épopée à Juneau !

Lucien descendit la moitié de sa canette et commença son récit.

* * *

Une fois que tous les membres du jury se furent
servi un café, un soda ou de l'eau, Nevin Dark lança
la réunion.

— Je propose que nous débutions par la fiche de verdict que nous a remise le juge. Vous êtes tous d'accord ?

Tout le monde l'était. Il n'y avait pas une ligne de conduite à suivre pour les délibérations. Le juge Atlee leur avait dit qu'ils s'organiseraient comme ils le voudraient.

— Très bien, poursuivit Nevin Dark. Voici donc la première question : Le document signé par Seth Hubbard est-il un testament olographe valide, à savoir 1. qu'il a été rédigé entièrement par Seth Hubbard, 2. signé de sa main, 3. daté par Seth Hubbard ? Des objections à ces trois points ?

— Non. Il n'y a aucun doute là-dessus, répliqua Michèle Still.

Les autres acquiescèrent. Les plaignants n'avaient d'ailleurs pas remis en cause l'authenticité de ce document.

Nevin Dark poursuivit :

— Ensuite, on arrive à la grande question, la capacité de tester, autrement dit : Seth Hubbard mesurait-il les conséquences de ses actes quand il a rédigé ce testament ? Puisque c'est là le fondement de l'affaire, je propose que l'on fasse un tour de table pour que chacun dise ce qu'il en pense. Qui veut commencer ?

— Allez-y, Nevin, proposa Fay Pollan. Vous êtes le juré numéro Un.

— D'accord. Voilà mon sentiment : Je pense que c'est mal de déshériter sa famille et de donner tout son argent à une autre personne, en particulier à quelqu'un qu'on ne connaît que depuis trois ans. Mais, comme l'a dit Jake Brigance, ce n'est pas à nous de décider qui doit avoir l'héritage. Ce n'est pas notre argent.

Je crois que Seth Hubbard était diminué les derniers jours, et pas mal abruti par les médicaments, mais après avoir entendu son frère, il est évident qu'il savait ce qu'il faisait. Là-dessus, je n'ai aucun doute. Il avait tout prévu depuis longtemps. Je vote donc pour la validation de ce testament. Tracy ? À vous.

— Je suis du même avis, répondit rapidement Tracy McMillen. Beaucoup de choses me chagrinent, mais ce n'est pas censé entrer en ligne de compte. D'un coup, ça nous renvoie à notre propre histoire et je pense que personne n'a envie de mettre son nez là-dedans. Seth Hubbard a fait ce testament pour une bonne raison.

— Michèle ?

— Tout le monde sait ce que je pense. Je regrette simplement qu'on en soit arrivés là. Il aurait mieux valu que Seth Hubbard donne de l'argent à Lettie, sans pour autant déshériter totalement ses enfants, même s'il ne les aimait pas. Et c'est vrai qu'ils ne sont guère aimables. Mais peu importe que ces gens soient de bonnes ou de mauvaises personnes, ce sont ses enfants, ils ne méritent pas d'être rejetés ainsi.

— Fay ?

Fay Pollan ne montra guère d'empathie. À l'exception peut-être de Frank Doley, elle était la plus implacable des jurés.

— Je ne suis pas très sensible au sort de ses enfants. Ils ont sans doute plus de moyens que nous tous. Ils sont jeunes, et ont de l'instruction. Ils s'en sortiront. Ils n'ont pas aidé Hubbard à gagner cet argent, je ne vois donc pas pourquoi ils devraient hériter de tout. Le vieux avait ses raisons de les exclure de son testament, des raisons que nous ne connaîtrons jamais. Et son fils ne sait même pas qui joue au champ centre chez les Braves. Cela fait des années qu'on est tous fans de Dale Murphy ! Je pense qu'il a menti sur toute la ligne. Bref, je suis certaine que Seth Hubbard n'était pas un tendre, mais, comme le souligne Jake Brigance, ce n'est pas à nous de dire à qui il doit donner sa fortune. Il était malade, mais il n'était pas fou.

* * *

Le temps de la délibération dura deux bières. Au cabinet Brigance, ils n'avaient pas terminé la seconde tournée qu'une secrétaire du palais appela Jake pour annoncer que les jurés avaient un verdict. Dans l'instant, les rires cessèrent. Les avocats enfournèrent dans leur bouche un chewing-gum menthol et rajustèrent leur cravate. Ils arrivèrent tous ensemble dans la salle d'audience et chacun reprit sa place. Jake se tourna vers le public. Carla et Hanna étaient assises derrière lui au premier rang. Elles lui sourirent. Carla lui lança un « bonne chance » silencieux.

— Ça va ? demanda-t-il à Lettie.

— Je suis en paix. Et vous, comment vous vous sentez ?

— Lessivé !

Atlee rejoignit son estrade et un greffier alla chercher le jury. Par réflexe, tous les avocats du monde scrutent les visages des jurés quand ils reviennent de la salle des délibérations. C'est plus fort qu'eux. Jake croisa le regard de Michèle Still qui s'assit en premier. Elle lui retourna un petit sourire. Nevin Dark tendit le verdict au greffier qui le donna au juge. Le vieux magistrat prit une éternité pour le lire, puis il se pencha vers le microphone. Il savourait l'instant.

— Le verdict a été rendu. Le jury devait répondre à cinq questions. Première question : Seth Hubbard a-t-il rédigé un testament olographe valide le 1er octobre 1988 ? À l'unanimité, la réponse est oui. Deuxième question : Seth Hubbard mesurait-il les conséquences de ses actes quand il a rédigé ce testament ? À l'unanimité, la réponse est oui. Troisième question : Seth Hubbard avait-il conscience de l'identité des bénéficiaires tels qu'il les a cités dans son testament ? À l'unanimité, la réponse est oui. Quatrième question : Seth Hubbard avait-il conscience de l'ampleur des fonds qu'il s'apprêtait à léguer par son testament ? À l'unanimité, la réponse est oui. Et cinquième et dernière question : Seth Hubbard a-t-il été sous l'influence frauduleuse de Mme Lettie Lang ou de quelque autre tiers quand il a rédigé son testament le 1er octobre 1988 ? À l'unanimité, la réponse est non.

Ramona eut un hoquet de stupeur et commença à pleurer. Herschel, qui s'était installé au deuxième rang, se dressa et sortit en trombe du tribunal. Les petits-enfants étaient déjà partis la veille.

Le juge remercia les jurés et les libéra de leurs obligations. Il leva la séance et disparut dans ses quartiers. Dans le camp des vainqueurs, on se congratula, dans celui des vaincus, on faisait grise mine. Lanier se montra beau perdant et félicita Jake. Il dit quelques mots gentils à Lettie et lui souhaita le meilleur pour la suite.

Elle était sur le point de devenir la Noire la plus riche de l'État, mais cela ne semblait pas la transporter de joie. Elle voulait juste rentrer chez elle. Elle ignora les deux journalistes qui l'attendaient et se fraya un chemin dans la foule qui voulait la féliciter. Elle en avait assez de ces étreintes, de ces flatteries.

Harry Rex annonça qu'il organisait une petite sauterie dans son jardin, au menu : hot-dogs et bières. Portia passerait plus tard, après s'être occupée de sa mère. Willie Traynor était toujours partant pour faire la fête. Lucien informa qu'il viendrait tôt, accompagné de Sallie – ce qui était rare. Avant même de quitter la salle d'audience, Lucien commençait à tirer la couverture à lui, déclarant que c'était grâce à lui s'ils avaient remporté la victoire.

Jake avait déjà envie de l'étrangler.

48.

Le sermon du jour était un appel à la charité, le prêche habituel où le pasteur grondait ses ouailles pour leur prendre quelques billets de plus, les inciter à donner leur dix pour cent au culte – et de le faire la joie au cœur. Jake avait entendu cela des centaines de fois et, comme de coutume, il avait du mal à rester concentré, son esprit, malgré lui, vagabondant vers des sujets plus terrestres et urgents. Il admirait le révérend qui, chaque dimanche, s'efforçait de se montrer passionné par ses homélies, avec plus ou moins de bonheur.

Le juge Atlee était assis trois rangs devant Jake, en bout de banc – sa place attitrée depuis au moins dix ans. Jake fixait des yeux la nuque du vieil homme et songeait au procès, et maintenant à l'appel. Le verdict était si récent... l'appel allait durer une éternité. Quatre-vingt-dix jours pour laisser le temps aux sténographes de transcrire les centaines de pages de débats. Plus une rallonge de quatre-vingt-dix jours encore, parce qu'ils étaient toujours en retard. Sans compter les réclamations de la partie adverse qui prendraient des mois à être examinées. Une fois le procès définitivement clos, les plaignants auraient encore quatre-vingt-dix jours pour faire officiellement appel. Ils pourraient même obtenir une rallonge, au besoin. Quand la Cour suprême recevrait la demande en appel, Jake aurait à son tour quatre-vingt-dix jours pour répondre. Une fois toute la paperasserie reçue et admise par la cour d'appel, la véritable attente commencerait. Chaque fois, il y avait des loupés, des retards, des ajournements. Les avocats avaient appris à prendre leur mal en patience et à ne pas poser de questions. La justice faisait de son mieux au vu de ses moyens.

Il fallait en moyenne deux ans pour qu'un appel à la Cour suprême du Mississippi soit rendu. Pour préparer le procès Hubbard, Jake avait étudié une affaire semblable en Georgie qui avait duré au final treize ans. L'affaire était passée devant quatre jurys différents, avec des allers et des retours à la Cour suprême comme un yoyo, et finalement s'était arrêtée d'elle-même faute de combattants. Les plaignants étaient morts et les frais d'avocats avaient grignoté tout l'argent. Jake ne s'inquiétait pas pour ses honoraires, il s'inquiétait pour Lettie.

Portia lui avait dit que sa mère ne se montrait plus à l'église. Lors de chaque sermon, le pasteur parlait des deniers du culte et de collecte !

À en croire Harry Rex et Lucien, le verdict que Jake avait obtenu était sur la sellette. L'acceptation du témoignage vidéo d'Ancil Hubbard constituait un vice de forme qui pouvait tout remettre en cause. L'arrivée surprise de Fritz Pickering ferait certes sourciller la Cour suprême, et le « bourrage de liste de témoins » vaudrait à Lanier de vives remontrances, mais elles ne pouvaient, à elles seules, permettre l'annulation du jugement. Nick Norton était de cet avis. Il était dans la salle le vendredi et avait été étonné de voir cet enregistrement vidéo. Il avait été ému par le contenu, mais doutait fortement que cette pièce puisse être légalement versée au dossier. Les quatre avocats, ainsi que Willie Traynor et d'autres experts, avaient débattu de ce point le vendredi devant le barbecue de Harry Rex, en avalant hot-dogs et bières, tandis que les dames dégustaient du vin près de la piscine et parlaient avec Portia.

Même si le procès Hubbard l'avait sauvé de la banqueroute, Jake voulait passer à autre chose. Il n'aimait pas l'idée de ponctionner tous les mois l'héritage pour se verser des honoraires pendant des années. À un moment ou à un autre, il aurait l'impression d'être un parasite. Il avait gagné un gros procès, parfait. Maintenant, il lui en fallait un autre.

Au grand soulagement de Jake, personne à l'église n'évoqua l'affaire. Après l'office, tandis que les fidèles bavardaient sous les deux grands chênes avant de rejoindre le parking, le juge Atlee vint dire bonjour à Carla et à Hanna, en commentant cette belle matinée de printemps. Il entraîna ensuite Jake dans l'allée, loin des oreilles indiscrètes.

— Vous pourriez passer me voir cet après-midi, vers 17 heures ? J'aimerais vous parler de deux ou trois petites choses.

— Bien sûr, monsieur le juge.

— Et venez avec Portia. J'aimerais avoir son avis. Cela vous semble possible ?

— Je pense que oui.

* * *

Jake et Portia s'installèrent à la table de la salle à manger, sous un ventilateur souffreteux qui ne parvenait pas à chasser la touffeur de l'air. Il faisait plus frais dehors – ils auraient été bien sur la terrasse – mais pour des raisons obscures, le juge préférait rester à l'intérieur. Il y avait une cafetière sur la table, et des pâtisseries de supermarché. Jake but une gorgée du breuvage. Pur jus de chaussettes !

Portia ne prit rien. Elle était nerveuse, et jetait des coups d'œil tous azimuts. Ce n'était pas son quartier. Sa mère connaissait ces maisons pour avoir fait le ménage dans quelques-unes, mais jamais elle n'y avait été reçue en invitée.

Atlee avait pris place au bout de la table, Jake à sa droite, Portia à sa gauche. Après quelques paroles de bienvenue, il reprit sa posture de juge, comme s'il était sur son estrade et s'adressait à des avocats inquiets.

— Je veux qu'on trouve un accord et qu'on en finisse. Pour les deux prochaines années, l'argent va être bloqué jusqu'à ce que le recours en appel soit lancé. Des centaines d'heures de travail vont y être consacrées. Les appelants vont tout faire pour que le jugement soit cassé et c'est de bonne guerre. J'ai admis cette vidéo d'Ancil Hubbard parce que cela me paraissait juste sur le moment. Le jury et nous tous, je suppose, avions besoin de comprendre. Cela justifiait le choix de Seth Hubbard. Mais on va s'employer à démontrer qu'il y a eu une faute de procédure. D'un point de vue purement personnel, je préférerais ne pas être déjugé, mais peu importe mon ego.

Ben voyons ! railla Jake en pensée. Il jeta un coup d'œil à Portia. Elle se tenait immobile et regardait fixement la table.

— Supposons que l'affaire soit à nouveau jugée, poursuivit Atlee. La prochaine fois, vous ne serez pas pris au dépourvu par le témoignage de Pickering. Et vous serez prêt pour contrer Julina Kidd. Et plus important, vous aurez Ancil Hubbard en partie inté-ressée et en témoin. Et même s'il est en prison, vous aurez le temps d'organiser une déposition en bonne et due forme. Bref, votre dossier sera plus solide. Vous êtes d'accord, Jake ?

— Absolument.

— Vous gagnerez encore, parce que c'est juste qu'il en soit ainsi. C'est précisément pour cette rai-son que j'ai accepté la déposition vidéo d'Ancil Hub-bard. C'était la bonne chose à faire. Vous me suivez, Portia ?

— Oui, monsieur.

— Donc, comment pourrions-nous trouver un accord, arrêter cette procédure d'appel et passer à autre chose ?

Jake savait que le juge avait la réponse et qu'il allait la donner sous peu.

— Je ne pense qu'à ça depuis vendredi soir, conti-nua Atlee. Le testament de Seth Hubbard était un geste désespéré, une tentative de dernière minute pour réparer un grand tort. En laissant autant d'argent à votre mère, il essayait de compenser le mal qu'avait fait son père à votre arrière-grand-père et à toute la famille Rinds. Vous êtes d'accord ?

Dites oui, Portia, dites oui ! Jake connaissait le rituel. Quand le juge demandait « vous êtes d'accord ? » il s'attendait à ce qu'on acquiesce avec enthousiasme devant sa sagacité.

— Oui, monsieur, souffla-t-elle.

Atlee, satisfait, avala une gorgée de café. Il buvait réellement cette chose infâme tous les matins ?

— Maintenant, j'aimerais savoir, au point où nous en sommes aujourd'hui, ce que votre mère veut réellement. Cela nous éclairerait. Je suis sûr qu'elle vous en a parlé. Vous voulez bien nous le dire ?

— Bien sûr, monsieur le juge. Maman ne veut pas grand-chose et elle ne voit pas d'un bon œil d'avoir tout l'argent. Pour elle, c'est l'argent des Blancs. Il n'est pas à nous. Ma mère aimerait avoir la terre, les trente hectares, et elle souhaiterait y faire construire une maison, une jolie maison, mais pas un manoir. Elle a vu de jolies demeures, mais elle a toujours su qu'elle n'en aurait jamais une à elle. Pour la première fois de sa vie, elle peut rêver d'une belle maison, un lieu où elle ferait le ménage pour elle cette fois. Avec plein de pièces pour les enfants et les petits-enfants. Elle ne se remariera jamais, même si des prétendants lui tournent autour. Elle désire s'en aller, vivre à la campagne où la vie sera paisible et où personne ne viendra l'embêter. Elle n'est pas allée à l'église ce matin. Cela fait un mois qu'elle n'y met plus les pieds, monsieur le juge. Tout le monde est là, à quémander. Maman en a assez. Elle souhaite juste qu'on la laisse en paix.

— Elle veut sans doute plus que la terre et une maison, intervint Jake.

— Qui ne rêverait pas d'avoir de l'argent sur son compte en banque ? Elle en a assez de faire le ménage pour les autres, c'est sûr.

— Combien accepterait-elle ? s'enquit Atlee.

— On n'est pas entrées jusque dans ces détails. Durant les six derniers mois, elle n'a pas pris le temps de s'asseoir et de réfléchir, du genre « d'accord, je vais prendre cinq millions et donner à chaque enfant un million, etc. ». Ce n'est pas comme ça que ma mère fonctionne. Elle ne raisonne pas en ces termes. Cela la dépasse.

Portia marqua soudain une pause, puis demanda :

— Et vous, monsieur le juge, comment répartiriez-vous la somme ?

— Je suis content que vous me posiez la question. Voilà comment je vois les choses. Le gros de l'argent devrait aller dans un fonds dont le but serait d'aider les gens de votre famille, mais pas en leur donnant de l'argent, parce que cela risque de déclencher une vague d'hystérie. Ce serait plutôt une sorte de fondation qui servirait uniquement à financer les études des enfants. Qui sait combien il y a de Rinds dans le pays ? En même temps, je pense que nous n'allons pas tarder à le savoir. Cette fondation serait dirigée par quelqu'un de confiance qui devrait me rendre compte de sa gestion. L'argent serait placé dans des investissements sécurisés, sur vingt ans, par exemple, et, durant cette période, les intérêts serviraient à subventionner le plus grand nombre possible d'étudiants. Ces aides seraient strictement limitées au seul domaine de l'éducation et des études. S'il n'y a

757

pas ces restrictions, il y aura des requêtes pour tout et n'importe quoi, pour faire les courses au supermarché ou acheter une nouvelle voiture. L'obtention de la bourse n'est pas garantie. Elle devra être méritée. Par exemple un Rinds qui travaille dur à l'école et est admis à l'université aura droit à un financement.

— Et comment se ferait la répartition ? insista Jake.

Portia souriait.

— Dans les grandes lignes, je propose le découpage suivant : partons sur la somme de douze millions. Nous savons que le montant fluctue, mais on en sera très proches. On donne leurs parts à Ancil et à l'église, soit cinq cent mille dollars chaque. Il nous reste alors onze millions. On prend cinq millions et on les place dans la fondation dont je viens de vous parler. C'est une grosse somme, mais il y a fort à parier que les Rinds sont nombreux et qu'il y aura beaucoup de prétendants.

— Il nous en arrive tous les jours, confirma Portia.

— Cela nous laisse six millions. On les répartit alors de façon égale entre Lettie, Herschel et Ramona. Bien sûr, Lettie récupère les trente hectares qui appartenaient autrefois à son grand-père.

Jake poussa un long soupir en entendant ces chiffres. Il regarda Portia de l'autre côté de la table.

— C'est à Lettie de décider, dit-il.

— Elle acceptera, répondit Portia, toujours avec ce sourire aux lèvres. Elle aura une jolie maison, une coquette somme pour voir venir et, au moins, elle ne sera pas propriétaire d'une fortune qui attirera tous les vautours du pays. Elle m'a confié hier soir que cet argent appartenait à tous les descendants de Sylvester, pas seulement à elle. Elle veut être heureuse et qu'on la laisse tranquille. Cet accord lui conviendra à merveille.

— Comment allez-vous convaincre les autres, Votre Honneur ? demanda Jake.

— Je suppose que Herschel et Ramona seront ravis. Pareil pour Ancil et l'église. Il ne faut pas oublier que la succession est sous mon contrôle. Pas un dollar ne peut être versé sans mon accord, et il n'y a pas de date limite pour clore un héritage. Je n'ai pas la réputation d'être un enquiquineur, mais si je veux, je peux bloquer l'argent de Seth pendant dix ans si cela me chante. Tant que ses biens sont protégés, j'ai toute marge de manœuvre.

Il avait repris son ton de juge en exercice. Visiblement Son Honneur Reuben V. Atlee ne souffrirait pas la moindre contestation.

— Il sera donc sans doute nécessaire que je garde le contrôle de la succession pour garantir le financement de la fondation dont nous avons parlé.

— Et qui dirigera cette fondation ? s'enquit Jake.

— Je pensais à vous.

Jake tressaillit et faillit détaler à toutes jambes. Lui, gérer les demandes de dizaines, voire de centaines, d'étudiants en mal d'argent ?

— C'est une idée magnifique, monsieur le juge, renchérit Portia. Ma famille sera rassurée si Jake est là et gère l'argent.

— C'est un détail qui pourra se régler plus tard, répondit Jake sur la défensive.

— Alors ? Marché conclu ?

— Je ne suis pas partie, dans l'affaire, précisa Jake. Ne me regardez pas.

— Je suis certaine que Lettie sera d'accord, mais il faut que je lui en parle, affirma Portia.

— Très bien. Parlez-lui et revenez me voir demain. Je vais préparer un courrier et l'envoyer à tous les avocats de la partie adverse. Jake, je suggère que vous alliez voir Ancil Hubbard cette semaine pour avoir son accord. J'organiserai une réunion dans dix jours. On s'enfermera et on signera un accord. Je veux qu'on trouve un terrain d'entente, c'est clair ?

Oui, c'était limpide.

* * *

Un mois après le verdict, Ancil Hubbard était assis dans la vieille Porsche de Lucien et regardait le paysage du comté défiler derrière la vitre. Il ne reconnaissait rien. Il avait passé les treize premières années de sa vie ici, dans ce petit coin du Mississippi, mais durant le demi-siècle suivant, il s'était employé à en effacer tout souvenir.

Il avait été libéré sous caution, grâce à Jake. Et Lucien avait réussi à le convaincre de venir dans le Sud. Une dernière visite. Cela risque de vous surprendre. Ses cheveux gris avaient repoussé et couvraient en partie sa grosse cicatrice à l'arrière du crâne. Il portait un jean et des sandales, comme Lucien.

Ils prirent une route de campagne et approchèrent de la maison de Seth. Il y avait un panneau à vendre à l'entrée.

— Vous voulez qu'on s'arrête ? demanda Lucien.

— Non.

Ils s'engagèrent ensuite sur une route de gravillons et s'enfoncèrent dans les bois.

— Vous reconnaissez les lieux ?

— Pas vraiment.

La végétation s'éclaircit et ils débouchèrent dans une clairière. Il y avait des voitures garées et des gens partout, y compris des enfants. Un serpentin de fumée montait d'un barbecue.

Plus loin, ils passèrent devant des ruines envahies de kouzou. Ancil leva la main.

— Arrêtez-vous !

Ils sortirent de la voiture. Il y avait des gens à proximité. Ils s'approchèrent pour dire bonjour, mais Ancil ne fit pas attention à eux. Il regardait au loin. Puis il avança vers le sycomore où on avait retrouvé son frère pendu. Le reste du groupe suivit en silence. Avec Lucien sur ses talons, Ancil parcourut la centaine de mètres pour arriver au pied de l'arbre. Il se figea, regarda autour de lui. Il tendit le doigt vers une petite colline couverte de chênes et d'ormes.

— On était là-haut, Seth et moi, cachés derrière les arbres. Cela paraissait beaucoup plus loin à l'époque. Ils l'ont amené ici, sous cet arbre. Il y avait d'autres sycomores dans le temps. Toute une rangée. Cinq ou six, parfaitement alignés, le long de la rivière. Maintenant, il n'en reste plus qu'un.

— Il y a eu une tornade en 1968, expliqua Lucien.

— C'est là qu'on a trouvé Seth, précisa Ozzie qui se tenait à côté de Lucien.

— C'est le même arbre ? demanda Jake qui était là aussi.

761

Ancil entendait leurs voix, distinguait leurs visages, mais ne les voyait pas. Il était transporté dans un autre temps.

— Je n'en suis pas sûr. Mais j'en ai bien l'impression. Tous les arbres de la rangée se ressemblaient. On allait pêcher là-bas, expliqua-t-il en tendant le doigt à nouveau vers la rivière. Seth et moi. Juste à cet endroit.

Il poussa un long soupir, grimaça, puis ferma les yeux en secouant la tête.

— C'était si horrible, articula-t-il en rouvrant les paupières.

— Ancil, souffla Lucien, la petite-fille de Sylvester est ici. Vous voulez la rencontrer ?

Il poussa un long soupir, sortant de ses pensées.

— Bien sûr. J'en serais ravi.

Lettie s'approcha et lui tendit la main. Au lieu de prendre cette main tendue, il la serra dans ses bras.

— Je suis désolé. Tellement désolé.

Au bout de quelques secondes, elle s'écarta de lui.

— On arrête avec tout ça, Ancil. Le passé est le passé. C'est fini. Venez, je veux vous présenter mes enfants et mes petits-enfants.

— Avec joie.

Il fit alors la connaissance de Portia, de Carla, d'Ozzie, de Harry Rex et du reste de la famille de Lettie. Puis il rencontra Herschel Hubbard, son neveu, pour la première fois. Et tout le monde s'éloigna de l'arbre en bavardant. Là-bas, le pique-nique les attendait.

L'Infiltré
Chroniques de Ford County
La Confession
Les Partenaires
Calico Joe
Le Manipulateur

Chez Oh ! Éditions / XO :

Théodore Boone : Enfant et justicier
Théodore Boone : L'Enlèvement

Chez XO Éditions :

Théodore Boone : Coupable ?
Théodore Boone : La Menace